L'AMANT EN CULOTTES COURTES

Alain Fleischer a fait des études de linguistique, d'anthropologie et de biologie animale avant de se consacrer au cinéma, aux arts plastiques et à la photographie. Écrivain, il est l'auteur d'une vingtaine d'ouvrages publiés notamment au Seuil dans la collection « Fiction & Cie » (*La Hache et le Violon* en 2004). En 2005, il publie simultanément à ce livre le roman *Immersion* dans la collection « L'infini » chez Gallimard.

Alain Fleischer

L'AMANT
EN CULOTTES
COURTES

ROMAN

Éditions du Seuil

TEXTE INTÉGRAL

ISBN 978-2-7578-0546-6
(ISBN 2-02-089284-7, 1re publication)

I

PRÉ-HISTOIRES

I

Longtemps, j'ai porté des culottes courtes – ici s'arrête toute imitation d'une œuvre inimitable entre toutes… –, et longtemps j'ai regretté de n'avoir pu les porter plus longtemps. Aujourd'hui encore, quand vient juillet et que j'enfile ce qu'on appelle un short, ce n'est pas le vêtement pour les jours de chaleur que je retrouve, délaissé depuis l'été précédent, mais la tenue d'une saison beaucoup plus lointaine, à l'époque où les gamins allaient jambes nues, et le souvenir d'un mois de juillet dans un autre temps. En toutes saisons, les petits garçons de ma génération portaient des culottes courtes, dont la longueur variait selon les modes et les milieux sociaux : celles réputées les plus élégantes, en flanelle grise et descendant jusqu'au genou, étaient inspirées de l'uniforme des collégiens anglais, tandis que les plus populaires, en nylon léger, couvraient le corps à peine plus que le maillot de bain porté dessous, pour aller à la plage à Trouville, à La Baule, à Arcachon ou à Saint-Raphaël, pendant les grandes vacances à l'ère des congés payés. Entre les deux, il y avait celles, en gros drap bleu marine ou kaki, d'allure militaire et s'arrêtant à mi-cuisses, des compagnies de boy-scouts et d'éclaireurs et, de même longueur mais dans une cotonnade ou une gabardine d'un blanc immaculé – élégance oblige –, celles des joueurs de tennis, dont l'uniforme se complétait d'un polo et au besoin d'un chandail de même couleur, quitté dès la première suée, après les balles d'échauffement. La portion de jambes nues des petits garçons de ma génération dépendait aussi de la hauteur des chaussettes, et c'est ainsi que les tenues *british* – ici me vient encore l'image des officiers de l'armée des Indes de Sa Gracieuse Majesté, dans leur équipement colonial, vieux lords à moustaches aussi soigneusement entretenues que les gazons anglais, qui n'avaient jamais cessé d'être des petits lords éduqués à Eton College ou dans quelque autre aristocratique *public school* –, avec leur bas en laine enveloppant tout le mollet, ne laissaient voir puritainement que les genoux – là où peuvent se manifester le caractère, la trempe, la lignée, comme le démontrent aussi les Écossais dans leur costume traditionnel –, tandis que la jambe tout entière, depuis l'aine jusqu'à la cheville, était exposée au soleil entre l'échancrure de la culotte et les socquettes dans l'accoutrement estival des petits Français, que complétaient le maillot de corps sans manche, la casquette à visière et la paire de sandales en plastique.

Si je suis resté longtemps attaché au port des culottes courtes, ce n'était certes pas pour montrer fièrement mes gambettes – ce terme, comme le désir d'exhibition de ce qu'il désigne familièrement, était réservé aux filles – qui, plutôt maigrichonnes – des cannes de serin, comme on les qualifiait –, ont tardé à se muscler, n'offrant de remarquable au regard que la saillie cagneuse des genoux, souvent décorée par les taches rouges du mercurochrome, traces de quelque mésaventure ou de quelque fait d'armes héroïque. Certaines photographies bien connues de Robert Doisneau ou d'Henri Cartier-Bresson montrent des gavroches portant de telles culottes, qui étaient à la fois le signe d'une certaine innocence et, vues avec le recul, un accessoire de leur photogénie, le charme particulier à l'enfance des garçons, à une époque qui se termina avec les années soixante. Si j'ai retardé autant que possible l'abandon des culottes courtes, c'est de la même façon qu'on ne parvient pas à quitter un lieu où l'on a été heureux : l'âge où les garçons portaient des culottes courtes était celui d'une sorte d'état de grâce ainsi imposé à tous, dans tous les lieux, et les jambes nues, outre le sentiment de liberté de mouvements qu'elles procuraient, étaient aussi celles de la course pour fuir devant les jambes des adultes, vêtues de pantalons ou de bas. Elles étaient le costume d'une certaine candeur, le signe d'une fragilité et d'une immaturité qui incitent à l'indulgence. Être jambes nues – comme on dirait « se battre à mains nues » – imposait à l'adversaire la prise en compte d'une certaine inégalité des forces. Et même dans le cas d'une déconvenue, d'une débâcle, de ce qu'on appelle justement une *déculottée*, l'humiliation était moins grave et plus vite oubliée : mémoire courte en culottes courtes.

Si je reviens aux gambettes, je pense inévitablement à celles de ma petite sœur, dont la réputation augmenta au fur et à mesure que nous grandissions, me convainquant dès lors que la nudité des jambes est bien différente chez les filles et chez les garçons, produisant un autre sens, à commencer par celui des regards : les jambes des filles se reluquent de bas en haut, le coup d'œil remonte autant que possible jusque-là où la cuisse finit par se dérober sous l'étoffe, soustrayant les choses à la vue pour les livrer à l'imagination ; au contraire, les jambes des garçons se regardent de haut en bas, c'est-à-dire depuis là où elles surgissent avec force du vêtement, jusqu'aux pieds où se constate l'emprise future du corps sur la terre, l'adulte mâle devant être bien planté sur ses deux jambes, comme le représentent les sculptures de Rodin et de Giacometti : plantées comme des arbres, certes, mais aussi sur cette plante qui est celle des pieds et dont la surface, à la mesure de leur taille, indique une occupation du sol, une place sur terre en somme – ne dit-on pas « vivre sur un grand pied » ? – et, de cette perception qu'il est flatteur de chausser large, on verra plus loin comment je fus marqué.

Bien sûr, il y a toujours eu des ouvertures de culottes courtes, flottantes, qui ont attiré en haut des jambes des garçonnets le regard de certains messieurs – les femmes n'y trouvant pas encore un intérêt suffisant – que l'on appelait jadis des vicieux, et qu'aujourd'hui on nomme plus savamment des pédophiles, réactivant ce terme resté longtemps inerte, dans l'ombre de celui de pédéraste. Je fus personnellement confronté à un tel travers, dans un magasin de jouets, avenue de Versailles à Paris, « Le Lutin bleu », où j'achetais mes *Dinky Toys*, les plombs pour mon pistolet *Pneuma-Tir*, les recharges pour les propulseurs de fusées *Jetex* et les balles en caoutchouc-mousse reliées à un long fil élastique pour ce succédané du jeu de pelote basque qu'était le *Jokari*, lorsque le marchand, qui me connaissait bien – un homme voûté, proche de la retraite, toujours en blouse comme un instituteur au regard libidineux caché derrière des verres épais où ses yeux apparaissaient comme des poissons décolorés dans l'eau trouble d'un bocal – profita d'une visite que je lui fis non accompagné de ma mère pour m'attirer dans l'arrière-boutique et y tâter mes cuisses un peu trop haut, sous prétexte d'en admirer les jeunes muscles, et esquisser un attouchement qui conduirait aujourd'hui devant un tribunal. Cet incident m'avait certes gêné, mis mal à l'aise et vaguement dégoûté, mais il ne m'avait pas traumatisé outre mesure – me confirmant d'ailleurs qu'il y avait bien là, dans les culottes des garçons, quelque chose d'intéressant, un organe prometteur d'expériences et d'émotions, dont j'aurais tôt ou tard à faire usage à mon profit –, me déterminant seulement à changer de fournisseur de jouets, puisque à l'époque il y avait d'autres boutiques dans le quartier: de tels commerces ont presque disparu, comme s'il fallait de nos jours que les enfants ne consomment, à la même échelle que les adultes, que les mêmes objets utiles et fonctionnels, au lieu d'entraîner leur imagination au rêve à partir d'objets inutiles et néanmoins plus puissants que tous les autres: magiques.

Je me souviens aussi d'un homme que mes parents, selon la description que je leur en fis, qualifiaient avec inquiétude du terme de satyre, sans doute parce que son physique semblait caractéristique et qu'il ne surgissait que des bosquets: l'individu, apparemment désœuvré et circulant avec nonchalance à bicyclette à travers le bois de Boulogne, aux lisières de Paris, à l'affût d'on ne sait quelle aubaine, avait un visage rougeaud, congestionné, presque violacé, sous une épaisse tignasse noire et bouclée. Une fois par semaine, avec mes camarades de classe, nous allions jouer au football sur un terre-plein dégagé qui servait au stationnement des voitures les jours de courses à l'hippodrome d'Auteuil. Il y avait là une sorte d'abri avec des bancs en ciment dont nous faisions notre vestiaire ouvert: à la vue de tous, nous changions de tenue et, alors que nous enfilions nos shorts et nos chaussures de sport, le satyre en question, qui se postait à quelques pas, embusqué derrière un arbre, nous observait fixement. Jamais il ne nous aborda car nous restions en groupe, mais il m'arriva de tomber sur lui au détour d'un chemin lorsque je parcourais le bois seul, à bicyclette, et de devoir piquer un sprint pour me débarrasser de lui, alors qu'il se montrait trop empressé à m'accompagner, et qu'il me serrait de près. Plus dangereux encore étaient les rôdeurs qui circulaient dans le bois de Boulogne en automobile, au ralenti, vitres baissées, à la recherche de quelque proie: il était facile de les repérer et la meilleure tactique était de disparaître au plus vite par un chemin de traverse inaccessible aux voitures. La consigne des parents était de ne se laisser aborder sous aucun prétexte et, évidemment, de n'accepter aucune proposition ou cadeau. La frontière d'un réel danger était clairement marquée face à ces inconnus malsains, et la menace, dont aucun d'entre nous ne percevait l'exact contenu, se résumait à celle, terrible, d'un enlèvement, semblable aux rapts d'enfants dont furent accusés longtemps les Bohémiens : on était là sans doute au bord du pire et non loin de ces faits divers dont sont pleines les pages des journaux d'aujourd'hui. L'époque était proche, déjà, des *ballets roses* et des *ballets bleus*, qui allaient défrayer la chronique et impliquer des personnalités jusque-là respectables dans des soirées compromettantes, où étaient amenés à s'exhiber en petite tenue, pour des spectacles prétendument chorégraphiques, des fillettes ou des garçonnets, selon les goûts des commanditaires. Par ailleurs, la littérature érotique de la fin du dix-neuvième et de la première moitié du vingtième siècle ne s'est pas privée d'impliquer systématiquement des enfants et des adolescents dans des fictions qui cessaient d'en être lorsque, du roman licencieux, caché en fond de rayon chez les bouquinistes, on passait aux collections de photographies pornographiques vendues sous le manteau.

D'un autre côté, il serait bien naïf ou hypocrite de voir dans l'enfance un âge d'innocence sexuelle, radicalement opposé et étranger au monde des adultes. L'ingénuité des enfants n'est que de courte durée, et l'initiation la plus naturelle est délivrée au cadet par son aîné de deux ou trois ans, détenteur de secrets récemment acquis et dont il brûle de se montrer à son tour le grand prêtre révélateur : ainsi les mystères du sexe se transmettent confidentiellement et sans violence, par le bouche-à-oreille d'une classe d'âge à l'autre, sans que les adultes aient à intervenir de quelque façon que ce soit, ni par la déprimante leçon d'éducation et d'hygiène sexuelles ni par la violence d'actes qui deviennent répugnants et même inconcevables. C'est par une suite de transmissions progressives que la sexualité a toujours été un lieu de croisements – et même de dialogue – entre l'univers de l'enfance et celui des adultes, et si les crimes de la pédophilie sont aujourd'hui punis à juste titre pour tout ce que les coupables volent à leurs victimes en les violant, il y a en revanche le vol légitime de l'enfant soustrayant ses informations aux adultes par toutes sortes de larcins et de ruses que dicte l'instinct d'exploration et de découverte, et à partir desquels se constituent l'imaginaire et l'identité individuels. Mais il n'y a aucun parallèle, aucune équivalence, aucune réciprocité possibles entre ce que les adultes pervers volent à l'enfance par leurs abus, et ce que les enfants dérobent aux secrets des grandes personnes.

2

À une époque où j'étais encore loin de devoir renoncer aux culottes courtes, je passais quelques moments de récréation à la sortie de l'école, et surtout le plus clair de mes jeudis après-midi – c'était alors la journée libre en milieu de semaine, remplacée depuis par le mercredi –, dans un square de la porte de Saint-Cloud dont l'entrée était gardée par un rhinocéros de bronze aujourd'hui exposé sur l'esplanade d'accès au musée d'Orsay, jardin public qui fut purement et simplement rayé de la carte de Paris avec le creusement de la tranchée où passe désormais le périphérique. Dans cet espace d'aventures où je transformais les pelouses et les buissons en prairies et en forêts pour jouer aux cow-boys et aux Indiens, il m'arrivait aussi d'enfourcher un cheval de bois ou de m'installer au volant d'un bolide de course en tôle martelée, sur un manège poussé à la main par une dame silencieuse, aux joues roses de paysanne, toujours habillée d'un tablier gris boutonné sur le devant, sous un tricot de même couleur : avec son allure de maîtresse d'école à la campagne, elle était aussi rigoureuse dans sa façon de régler les tours après encaissement de la monnaie, que dans un exercice d'orthographe ou d'arithmétique. Il y avait aussi, dans le coin opposé du jardin, mais toujours sous l'autorité des mêmes institutrice et épicière, rassemblées en une seule et même personne, des balançoires, sortes de barcasses en métal, lourdes comme des cuirassés, qu'il fallait pousser par une flexion des jambes, les bras accrochés aux tiges, comme sur les premières vagues d'un rivage, jusqu'à ce que les rouleaux du large finissent par projeter l'engin vers le ciel. Dans ce square typiquement parisien – dans certains quartiers, de tels jardins ont subsisté, tandis que d'autres ont été dérisoirement reconstitués, réduits en peau de chagrin par-dessus la dalle de béton d'un parking souterrain –, il y avait dans l'angle, derrière l'enclos des balançoires, c'est-à-dire dans une partie déjà située à Boulogne-Billancourt, une petite construction en briques qui abritait les toilettes. Dans le vestibule, au-dessus d'un lavabo, un graffiti obscène, dessiné à l'encre grasse d'un stylo-bille, représentait une femme à quatre pattes, pénétrée par un homme dans sa croupe et recevant un autre dans sa bouche. Il arrivait toujours un moment, au cours du long après-midi du jeudi, où se manifestait un petit besoin, prétexte ou nécessité réelle, car c'est alors que simultanément – mais en vérité lequel des deux avant l'autre ? – se rappelait à moi l'image troublante, première étape d'un culte secret que contrariait parfois la présence de celle qui m'accompagnait dans ce lieu, ma grand-mère ou une dame chargée de me garder : il fallait alors passer sans s'arrêter et faire semblant de ne rien voir. Mais le véritable but du pèlerinage était en fait deux pas plus loin, lorsque je me retrouvais seul, verrou tiré, au grand dam de mon accompagnatrice, enfermé dans le petit réduit malodorant et malpropre où se balançait, au bout d'une chaîne rouillée, la poignée en porcelaine oblongue de la chasse d'eau. En même temps que je me déboutonnais, ou tout simplement que je baissais culotte, selon la longueur des jambes et la saison, bien calé sur le marchepied au-dessus du trou à la turque, il me suffisait de détourner le regard de mon action officielle pour retrouver sur le mur de droite le texte suivant, inscrit au crayon et fulgurant dans son laconisme : « Ici, tous les jeudis, je suce la petite Arlette, 13 ans. »

Ces quelques mots sont restés gravés dans ma mémoire et projetés dans mon imagination dès la première lecture et, d'une certaine façon, cela ne m'apportait rien de les relire d'une semaine sur l'autre : pourtant, tel était le but secret de ma visite hebdomadaire, et le même trouble extrême s'emparait chaque fois de moi, m'engloutissant dans un abîme de saleté, une entrée aux Enfers, comme si j'avais été aspiré par le trou glauque entre mes pieds où se perdait l'urine – prescience qu'il y avait quelque chose à perdre, par les mêmes voies, mais avec délice, dans un trou opposé, entrée d'un paradis –, chaque fois que je me trouvais confronté à la transparence de cette énigme, chaque fois que, le sexe à la main – mais ne sachant pas que cela s'appelait un sexe, ni que l'organe pût avoir un autre usage que celui de l'action présente –, je lisais et relisais ces mots : « Ici, tous les jeudis, je suce la petite Arlette, 13 ans. » Chaque fois – le jeudi, sans doute, puisque les autres jours je ne passais dans le square qu'une petite demi-heure après la classe, si le soir n'était pas tombé –, je vérifiais que les mots brûlants étaient toujours là, et je prétextais un besoin naturel pour m'enfermer derrière la porte au verrou tiré, comme dans l'intimité et dans le secret inavouable de l'événement lui-même : la phrase était un procès-verbal, et si elle était toujours là, ce n'était pas parce qu'elle n'avait pas été effacée, c'était plutôt parce qu'elle avait été réécrite, confirmant, de semaine en semaine, que l'action continuait de se reproduire régulièrement, ponctuellement, chaque jeudi, à un moment de la journée qu'il ne m'intéressait pas de connaître, et même que j'aurais redouté par-dessus tout de découvrir, si je m'étais trouvé par hasard confronté aux protagonistes, c'est-à-dire à un homme que j'imaginais étranger – étranger dans Paris et aussi étranger à la fillette – et à la petite Arlette qui obéissait avec complaisance, ou par obligation, sous l'effet de quelque chose de plus fort qu'elle en elle, ou d'une contrainte mystérieuse et violente, extérieure à elle, et qui, pour l'une ou l'autre de ces raisons, se présentait chaque jeudi au rendez-vous et validait par une nouvelle séance cette affirmation inscrite au mur, qui à la fois la reconnaissait comme victime et la désignait comme sujet consentant d'une action en même temps honteuse et délectable : « Ici, tous les jeudis, je suce la petite Arlette, 13 ans. »

Depuis l'âge des culottes courtes, cette phrase est gravée dans ma mémoire et projetée comme une fusée vers les espaces les plus reculés de mon imagination, vaisseau spatial lancé dans une course sans fin, et elle n'a cessé de me troubler par l'économie extrême, parfaite, de son style. Car tout est signifié là, sans un mot en trop : le lieu, le moment, l'action singulière – sans doute un abus et un outrage, mais avec une certaine douceur cependant –, le prénom légèrement désuet d'une fillette d'une autre époque, ou peut-être montée de la campagne et séjournant dans la capitale, l'âge avec toute la brutalité d'un simple nombre et le qualificatif de « petite », qui eût été superflu s'il n'avait indiqué, par contraste, la « grande » personne sous le masque, le rédacteur sans doute encore plus maître de sa langue comme auteur de la phrase qu'il ne l'était comme auteur des actes où il faisait de la langue l'organe de l'offense et de la transgression. En outre, quelque chose, dans la musique de cette phrase, évoquait pour moi la gourmandise – peut-être était-ce le raccourci ou l'amalgame qui agglomérait à l'oreille les mots *suce* et *Arlette* en « sucette » –, certes un péché capital, mais moins odieux que d'autres, et incitant à l'indulgence. « Ici, tous les jeudis, je suce la petite Arlette, 13 ans » : tout un roman érotique en autant de chapitres répétitifs, tous identiques, qu'il peut y avoir de jeudis dans la treizième année d'une fillette. À l'âge des culottes courtes où je la découvris, la formule ésotérique fut une énigme et elle le reste encore aujourd'hui, car ce qui la motive demeure indécidable. « Ici, tous les jeudis, je suce la petite Arlette, 13 ans » : peut-on à la fois faire et écrire cela ? Si on le fait, va-t-on l'inscrire dans le lieu même du forfait et ainsi s'auto-dénoncer, déclencher une enquête de la brigade des mœurs ou la filature d'un détective, et parapher ses propres aveux ? Ne faut-il pas plutôt n'avoir rien accompli de tel, et être même privé des agréments de la sexualité ordinaire et légitime, pour venir *là* inscrire *ça*, pour donner à lire et à imaginer l'improbable, l'inavouable, ce qui n'eut jamais lieu mais dont le rêve peut se dire – volupté de la langue à la recherche de lèvres pour articuler des mots, pour formuler un désir –, et ainsi pour que toujours, et pour tous ceux qui lurent cette phrase, la petite Arlette, chaque jeudi, vienne offrir les lèvres de son sexe à cette langue, à ces mots, et que tout, indéfiniment, se répète, au-delà de la ruine des êtres et des lieux, bien longtemps après leur disparition. L'énigme pourrait se décomposer en diverses questions : tout d'abord, les personnages existaient-ils réellement, et quelle était leur relation ? Et s'il y avait obligatoirement un monsieur – sans nom, sans âge et s'exprimant à la première personne –, accompagnait-il au square tous les jeudis une petite Arlette, ou la retrouvait-il là, comme fortuitement ? Cet homme, chargé de garder la fillette, ou simplement absorbé par son observation, sa contemplation, peut-être troublé par sa tenue, par ses provocations de gamine minaudeuse ou par sa beauté naissante, a-t-il seulement rêvé, non pas de la violer et de tirer d'elle une jouissance abjecte, une convulsion immonde, mais de lui donner du plaisir, de lui faire découvrir *ça*, et de se donner à lui-même ce rôle, de s'offrir ce souvenir, consigné en une phrase sur cette page arrachée et exhibée du journal intime que devient le mur d'un lieu public ? Ainsi, la chose n'aurait été que fantasmée. Ou eut-elle lieu une seule et unique fois, le retour sur les lieux du crime, dans l'angoisse et la mélancolie mêlées, n'ayant permis que la reconstitution mentale, la commémoration, l'inscription, la signature ? Ou encore, ayant eu lieu une première fois, l'action s'était-elle répétée une seconde fois, dans l'irrépressible tentation de la récidive, de la réplique : aggraver le risque, redoubler la faute mais vérifier le bénéfice, le partage, la complicité ? Ou enfin, hypothèse la plus improbable de toutes, une véritable habitude s'était-elle prise avec répétition du rendez-vous et de son objet, réglée par une entente complice, un consentement réciproque, et installation progressive dans la tacite reconduction, dans le confort délicieux, licencieux, d'un avantage acquis ? Je penche aujourd'hui pour l'hypothèse la plus banale, la moins coupable : rien d'autre n'avait eu lieu que l'inscription d'une formule parfaite, rien d'autre n'avait coulé que ce filet d'encre.

Le petit garçon en culottes courtes que j'étais alors, et qui n'avait, pour faire pipi dans les toilettes du square de la porte de Saint-Cloud, qu'une opération très simple à effectuer avec cette pièce de vêtement dont il est fait autant de cas ici, celui qui ressortait de là guilleret, à la fois soulagé d'un besoin et d'une curiosité où la même partie du corps était en cause et qui, ayant aussitôt oublié l'un et l'autre pour reprendre ses jeux, pour se lancer à la poursuite d'un camarade ou se dissimuler dans quelque cachette, ce même gamin de Paris emportait avec lui, dans la zone frontière entre mémoire et imagination, la représentation secrète, énigmatique et fragile comme une image pieuse, d'une fillette à peine plus âgée que lui de quelques années qui, « anormalement » – c'est-à-dire pour des raisons et avec des motivations bien différentes de celles d'un jeu ou des distractions de son âge –, venait là tous les jeudis et se laissait sucer par un monsieur. De retour dans les décors de mes aventures chevaleresques, et selon la distribution des personnages, j'étais instantanément redevenu Spartacus ou Crassus, d'Artagnan ou Richelieu, Ivanhoé ou Jean sans Terre, Robin des Bois ou le shérif de Nottingham, Zorro ou Varga, le cow-boy ou l'Indien, le gendarme ou le voleur, innocent dans tous les cas et dans tous les rôles, mais avec, emportée et mise de côté, en réserve pour un autre temps, un passage secret, une porte ouverte par son verrou fermé, vers la fin de l'innocence.

À vrai dire, cette supposée innocence n'était-elle pas déjà mise en doute et compromise par le fait de n'avoir jamais hésité – de ne m'être même jamais posé la question – sur le lieu de son corps, la partie de son anatomie, pourtant non précisés, que la petite Arlette offrait à la bouche du monsieur : il était bien évident pour moi qu'il ne pouvait s'agir que du *ça* des petites filles que toujours on les oblige à cacher et à ne pas toucher – mais dont j'avais surpris l'aspect chez ma petite sœur et même peut-être, furtivement, chez ma mère –, située chez elles à la même place que là où était chez moi l'organe que je tenais à la main. Et, dans une ambiance d'interdit, cette localisation de l'action du monsieur sur la petite Arlette s'imposait, même aux plus naïfs, aux moins délurés. En fait, il faut être autrement expert et même blasé, et avoir atteint certains sommets de raffinement, de fétichisme et d'érotomanie, ne serait-ce tout d'abord que pour relever qu'il s'agissait de sucer – comme on le ferait plutôt à un garçon –, c'est-à-dire de mettre en bouche une partie d'un corps de fille, sa *nature*, comme on disait au dix-huitième siècle, qu'il semble plus naturel de lécher, comme on lèche une plaie – ou une glace… –, et il faut être un Pierre Klossowski en Octave, face à sa somptueuse et luxurieuse Roberte, pour voir en ce lieu la saillie incongrue d'un pouce à sucer, là où l'on attend au contraire une dépression, un vide où glisser un doigt, et pour concevoir que la plus affolante indiscrétion que puisse effectuer la langue d'un homme sur le corps d'une femme, consiste non pas à aller là mais, après avoir forcée une de ses mains à s'ouvrir en dépliant ses longs doigts, comme s'ouvrent les jambes, à en titiller, à en lécher la paume.

3

Le signal du passage des culottes courtes au pantalon était donné lorsque le poil aux pattes devenait trop voyant, il fallait éviter cette indécence et c'était donc cela qu'il fallait cacher, cette disgrâce qui dénonce l'adulte naissant et la perte de la virginité liée au glabre, avec parfois la phase intermédiaire des légers duvets, toujours blonds même chez les bruns. Au même âge, la voix des garçons, lors de la mue, elle aussi change de peau, et va chercher, loin sous la surface claire et polie, l'ombre et le grain. C'est ainsi que l'homme apparaît comme une menace sombre sur l'épiderme lisse et la voix blanche des garçons.

En culottes courtes, les jambes nues, j'ai longtemps aimé en moi, sans le savoir, cette féminité qui tempère la nature masculine et la virilité trop vite contentes d'elles-mêmes, jusqu'au moment d'adorer par-dessus tout la féminité chez cet autre qu'est la fille pour le garçon, la femme pour l'homme. Si je regarde des photographies de moi à l'âge de dix, onze ou douze ans, je peux y déceler déjà les traits de caractère masculin qui s'accuseront avec l'âge, mais je m'y vois joli comme une fille et pourtant sans rien d'efféminé : un banal mystère de la nature apparaît dans ces images, quelque chose de féminin dans un physique de garçon appelé à aimer éperdument et exclusivement les femmes, et donc peut-être, avant d'avoir accès à elles, aimant côtoyer et fréquenter la fille en lui. Autrement dit, contrairement aux futurs homosexuels qui, dès l'adolescence, s'intéressent à ce qui intéresse les filles, et sont filles dans leurs têtes et dans leurs comportements, même lorsqu'ils n'ont rien de féminin dans leur corps ou leur visage, je m'intéressais à ce qui intéresse les garçons, c'est-à-dire aux filles, même si, dans mon physique, la virilité était encore cachée sous certains traits de la féminité. Autrement dit encore, il y a des garçons qui, même avec des allures de malabar, aiment jouer avec des poupées, leur inventer des toilettes et leur confectionner des robes, et se projettent ainsi dans ces personnages et dans ce sexe auxquels ils se sentent appartenir ; et il y a des chérubins qui, même avec des allures de poupée, ne pensent qu'à celles qu'ils dépouilleront un jour de leurs robes et dont ils froisseront les toilettes, se projetant ainsi vers ce qui fait d'elles l'autre sexe, si différent du leur, si bouleversant par cette différence. Les uns rêvent d'habiller les filles, les autres de les déshabiller. Les uns préfèrent œuvrer à l'artifice, à la parure qui cacheront cette nature opposée à la leur, que les autres, après l'avoir dépouillée de la parure et de l'artifice, aimeront mettre à nu pour en interroger le mystère.

Si la nudité des jambes chez les petits garçons est comme la preuve de leur ingénuité, le maintien des culottes courtes à l'approche de la puberté devient plus trouble, car se trouvent alors conjugués les attributs de l'enfance et les pulsions de la maturité, à la fois la liberté, la commodité d'accès au corps non encore soumis aux impératifs de la pudeur, et cette même liberté, cette même commodité provisoirement et comme illicitement offertes aux premières impudeurs, aux impudences du sexe. Lorsque le petit garçon est déjà grand, si l'on peut dire, les culottes courtes mettent facilement et comme naturellement à portée de sa main cet organe dont il constate que, de petit, il peut devenir grand… C'est aussi pour interdire cet accès à son propre corps, ou tout du moins pour le rendre plus difficile – au moins autant que pour lui imposer la décence vis-à-vis d'autrui – que l'adolescent se voit obligé de couvrir ses jambes et d'enfiler des pantalons : tout ceci, que je formule au présent, ne vaut pourtant que pour une époque maintenant révolue, puisque les parents d'aujourd'hui, dans leur impatience de voir au plus vite pointer le petit mâle dominant dans leur rejeton, l'affublent dès le plus jeune âge de ces tenues de *petits mecs* – des *beaufs* enfants… – que notre société, aveuglée de vulgarité, se plaît à produire en modèle.

Les culottes courtes, chez les « grands petits garçons » de mon époque, offraient l'avantage de pouvoir glisser discrètement la main dessous, entre ses jambes – comme on l'aurait volontiers aventurée entre celles d'une fille, dans l'espoir d'un « tu brûles »… –, jusqu'à vérifier l'émouvante et parfois arrogante, intempestive présence en soi du garçon. Là où le pantalon impose de se déboutonner, les culottes courtes offrent un accès plus libre, plus anodin. De telles considérations, à caractère sexuel, étaient bien étrangères à ma mère et à ma grand-mère qui décidaient de mes tenues, et qui ne se plaisaient à me voir en culottes courtes que dans leur crainte que je ne grandisse trop vite: de ce point de vue, ma taille médiocre pour mon âge et mon aspect malingre ne leur déplaisaient sans doute qu'à moitié, et l'idéal eût été pour elles qu'à coups de fortifiants, d'huile de foie de morue et de steaks de cheval, je m'étoffe un peu, sans pour autant changer d'âge. Alors que ma taille était encore un peu sous la moyenne de celle de mes camarades, mes grands pieds suffisaient à ma mère comme promesse d'une future haute stature, et elle ne manifestait aucune hâte de me la voir atteindre. L'âge ingrat – aussi ingrat à vivre pour l'intéressé que lui-même s'y montre ingrat envers ceux qui l'entourent de leur affection – a dû consister pour moi, entre autres, à avoir l'air de porter les chaussures de mon père. Je possède des photos où la taille visible de mes pieds, associée à mes culottes courtes, fait de moi un être d'âge incertain: en avance ou en retard.

La tradition des culottes courtes chez les garçons était aussi une mesure de précaution et d'économie: moins de surface de tissu livrée au risque des accrocs, des taches et de l'usure, dont la peau elle-même devait faire l'expérience pour l'édification du sujet, sans compter les jambes de pantalon à rallonger sans cesse là où les culottes courtes peuvent passer de *courtes* à *très courtes* sans inconvénient. En dehors des égratignures de toutes sortes et des bobos qui font saigner, les genoux nus, non protégés par l'étoffe d'un vêtement que l'on cherche lui-même à préserver, gardent le souvenir de tout ce que révèle au corps la marche à quatre pattes et les jeux sur le sol ou dans la nature : rainures d'un parquet ou douceur moelleuse d'un tapis, fraîcheur lisse d'un carrelage ou relief d'un tissu d'ameublement, petites incrustations de sable ou de gravier ou piqûres d'orties, taches brunes et vertes laissées par la terre et par l'herbe ou éraflures des ronces et du foin. En culottes courtes, les garçons étaient livrés au contact avec les matériaux et les surfaces du réel, et s'ils touchaient et reconnaissaient avec les mains, ils vérifiaient ensuite et éprouvaient sur les jambes. Le tempérament querelleur ou placide, casse-cou ou timoré, sage ou turbulent, contemplatif ou cabotin, conciliant ou intraitable, d'un petit ange ou d'un petit démon, se révélait sur les membres inférieurs par la présence ou l'absence de signes tels que bleus, pansements, cicatrices, croûtes. Je me suis toujours représenté l'élève Dargelos, cher à Jean Cocteau, en culottes courtes, avec deux sparadraps en croix sur une cuisse et une bosse au front. Et j'ai toujours imaginé, au contraire, les gamins des orphelinats prématurément vêtus de leurs pantalons d'uniforme, comme dans l'obligation d'une maturité anticipée : être par la force du destin des petits hommes puisque l'on n'a plus ni papa ni maman. Je ne sais si cela a correspondu à une réalité de ce genre d'institution, mais la vision d'un jeune garçon affublé d'une capote longue et d'un pantalon, à un âge où il aurait dû porter des culottes courtes, m'a toujours produit une impression de deuil, de malheur et de tristesse : interdiction d'être encore un enfant quand on n'a plus ni père ni mère de qui être le fils. La fin du port des culottes courtes était aussi liée à la perte d'un état d'insouciance et d'irresponsabilité : les très jeunes apprentis de jadis, ou les enfants qui accompagnaient les musiciens de rue, les uns et les autres déjà engagés dans le monde du travail, portaient des pantalons qui les distinguaient des autres garçons de leur âge.

Toute action d'enfiler ou de quitter un pantalon – sans compter qu'elle est plus laborieuse – revêt un sens plus fort que la même opération avec des culottes courtes, car ces dernières ne viennent cacher ou ne révèlent que l'ultime portion d'une nudité d'avance largement concédée, et il est bien facile de vérifier, si l'on est familier d'un homme adulte dans sa tenue de ville ordinaire, que la découverte de ses jambes nues le jour où, pour la première fois, on le voit en short ou en maillot de bain, donne l'impression d'avoir devant soi un inconnu, ou d'être confronté à un aspect brusquement impudique et révélateur de celui que l'on croyait si intimement connaître. Et cela, étrangement, vaut sans doute plus pour les jambes que pour le torse nu, pour le bas que pour le haut, allez savoir pourquoi…

4

Le mois de juillet dont il va être question a été pour moi la dernière saison des culottes courtes car, pour les raisons qui viennent d'être évoquées, dès l'automne suivant, à la nouvelle rentrée des classes, je dus y renoncer avec un pincement au cœur et avec la conscience qu'une époque privilégiée prenait fin. Je parvins à tricher un peu et j'enfilai, en guise de tenue d'adulte, celle d'un de mes héros d'enfant, Tintin, c'est-à-dire les pantalons de golf bouffants, serrés aux chevilles par une bande élastique : en septembre 1957 – à mon tour, j'avais eu treize ans au début de l'année –, je n'étais pas devenu un homme qui porte des pantalons mais un jeune garçon habillé comme un personnage de bande dessinée, et qui cache ainsi les tristes et disgracieux indices de son passage progressif à l'âge adulte. Chaque matin, au moment de m'habiller pour partir au lycée, j'avais l'impression de revêtir un déguisement, car si certains de mes camarades voyaient dans le pantalon un accessoire pour se vieillir et pour jouer aux petits messieurs, il s'agissait pour moi d'un camouflage : la pilosité des cuisses et des mollets ainsi escamotée, et avant les premiers poils de moustache et de barbe impossibles à dissimuler, je pouvais encore afficher sur mon visage une ou deux années de moins et repousser d'autant certains inconvénients et obligations. Mes premiers pantalons après les culottes courtes ont donc été ces culottes de golf : non pas l'uniforme convenu de la maturité – comme pour certains la cravate fait partie de celui de la respectabilité –, mais le costume commode, sportif, d'un jeune aventurier-modèle, et je ne m'y sentais pas plus présentable parmi le monde des grandes personnes, mais mieux équipé pour entrer dans ces fictions où l'enfance et la jeunesse ne retiennent de ce monde-là que des figures schématiques et exemplaires. Je n'atteignais pas ainsi l'échelle du réel débarrassé des illusions et des naïvetés, mais celle de la rêverie et de l'imagination projetées dans le réel.

Depuis mon entrée au lycée et jusqu'à la fin de la quatrième, j'ai porté des culottes courtes et c'est dans cette tenue que, deux années de suite, d'abord à Reading puis à Brighton, je me suis présenté dans les familles anglaises où mes parents commencèrent à m'envoyer pour accélérer mon apprentissage de la langue. À Reading, le jeune garçon de la famille qui m'accueillait, dont j'étais supposé faire mon camarade, était habillé comme moi, à peu de chose près – puisque ma mère m'imposait pour la circonstance une tenue à l'anglaise que j'eusse refusée à Paris –, et nous avions les mêmes goûts pour les mêmes jeux. Pourtant, ma mère et ma tante – hongroise comme mon père, mais émigrée en Angleterre et habitant Londres depuis la guerre –

qui m'accompagnèrent pour me présenter – je me souviens encore de leur inquiétude et de leur chagrin au moment de m'abandonner pour la première fois au sein d'une famille étrangère – durent négocier pour moi avec tact une chambre individuelle, en essayant d'expliquer mon aversion pour la promiscuité avec un autre garçon, dans un pays où l'éducation était encore largement fondée sur la communauté des jeunes mâles dans des institutions où ils se retrouvaient entre eux, prisonniers des mêmes murs, pensionnaires des mêmes dortoirs et des mêmes réfectoires, usant des mêmes vestiaires et des mêmes douches pendant de longues années. Le jeune Anglais dont j'acceptais de partager les jeux mais non pas la chambre venait lui aussi de faire une première année de langue étrangère et de latin. Et comme nous avions été l'un et l'autre plus attirés par cette langue morte – une fiction de langue ou une langue de fiction – que par les langues vivantes, mon séjour linguistique avait pris une tournure imprévue : le jeune Anglais et moi, nous avions communiqué dans la langue de César, ce qui donnait à nos échanges un caractère pompeux et théâtral, ou chicaneur et procédurier, selon les sujets, en même temps que nous donnions l'impression de faire usage d'un langage chiffré, d'un code secret, inventés par nous. De la ville de Reading, il me reste le souvenir d'une visite à la biscuiterie Huntley & Palmers, qui sentait bon le bois et la farine, un paradis pour les souris – et où le père de famille chez qui je séjournais devait occuper quelque fonction importante – et, étrangement associés à cette ambiance poudreuse et vaguement sucrée qui pourrait définir l'Angleterre tout entière, je revois les bâtiments noirs et humides – un paradis pour les rats – d'une prison célèbre pour y avoir retenu derrière ses barreaux un poète nommé Oscar Wilde : sans doute ai-je fait cette association parce que l'auteur du *Portrait de Dorian Gray* et de *La Ballade de la geôle de Reading* – je l'ai découvert plus tard – n'en finit pas lui aussi de répandre dans l'air de la douce Albion un nuage de poudre dont le parfum, tantôt agressif tantôt doucereux, se mêle à celui qui s'élève des tasses de thé et des biscuits qu'on y trempe. Par petites touches, dans des couleurs pastel, a commencé à se constituer ma perception de l'Angleterre, un tableau idyllique qu'aucune déconvenue – ni moins encore l'anglophobie traditionnelle de certains Français – n'est jamais parvenue à assombrir.

L'été suivant – je venais de terminer ma classe de cinquième –, toujours en culottes courtes et toujours encadré par ma mère et par ma tante hongroise, mes anges protecteurs, je fus déposé, sur les hauteurs de Brighton, dans une famille où avaient été annoncés des garçons de mon âge, mais qui se trouva résumée, en fait, à un couple de quadragénaires de condition modeste : chaque matin, le mari et la femme quittaient leur maisonnette pour se rendre au travail, me laissant sans interlocuteur et sans surveillance, et je ne les voyais reparaître qu'en milieu d'après-midi, à l'heure du thé. Pour le coup, ma mère et ma tante n'eurent pas à négocier pour moi le bénéfice d'une chambre individuelle : je ne pouvais être que seul dans celle qui me fut attribuée, dans une maison sans autre occupant qu'un ménage sans enfant. Ce fut donc un mois de juillet où je fus livré à moi-même pendant des journées entières, dans un quartier presque désert et excentré, fort éloigné du bord de mer dont la ville de Brighton tirait sa célébrité de station balnéaire. La solitude et l'indépendance n'étaient pas pour me déplaire, et mon caractère plutôt farouche face à des inconnus se trouvait dispensé de tout effort de sociabilité ou de camaraderie. Mais l'intérêt linguistique de ce deuxième séjour d'été en Angleterre fut réduit à quelques photos – l'appareil Rolleicord et le stylo-plume Parker 51 soutirés à mon père, étaient déjà les deux pièces principales de mon attirail de voyageur –, où je mis en scène de façon cocasse, et en vue de faire rire ma famille à mon retour, mon manuel scolaire de langue anglaise – de la collection « Fluent English » – et une tortue rencontrée dans le jardinet derrière la maison, aussi esseulée que moi, vieille dame anglaise fort peu bavarde, mais à qui, pour honorer le contrat de mon séjour, et déjà par goût personnel pour cet idiome, je faisais la conversation dans la langue de Lewis Carroll. À vrai dire, pendant toutes ces journées de juillet, depuis le départ de mes hôtes, après le *breakfast*, et avant leur retour pour le *five o'clock tea* (le thé de cinq heures), ma seule occasion quotidienne d'échanger quelques mots en anglais et de vérifier que je me faisais comprendre, se présentait au passage de la camionnette rose d'un marchand ambulant derrière laquelle je courais pour acheter un cornet de *fish & chips* ou une friandise au chocolat. Je ne descendis qu'une seule fois en ville, et je ne découvris cette sorte de Biarritz ou de Nice anglais, avec sa célèbre jetée sur pilotis – *the Brighton Pier* –, pleine de salons de thé, de pâtissiers, de glaciers et d'attractions diverses, qu'un dimanche où ma tante hongroise n'avait pas résisté au désir de descendre de Londres pour me voir, dût-elle par cette visite enfreindre la règle de me laisser seul en milieu purement anglais et de ne pas, en ces premiers temps d'apprentissage de la langue, me donner l'exemple détestable de son terrible accent hongrois. Auntie Lenke, ma tante hongroise que j'appelais ainsi en anglais, la sœur de mon père, et son mari, Uncle Bandi – le diminutif d'André en hongrois –, habitaient Londres où chacun d'eux avait émigré pendant la guerre avant de s'y rencontrer, l'une, Budapestoise, l'autre Tchèque, de la minorité magyare de Bratislava ; ils étaient ma seule famille, en dehors de mes parents eux-mêmes et de ma grand-mère maternelle, Espagnole de Madrid, avec qui j'ai toujours parlé dans sa langue, que j'appris auprès d'elle en même temps que le français à l'école. À l'âge de six ou sept ans, j'ignorais encore tout de ma tante Lenke, et jusqu'à l'existence d'un quelconque parent du côté de mon père qui apparaissait parmi nous, dans la famille, comme l'étranger unique, le seul de son espèce, seul survivant d'un monde qui a mis du temps pour moi à sortir de sa nuit et de son brouillard. Un soir de 1951 ou 1952, le téléphone a sonné dans notre appartement de Paris, ma mère a décroché et je la vois encore ne parvenant pas à identifier la personne qui appelait, et passant la communication à mon père en lui disant: «Je ne comprends pas qui c'est... C'est une femme qui parle hongrois.» Alors, mon père a pris le récepteur, je l'ai entendu articuler quelques paroles très espacées, en hongrois: c'était comme si la communication avait été difficile ou brouillée, et puis la conversation s'est un peu prolongée, sans éclat. Lorsqu'il a raccroché, j'ai entendu mon père dire à ma mère, sobrement: «C'est ma sœur... elle est vivante, elle habite Londres.» Séparés avant guerre et sans nouvelles l'un de l'autre, mon père et sa sœur s'étaient chacun crus l'unique survivant d'une famille par ailleurs entièrement décimée. Par hasard, ma tante avait entendu parler à Londres d'un Charles Fleischer qui habitait Paris, et dont elle avait fini par retrouver la trace: le coup de fil dont j'avais été témoin était celui des retrouvailles entre deux êtres qui s'étaient réciproquement crus morts parmi tous les leurs. Je n'ai effectivement compris que j'avais une tante hongroise, seule autre survivante de la famille de mon père que lorsque, dès le surlendemain, je fus dispensé d'aller à l'école pour prendre l'avion avec ma mère – mon baptême de l'air –, et pour me rendre à Londres et y découvrir une sorte de double féminin de mon père, avec le même accent dans une autre langue, un accent commun plus fort que les langues française et anglaise où l'un et l'autre le manifestaient.

Si trois ou quatre ans plus tard, deux étés de suite (en 1955 et 1956), j'avais été envoyé dans des villes éloignées de Londres pour apprendre l'anglais, c'était précisément pour qu'une distance suffisante me séparât d'Auntie Lenke et de Uncle Bandi qui, n'ayant pas eu d'enfant, reportaient sur moi l'amour qu'ils n'avaient pu donner et nourrissaient à mon égard une sorte de passion. Pour Auntie Lenke et Uncle Bandi comme pour moi, la tentation eût été trop grande de passer les mois de juillet ensemble, et le risque n'eût pas été moindre d'une dommageable imprégnation de mon anglais naissant par le terrible accent hongrois qui m'était d'ailleurs si familier et qui, en français, en anglais ou dans d'autres langues encore, me signalait infailliblement un proche, un allié, un ami. Pour Auntie Lenke, j'ai donc été le fils qu'elle aurait aimé avoir, mais peut-être plus encore – au fur et à mesure que je grandissais –, un petit frère retrouvé, Sandor, qu'elle avait adoré avant de le perdre pendant la guerre. Tant que j'étais en culottes courtes, j'étais le petit garçon, son neveu, que lui envoyait depuis Paris, l'autre unique survivant de la famille, son frère Karoly, mon père, et lorsqu'elle me vit pour la première fois en pantalon – pour l'anniversaire de mes quatorze ans –, elle me déclara : «*Now, you are a young gentleman*» («Maintenant, tu es un jeune gentleman»), superposant dans cette phrase prononcée avec son terrible accent hongrois la vision d'un jeune homme de la bonne société dans l'Angleterre contemporaine et le souvenir de son petit frère Sandor, élégant dandy dans la Hongrie d'avant-guerre. Peu à peu, elle cessa de voir en moi le fils qu'elle n'avait pas eu, pour retrouver le frère qu'elle avait perdu, et elle aimait que je lui donne le bras comme Sandor l'avait fait lors de leurs promenades complices sur les berges du Danube, dans les années trente. Comme elle ressemblait beaucoup à mon père, et qu'elle se comportait comme une mère lorsque nous étions tous les deux seuls, ma relation à ma tante hongroise de Londres, Auntie Lenke, était particulière : elle était pour moi une sorte de mère paternelle, demi-mère et demi-père.

Lors de mes deux premiers séjours linguistiques en Angleterre, à Reading puis à Brighton, ce temps des pantalons qui allait faire de moi, pour ma tante Lenke, son jeune frère retrouvé, n'était pas encore advenu, et j'avais été un petit garçon français conduit dans des familles anglaises par deux mamans qui rivalisaient de tendresse, l'une parlant anglais avec l'accent espagnol – qui avait supplanté l'accent français qu'elle aurait dû avoir –, l'autre avec l'accent hongrois. Je n'étais ni un petit lord ni un futur gentleman, trop attaché à mon âge et à mes origines, véritable gamin de Paris encadré de mères un peu exotiques, et qui portait des culottes courtes parce qu'il n'y avait encore aucune raison de rien changer à cet état du monde. On se doute bien que le thème des culottes courtes d'un petit Parisien et celui de ses séjours dans des familles anglaises n'ont pas été exposés ici côte à côte par hasard, même si, jusqu'à ce point, cela n'a rien produit de significatif. Au retour de Brighton, il ne me restait qu'une année et qu'un été anglais à passer encore en culottes courtes, avant la rentrée des classes à l'automne 1957. Le mois de juillet de cette année-là fut un point culminant dans les relations entre ce petit garçon français et ce pays où, une fois par an, il devenait un petit Anglais loin de sa famille. En 1957, au seuil de juillet, l'Angleterre était pour moi le pays de *Robinson Crusoë*, du jeune Pip des *Grandes Espérances* et de Heathcliff des *Hauts de Hurlevent*, et je n'avais pas encore perçu à quel point la nation qui a conçu les héros de ces romans est, au revers de chacune de leurs pages, celle où chacun d'entre eux devient l'amant d'une Lady Chatterley.

II

LES PREMIÈRES FOIS

I

Ce fut donc en culottes courtes que, le dimanche 30 juin 1957, toujours escorté par ma mère et par ma tante, j'arrivai devant la maison de la famille Buss, au 15, Broadlands Road à Londres, une rue calme et résidentielle, sans la moindre boutique, qui prenait dans North Hill quelques pas en contrebas de la butte où se dressait l'immeuble de Highpoint, dessiné par l'architecte Alvar Aalto dans les années trente, propriété de la famille Gestetner – les fameuses machines à imprimer par stencils – et dont une majorité d'occupants étaient des Juifs d'Europe centrale, parmi lesquels Auntie Lenke et Uncle Bandi. Si, pour mon troisième voyage d'études en Angleterre, après avoir fini ma classe de quatrième, au début de l'été, j'ai pu séjourner dans une famille londonienne, trouvée par ma tante et mon oncle à deux pas de chez eux, dans leur quartier de Highgate, ce fut parce que, cette année-là, ils venaient d'acquérir une maison aux Baléares, et comptaient y passer tout l'été – et même tous les autres étés de leur vie –, ainsi absents de Londres au moment où il eût été si tentant et naturel d'être ensemble du matin au soir, mais si dommageable pour mon acquisition du bon accent.

Notre arrivée dans la vaste maison de la famille Buss commença par un petit drame, puisque j'y constatai que, dans le métro qui nous avait ramenés du terminal de

Cromwell Road, où nous n'avions pas trouvé de taxi, j'avais oublié ma raquette de tennis, alors qu'un des agréments du quartier était la présence d'un club privé, pris à l'intérieur d'un rectangle de rues et qui, au milieu d'une prairie presque sauvage, disposait de plusieurs courts sur gazon directement accessibles par les jardins à l'arrière des maisons, et réservé à leurs habitants. L'escorte dont j'étais encadré semblait bien dérisoire face à l'imposant monument de femme qui nous accueillit : Mme Buss, la maîtresse de maison, seule personne présente en ce début d'après-midi calme, affichait une corpulence imposante, une stature de quelque six pieds (plus d'un mètre quatre-vingts), et ce corps eût fait d'elle un personnage inquiétant d'ogresse dévoreuse – trop anglaise pour évoquer les matrones latines – s'il n'avait porté tout en haut une petite tête ronde avec une peau délicate et rose, déjà fanée mais bien tendue par les joues pleines, une coiffure à bouclettes, un nez pointu, un subtil sourire sur des lèvres fines et des yeux bleus étonnamment vifs et rieurs : « *Here is my little french boy !* » (« Voici donc mon petit Français ! »), avait-elle déclaré en me toisant de haut, d'abord avec la sévérité d'une évaluation critique puis, passé ce premier examen, avec l'aveu non réprimé d'une franche gourmandise, dont l'expression avait envahi d'un coup sa face de lune. Dès cet instant, je sus que je pouvais voir en Mme Buss ma plus récente conquête, et la compter comme une alliée et une complice. Ces premiers atouts n'étaient rien de trop pour que mon escorte et moi nous parvenions à sortir victorieux de la délicate épreuve diplomatique qui allait s'engager lorsque Mme Buss nous conduisit, pour y déposer mes bagages – où manquait ma raquette de tennis – dans la chambre de son fils Kingsley, que j'étais invité à partager avec lui, puisque ma tante Lenke devait à nouveau – comme à mon arrivée dans la famille de Reading – faire comprendre avec toutes sortes de précautions et de ménagements qu'il m'était insupportable de cohabiter pendant la nuit avec un autre garçon. Les arguments déployés par Auntie Lenke avec un accent hongrois qui eut sans doute pour effet de faire passer la bizarrerie de mon caractère comme une curiosité venue d'un pays étrange, devaient pourtant paraître bien improbables : goût de la solitude, insomnie en cas de promiscuité pendant la nuit, allergie à toute présence étrangère, même amicale, pudeur maladive, etc. Il fallait que la demande n'eût rien de vexatoire et que ma tante Lenke parvînt à me faire accepter comme un petit garçon un peu particulier, au tempérament fragile, avec quelques phobies et autres menues manies, encore excusables à l'âge des culottes courtes. Le plaidoyer d'Auntie Lenke, dont le terrible accent hongrois semblait s'aggraver au fil des arguments et des excuses, avait dans un premier temps provoqué une expression austère, presque choquée et en tout cas nettement réprobatrice, sur le visage de Mme Buss puis, dans les va-et-vient de son regard, depuis ma tante emberlificotée dans ses explications jusqu'à moi qui feignait lâchement de ne rien entendre à ce qui se disait, je vis se dessiner une certaine compréhension, et enfin, signe que la partie était gagnée, un consentement où l'apparente réserve prenait les traits de la malice : « Si notre jeune Alan (prononcé à l'anglaise) n'apprécie pas la compagnie des garçons, avait déclaré Mme Buss, dans un anglais immédiatement admirable à mes oreilles, et qui faisait d'abord la leçon à ma tante Lenke en guise de vengeance, il sera plutôt servi ici, car Kingsley est mon seul fils. *Our little french boy* pourra donc, s'il le préfère, apprendre l'anglais auprès de mes filles, Suzan et Rosalind, ou avec nos deux étudiantes de Trinidad, pensionnaires chez nous, toutes quatre plus âgées que lui mais dans les meilleures dispositions, et déjà tout excitées par l'arrivée annoncée d'un jeune Français… »

Mme Buss admit qu'elle pouvait m'attribuer une grande chambre au rez-de-chaussée, habituellement occupée, un seul soir par semaine, par un professeur de latin-grec du Highgate College, qui vivait en province et qu'elle pourrait loger autrement pendant ses dernières visites de l'année scolaire. Mes bagages furent donc portés dans cette vaste pièce au mobilier douillet et vieillot, pleine de livres, et donnant sur la rue par quatre belles fenêtres à guillotine. Les conditions de mon séjour ainsi réglées au mieux, je pus partir pour passer le reste de la journée avec ma mère et ma tante Lenke, et dîner avec elles avant d'être ramené à onze heures précises pour avoir avec Mme Buss une première entrevue, et pour faire connaissance autour d'une tasse de thé. À l'heure dite, devant le 15, Broadlands Road – j'entendis les coups sonner à la pendule du salon, derrière la porte d'entrée, au moment même de presser la sonnette –, je pris congé de ma mère et de ma tante Lenke, avec moins de tristesse et d'appréhension que les années précédentes, à Reading et à Brighton. Lorsque Mme Buss vint ouvrir, mes accompagnatrices s'étaient déjà reculées de quelques pas et, depuis le trottoir, elles nous adressaient des signes de la main. Mon hôtesse me parlant à mi-voix, mais avec un effort pour articuler chaque syllabe des mots de son anglais impeccable, elle m'invita à passer par ma chambre pour me mettre à l'aise, avant de la retrouver au salon, où il était juste temps de me présenter à M. Buss, qui montait se coucher, hiver comme été, à onze heures quinze précises, après une dernière tasse du *eleven's tea* (le thé de onze heures). Un petit miracle m'attendait sur le lit que la grande plaidoirie d'Auntie Lenke, avec son terrible accent hongrois, m'avait permis d'usurper au professeur de latin-grec : j'y trouvai déposée ma raquette de tennis dans sa housse en tissu écossais (ce détail n'est pas sans importance, comme on le verra). Comme je manifestai ma joyeuse surprise,

Mme Buss, avec un sens du mystère et du secret digne d'un agent de l'*Intelligence Service*, m'informa qu'elle me présenterait le lendemain l'auteur de ce tour de passe-passe parmi tous les autres membres de la maisonnée. Pour l'heure, je ne fus conduit qu'à M. Buss, assoupi dans un fauteuil en velours de Gênes, qui ouvrit d'abord un œil pour me dire: «*Hello! Welcome young man!*» puis le deuxième en se levant pour me tendre la main et conclure: «*And now, good night!*» Debout, M. Buss n'arrivait pas à l'épaule de Mme Buss, et sur bien d'autres plans, le même écart se vérifia. Mme Buss et moi restâmes seuls.

Il y eut un long face-à-face silencieux de part et d'autre du guéridon où étaient posées la théière et les tasses. C'était l'heure où Mme Buss goûtait ses seuls moments de tranquillité après les nombreuses tâches de la journée, savourant son thé du soir à petites gorgées et levant les yeux de sa tasse à la dérobée, comme si elle avait voulu saisir quelque chose de moi par surprise. De toute évidence, ce petit cérémonial était un test, une épreuve: Mme Buss attendait de voir comment j'ouvrirais la partie, et espérait sans doute un premier faux pas. J'en vins à penser qu'en tête à tête et yeux dans les yeux – c'est-à-dire hors la présence de mon avocate, Auntie Lenke – elle allait me demander les véritables raisons de mon refus de partager la chambre de son fils Kingsley, et je redoutais même qu'elle ne revînt sur ce que ma tante avait obtenu d'elle. Nous étions comme deux lutteurs qui ne se connaissent pas encore, qui s'évaluent avant de s'empoigner et qui prennent pour cela tout leur temps. Mais la lutte s'annonçait trop inégale: cette fois-ci, il n'y aurait pas de miracle de David face à Goliath. Comme pour en convenir d'avance, je cherchais par quel moyen faire acte d'allégeance, me rallier définitivement par quelque gentillesse les faveurs de Mme Buss et cette sympathie que j'avais cru voir naître en elle. Baissant les yeux à mon tour, je contemplais ses énormes chaussures à brides, d'un modèle qui devait remonter au règne de Victoria, et d'une taille encore supérieure aux miennes, alors que c'était là justement, en bas de mes jambes nues, que résidait sinon ma force du moins le seul motif de quelque assurance. Les souliers de Mme Buss étaient encore plus massifs et imposants que les chaussures de football que m'avait offertes ma tante Lenke pour le Noël précédent, et dont je lui avais fait la demande sans me méfier d'un faux ami : le mot *football* en anglais désignant ce qu'en français on appelle le rugby, j'avais vu arriver une paire de groles qui tenaient plutôt des bottines des hockeyeurs sur glace où, à la place de la lame, se trouvaient des crampons constitués par des rondelles de cuir empilées et cloutées dans la semelle, et qu'il fallait régulièrement faire remplacer chez un cordonnier. Voyant arriver ce cadeau, je m'en étais émerveillé, ne doutant pas que cet équipement venu d'Angleterre, la patrie historique du sport moderne, fût ce qu'il y avait de mieux : en fait, mes camarades et moi nous jouions au football avec toutes sortes de chaussures et principalement en baskets, et nous n'avions vu les vraies chaussures que de loin, sur les stades où évoluaient les joueurs des équipes participant à quelque rencontre officielle. Nul ne s'avisa que mes chaussures étaient plutôt destinées à un pilier de mêlée de jeu à quinze avec ballon ovale qu'à un inter droit dans une équipe à onze avec ballon rond, et j'eus le sentiment qu'elles faisaient sensation : si j'y repense, et m'imaginant équipé de ces accessoires moyenâgeux, je soupçonne que j'avais suscité quelques ricanements sous cape, et je n'avais sans doute pas volé le surnom ambigu de « Berthe aux grands pieds » et le qualificatif peu glorieux de *tataneur*, autrement dit celui qui n'hésite pas à user et à abuser de ses tatanes pour intimider, pour dissuader, pour s'ouvrir un chemin à travers les lignes adverses et se débarrasser des défenseurs par trop encombrants. Je le répète : mes seuls atouts physiques étaient dans mes pieds car, pour le reste, je ne pesais pas lourd. Observant les extrémités énormes de Mme Buss, je ne pouvais m'empêcher de les évaluer en comparaison des miennes et, face à ses souliers à brides, de penser à mes lourdes chaussures de football, avec leur laçage interminable. J'avais devant moi l'incarnation en taille réelle de « Berthe aux grands pieds », et Mme Buss prenait pour moi les traits d'un personnage de légende : j'étais soudain envahi par une admiration sincère. Alors, rassemblant le peu de mots nécessaires à ma formule de politesse – un vocabulaire de base depuis longtemps acquis –, je me jetai à l'eau, convaincu d'avoir trouvé la plus jolie tournure de galanterie pour une avance que j'espérais décisive. Et je dis : « Madame Buss, vous avez des pieds réellement immenses, je n'en ai jamais vu de tels dans d'aussi grandes chaussures. J'admire des pieds aussi magnifiques ! » J'étais convaincu d'avoir servi le compliment à la fois le mieux senti et le plus flatteur, et je plaçai sur le compte de sa modestie la réaction perplexe de Mme Buss. Je ne compris que plus tard qu'elle avait dû se dire quelque chose d'équivalent en anglais à : « Qu'est-ce que c'est que ce petit morveux… » Si, m'inspirant du Petit Chaperon rouge, j'avais plutôt exprimé mon admiration sous une forme interrogative, demandant à Mme Buss : « Pourquoi donc avez-vous de si grands pieds ? », sa réponse eût été sans doute : « C'est pour mieux te botter le cul, mon enfant ! »

Il y eut un moment de flottement, et Mme Buss dut chercher dans quelques toussotements purement diplomatiques – que j'interprétais comme si je l'avais fait rosir de plaisir – une transition qui repoussait à plus tard sa réaction à mes avances. Elle me posa quelques questions, banales comme celles d'un formulaire : quel âge j'avais, où j'étais né, comment était composée ma famille, quels pays je connaissais, quelles étaient mes matières préférées au lycée, quels sports je pratiquais, combien je mesurais (avec la traduction des centimètres en pieds et en pouces – *feet and inches*), etc., conçu comme un premier exercice de conversation plutôt que pour répondre à une réelle curiosité de mon interlocutrice. Après quoi, Mme Buss sortit d'un tiroir un plateau rond de *chinese checkers*, sorte de jeu de dames chinois, avec un damier en étoile en tôle percée de trous, les pions étant des épingles groupées par couleur dans les pointes en triangle. Elle m'expliqua les règles en quelques mots et me fit une brève démonstration, m'informant que, à partir du lendemain, je devais être en mesure de jouer avec elle tous les soirs, car elle ne trouvait pas de partenaire à sa taille : désormais, je connaissais au moins une des sauces (chinoises) à laquelle Mme Buss comptait me manger. Elle me confia le jeu pour que je m'y familiarise, et m'invita à me retirer dans ma chambre, en précisant qu'une petite cloche sonnait l'appel des quatre repas : *breakfast, lunch, five o'clock tea and supper.*

La vaste pièce qui devenait ma chambre était chargée d'une présence étrangère, mais la solitude et l'indépendance que j'y trouvais me rendaient tout sympathique et presque familier : et pour commencer, son odeur particulière – dans une maison où chaque lieu était reconnaissable les yeux fermés –, mélange de ce que font sentir à leur approche les livres édités en Angleterre, avec un papier plus riche en bois, et du parfum sucré, épicé, d'un tabac à pipe que l'hôte habituel, le professeur de latin-grec, devait apporter dans ses affaires mais qu'il avait la délicatesse de ne pas fumer à l'intérieur, les effluves odorants de ce tabac non brûlé devenant plutôt une invitation à consommer les charmes de la chambre que le marquage dissuasif d'un territoire. Il y avait tous les livres accumulés là par un professeur qui les avait sans doute lus dans le train, et dont il faisait peut-être encore usage pour ses cours, et aussi tous les objets qui atterrissaient là faute d'avoir trouvé un véritable emploi et une place ailleurs, et dont l'occupant devait trouver la présence plutôt rassurante puisque, dans un même pays et dans un même milieu, tout le monde se partage les mêmes accessoires de la vie quotidienne, rattachés à des souvenirs communs, et encore tous les meubles défraîchis et hétéroclites, mais dont la fin de carrière et le rassemblement sans prétention finissaient par produire le vrai style d'une société, d'un mode de vie, et par procurer ce confort si britanniquement *cosy*. Du moment que j'y étais seul, toute la chambre et son contenu devenaient miens, quels qu'en fussent le légitime occupant et le réel propriétaire, alors que le même décor et le même espace me seraient restés irrémédiablement étrangers et hostiles si j'avais eu à les partager avec un autre. Je dis *un* autre, au masculin, car mon attitude eût été sans doute différente si la personne avec qui cohabiter avait été une fille ou une femme, une situation que les règles de la morale et de la bienséance excluaient déjà pour moi, alors que j'étais encore un petit garçon en culottes courtes. Je m'employais maintenant à défaire mon bagage, pour commencer l'occupation des lieux, pour déposer mes marques dans les tiroirs, sur les étagères, dans la penderie, sur le chevet, sur la chaise, sur la table de travail, ne laissant à l'écart qu'un gros fauteuil où je ne pouvais m'empêcher de me représenter le fantôme du professeur de latin-grec, ce siège, sorte de trône, restant dans mon esprit réservé aux adultes. Pour occuper tous les points stratégiques, je n'eus pas trop de tout ce que contenait ma valise, déjà bien lourde et surchargée par ma grand-mère, qui préférait prévoir du superflu que de prendre le risque que je me trouve démuni : mes livres de classe et ceux de mes lectures de vacances, l'appareil photo Rolleicord, une maquette à construire d'avion en balsa, dans sa boîte, avec la pochette d'outils et de produits adéquats, mon nécessaire de toilette, luxueux comme celui d'un ministre et emprunté à mon père qui n'avait que faire de ce genre de coquetterie, ma trousse à crayons avec en outre le stylo-plume Parker 51, la règle, l'équerre, le compas, le rapporteur, la gomme et le taille-crayon, une bouteille d'encre, deux maillots de bain pour aller à la piscine, trois tenues complètes pour le tennis, assez de sous-vêtements pour ne pas dépendre des lessives, des chemisettes à manches courtes et des chemises à manches longues pour le cas où l'été à Londres ressemblerait à un hiver à Calais et, dans la même crainte, trois pulls, deux blousons à fermeture Éclair, des culottes courtes de différentes longueurs et dans divers tissus (aucun pantalon, évidemment), plusieurs carnets à reliure spirale pour les notes de mon journal intime, les blocs de papier et les paquets d'enveloppes pour les lettres quotidiennes à ma grand-mère, des cadeaux typiquement français (parfums, alcools, boîtes de chocolats de la Marquise de Sévigné, un stylo-plume Waterman...) à distribuer à mes hôtes avant mon départ, sans oublier la raquette de tennis déjà oubliée une première fois et mystérieusement réapparue, après que j'ai pu la décrire, principalement reconnaissable à sa housse en tissu écossais avec un compartiment pour les balles..., un grand équipage en somme, comme pour un long séjour en exil – j'imaginais les malles et les cantines de Napoléon débarquant en terre britannique, à Sainte-Hélène – dont les pièces, dès qu'elles furent disposées et réparties, là où la chambre et son mobilier ne semblaient avoir attendu qu'elles, me permirent en moins d'une demi-heure d'établir mon emprise, de signer ma présence et de m'installer là comme un colon dans sa légitime mission et dans les références à ses origines. En quelques instants, j'avais planté mon campement dans une nouvelle vie, je m'étais installé dans un nouveau destin et, à vrai dire, le mois de juillet 1957, dont c'était la veille du premier jour, allait devenir un moment dont la perception subjective et la trace sont celles de toute une époque de mon existence, trente et un jours qui ont pour valeur deux ou trois années.

2

Le lundi 1er juillet au matin, je me réveillai dans la peau d'un autre homme, si l'on peut dire et, reconnaissant l'appel de la cloche comme si je l'avais toujours entendu, ce fut évidemment en culottes courtes que je me présentai dans la salle du petit déjeuner où m'attendaient rassemblés tous les membres de ma nouvelle famille, moi le petit Français candidat à l'adoption et à la naturalisation anglaise, en fait autre chose qu'une famille : la réduction à un microcosme, débarrassé du pire et rassemblant le meilleur, d'un monde et d'une société idéalement constitués – et à mon seul profit –, pour l'éducation sentimentale autant que linguistique… La langue vivante que j'étais venu apprendre et pratiquer n'était peut-être pas celle que l'on croyait, ou alors les deux langages étaient appelés à entrelacer leurs accents au point que, depuis lors et jusqu'à ce jour, je n'ai pu, dans les innombrables circonstances qui le réclament, passer à la langue anglaise sans le sentiment de l'entrée imminente dans une aventure amoureuse. Le tableau de groupe auquel je me trouvais confronté était accueillant et souriant : j'avais l'impression d'être attendu avec un crédit de popularité, mais je ne découvris pas aussitôt, parmi tous les êtres attablés, le visage qui allait donner leur sens à tous les autres, transformant chaque personne, chaque lieu, chaque instant, en personnages, en décors, en chapitres d'un roman vécu : un petit garçon en culottes courtes peut à la fois continuer de collectionner les autos miniatures et expérimenter les premières émotions de cet agrandissement de l'existence qu'est l'amour, être abonné à des illustrés pour enfants et connaître par cœur des vers de Lamartine, de Goethe et de Shelley.

Sans doute un sourire, sur des lèvres délicieusement ourlées, entrevu sans que je m'y arrête, avait-il déjà diffusé, parmi la bonne humeur générale et la convivialité affectueuse, les accents d'une note plus trouble, plus sensuelle, les signes singuliers d'un individu à un autre, parmi tous les autres. Avant même que je n'entendisse Mme Buss prendre la parole pour me présenter chacun des pensionnaires, un bavardage continu occupait l'espace : c'était celui d'un poste de radio ouvert en permanence, et dont j'allais découvrir que les voix faisaient partie de la maison comme des personnages familiers, fantômes domestiques privés de corps, mais qui semblaient connaître chaque meuble et chaque objet, y compris celui qui était leur niche ou leur perchoir : une TSF en bakélite vert pomme, suspendue au mur, de marque Continental Edison. Une émission matinale était consacrée depuis des années à la vie d'une famille anglaise et bien des familles anglaises vivaient au rythme de cette famille-là, famille modèle qui passait par toutes les situations et tous les événements qu'une famille anglaise pouvait avoir à connaître. J'arrivais ainsi dans une double famille, et l'on me recommanda, à titre d'exercice, d'écouter la radio ; celle-ci donnait à la pièce son ambiance sonore particulière, comme la peinture des murs lui donnait sa lumière. Le poste et cette station que l'on écoutait en faisant autre chose rappelaient à la salle commune sa véritable identité : c'était à l'origine un vaste office attenant à la cuisine et l'on continuait de s'y livrer à toutes les corvées qui occupent les mains et l'œil mais laissent libres la tête et l'oreille, repassage du linge, reprisage des chaussettes et des draps, couture des boutons, épluchage des pommes de terre, triage des lentilles, astiquage de l'argenterie… Par commodité, c'était là que se prenaient tous les repas, puisque la vraie salle à manger, symétrique du salon en façade de la maison, avec ses quatre fenêtres à guillotine, était la pièce spacieuse et noble dont j'avais hérité pour chambre. À certaines heures de la journée, Mme Buss, enfin seule, prêtait attention à son émission quotidienne dont elle n'aurait raté un épisode sous aucun prétexte, imposant le silence à quiconque serait apparu. À d'autres moments, les voix du haut-parleur faisaient partie du brouhaha domestique et se mêlaient aux autres ; mais il arrivait qu'on dialoguât avec elles, qu'on leur répliquât, qu'on répondît à une question posée, qu'un sujet de conversation fût imposé, soulevant toujours la même polémique entre toujours les mêmes parties adverses, constituées des mêmes membres de la famille devenue l'écho de celle qui habitait dans le poste.

En la circonstance, personne ne s'intéressait à l'émission matinale, dans l'attente que Mme Buss prît la parole. Elle seule se tenait debout, et comme elle était si grande, elle semblait présider une compagnie de nains. Elle s'appuyait au dossier de la chaise où M. Buss, déjà somnolent en ce début de journée, était ce vieux prince consort, monarque d'opérette, sans réel pouvoir, qui souriait pour signifier sa soumission bienheureuse à son état et à un silence protocolaire. Mme Buss s'efforça de prononcer mon prénom à la française, précisant cependant qu'on pouvait m'appeler *Alan*, à l'anglaise, et elle me présenta comme le jeune *french boy* que tout le monde attendait. D'une petite fille qui eût été à ma place, on eût alors espéré une révérence : je me contentai d'un timide signe de la main. Et puis Mme Buss commença les présentations par celle de mon bienfaiteur, M. Hopper, dit Hoppy, originaire d'Édimbourg et, de son état, caissier principal au siège de la *Bank of Scotland* à Londres : touché par la mésaventure de ma raquette oubliée dans le métro, et surtout par la description de son étui en tissu écossais, il avait consenti à passer la fin de son dimanche après-midi dans le *tube*, jusqu'au service des objets trouvés des transports londoniens, à l'autre bout de la ville, d'où il était revenu trois heures plus tard, ayant raté le thé et le souper, mais sa mission accomplie de gentleman adorablement serviable, bien connu pour cela. Auntie Chrissie – la première autre *auntie* que j'entendais nommer – s'impatientait déjà de n'avoir pas été présentée la première, et de la complaisance de Mme Buss à vouloir tourner de belles phrases. Car cette mystérieuse vieille tante – de qui donc était-elle la sœur et quels étaient ses nièces et ses neveux ? – ne prenait jamais part à l'ordinaire du petit déjeuner collectif, elle était une de ces dames anglaises un peu revêches, que l'on imagine auteur de complexes intrigues policières, ou alors capables du pire comme dans *Arsenic et Vieilles Dentelles* ; elle vivait dans une indépendance et une autarcie totales, jouissant d'une vaste pièce au rez-de-chaussée, côté jardin, avec son coin cuisine et sa salle de bains, et elle n'était apparue qu'à titre exceptionnel, afin de faire ma connaissance – je ne sais quelle voix (peut-être dans le poste) me chuchota de bien la regarder, car je ne la reverrais pas de sitôt. Je compris bien plus tard qu'Auntie Chrissie bénéficiait d'une confortable pension, qu'elle versait une quote-part importante aux charges domestiques en échange des avantages qui lui étaient concédés, et que cet apport financier, sans doute décisif, imposait le respect. Ayant appris que je jouais du piano – Auntie Lenke avait dû vanter mes mérites à Mme Buss, lors des négociations pour mon séjour –, Auntie Chrissie me déclara, à la surprise générale, et s'adressant à moi personnellement (ce qu'elle ne faisait avec aucun autre pensionnaire), que je pourrais une fois par semaine, en son absence, entrer chez elle pour y faire de la musique. La présence d'un piano chez Auntie Chrissie fut une découverte pour la plupart des personnes présentes, car rares étaient ceux qui avaient pu glisser un œil par la porte toujours fermée à clé de son petit appartement : une clé que d'ailleurs Auntie Chrissie exhiba de loin – précieux sésame qui me serait nécessaire –, avant de se retirer et de ne saluer la compagnie qu'après lui avoir tourné le dos. Vint le tour des deux filles de la maison, Suzann, la cadette, et Rosalind, l'aînée – environ quinze et dix-huit ans – qui, souriantes et narquoises dans leurs robes à fleurs, me considéraient avec amusement et condescendance, et me firent sentir qu'il fallait plus qu'un freluquet en culottes courtes, tout français qu'il fût, pour être pris au sérieux par des demoiselles anglaises comme elles, bientôt en âge et en droit d'espérer pour soupirants des princes charmants. Je fus donc tenu pour quantité négligeable par ces sœurs de Cendrillon. On dit parfois que lorsque les Anglaises sont belles, elles le sont excessivement : Suzann et Rosalind n'entraient pas dans cette catégorie… Quand Kingsley me fut présenté – mon interlocuteur désigné, de trois ans mon aîné –, il se leva tout droit – je vis aussitôt son ample pantalon en drap gris – et ce mouvement me sembla d'abord une tentative d'intimidation ou de l'arrogance, sachant que j'avais pu le vexer en refusant de partager sa chambre, et d'autant qu'il était, à cet âge de seize ans, déjà plus grand que sa mère, lui aussi un *six footer* – en fait, plus près d'un mètre quatre-vingt-dix –, à vrai dire une bonne pâte de garçon, tout le physique de Mme Buss, avec le visage pris en sandwich dans une belle paire de joues roses, appétissantes – peut-être rosies par les baisers de sa maman, seule à pouvoir les atteindre – et, sur le crâne, en toupet, un épis de cheveux blonds qui lui donnait l'allure d'un Tintin survitaminé. Il s'était dressé tout droit non pas pour exhiber sa haute stature qui me dominait d'une bonne tête et pour m'en imposer, mais pour me saluer, par un réflexe de l'éducation qu'il recevait au Highgate College. Les bras le long du corps, il voûtait même un peu son dos et baissait les épaules pour paraître moins grand. J'éprouvai aussitôt une sympathie apitoyée et la certitude que je n'aurais jamais rien à partager avec ce grand dadais en pantalon, même pas une partie de tennis qui eût justifié chez lui le retour aux culottes courtes, car j'eusse été un piètre adversaire alors qu'il était déjà un joueur classé. Il y avait entre Kingsley et moi une distance infranchissable, un no man's land constitué d'une réciproque et compréhensive indifférence. Enfin, assises côte à côte, deux jeunes filles au physique exotique, qui tranchait avec celui du reste de la compagnie, me furent présentées ensemble comme si elles avaient été des sœurs : *Kate and Barbara*. Toutes deux originaires de Trinidad – cette île qui, avec Tobago, constituait encore à cette époque les bijoux caraïbes du *British Commonwealth* –, elles étaient deux amies âgées l'une et l'autre d'une vingtaine d'années, qui faisaient leurs études de chimie à l'université de Londres et partageaient au dernier étage, celui des filles – comme le précisa Mme Buss avec une pointe de malicieuse provocation –, une même chambre sous les toits, voisine de celle de Suzann et Rosalind. Il était bien naturel que ces deux jeunes filles de même origine me fussent présentées ensemble – même si je soupçonnai Mme Buss d'un calcul qui eût visé à tempérer ainsi l'effet que pouvait produire l'une des deux sur un jeune garçon –, et si Kate et Barbara se montraient également avenantes, il y avait entre elles cette différence radicale qui scelle souvent les grandes alliances entre filles (comme aussi entre garçons), par l'admiration éperdue et le dévouement de l'une pour l'autre : toutes deux étaient des métisses au mélange subtil mais si, chez Kate, une part d'origine africaine avait fait d'elle une belle plante, comme on dit, au physique généreux – corps ample, peau sombre, abondante chevelure frisée –, une recette différente avait fait de Barbara l'exemple d'une de ces beautés rares de type eurasien – corps et traits à la fois fins et sensuels, peau cuivrée, cheveux noirs et raides – que produisent les croisements, lorsqu'un supplément de réussite et de grâce s'ajoute à leur intérêt esthétique habituel. Les gestes, les attitudes, les expressions, les regards, les inflexions de la voix, les sourires, communs à toutes les jeunes filles de son âge, devenaient chez Barbara les promesses d'une volupté et d'un bonheur luxurieux.

Les présentations étaient donc faites, j'étais là, face à toute cette bienveillance si délicatement modulée, et je pourrais dire que je me tenais droit dans mes bottes, si je n'avais été en sandales et en culottes courtes, ne retenant d'abord de tous ces visages et de toutes ces personnes si bien disposées à mon endroit que la seule figure de Barbara, lui rendant son sourire avec insistance et comme en aparté, jusqu'à la gêner, l'obligeant à baisser les yeux. Car je ne doutais plus un seul instant que je n'étais là que pour elle, qu'elle n'était là que pour moi. Mais le programme soigneusement concocté par Mme Buss pour que mon séjour fût profitable laissait peu de temps libre et peu de place à mes préférences, à mes penchants et, parmi la liste de mes activités et de mes partenaires, Barbara ne fut mentionnée qu'accessoirement, pour quelques parties de tennis en fin de journée, s'il se vérifiait que nous étions de force à peu près égale, hypothèse que je ne trouvais guère flatteuse, doutant qu'une fille, même plus âgée que moi de sept ans, pût être une partenaire valable : c'était, de ma part, méconnaître les particularités et les agréments du jeu sur gazon. J'évaluais clairement, avec une certaine lucidité, que deux femmes, rivales, étaient désormais maîtresses de mon destin : Mme Buss et Barbara.

3

Parvenu à ce point, et le carnet du journal intime que je tenais à l'époque étant aujourd'hui relégué au fond de quelque malle inaccessible, ou tout simplement perdu, il m'est impossible de décrire jour après jour mon séjour au 15, Broadlands Road à Londres, en ce mois de juillet lointain, en tout cas en ses débuts, et jusqu'à une certaine date. Pourtant, je pense n'en avoir rien oublié, aucun visage, aucune personnalité, aucune émotion, aucun événement, aucun moment, aucune action, aucune anecdote, aucun état du ciel, aucune odeur de gazon ou de vieux meuble, aucun parfum délivré par la chevelure de Barbara ou par son corps, aucun accessoire, aucun objet. Tout le contenu de ces trente et un jours passés dans une maison du quartier de Highgate à Londres – et qui constituent tout un monde et toute une époque de ma vie – reste présent dans ma mémoire, gravé là depuis le dernier jour, celui de mon retour à Paris le mercredi 31 juillet 1957, et je pourrais passer des heures, des journées, à en feuilleter mentalement l'album d'images, le recueil d'impressions, de sentiments, de sensations, convaincu que j'en ai conservé jusqu'aux détails les plus insignifiants, qui pourraient tout aussi bien rester ensevelis à jamais si je n'avais décidé d'en retrouver en moi cette trace, cette inscription déjà ancienne qu'est l'acte même d'écrire – l'écrivain réécrit seulement –, grattage à la surface d'un site archéologique. Une évocation par thèmes aurait l'avantage d'un classement, restituant l'être dans quelques-unes de ses expériences, mais le perdant, l'asphyxiant par l'extraction hors de son milieu qui est le temps, et le privant de cette respiration que sont l'écoulement et la succession des jours et des nuits, les modifications de l'air et de la lumière, la progression de la conscience, le chemin trouvé par l'amour et par les sens, parmi les êtres vers un seul être, alors qu'une simple journée est tissée de tout cela, depuis le matin jusqu'au soir, riche et intense comme une vie, depuis la naissance jusqu'à la mort. Comment être l'archéologue de son propre passé lorsque le monde à reconstruire n'a laissé aucune trace matérielle, aucune ruine, et qu'il reste toujours dressé, construction intacte mais virtuelle, préservée mais immatérielle, présente mais comme ce qui s'est absenté, infiniment détaillé mais insaisissable, maquette à taille réelle, aux espaces innombrables, remisée dans les entrepôts de la mémoire et que la mémoire ne saurait parcourir et contempler, privée de tout autre guide qu'elle-même, avec la certitude que la visite, que la vision soient complètes, avec l'assurance que le souvenir ne soit pas la seule forme perceptible et supportable de l'oubli ? Parvenu au bord du site de ce qui eut lieu, me voici donc sans aucune science pour le déchiffrer, et même sans la moindre méthode, sans outil, les mains vides. Mais je sais pourtant que tout est là et, de cette certitude, je tire l'énergie pour tout faire exister à nouveau : il faudra bien que l'écriture soit une façon de retrouver le premier regard, de restituer la première fois, en sachant que l'écriture est elle-même le dernier regard, la dernière fois. Premier amour, dernier amour.

4

Dès le premier matin, donc, je me suis vu entre les mains de deux femmes : l'une, reine d'un royaume sans roi, comme l'Angleterre elle-même, décidée à organiser mon séjour et à honorer son contrat de préceptrice, de formatrice, d'initiatrice à la correcte prononciation de la langue anglaise et à une juste – britannique – appréciation du monde ; l'autre, fille d'un roi lointain, seulement accompagnée de sa suivante, et donc seule sur terre en son exil, prête à me livrer les secrets dont je me croyais depuis longtemps instruit, trésor que je m'étais souvent représenté sans avoir encore pu y porter la main : Mme Buss et Barbara. De l'une, j'avais repéré les grands pieds, que j'avais comparés aux miens et dont j'avais entrepris l'éloge, comme dans un blason de poésie galante ; de l'autre, m'avaient troublé les lèvres, y contemplant un sourire auquel j'avais répondu avec insistance et même avec effronterie. Dans cette configuration, une troisième femme, Auntie Chrissie, par sa proposition imprévue, m'apparaissait comme l'alliée de mes rêveries et de mes vues sur Barbara : d'une part, parce que je la percevais comme un contre-pouvoir face à Mme Buss, d'autre part, parce qu'elle m'offrait l'accès à un espace réservé, interdit aux autres, lieu d'un contre-programme qui me permettrait aussi bien d'échapper à certaines obligations, que d'y cacher des actes et des désirs inconvenants, sous l'alibi de la musique.

Dès cette première matinée, j'allais être confronté à une autre femme encore, la quatrième, et celle-là au service des plans de Mme Buss, comme je le découvris bien vite : Mme Chapman. Avant de me présenter à cette dame, qui était arrivée ponctuellement à neuf heures, Mme Buss m'avait convoqué là même où avait eu lieu notre premier échange, la veille au soir. Dans la maison maintenant désertée de ses habitants, chacun étant parti vaquer à ses occupations – j'imaginais le brave Hoppy, à nouveau dans le métro, en route vers la City et son guichet à la Banque d'Écosse –, nous avions, Mme Buss et moi, repris ces places dont je compris alors qu'elles seraient définitivement les nôtres, lors de nos tête-à-tête dans le salon et, à voix basse, par un excès de précaution qui pouvait sembler superflu, puisque nous n'étions à la merci d'aucune oreille indiscrète, et qui était en fait d'ordre psychologique et diplomatique – pour adoucir la charge –, elle m'avait simplement dit, évitant de baisser le regard vers le sol – c'est-à-dire, vers ses pieds et ses chaussures – et le tenant fixé droit dans mes yeux : « Alain, vous vous êtes montré hier soir un garçon fort mal élevé. La remarque insistante sur la taille de mes pieds était déplacée, désobligeante et vexante. Il n'est pas correct ni loyal de s'attaquer à autrui par une particularité de son physique infligée par la nature. J'avais cela à vous dire, pour que vous sachiez mon sentiment et que nous n'ayons plus jamais à revenir sur un tel comportement. » Jusque-là, j'avais traduit toutes les phrases adressées du haut de son imposante stature par Mme Buss, dans son anglais à la prononciation scrupuleuse, au petit Français en culottes courtes que j'étais, en optant pour le tutoiement. Venant d'une langue comme le français, qui connaît ce mode familier de la deuxième personne du singulier, face à une autre qui l'ignore, c'est l'état des relations entre les personnes – différence d'âges, hiérarchie, degré d'intimité –, c'est la situation, c'est l'humeur, ce sont les circonstances, qui permettent de traduire le *you* anglais en *tu* ou en *vous*. À l'intonation et à l'expression de Mme Buss, je compris qu'il me fallait interpréter ses dernières paroles avec ce vouvoiement de distance et de respect mêlés – l'expression *tenir en respect* contient cette ambiguïté – qui souligne l'indépendance et la responsabilité de chacun des interlocuteurs lors d'un rapport de forces, même lorsqu'il oppose des familiers. Tout au long de mon séjour, la variété des situations et des relations avec chacun des membres de la maison Buss allait m'inciter à traduire tantôt par *tu*, tantôt par *vous*, le *you* qui m'interpellait avec divers niveaux et diverses qualités de froideur ou de sympathie, de réprobation ou de complicité, d'indifférence ou de tendresse, voire d'amour. Pour le moment, les paroles de Mme Buss grondaient, assourdissantes comme un cataclysme, le monde s'écroulait sur ma tête, je n'en comprenais plus les lois. Je me récriai avec force, essayant de marteler avec retenue, douceur et modestie, que mes paroles avaient été un compliment sincère puisque toujours, dans ma famille, on s'était réjoui, félicité et même émerveillé de la grande taille de mes pieds. Et je répétai à Mme Buss, m'appliquant au ton le plus charmeur, que je trouvais ses pieds réellement admirables. Je crois qu'elle finit par reconnaître ma bonne foi, et un subtil sourire signala à la fois la fin de l'argumentation, des arguties – l'anglais *arguing* me semble ici le mot juste – et le classement de mon cas au bénéfice des circonstances atténuantes. L'offense pouvait être prise avec humour et compréhension, comme lors de ces oppositions de cultures qui font apprécier diversement le rot retentissant d'un convive à l'adresse de ses hôtes, à la fin d'un repas, et Mme Buss semblait prête à admettre, en s'amusant de ce mauvais goût gaulois, qu'au pays où l'on mange des grenouilles, on complimente aussi les dames pour l'énormité de leurs pieds. Je percevais en même temps l'offre de réconciliation et toutes ces nuances de l'évaluation qui me rendaient responsable d'une sorte de grossièreté nationale, dont mon pays était reconnu coupable par ma faute. Se dressant d'un coup de son fauteuil comme en conclusion d'une négociation et d'un pacte, Mme Buss me tira de mon désarroi et nous pouvions, main dans la main, nous porter à la rencontre de Mme Chapman, la quatrième femme dont allait dépendre mon sort puisque je tenais pour définitivement neutres – ou facilement neutralisables – Suzann et Rosalind, les filles de lamaison, que j'avais aussitôt cataloguées comme des princesses pimbêches.

5

Mme Chapman était la veuve d'un pilote de la Royal Air Force – un de ces héros dont Churchill avait dit: «*Never has so much been owed by so many to so few*» («Jamais tant d'êtres n'ont autant dû à si peu») – et, de son époux tué par la DCA allemande aux commandes d'un chasseur-bombardier Spitfire pendant un de ces raids aériens de la Seconde Guerre mondiale où les aviateurs anglais se montrèrent les plus braves de tous – honneurs leur soient rendus –, elle avait gardé le goût des plans de vol et des *check lists*. En effet, chargée par Mme Buss de m'emmener une fois par semaine, pour une journée entière de visites, dans Londres et ses environs, chacune de ces virées était déjà conçue et préparée comme une véritable expédition et mon guide, pour exposer d'entrée de jeu sa logistique, ses plans de bataille, sa discipline et sa stratégie, déploya sur la table une carte de l'agglomération londonienne et cinq petits carnets déjà étiquetés avec leurs titres, futurs journaux de bord dont nous rédigerions ensemble les comptes rendus – exercices de rédaction anglaise... – correspondant au programme élaboré d'avance et longuement consigné dans les premières pages, avec tous les détails d'horaires (arrivées et départs), de moyens de transport (terrestres – de surface ou sous-terrains – ou fluviaux...), de lieux visités, de haltes pour se restaurer ou pour notre *comfort*, comme elle désignait les toilettes (évidemment sans la moindre idée de celles où la petite Arlette…). Étaient ainsi prévus « Une journée de tournoi à Wimbledon », « Sur les traces de Lewis Carroll à Kew Gardens », « La Tour de Londres, les docks et le *Cutty Sark* », « Une journée au zoo », « De Battersea à Kenwood en passant chez Mme Tussaud ». Chacun de ces titres n'annonçait que le thème principal, mais Mme Chapman avait noté d'innombrables étapes intermédiaires ou curiosités annexes (présentées comme facultatives mais auxquelles je n'eus jamais la faculté d'échapper), sans compter toutes les improvisations auxquelles son opportunisme infatigable devait nous conduire en supplément de programme : autant de merveilleuses surprises soigneusement préméditées ! À vrai dire, tout était prévu en double, c'est-à-dire avec les solutions de repli en cas d'intempéries ce qui, en juillet à Londres, n'était pas le symptôme d'une anxiété maladive. Mais quels que fussent le temps et l'état du ciel, c'était toujours le double programme qui était réalisé, sans la moindre perte.

Dans la salle commune des repas et du repassage, maintenant vide, où je n'attendais plus que l'occasion de voir réapparaître Barbara, j'étais remis entre d'autres mains, celles de Mme Chapman, livré à elle sans condition et, dans le silence anglais très provisoire de cette charmante dame anglaise, qui laissait surnager les voix anglaises d'une autre famille anglaise dans le poste de radio anglais – il ne manquait que les neuf coups anglais d'une pendule anglaise chère à Ionesco –, Mme Buss s'éclipsa un instant pour revenir bientôt de la cuisine avec un panier qu'elle nous montra garni de fruits, de pâtisseries et d'une grande variété de petits sandwichs en triangles de pain de mie blanc et brun. Je compris que tout avait été préparé pour une première opération loin du havre à peine entrevu du 15, Broadlands Road, réduit à la fonction de camp de base ou de base aérienne, un nid qu'il me fallait déjà quitter au matin de cette naissance à ma vie anglaise. Aucun répit ne m'était laissé, et puisque je m'intéressais au tennis, il n'y avait plus une minute à perdre : Mme Chapman, parfaitement au courant de tous les matchs à l'affiche ce jour-là sur chacun des courts, m'emmenait pour un baptême du feu à Wimbledon.

Le trajet en métro depuis la station de Highgate (à un quart d'heure de marche de Broadlands Road, en descendant la colline par Parkhouse Passage et Talbot Lane) jusqu'à Wimbledon a quelque chose à voir, à l'échelle d'une ville, avec le parcours du Transsibérien à l'échelle d'un continent : c'est tout simplement interminable, et il faut soit une inconscience du prix à payer, soit au contraire une haute conscience de la récompense, pour se lancer dans une telle traversée. Ce qui, normalement, eût été incommensurablement fastidieux ne l'était plus aux côtés de Mme Chapman pour devenir incommensurablement épuisant : car, pour ne perdre aucune occasion de m'instruire et de me gaver l'oreille d'une langue anglaise bien nourrissante (et fort savoureuse), Mme Chapman me commentait le nom de chaque station, et me décrivait le paysage correspondant à la surface, trois ou quatre cents pieds au-dessus de nos têtes, car le métro londonien est parfois fort profond. Je n'ai jamais simultanément autant appris et autant oublié que lors des trajets dans le *tube* aux côtés de Mme Chapman. Il arriva enfin un moment où la rame déboucha à l'air libre, devenant un petit train dans un paysage verdoyant de la campagne anglaise, avec des gares vides et écrasées de soleil : les grands sites sportifs londoniens avaient cet avantage de transformer le fait d'assister à une rencontre ou à un match en équipée pour toute une journée (cinq décennies plus tard, l'attribution des jeux Olympiques à la ville de Londres, si jalousée par les Parisiens, semble avoir encouragé un dispositif inverse : ramener les stades en ville, à proximité des pubs). Nous n'étions pas loin de notre but.

Ce jour-là, partis de Broadlands Road vers dix heures du matin, et de retour à huit heures du soir, j'avais tout vu, tout connu, une fois pour toutes, de Wimbledon, et j'ai pu, depuis cette première fois, me dispenser de toute nouvelle expédition et suivre chaque année à distance le célèbre tournoi de tennis, retrouvant toutes les sensations, tous les événements traditionnels, tous les personnages éternels, bien plus importants que les champions d'une saison et que les résultats d'un jour : le goût des fameuses fraises de Wimbledon, avec une noix de crème fraîche ou simplement saupoudrées de sucre, achetées et consommées sous les grands kiosques en bois, les pâmoisons des jeunes filles pâles et blondes aux exploits des tennismen bruns et bronzés, les taches de rousseur qui se réveillent, et les crèmes sur les coups de soleil, deux ou trois évanouissements de *ladies* brusquement cramoisies sous la poudre de riz, victimes de l'insolation, les canotiers et les ombrelles, les couvre-chefs en papier journal et le chapeau de la reine mère ou de la duchesse de Kent, repéré au centre d'une tribune pourtant déjà bien colorée, l'odeur du gazon qui monte du court comme un appel paradoxal à la fraîcheur et au repos champêtres en provenance de l'arène où se livrent les duels les plus brûlants, les plus éprouvants. Je pourrais sans doute retrouver le nom des finalistes du tableau masculin et celui du vainqueur cette année-là – peut-être un Australien : Lewis Hoad, Ken Rosewall, Ashley Cooper ? ; et chez les femmes peut-être Altea Gibson, la première Noire victorieuse du tournoi –, mais cela reste sans importance : à Wimbledon, chaque année, c'est l'Angleterre qui gagnait.

6

À huit heures du soir, après s'être montrée aussi prolixe sur le chemin du retour, sans pourtant se répéter le moins du monde ni simplement passer la bande son à l'envers au fil des stations et, simultanément, en consignant sur son petit carnet toutes les étapes et tous les moments notoires de cette première journée d'expériences mémorables et d'exaltantes aventures, Mme Chapman me fixa rendez-vous pour la semaine suivante et prit congé sans autre commentaire, devant le 15, Broadlands Road, m'abandonnant, pantelant, à la reconnaissance incertaine de son principal mérite : celui d'avoir été si omniprésente, ou celui de s'être enfin absentée ? Me voyant paraître et afficher une mine soulagée, Mme Buss ne douta pas de mon ravissement et d'une idylle naissante avec Mme Chapman… Elle me fit promettre un compte rendu détaillé – avec le vocabulaire nouvellement acquis – pour plus tard dans la soirée, lors de notre première partie de *chinese checkers*, mais, pour l'heure, j'avais le choix entre un rapide souper – *supper* –, qui ne réunissait d'ordinaire que peu d'amateurs – le vrai repas du soir ayant été pris à l'heure du thé –, et un peu de tennis pour compléter par la pratique une journée dédiée à ce sport, et avant que la nuit tombât. J'optai sans hésiter pour le tennis – on est infatigable avec ses passions, à l'âge des culottes courtes – et, d'une remarque complice au sujet de la raquette, je remerciai à nouveau Hoppy, seul à table devant un morceau de viande bouillie, qu'il relevait de quelques rasades de *Worcester sauce*. Cinq minutes plus tard, ayant troqué mes culottes courtes pour un short blanc, la raquette récupérée par Hoppy à la main, dans sa housse en tissu écossais, je me présentai dans le jardin à l'arrière de la maison par où, traversant une prairie, on accédait au Highgate Lawn Tennis Club, et en attente de quel partenaire Mme Buss aurait trouvé disponible pour me donner la réplique : Suzann avait la migraine, comme disent parfois les filles, Rosalind n'était pas encore rentrée, Kingsley préparait son barda et devait se lever à l'aube le lendemain pour sa journée mensuelle de formation militaire. En jupette blanche, cheveux noués en chignon, je reconnus à peine Barbara, mais la longueur fuselée et dorée de ses jambes jusqu'aux chevilles dans leurs socquettes, comme la finesse des bras nus, correspondaient parfaitement à ce à quoi m'avaient fait rêver ses lèvres et son sourire. Y a-t-il une continuité du visage et de ses traits dans le corps et dans ses formes, et un profil est-il le garant d'une silhouette ? Je me suis souvent posé la question et souvent j'ai vérifié qu'un visage tient plus facilement ses promesses jusqu'aux bouts des orteils qu'un corps ne garantit l'extension de sa rêverie au-dessus des épaules.

Ce premier rendez-vous avec Barbara, jamais fixé entre nous mais comme suite évidente d'un premier échange de regards et de sourires le matin même, prenait donc la tournure formelle d'une rencontre sportive, et sans doute avais-je la tête pleine des exploits et des passes d'armes entre champions auxquels j'avais assisté à Wimbledon. Mais pour que cela pût exercer l'influence d'un modèle héroïque et glorieux, il aurait fallu que la simulation à échelle réduite respectât les proportions et les rapports de force, autrement dit, que j'eusse face à moi un autre garçon, si possible de mon âge, avec qui j'aurais pu jouer aux têtes de série dans un match de grand tournoi. La partenaire qui m'était donnée interdisait toute référence, toute comparaison, toute identification avec les héros du jour, et la joute sportive était d'avance désamorcée, remplacée par un enjeu d'une autre nature. Suzann ou Rosalind aurait pu m'inspirer le désir de moucher une fausse princesse, de rabattre son caquet, lui réglant son affaire et démontrant par une simple formalité l'inégalité des forces et l'inversion de l'avantage où chacune d'elles se voyait en tout, et toujours, face à toutes et à tous, comme j'allais pouvoir le vérifier par la suite. Mais il m'était impensable de jouer contre Barbara en comptant les points – quelle mesquinerie misérable ! – et dans l'intention de la battre – quelle cruelle violence ! Mon état d'esprit était de jouer à jouer, de prendre prétexte du tennis pour jouer à autre chose, pour établir une première relation, pour faire connaissance en somme, pour que des corps se regardent, s'observent, se découvrent, en toute commodité et sans que cela paraisse inconvenant. Je me souviens être sorti par le portillon arrière du jardin, aménagé dans la barrière en bois, et avoir traversé pour la première fois une prairie vaste que j'identifiai aussitôt comme espace idéal où faire voler mon futur avion modèle réduit, un Spitfire, dont les planches de balsa à découper m'attendaient déjà sur ma table de travail dans leur boîte ouverte, avec les plans de montage (de ce point de vue, ma complicité allait plutôt vers Mme Chapman, veuve d'un aviateur qui avait piloté la machine en grandeur réelle). Je me souviens d'avoir marché à côté de Barbara dans les effluves mêlés de sa chevelure et de l'Angleterre verte et en fleurs, dans un soir d'été : j'étais un petit garçon et elle était une femme, mais, dans ma tête, le décor et les circonstances faisaient déjà de nous les héros d'une histoire d'amour. Je me souviens des quatre courts sur gazon, déserts à cette heure, et de la cabane en bois qui tenait lieu de siège administratif du Highgate Lawn Tennis Club, avec le tableau sous auvent où s'affichaient les réservations, et la pièce à usage de vestiaire. Mais je ne me souviens plus de cette première partie de tennis avec Barbara : en fait, bien que nous fussions face à face, c'était comme si nous avions joué côte à côte, partenaires d'un double mixte dont nos adversaires auraient été tous les autres, l'humanité tout entière réduite à l'état de fantômes. Nous jouions de part et d'autre d'un filet mais comme dans le même camp. Nous ne nous battions pas l'un contre l'autre, mis à distance par nos coups, nous étions l'un contre l'autre et rien ne nous séparait. Chacun de nos gestes, de nos mouvements était la pantomime de deux corps accordés l'un avec l'autre, synchronisés jusque dans leurs souffles : telle était du moins ma perception…

Je sens que, dans cet effort de dire ce que je ressentais, j'invente aussi ce qui me reste, et que j'ai longtemps gardé dans l'obscurité de la mémoire, à l'abri de la lumière, avant de le confronter à l'éclat révélateur de la page blanche : en fait, je ne me souviens plus de rien, si ce n'est de la suite, car plusieurs fois nous allions revenir là ensemble, à la même heure avant la nuit, et nos rencontres suivantes sur le gazon du club de tennis, de semaine en semaine, m'ont laissé des souvenirs de plus en plus précis, comme ceux d'événements de plus en plus proches, non pas séparés les uns des autres par quelques jours mais par plusieurs années, jusqu'à une période relativement récente, car ces parties de tennis à un moment où le Highgate Lawn Tennis Club était toujours désert, ont été des étapes décisives, dont la succession rapide au cours d'un même mois de juillet continue de se déployer à l'échelle du temps de ma vie. Si je me revois quittant le jardin à l'arrière de la maison aux côtés de Barbara, puis marchant dans l'herbe de la prairie en direction des courts pour la première fois, je ne sais plus comment fut meublée la conversation – avions-nous échangé la moindre parole ? –, mais il me semble que je devais encore entendre un *vous* dans le *you* que Barbara m'adressait. Elle était une jeune fille extrêmement belle, venue d'une île lointaine, au-delà des mers, et je n'étais qu'un petit garçon en culottes courtes, venu d'un pays voisin, de l'autre côté de la Manche : déficit de mythologie à mon encontre. Sans doute ai-je trouvé avantage, ce soir-là, à être vêtu d'un short de sport, car la tenue pour le tennis ne distingue pas les petits garçons des grands : je n'étais ni grand ni petit, et la « grande » à côté de moi, désormais ma partenaire, était simplement désirable à en mourir.

7

De retour à la maison, Barbara me confia qu'il lui arrivait, le lundi, de regarder la télévision tard dans la nuit, dans un petit salon réservé à cet usage, au premier étage, car les programmes étaient alors des séries de films noirs ou d'épouvante. J'enregistrai l'invite, mais, pour le moment, j'avais une autre obligation à honorer, et ce fut en tenue de tennis que je me présentai dans le salon où m'attendait Mme Buss pour un autre sport : les parties de *chinese checkers* se jouent idéalement dans la lumière tamisée d'une lampe en porcelaine chinoise, avec un abat-jour de soie rose. À partir de ce premier rendez-vous, mon entrée dans le salon, chaque soir à onze heures précises, a sonné comme un réveil tirant M. Buss de sa somnolence et lui annonçant les dernières minutes à passer dans sa niche douillette en velours de Gênes, avant d'aller se glisser dans les draps de coton de son lit. La paupière entrouverte, il devait écouter comme le murmure d'une autre vie la conversation dans laquelle son épouse s'efforçait de m'engager, et ce fut seulement lorsqu'il comprit qu'il entendait parler anglais par un jeune Français présent dans la maison que M. Buss, suffisamment ramené à la conscience d'une réalité pleine de fatigue et de trivialité, se retira en nous adressant solennellement un *Good night !*

qui sonnait comme un *Good luck!* (Bonne chance! sous-entendu: Débrouillez-vous!). Face à Mme Buss, je m'efforçai d'évoquer sur le même ton la course effrénée de toute une journée, accroché aux jupes de Mme Chapman, et les balles échangées comme des caresses, entre chien et loup, avec Barbara. Dans un tête-à-tête aussi intime, où rien ne passait inaperçu, je ne suis pas sûr de ne pas avoir dévoilé la différence de mes sentiments à l'égard de chacune des deux partenaires de ma première journée à Londres. Nous avons joué cinq parties, interrompues par une tasse du thé de onze heures (le dernier, et celui que mon hôtesse, la reine sans roi, ne faisait d'habitude infuser que pour elle seule, dans une petite théière chinoise dédiée à cet emploi et dont nous partageâmes le contenu): je perdis les quatre premières, à la satisfaction de Mme Buss, qui n'eût pas supporté un autre résultat dans cette phase d'initiation, mais je gagnai la cinquième pour son contentement suprême, car elle eût été fort déçue de ne pas avoir enfin formé un adversaire capable de lui tenir tête. Nous restâmes sur ma victoire, qui promettait des joutes acharnées et, incontestablement, j'avais d'un coup atteint une marche élevée dans l'échelle des valeurs de la maison Buss. Tout cela nous avait conduits jusqu'aux alentours de minuit, et je pus regagner ma chambre, mission accomplie et ayant effacé l'impair diplomatique de la veille. Mais, loin de me jeter au lit après une journée aussi chargée d'expériences, de fatigues, d'émotions – à l'âge des culottes courtes, on est infatigable avec ses passions –, je gardai encore l'oreille collée à la porte, guettant les derniers préparatifs de Mme Buss pour le breakfast du lendemain dans la salle commune. Lorsqu'elle passa dans le vestibule, je crus qu'elle allait faire irruption dans ma chambre pour un baiser du soir ou simplement pour vérifier que j'étais bien couché et que j'avais éteint la lumière – et, au contraire me trouvant encore debout, habillé et à l'affût –, mais elle alla tourner le verrou de l'entrée principale, un geste symbolique qui marquait le moment où tous les pensionnaires étaient censés être rentrés. Dès ce soir-là, je compris que, tous les soirs à minuit, Mme Buss faisait retentir le verrou, aussi cérémonieusement qu'un Lord porte-clefs de la Tour de Londres – un *Beefeater* en uniforme traditionnel Tudor, gardien du Trésor de la Couronne –, et pour la seule satisfaction de son sens de l'ordre et de la règle, avant de faire grincer l'escalier sous son pas lourd jusqu'au premier étage – là où étaient la chambre des parents, celles de Kingsley et de Hoppy, et le siège de la télévision –, et de ponctuer la fin de cette séquence sans image par le loquet de sa porte. Durant ce guet, je pensais déjà à la lettre que j'écrirais au matin à ma grand-mère, dans cette autre langue qui me reliait à elle et comme à une autre vie, où j'étais un petit garçon dans un autre monde : l'espagnol – une habitude quotidienne acquise depuis mon premier séjour en Angleterre, à Reading, et réactivée chaque fois qu'il nous arrivait d'être séparés –, pour lui raconter ma journée écoulée, et je me répétais les formules pour traduire ponctuellement en castillan, tous les faits, tous les événements, afin qu'elle eût l'impression de me voir à chaque instant et de me suivre pas à pas, mais sans jamais rien révéler de ce que je ressentais déjà à l'égard de Barbara, exercice inverse de celui auquel je me livre en ce moment même – inversion des époques et des âges. Je prêtai encore l'oreille et, ayant laissé passer une minute de silence par une précaution réglementaire, n'entendant plus rien, je me faufilai dans le vestibule et dans l'escalier plongés dans l'obscurité, et je grimpai jusqu'au premier étage, le cœur palpitant, dans la crainte que Mme Buss, ayant oublié quelque chose en bas, n'ouvrît brusquement sa porte et me trouvât là. Arrivé sur le palier, j'entendais à gauche les ablutions d'une toilette, et à droite, en sourdine, des voix d'hommes dramatisées par une musique : la bande sonore d'un film.

8

Je poussai une porte et je découvris, dans la seule lueur d'un téléviseur en noir et blanc, une petite pièce meublée d'un profond sofa, sans forme et sans couleur, qui finissait là son existence, après avoir été jugé indigne d'une meilleure place dans la maison. J'y distinguai une silhouette vaguement brillante, chatoiement des images lumineuses en reflet sur une continuité de peau et de soie : Barbara était recroquevillée là, dans un peignoir d'où dépassaient, repliés sous elle, ses jambes et ses pieds nus. Son attitude était celle d'une petite fille, terrorisée par un spectacle qui la fascine en même temps, à la fois réfugiée dans ce qu'elle conçoit comme une cachette et acculée dans l'angle d'un mur. Elle ne jeta à mon arrivée qu'un regard furtif – me pressant ainsi de refermer bien vite la porte derrière moi, ou afin de ne rien perdre des images sur l'écran –, mais je crus tout d'abord qu'il pouvait y avoir quelqu'un d'autre, présence gênante, assis dans la pénombre de la pièce, avant de découvrir que celle-ci était un simple réduit sans fenêtre, de petites dimensions, et que Barbara y était bien seule. Je crois que je ne l'entendis prononcer que le titre d'un film ou d'une série, ou peut-être le nom d'un personnage ou d'un acteur, chuchotant comme si le truand ou le monstre à l'image avait pu nous entendre et découvrir que nous étions les témoins de ses forfaits. Je m'installai à l'autre bout du divan, très intimidé par cette première intimité dont le matin même j'avais rêvé, mais que je n'avais pu espérer aussi rapide à obtenir. Et puis, je ne me rappelle plus rien – à nouveau l'énigme plate d'une fausse première fois –, car sans doute ai-je simplement tenté de suivre l'intrigue, d'en comprendre les dialogues et le dénouement, avant que la fin du film ne me laissât décontenancé, désarmé, sans raison de rester là encore, n'ayant pas songé à un prétexte pour retenir Barbara, dans le silence et dans le noir du téléviseur éteint, et donc réduit à reculer faute d'avoir prévu l'approche, par manque d'anticipation et d'opportunisme dans ce moment de vulnérabilité des filles, après les grandes frayeurs d'un cauchemar ou d'une méchante histoire. Je ne savais pas encore que les films d'épouvante, les trains fantômes et les maisons de sorcières des fêtes foraines ne servent qu'à cela : donner aux filles l'occasion d'avoir peur et d'être légitimement à la merci du garçon en qui peut alors se manifester le diable déguisé en ange gardien. Il n'y avait pas d'autre suite possible à la situation qu'une sortie décevante, un peu piteuse, il ne me restait plus, nous quittant en catimini, qu'à laisser Barbara monter d'un étage encore vers sa chambre, et qu'à regagner la mienne sur la pointe des pieds, en faisant craquer les marches : je restai encore innocent de toute mauvaise action, seulement au seuil de celle-ci et coupable de l'avoir imaginée, de regretter déjà ma maladresse et de m'être déjà promis une revanche, déjà dans la circonstance aggravante de cette préméditation. À vrai dire, de ces séances de cinéma de minuit, les lundis dans le réduit du premier étage, comme des parties de tennis à la tombée de la nuit, au Highgate Lawn Tennis Club, je ne me souviens le détail qu'à compter de la deuxième, car, sans avoir de compte à rendre à personne, la mémoire décide des secondes fois qui sont des premières fois.

Je m'étais bien vite projeté dans ce mystère inconnu des échanges amoureux que seul le désir impérieux me faisait paraître familier : un aveugle qui voit clair dans ses rêves, et qui se représente le visible dans un excès hyperréaliste du réalisme figuratif. Dès cette première journée, je m'étais lancé dans un premier amour, et dès ce premier amour, je m'étais vu dans les formes les plus physiques, les plus sensuelles de l'amour : cependant, il ne s'agissait pas encore de sexualité pure et brutale, mais de l'aspiration instinctive à une douce extase du sentiment dans le sexe et du sexe dans l'émotion, paroxysme sans excès, orgasme sans fin, la figure même de la félicité. Dès ce premier jour, je m'étais projeté dans la première fois. Mais enfin dans mon lit – et seul à nouveau dans ce lit nouveau de petit garçon, d'habitude occupé par un vieux professeur de latin-grec –, les yeux grands ouverts dans cette vraie première nuit (la deuxième, en fait), j'étais pris de remords, je pensais à ma mère, à ma tante et surtout à ma grand-mère, que je m'apprêtais à trahir, je songeais à mes culottes courtes que j'étais prêt à renier, à la maquette de mon avion en balsa que j'étais sur le point de délaisser à peine commencée, et je décidai d'oublier mes fantasmes et mes projets en direction de Barbara, de m'interdire toute pensée trouble à son égard, de me méfier de toute attirance, de tout mouvement, de tout geste qui me viendraient spontanément : je me fixais, dès le lendemain, une discipline vertueuse de séminariste, en contradiction avec mon aversion pour tout ce qui touche à la religion, et avec ce qu'étaient déjà mes convictions morales et philosophiques. Je devais, de cette première journée, effacer tout souvenir ambigu, faire marche arrière, ne retenir que Wimbledon dans les jupes de Mme Chapman et les parties de *chinese checkers* face à Mme Buss, avec ma victoire dans la cinquième : cela suffisait à meubler l'emploi du temps d'un jeune garçon, et le reste était comme la double vie d'un autre, d'un adulte en moi, qui devait attendre son heure. La première fois n'est pas de saison, me disais-je, et pourtant je ne cessais d'imaginer avec délice quantité de petites premières fois, plus innocentes, plus à ma portée, plus de mon âge : le dos de ma main effleurant la sienne pour la première fois quand nous marcherions à nouveau vers les courts de tennis à travers la prairie à la tombée du jour, mes doigts dans ses cheveux pour la première fois sous prétexte de replacer une mèche échappée de son chignon, mes lèvres effleurant les siennes pour la première fois, juste pour rire, un baiser pour rire, un baiser sur son rire : l'avoir fait rire pour en arriver là.

9

Je ne m'endormis que fort tard, et au matin je n'entendis pas la cloche du petit déjeuner : ne venant pas cogner à ma porte, Mme Buss avait eu pitié de moi, ou alors elle avait d'autres chats à fouetter que de tirer du lit un retardataire. Lorsque j'avançai vers la salle commune où la veille m'avaient été présentés tous les membres de la maisonnée, j'entendis les voix de la famille anglaise qui habitait le poste de radio, mais dans ce qui me sembla l'acoustique d'une pièce vide, puisqu'il s'agissait de fantômes. Je m'attendais à y retrouver Mme Buss toute seule, occupée à une de ses tâches ménagères : elle repassait du linge en effet mais, assise face à elle, penchée sur une tasse de thé, le visage caché derrière ses longs cheveux défaits, Barbara était là. Ces deux femmes, qui tenaient mon destin entre leurs mains, échangeaient quelques paroles anodines à voix basse, car Mme Buss était attentive à l'émission de radio et à ce que racontait la mère de famille d'une Angleterre virtuelle : je crus discerner un étrange mélange où il était question de la princesse Grace de Monaco, qui attendait un heureux événement, et de la jeune actrice qui, pour le lancement d'un film à Londres, prenait son bain de mousse nue dans la vitrine d'un magasin de Bond Street : un contraste moral était sans doute établi entre ces deux situations. Mme Buss se tenait debout, tournant le dos à la porte, et elle devina mon arrivée au regard que Barbara leva sur moi et à son sourire. Je voulus voir une sorte de coïncidence complice dans le fait que Barbara et moi nous nous étions l'un et l'autre levés si tard ce matin-là, et c'est ainsi que Mme Buss le perçut également. Elle fit la remarque que ceux qui se couchent trop tard et ne se réveillent pas à l'heure sont privés de breakfast. Barbara rappela que les lundis soir elle restait souvent devant la télévision, à regarder les films noirs jusqu'à une heure avancée, puisqu'elle n'avait pas de cours de bonne heure le lendemain à l'université, mais je ne sus si elle avait révélé à Mme Buss que je l'avais rejointe dans le réduit du premier étage, encore après les parties de *chinese checkers*, ce qui privait la maîtresse de maison d'une sorte de privilège : avoir été la dernière en compagnie du petit Français – *the little french boy* –, avoir été celle qui l'avait envoyé au lit. Si je faisais le bilan de mes premières heures dans la maison, je pouvais me flatter de trois épisodes qui me plaçaient déjà dans une relation particulière avec Barbara : la partie de tennis au crépuscule, le film noir en pleine nuit, le réveil après tous les autres et les retrouvailles dans la salle vide, avec Mme Buss pour seul témoin de cette grasse matinée prise en même temps, sinon dans le même lit.

Mme Buss finissait de repasser une pile de chemises, elle fit une pause et ouvrit devant elle un journal où elle avait repéré les pages consacrées à la mode et où, bien entendu, c'était Paris qui donnait le ton. Elle lut à voix haute quelques passages à mon intention, comme si elle m'avait ainsi donné des nouvelles de chez moi : on voyait, portées sur la Côte d'Azur, des robes créées par Jacques Esterel avec le tissu des sièges de la Citroën DS 19, et les chapeaux étaient de type sombrero (pour le soleil), coiffe de lama tibétain (pour les jours de pluie) ou encore bicorne de Napoléon (pour les soleils d'Austerlitz). Mme Buss commenta en déclarant son admiration pour le dernier couvre-chef porté par la reine Elizabeth dans une garden-party, dont elle chercherait pour elle-même une des copies que ne manqueraient pas de mettre en vente les bons magasins de Londres. Mme Buss me recommanda l'excellent exercice de lecture des journaux, et je pouvais disposer de tous ceux qu'elle conservait.

Avec la remarque sur les retardataires, mon estomac avait bien compris qu'il était privé des œufs au plat au bacon et des saucisses frites, garnies de pommes de terre sautées, mais le petit garçon affamé que j'étais se rabattit sur toutes les gourmandises de son âge à portée de sa main, et Mme Buss, malgré tout soucieuse de la bonne forme physique de son partenaire aux *chinese checkers*, me vit d'un bon œil engloutir les bols successifs de *corn flakes*, de *rice crispies* et de *Weetabix*, aspergés de lait frais et de sucre, puis les tartines de *golden syrup*, de *peanut butter* et de *marmelade*, nécessaires au développement que promettaient mes grands pieds. Les deux femmes – l'une d'elles était pour moi une fille – en vinrent à s'amuser de mon jeune pantagruélisme et, voyant Barbara éclater de rire à ma douzième tartine, j'en oubliai mes résolutions morales de la veille au soir, découvrant que je tenais une bonne façon – la faire rire par ma gloutonnerie d'ours – de satisfaire à la fois mon appétit et mon désir d'aller poser sur ses lèvres les miennes, fussent-elles encore toutes barbouillées de confiture aux myrtilles – *bilberries*.

J'en étais là de mes réflexions et de mes exploits, prêt à les continuer encore pour prolonger ces moments où, en toute légalité et sous le regard de l'autorité suprême, j'entrais en familiarité avec Barbara, à l'écart de tous les autres. Je trouvais à cette situation bien des avantages et une sorte de douceur : petit garçon en culottes courtes qui amuse par quelques facéties, menues bêtises sur lesquelles on ferme les yeux, je savais faire rire, et je savais où je voulais en venir par cette tactique du « pour rire ». La vaste maison était déserte et calme et la vie s'était concentrée là, entre ces trois personnes, dans la pièce commune des repas et du repassage, et c'est alors qu'Auntie Chrissie fit irruption par surprise, exemple de ses façons de faire ou du régime particulier de son mode de vie et de ses habitudes domestiques : nul ne savait jamais si elle était présente ou absente, déjà sortie pour la journée avant tout le monde, ou enfermée jusqu'à une heure tardive, silencieuse et secrète, dans son petit appartement privé, sorte de garçonnière pour dame, une Cité du Vatican dans Rome et, contrairement au pape, elle ne se montrait que dans les circonstances où on l'attendait le moins. Peut-être avait-elle perçu ce temps mort de la matinée comme un moment opportun pour se manifester, dans cette pièce souvent animée et bruyante livrée aux règles de la communauté, ruche joyeuse où chacun se rendait utile en même temps que chacun y trouvait son dû. Au fil de mon séjour, j'allais découvrir certains tiraillements, toujours feutrés, certains coups à fleuret moucheté – antagonismes familiaux, rivalités de femmes, vieux comptes à régler –, entre Mme Buss et Auntie Chrissie, qui venait de choisir son lieu et son moment pour entrer en scène et pour brouiller les cartes – mais peut-être n'était-ce que le hasard de son emploi du temps, car elle était habillée de pied en cap et prête à sortir – puisqu'elle vint jusqu'à moi, sans dire bonjour, et me tendit la précieuse clé : « Le piano est à votre disposition jusqu'à quatre heures de l'après-midi, jeune homme. Si vous le jugez utile, j'appellerai l'accordeur qui n'est pas passé depuis longtemps. En sortant, glissez la clé sous la porte : j'en ai une autre. » Ces paroles, où j'entendais évidemment un *vous* à chaque *you*, avaient imposé le silence, et même les plus bavardes dans la famille anglaise qui habitait le poste de radio semblaient avoir baissé le ton, attentives à ce qui se passait dans une famille anglaise en chair et en os (à Mme Buss la chair, à Auntie Chrissie les os). Je remerciai, un peu embarrassé de devoir manifester de la reconnaissance à ce contre-pouvoir occulte, antagoniste de Mme Buss, en présence de cette dernière, et avec une tartine à la main, dégoulinante de confiture, sur laquelle j'avais déjà ouvert la bouche quand ma bienfaitrice avait fait son apparition. Avant de quitter la pièce, en ne saluant qu'après nous avoir déjà tourné le dos, selon son habitude et comme pour couper court à tout épilogue, Auntie Chrissie, une vieille dame très élégante – silhouette sèche, gestes nerveux, comme depuis toujours et d'avance dans l'impatience –, et qui évoluait comme un mannequin dans un défilé de mode pour le troisième âge, se retourna d'une volte-face mûrement préméditée et, sur le pas de la porte, s'adressant maintenant à Barbara, elle ajouta : « L'invitation est valable pour vous aussi, mademoiselle. J'ai entendu dire que vous faites de la musique dans votre famille. Il y a une pile de partitions sur le piano : plusieurs sont pour quatre mains. » Auntie Chrissie se retira après avoir réussi son coup de théâtre et, au sourire crispé de Mme Buss, je compris tout son agacement devant les libertés, les privilèges et les prérogatives que s'accordait une baronnie en son royaume. En effet, Auntie Chrissie parvenait à modifier la loi, c'est-à-dire en l'occurrence les règles du jeu. Car voilà qu'à deux heureux élus, Barbara et moi – une pensionnaire de longue date (et alors pourquoi seulement maintenant ?) et un nouveau venu (et alors pourquoi si vite ?) –, se voyait consenti le privilège jamais vu de pénétrer chez Auntie Chrissie pour y jouer du piano. Voici même que si notre exigence de musiciens le réclamait, l'instrument serait accordé. Voilà encore –

accessoirement sans doute, et cela seulement perceptible par moi – que Barbara était rattachée à sa famille, autrement dit qu'elle était elle aussi perçue comme une enfant qui a ses parents au loin, et aussi son histoire, son milieu, son éducation d'origine, étrangères à celles de cette maison dont Auntie Chrissie aimait sans doute à rappeler ainsi qu'elle n'était pas ce centre du monde que voyait en elle sa reine sans roi. Voilà enfin qu'une *dea ex machina* me procurait une opportunité et une perspective inespérées, plus artistiques, plus nobles, que les parties de tennis ou les films noirs à la télévision, de me rapprocher de Barbara, de partager quelque chose avec elle, en bénéficiant d'une protection à caractère presque surnaturel. Au royaume où Mme Buss, la reine sans roi, exerçait l'autorité temporelle, Auntie Chrissie était une papesse en son enclave, où s'exerçait son autorité spirituelle.

Mme Buss avait décidé de se désintéresser des trucs de mise en scène et des effets de manche calculés d'Auntie Chrissie : elle n'avait plus d'yeux que pour la montagne de son linge à repasser, et d'oreille, à nouveau, que pour le caquetage des perruches enfermées dans le poste de radio. Je savais que cette deuxième journée serait moins trépidante que la première, et sans autre programme que les activités qui allaient devenir ma routine – la lettre à ma grand-mère, les premières opérations de montage de mon avion en balsa, la lecture d'un des livres emportés pour mon séjour, des balades à pied dans le quartier –, et qu'une partie de croquet dans le jardin, l'autre jeu où Mme Buss était en manque d'adversaire sérieux et disponible. Dans l'indifférence ostensiblement manifestée par Mme Buss quant à ce que nous ferions de l'invitation d'Auntie Chrissie, Barbara et moi nous interrogeâmes du regard et, comme pour bien marquer les priorités – les besoins du corps avant ceux de l'esprit –, alors que j'avais encore la bouche pleine d'une tartine au sirop de mélasse, j'articulai : « *After lunch...* » Dans un nouvel éclat de rire de Barbara, un rendez-vous était pris pour une nouvelle première fois. Le monde semblait conspirer contre mes bonnes résolutions, mais très officiellement. Dans ce royaume d'Angleterre dont les sujets sont si friands d'histoires de cœur entre princes et princesses, à la fois si vite attendris et si vigilants à la légitimité, si attentifs aux formes, toute jeune fille, au stade des fiançailles, se fiançait d'abord au prince Charles : un peu comme ces religieuses qui sont toutes les épouses du Christ (ainsi contraint à une polygamie débridée). Je me voyais, avec Barbara, dans une tradition anglaise des *love stories*, lointainement issues de l'amour courtois et de la carte du Tendre, mais dans un régime de tolérance consenti aux étrangers : avantages cumulés d'une loi favorable et des accommodements possibles avec elle. Depuis des mois, les colonnes de la presse populaire – et tout autant en France qu'en Angleterre – étaient pleines des aventures sentimentales de la princesse Margaret : Churchill avait annulé une réunion importante pour parler d'un problème marginal, qui n'était autre que le projet de mariage de la princesse avec son chevalier servant, le *Group Captain* Peter Townsend, auquel la reine et l'archevêque de Canterbury s'opposaient, car le héros de l'aviation anglaise était un homme divorcé. Si les conservateurs les plus endurcis avaient espéré que Margaret renonçât à son amour par sens du devoir, le bon peuple de Londres s'était enflammé en faveur de cette *love story* et avait souhaité bonne chance à sa princesse par des manifestations massives, tandis que la reine mère elle-même avait cherché à acheter un château en Écosse pour un éventuel cadeau de mariage.

10

Avec les derniers événements de la matinée et la perspective de la journée que j'avais devant moi, me semblaient posées toutes les bases de l'expérience unique que devenait ce mois de juillet, parenthèse dans le cours ordinaire de ma vie où je pouvais devenir un autre, sous d'autres regards que ceux posés sur moi tout le reste de l'année : double privilège, d'une part, de pouvoir faire accepter comme normale et naturelle une identité fabriquée, d'autre part, de tirer parti de mon identité réelle par des aspects qui n'intéresseraient personne parmi mes proches, à Paris. Exemple d'un croisement profitable de ces deux personnages : de tempérament plutôt sauvage et mélancolique, bien vite autoritaire et exigeant avec mon entourage, je ne m'étais jamais découvert le don de faire rire, et j'étais d'ailleurs un très médiocre conteur d'histoires drôles ; or, je ne sais quel décalage dans la perception par autrui et dans mon propre comportement faisait de moi, en ces premiers jours de juillet à Londres, un petit garçon amusant, on pourrait dire un coquin charmeur qui s'étonnait lui-même de sa capacité à conquérir par le rire. Si le tempérament rêveur et sombre – déjà nostalgique d'un passé pourtant si bref et si récent, à moins qu'il ne fût celui d'un autre temps, révolu avant même ma venue au monde – donnait le ton de mon humeur et de mon goût pour la solitude, une forme d'humour, ne tenant qu'au léger écart d'état d'esprit entre la France et l'Angleterre, devenait une voie d'accès inespérée à une aspiration contraire : séduire. Apprivoiser un présent perçu comme adverse et, dans le même mouvement, le rendre intéressant, émouvant, exaltant. Au-delà de ce mois de juillet 1957, l'année de mes treize ans, je n'ai plus jamais retrouvé le moindre talent pour la drôlerie, en tout cas dans la vie sociale courante où, par ailleurs, je me montre facilement bon public, aimant rire mais de l'humour des autres, et plaçant au-dessus de tout le génie comique, jusqu'à juger bien souvent risible – mais sans trouver à en rire – ce qu'on appelle l'esprit de sérieux. De retour d'une soirée dans le monde et essayant de me représenter la figure que je venais d'y montrer, je me suis souvent lamenté, convaincu d'y avoir été perçu comme une personnalité décevante et effacée, causeur maladroit et convive sans esprit. D'une façon générale, je n'ai jamais trouvé le talent ni l'envie de briller vis-à-vis de ceux qui me découvraient, et à qui il eût été opportun de laisser une image flatteuse, un bon souvenir, comme on dit, et je n'ai retrouvé en moi les authentiques ressources de la bonne humeur, et cette détente de la personnalité qu'est l'humour ou l'espièglerie, qu'en compagnie de mes intimes, c'est- à-dire à l'égard de ceux à qui je n'ai plus rien à montrer de mon caractère, ni rien à prouver de quelque supposée heureuse disposition. On trouve, en société, des gens qui font de l'humour, de la plaisanterie, de l'esprit d'à-propos leur spécialité – comme d'autres le font de la galanterie, de l'érudition latine, des citations d'auteurs célèbres, des pièces de théâtre à l'affiche, de la mémoire des dates ou des derniers développements de l'actualité –, constamment à l'affût du trait d'esprit, du mot pour rire, dans ce qui devient bien vite un automatisme réflexe. Il y a aussi ceux qui, bien que totalement dénués d'un *sense of humour* personnel, excellent à raconter une blague – prenant tout le temps pour l'enrichir de détails faussement savoureux, et pour en retarder la chute sans éprouver la moindre gêne de cette sorte d'abus – et en détiennent tout un répertoire, régulièrement enrichi et mis à jour. Les meilleurs compagnons, les comparses ou les collègues les plus agréables à vivre sont ceux naturellement doués pour une lecture souriante, enjouée, cocasse ou ricaneuse du monde et de soi-même : ceux-là ont une grâce particulière, à la fois bons auteurs de bons mots et bons colporteurs de bonnes histoires. Pour ma part, passé le mois de juillet 1957, je n'ai plus jamais pu amuser que par l'incongruité excessive de farces ou de grosses bêtises imposées à des victimes familières, qu'elles entraînent dans un rire dont elles auraient honte en d'autres circonstances : par exemple, être celui qui fait tomber au plus bas la conversation la plus élevée, traîner dans la paillardise la spéculation la plus spirituelle.

Il y a des petits garçons – les polissons, les fripons, les arsouilles, les chenapans, les sacripants et autres filous –, dont les billes de clown ou les faces de lune suscitent d'avance cette sympathie qui prédispose au rire. Ces bouilles ou ces trombines sont aussi de véritables passeports qui portent d'avance des visas pour franchir bien des frontières, pour susciter l'indulgence ou la compréhension dans des situations où d'autres, avec d'autres visages – physionomies d'une autre catégorie de l'humanité –, échouent face à des barrières qui restent fermées, et cela reste vrai chez les adultes. Je n'ai jamais bénéficié, à aucun âge, des avantages et des commodités d'un tel physique, et si, à nouveau, je regarde des photos de moi petit garçon en culottes courtes, le sourire de circonstance que j'y lis n'est jamais celui qui prélude à l'éclat de rire, mais au contraire celui sur lequel passe déjà une ombre (celle d'un doute, d'une critique, d'un reproche, d'un regret) : il y aurait cette forme symétrique et opposée du sourire, qui ne serait plus un pas vers le rire mais un pas en retrait, non plus la porte entrouverte au rire mais la porte repoussée, non plus l'envie de rire mais l'envie de ne pas rire, non plus l'insouciance et la sérénité, mais le souci et la préoccupation. Ainsi, sur ces photos, mon sourire n'est pas celui d'avant le rire, mais le sourire de n'avoir pas ri, de n'avoir pas trouvé le rire, la raison de rire. Pourtant, en dernière analyse, seul le rire de la raison me semble sérieux. Passé le mois de juillet 1957, plus jamais je n'ai su plaire par l'humour ou la drôlerie, alors que j'ai admiré et envié ces garçons qui ont le don de faire rire les filles, de provoquer chez elles cet oubli d'elles-mêmes, cet abandon de l'âme et du corps, ce laisser-aller déjà voluptueux qui les poussent à ouvrir la bouche, à exhiber les dents, à plisser les yeux, à basculer la tête et même parfois à se renverser en arrière et à cambrer les reins, les livrant déjà pâmées, prisonnières du rire, comme droguées ou saoules, et à la merci d'autres flèches de celui qui se penche alors au-dessus d'elles avec le sourire d'un demi-dieu victorieux, pour étouffer doucement tout ce bruit joyeux sous une autre occupation des lèvres, une autre clôture des yeux, une douceur délicieuse d'où ne s'échappe, comme un dernier éclat de rire détimbré, que le premier soupir. À l'âge adulte, ces séducteurs dépourvus d'un physique à la Clark Gable ou à la Gary Cooper parviennent à charmer irrésistiblement les femmes par cette légèreté, cette grâce de leur être qui les crédite d'une certaine innocence, et qui présente la complaisance à leurs entreprises et à leur fréquentation comme sans risque, sans danger, sans conséquence (chez les femmes, étrangement, l'humour, la capacité à faire rire, ne sont pas des armes de séduction comparables, même si l'on peut goûter chez elles la drôlerie, la finesse et leurs dons à se montrer spirituelles). À l'opposé, j'ignore aussi cette autre forme de charme qu'exerce la conscience tragique, attirant vers les êtres qui en sont habités comme un vertige, comme l'abandon à la vitesse d'une pente rapide, à une inéluctable perte. Car cette conscience est chez moi aussi secrète que vive, au plus intime de l'intime, et réfractaire à tout usage impudique, à tout affichage sous la forme d'une posture.

En juillet 1957, et pendant la seule durée de ces trente et un jours, de manière plus décisive encore pendant les deux premières semaines, une forme de bouffonnerie – sans le physique de l'emploi, cependant – a été ma façon de parvenir à mes fins en présentant chaque première fois et chaque prémice comme un geste ou comme une action pour rire, c'est-à-dire à la fois destiné à en rire et imitant avec une fausse drôlerie la chose sérieuse, jusqu'à conduire à elle dans ce mouvement bouleversant qu'est le passage du rire aux larmes ou, avec moins d'émotion et d'emphase dramatique, quand le sourire est doucement tiré comme un rideau sur la profondeur mystérieuse de la vie réelle, du passage à l'acte. Plus jamais, après le mois de juillet 1957, je n'ai cherché à séduire par le sourire et le rire, ces façons d'évoquer l'effacement facile de ce qui va avoir lieu comme d'un coup d'éponge ou de chiffon sur une ardoise d'écolier, et la stratégie de mes propositions et de mes avances est devenue l'inverse : « Rien de ce que nous ferons ensemble, rien de ce qui aura lieu entre nous ne s'effacera, ai-je semblé promettre solennellement, car tout sera tourné vers l'inscription de nos propres traces, vers la création de notre légende. »

En ce début juillet 1957, au 15, Broadlands Road à Londres, deux jours devaient suffire pour installer la mesure du temps, la succession des événements, le déroulement du programme, l'inclinaison naturelle des sentiments, des émotions, toutes les petites premières fois apparaissant comme un tour de manège gratuit, ou comme un tour de piste pour rien, un galop d'essai, un échange sans décompte de points, une rencontre amicale, disent les footballeurs, en attente des vraies premières fois, lorsque le chronomètre serait lancé. Les thèmes étaient en place, les personnages aussi, et je pouvais croire la pièce déjà écrite, prête à être jouée :

pourtant, c'est la multitude des événements, la variété des situations, les vibrations des êtres et de l'air, qui allaient m'entraîner à un jeu de puzzle avec toutes ses pièces – et en chacune d'elles son mystère, à la fois ses limites et son infini – qui peu à peu s'emboîtent les unes dans les autres, se raccordent, se raboutent, commencent à constituer des fragments, des îles, puis des archipels, des continents qui finissent par se rejoindre, mais en échappant à toute prévision, à tout programme, à tout modèle, à tout objectif final. Car ce jeu de mosaïque où chaque unité, dans ses contours et son découpage, ignore toute coïncidence avec la couleur ou avec la forme d'un sous-ensemble, ne me faisait pas progresser vers l'image complète, d'avance représentée sur le couvercle de la boîte, mais vers un tableau plus fin, plus riche, plus original, d'une composition plus inédite, avec des couleurs jamais vues jusque-là, dont le sens apparaîtrait bien après que le dernier morceau manquant eut trouvé sa place, comblant la dernière lacune, c'est-à-dire bien après que l'image eut ressurgi de sa propre ruine, ne finissant de se révéler qu'avec le recul, quand elle serait déjà la trace d'un bonheur qui s'éloigne. Tout est posé là, pensais-je au matin de ma deuxième journée dans la famille Buss, royaume d'une reine sans roi, et je ne soupçonnais pas encore les milliers, les millions de battements de cœur en quoi réside la vie et qu'on ignore, d'abord pour ne les avoir jamais éprouvés, et puis pour en avoir épuisé l'écho. Sans doute est-ce pour rendre la vie supportable que peu de moments sont offerts aux êtres de sentir que leur cœur bat et si, dans ces moments, les battements sont insupportables, plus insupportable encore le cœur assoupi comme un animal repu, lorsque le temps lui est venu de battre si discrètement qu'il s'en fait oublier. Les premières fois – et bien souvent les secondes, leurs *bis* essentiels plus réussis encore, plus achevés – sont les moments du battement insoutenable et délicieux. Les dernières fois sont les moments du battement encore sensible mais supportable, à force d'usure. Entre les deux, rien: le cœur ne bat plus, il pompe seulement.

II

Sans doute du fait de son breakfast tardif, Barbara ne parut pas à l'heure du lunch que je pris donc avec Mme Buss et une dame qui venait parfois l'aider aux travaux du ménage. J'étais déçu et inquiet: Barbara avait-elle oublié, ou n'avait-elle pas pris au sérieux le rendez-vous pour faire du piano chez Auntie Chrissie ? L'air de rien, comme on dit, j'interrogeai Mme Buss sur les deux filles de Trinidad qui étaient ses pensionnaires, dissimulant mon intérêt exclusif pour l'une d'elles, la seule qui fût d'une beauté si bouleversante: de Kate, j'appris qu'elle suivait un double cursus, plus lourd et avec un emploi du temps plus chargé que celui de Barbara, dont elle était l'aînée de trois ans; de Barbara, Mme Buss me révéla qu'elle peinait quelque peu, cette année-là, pour suivre son programme d'études en chimie: il lui manquait pas mal de *credits*, les examens de fin d'année approchaient, et un *boy friend*, déjà diplômé dans la même discipline, ne lui était d'aucune aide ni d'aucun secours pour sa préparation et ses révisions, lorsqu'ils passaient de trop longs moments ensemble, selon elle. Je ressentis l'allusion au *boy friend*, le petit ami, un vrai jeune homme de vingt-quatre ans, comme un coup de poignard. Mme Buss me faisait ainsi comprendre que la jeune étudiante, déjà bien occupée, serait peu disponible, me recommandant de ne pas me montrer trop insistant, car elle ne devait pas se sentir obligée d'amuser le petit Français en vacances, l'essentiel étant la réussite à ses *final exams*, dont la suite de ses études dépendait, avec aussi les comptes à rendre à sa famille qui finançait ses années de formation à l'université de Londres. Je crus comprendre que je ne reverrais plus Barbara, qu'il fallait me la sortir de la tête, et je jugeais ce qu'avait été jusque-là mon comportement avec elle comme les avances ridicules et déplacées d'un petit morveux qui venait de finir sa quatrième au lycée, envers une jeune fille qui ne l'avait pas attendu et d'ailleurs déjà engagée dans les affaires de cœur de son âge : j'en étais mortifié. Mme Buss enfonça encore le clou en précisant que Barbara n'avait aucune obligation à mon égard et que, si elle m'avait consacré un peu de temps à mon arrivée, c'était par gentillesse et par courtoisie envers un nouveau venu dans la maison, alors que d'autres personnes étaient officiellement en charge de mes occupations (ici, la figure de Mme Chapman surgit comme un épouvantail, une vision des plus injustes puisque j'aurais encore à apprécier l'intrépidité, l'enthousiasme, l'attention, le sens de l'organisation de ce guide incomparable lors de nos prochaines virées). Mentalement, j'avais donc déjà basculé, abandonnant bien vite après l'avoir endossé mon nouveau costume de jeune pitre racoleur et entreprenant, pour me réfugier dans le retour à la mélancolie romantique et aux délices douloureuses de la solitude, marquant ma distance faute de pouvoir désormais prétendre à la plus grande proximité. Retour à Jean-Jacques Rousseau et à Alphonse de Lamartine, dont *Les Rêveries du promeneur solitaire* et les *Méditations* figuraient en premiers parmi la pile de livres sur ma table de chevet.

Après déjeuner – l'appétit ne m'avait pas été coupé –, je faisais semblant – ne destinant cette posture qu'à moi-même – d'avoir tout oublié de mes prémices avec Barbara, et je me dirigeais chez Auntie Chrissie – au rez-de-chaussée, la pièce attenante à ma chambre –, la clé à la main, affichant avec solennité ma conscience du privilège et déjà mon attitude de repli dans la musique. Mais, à ce moment, j'entendis des pas en haut de l'escalier et je fis en sorte que l'opération d'introduire la clé et de faire tourner la serrure prît assez de temps pour que je fusse encore là, laborieusement occupé à ouvrir la porte, lorsque Barbara déboucha en bas des marches. Elle tenait des livres à la main et semblait habillée pour sortir : elle avait donc oublié le projet de jouer au piano à quatre mains, et je fis semblant de ne plus y avoir songé moi-même, ne m'étonnant pas de la voir prête à quitter la maison. J'adoptai spontanément une attitude grave et je poussai enfin la porte sans dire un mot, alors que Barbara était là, au pied de l'escalier. Comme je faisais mine de refermer derrière moi pour me retrouver seul chez Auntie Chrissie, Barbara avança d'un pas dans l'entrebâillement, avec un visage à la fois souriant et interrogatif : elle exprimait surtout la curiosité de jeter un coup d'œil dans ce sanctuaire secret où nul n'avait accès. Elle y pénétra à ma suite et la porte resta entrouverte sur le vestibule. Nous n'eûmes pas à nous aventurer bien avant dans la visite de cette pièce spacieuse, décorée avec goût, pleine d'objets d'art chinois et indien, et donnant joliment sur le jardin par une triple fenêtre où pendaient des coulées de vigne vierge, car un piano droit apparut tout de suite contre un mur : c'était un instrument d'étude, un vieux Steinweg qui trouvait d'abord sa place en tant que meuble parmi le reste du mobilier, et comme lui dominé par les teintes chaudes des bois d'acajou. À son seul aspect « sucré » – était-ce la teinte caramel ? –, je craignis un clavier mou, plutôt fait pour le doigté délicat des jeunes filles et pour le flou des interprétations qui abusent de la pédale. À cette époque, j'avais encore dans les doigts – comme mes pieds, mes mains aussi étaient grandes – les cinq années d'étude du piano auprès de Marguerite Long, dans le cours de musique qu'elle avait fondé rue Molitor à Paris avec le violoniste Jacques Thibaud, apprentissage de la musique qui m'avait ouvert à une autre perception du monde et de moi-même, mais auquel mon père avait mis fin brutalement – pour éviter tout « dérapage » vers une carrière de musicien – l'année de mon entrée au lycée, revendant notre piano afin que la mesure fût sans appel. Je retrouvais donc un clavier pour la première fois après deux ou trois ans d'interruption, et l'émotion était extrême, de même que la tentation, mêlée d'appréhension et de scrupules, de lancer mes doigts dans des souvenirs bannis. Je ne savais si j'étais encore capable de jouer passablement *La Marche turque* de Mozart ou une sonate de Schubert ou un Nocturne de Chopin, mais je savais qu'il y avait là un peu du meilleur de moi-même, oublié ou perdu, peut-être seulement caché et m'attendant dans ce joli meuble parmi d'autres, dans le repaire d'Auntie Chrissie, cette tante mystérieuse qui choisissait ses neveux et me semblait d'une trempe à contrecarrer les dispositions de mon père, tout autant que celles de Mme Buss. Il y avait aussi – et même, sans doute, par-dessus tout –, le désir de plaire à Barbara, de l'émouvoir, de l'éblouir, et cette fois-ci sans rire, comme d'ailleurs sans projet de la séduire, me disais-je, sans intention de la retenir, me montrant à elle sous mon vrai jour et dans ma solitude, n'attendant pas qu'elle s'approche, n'espérant pas qu'elle s'attarde mais, la gorge nouée, redoutant qu'elle n'approche pas, qu'elle ne s'attarde pas. La musique se présentait comme une stratégie d'effacement – ou de remplacement – de ma stratégie précédente : « Vous m'avez trouvé drôle – semblais-je vouloir dire avec, derrière le *you*, un *vous* qui eût été en retrait par rapport à un tutoiement antérieur, car je continuais à percevoir dans la langue anglaise des nuances fantômes, projetées par le français – et vous avez peut-être cru que je cherchais à vous amuser pour obtenir de vous quelque faveur... Eh bien, détrompez-vous, et comprenez que je ne suis pas naturellement d'humeur joyeuse, mais plutôt triste, que je ne cherche pas votre compagnie mais plutôt celle de la musique et, en elle, ma solitude.» J'avais choisi un Nocturne de Chopin, d'une part, pour son premier mouvement lent, pas trop difficile à jouer à froid et, d'autre part, pour sa tonalité sombre. Il ne m'avait pas échappé qu'après quelques mesures Barbara avait déposé ses livres sur le couvercle du piano. Comme je continuais à jouer, dans la sensation de bonheur d'un nageur qui retrouve l'eau, son élément, dont il a été longtemps privé, y renouant spontanément avec les gestes, les mouvements et la respiration de la nage, y retrouvant une aisance de son corps, une familiarité perdue avec la terre, dans l'eau, je m'immergeais en effet dans un autre milieu et il ne m'était pas difficile, plongé dans la musique, de feindre l'indifférence à la présence de Barbara. Bien sûr, la réalité de mes sentiments et de mon émotion en ces instants était tout autre et, pour la première fois, je jouais du piano à l'intention d'une jeune fille dont je découvrais être éperdument amoureux – découvrant l'existence même d'un tel état en moi plus encore que la personne qui en était la cause et l'objet –, après n'avoir joué, tout au long de mes cinq années d'études et de pratique, et toujours en culottes courtes, que pour ma mère, ma grand-mère, ma répétitrice, et pour Marguerite Long, assis, tout petit, à côté de cette dame très âgée, imposante, impressionnante, aussi outrageusement fardée qu'une tenancière dans un tableau de Toulouse-Lautrec. Comme réaction aux morceaux que j'avais ainsi appris et joués entre les âges de cinq et dix ans, je n'avais jamais attendu, de la part du public que je viens de dire, que les commentaires, les critiques, les recommandations, les encouragements ou les félicitations et la récompense que l'on adresse au petit singe savant, qui a plus ou moins bien exécuté son numéro. Sur le clavier du piano d'Auntie Chrissie, en effet mou comme du caramel, je découvrais une autre compréhension de la musique, un autre sens, une autre destination de ses émotions, et je ressentais une impression inédite, intimement mêlée à celle de la situation présente : l'insondable tristesse mélancolique de Chopin remplaçait paradoxalement mes superficielles facéties pour faire rire, et je comprenais en même temps que je n'étais pas à la hauteur : pianiste en culottes courtes, j'étais bien incapable de prolonger dans les situations qui allaient suivre, et dans mes attitudes face à elles, l'intensité du moment musical dont pourtant j'étais l'auteur à ma façon, comme celui qui est capable de jouer cela. Il est étrange que l'on utilise le même verbe quand il s'agit de jouer d'un instrument de musique et quand il s'agit de s'entraîner aux situations de la vie des grandes personnes avec un jouet pour enfant. Le jeu en question serait-il donc de même nature, avec des objets comparables ? Et jouer d'un instrument comme le piano est-ce une façon d'expérimenter la vie et le monde à échelle réduite, ou est-ce, au contraire, un agrandissement, une amplification de tout ce qui laisse le monde et la vie bien petits, bien étriqués, bien rabougris, lorsque la musique s'achève, rendant les êtres et les choses à leur bruit ? Seule la parole est parfois capable de prolonger la musique, mais il faut être alors un génie de la poésie : j'étais bien loin du compte et, le moment venu, je saurais seulement prolonger Chopin par du silence, en espérant que les notes continueraient de diffuser leurs ondes magiques.

Cependant, Barbara était allée pousser la porte, prenant l'initiative de nous enfermer dans l'intimité d'un décor étranger, pour elle comme pour moi. Je comptais les mesures, j'évaluais les minutes et les secondes, dans l'espoir que le temps passé à m'écouter signifiât le renoncement de Barbara à se rendre à ses cours de l'après-midi, au grand dam de Mme Buss et avec le risque grave de me voir reprocher le mépris de ses consignes. De la décision de Barbara, je crus avoir confirmation lorsqu'elle vint s'asseoir timidement près de moi, au bout de la banquette, redoublant le tapage des battements de mon cœur comme ceux d'un métronome qui s'emballe, alors que je m'efforçais de ne rien laisser entendre de cela dans la frappe ou dans le rythme au bout de mes doigts. Les mouvements du Nocturne se succédèrent, dont je me tirais par le petit miracle de cette hyper-lucidité que procure parfois l'ivresse de l'alcool, et qui permet d'accomplir sans accroc, sans faute, une prouesse normalement hors de portée. Je voyais venir avec terreur le moment où Chopin m'abandonnerait et où, ayant rêvé à la figure et à la posture de Liszt – qui, après avoir bouleversé quelque conquête comme musicien et comme virtuose, assis devant le clavier, la fascinait encore par sa belle stature dressée, et par la profondeur de ses propos dans un français, un allemand ou un italien coloré par son charmeur accent hongrois –, je me retrouverais simple écolier-musicien en culottes courtes, qui a joué son programme et abattu ses atouts dans une partie sans suite possible et sans vainqueur. Après le dernier accord, je me levai avec simplicité, tête basse, comme un élève quitte sa place sur l'estrade, la cédant à Barbara et ne trouvant rien d'autre à lui dire que, continuant de la vouvoyer dans ma tête (c'est-à-dire en traduisant par « À votre tour, maintenant ») : « *Your turn, now.* » Elle accepta avec une moue de doute et de modestie et je crois qu'elle joua, de façon un peu scolaire mais de bon cœur, une romance ou une ballade. Mon impression était d'avoir marqué un point, mais porté à mon crédit pour un usage ultérieur, lointain, sans bénéfice possible dans l'immédiat. Il me fallait grandir :

dans trois ou quatre ans, peut-être… En attendant, la seule prolongation possible était dans le retour au jeu : j'entends le jeu comme mode plaisant, comme système de mise en relativité, infléchissant le jeu en tant qu'expression artistique, musicale, sentimentale : amoureuse, pour tout dire. Je cherchai parmi la pile de partitions celles pour quatre mains, signalées non sans arrière-pensée par Auntie Chrissie, et je dus en trouver une mais je ne me souviens plus ce que c'était. Peu importait d'ailleurs : nous allions jouer à jouer, je me réfugiais dans un registre accessible en culottes courtes. Les tâtonnements et les fausses notes de notre déchiffrage, dans une entente entre nous d'ailleurs des plus approximatives, furent autant de bons prétextes pour rire, autant de traits d'humour, c'est sur ce ton que nous le prîmes et nous nous amusions des dissonances comme de taches maladroites dans le coloriage d'un dessin par un enfant. Je gardais la conscience de m'être montré meilleur musicien que Barbara – malgré mon abandon du piano depuis presque trois ans – et de pouvoir ainsi prendre les devants, lui ouvrir le chemin : quand je voyais arriver un passage un peu difficile pour sa partie de clavier, je m'amusais à la soulager de trois ou quatre notes, les jouant pour elle, prélevées à sa ligne dans la partition. Ce n'étaient que prétextes et occasions pour que nos mains se touchent, pour que nos doigts se frôlent et, pour finir, je plaquai un accord par-dessus sa main, l'emprisonnant sous la mienne – provoquant un gros pâté sonore – et refusant de la lâcher jusqu'à ce que nous eussions fini de rire de notre numéro burlesque. Je gardai encore sa main dans la mienne pendant deux ou trois secondes de silence et dans l'apparence du sérieux retrouvé : cette première fois était pour la première fois une première fois… Je le savais, je savais que Barbara le savait aussi. Tout venait de se passer dans une totale improvisation et, n'ayant pas encore lu *Le Rouge et le Noir* à cette époque, j'étais loin de pouvoir prendre en modèle le calcul et la détermination de Julien Sorel, décidé à toucher sous la table la main de Mme de Rênal, fort heureusement d'ailleurs, car une telle conduite et de tels plans n'auraient débouché chez moi que sur un doute de dernière minute et sur l'inhibition devant le geste décisif à accomplir.

À peine avais-je adopté une autre attitude et une stratégie nouvelle, que déjà j'étais revenu à mes dispositions antérieures, et je me reprochais ce flottement où je craignais de perdre toute crédibilité : m'être montré taciturne, distant et solitaire dans la musique – et tout cela en culottes courtes : il faut se représenter la posture… –, puis avoir utilisée celle-ci pour rire et, par le rire, pour prendre la main de Barbara… N'avais-je pas, par cette inconséquence, gâché toutes mes chances, à supposer qu'un gamin comme moi ait pu avoir quelque chance que ce fût avec une fille de vingt ans, une beauté de surcroît ? Dans ma tentative de rationaliser après coup, je tempérais les reproches à moi-même : si j'analysais mon geste – celui de prendre la main de Barbara en plaquant un accord sur le clavier par-dessus elle –, je constatais que mon approche était restée prudente, sous des dehors presque anodins. En effet, je n'avais pas pris Barbara par la main en joignant nos paumes – comme on voit, dans un geste de possession et de protection, les garçons prendre les filles par la main –, j'avais pris sa main comme l'aîné prend celle du plus petit, pour le guider dans l'écriture ou le dessin, inversant ainsi ce rapport des âges qui m'était si défavorable et que, dans mon aveuglement, j'ignorais. Et tout cela pour rire, évidemment – à preuve le résultat sonore ! – avec juste ces deux ou trois secondes de trop – deux ou trois secondes de silence absolu après les dernières vibrations de l'accord dissonant – où se concentraient maintenant soit ma honte et mon remords, soit ma rage et mon regret, car, étant resté au milieu du gué, j'avais dévoilé mon désir sans avoir eu le courage de le satisfaire et, des deux côtés, je ne récupérais que la déconvenue : soit j'étais confus et contrit de ce que j'avais fait, soit j'étais vexé et fâché de ce que je n'avais osé faire. Et je perdais sur les deux fronts, m'étant à la fois démasqué dans mes ambitions et montré indigne d'elles. J'avais révélé ce que l'instant d'avant j'avais pris la décision de taire et d'oublier. Mais je m'étais interrompu trop tôt pour vérifier comment cela pouvait être reçu. Je m'étais découvert et j'avais abattu mes cartes, sans permettre à Barbara de s'exprimer elle-même, interdisant par mon indécision une vraie réaction de sa part, quelque chose qui fût une réponse, puisque j'avais laissé mon interrogation en suspens, inachevée : que reste-t-il de sens à une question interrompue en plein milieu ? Certainement pas l'amorce tronquée de la question, ni la question tout entière sous une forme atténuée, diminuée. Peut-être même l'interruption d'une question la transforme-t-elle en son contraire : quelque chose comme un aveu ? En fait, qu'avais-je désiré et que désirais-je encore ? Si je l'avais clairement su, j'aurais pu me reprocher trop de timidité, pas assez d'audace. Mais c'était encore autre chose qui m'avait arrêté à mi-chemin : tout simplement, je n'avais pas prévu la suite, je n'y avais jamais pensé, je ne savais pas comment pouvait se prolonger le geste de prendre ainsi la main de Barbara sur le clavier, ni à quels autres gestes, à quels autres actes cela pouvait conduire, vers une situation nouvelle, elle-même encore intermédiaire pour parvenir, au bout d'un processus mystérieux, au seul objectif et à la seule situation clairs et évidents : coucher avec cette fille, être entre les cuisses d'une fille pour la première fois. De cet aboutissement, de ces actes et de cette situation finale, rien ne m'inquiétait, rien ne m'intimidait, rien ne me semblait compliqué ou énigmatique : si un quelconque coup de baguette magique d'une quelconque Auntie Chrissie nous avait projetés d'un coup, Barbara et moi, depuis la banquette du piano jusque dans un lit, je n'aurais eu aucune hésitation ni aucune maladresse dans les gestes à accomplir, et c'eût été comme plonger la tête la première depuis la berge d'une rive charmante dans des flots plus délicieux encore, et y retrouver des mouvements connus depuis toujours, mille fois répétés en imagination mais jamais expérimentés dans le milieu réel. Si Auntie Chrissie avait eu la judicieuse idée de placer une couche profonde et accueillante à côté du piano, je crois que j'aurais peut-être su y renverser Barbara, pour rire, comme des enfants se projettent l'un l'autre dans l'eau. Tout le mystère, toute la difficulté étaient pour moi le chemin du piano jusqu'au lit, à travers les paysages inconnus d'un rite à déchiffrer. Ce n'était donc pas par manque de courage mais par absence de prévision que je m'étais laissé prendre dans un flagrant délit sans délit : c'est comme quelqu'un qui appuie sur un bouton ou sur un interrupteur par l'évidence que c'est le seul geste dont il est capable, mais qui ne sait rien de ce que cela va produire : faire la lumière sur un décor inconnu, déclencher un mécanisme aux effets imprévisibles, propulser la cabine d'un ascenseur vers un étage, décor, mécanisme et étage d'un crime à venir, à la fois inéluctable et non prémédité. Ces réflexions, en forme de consolation, me permettaient en tout cas d'échapper au découragement piteux et au sentiment d'une déconfiture définitive. J'en vins même, pour me rassurer et pour ne pas m'abandonner à un tableau trop sombre, à me dire que ces deux ou trois secondes de trop au cours desquelles j'avais tenu la main de Barbara prisonnière sous la mienne, dans le silence absolu et après les dernières vibrations de l'accord dissonant, pouvaient l'avoir surprise, avoir piqué sa curiosité, avoir donné à mon geste un caractère ésotérique ou insolite, dont elle chercherait à découvrir le sens sans le trouver ridicule ou déplacé, sans se moquer ni s'offusquer. Sur la voie de cette réconciliation avec l'intrépide inconséquent que je voyais en moi, j'en vins même à imaginer toute une série d'approches et de gestes ainsi interrompus, dans l'espoir bien vaniteux d'intriguer la jeune fille, de l'exciter, de la frustrer: en vérité, je devais avoir trouvé là une solution de facilité, car m'était apparue sans doute la difficulté d'imaginer, de concevoir l'instant d'après et le geste suivant, suites à un instant décisif et à un geste audacieux, dans une situation précise sans sombrer dans l'incongruité, et je pressentais intuitivement qu'il fallait multiplier les situations d'approche et de prémices, dans des circonstances, des lieux et à des moments divers, pour parvenir à créer le climat et la sorte d'attente qui rendraient le geste suivant naturel dans une première situation, puis tout aussi naturels tous les autres gestes suivants dans toutes les autres situations suivantes. Ma décision était prise – la seule qu'il me fût facile de prendre – de continuer sans plan de bataille, et selon mon instinct, progressant par touches successives sans chercher à forcer une victoire dont j'ignorais même à quoi elle pouvait ressembler, si ce n'était dans sa prosaïque gratification finale car, évidemment, la victoire est acquise avant son bénéfice, elle est d'une autre nature que la consommation d'un tribut, le symbole précédant la volupté.

Après ces deux ou trois secondes de trop, dans le silence absolu après les dernières vibrations de l'accord dissonant, j'avais donc relâché la main de Barbara, avant même qu'elle eût pu chercher à la retirer; et puis, elle s'était levée, vaguement gênée – ni choquée ni déçue: souriante, perplexe, j'aurais aimé pouvoir dire «troublée», mais, en réalité, c'était moins son sentiment intime qu'on aurait pu qualifier ainsi que sa perception de mon image de garçon en culottes courtes, qui se livre à des gestes bizarres pour son âge –, elle avait repris ses livres et, sans se retourner ni dire un mot, elle s'était pressée vers la sortie : ce mouvement me faisait comprendre que je n'avais pas réussi à lui faire renoncer à ses cours, mais que je l'avais seulement mise un peu en retard. Dès que j'ai entendu claquer la porte sur la rue, j'ai pensé à la façon dont je relaterais à ma grand-mère l'épisode si émouvant que je venais de vivre – en ne parlant toutefois que de l'émotion musicale... –, mais comme j'avais écrit ma première lettre entre le breakfast et le lunch et que, pour la première fois, j'étais allé la glisser dans la haute boîte aux lettres rouge des Postes de Sa Majesté, au bout de la rue, l'évocation de la partie de piano était reportée au lendemain, avec toutes les recommandations que j'y ajouterais pour que mon père – à qui pourtant la *Deuxième Rhapsodie hongroise* de Liszt, martelée par György Cziffra, tirait des larmes, dans une insensibilité par ailleurs totale à la musique dans son ensemble, un art léger, efféminé et bien vite agaçant, selon lui – ne sût rien de ces retrouvailles interdites – *prohibited*. J'ai refermé la porte que Barbara, s'esquivant, avait laissée ouverte, et j'ai dû encore rester chez Auntie Chrissie – bonne fée ou sorcière, magicienne ou sibylle, déguisée en vieille espionne anglaise autrement plus efficace qu'une *James Bond's girl* – à retrouver sous mes doigts des morceaux jadis appris par cœur, et soumettant aux différents éclairages de ces musiques aux colorations variées – disons, pour simplifier, tristes ou joyeuses, optimistes ou désespérées –, le seul sujet qui occupât ma tête comme une idée fixe : Barbara, et ce que cette jeune fille de quelque sept ans mon aînée – à ce titre, inabordable et inaccessible, si j'avais eu quelque lucidité –, pouvait percevoir de mon comportement et de moi-même. Je restais dans ce ressassement, diversement modulé par la musique, jusqu'au moment où Mme Buss vint me chercher, me rappelant l'heure proche où Auntie Chrissie serait de retour et me signifiant que, juste avant le *five o'clock tea* et le retour de tous les hôtes de la maison, j'étais convoqué pour faire avec elle une première partie de croquet. Encore une première fois.

12

Les premières fois se succédaient à un rythme rapide – c'était la totalité du monde, des êtres et de mes relations avec eux qui était nouvelle –, mais avec des impacts très variables sur ma sensibilité et ma mémoire et, pour ce qui est du croquet, ce n'est pas la première partie qui m'a laissé un souvenir impérissable, c'est de la répétition quotidienne dont je me souviens, et des habitudes bientôt prises avec cet innocent jeu de jardin, dont les accessoires évoquent des actions un peu balourdes et des règles simplettes : arceaux de métal à planter dans le gazon, grosses billes de couleurs et lourds maillets de bois à manches longs, le tout rangé dans un grand coffre que l'on retrouve dans un grenier à chaque retour des beaux jours. La bonhomie conviviale du croquet réside aussi dans le fait qu'il ne sépare pas les messieurs et les dames, les grandes personnes et les enfants, dans des catégories de joueurs aux aptitudes physiques différentes, contrairement au badminton, en apparence un jeu amusant, charmant et léger – impression que donne le volant avec ses plumes –, susceptible cependant de devenir un sport exigeant, et auquel était réservé un autre espace dans le petit jardin. Les parties de croquet avec Mme Buss devinrent notre duel quotidien de l'après-midi, mais tous les week-ends un grand tournoi mettait en lice tous les membres de la maisonnée. Ma couleur était le bleu, et je me souviens encore avec précision de la boule finement striée en spirale, couverte d'une peinture en partie écaillée. Dans ce jeu, la force est moins dans les bras des joueurs que dans les accessoires eux-mêmes : le maillet et la boule semblent dotés d'une inertie qui constitue leur propre réserve d'énergie, ne réclamant que peu d'effort pour être mis en mouvement. Les gestes du croquet, les attitudes et les positions, ne flattent en rien un corps athlétique ni un corps gracieux, nul ne peut tirer avantage de ses postures et chacun, homme ou femme, ne peut s'y montrer que dans une gaucherie excusable, une raideur, une cambrure du postérieur aimablement ridicules : ce jeu semble contemporain des premières poses photographiques, avec des joueurs toujours à l'arrêt, inertes, bien avant l'invention du mouvement par le cinéma. Le croquet serait un sport pour rire, assurément plus proche du jardinage que du golf ou de la pétanque, avec quelque chose de terre-à-terre et de rampant : les grosses boules qui s'entrechoquent avec un son mat roulent lourdement, sans vitesse, sans rebonds, elles ne décollent jamais du gazon et semblent vouées à son entretien, à son tassement. Un tel jeu, bien entendu, n'était plus en vogue qu'en Angleterre, comme le jeu de fléchettes dont on voyait encore les cibles de liège dans les tavernes – mais l'un et l'autre le sont-il encore aujourd'hui ? – et l'apprentissage du croquet a utilement accompagné pour moi l'apprentissage de la langue et de la culture anglaises. Mme Buss jouait au croquet avec la même concentration et la même jubilation que lors des parties de *chinese checkers* : elle y trouvait une satisfaction profonde, esthétique, civique et morale, car ces jeux mettaient respectivement à profit deux espaces domestiques essentiels, le jardin et le salon, et faisaient travailler avec les mêmes bienfaits et la même modération, le corps pour l'un, la tête pour l'autre, à l'extérieur d'un côté, en intérieur de l'autre, dans une évasion raisonnable et sans danger.

Si, en ce mois de juillet 1957, il n'y avait pas eu, parmi les hôtes du 15, Broadlands Road à Londres, une jeune beauté eurasienne des Caraïbes, je n'aurais sans doute pas trouvé d'autre mouvement à mes journées que l'alternance rythmée entre les parties de croquet avec Mme Buss, pendant le temps mort de l'après-midi avant le thé de cinq heures, et les parties de *chinese checkers*, toujours face à elle, pendant le temps mort du soir autour du thé de onze heures. Mais je n'aurais eu alors aucune raison de parler de cela, ni d'écrire quoi que ce fût pour retrouver aucun souvenir de cet été-là. Les parties de croquet et les parties de *chinese checkers* étaient les moments de la journée et de la soirée où toute ma relation si essentielle aux femmes était concentrée en la figure maternelle, matriarcale, de Mme Buss, la reine sans roi. Cette personnalité était à la fois si autoritaire et si consolatrice qu'elle parvenait en même temps à énoncer l'interdit et à en atténuer la dureté, à être celle qui me défendait de penser à Barbara, et celle auprès de qui il était moins douloureux de ne pas pouvoir penser à elle.

Un mois dans une famille anglaise comme celle des Buss suffit pour que l'Angleterre fasse sentir la douceur bienfaisante de ses traditions, son respect rassurant et apaisant des habitudes, son sens du rituel collectif où l'individu reste intact en son identité intime. Raconter la suite des journées de mon séjour à Londres en juillet 1957 place le récit chronologique et linéaire face aux obstacles de la répétition, avec ce retour régulier des mêmes événements, des mêmes actions, plus fortement souligné que dans les modes de vie d'autres nations, et selon un rythme dont la mesure connaît toute une variété d'unités et de décomptes qui rendent plus subtil, moins mécanique, le continuel recommencement, comme la monnaie anglaise de cette époque parvenait à glisser de la poésie dans les lois fastidieuses de l'arithmétique et du système décimal : une livre – *one pound* – divisée en vingt *shillings*, et le *shilling* en douze *pennies*, avec des unités de fantaisie comme la *guinea* (une livre et un *shilling*), la couronne (*crown*), valant cinq *shillings*, la demi-couronne (*half-a-crown*) deux *shillings* et demi, ou les *to-pence* et les *thro-pence* (deux ou trois *pennies*). Si certains éprouvent de l'ennui face à l'esprit anglais qui conserve et reproduit dans un temps ralenti, presque arrêté, il me semble que les espaces de cette reproduction, de ce conservatisme, sont moins ennuyeux que ceux de l'esprit français, qui géométrise pour contenir ce qui change, ce qui bouge. L'art de vivre anglais tient beaucoup à un découpage de l'éternité en fines tranches, et à une dégustation du temps comme un vieux pudding, qu'il faut longuement mâcher et déglutir en l'accompagnant de petites gorgées délicatement chargées de théine. Le cycle des répétitions, des retours et des recommencements, ne se présenta pas pour moi comme un obstacle à la progression de mes apprentissages, mais comme leur balisage par une succession de repères régulièrement disposés dans l'espace et dans le temps. Un récit exige néanmoins que l'on détache ce qui avance et ce qui évolue de ce qui se répète et se reproduit. Les jeux auxquels Mme Buss m'initiait et m'entraînait dans une pratique quotidienne étaient à la fois des moments de détente, de gratuité, et l'expérience indolore de la règle. En Angleterre, la règle du jeu, c'est-à-dire les règles de tous les jeux – sports de plein air ou jeux de société –, font partie des lois du royaume et du code civil. Ces règles, tout sujet de Sa Gracieuse Majesté pouvait les énoncer jusque dans leurs détails et du fait de leur pratique quotidienne, alors que l'on ne connaît la Loi que dans ses grands traits, comme par ouï-dire et du fait d'une supposée honnêteté naturelle du citoyen : les *policemen* anglais ne sont même pas armés pour la faire respecter.

13

Vers cinq heures de l'après-midi, du lundi au vendredi, les hôtes de la maison Buss, membres de la famille ou locataires payants, faisaient leur retour presque ensemble, à une ou deux minutes d'intervalle, au 15, Broadlands Road à Londres. Et tous se retrouvaient bientôt dans la salle commune pour un thé à valeur dînatoire, soigneusement préparé par Mme Buss avec une variété et une profusion destinées à la fois à reconstituer les forces après la journée de travail et à rendre facultatif le dîner ou le souper, des repas pour lesquels la cuisine anglaise a toujours été moins inspirée. On pouvait alors se jeter avec appétit et gourmandise sur les sandwichs et les toasts, sur les tartes et les puddings, sur les gâteaux de riz et les muffins, sur les crèmes et les soufflés, sur les compotes et les gelées, sur les poires cuites et sur les macédoines de fruits frais, cela sentait la cannelle et la bergamote, les raisins de Corinthe et les amandes rôties, la vanille et le fudge, le caramel et le chocolat, mais aussi le pain grillé, la saucisse et le fromage de cheddar, le bacon frit et le poisson fumé. On restait là à bavarder autour de M. Buss, toujours souriant et muet comme une carpe, passant sa vie sous silence : d'ailleurs, nul ne savait quelle profession, quel emploi, quel *job* le tirait du lit à sept heures chaque matin et l'y précipitait à onze heures quinze précises chaque soir (on lui supposait un petit métier ou un modeste poste de bureaucrate), personne n'aurait osé poser la question, d'autant que Mme Buss semblait tenir pour essentielle à l'équilibre du foyer cette double résignation de sa moitié, d'une part à disparaître toute la journée pour aller au travail et contribuer ainsi, ne serait-ce qu'en appoint, aux finances du ménage, et d'autre part pour laisser faire en ayant remis tous les pouvoirs entre les mains de la reine sans roi. De fait, la maison Buss vivait dans une merveilleuse harmonie et se passait idéalement de toute autorité masculine. Le plus souvent, la conversation était animée par Hoppy, affable et disert, toujours habile à rendre amusantes (son accent écossais n'y était pas pour rien), édifiantes et morales les anecdotes les plus insignifiantes de sa journée de travail, comme caissier principal au siège de la banque d'Écosse à la *City*. Kingsley avait toujours honte – et ses joues rougissaient encore d'un ton vers l'écarlate – de manger plus que tout le monde, d'avoir plus de besoins naturels que les autres et, dans la conscience de n'en être pas pour autant un surhomme, d'engloutir toujours double ration sans autre justification que sa taille et sa constitution, un peu comme ces automobiles de conception rudimentaire, gloutonnes en carburant et n'offrant cependant que des performances médiocres. Suzann et Rosalind n'avaient de préoccupation plus élevée ni de souci plus urgent que de garder fraîches jusqu'à la fin de la soirée leurs toilettes du jour, prenant grand soin de ne pas tacher leur robe par une faute d'attention de dernière minute, dans le relâchement auquel incite l'heure du thé, et je ne les revois qu'une serviette en papier à la main, essuyant délicatement le coin de leur bouche, évitant d'effleurer le rouge à lèvres, d'un rose « jeune fille » assorti aux fleurs des tissus imprimés. Kate et Barbara représentaient – comme officiellement, diplomatiquement – les horizons lointains et la vocation maritime de l'Empire britannique, elles distillaient dans l'air une sensualité exotique dont les parfums et les couleurs se mêlaient aux autres délices de la maison en ce moment de la journée, et c'était précisément là, au 15, Broadlands Road à Londres, et non quelque part en Haute-Guinée, que le 10e parallèle Nord, à mi-chemin entre l'équateur et le tropique du Cancer, croisait le méridien de Greenwich : l'Angleterre que j'ai connue et aimée en juillet 1957 n'eût pas été tout à fait le même monde sans cette présence des *West Indies*.

Une tasse de thé ou un verre de jus d'orange à la main, on passait ensuite au jardin (un arpent de gazon généreusement festonné de massifs de fleurs en *mixed borders*) – ce mouvement avait quelque chose d'aristocratique dans une maison où, malgré les apparences et la dignité, on tirait le diable par la queue, et nous étions tous des châtelains qui vont prendre l'air dans le parc –, et l'on rejoignait, en tant que spectateur ou que nouveau compétiteur, la partie de croquet en cours entre Mme Buss et moi car, après nous être affrontés comme des joueurs professionnels, nous ne refusions pas des concurrents moins aguerris, dont l'arrivée n'était qu'une diversion mineure à notre duel principal, un moment de détente où le niveau de jeu baissait d'un cran... Quand venait le moment où Mme Buss décidait d'abandonner le maillet et les boules pour ces autres boulets qu'étaient ses occupations du soir, chacun se tournait vers son programme personnel, et à moi revenait l'espoir d'une partie de tennis avant la nuit. Il n'y en eut pourtant que trois ou quatre, après la première.

Le plus souvent, c'était pour moi le moment de sortir de la maison, d'aller faire une promenade méditative en aller et retour dans la rue déserte et calme, de rêvasser en m'enivrant des parfums lourds de la végétation, accumulés dans l'air jusqu'à saturation à la tombée de la nuit – encore aujourd'hui, je reconnaîtrais Broadlands Road les yeux fermés, à cette composition entêtante de ce qu'on y inhale les nuits d'été et qui, par les voies communes de la respiration et de l'odorat, envahissait tout l'être –, sifflotant parfois un air de Schubert ou de Beethoven et, à chaque passage devant la façade du 15, levant les yeux vers le dernier étage et vers la chambre de Kate et de Barbara, le cœur battant et bouleversé si je surprenais une silhouette se découpant dans le rectangle lumineux d'une fenêtre. Cela pouvait durer jusqu'à l'heure de la partie de *chinese checkers*, mais seulement s'il y avait de la lumière chez les filles de Trinidad, dans l'attente d'entrevoir celle qui occupait ma tête, ou qu'elle remarquât ma présence en bas, rôdeur aux aguets qui allait et venait et qui, au lieu de se cacher, s'exposait en déambulant au milieu de la chaussée dans l'espoir que l'on repérât son manège à la bizarrerie de son comportement, et parvenu à ses fins s'il avait réussi à intriguer, si l'on était venu à soupçonner en lui un individu inquiétant, dont on n'aurait su jusqu'où il pouvait aller. Je devais concevoir cela comme une façon de me rendre intéressant et de me signaler à l'attention des filles alors que, dans d'autres circonstances, certaines obsessions ne donnaient lieu qu'à des pratiques rituelles soigneusement gardées secrètes, et qui auraient pu réellement inquiéter celui ou celle qui les aurait découvertes et observées chez moi : manies d'ordre, marquages d'espaces, relations mécaniques et répétitives à certains objets. Si les fenêtres du dernier étage, du côté de la rue, restaient sombres, Kate et Barbara n'étant pas rentrées ou ayant éteint la lumière, c'est toute la maison qui me semblait morte et étrangère, vide et sans intérêt pour un rôdeur, peut-être un kidnappeur de jeunes filles, et alors je n'avais rien à attendre de mes cent pas. Je retournais à un livre ou à la maquette du Spitfire en balsa, pour vérifier que la colle avait bien pris et me consacrer à quelque fignolage avec du papier de verre ultra-fin. Il y avait ainsi des soirées ouvertes à la perspective d'une étape nouvelle dans mes relations avec Barbara, et celles où j'étais renvoyé aux occupations de mon âge ; il y avait mes soirées de veille et d'aspiration amoureuse, dans la posture tourmentée du jeune héros romantique, et mes soirées de petit garçon qui rêve de faire voler un avion en modèle réduit, les unes comme les autres toujours en culottes courtes.

14

Dès les premiers temps de mon séjour, cependant, d'autres programmes se présentèrent pour les soirées. Par exemple, tous les samedis à la tombée de la nuit, dans le parc de Kenwood, que l'on atteignait facilement à partir de Highgate Village en deux arrêts de l'autobus 210 (*the two-ten bus*: une voiture à un seul étage et donc, pour Londres, presque une navette privée), étaient donnés des concerts de plein air avec un orchestre philharmonique que dirigea Sir John Barbiroli, dans un programme consacré aux grandes symphonies classiques et romantiques, dont celles de Brahms. L'orchestre était installé sous une vaste conque acoustique, de l'autre côté d'un *pond* (un petit bassin artificiel d'eau dormante, sous les nénuphars), le public s'installant en face, sur une pelouse en pente dont la partie basse était occupée par un parterre de chaises longues pour les amateurs de confort, tandis qu'au-dessus – on pourrait dire au balcon – les nostalgiques des fêtes champêtres et des parties de campagne pouvaient s'allonger à même le gazon, solitaires ou par couples, ou en bandes. Les vrais connaisseurs venaient là avec le matériel et les ingrédients d'un pique-nique: plaids à étendre sur l'herbe, nécessaires en osier, bouteilles de champagne ou de vins fins français, flacons Thermos de café chaud, fiasques de brandy, de gin ou de whisky, et toutes les provisions pour un festin de bouche accordé à celui de l'oreille, autour d'un plat principal, spécialité d'un des membres de la compagnie: le poulet au curry était une des plus courues, les Britanniques n'ayant pas oublié les

Indes et les trésors de leur cuisine. À une époque où les gigantesques rassemblements de la *pop music* allaient bientôt donner lieu à de mémorables grand-messes, arrosées de milliers de décibels et d'autant de litres de bière, c'était encore les concerts dans les parcs et les chefs-d'œuvre de la musique classique qui offraient aux adolescents anglais des classes moyennes les circonstances et le contexte de leurs premiers émois, dans des décors et une ambiance évoquant les représentations que le dix-huitième siècle a données de la fête galante. Les nuits de concert en juillet, sur les pelouses de Kenwood – qui étaient encore dans les années trente des prairies à moutons –, les générations ne se mélangeaient guère et, même si l'on se côtoyait, chaque classe d'âge vivait sa vie en toute indépendance, dans une tolérance réciproque qui faisait que des parents et leurs enfants se croisant dans la pénombre, feignaient de ne pas se connaître ; et si une mère avait entrevu sa fille avec une fréquentation et dans une attitude répréhensibles, cela n'aurait pas compté et n'aurait pu entraîner aucun reproche – il fallait regarder ailleurs, tout simplement –, car ce qui avait lieu à Kenwood, les soirs de concert, en juillet, n'était réputé vu par personne, et tous ensemble, jeunes et adultes, avaient les yeux fermés sur le songe d'une nuit d'été. Les effluves musicaux et les lourdes senteurs qui montaient de la terre et des grands arbres tout proches (chênes centenaires, marronniers, épicéas, cèdres…) – parfois même quelques lambeaux d'une brume humide et tiède, échappée des ravins malfamés de Hampstead Heath, la lande restée sauvage, dans le prolongement du parc civilisé –, se mêlaient, et la nuit tout entière devenait une caresse de l'univers à la jeunesse : les corps des filles et des garçons s'y frôlaient naturellement, dans une promiscuité qui dispensait de tout geste trop précis, dans une obscurité qui effaçait les limites entre pudeur et indécence. À Kenwood, un samedi soir de juillet, il y eut aussi une première fois, qui ne fut pas celle dont je garde la trace, mais celle qui me fit attendre et espérer un autre samedi soir de concert, une autre nuit d'été, une vraie première fois.

15

En ce premier samedi de juillet, il fut décidé que tous les jeunes de la maison – Suzann et Rosalind (cette dernière accompagnée d'un jeune homme qu'elle fréquentait), Kingsley (avec un camarade de collège), Kate et Barbara, et moi aux côtés de cette dernière (c'était ainsi que j'organisais le groupe) – nous irions tous ensemble à Kenwood avec ces merveilleux paniers que Mme Buss savait composer, et tout désignait le pique-nique sur les pelouses pendant le concert comme une de ces premières fois dont je multipliais les expériences depuis mon arrivée au 15, Broadlands Road, même si j'étais peu amateur de sorties en bande. Nous quittâmes la maison à la même heure où, lundi soir, j'étais parti vers les courts du Highgate Lawn Tennis Club, à travers la prairie. Le copain de Kingsley était un escogriffe dégingandé à lunettes aux verres épais – *thick glasses* – pour qui j'éprouvai tout de suite de la sympathie car il ne nous parla tout au long de notre marche jusqu'à l'arrêt de l'autobus 210, à Highgate Village, que de son élevage de vers à soie, qu'il m'invita à visiter – *come and see my silkwarms breeding* (ce que je fis quelques jours plus tard, et ce fut mon seul contact avec un monde animal domestique, car il ne manquait à la famille Buss, pour être tout à fait convenable et bien-pensante, qu'un chien et un chat). Le prétendant de Rosalind me semblait un émissaire des adultes, agent double, infiltré parmi nous pour nous tenir à l'œil. L'ambiance était nouvelle et pleine de promesses, alors qu'étaient rassemblées pour la première fois dans une même aventure des personnes qui se côtoyaient quotidiennement sans être jamais liées dans aucun programme commun. Et je découvris comme un signe qui m'était adressé que Barbara avait mis pour l'occasion ses chaussures de tennis et ses socquettes blanches de petite fille. Les garçons portaient les victuailles, les boissons, les couvertures et même quelques parapluies par précaution, car un concert commencé allait jusqu'à la dernière note, quelles que fussent ensuite les humeurs du ciel londonien et son intrusion dans la partition. Les filles marchaient devant et je ne manquais pas de me faire l'observation suivante : si, parmi les quatre, il n'y avait pas eu Barbara, le sens et l'intérêt de ces moments se seraient perdus pour moi. Dans le bus 210, nous trouvâmes d'autres jeunes qui, comme nous, se rendaient à Kenwood, tous ensemble enrôlés pour la même bonne cause : bonnes manières et tolérance, urbanité et grand air, amour de la musique et éducation sentimentale…

Le parc de Kenwood ressemblait à ces paysages de nature que la peinture anglaise a célébrés, et nous pénétrions en effet dans un tableau d'une autre époque, devenant aussitôt des personnages. Je me sentais une figurine peinte, mais la seule peinture dont j'avais découvert le charme et le trouble à cette époque était celle des dix-huitième et dix-neuvième siècles français, ayant aimé aller au Louvre pour des rendez-vous avec des filles nues ou prêtes à se laisser faire : demoiselles lascives de Fragonard, petites bergères pulpeuses de François Boucher – j'avais découvert, au cours d'une visite avec ma tante Lenke, que le Domaine de Kenwood possédait deux charmantes pastorales de ce peintre –, mélancoliques amoureuses de Watteau, vierges d'Ingres en attente d'un autre maître que le peintre, rassemblées et prisonnières d'un harem ou séparées des autres et solitaires, exposées sur un divan mais tournant le dos au désir – et quel dos, quelle nuque, quelle croupe ! – ou captive d'un rocher, bras levés et le corps entièrement nu et glabre, refusant à l'œil la fente où se glisser dans l'intimité de sa rêverie, héroïnes de Delacroix, déjà agitées des mouvements de la passion, déjà personnages de roman ou de théâtre sur la scène de l'Histoire. Devant ces images, je me sentais devenir peinture, corps tendre, pulsions pâteuses, et pour m'incorporer au tableau, pour y rejoindre l'être et le corps désirés, je me glissais parmi les touches de pinceau comme dans un lit de caresses. Dans la peinture anglaise, toute la sensualité est dans un paysage où la belle amoureuse s'est absentée, laissant sa trace et l'espoir de son retour dans une configuration de la nature et du monde, rêveuse et nostalgique : on observe le spectacle, on attend, on médite, la peinture n'offre pas de corps qui nous appellerait à elle, à eux, elle est une vision mentale qui fait attendre aussi le retour du corps en nous, ses spectateurs.

J'espérais beaucoup du programme Brahms, dont je n'avais écouté et réécouté les symphonies que dans les enregistrements de la *Guilde du disque* sur mon électrophone Pathé Marconi-La voix de son maître (*His master's voice*), qui avaient été ma drogue récente pendant plusieurs mois. D'ailleurs, je ne connaissais à cette époque d'autres ivresses que celles de la musique et de la poésie : jusque vers l'âge de trente ans, je n'ai bu, même à table, que du lait frais ; c'est environ à cette époque que j'ai découvert les cigares de La Havane et que j'ai commencé à distinguer le vin rouge du vin blanc, ignorant résolument et à jamais, c'est-à-dire jusqu'à ce jour, les alcools forts et tout ce que ma génération et les suivantes se sont plu à consommer contre le mal de vivre et le désespoir du temps, sous la forme de fumées odorantes, de poudres magiques ou d'injections d'une garde-malade supposée compatissante, mais toujours masquée… L'ivresse fut donc celle d'une lumière qui devient liqueur au fond du flacon, des senteurs narcotiques répandues dans l'air d'une nuit d'été, de la musique tombée du ciel et dispensée depuis là-haut par un de ces dieux créateurs qu'était pour moi Brahms – tout comme Bach, Mozart, Haydn, Beethoven, Schubert, Schumann, Chopin, Liszt, Dvorak, Mahler, Strauss… –, ivresse d'un de ces moments de l'existence où l'être est face à ses premiers vertiges, sentant la terre se dérober sous ses pieds, et le cosmos l'attirer comme le seul espace assez vaste pour la pensée. L'ivresse était distillée par le rire cristallin des filles, les parfums de leurs corps et de leurs chevelures, la grâce de leurs sourires et de leurs gestes et aussi par la franche camaraderie des garçons, sur ce paisible champ de bataille où rien ne pouvait arriver qui n'appela aussitôt leur secours fraternel et salvateur. L'ivresse venait de la saison et de notre âge : en la circonstance, benjamin de la bande, je me hissais sur la pointe des pieds et de deux ou trois marches sur l'échelle des ans, sans songer une seconde que j'étais en culottes courtes, le seul dans cette tenue, et sans rien regretter du contact de l'herbe sur mes mollets ou mes genoux. L'ivresse était aussi, par contrecoup, celle d'une époque moins mauvaise que les temps, inconnus de nous, qui nous avaient précédés, et moins décevante que les temps à venir. L'ivresse était d'entendre, alors qu'il passait discrètement et paisiblement dans le ciel de Londres au-dessus de Brahms, un avion de ligne qui mêlait pendant quelques instants ce lointain contrepoint à la musique et lui ouvrait cet espace, nous signifiant ainsi que les Temps modernes n'étaient pas irréductiblement ennemis de la beauté et insensibles à la grâce. Nous étions ivres de tout cela et de rien d'autre – même la bière ou le cidre à la tireuse des pubs nous étaient inconnus – et l'ivresse nous gagnait pourtant comme lorsque l'alcool commence à se répandre dans le sang, à monter à la tête. Des gestes insensés devenaient imaginables, on pouvait même les ébaucher et y risquer sa vie, sans autre risque. La musique était un alibi général, transformant les êtres en aveugles qui ne perçoivent le monde que par les ondes sonores et l'imagination. Autour de nous, des couples qui en étaient là de leur relation s'essayaient à des postures inédites : je les observais à la dérobée et j'enregistrais la leçon. Dans notre campement, tout le monde était fort sage, allongé sur les couvertures et se partageant les surprises confectionnées par notre reine sans roi, qui jouait pour nous à la cantinière. Le camarade de Kingsley avait cessé de parler des vers à soie, mais sans doute, les paupières closes derrière ses épaisses lunettes où se reflétaient les dernières lueurs du ciel, rêvait-il aux soieries somptueuses et aux routes maritimes qui, pendant des siècles, les avaient rapportées de l'Orient lointain. Kingsley, avec sa modestie habituelle, se sentait en dessous de la situation, écrasé par la beauté d'un monde dont il ne saurait jamais goûter que les miettes, et l'admirable parc paysager de Kenwood lui faisant peut-être penser à la configuration d'un terrain de manœuvres ou à ces pâturages à moutons qu'il rêvait de trouver en Australie. Rosalind, à distance suffisante du jeune homme qu'elle fréquentait, lui donnait la main cependant, et la musique n'était peut-être pour eux qu'une sorte d'avant-goût, de répétition des célèbres mesures de Mendelssohn qui accompagnent les noces aux grandes orgues. Suzann, par discrétion, évitait de regarder sa sœur, mais ne songeait peut-être qu'à l'espoir de l'imiter bientôt et de trouver elle aussi un jeune homme doux et timide – *gentle and shy* –, à qui donner la main un soir de concert à Kenwood. Kate, bientôt allongée et repue, se détendait tout simplement de sa semaine studieuse, sans arrière-pensée ni état d'âme. Barbara ne me semblait là que pour que je la contemple, et comme si elle n'avait pu avoir d'autre raison d'être que d'être à moi. Sa beauté, fierté de notre clan, de mon point de vue, lui attirait pourtant plus d'un regard. Alors qu'elle s'allongeait à nouveau, après l'entracte – *interval* – à la recherche d'une position confortable, je lui proposai d'appuyer sa tête contre ma hanche ou sur ma poitrine : elle se contenta d'approcher sa joue d'un mouvement anodin contre mon épaule, mais au moment où la musique reprenait, elle me chuchota à l'oreille ces deux mots : «*Next time...*» La prochaine fois sera une première fois, me dis-je, et il y avait dans ces deux mots un engagement, la promesse que l'on fait à un enfant et qu'il faudra tenir. Tout autre eût été le sens de l'expression «*Another time...*» : une autre fois, autant dire jamais.

16

L'alternative au programme des soirées résultait aussi d'un privilège personnel : l'immeuble de Highpoint, où résidaient ma tante Lenke et mon oncle Bandi, et qu'ils avaient quitté dès le 1er juillet, comme prévu, en direction des Baléares, occupait le point culminant de la colline de North Hill et peut-être de tout Londres, et il avait un agréable jardin planté d'arbres fruitiers – avec des courts de tennis, et surtout une piscine – qui descendait de la colline vers la prairie intérieure et comme privative à tout le quartier, la dominant par la rupture de pente d'un haut mur, obstacle en principe infranchissable qui interdisait l'accès par ce vaste espace collectif, en friche et à l'abandon, sans autre usage que d'accueillir, dans une faible part de son étendue, le Highgate Lawn Tennis Club. Comme on me savait le neveu de légitimes occupants de Highpoint, on ne tarda pas à me révéler le secret d'une brèche aménagée dans le mur, qui permettait de l'escalader pour s'introduire facilement, de nuit, aux abords de la piscine. Ainsi, le bassin d'eau noire et profonde, sous les plongeoirs, était-il plus animé certaines nuits qu'en plein jour, lorsque des adolescents du quartier s'y retrouvaient comme une secte secrète et silencieuse : toutes les paroles étaient chuchotées, et les seuls bruits, eux-mêmes amortis, étaient ceux des plongeons, des remous et des éclaboussures. Parfois, au clair de lune, cela ressemblait à un de ces bassins où grouillent de grosses carpes muettes qui agitent la surface d'épais reflets d'argent. Là aussi m'attendait une première fois.

Avant la fin de la première semaine de séjour au 15, Broadlands Road à Londres, deux trames de mon emploi du temps et de mon expérience commencèrent à se superposer : la première reprenait à un rythme régulier des motifs récurrents, dont la composition et la régularité constituaient déjà une initiation à la vie anglaise, occupations quotidiennes ou événements revenant un jour sur deux, un jour sur trois, ou un jour par semaine, comme l'excursion du lundi avec Mme Chapman ou le concert du samedi soir à Kenwood ; la seconde trame était d'un tissage plus subtil, et en quelque sorte transversal : des événements singuliers, situés à divers moments, depuis le petit déjeuner jusque tard dans la nuit, et dans différents lieux, marquaient la progression secrète – l'évolution des rapports l'emportant sur la répétition apparente de la situation –, de mon aventure amoureuse, subtilement composée de premières fois et de deuxièmes fois (répétitions améliorées des premières), en vue de *la* première fois, et toute cette suite pouvant se lire depuis le matin jusqu'au soir d'une journée émancipée de la durée des vingt-quatre heures, et constituée par la succession d'autant de jours qu'il me faudrait pour parvenir à la première nuit. Il y avait quelque chose de l'art de la fugue et de la technique du contrepoint dans la composition de mes journées et dans la suite des jours que je vivais au 15, Broadlands Road. Qui aurait pu prévoir l'importance qu'allait prendre dans ma vie ce mois de juillet 1957 d'un été londonien, officiellement consacré à mon apprentissage de la langue anglaise, à l'acquisition du parler courant et de la prononciation correcte, alors que cette raison principale distribuait d'autres thèmes bien vite plus importants qu'elle-même ?

Chez la famille Buss, je découvrais non seulement un autre mode de vie, celui des Anglais, si différent du nôtre, mais une autre famille, c'est-à-dire à la fois une autre identité de jeune garçon avec un autre passé et un autre avenir possible, dans un autre pays, et en outre un autre état de la famille en tant que cellule sociale et que structure hiérarchisée. La famille Buss était exempte de tout conflit, les relations entre ses membres, de même qu'entre ces derniers et les hôtes extérieurs, étaient paisibles et franches et, si un problème survenait, il était traité sereinement, sans que cela eût jamais nécessité que le ton de la voix fût haussé, et un tel incident eût semblé une grossièreté. C'était une famille entièrement dominée, administrée, régie, par une autorité féminine, à la fois ferme et douce, soucieuse des principes mais attentive aux exceptions et aux dérogations. Mme Buss, grande argentière qui tenait les cordons de la bourse et restait tributaire de l'économie, mais sans jamais le montrer ni en faire un argument de pression, était ambitieuse pour ses enfants, mais lucide et raisonnable.

17

Si une famille où l'autorité paternelle était aussi discrète et falote me semblait respirer dans une atmosphère idéale, c'était parce que chez moi, à Paris, le caractère ombrageux de mon père créait souvent un climat irrespirable, nous soumettant tous à la tyrannie de ses humeurs, nous manifestant avec une certaine brutalité tout ce qu'il voyait en nous d'insupportable, et nous imposant, lorsqu'il rentrait à la maison chaque soir, le contrecoup d'une difficulté, d'une déconvenue, d'une contrariété rencontrée au cours de sa journée de chef d'entreprise, à moins qu'il n'eût manifesté ainsi, par son tempérament ténébreux, la tristesse ou la colère d'avoir perdu sa vraie famille dans la Hongrie fasciste, alliée zélée de l'Allemagne nazie, et ne reconnaissant pas en nous sa nouvelle famille, celle qu'il avait fondée, coupé de toutes ses racines. Chez moi, à Paris, se parlaient plusieurs langues, et les unes reportant leurs empreintes sur les autres : on entendait autant l'accent d'une autre langue que la langue elle-même. Si l'espagnol était la langue des femmes, dans laquelle je pouvais me réfugier, il était légitime que mon père se révoltât de l'entendre parler à table, dans une indifférence générale au fait qu'il fût seul à ne pas la comprendre. Les occasions pour lui de nous rendre la monnaie de cette pièce étaient rares dans le cercle familial, puisque mon père était seul à y parler hongrois : il fallait que sa sœur, ma tante Lenke, l'appelât au téléphone, qu'un ami de jeunesse ou un compatriote se présentât, pour que l'usage de la langue magyare nous tînt à l'écart de cette complicité, mais cela nous affectait peu, car ce qui se disait alors entre mon père et son interlocuteur ne nous concernait guère. Dans la famille Buss, au contraire, on ne parlait qu'une langue unique, on la cultivait même pour qu'elle fût aussi belle que possible, et elle devenait un modèle pour l'étranger qui venait l'apprendre et la pratiquer. La façon de traiter un problème ou de régler un conflit passait par le meilleur usage possible des ressources de la langue anglaise, par le rapport le plus respectueux aux mots, à la grammaire, aux tournures, au style. Pour répondre à une question ou pour résoudre une opposition, avant même d'affûter les arguments, Mme Buss cherchait les mots et la formulation les plus justes dans la langue elle-même, convoquée comme premier témoin, puis promue comme premier arbitre, et si nécessaire comme premier juge. La langue anglaise, ainsi pratiquée avec application et scrupule, devenait le lieu même de la solution : bien articuler, bien énoncer une réclamation, un reproche ou une protestation entraînait un soin égal dans le choix des mots et des tournures pour y répondre, et la tension était d'avance désamorcée par le choix des mots et de la formule qui, en même temps, exprimait la difficulté à surmonter. Plus importantes encore que la supériorité d'une argumentation ou d'un raisonnement, étaient la construction des phrases et la diction. La parole, dans cette langue anglaise si mélodieuse, aux angles et aux reliefs si adoucis, était l'arme mouchetée d'un duel où chaque identité ne défendait son point de vue particulier qu'au sein d'une identité générale : l'anglais. Mon séjour au 15, Broadlands Road à Londres, en juillet 1957, me présentait un autre état d'esprit de la famille, une autre famille dans une autre langue, que j'opposais par contraste à ma famille parisienne, divisée par les langues, parfois terrorisée par l'autorité d'un père venu d'ailleurs, d'une autre langue.

Mais la famille Buss était encore autre chose qu'une autre famille parlant une autre langue : c'était le milieu où je pouvais ne plus être le jeune garçon qui était resté à Paris, sans pour autant perdre les privilèges et l'indulgence accordés à l'âge des culottes courtes. La maison Buss était le lieu où j'arrivais sans être perçu dans l'environnement de mon enfance, et donc plus tout à fait un enfant, débarrassé des traces les plus visibles de cet âge de l'immaturité – la décoration de ma chambre et son mobilier, mon petit bureau d'écolier, mes livres, mes jeux et mes jouets –, je ne gardais de l'enfance que son costume, les culottes courtes, ce qui de l'enfance collait encore à mon corps, mais celui-ci déjà susceptible d'être présenté et perçu autrement, dans des situations et des actions qui ne sont plus celles des petits garçons. Plus encore qu'une nouvelle famille avec une nouvelle langue, unifiée et commune à tous, la maison Buss était un nouveau monde, et j'y étais un être nouveau, au seuil d'un nouvel âge, arrivé là avec l'équipement de mon pays d'origine et de l'âge que j'y avais. La famille Buss – je veux dire la maison avec tous ses hôtes, et encore tout le quartier alentour jusqu'à Highgate et même jusqu'à Hampstead – et la langue anglaise restent pour moi le lieu et la langue de l'expérience amoureuse, de l'initiation sexuelle. J'ai compris assez vite que précisément là, au 15, Broadlands Road à Londres, entouré de ces êtres nouveaux et baignant dans une langue où je devenais moi-même un autre, il y avait deux personnes en moi : d'un côté, le petit garçon qui collectionne les autos miniatures, qui confectionne des maquettes d'avion en modèle réduit, qui écrit chaque jour une lettre à sa grand-mère, qui se souvient d'avoir étudié passionnément le piano, qui apprend vite à jouer aux *chinese checkers* et au croquet, impatient de s'y montrer le meilleur, qui joue au tennis, parmi d'autres sports, pour développer son physique encore malingre et faire tenir la promesse de ses grands pieds, et, d'un autre côté, l'adolescent, encore attaché aux simulacres et aux représentations à échelle réduite et qui, toujours pour rire mais avec le plus grand sérieux, s'essaie à être un homme jusque dans le désir le plus exclusif et le plus essentiel de l'homme : la femme. D'une certaine façon, j'étais sérieux dans chacun de mes deux états, sincère envers chacun de mes deux personnages et complètement investi dans chaque rôle même si, avec chaque visage et toujours en culottes courtes, c'était sous les auspices du rire et de la comédie que je rappelais l'un au bon souvenir de l'autre et appelais l'autre de mes vœux, que je me référais à l'enfance et que je prétendais à l'âge adulte, que j'aspirais à la fois aux douceurs de l'indulgence et aux douceurs de l'interdit. Construire mon avion en balsa était une activité sérieuse puisqu'il fallait, au bout du compte, qu'il fût un aéroplane comme un autre, affrontant victorieusement l'épreuve qualificative du vol. Dans le rôle de l'amoureux entreprenant, j'étais tout aussi sérieux, malgré les culottes courtes, car il fallait qu'au bout du compte mes préparatifs, mes manœuvres d'approche, la construction de mon histoire avec Barbara me conduisent victorieusement jusqu'à l'épreuve qualificative, à échelle réelle, d'être pour la première fois un garçon dans les bras et entre les cuisses d'une fille.

18

Je l'ai déjà dit, certaines premières fois ne comptent que comme approche et répétition générale d'une deuxième fois qui devient la vraie première, tandis que d'autres premières fois le sont pleinement. Au point où j'en suis de cette évocation du mois de juillet 1957 passé au 15, Broadlands Road à Londres, c'est-à-dire approximativement à la fin de la première semaine, je n'avais, du point de vue de mon aventure avec Barbara, vécu que deux temps pris à des jours différents, deux premières: le premier regard et le premier échange de sourires, au matin du premier petit déjeuner, et la première fois que j'avais pris sa main sur le clavier, chez Auntie Chrissie, et je pouvais ainsi considérer que j'étais parvenu vers le milieu d'une journée. La première partie de tennis à la nuit tombée et le premier film noir dans le salon de télévision ne constituaient pas des premières fois et, de ce fait, je peux les reverser parmi tous les autres événements et situations du régime général et de l'emploi du temps normal de mon séjour, au même titre que les parties de croquet et de *chinese checkers* avec Mme Buss, que les moments de lecture ou que la construction de mon avion en balsa. Ainsi, la tournure prise par chaque situation me désignait à Barbara soit comme un petit garçon avec le comportement, les intérêts et la timidité de son âge, soit comme un jeune garçon dont la curiosité et l'audace sont en avance, et quelque peu présomptueuses, de même que Barbara m'y apparaissait soit comme une adulte que je pouvais juger trop vieille, c'est-à-dire ayant perdu cette virginité que je possédais encore, soit comme une fille terriblement attirante, certes un peu plus âgée que moi, mais pas au point que je ne pusse être avec elle comme un homme avec une femme. Dans cette deuxième vision, je n'étais d'ailleurs ni inquiété ni intéressé par le fait que cette jeune fille de vingt ans pût avoir une expérience – notamment sexuelle – dont j'aurais pu tirer leçon, car je ne doutais pas d'en savoir plus long qu'elle, de n'avoir rien à apprendre et de pouvoir même lui en remontrer. Le déficit de l'âge n'était-il pas comblé par la précocité et par les talents naturels que les Anglaises prêtaient aux *french lovers*, et n'appelle-t-on pas *french kiss* le vrai baiser où les corps se visitent et se caressent de l'intérieur ? Tous ces clichés circulaient parmi les élèves des classes supérieures de lycée et ne redescendaient jusqu'à nous, qui refusions d'y voir des énigmes hors de notre entendement, que comme des formules plates, à prendre au pied de la lettre. J'étais donc, en puissance – ou plutôt en théorie – et malgré mes culottes courtes, un *french lover* expert aux *french kisses*.

Évidemment, une telle perception de moi-même se dissipait instantanément avec l'apparition de

Mme Chapman, vis-à-vis de qui je redevenais *the little french boy*. Si Mme Buss était la maman de tous, et donc la mienne, au 15, Broadlands Road, Mme Chapman était une sorte de grand-mère ou de grand-tante personnelle, pour moi tout seul, qui venait me chercher chaque lundi, mais en fait comme si j'allais dans sa maison, car elle connaissait Londres et les environs comme sa propre chambre et, me promenant à ses côtés, j'avais tout simplement l'impression d'être en visite chez elle. Lors de nos promenades, je ne regardais pas les filles, elles ne m'intéressaient pas – j'avais un grand amour, mais ailleurs, dans une autre vie, celle d'un double de moi-même, dans le même monde et la même langue –, je n'avais de curiosité que pour les monuments historiques, les tours, les ponts et les coupoles, les dispositifs et les machines des musées scientifiques, les animaux du zoo, les uniformes des *Horse Guards*, tuniques rouges et bonnets à poils, et des *Yeomen* frappés aux armes et aux initiales de la reine, pour les serres des jardins botaniques et pour les plantes carnivores, pour les longues-vues de marine et pour les vieux voiliers, et, si j'avais eu assez d'attention et de mémoire, j'aurais pu devenir un authentique petit Anglais, avec tout le patrimoine de souvenirs, de choses vues ou entendues, d'un vrai petit-fils ou petit-neveu de Mme Chapman. Dès le deuxième lundi, je m'étais approprié à ses côtés – nouvelle extension de ma mémoire de jeune Anglais, de mon éducation et de ma culture – toute la partie maritime de Londres, à l'est, tournée vers les océans, vers les terres et les continents où les marins anglais ont fait flotter l'Union Jack, depuis la cathédrale Saint Paul jusqu'à l'observatoire de Greenwich et le Royal Hospital, en passant par la Tour de Londres, Tower Bridge, les docks, le *Cutty Sark*, et l'auberge du Prospect of Whitby. À Saint Paul, qui venait d'être reconstruite à l'époque, j'eus droit en détail à toute l'histoire du bombardement, de la coupole effondrée et de la plus grosse cloche tombée de là-haut avec fracas, et nous recopiâmes quelques vers d'un poème de William Wordsworth, gravé sur une plaque de marbre. Le trésor de la couronne n'avait plus aucun secret pour moi, et il m'eût été facile d'en déjouer toutes les défenses pour dérober le plus gros diamant du monde et jouer aux billes avec. Nous avons patiemment attendu que Tower Bridge ouvre ses bras à partir du meilleur point de vue pour apprécier le spectacle, et avec une imperturbable confiance qu'il s'ouvrirait en effet, alors que rien ne semblait moins sûr. La visite du *Cutty Sark*, amarré à un quai de la Tamise et transformé en musée, a inscrit définitivement dans mon imagination une destinée possible de marin, d'explorateur, à condition de pouvoir choisir l'époque, et Cook comme capitaine. L'interminable parcours des docks de Londres dans les jupes de cette vieille dame intrépide qui n'avait peur de rien m'a fait entrevoir à jamais ce que peut être la peur d'un mauvais coup, d'une mauvaise rencontre dans un mauvais lieu, un mauvais jour. Et nous les avons traversés comme elle eût parcouru la savane africaine, le désert de Gobi ou la jungle amazonienne, la tête haute sous le chapeau de paille, le regard distant mais attentif, curieux de tout, inquiet de rien, et comme si les voyous – *teddy boys* – et les malfrats, qui se cachaient dans le dédale de ce quartier délabré pour ne faire surface et ne se montrer qu'à la une des tabloïds, n'auraient jamais osé importuner – à plus forte raison pour une misérable exigence pécuniaire – la veuve d'un pilote de la Royal Air Force (un héros qui avait payé de sa vie la sauvegarde de la nation), accompagnée de son petit-fils ou de son petit-neveu venu de France. À Greenwich, j'ai tout compris, définitivement, de ce que sont un méridien et un fuseau horaire, et je ne peux me départir de l'image du bâtiment où commence le découpage du monde en quartiers d'orange. De tous ces parcours en métro, en bus, en bateau-mouche ou à pied, de toutes ces haltes, de toutes ces visites, nous élaborions au fur et à mesure un journal, consigné en caractères serrés dans les pages d'un petit carnet qui prenait aussitôt valeur d'archive historique, de témoignage autographe des deux compagnons d'une grande expédition. La rédaction était évidemment de la seule plume de Mme Chapman, mais celle-ci m'obligeait à la suivre mot à mot pour que j'en fisse mon profit, sous le prétexte élégant que je vérifie si elle n'oubliait rien, si elle était assez précise. Si ces précieux carnets – où peuvent-ils bien être aujourd'hui ? – remplis d'une littérature sans exemple, mélange du roman d'aventures, du procès-verbal de police et des archives du cadastre, tombaient sous les yeux de quelque lecteur, celui-ci, loin de se croire devant les souvenirs d'un touriste des années cinquante, penserait lire les mémoires de l'évêque de la cathédrale Saint Paul, qui s'enrichiraient aussi de celles de l'architecte Sir Christopher Wren, de celles d'un témoin des funérailles de l'amiral Nelson et de celles du chef de la brigade de pompiers qui intervint après le bombardement de 1943, ou le relevé des rondes à la Tour de Londres depuis Guillaume le Conquérant, ou le registre des mouvements de Tower Bridge depuis l'inauguration par le prince de Galles en 1894 avec, minutieusement consignés, le nom, le port d'attache et le pavillon de chaque navire auquel fut livré passage, ou le journal de bord du capitaine du *Cutty Sark*, John Willis, lors d'une de ces *Tea Races*, les courses du thé où il affrontait son rival le *Thermopylae*, rapportant de Chine la récolte fraîche, ou de retour d'Australie les cales pleines de laine, à travers l'océan Pacifique, toutes voiles dehors, couvrant plus de trois cent cinquante milles nautiques en vingt-quatre heures, et battant ainsi tous les records, ou encore toute l'histoire de la géographie et de la cartographie modernes, symbolisée dans la cour de l'Old Royal Observatory de Greenwich par un rail de cuivre matérialisant le méridien zéro et par une grosse boule rouge qui, comme dans une attraction de fête foraine, tombe de son mât tous les jours à une heure de l'après-midi – *at one p.m.* Dans le quart des officiers du *Cutty Sark*, je pus cependant repérer discrètement, sur une carte ancienne, l'emplacement des West Indies et de Trinidad, et je m'imaginais en matelot, débarquant du clipper sur cette île, à la recherche d'une fille rencontrée quelque quatre-vingt-dix ans plus tard : Mme Chapman n'avait peur de rien, pourquoi donc aurais-je dû avoir peur des anachronismes ?

19

Parfois, certains événements ou parties de mon programme semblaient voués à former des séquences : ainsi, j'avais d'abord cru que la partie de tennis avec Barbara, à la nuit tombante, n'avait fait suite à la journée passée à Wimbledon que pour prolonger le même thème, d'un autre point de vue ; en fait c'étaient les soirées avec Barbara qui devaient prolonger les journées avec Mme Chapman, quel que fût l'objectif de nos intrépides incursions à travers Londres (j'avais l'impression de former avec cette vieille renarde, agent du contre-espionnage ou détective privé, un duo en service commandé, lancé dans une mission dont l'objet n'apparaîtrait que tout à la fin, enquête où la question posée se manifesterait en même temps que la réponse, et peut-être même un peu après). Rentrant de mon deuxième grand raid aux côtés de la veuve d'un pilote de la Royal Air Force, je me demandais ce que nous avions cherché à la loupe, volant en rase-mottes au-dessus des lignes ennemies, mais je savais ce que j'y avais trouvé, au bout de nos aventures : l'Angleterre avait été – et sans doute était-elle encore – une grande puissance maritime, ses navigateurs lui avaient assuré la suprématie en mer, et j'avais découvert quelle route, à bord de quel type de voilier, on pouvait suivre à partir des docks de Londres pour atteindre l'île de Trinidad, dans les West Indies.

Le retour à la même heure que la première fois devant le 15, Broadlands Road, et cette même façon de me larguer, avec une étonnante sobriété des affects de la part d'une grand-mère ou d'une grand-tante, fût-elle commandant d'un bombardier, et un laconisme soudain, en contraste brutal avec la volubilité intarissable de toute une journée, me replaçaient dans le même état, dans la même situation, qu'au retour de Wimbledon : en tant que jeune Anglais, j'avais grandi de trois ou quatre ans en une seule journée, mon identité britannique s'étant enrichie d'une part importante de patrimoine national ; en tant que petit garçon, j'étais épuisé et soulagé, comme après une journée de cours surchargée, prolongée par deux ou trois heures d'étude et de devoirs auxquels se seraient étrangement mêlées une récréation très animée et peut-être même une séance d'éducation physique et une sortie de plein air... En tant qu'amoureux, j'étais comme un mousse débarquant d'un long périple autour du monde, et qui revient, la tête pleine d'expériences, de paysages et de visages, ayant oublié le détail des traits de la petite bien-aimée laissée au pays, et brusquement heureux d'avoir ce trésor à redécouvrir.

De fait, Barbara m'attendait déjà en tenue de tennis, assise dans le jardin et plongée dans la révision de ses cours de chimie ; elle ne savait pas si j'aurais envie de jouer, et Suzann était prête à lui fournir une partenaire : il était même déjà trop tard pour l'écarter et, dès que j'eus troqué mes culottes courtes d'officier de marine sous les Tropiques pour mon short de tennis, nous partîmes tous les trois, traversant la prairie déserte au soleil couchant, vers le Highgate Lawn Tennis Club. Je guettais chez Barbara quelque signe de connivence, l'expression d'une déception de ne pas nous retrouver tous les deux seuls comme la première fois, mais je ne constatai rien de tel : Barbara semblait ravie à l'idée de jouer à deux filles contre moi, comme si cela promettait d'être plus amusant encore. Suzann, elle, continuait de trouver excessive l'importance qu'on m'accordait, et elle eût sans doute préféré jouer seule contre Barbara, dans une confrontation sérieuse où sa supériorité serait apparue sans conteste. Suzann voulut compter les points, prenant très à cœur le projet de me moucher. Sous cette pression, nous avons vraiment joué au tennis, jetant toutes nos forces dans la partie et affûtant nos meilleurs coups, sortant nos bottes secrètes. Je retrouvais un rapport aux filles qui me rappelait l'école primaire : face à un garçon tout seul, il y avait toujours deux mijaurées qui se chuchotaient des messes basses et des fausses confidences, qui mijotaient des vengeances de sorcières, qui, d'un œil expert, soupesaient le pour et le contre, échangeaient des commentaires, des critiques, des appréciations et des jugements, comme s'il avait fallu tout cela pour équilibrer les forces, deux filles ensemble étant toujours capables de se défendre et de tenir tête à un garçon, de le maintenir à distance et en respect, alors qu'un garçon n'a que trop facilement le dessus sur une fille seule. Je ne regardais plus Barbara comme lorsque j'étais seul avec elle ou face à elle seule : elle devenait la partenaire et l'alliée de Suzann, qui menait le duo à la bataille avec détermination, et pas pour un numéro de charme, comme dans la cour de récréation de l'école maternelle où je me revois pris pour cible par deux chipies en bambinettes. Étant donné l'heure – Suzann estimait qu'elles ne m'avaient que trop attendu –, nous étions convenus d'une partie brève, au meilleur des quatre jeux, et je ne sais plus qui l'emporta du camp des filles – où je pouvais placer mes balles à l'intérieur des lignes du double –, ou de moi, défendant mon rectangle de gazon balisé à la poudre de craie, à l'intérieur des tracés du simple. Mais après que le terme fixé eut été atteint, Suzann, en championne consciencieuse et disciplinée, enfila un pull-over et, avec une serviette, s'épongea le visage où des rougeurs étaient apparues sur ses joues si pâles, comme aussi sur ses cuisses, le sang recherchant les mêmes reliefs, les mêmes rondeurs périphériques, pour exprimer les chaleurs du corps, en contraste avec la fraîcheur du soir. Suzann était une de ces jeunes filles où la féminité semblait d'abord consister à rougir en toutes circonstances et, depuis la puberté, à être continûment indisposée. Elle nous fit comprendre que le temps qu'elle pouvait nous accorder était écoulé et, ponctuant ses propos d'une moue dédaigneuse dont l'expression lui échappait, elle déclara qu'elle rentrait, car d'autres occupations l'attendaient. Visiblement, elle ne tenait pas à ce que nous nous en retournions avec elle, tous les trois ensemble, préférant toujours, et en tout, faire bande à part, montrer son indépendance, sa singularité, sa différence. Elle dut même nous pousser à rester et à faire encore quelques balles entre joueurs de même niveau – sous-entendu : un niveau inférieur au sien –, tant que la lumière n'était pas tombée. Ce fut une des rares occasions où j'éprouvai pour Suzann une profonde sympathie, trouvant soudain cette fille presque admirable dans sa raideur, son *fair-play* et son instinct aigu de la situation. Nous la laissâmes contente de retourner seule vers la maison, en sportive qui a ponctuellement accompli son programme d'entraînement.

J'avais à nouveau face à moi Barbara sans co-équipière, et retrouvant doucement un naturel que le jeu en équipe, et pour marquer des points, avait altéré. Ses gestes, ses mouvements devinrent plus flous, plus spontanés, plus gracieux : ce n'était plus la balle que je suivais sans la quitter des yeux, c'était son visage et ses jambes, et je découvrais ce lien si intime entre une façon de sourire et une façon de se mouvoir. Peut-être pour me venger qu'elle se fût associée à Suzann contre moi, je lui servis quelques balles un peu appuyées et vicieuses, histoire aussi de la faire courir et de l'essouffler, mais tout cela, évidemment et comme d'habitude, pour rire. Elle s'amusa en effet jusqu'à rire aux éclats, désarmée par la turpitude de mes balles que je l'obligeais à aller récupérer dans tous les coins, y compris celles qui étaient *off*, hors limites, et finalement, à bout de souffle, elle lâcha sa raquette et se laissa tomber assise sur le gazon. Je crois me souvenir qu'elle dit alors quelque chose comme : « *Mercy... Please...* » où j'entendis à tort un mélange de français et d'anglais : le *mercy* en question n'était pas un remerciement mais une demande de grâce, une sorte de pouce levé (un faux ami, à moins de se souvenir du français de François Villon et de l'époque où les nations échangeaient leurs rois, leurs devises, leurs vocabulaires de la guerre et de l'amour).

Je sautai le filet pour la rejoindre dans son camp, je m'accroupis près d'elle et alors elle s'allongea, d'abord appuyée sur les coudes et puis couchée de tout son long sur l'herbe rase. Je restai assis, les jambes en V, les bras tendus en arrière, un peu gêné, regardant ailleurs, faisant peut-être semblant de guetter l'état du ciel et la nuit qui tombait. C'était pour moi un moment à la fois simple et indéchiffrable, une situation naturelle et qui appelait pourtant un geste à propos, une initiative bien trouvée, tout ce dont mon répertoire et mon imagination étaient si pauvres. En effet, après la fatigue d'une partie, le tennis sur gazon finit toujours par cet appel à se laisser tomber dans ce qui redevient la pelouse accueillante et fraîche d'un jardin, et cela donne au jeu une tout autre morale en conclusion – c'est-à-dire une tout autre relation au monde et à la nature – que lorsque l'on joue sur terre battue, sur parquet ou sur ces surfaces qu'on appelle des *quicks*, et qui rendent le court aussi accueillant qu'un parking ou qu'une portion d'autoroute. Après avoir couru sur le gazon, y avoir évalué le rebond court, rapide, des balles, avoir cherché à dominer cette surface et à la maîtriser comme support et comme espace du jeu, de s'y asseoir et de s'y coucher scelle le retour à une proximité, à une complicité avec la terre, avec la végétation, avec leur odeur, leur toucher, les petits animaux qui y vivent, changement d'échelle où le terrain précédemment évalué du seul point de vue des coups et de la stratégie devient un territoire presque infini où la balle, oubliée à quelques pas de là, prend l'allure d'une énorme météorite tombée du ciel, ou d'un objet non identifié venu d'un autre monde et qui a atterri avec son équipage d'extraterrestres. Je découvrais aussi que le tennis sur gazon laisse d'autres traces, d'une autre couleur, sur les balles, sur les vêtements ou sur la peau, lorsqu'il arrive de tomber ou de toucher terre, mais tout est toujours plus doux, moins cruel. Mes balles apportées de France, dans le compartiment de la housse en tissu écossais, passaient de l'ocre au vert, frottées à un autre pays, à d'autres paysages, à une autre conception du jeu. Lorsque enfin je tournai le regard vers Barbara, elle reprenait son souffle, les yeux fermés. Me vint alors, comme une marque d'attention toute naturelle, ce geste pourtant décisif d'une première fois : je replaçai derrière l'oreille et dans le cou une longue mèche de cheveux qui lui barrait le front et puis, comme elle ouvrit les yeux, étonnée, je passai mon pouce sur ses lèvres. Sur cette ouverture de chair où, dès le premier instant, j'avais rêvé de poser mes lèvres, il n'était pas rien d'y avoir déjà appuyé un doigt, une première approche qui, tout sauf anodine, était une impudence d'acheteur d'esclaves sur un ancien marché d'Orient. J'aurais pu, aussitôt après, sucer mon pouce et ainsi à la fois me faire comprendre et me faire pardonner. Avant de laisser passer les deux ou trois secondes de trop, il était juste temps de rire, et tel fut le signal de nous lever. Une fois de plus, j'esquivais la suite, pour laquelle je n'étais pas encore prêt, et je restais muet, avec toute ma capacité à parler la langue anglaise retenue, contenue sous la pression du délicieux *tu* que m'inspirait en cette situation le français, et j'ai dû trouver cette excuse à mon nouvel embarras, à cette sorte de blanc face à une colle : pour dire quelque chose en cet instant à Barbara, il aurait fallu pouvoir seulement lui dire *tu* pour la première fois, un *tu* tout seul, sans rien d'autre que ce seul mot : tu…

Pendant le retour à travers la prairie, maintenant plongée dans l'obscurité, je prenais garde de ne pas marcher à côté de Barbara mais un ou deux pas en retrait derrière elle, à la fois pour ne rien afficher d'une quelconque intimité dont j'aurais pu désormais me prévaloir – se promener ensemble dans la nuit, côte à côte, comme un couple d'amoureux –, et pour qu'elle sache que je la regardais marcher, l'obligeant à me livrer le spectacle de ses cheveux défaits, flottant sur ses épaules, du mouvement de ses hanches et de ses jambes nues.

20

Dans ma chambre, et comme pour préserver un équilibre secret entre deux êtres en moi, des frères jumeaux, je me précipitai sur la maquette en balsa, dont le fuselage était formé, nervures assemblées en attente de leur habillage. Pendant ces moments, je parvenais à oublier Barbara et je retrouvais avec bonheur un état antérieur, une innocence, la protection d'un monde à une autre échelle : celle d'un avion en modèle réduit. J'étais à nouveau un petit garçon aux mains blanches, seulement tachées d'un peu de colle. Ma raquette de tennis était rangée dans sa housse en tissu écossais, avec des balles maintenant teintées de vert, début d'une métamorphose qui ferait bientôt d'elles des fruits typiquement anglais, ou les cosses végétales que l'on peut ramasser sur les gazons des terrains de sport, en Angleterre. Je n'étais plus celui qui venait de glisser ses doigts dans les cheveux d'une jeune fille et, pire encore, de passer son pouce sur la pulpe de ses lèvres. Un autre était coupable de telles actions, et tant que celui-là n'était pas pris en faute et démasqué, je pouvais le laisser faire et, au besoin, il serait toujours temps de rompre toute relation avec cette mauvaise fréquentation, de renoncer à toute entente, à tout partage des bénéfices de mes mauvais coups avec ce mauvais garçon, de ne plus être, jusqu'à la fin de mon séjour, que le petit Français qui fait des progrès à vue d'œil dans sa maîtrise et sa prononciation de l'anglais, qui quadrille Londres associé à une Mata Hari déguisée en charmante grand-mère anglaise, qui joue aux *chinese checkers* tous les soirs en tête à tête avec la maîtresse de maison, jeune favori de la reine sans roi et parfois son bouffon, qui monte patiemment sa maquette d'avion en balsa en vue de la faire voler dans la prairie avant le dernier jour, qui écrit un fidèle compte rendu quotidien à sa grand-mère espagnole et va porter la lettre tous les matins dans la haute boîte rouge des Postes de Sa Majesté au coin de la rue, après y avoir collé un timbre à l'effigie de la reine Elizabeth II, détaché de la planche achetée d'avance, car l'acheminement de ce courrier était prioritaire, et l'acquisition des affranchissements pour tout le mois avait été le premier emploi de mon argent de poche. Dans toutes ces activités de petit garçon modèle, le sérieux l'emportait :

la construction de l'avion en balsa était une affaire sérieuse, les parties de croquet et de *chinese checkers* étaient une affaire sérieuse, les missions d'infiltration à travers Londres étaient une affaire sérieuse, la ponctualité de mes rapports écrits à ma grand-mère était une affaire sérieuse. Il n'y avait que l'entreprise amoureuse de l'autre en moi – de toutes les affaires, pourtant la plus sérieuse –, que je conduisais instinctivement avec une stratégie du *pour rire*, qui désamorçait d'avance la honte du ridicule ou de l'échec. Ce que je vivais de plus sérieux était *pour rire*, jusqu'au moment où un coup de théâtre dissiperait le décor de la comédie sur celui du rite d'initiation. Sans doute n'en pensais-je pas moins, conscient de mes ruses, et guettant le moment d'atteindre *la* première fois par surprise, à travers l'écran de fumée de toutes les petites premières fois pour rire.

Pour l'heure, ayant effectué ce repli et provisoirement adopté les dispositions d'esprit du petit garçon et l'échelle de la maquette, jusqu'au moment de retrouver Mme Buss au salon en jeune garçon de compagnie, je finis quand même par écouter une pensée que j'avais jusque-là condamnée au silence, comme enfermée dans une boîte, étouffée : retrouverai-je, passé minuit, Barbara devant les images d'un film noir, presque silencieux par précaution, par prévenance envers tous ceux qui dorment quand il n'en reste plus que deux bien éveillés, dans le réduit pour la télévision du premier étage, si la séquence vécue la semaine précédente devait se confirmer, en répétant la même suite logique de situations, dans les mêmes lieux ? Pendant les parties de *chinese checkers*, à nouveau j'oubliais Barbara et le projet de la rejoindre encore une fois, de me retrouver seul avec elle dans la maison silencieuse et éteinte, car je m'étais laissé vite prendre par le jeu et par les relations de connivence et de confrontation qu'il m'offrait avec

Mme Buss. L'intérêt du jeu lui-même et des parties successives en plusieurs manches avec une belle se doublait de tout ce que Mme Buss me confiait dans ces moments, voix *off* qui lui permettait de récapituler à voix haute – ne ratant pas l'occasion de transformer cela en leçon d'anglais –, tout ce qu'elle aurait à faire le lendemain, car ses journées de maîtresse de maison étaient bien chargées, comportant à la fois des tâches quotidiennes et récurrentes et des obligations particulières chaque jour de la semaine, ainsi fixées comme jusqu'à la fin des temps par un arbitraire de l'étiquette : l'approvisionnement en produits d'alimentation et d'entretien et la reconstitution des réserves, les travaux de couture que réclamaient la garde-robe et le linge de toute la maisonnée, la correspondance et les relations extérieures – courriers administratifs, lettres à des parents ou à des amis, proches ou lointains, règlements de factures, établissements des reçus et des quittances de loyers, commandes à des fournisseurs… –, la journée de courses dans le centre de Londres, etc. C'était autant de ministères dont la reine sans roi détenait tous les portefeuilles : ministre de l'intérieur, ministre des finances, ministre des travaux publics, ministre du logement, ministre du commerce, ministre de l'équipement, ministre des affaires étrangères (*Foreign Office*), etc.

Ce soir-là, alors que notre tournoi autour du thé de onze heures commençait à virer à mon avantage, fut le moment de bascule dans nos rapports de forces, choisi par Mme Buss pour m'accepter dans une plus grande familiarité avec elle, faisant de moi son confident, et de la confidence un subtil cours de langue, prononcé à voix basse mais si distinctement, si excellemment, que j'en comprenais chaque mot, inclus les vocables nouveaux, injectés à doses homéopathiques dans un contexte qui suffisait à les éclairer. Mme Buss me parla alors du professeur de latin-grec dont j'avais oublié jusqu'à l'existence, et qu'avec beaucoup de tact elle s'était abstenue de me présenter, pour éviter toute gêne de part et d'autre, alors qu'elle avait convaincu cet habitué de longue date de loger à chacune de ses venues en juillet dans la chambre de Kingsley que j'avais refusé de partager. Elle me confia ses soucis quant à l'avenir de son fils, et son inquiétude de le voir bientôt quitter la maison et partir au loin, car il se sentait peser d'une charge trop lourde dont il voulait au plus vite soulager sa famille – manger trop, user trop de vêtements, de paires de chaussures, en grandissant trop vite, prendre trop de temps au collège, prendre trop de place à la maison, en tant que seul garçon qui ne peut rien offrir en partage à un frère –, mais hésitant encore entre la carrière militaire – il suivait déjà une préparation au grade de sous-officier – et le projet de partir en Australie en vue de s'y établir comme fermier. Dans l'immédiat, il fallait que Kingsley se tirât honorablement de ses années d'études au Highgate College, où d'ailleurs s'annonçait la fête de fin d'année et le traditionnel Speech Day : le jour des discours, de la remise des prix, mais aussi celui des finales sportives (athlétisme, natation et surtout cricket). Chaque année, à cette occasion, et pour la garden-party donnée sur les vastes pelouses de cette institution installée dans ses bâtiments victoriens, au beau milieu de ses terres, dans le nord de Londres, Mme Buss se confectionnait une robe et s'achetait, dans un grand magasin, un nouveau chapeau dont je compris qu'il s'inspirait toujours de celui porté par la reine Elizabeth au cours de sa dernière apparition en public : forme, couleur, matériau, disposition de la voilette, étaient lancés comme une devise et une consigne par la souveraine en juin, et des milliers d'Anglaises s'empressaient de marquer leur allégeance en adoptant et en adaptant l'emblème de l'élégance royale. Suzann et Rosalind, dont j'appris qu'elles suivaient une formation d'infirmières dans une école spécialisée, avaient à cœur elles aussi de faire honneur à leur frère et il fallait donc, pour toutes ces nouvelles toilettes de la dame et des demoiselles Buss, aller choisir des tissus qui seraient ensuite découpés d'après des patrons et cousus à la machine à la maison (il me semble que la Singer électrique – une vraie Rolls, dans sa catégorie – était une copropriété de la famille Buss et d'Auntie Chrissie, installée d'un commun accord dans une petite pièce qui correspondait à celle du réduit pour la télévision, mais à l'étage au-dessus, celui des filles, où il était bien naturel que la mode et la couture aient eu leur atelier de fabrication). Lorsque Mme Buss me proposa de l'accompagner le lendemain après-midi dans sa tournée d'emplettes en ville, à courir les marchands de tissus et les rayons de mode des grands magasins, je compris que le regrettable malentendu des pieds immenses dans d'immenses souliers était oublié, et j'acceptai la proposition avec enthousiasme et fierté, comme une faveur et comme un indiscutable pacte d'alliance : nous réinventions l'Entente cordiale. Car Mme Buss, avec une certaine candeur pour le coup, n'avait songé à m'emmener avec elle pour la conseiller qu'en tant que jeune Parisien et comme si, à ce titre, j'avais dû avoir, même en culottes courtes, un goût inné et infaillible sur toutes les questions de l'élégance féminine et un don naturel pour la haute couture. Je me gardais de la détromper, acceptant sans complexe ni scrupule superflu de ma modestie ce crédit pourtant bien exagéré, car je comptais tirer avantage de l'expérience acquise auprès de ma mère lorsqu'elle m'avait traîné dans quelques défilés de couturiers et de modistes, du côté du faubourg Saint-Honoré ou de la Madeleine, à Paris. Un jour, à un premier rang de chaises dorées au bord de l'estrade, où ma mère me faisait jouer au petit lord à ses côtés, était venue s'asseoir à la seule place libre, juste à ma droite, une créature surnaturelle, authentique déesse dont la splendeur dépassait tout ce que j'avais vu ou imaginé jusque-là et qui surclassait tous les mannequins qui allaient se pavaner devant nous : Sofia Loren… (à une époque où Gina Lollobrigida faisait avec elle la paire, si l'on peut dire, où Lucia Bose semblait toujours nue, même habillée par un grand couturier milanais, et où la débutante Elsa Martinelli empruntait à ses partenaires des chemises de garçon pour les porter comme un trophée). Sur ce terrain de l'élégance féminine où ma prétendue compétence n'était qu'imposture, j'avais parfois fait mon profit d'une rivalité entre ma mère, supposée habillée du dernier chic parisien, et ma tante, représentante d'un classicisme indémodable, qu'elle avait rapporté, comme pour toujours, de ses années d'avant-guerre à Budapest et à Vienne, où elle avait été réellement une jeune beauté très courtisée (même s'il fallait appliquer à son autoproclamation un coefficient réducteur de l'exagération hongroise). Bien souvent l'une et l'autre m'avaient pris à témoin de leur concours, mais alors je m'étais refusé à tout arbitrage, déclarant que l'élégance des femmes ne m'intéressait pas plus que celle que les mères veulent voir dans les tenues de leurs petits princes : de cela, je n'avais que trop souvent fait les frais, me rebellant avec violence contre le dandysme en culottes courtes, et réclamant les mêmes tenues que mes camarades d'école, plus adaptées pour grimper dans les arbres que pour tenir la pose dans les salons tel un mannequin endimanché dans une vitrine, avec des allures de premier communiant ou de petit ange. À Mme Buss, au contraire, je laissais entendre qu'elle n'avait pas eu tort de faire appel à moi, que mon goût et mon coup d'œil seraient ceux d'un expert : le fond de ma pensée était qu'il n'y avait aucun espoir de faire de Mme Buss une élégante, et j'étais incapable d'imaginer quel chic typiquement londonien, sur ce corps charpenté comme une armoire à glace, pourrait résulter d'un dosage savant, inspiré par moi, entre les collections de l'été 57 à Paris et celles de l'été 39 sur les berges du Danube. Pas plus que je ne pouvais imaginer ses filles Suzann et Rosalind, quelle que fût la nouveauté des patrons et le seyant des robes qui en sortiraient, comme des filles à qui voler un baiser sur la bouche, entre chien et loup, un samedi de concert champêtre à Kenwood. Nous avions multiplié les revanches et les belles, la soirée de *chinese checkers* s'était prolongée au-delà de l'heure habituelle, et j'en avais oublié Barbara devant son film noir à la télévision. J'en étais quitte, de retour dans ma chambre, pour la récapitulation méditative de ces huit jours que je venais de passer au 15, Broadlands Road, et qui ne m'avaient conduit en somme, à travers trois petites premières fois, qu'à une mi-journée : au matin, premier sourire à Barbara dans la salle commune du petit déjeuner ; en début d'après-midi, premier geste de lui prendre la main sur le clavier du piano, chez Auntie Chrissie ; au crépuscule, première main glissée dans les cheveux et première caresse du pouce sur ses lèvres, au Highgate Lawn Tennis Club. Cette mi-journée, atteinte quand le soir tombe, m'apprenait qu'une moitié de ce qu'on appelle un jour est une nuit et que, si j'étais parvenu à mi-chemin, la suite de mon histoire avec Barbara serait nocturne, jusqu'à *la* première fois. Me déshabillant pour me mettre au lit – faisant tomber mes culottes courtes –, je jetai un regard au chantier de mon avion : la carlingue était construite, il manquait le moteur, l'empennage et les ailes. Je contemplais l'ouvrage et évaluais les heures de travail qui seraient encore nécessaires, mais sans douter un seul instant que ce petit avion, modèle réduit – ce petit oiseau –, volerait bientôt comme un grand.

21

Pour des raisons identiques et différentes que celles de la semaine précédente – même fatigue (*exhaustment* était le terme exact, nouvellement acquis, pour dire en anglais ce que j'éprouvais d'un épuisement anglais) d'une journée à bord de l'engin Chapman, mais parties tardives de *chinese checkers* avec Mme Buss au lieu du film noir à la télé auprès de Barbara –, le lendemain matin d'un semblable lundi je me levai plus tard et je me présentai dans la salle commune bien après le petit déjeuner pris par tous les autres avant leur départ au travail : confirmation que des séquences se répétaient, j'y retrouvai Mme Buss triant son linge et face à elle Barbara, mais aussi Kate. Jusqu'à ce jour, je n'avais eu à faire à cette dernière que furtivement, sorte d'ombre détachée de Barbara car, bien qu'amies intimes qui partageaient la même chambre, la présence de l'une ne signifiait pas obligatoirement celle de l'autre ; leurs programmes d'études et leurs emplois du temps n'étaient pas les mêmes. Je n'étais pas mécontent que la nouvelle rencontre avec Barbara, après l'épisode consécutif à la partie de tennis, et faute d'un prolongement dans le réduit pour la télévision, fût légèrement brouillée par une autre présence. Le soulagement de ne pas revoir Barbara seule, c'est-à-dire de ne pas nous retrouver face à face ou côte à côte, sous le regard de Mme Buss, m'éclairait sur mes propres attitudes et perceptions : d'une part, ce n'était pas un hasard si, la veille, j'avais poussé Mme Buss à prolonger nos parties de *chinese checkers* et ses confidences bien au-delà de l'heure, échappant ainsi avec une excuse indiscutable aux retrouvailles devant le poste de télévision et à la suite qu'il m'aurait fallu donner à la partie de tennis ; d'autre part, je croyais Mme Buss assez fine et perspicace pour pouvoir déceler quelque chose d'étrange ou d'ambigu dans ma relation avec Barbara si elle nous avait seuls sous les yeux. Je la savais soucieuse que je ne prisse pas trop de temps à la jeune fille, ou que celle-ci ne se laissât aller à trop de complaisance à mon égard. Mais je me demandais ce qu'aurait pu être sa réaction devant la surprise – peut-être piquante – de nous découvrir, Barbara et moi, une complicité particulière, et d'être le témoin d'une faiblesse éprouvée par la jeune déesse exotique dont la maison Buss était si fière, à l'égard d'un petit Français, certes auréolé de la réputation flatteuse de ses compatriotes, mais encore en culottes courtes. Je soupçonnais Mme Buss d'une grande curiosité pour les relations humaines en général, et d'une sensibilité fleur bleue pour les histoires de cœur en particulier. Elle se passionnait pour les idylles princières et pour les coups de foudre entre stars de cinéma, et les pages de journaux qu'elle conservait – et qu'elle me donnait à lire comme exercice – étaient celles consacrées aux romances entre Romy Schneider et Karl-Heinz Böhm, vus ensemble au festival de Munich (suite au film *Sissi Impératrice*, le plus grand succès commercial en Europe depuis *Guerre et Paix*), à Marlon Brando avec l'actrice italienne Rossana Rory, aux épousailles de la princesse des Lys, Hélène de France, avec un certain comte Évrard, aux amours de Brigitte Bardot avec Roger Vadim et à celles d'Anita Ekberg avec toute la Rome antique et moderne.

Mais sans doute était-il trop tôt, et la présence de Kate en trompe-l'œil tombait à pic pour détourner l'attention. Ce fut elle qui, à mon arrivée pour un petit déjeuner tardif, comme la semaine précédente, se manifesta le plus vivement, Barbara prenant l'expression souriante et condescendante de quelqu'un qui a déjà vu le film : Kate supputait, avec un mélange de jubilation et de compassion, ce que pouvait être mon épuisement physique et mental, après mon tour du monde en douze heures, sur les talons de Mme Chapman ; elle me posait toutes sortes de questions, elle s'amusait de mes réponses, et Barbara observait comment Kate me percevait, m'appréciait, comme si elle lui avait confié cette mission, attendant son avis à mon sujet. De mon côté, je me demandais dans quelle mesure l'intérêt de Kate et sa sympathie n'étaient pas motivés par ce que Barbara avait pu lui dire : dans ce cas, que lui avait-elle confié au juste ? Et que ne lui avait-elle pas révélé, que lui avait-elle caché ? Lui avait-elle dit que je jouais passablement au tennis, mais assurément mieux du piano ? Que sur le gazon d'un court ou devant le clavier, j'étais capable de gestes et de comportements bizarres – *awkward* serait ici un qualificatif plus juste que *strange* ou *peculiar* – ou que, plus banalement, j'étais un petit garçon câlin et mignon – *cute* –, avec des jeux tendres et des gestes d'affection spontanés ? À travers la façon dont Kate s'informait de moi, je tentais de déchiffrer comment Barbara m'avait présenté, et notamment ce qu'elle avait pu penser de mon âge – j'aurais détesté être perçu plus âgé que je n'étais, ou comme un gamin précoce (le terme même de « précocité » a toujours évoqué pour moi quelque chose d'impudique et d'obscène, entre « prépuce » et « phagocyter ») –, car il fallait que je fisse accepter mes attitudes d'amoureux légitime, sans cesser d'être un petit garçon. Mon comportement de cour, comme on dit pour les animaux, ne consistait pas à bomber le torse, à gonfler le jabot ou à faire la roue, mais à sourire malicieusement, en tant qu'enfant, des faux secrets et des interdits délicieux des soi-disant adultes, pas moins enfants que moi, d'un certain point de vue et à ramener les prétendues grandes personnes sérieuses au rire et à l'enfance, mais en leur demandant d'apporter avec elles la fameuse pomme à croquer dont il ne fallait pas continuer à faire tant de mystère, ni l'économiser jusqu'à la laisser se gâter. À partir de cette époque, et sans doute jusqu'au jour présent, je n'ai pas cherché à hisser l'enfant vers la maturité mais à rappeler, à convoquer l'enfant chez l'adulte, pour faire de ce dernier un être éternellement immature. En somme, je voulais continuer de croire au Père Noël et à attendre sa descente dans la cheminée, mais en passant la nuit avec une fille dans mon lit de petit garçon : un idéal de l'existence. Je me demandais si je faisais les frais de cette complicité entre filles – comme dans la cour de récréation de l'école maternelle – qui aurait poussé l'une à se vanter de m'avoir tapé dans l'œil, tout en se moquant de ce petit présomptueux qui s'était mis dans la tête une histoire impossible. Je voyais Barbara contente de mon échange avec son amie puis comme impatiente de passer à autre chose, reprenant la conversation en cours avec Mme Buss avant mon arrivée. Pourtant, quand, après les bols de *corn flakes*, de *rice crispies* et de *Weetabix*, je recommençai de dévorer l'une après l'autre les tartines au *golden syrup*, au *peanut butter* et à la *marmelade*, elle éclata d'un fou rire comme quelqu'un à qui revient l'image d'un souvenir irrésistiblement joyeux. La fille aînée de la famille anglaise enfermée dans le poste de radio était en train de dire à sa mère son désir d'un bikini pour aller sur la plage ; elle expliquait le lancement d'un distributeur automatique de ces maillots de bain qui fonctionnait avec des jetons et par sélection des tailles et des couleurs à l'aide d'un clavier, une machine qui permettait d'acquérir ce vêtement indiscret en toute discrétion et dont elle avait vu une démonstration à la télévision par Miss Angleterre. Associée au rire de Barbara, l'évocation du bikini me fit rêver.

Kate était loin d'être aussi belle que Barbara, mais, en tant que son amie intime – sa suivante, selon une perception dans une hiérarchie purement esthétique –, elle était la personne au plus près d'elle, accueillant comme en partage un peu de l'éclat d'une beauté aussi rare, ainsi diluée en deux êtres, avec une concentration moins forte : la présence de Kate rendait l'abord de Barbara moins intimidant, créant un degré intermédiaire jusqu'à elle. Par la suite, il m'arriva quelquefois de retrouver ensemble Kate et Barbara, et bien que la situation interdît alors toute manifestation intempestive de mon désir, cette façon de m'immiscer dans leur intimité chargée de féminité n'était pas pour me déplaire : parfois Kate, comme un miroir indiscret, livrait de Barbara un reflet qui échappait à cette dernière, offrant sur elle un point de vue inédit. Il arrivait que Kate parlât pour Barbara, en son nom, faisant pour son compte de faux aveux, caricaturant et exagérant le propos pour faire passer, sur le mode du rire, ce que Barbara elle-même, en tête à tête, n'aurait jamais pu exprimer. Par exemple, Kate pouvait plaisanter sur le thème : « Barbara adorerait avoir un frère comme toi » (« *Barbara would love to have a brother like you* » – j'entendais ici un *tu* dans le *you*, adressé au *petit* frère d'une grande fille) ou, mieux encore : « Quand vous serez grand, Barbara voudra vous épouser » (« *When you are a big boy, Barbara will want to marry you* » – j'entendais ici un *vous* derrière le *you*, puisque dans cette vision j'étais devenu grand et respectable, convenable en tant qu'époux). De mon côté, je pouvais, par la même ambassade, faire passer des messages moins symboliques : « Si vous avez envie de vous amuser toute la nuit, je viens coucher dans votre chambre… » ou encore : « Avec Barbara, je pourrais jouer au tennis sur gazon sans les balles… » (en anglais, ma phrase devenait cocasse avec le sens que peut prendre le mot *balls*…, mais n'ayant pas été éduqué dans un collège de garçons anglais, j'étais ignorant et innocent d'un jeu de mots malencontreux, car, averti, j'aurais plutôt dit : « … sans les raquettes… »).

S'il m'arrivait de croiser Suzann et Rosalind au dernier étage, sur le palier des filles où je n'accédais qu'avec une autorisation spéciale, elles poussaient des cris comme si un satyre, avec ses attributs à la main, venait de faire irruption dans le dortoir d'un couvent, et je me précipitais chez Kate et Barbara, échappant à la vindicte des sœurs-infirmières avec un sans-gêne qui les révoltait. D'autant que, à peine la porte refermée derrière moi, et me présentant chez les filles de Trinidad, je me livrais à quelques mimiques ou facéties qui provoquaient leurs éclats de rire, dont les deux autres, restées plantées sur le palier, ne manquaient pas de se scandaliser, claquant la porte de leur chambre avec humeur. Car même Kingsley, leur frère, n'avait pas accès au dernier étage, et tout homme n'y était admis que sur présentation d'un visa sollicité longtemps à l'avance. L'étage des filles était l'endroit de la maison où il était le plus sûr de trouver Barbara, et le trouble était grand de la découvrir là, parmi les traces de son intimité, répandues au-delà d'elle-même, déposées dans toutes sortes d'objets et dans un désordre qui constituait sa signature personnelle : vêtements et sous-vêtements épars, abandonnés sur un fauteuil ou sur le lit, accessoires pour l'hiver rejetés dans un coin, que je ne lui verrais jamais porter, chaussures délaissées, brosses à cheveux, flacons de toutes sortes, pots de crème, livres accumulés depuis son entrée à l'université, cahiers de cours couverts d'une écriture où l'étudiante se montrait au travail, lettres reçues de sa famille ou de ses amis et dont les timbres indiquaient qu'elles venaient de loin, parfums d'eaux de toilette ou de shampooing à l'huile de monoï et au jasmin, boîtes de friandises entamées, souvenirs d'une petite fringale ou d'un moment de gourmandise, tiroirs entrouverts, couvre-lit rapidement tiré sur des draps défaits... Mais l'étage des filles et la chambre de mes copines des *West Indies* étaient les seuls lieux de toute la maison où, jamais assez seul avec Barbara au milieu d'autres présences féminines, je ne pensais pouvoir l'entraîner à une quelconque première fois.

22

N'eussent été les illusions que se faisait Mme Buss sur la compétence d'un petit Parisien comme moi en matière d'élégance féminine – et ce gavroche culotté (encore déculottable pour la fessée) fût-il une graine de galant homme, un futur gentleman –, je me serais plutôt retrouvé dans la peau d'une fille tout au long de l'après-midi passé à me laisser chaperonner par cette maîtresse femme, et quoique celui qui parvenait à lui emboîter le pas, posant ses larges semelles dans les traces de ses immenses souliers, et se montrant capable de la suivre en petit groom porteur de paquets, ne pût être qu'un garçon aux grands pieds. Ce fut un après-midi entièrement consacré aux chiffons, à commencer par les coupons de tissus bon marché, soldés et jetés pêle-mêle dans les bacs des magasins de textiles. Autour de ces vastes fosses, des nuées d'insectes excités, dans la perspective de leur parure nouvelle, se disputaient et s'arrachaient des longueurs (toujours mesurées en pieds) de cotonnades imprimées, de soies artificielles ou de nylons, qui grouillaient comme un tas de grosses chenilles en vrac, entremêlées en un magma dans l'attente de leur métamorphose en ces charmants papillons que feraient de chacune d'elles les robes d'été, lors des pique-niques à Hyde Park, à Regent's Park ou dans la campagne autour de Windsor et d'Oxford, ou encore lors des flâneries sur les digues, les pontons, les jetées, les promenades maritimes des stations balnéaires du Sussex, des Cornouailles ou de l'île de Wight. Cela tenait aussi de la tombola à la pêche miraculeuse dans un bassin de fête foraine où, à la vue d'une couleur ou d'un motif singulier, présumé original, une candidate au gros lot s'emparait d'un coupon par là où il émergeait et passait à portée de sa main, le tirant âprement des flots agités jusqu'à découvrir que, par l'autre extrémité, c'était déjà le bien convoité par une autre chrysalide. Parfois, la prise se révélait moins appétissante qu'on se l'était figurée et l'on pouvait alors la rejeter, l'abandonner à celle qui, de l'autre côté, continuait de la trouver à son goût, à moins que la convoitise n'eût instantanément cessé avec la fin de la convoitise rivale. Quand Mme Buss avait agrippé un métrage qui décidément lui plaisait, et dont elle se représentait d'avance le bel effet sur elle, sur Suzann ou sur Rosalind, nul au monde ne lui aurait fait lâcher prise et elle aurait plutôt précipité dans le bac son adversaire accrochée à l'autre bout, dans une partie de tir à la corde perdue d'avance pour la pauvre malheureuse en face d'elle. Lorsque Mme Buss, d'un coup d'œil de tricheur à son complice dans une partie de cartes, me faisait comprendre sur quel morceau de chiffon elle avait jeté son dévolu contesté – ici me vient l'expression anglaise *beauty contest* (concours de beauté), où j'entendais à l'époque « beauté contestée » –, il m'arriva de lui prêter main-forte et, comme il eût été superflu de tirer avec elle, du même côté, je courais plutôt en face, dans le camp de l'adversaire, soit pour marcher délicatement sur les pieds de la chiffonnière qui osait nous défier, soit même pour la chatouiller indélicatement en gamin farceur et, dans notre bras de fer, lui faire perdre ses moyens naturels par ces moyens irréguliers. Alors, Mme Buss emportait le morceau, mais pendant quelques minutes elle ne me connaissait plus et nous n'avions plus rien à voir ensemble. Dans cette conception de mon rôle – infiltration des lignes ennemies et sabotage –, une certaine androgynie était bienvenue, afin de ne pas me faire aussitôt repérer comme un jeune bourdon parmi les abeilles, de parvenir à me glisser et à me mêler à elles et puis, après avoir perpétré mon forfait, de me laisser démasquer et attraper tel un méchant garnement en culottes courtes, mal élevé ou polisson, mais qui ne roule que pour lui-même, qui ne joue que pour son propre compte. Si je pouvais afficher des traits assez féminins sur mon visage, mes gestes et mes actions tranchaient avec cette limpidité angélique par une brutalité dont la force venait moins des muscles que des nerfs.

L'autre épisode mémorable de cette journée consacrée à l'élégance de la Dame et des Demoiselles Buss – j'ai dû prononcer la formule ainsi, en français, exceptionnellement autorisé à l'usage de cette langue par la tradition de la haute couture… – eut lieu au rayon « Chapeaux » (*Hats*) du grand magasin Harrod's, à Knightsbridge. Il y avait là, dans une inépuisable déclinaison, avec toutes les variantes d'étoffes et de compositions, de teintes et de demi-teintes, de tons, de demi-tons et de quarts de ton, le couvre-chef récemment posé sur une tête par ailleurs entraînée au port de la couronne et des diadèmes. Le modèle original du chapeau de la reine Elizabeth, exposé sous vitrine, n'était évidemment pas en vente – on ne plaisante pas avec le crime de lèse-majesté, ni même avec l'exclusivité accordée à un bon client – mais, en revanche, était abondamment proposée à la clientèle toute une gamme de semblables petites calottes en satin plissé et noué sur un côté, où était piquée là, dans le nid du tissu, une fleur aux pétales de soie. Une voilette diaphane et asymétrique, coupée de biais, plaçait les yeux sous cage comme il se doit, mais laissait apparaître, dans un demi-masque bas du plus bel effet, les lèvres et une seule des deux joues (j'imaginais tout de suite celle d'une grosse bise à la reine), comme une jupe fendue d'un côté laisse voir une jambe (je n'imaginais rien...). En dehors d'Elizabeth elle-même – sauf votre respect, Madame –, seules Greta Garbo, Marlène Dietrich, Lauren Bacall ou Katharine Hepburn eussent peut-être réussi à rendre charmant ce petit plat à barbe débordant de mousse qui semblait le chef-d'œuvre d'un maître-pâtissier ou d'un confiseur fournisseur de la Couronne – *By appointment to Her Royal Majesty's Suppliers...* –, avec un gel impeccable des nappages roses ou vert pistache, un réalisme saisissant des motifs végétaux en meringue, en pâte d'amande et en sucre filé: j'ai dû demander à Mme Buss si ce pudding se mangeait (les Anglais en dégustent de moins appétissants à l'œil). Mais il faut imaginer l'effet d'un tel bol de crème fraîche délicatement renversé sur la tête d'Oliver Hardy, penché sur l'épaule de son compagnon Stan Laurel, pour se représenter ce que fut ma vision au premier essayage par Mme Buss. À la mine qu'elle me vit et à l'expression prudente, perplexe, des vendeuses, Mme Buss comprit que le chapeau ne lui allait pas – *did not suit her* – sans qu'il fût nécessaire de faire un dessin, comme on dit. Cependant – *however* ou *nevertheless* –, il fallait bien qu'elle en trouvât un parmi ceux-là, c'est-à-dire dans ce rayon où tous les modèles étaient une respectueuse citation de celui porté par la souveraine. Aussi, pour ne pas réitérer la déconvenue, la vexation, et ayant estimé, lorsqu'elle s'était vue dans le miroir, qu'elle n'était pas la meilleure personne pour tester sur sa propre tête le chapeau qu'elle-même porterait – une logique dont je fus émerveillé –, elle décida d'essayer sur la mienne le couvre-chef en question et quelques autres. Encore à l'âge des déguisements et des panoplies de cow-boy ou d'Indien, de grand fakir ou de gladiateur, habitué aux feutres mous, aux coiffes de plumes, aux turbans de soie sertis d'un saphir magique et aux casques en fer- blanc – on n'était pas encore tombé dans la panoplie de « Spartacus » en plastique –, je me prêtais au jeu, ravi de faire le pitre et, au passage, de faire craquer les vendeuses compassées qui pouffaient, mais à qui Mme Buss en remontra, précisant que j'étais un petit Parisien et que telles étaient les habitudes dans la capitale mondiale de l'élégance. Mme Buss se félicitait de m'avoir emmené avec elle et de m'avoir trouvé cette fonction de mannequin d'essayage – on appelle cela « une tête » –, jugeant avec une gourmandise réfléchie l'effet sur moi des formes et des couleurs, de l'inclinaison plus ou moins accentuée de la calotte – portée comme celle des troufions – sur l'oreille gauche ou sur la droite (mes deux oreilles, identiquement décollées, se prêtant identiquement aux deux écoles, aux deux conceptions). Elle ne se lassait pas de la situation et je dus passer une bonne trentaine de chapeaux, sans compter les deuxièmes et les troisièmes tours, puis les retours en demi-finale, jusqu'à la finale qui désigna enfin le galurin de l'année. Lorsque l'élection fut jouée, déclenchant des applaudissements parmi l'assistance où s'étaient agglutinées quelques clientes de passage, attirées par la démonstration d'une nouvelle méthode d'essayage, j'allai me confronter à mon image dans un miroir. Si, de mon point de vue, j'avais réussi à porter en dérision la coquetterie et les soucis futiles de l'élégance féminine, je n'en estimais pas moins que le chapeau inspiré de celui de la reine m'allait objectivement bien mieux qu'à Mme Buss, la reine sans roi, c'est-à-dire – foin de la modestie ! – qu'il était mieux sur Katharine Hepburn que sur Oliver Hardy. C'était le petit garçon en culottes courtes qui pouvait ainsi s'amuser de se voir en fille, sans pourtant que cette fille-là, parodiée, eût rien à voir avec la fille dont ce même petit garçon était obsédé, sa Rita Hayworth, sa Gene Tierney : Barbara. La parodie des filles, leur contrefaçon comique, éloigne un instant des filles, mais face aux filles en vrai, le garçon est ramené à sa propre caricature car, au bout du compte, la féminité est souveraine, c'est la fille qui garde le dernier mot.

23

Le retour au 15, Broadlands Road fut triomphal, mais je refusai de réitérer mes clowneries devant les demoiselles de la maison – Suzann et Rosalind, Kate et Barbara –, accourues pour la circonstance, et de leur montrer comment le chapeau avait été choisi, sur quelle tête. Il fallait que Mme Buss assumât ses goûts et ses responsabilités. Elle révéla néanmoins que sa décision – approuvée unanimement par le personnel et par le public de chez Harrod's – avait été prise en constatant à quel point le modèle était ravissant – *cute*, à nouveau – sur moi. Les filles approuvèrent et, de bon cœur, Suzann et Rosalind m'adressèrent leurs félicitations, puis elles se jetèrent sur les coupons de tissus que nous avions arrachés de haute lutte et qui, de l'avis général, feraient merveille en robes d'été. Rosalind, l'aînée, qui me manifestait une sympathie contrôlée, toujours surprise quand nous nous croisions, comme si, à peine arrivé dans la famille, j'avais dû être reparti depuis longtemps, me fit l'honneur de me demander si, avec sa sœur, toutes deux pouvaient comme à leur habitude, deux fois par an – en vue de Christmas en décembre et du Speech Day en juillet –, venir déployer les patrons des robes chez moi, car c'était à quatre pattes par terre que l'opération de coupe s'effectuait le plus commodément, et le sol de ma chambre était le plus spacieux de toute la maison, au centre de la pièce, sans tapis, sans meuble à déplacer, c'est-à-dire le plus commode – *the most convenient*. Beau joueur, je m'empressai d'accepter, et quand je vis les bouts de papier dont sont constitués les patrons, je ne manquai pas de les comparer aux plans de découpe et de montage de mon avion en balsa.

Deux jours durant, ma chambre devint un atelier de confection largement ouvert à tous, puisque chacun était curieux des nouvelles toilettes en préparation, et que chacun pensait avoir son mot à dire, y compris M. Buss dont c'était alors un des rares mots de l'année : «*Gorgeous !*» («Superbe !»). Même Auntie Chrissie vint pencher son nez pointu au-dessus des morceaux de tissu, mais je compris que, pour elle, c'était toujours, au contraire, l'occasion de se taire, de ne pas en penser moins, de ne pas piper mot – *just nothing to say* : mais elle ne disait même pas cela. Le brave Kingsley, en l'honneur de qui tout cela se préparait, un peu penaud, confus, fit aussi sa visite et s'amusa de l'effervescence dans ma chambre, mais son attention fut aussitôt attirée par la maquette du Spitfire et il me manifesta son admiration : d'un coup, je remontais dans son estime, je redevenais un garçon avec qui l'on pouvait parler de choses de garçons, et il me proposa de m'accompagner pour les premiers essais en vol car il avait une certaine expérience des petits moteurs à éther, d'un réglage délicat. Enfin Kate et Barbara vinrent encourager – *to support* – Suzann et Rosalind et elles s'installèrent pour les regarder travailler, leur tenir compagnie et leur faire la causette. Elles s'asseyaient au bout du lit, penchées au-dessus du chantier en cours, là où les deux sœurs, à quatre pattes, jouaient des ciseaux et me semblaient deux gros toutous qui s'acharnent inlassablement après le même joujou. J'en profitai pour guetter chez Barbara une éventuelle curiosité pour mes affaires – la maquette d'avion, mes livres, mes instruments d'écriture, mon appareil photo sur son trépied, ma raquette de tennis dans sa housse en tissu écossais –, réciproque à mon intérêt pour les siennes, et lorsqu'il m'arriva de croiser son regard, je ne sais si elle put lire dans le mien ce à quoi je pensais : à quatre pattes, dans la même occupation, elle eût été tellement plus charmante que Suzann ou Rosalind... Je l'imaginais seule avec moi, au moment où je l'allongerais sur ce même lit. Je crus déceler qu'elle avait été contente du prétexte pour visiter ma chambre.

C'est dans ces circonstances que je compris à quel point je m'étais fait mal voir de toute la famille en refusant de partager la chambre de Kingsley : on m'avait jugé discourtois – *rude* –, égoïste – *selfish* –, méprisant – *contemptuous* –, et si Mme Buss m'avait compris, avec la finesse de son double instinct de mère et de mère adoptive, les autres, moins indulgents, moins compréhensifs derrière une indifférence hypocrite, avaient gardé en travers de la gorge mon exigence indélicate et mon caprice déplacé. L'hospitalité joviale que je manifestais à tout le monde, applaudissant à l'envahissement de ma chambre tout au long de la journée, du moment que, la nuit, je pouvais m'y retrouver seul, modifia ma réputation et effaça le préjugé défavorable. Je me ralliai définitivement la bienveillance toute nouvelle de Suzann et de Rosalind lorsque je leur déclarai que la pièce et son plan de travail étaient à leur disposition tant qu'elles voudraient, et même à Noël... Cette réconciliation coïncidait avec l'animation enjouée des préparatifs pour diverses fêtes : le diplôme d'infirmière prochainement obtenu par Rosalind, le départ de Kate et, évidemment, le Speech Day au collège de Kingsley.

24

Les jours passant, de nouveaux petits rites s'étaient installés dans mon existence quotidienne au 15, Broadlands Road à Londres. Au bout de la rue, là où elle débouchait sur North Hill, je retrouvais chaque jour la haute boîte aux lettres rouge des Postes de Sa Majesté, dressée comme une bite d'amarrage et qui évoquait dans doute pour moi quelque chose de maritime en effet : mais plutôt la bouteille où glisser une lettre pour la jeter à la mer, ou encore la balise radio par où émettre mes messages à destination du continent. Au coin opposé, sur le trottoir d'en face, il y avait un *drugstore*, petit commerce qui tient à la fois de l'épicerie, du marchand de journaux et de la pharmacie – en français du Québec on appelle cela un *dépanneur* – et j'y avais découvert, en remplacement des carambars, des malabars, des mistrals, des sucettes Pierrot Gourmand et autres roudoudous français, des friandises nouvelles, fruits d'un nouveau monde, plus moderne, qui reléguaient celles que je viens d'énumérer au rang de denrées de première nécessité. Mes préférées étaient les *Chocolate flakes* de chez *Rowntree*, petites bûches de chocolat friable, en fines lamelles torsadées qui se brisaient dans la bouche, l'*Aero*, une barre injectée d'un chocolat plein de bulles, léger et aéré comme une mousse de caoutchouc, et enfin les *Mint drops*, des pastilles rondes chocolatées, fourrées d'une pâte à la menthe. Chaque jour, après avoir glissé la lettre à ma grand-mère dans la haute boîte rouge des Postes de Sa Majesté, mon devoir accompli, je traversais la rue et je me récompensais d'une gourmandise moderne, car telle était ma perception, voyant arriver avec appréhension le jour où je devrais m'en passer et me contenter de mes sucreries obsolètes dans leurs emballages vieillots. Deux fois par semaine, je poussais le long de North Hill, avec une pensée pour ma tante Lenke et mon oncle Bandi au passage devant Highpoint, et je longeais ensuite les terrains de la Saint Michael's Primary School jusqu'à Highgate Village. J'avais découvert là, dans la rue principale qui ressemblait elle-même à un décor de vitrine, avec ses maisons de poupées, la devanture d'une boutique où j'aurais pu laisser tout mon argent de poche, cédant à une autre fringale de nouveautés excitantes. Pénétrant dans le magasin, j'y avais d'abord trouvé une collection complète de livres au format de petits carnets épais, avec couvertures rigides et entoilées sous la jaquette : les *Observer's Books*. Chacun était une sorte de catalogue complet consacré à une catégorie d'objets, avec une photo en noir et blanc et une fiche d'information par page : les livres de la collection étaient conçus comme autant de petits guides pour amateurs, et j'ai appris bien plus tard que le premier, édité en 1937, avait pour titre *British Birds* (Oiseaux de Grande-Bretagne). En 1942, celui intitulé *Airplanes* était conçu comme un manuel de défense civile et préfigura la quarantaine d'éditions consacrées ensuite à tous les avions civils et militaires, fabriqués dans tous les pays, sous le titre *Aircrafts*. Il y avait *The Observer's Book of Cars*, consacré à toutes les automobiles produites dans le monde, *The Observer's Book of Battle Ships* consacré aux bâtiments de la marine de guerre, depuis la frégate-aviso jusqu'au porte-avions en passant par les sous-marins, battant tous pavillons, *The Observer's Book of Steam Locomotives*, inventaire des locomotives à vapeur, et aussi les *Observer's Books* dédiés aux armes de chasse, ou de guerre, ou de poing, aux armes blanches, aux armoiries, aux tanks et engins blindés, aux voiliers, aux diligences, carrosses et autres véhicules d'attelage jusqu'aux traîneaux du Grand Nord, aux races de chevaux, de chiens, de chats, aux poissons d'aquarium, aux serpents et lézards, aux papillons, aux champignons, aux plantes de jardins, aux fleurs sauvages, aux cactus, aux roches et minéraux, etc. Ces petits volumes dodus, dans un demi-format de poche – c'est-à-dire pour la poche d'un enfant en culottes courtes – avaient pour moi un immense pouvoir d'évocation : d'abord, ils ouvraient à la connaissance apparemment exhaustive, si satisfaisante pour l'esprit, d'un ensemble d'articles ; la mémoire s'y exerçait sans effort et utilement, ainsi que l'esprit d'analyse, le sens des comparaisons, la capacité d'évaluation et de jugement (des formes, des dimensions, des caractéristiques, des propriétés, des performances) ; et puis c'était aussi, avec pour base l'information et les spécifications les plus complètes, les plus objectives, le point de départ à toutes sortes de rêveries capables d'embrasser l'univers dans sa globalité ou dans l'illusion de celle-ci. L'accumulation de ces *Observer's Books* tendait à son tour vers la collection complète de tous les volumes ainsi consacrés à toutes sortes d'objets manufacturés, d'animaux, de végétaux ou de minéraux, dans un mouvement encyclopédique, et le sentiment était d'avoir ainsi accès à une matérialité générale et objective du monde, ensemble d'items qui devenaient alors, et sous cette forme, des articles connaissables, familiers, consommables. Je pus acheter environ un *Observer's Book* par semaine, et je dois encore avoir, dans quelque malle contenant des livres de la « Collection verte » (Jules Verne, Jack London, Daniel Defoe, Washington Irving, Robert Louis Stevenson), l'édition complète des aventures de Sherlock Holmes par Arthur Conan Doyle, un *Don Quichotte* pour la jeunesse, une sélection de nouvelles d'Edgar Allan Poe, et l'ensemble complet de tous les « Contes et légendes » par pays, ces quatre ou cinq petits livres qui furent essentiels à ma formation.

D'autre part, la même boutique vendait aussi une merveilleuse collection d'autos miniatures, moitié plus petites que les traditionnels *Dinky Toys*. C'étaient les *Matchbox Series* de chez Lesney : chacune tenait dans un emballage en carton à peine plus grand qu'une boîte d'allumettes – d'où le nom de *matchbox* –, et qui en reprenait l'aspect, avec leurs faces à fond jaune et leurs flancs sombres. Ces délicates miniatures étaient comme les jouets des autres jouets, représentant aux *Dinky Toys* ce que les *Dinky Toys* étaient aux automobiles réelles, et l'imagination se plaisait à se loger dans ces reproductions plus réduites encore, objets plus intimes, plus faciles à tenir dans la paume de la main, à cacher au fond d'une poche de culottes courtes. Pourtant, cette série n'était pas spécialement destinée aux plus petits, sous prétexte d'une échelle plus adéquate et encore plus accessible, mais au contraire à ceux qui avaient épuisé les charmes de l'échelle habituelle au 1/40e, sorte de grandeur nature dans le monde des automobiles-jouets (où tout modèle plus grand eût semblé une amplification hors format, une sorte de monstre singulier, non susceptible d'engendrer une lignée, de constituer la première pièce d'une collection). Les *Matchbox Series* offraient un plaisir plus raffiné, les autos étaient comme de petits animaux, des nains, des bonsaïs, comparés aux autos miniatures courantes, et elles en devenaient plus touchantes : sympathie que suscite ce qui est plus petit – *tiny* –, jugé mignon, adorable, inoffensif, doux – *so sweet* –, caressable, comme l'étaient les morceaux de coton hydrophile que je gardais au fond de ma poche gauche, pour les presser entre le pouce et les autres doigts et, par le toucher de cette matière moelleuse retrouvant simultanément un équivalent dans la bouche grâce à un frottement répété du dos de la langue contre la voûte du palais, sorte de succion à vide. Le palpage des petites autos des *Matchbox Series* provoquait aussitôt chez moi ce même mouvement des organes de l'oralité : ces objets se rapprochaient des friandises ou des petits fours – je pense aux éclairs au chocolat ou au café miniatures, dont je ne faisais qu'une bouchée –, mais ils étaient aussi caressables, tripotables, et quelque chose de leur volume, de leur surface, de leurs contours, leur donnait pour moi cette douceur et ce velouté qui incitent à porter à la bouche ce que l'on touche : faut-il y voir des extrapolations de la tétine ? Plus généralement, les *Matchbox Series* manifestaient une clairvoyante anticipation de ce qu'allait devenir, dans les années et décennies suivantes, le goût du public et de l'industrie pour la miniaturisation, pour les objets toujours plus petits et aussi performants que les grands, plus beaux d'être plus petits : *smaller is nicer*. Ces jouets se rendaient encore plus sympathiques par leur prix très abordable, lui aussi comprimé, la taille de l'objet coïncidant avec la pièce d'une demi-couronne – *half-a-crown* – nécessaire à son achat. Dans la limite des moyens offerts par mon argent de poche, j'en acquis quatre ou cinq, dont une Ford Zodiac décapotable – *convertible* – d'un rose guimauve avec son conducteur lilliputien (conduite à droite : *right hand drive*), et une fourgonnette – *van* – Bedford, bleue, à l'enseigne de Dunlop sur fond jaune, joliment rondouillarde, et je disposais ainsi d'un parc de divers véhicules pour le voyage, c'est-à-dire non pas ceux que l'on emprunte pour voyager et comme moyens de transport, mais ceux qu'il est commode d'emporter en voyage, comme un jeu d'échecs miniature (mon père), un mini-dictionnaire bilingue (ma mère), un fer à repasser pliant (ma grand-mère), une lampe de poche (ma sœur et moi).

Toutes ces actions qui rythmaient mes journées et mes semaines, relevaient de mes intérêts et de mon économie de petit garçon. Mais d'autres faisaient passer le même argent de poche dans un usage différent : acheter un ticket d'autobus et aller me faire servir une boisson dans une pizzeria-tea-room dont la jolie serveuse blonde me semblait une consolation aux absences de Barbara pendant des après-midi entiers, relevait d'un autre type de consommation, déjà ce à quoi les adultes dépensent leur argent et, pour certains, leur fortune. À nouveau, l'autobus était le 210 mais, dépassant Kenwood puis l'étranglement de la route imposé depuis le dix-huitième siècle par Spaniards Inn, pour se faufiler entre le corps principal de l'auberge et sa petite dépendance – des bâtiments aussi intouchables et protégés que le Colisée à Rome ou que la cathédrale Notre-Dame de Paris sur l'île de la Cité –, je poussais jusqu'à Hampstead et jusqu'à l'arrêt Jack Straw Castle. Le salon de thé-pizzeria « The Oasis », où, deux ou trois après-midi par semaine, j'allais me faire servir un verre de lait à la menthe ou à la fraise par celle que je cherchais ainsi à approcher, était à mi-pente en descendant le trottoir de droite sur Hampstead Lane, non loin de la maisonnette – *cottage* – où le peintre George Romney habita et avait eu son atelier deux siècles plus tôt. La jolie serveuse blonde avait fini par me repérer comme un client régulier, aux heures creuses où je me retrouvais seul dans la salle et, entendant mon accent, elle m'avait demandé d'où je venais. Cela avait été l'occasion pour apprendre qu'elle-même était une étudiante danoise et qu'elle finançait ses études en travaillant là. Le patron était un Italien qui la serrait d'un peu trop près à mon goût et qui, par son physique et son comportement virils (macho et peut-être même un peu voyou), éveillait mon inquiétude (d'un assujettissement auquel la jeune fille eût été soumise) et ma jalousie : des sentiments aux goûts nouveaux, eux aussi. Lorsqu'il était absent, c'est-à-dire le plus souvent, la jeune fille venait s'asseoir quelques instants pour bavarder avec moi et, ému par sa chevelure blonde, ses yeux bleus et son teint d'albâtre, je découvrais que je n'étais pas fasciné par un type particulier de femme – disons, par cliché, l'exotique métisse dont Barbara eût représenté un idéal –, mais par le sexe féminin en général et par ces êtres si différents de moi, capables aussi, entre eux, des plus grandes différences et des contrastes les plus marqués, mais toujours sous le signe commun – souverain, mystérieux – de ce qui, avant même de se manifester avec évidence dans les parties du corps qui sont le siège de la féminité, se constate dans la fragilité d'une nuque, mise à nu sous des cheveux relevés.

Mon emploi du temps s'était rempli de ces rubriques récurrentes, il avait atteint son rythme de croisière et, chaque lundi matin, la semaine démarrait au pas de charge : celui de Mme Chapman. Le petit déjeuner marquait le moment du rassemblement de tous les hôtes de la maison Buss, et de l'élan pris collectivement pour se lancer dans des journées si différentes pour chacun de nous, qui nous séparaient jusqu'à l'heure du thé. Bien souvent, j'y retrouvais Barbara aux côtés de Kate et parmi tous les autres, c'est-à-dire dans une circonstance où j'avais tout loisir d'être près d'elle, de lui parler, de la faire rire, sans avoir à assumer la responsabilité d'un tête-à-tête et d'actions, de gestes, de propos, qui n'auraient été destinés qu'à elle. De voir ainsi Barbara en compagnie me soulageait d'avoir à être moi-même et à tenir mon rôle dans le projet de la séduire ; et cette communauté chaleureuse, plutôt bon enfant, me permettait aussi de vérifier à quel point Barbara s'en détachait comme un être d'une essence exceptionnelle, dont l'existence était nécessaire pour que je pusse trouver aux autres une mine sympathique, et à leur présence une justification, sinon un agrément. Lorsque tout le monde se quittait, laissant la salle vide et silencieuse en un clin d'œil, je parvenais toujours à échanger avec Barbara un petit signe d'adieu particulier, sorte de rendez-vous non pas pour quelque programme précis, mais comme pris avec nous-mêmes, promesse de nous retrouver quoi qu'il arrivât, dans un temps indéterminé. À partir du mardi, les matinées étaient occupées par le montage de mon avion en balsa, par la lettre en espagnol à ma grand-mère, rituellement déposée dans la haute boîte rouge des Postes de Sa Majesté, et par l'achat d'une friandise au chocolat dans le petit drugstore du coin. Environ deux fois par semaine, il y avait le prolongement de la promenade jusqu'à Highgate Village avec, sur le chemin du retour, les premiers instants passés en possession d'une nouvelle auto miniature des *Matchbox Series*, ou à la découverte d'un nouvel *Observer's Book*. Après le lunch, pris sur le pouce en compagnie de Mme Buss, de la dame venue l'aider et peut-être de l'une ou l'autre de ses visiteuses du jour – voisines, amies de la famille, membres de quelque association de bienfaisance ou de parents d'élèves, représentante de quelque paroisse –, mes après-midi étaient consacrés à la lecture ou, deux ou trois fois par semaine – quand je savais Barbara partie jusque tard –, à ma visite à la jolie serveuse danoise de la pizzeria-salon de thé « The Oasis » à Hampstead, jusqu'à l'heure de la partie de croquet et, chaque mardi après-midi – Auntie Chrissie semblait s'y être engagée – à une heure ou deux de piano sur le Steinweg, le vieux caramel mou.

Le thé de cinq heures était le moment des retours et des retrouvailles, alors que la journée de travail était terminée pour tous, mais qu'il était encore temps pour programmer les heures libres avant la nuit, et pour distribuer les rôles. Le plus souvent, le programme et la distribution étaient sans surprise : routine reposante, apaisante qui n'était pas sans charme. Les lundis soir, enfin congédié par Mme Chapman, s'ouvraient sur la perspective d'une traversée de la prairie et d'une partie sur le gazon du Highgate Lawn Tennis Club. D'autres soirs, on songea à aller se rafraîchir par un plongeon dans la piscine de Highpoint, accessible par un côté de la même prairie, là où le mur avait été aménagé pour être escaladé. On pouvait aussi se consacrer à la lecture ou, si l'air était calme dans la lumière lentement déclinante, à une partie de badminton dont le filet et le terrain étaient vite installés (Suzann et Rosalind s'en étaient fait une spécialité où elles se croyaient imbattables, ce dont je m'appliquais à les détromper). Le plus souvent – surtout si Barbara s'était retirée dans sa chambre pour réviser ses cours –, je passais une heure ou deux avant la nuit en va-et-vient méditatifs dans la rue, sous les fenêtres des filles, en attendant les parties de *chinese checkers* : je sifflais une mélodie empruntée à un grand air classique, et mes aller et retour devenaient un rite aussi mécaniquement réglé que lorsqu'un tigre fait les cent pas interminablement d'un mur à l'autre dans sa cage. Au-delà du moment où la journée était déclarée officiellement terminée par Mme Buss, qui avait tourné le verrou de la porte principale avant de regagner sa chambre en faisant craquer les marches de l'escalier, il n'y avait plus que l'espoir, une fois par semaine, d'une prolongation dans le réduit pour la télévision. Fermant les yeux pour s'endormir ponctuellement à l'heure prévue, d'un sommeil bien mérité, Mme Buss semblait aussi les fermer sur ce qui se passait dans la petite pièce de l'autre côté du palier, du moment que les sons n'en franchissaient pas la porte. Ainsi étaient remplies mes journées au 15, Broadlands Road, jusqu'au week-end qui donnait lieu à toutes sortes d'improvisations et de programmes spéciaux. Le pique-nique sur les pelouses de Kenwood, pendant le concert du samedi soir, se décidait en fonction de l'état du ciel. Les fins de semaine étaient aussi le moment des tournois de croquet ouverts à tous, et des fêtes dans le jardin où apparaissaient des visiteurs venus de près ou de loin, de l'autre côté de la rue ou de l'autre côté des océans : Canada, Australie, Nouvelle-Zélande.

Le dimanche était endimanché, comme il se doit, et je voyais partir à la messe, dans des tenues différentes de celles des autres jours, une partie de la maisonnée.

C'était la seule occasion de la semaine où l'on pouvait voir ensemble Mme Buss et Auntie Chrissie, dans cette rivalité qui passait largement au-dessus de la tête de M. Buss, coincé entre elles, les séparant comme deux boxeurs et donnant un bras à chacune, mais courbant l'échine pour être un arbitre qui ne voit rien, qui ne siffle aucun coup bas. Suzann et Rosalind suivaient, toujours dans une attitude de demoiselles d'honneur (leur sens de l'honneur nuisant à leur sens de l'humour, de mon point de vue), et Kingsley fermait la marche, plus raide et impassible que jamais. De son côté, Hoppy partait vers une autre chapelle – écossaise, à n'en pas douter –, en essayant de se montrer le plus discret possible dans cette dissidence. Les filles de Trinidad faisaient la grasse matinée, mais il arriva que Barbara s'absentât pour tout le week-end, lorsqu'elle alla le passer chez son petit ami – *her boy friend* –, et qu'elle ne reparût que dans l'après-midi de dimanche. Le retour de l'office religieux dominical donnait lieu à un buffet offert par l'une ou l'autre famille de paroissiens dans le jardin de sa maison. En dehors de celui qui accueillit chez les Buss, un dimanche midi, toute une société dont le trait distinctif était que chacun tenait à la main une Sainte Bible – *Holy Bible* –, je fus toujours invité à me joindre aux autres dans ces agapes *post missam*, bien que dispensé de présence à la cérémonie religieuse : Mme Buss me croyait peut-être catholique et se montrait une anglicane discrète et tolérante. D'ailleurs personne ne me posa la moindre question, même si Suzann en mourait d'envie, mais au milieu de ces familles qui sortaient d'un office chanté, accompagné à l'harmonium (j'imaginais cela), et malgré la convivialité et la générosité de ces *brunches*, j'avais l'impression de m'y retrouver devant l'autel, et les petits sandwichs au jambon, aux épinards, au fromage, avaient pour moi un goût d'encens ou d'eau bénite : je comprenais alors que les Anglais, à toute heure du jour et tous les jours de la semaine, vivent dans leur religion et dans son rite, dont la messe dominicale n'est qu'un moment de rencontre, plus social que religieux, plus « art de vivre » que manifestation de piété. Ce n'était qu'après le dixième ou le douzième petit sandwich triangulaire au pain de mie que j'en oubliais qu'ils étaient consommés après le jeûne, après la communion, après l'ingestion de l'hostie. En assistant à ces collations dominicales de paroissiens anglicans, je faisais une concession à mon athéisme radical, et je marquais ma tolérance confessionnelle et idéologique en même temps que celle de mon estomac. Tout ce que je viens de récapituler ne constituait qu'une base d'occupations et d'événements courants où les deuxièmes fois faisaient suite aux premières et, parmi les unes et les autres, certaines fois furent mémorables et ont fait date en effet, puisque j'en retrouve le souvenir précis : c'étaient celles que je ressentais comme devant conduire à *la* première fois. L'établissement de cet emploi du temps et la perception de sa stabilité, de sa régularité, créaient l'attente, sereine et bouleversante, du moment unique.

25

En ce dimanche 14 juillet, Barbara s'était éclipsée depuis la veille – elle avait d'ailleurs parlé d'une fête organisée par des Français pour célébrer la prise de la Bastille –, et elle réapparut dans l'après-midi, en compagnie de Michael, vingt-quatre ans, beau gosse d'allure bohème, qui débutait comme professeur de chimie dans un collège. Elle avait dû lui parler de moi car, dans le jardin où ils furent invités à nous rejoindre avec une tasse de thé et un *cookie* spécial du dimanche, encore chaud, il se précipita vers moi en souriant comme s'il m'avait reconnu d'après ce qu'on avait pu lui dire. La bonne tête, l'air franc, l'allure décontractée que je lui trouvais me le rendirent aussitôt sympathique et rien ne m'incitait envers lui à l'attitude de méfiance, d'agressivité ou au sentiment de jalousie que m'inspirait le patron de la pizzeria-salon de thé « The Oasis » qui employait la jolie serveuse danoise. Pourtant, je savais que Michael était officiellement le petit ami de Barbara, chez qui elle avait la permission de passer le week-end de temps à autre. Mais l'évidence de cette relation d'adultes de Barbara avec un jeune homme charmant, séduisant, et d'un âge accordé au sien, n'interférait d'aucune façon avec mes visées personnelles sur la jeune fille. Au contraire, mon entreprise se trouvait comme facilitée et encouragée par le fait que Barbara eût déjà des relations avec un garçon. Je ne pensais même pas au caractère sexuel de tels rapports, le mot « sexuel » lui-même ne faisait pas partie de mon vocabulaire ni de ma façon de voir les choses – c'était une époque où les enfants et les adolescents étaient encore heureusement épargnés par l'« éducation sexuelle » et par la mixité à l'école et au lycée –, de même que je ne me posais aucune question sur le fait que Barbara fût vierge où ne le fût plus, comme moi-même j'étais puceau sans que je me fusse jamais senti définissable ou qualifiable par un tel terme, dont je n'avais aucune pratique, aucun usage. En revanche, le mot « pucelle », au féminin, m'était plus familier, il servait entre garçons à désigner les gamines du même âge que nous, mais c'était comme si cet âge des pucelles n'avait pas été le mien, comme si je n'avais jamais été puceau – un état qui ne m'aurait jamais concerné –, et comme si le jour où je serais parvenu à attirer Barbara dans un lit ne marquerait que le moment du passage à l'acte dans une relation de ce genre après d'autres, qui pourtant n'avaient été jusque-là qu'imaginaires.

L'état d'esprit qui était le mien – que je tente de retrouver et de décrire – était assez complexe car, à l'impression d'avoir déjà de l'expérience en matière de relations avec les filles – ce qui n'était nullement le cas – et de n'avoir aucune leçon à recevoir sur la façon de m'y prendre, se mêlait la conscience d'un manque concernant les chapitres de l'approche et des prémices, et je savais aussi que je me préparais à une première fois : première fois « pour de vrai », après bien des répétitions, des simulations, des préfigurations. Les images mentales, les saynètes de strip-tease libidineux – se représenter une fille qui se déshabille et consent à quitter son slip, cette dernière petite pièce de sous-vêtement qui n'est une dernière défense que pour pointer la cible à atteindre –, les scénarios simplistes et les mises en scène de pacotille de situations ou de petites histoires érotiques qui accompagnaient la masturbation faisaient certes partie de cet apprentissage et de cette expérimentation, de même que tous les textes, photographies, peintures ou dessins à caractère licencieux que l'on se refilait entre lycéens, depuis les classes supérieures jusqu'aux plus petites, sans compter la bible presque officielle et légale que constituait le *Kama Sutra* : se faire pincer avec un exemplaire du grand classique indien dans son cartable signifiait une semaine d'exclusion, mais au moins trois ou quatre semaines pour un livre de photos pornos, et la douloureuse confiscation, c'est-à-dire le passage entre d'autres mains (surveillant général ou proviseur) qui feraient leur usage et leur profit de l'ouvrage irremplaçable. Et puis il y avait tous les objets ou produits sur lesquels j'avais pu tomber dans la salle de bains ou dans l'armoire à pharmacie de mes parents, à quoi s'ajoutaient les dessous féminins de ma mère ou les jeux troubles avec ma sœur, et encore les histoires qu'on se raconte entre garçons, les mots d'argot qu'on se fait décrypter, les vocables scientifiques, médicaux ou techniques dont on cherche le sens dans le dictionnaire, et enfin les deux lignes au stylo-bille sur un mur des toilettes du square de la porte de Saint-Cloud, qui évoquaient les rendez-vous, tous les jeudis, d'un homme avec une petite Arlette, treize ans, l'âge que j'avais atteint à mon tour trois ou quatre années plus tard, en 1957. Tout cela avait fini par me procurer une familiarité avec ce que sont les relations physiques entre un homme et une femme, et avec l'environnement, la scénographie de ces actes : lieux, attitudes, positions, vêtements, accessoires, désignation des organes, des figures, paroles prononcées – expressions lubriques –, mots familiers (bite, queue, chatte, con, mouille, capote anglaise, baiser, enculer, sucer, pompier…) ou précieux, savants – notamment d'origine latine – (pénis, utérus, cyprine, condoms, coït, fellation, sodomie…) pour désigner les choses et la chose. Si je garde des souvenirs très précis de masturbation dans les cachettes de l'appartement familial à Paris, et s'il ne fait pas de doute que je n'ai pas brusquement interrompu ces pratiques, si intenses au début de l'adolescence – et sur lesquelles même le médecin de famille s'informait dans un tête-à-tête « entre hommes »… –, je n'ai gardé aucun souvenir de cela à Londres, dans ma chambre ou dans la salle de bains du 15, Broadlands Road, ni, moins encore, en relation avec Barbara, avec son image, avec le fantasme de la voir nue, de la posséder.

La passion et le désir qu'elle avait éveillés en moi tendaient avec force à une première fois, et dans une telle tension vers cet objectif en tant que moment romanesque et qu'extase romantique, que toute sexualité antérieure m'apparaissait comme archaïque et vaguement hygiéniste, en tout cas dépassée. Je n'ai aucun souvenir de m'être masturbé en pensant à ce que serait un premier rapport avec Barbara, car j'étais tout entier dans la préparation de l'acte lui-même, en grandeur réelle, avec sa dramaturgie, sa gestuelle – sa chorégraphie – et son décor. Grâce aux lieux, aux circonstances, aux personnes, à mon emploi du temps, à l'organisation des journées, je savais que tout était possible et que, à côté de mon univers d'enfance, toujours présent et auquel je restais attaché, à côté des autos miniatures et de mon avion modèle réduit en balsa, il y avait une histoire vraie, à la fois à échelle réelle et construite comme un roman, qui était ma relation avec Barbara et ce à quoi elle devait aboutir : je m'étonne encore de l'assurance qui était la mienne – aveugle et, de ce fait, clairvoyante – et de la certitude où j'étais de parvenir à mes fins, car s'il m'arrivait de douter que mon avion en balsa, avec son moteur à l'éther, parvînt à voler correctement sans s'écraser au sol au moindre coup de vent ou à cause de quelque défaut de fabrication ou négligence, je ne doutais pas une seconde que Barbara s'ouvrirait à moi et que je pénétrerais en elle comme dans un milieu, un corps où, depuis toujours, j'avais su me mouvoir, nager ou voler. Le premier vol de mon avion en balsa me semblait beaucoup plus incertain que cette première plongée dans les bras et entre les cuisses d'une fille.

Tout autres étaient mes visites à la jolie serveuse danoise de la pizzeria-salon de thé « The Oasis », qui ne pouvait être qu'un flirt platonique puisqu'elle évoluait dans un espace où rien ne m'eût permis de l'entraîner à l'écart, de la saisir : je n'étais pas en âge – et je n'avais pas les moyens – d'emmener une fille à l'hôtel. Il fallait que cela se passât à la maison, dans des lieux familiers, domestiques : le 15, Broadlands Road était en même temps la maison de ma famille anglaise et une maison de rendez-vous. Je vivais sous un toit où j'étais perçu comme un petit garçon, envoyé là par sa famille en séjour d'étude, j'y trouvais tous les avantages, tout le confort douillet de cette situation, toute l'économie réglée pour moi par les grandes personnes. Mais, située ailleurs – un autre pays, une île, presque un autre continent – que là où était mon domicile familial, à Paris, la maison Buss était dans un roman, dans un espace de fiction ouvert à toutes les aventures, à toutes les expériences qui ne sont pas celles d'un petit garçon.

Michael ne m'apparaissait ni comme un obstacle ni comme un rival mais plutôt comme un complice, un allié : celui avec qui j'allais partager Barbara, libre à elle ensuite de choisir ou de ne pas choisir, de continuer à le voir – ce qui ne m'eût guère gêné, du moins à première vue, et qui m'eût même semblé commode pour ne rien changer aux apparences et ne pas risquer d'être découvert –, ou de n'être plus qu'avec moi – ce que j'étais prêt à assumer avec un jusqu'au-boutisme qui eût alors bouleversé ma relation aux miens et au monde, m'imaginant dans la peau d'un de ces jeunes garçons qui rompaient pour longtemps avec leur famille en se jetant dans un navire en partance pour des contrées lointaines et s'y faisaient embaucher comme mousse –, car la seule hypothèse que je n'envisageais pas était qu'elle restât seulement avec lui, ne prenant pas plus longtemps au sérieux notre relation extravagante, contraire aux bonnes mœurs, aux usages, à la nature. L'attitude de Michael à mon égard me semblait d'ailleurs une invitation à ce jeu de tenter ma chance auprès de Barbara, sur qui il ne s'accordait apparemment aucune exclusivité, n'ayant peut-être conçu aucun projet durable avec elle : les postes de professeur dans les collèges anglais pour garçons sont très prenants… Peut-être allait-il même me donner quelques tuyaux pour plaire à Barbara, connaissant mieux que moi ses faiblesses et ses goûts. Elle nous observait à distance et nous devions ressembler à de vieux copains, ou à un petit garçon qui a retrouvé son grand frère après qu'ils eurent été longtemps séparés: les garçons restaient entre eux, en somme, et je ne sais si quelque chose dans l'engouement spontané de Michael à mon égard n'agaça pas sa petite amie, dont il était dit que je ferais ma première maîtresse. Elle finit par s'approcher d'un pas décidé, comme pour nous tirer enfin de cet aparté qui devenait une incorrection vis-à-vis des autres. À ce moment, du coup d'œil qu'elle nous lançait de temps à autre pour nous surveiller, Mme Buss vit Barbara prête à reprendre en main Michael et, par une de ces intuitions dont seules les femmes sont capables, elle lança: «*If you go upstairs, take Alan with you, please!*» («Si vous montez, emmener Alan avec vous, s'il vous plaît!» – mon prénom avait été définitivement anglicisé, ce qui faisait partie de la leçon d'anglais et de ma nouvelle éducation): Mme Buss veillait à ce qu'aucun garçon ne montât seul avec une des filles à leur étage, question d'honorabilité de la maison. Et comme Michael et moi nous avions si ostensiblement sympathisé, je devenais un témoin de moralité tout trouvé, celui dont la présence neutre et amicale était une garantie qu'il ne se passerait rien d'inconvenant dans la chambre des filles de Trinidad.

26

Je ne sais si elle avait déjà cela en tête lorsqu'elle avait traversé le jardin pour nous rejoindre, Michael et moi, ou si l'idée lui en fut soufflée par la crainte de Mme Buss qu'elle voulût monter avec son *boy friend* dans sa chambre, mais Barbara nous proposa de monter en effet, pour une partie d'échecs entre lui et moi. J'avais dû faire allusion au jeu d'échecs à propos des *chinese checkers* – qu'il faut plutôt rapprocher du jeu de dames –, et au fait que mon père, bon joueur, m'y avait initié et entraîné ; or, c'était aussi le jeu favori de Michael, qui désespérait de l'apprendre à Barbara, ne parvenant pas à la former pour être une adversaire acceptable. Dans mon a priori favorable à Michael, je lui trouvais une tête à être un joueur amusant, capable de jolis coups l'air de rien, et même s'il semblait un peu distrait, trop détendu, extraverti, peu susceptible de concentration. Je pris le défi au sérieux et, dans la chambre des filles où je ne pénétrais que rarement et toujours avec émotion, nous nous installâmes par terre, de part et d'autre d'un échiquier que Michael avait offert à Barbara pour son apprentissage. Celle-ci vint s'asseoir sur le côté, vivement intéressée, excitée même lorsqu'elle me demanda en riant de la venger des raclées qu'elle recevait régulièrement. Je n'avais pas envie que la partie s'éternisât – préférant proposer une revanche –, craignant de lasser Barbara par des coups trop longuement mijotés, et que son exaltation ne retombât dans l'ennui. Je proposai donc une partie « *blitz* », où les adversaires doivent enchaîner leurs coups avec un temps de réflexion très bref : Michael me sembla surpris dans sa nonchalance, mais il accepta. La partie fut plus courte encore que je ne l'avais espérée, pouvant donner l'impression à Barbara que Michael s'était laissé battre par distraction, ou par son désir de me mettre en confiance par le beau geste, complaisant, de m'accorder une longueur d'avance, en considération de mes culottes courtes. La revanche fut une partie normale, sans chronomètre, mais pourtant aussi rapide que la première et aboutissant au même résultat, qui nous dispensait d'une belle. Barbara jubilait, battait des mains, et elle m'embrassa sur la tempe en me disant : « *The brains you have !* » (quelque chose comme : « Il y en a là-dedans ! »). Michael se montrait un peu effaré mais, *fair play*, il riait aussi de sa défaite, qu'il essayait de comprendre : je la lui expliquai, commentant ses erreurs et, pour moi, s'il devait y avoir une compétition avec lui, elle était réglée. Mais je préférais que nous restions bons amis et je pouvais lui proposer un autre jeu où il aurait eu assurément le dessus : le bilboquet, le tir à l'arc, le cricket... Jusqu'au moment de partir, il conserva son flegme, son humour et sa façon *take it easy* de tout prendre du bon côté, y compris sa déconvenue. Sa dégaine et sa mèche blonde sur l'œil me semblaient irrésistibles : je me disais que c'était le genre de garçon qui plaisait aux filles, et j'aurais aimé lui ressembler, un désir qui signalait qu'il devait aussi plaire aux hommes. Je garde de lui un bon souvenir, je ne le revis jamais.

Pour la première fois, Barbara avait pris l'initiative d'un geste tendre en posant un baiser sur ma tempe, et le contact de ses lèvres, déjà si près des miennes – dans d'autres circonstances, j'aurais vivement tourné le visage et j'en aurais profité –, en hommage à ce qu'il y avait « là-dedans », est resté imprimé là, justement, sur un côté de mon cerveau. Michael était reparti à une heure convenable, à la fois pour ne pas donner l'impression qu'il s'invitait à dîner et pour prendre le temps de retraverser tout Londres en métro jusque chez lui. En cette fin d'après-midi de dimanche, toute la maisonnée était dans une moindre densité des relations entre personnes que lors du petit déjeuner ou du thé de cinq heures en semaine. Il y avait un certain luxe de temps, plus d'aisance dans les mouvements de chacun, il y avait de l'air entre les êtres, nous flottions dans une douce lumière, l'atmosphère était vaporeuse, le programme s'était dénoué et comme dispersé, librement distribué : Hoppy avait pris ma place comme adversaire de Mme Buss au croquet, et il faisait les frais de notre entraînement quotidien intensif entre *pros*. Suzann et Rosalind jouaient au badminton, mais l'une contre l'autre, c'est-à-dire avec la seule partenaire que chacune d'elles trouva à sa mesure. Kingsley cirait ses chaussures et son ceinturon d'apprenti soldat. M. Buss dormait sous un chapeau en papier journal (on se demandait comment il avait eu seulement le temps de plier la feuille, après avoir commencé à cligner des yeux sur les gros titres de l'épaisse édition dominicale). Auntie Chrissie s'était retirée depuis longtemps dans ses appartements (la différence de condition et de classe se manifeste par-dessus tout dans les loisirs et dans les moments d'oisiveté). Kate n'était pas encore revenue de sa visite du week-end à un musée ou à une exposition.

J'avais discrètement laissé Barbara et Michael à leurs adieux sur le perron et, par la fenêtre de ma chambre, je vis mon adversaire d'un jour aux échecs s'éloigner à jamais en remontant la rue. J'entendis le portail se refermer et, quelques secondes plus tard, des petits coups étaient frappés à ma porte. J'ouvris et Barbara était là, un peu gênée, embarrassée. Elle pénétra dans ma chambre et referma derrière elle. Je ne savais ce qui allait arriver, ni ce que Barbara pouvait avoir à me dire. Ses paroles, chuchotées, étaient confuses, mais je compris qu'elle me proposait une sorte de marché : samedi prochain, elle n'irait pas passer la soirée chez Michael – même si, officiellement, elle serait supposée être avec lui – et ainsi nous pourrions nous retrouver pour aller seuls au concert de Kenwood : je pus lire dans ses yeux les deux mots d'une promesse, dont le son me revenait, chuchoté par ses lèvres à mon oreille «*Next time…*». Par contre, il faudrait qu'elle puisse passer la soirée de dimanche dehors, jusque vers une ou deux heures du matin et, pour pouvoir rentrer dans la maison alors que Mme Buss aurait fermé le verrou à double tour depuis longtemps, n'ayant jamais consenti aucune dérogation à la règle du retour obligatoire avant les douze coups de minuit – comme dans les contes pour petites filles où les carrosses redeviennent des citrouilles et les robes de bal des haillons –, elle me demandait de passer par ma fenêtre. J'acceptai tout en vrac, précipitamment, sans chercher à comprendre le détail de la proposition et n'ayant rien à négocier, mais considérant que Barbara me manifestait sa confiance et une complicité particulière. Je retenais seulement que le dimanche suivant, tard dans la nuit, et dans la maison endormie, Barbara apparaîtrait derrière le carreau de ma fenêtre et s'introduirait dans ma chambre avec l'intention de réintégrer la sienne au-delà de l'heure autorisée, en grimpant l'escalier sur la pointe des pieds, dans le noir, jusqu'au deuxième étage et retenant son souffle, contrôlant chacun de ses mouvements sur chacun des paliers, devant les portes des chambrées plongées dans le sommeil réglementaire. J'ai toujours été convaincu qu'il n'y avait aucune arrière-pensée trouble ni aucun calcul dans ce menu service qu'elle me demandait de lui rendre – et j'ai toujours cru que la petite acrobatie pour se libérer le samedi soir et se rendre avec moi à Kenwood n'était pas un vrai sacrifice, Michael étant peut-être indisponible ce soir-là et la substitution par le dimanche soir étant donc à leur convenance – mais, quoi qu'il en fût, je savais que si Barbara pénétrait dans ma chambre en enjambant la fenêtre, le dimanche en pleine nuit, je ne l'en laisserais pas repartir jusqu'au matin, qui serait sans doute celui d'un départ de bonne heure, accroché aux basques de Mme Chapman. J'avais devant moi une semaine pour déplacer la position des lèvres de Barbara sur mon visage, et pour lui rappeler sa promesse: «*Next time…*»

27

Ce fut Kate, à son retour, qui eut la bonne idée de programme pour la soirée : *swimming pool !* – piscine ! – fut une devise qui rallia aussitôt tous les suffrages et rassembla sous cette bannière les membres de la maisonnée, alors dispersés dans l'espace sans contours de ce dimanche finissant. Suzann et Rosalind firent retentir un double : *Yes ! Yes !* Kingsley opina du chef et dut marmonner un *All right !* qui était plutôt signe de bonne volonté et de conformisme que d'enthousiasme. Même Hoppy se sentait de la partie : « *May I join ?* » (« Puis-je me joindre à vous ? »). Barbara avait déjà commencé à nouer ses cheveux en chignon pour ne pas les mouiller. Mme Buss était ravie de cette unanimité de ses ouailles qui lui laissait le champ libre. Du coup, elle était pressée de nous voir partir : « *Off you go !* » – plus encore que « Allez-y ! » ou « Allez-vous-en ! » cela sonnait comme un « Ouste ! » mêlé à un « Ouf ! » de soulagement – et, par ces mots, elle donnait à la fois sa bénédiction et le signal du départ. M. Buss, ouvrant un œil après avoir peut-être laissé filtrer à travers sa somnolence un peu de ce qui se tramait, reprit en écho différé le mot qui avait lancé tout le mouvement, et dont il interrogeait maintenant le sens : « *Swimming pool ?* » Il fut décidé d'enfiler d'avance nos maillots, car le vestiaire de la piscine de Highpoint était délabré et peut-être même sans lumière électrique, et chacun partit se mettre en tenue. Suzann et Rosalind avaient leurs peignoirs de bain en douillet tissu éponge parmi leurs trousseaux de jeunes princesses prêtes à être épousées qu'elles emporteraient en voyage de noces ; celui de Kingsley faisait partie de ses affaires de natation déjà prêtes pour le prochain entraînement au collège ; Kate et Barbara récupérèrent ceux dont elles s'enveloppaient au sortir de la douche et dans lesquels elles paraissaient pour un petit déjeuner tardif, après le départ des autres, quand il ne restait plus que Mme Buss dans la salle commune; Hoppy devait avoir quelque chose qui ressemblait à un vieux pardessus qui n'éponge plus rien, au poil aussi ras qu'un imperméable qui depuis longtemps laisse passer l'eau. J'étais seul à n'avoir rien d'autre qu'une robe de chambre, glissée de force par ma grand-mère dans mon bagage mais dont je ne faisais aucun usage, trouvant ce vêtement ridicule, inutile, encombrant: j'étais aussi réfractaire à ce manteau d'intérieur qu'aux manteaux pour l'hiver. Mme Buss eut l'idée de me prêter un ancien peignoir de Kingsley, mais il me tombait aux chevilles, et elle renonça à la deuxième idée qui était d'emprunter celui de M. Buss: sans doute en avait-il besoin chaque soir pour passer de sa douche à son pyjama, sans offense à la pudeur. Ce fut Barbara qui me tira d'affaire: elle en avait deux et je pouvais choisir la couleur. En tout cas, il s'avéra parfaitement à ma taille, et Mme Buss ne manqua pas de faire remarquer à quel point les vêtements de fille m'allaient bien, petite vengeance à l'offense envers ses pieds énormes et allusion malicieuse à l'essayage des chapeaux chez Harrod's. Elle était bien loin de supposer qu'enfilant les manches et serrant le peignoir par sa ceinture, j'avais déjà l'impression d'être entré dans Barbara elle-même, et de m'être enfermé dans son corps à ma mesure, dans son parfum.

Nous traversâmes la prairie dans ces accoutrements qui ne faisaient aucun mystère de notre destination: la piscine de Highpoint. Et ainsi, notre petite troupe, jambes nues sous des sortes de camisoles, devait faire penser aux évadés de quelque asile. Je découvrais pour la première fois un accès clandestin à des lieux qui m'étaient familiers et où j'avais mes entrées officielles et légitimes: le concierge de l'immeuble de Highpoint, ainsi que plusieurs familles et leurs enfants me connaissaient bien depuis les visites qu'il m'était arrivé de faire à ma tante Lenke et à mon oncle Bandi pendant les fêtes de Noël, ou au moment de mon anniversaire, ou lors de mon arrivée pour mes séjours de juillet dans des familles authentiquement anglaises, avant qu'on m'éloignât au plus vite des détestables accents d'Europe centrale. J'étais comme un passager de première classe sur un paquebot, qui a égaré son billet et ses papiers d'identité et qui se retrouve contraint de partager le sort d'un groupe de clandestins cachés dans les soutes. Une fois le mur prestement escaladé – même Hoppy surmonta sans trop de peine cet obstacle qui lui rappelait les exercices de parcours du combattant à l'armée –, nous trouvâmes la piscine déserte et ses abords plongés dans l'obscurité. Le décor était peu engageant, l'eau promettait d'être froide et tout le monde s'y jeta en même temps pour se donner du courage et comme pour s'y tenir chaud. Les corps en maillots de bain, à peine entrevus, disparurent aussitôt dans l'encre noire d'où ne dépassaient que les taches claires des visages et des bonnets de bain en caoutchouc rose (Suzann et Rosalind). Seuls Kingsley et moi ressortions de l'eau pour piquer des têtes en nous élançant du plongeoir. Ce grand garçon était plutôt bien bâti, mais contrairement à la nudité qui donne aux corps des athlètes leur vérité et leur intelligence, celle de Kingsley n'était pas non plus à son avantage : en slip de bain, il perdait ce qui, dans l'uniforme de son collège ou de l'armée, faisait partie de son identité profonde, c'est-à-dire profondément collective, on lui voyait une peau blafarde avec des boutons qui devenaient les signes particuliers, intimes, d'une identité. Lorsque les uns et les autres sortirent de l'eau, ma vision de ces êtres se compléta d'une part inédite de leur personnalité : le corps de Hoppy ressemblait à son visage, celui d'un petit garçon devenu vieux garçon. Suzann et Rosalind, pourtant si jeunes encore, m'apparaissaient déjà en mères de famille : leur chair pâle et raisonnablement abondante semblait destinée à cela – la procréation de jeunes Anglais, d'autres Kingsley, d'autres Suzann et Rosalind – et condamnée à ne jamais apparaître sur une plage en costume de bain qu'avec des bambins dans leurs jambes. Kate avait un corps qui exprimait toute la volonté et l'énergie de son caractère, sans renoncement à sa féminité ni à ses dispositions, le moment venu, pour la sensualité : c'était un corps protecteur, et comme au-dessus de tous les autres corps. De Barbara, je n'entrevis furtivement qu'une silhouette luisante, ruisselante et, à vrai dire, je crois avoir détourné le regard car je ne voulais pas la découvrir parmi les autres ni avoir une première vision de son corps mêlée à celle de toute la compagnie (d'ailleurs, l'étape intermédiaire de son anatomie en maillot de bain ne correspondait à rien, à aucun scénario, à aucun rôle qui m'intéressât, à aucune justesse, à aucune nécessité : le moment venu, Barbara quitterait ses vêtements pour moi tout seul et je la verrais nue). Quant au corps que je montrais moi-même, je m'efforçais de le donner à voir en action, en mouvement – plonger, nager, courir –, c'est-à-dire en devenir, car je le savais en deçà du développement que je voyais chez certains de mes camarades de classe lors des exercices sportifs, et je le configurais d'avance, dans ma tête, d'après les performances dont je le savais capable – il m'était arrivé de gagner des compétitions de natation –, mais j'étais encore à l'étroit dans un vêtement trop petit, d'une coupe et d'une taille en retard sur celui que je me sentais devenir ; dans cette circonstance, et à la faveur de l'obscurité, je pouvais encore hésiter entre l'identité du petit garçon qui s'amuse dans l'eau et celle du nageur dans son bassin d'entraînement. Le peignoir de Barbara que j'enfilai, en même temps qu'elle-même s'enveloppait dans l'autre, prolongeait encore cette ambiguïté :

petit garçon à qui l'on prête le peignoir de sa sœur, encore à sa taille, ou jeune garçon dans la plus grande intimité avec une fille. Ce premier bain de nuit dans la piscine de Highpoint faisait partie de ces premières fois où l'on se contente d'ajuster le décor et de marquer les places, de répéter les positions, avant le véritable premier lever de rideau où ne restent sur scène que les protagonistes.

Dans les mêmes accoutrements qu'à l'aller, nous avons sauté le mur et retraversé la prairie – les évadés renonçaient à leur belle : ce n'était plus qu'une permission dont on revient le cœur content –, dans une ambiance où, aux vertus vivifiantes d'une baignade en eau fraîche, au sentiment chaleureux que donne un groupe où ont été surmontées toutes les différences (d'âge, de sexe, d'origine, de caractère, de nationalité, de confession, d'aspect physique), et à la satisfaction d'avoir réussi notre expédition, se mêlait la mélancolie d'une configuration des êtres et du monde qui ne se reproduirait jamais. Parfois, une brève trouée lumineuse de la conscience est offerte par un état des corps. Nous marchions dans un silence complice, et il y avait de l'unanimité entre nous. Ce dimanche comme un autre se terminait par un moment comme un autre, et pourtant singulier, unique.

28

Ce soir-là, pendant les parties de *chinese checkers* avec Mme Buss, j'avais la tête ailleurs, j'étais distrait, déconcentré, dans la fatigue d'avoir déjà gagné suffisamment de parties pour la journée : je concédais à mon adversaire deux ou trois victoires inespérées qui redonnèrent du sel à nos échanges et qui, par un équilibre des forces retrouvé, ravivèrent notre pacte d'amitié. Je songeais à la semaine qui se présentait et qui commencerait de bonne heure le lendemain, de façon rassurante : à peine le petit déjeuner terminé, et tous les hôtes lancés dans leurs journées respectives, apparaîtrait Mme Chapman, un nouveau carnet à la main, et qu'attendrait, posé au milieu de la table, le panier de notre ravitaillement, composé et mitonné par Mme Buss. À peine aurait-elle franchi la porte que je l'entendrais déjà énumérer, dans le couloir, les étapes et les enjeux de notre commando du jour, avec les lieux et les monuments nouveaux à attaquer, accompagnés du vocabulaire à acquérir pour les désigner, et qui se vérifierait aussitôt dans quantité d'histoires. Il y aurait des nouveautés soigneusement organisées et dosées par Mme Chapman, mais ces découvertes étaient prévisibles, assurées, surprises sans surprise – sans mauvaise surprise en tout cas –, toujours épatantes à découvrir, d'avance réglées et minutées selon un ordre de mission et une feuille de route précis. Et puis, au bout de la semaine, il y avait un concert de plein air à Kenwood, et surtout, dans la nuit de dimanche, l'irruption de Barbara dans ma chambre, surgissant de l'obscurité à travers la fenêtre : une fenêtre anglaise, coulissante, que je devais apprendre à manœuvrer et qui, contrairement aux françaises, ne s'ouvrait pas comme des bras, accueillant le monde extérieur et l'air frais, mais qu'il fallait remonter vers le ciel, d'où elle retombait comme un couperet (en français, on appelle cela une fenêtre à guillotine, et il y avait quelque chose d'une sombre menace dans le fait de la hisser en haut des glissières ; pourtant, ces fenêtres sont plus rationnelles que les nôtres, avec un moindre encombrement et une indifférence aux courants d'air). Cet événement pour lequel je me croyais si préparé était encore trop loin pour que soudain il ne me semblât pas une folie vertigineuse, insurmontable, incompréhensible : j'étais trop éloigné des actes dont la proximité, au contraire, me rendrait du naturel et de l'assurance, le chemin jusqu'à eux m'apparaissant interminable et mystérieux, semé d'embûches et de dangers mortels. J'aurais voulu que Barbara sautât dans ma chambre par la fenêtre ce soir même – aussi promptement, aussi impatiemment que j'avais enfilé son peignoir –, sans attendre, passant des mots aux actes sans laisser à l'imagination, à la réflexion, tout ce temps où installer le doute, la peur. L'idée absurde m'a traversé l'esprit d'aller proposer à Barbara une répétition du passage par la fenêtre, car si elle y avait alors consenti, sans que nous fussions jamais sorti des actes, sans délai, sans le long détour par la pensée et par la projection mentale, je me serais aussitôt acquitté sans faiblesse, sans hésitation, de ma promesse à moi-même : dans le prolongement de mes victoires contre Michael aux échecs, j'aurais fait au moins aussi bien que lui avec Barbara dans un lit (en effet, le sens de cette joute à laquelle Barbara nous avait conduits ne pouvait être que celui-là, et je voulais voir dans la jubilation de la jeune fille une acceptation, une demande, un désir que je fusse d'elle aussi le vainqueur).

Entre la journée de mouvements intenses, parfaitement prémédités, aux côtés de Mme Chapman et, à l'autre bout de la semaine, la situation qui ferait suite à l'irruption de Barbara dans ma chambre, par la fenêtre, en pleine nuit, je ne voyais qu'une suite infinie de journées vides dont j'avais oublié ce que pouvait en être le contenu, et la profondeur de cet abîme sans fond, insondable, où se cache ce que l'être va avoir à vivre suscitait une angoisse aussi terrifiante que celle éprouvée lorsque, au moment de m'endormir et de céder ainsi à une mort provisoire, je me représentais les époques futures de mon absence au monde, de ma disparition, de ma dissolution éternelle dans le « non-être » ou, plus terrible, dans le « n'être plus » qui est l'avenir inéluctable de « l'être », le présent infini, infinitif – on devrait dire « l'absent infini » –, le point de vue impossible sur « l'avoir été ». Entre le lundi d'aventures concrètes et trépidantes, en tandem avec la veuve d'un pilote de la Royal Air Force, et le parachutage de Barbara tombant du ciel dans ma chambre, en pleine nuit, six jours plus tard, il me semblait que j'allais devoir passer par la mort elle-même, et aucune de mes pensées – alors que je jouais aux *chinese checkers* sous une sorte de pilotage automatique – ne me permettait d'éclairer d'aucune lumière, aucune zone, aucun instant de cet espace et de ce temps inconnus.

La lettre quotidienne à ma grand-mère, glissée dans la haute boîte rouge des Postes de Sa Majesté, et donnant droit à l'achat d'une friandise moderne au drugstore du coin, la construction de mon avion en balsa, désormais bien avancée, mes promenades rituelles à la découverte d'une auto miniature des *Matchbox Series* ou d'un *Observer's Book*, ou les rendez-vous avec une jolie serveuse danoise, dans la salle vide d'une pizzeria-salon de thé devant un verre de lait, les parties de croquet ou de *chinese checkers*, rien de tout cela ne m'offrait la moindre consistance d'actes réels, nécessaires à mon existence, ni donc d'une crédibilité de celle-ci face au destin du monde en général. Plus rien n'avait de réalité, j'allais plonger dans le trou noir d'une attente où ma peur était d'oublier ce que j'attendais, de ne plus savoir le dire, le penser et, si le moment se présentait, de ne pouvoir même le reconnaître.

29

La nouvelle expédition montée par Mme Chapman était digne des grands explorateurs anglais qui propagèrent le flegme britannique jusque sous les climats où ce flegme était le plus nécessaire pour supporter les inconforts de la vie sur terre. Enclave dans Regent's Park, comme l'Afrique tout entière était une enclave dans le vaste jardin de l'Angleterre victorienne, le zoo de Londres mettait les espèces animales les plus curieuses à meilleure distance de Broadlands Road que ces autres bêtes curieuses que sont les champions de tennis visibles à Wimbledon. Le puritanisme anglais semblait avoir dicté la conception du zoo et la présentation des animaux puisque, comme dans une maison privée qui n'a rien à cacher et où sont bannis les rideaux aux fenêtres, la vieille arche de Noé avait été démontée et mise à plat afin que rien ne séparât de leur public ses occupants enfin libérés. Aucune grille, aucune clôture, aucune séparation apparente : visiteurs et visités étaient libres et égaux, et les rôles pouvaient ainsi s'inverser au point que parfois on se demandait qui était venu en visite pour regarder l'autre, et lorsqu'une bête s'approchait, manifestant de l'intérêt, on avait l'impression qu'elle cherchait le carton qui eût indiqué notre origine géographique et l'espèce à laquelle nous appartenions. Tout était fait pour créer l'illusion que les tigres du Bengale étaient à même de croquer un major de l'armée des Indes qui se serait cru là devant un album de souvenirs, avec des images sagement captives de leurs cadres sur les pages, ou qu'un puissant gorille des montagnes de l'Ouganda n'avait qu'à tendre le bras pour s'emparer au passage de la première ingénue blonde qu'il trouverait à son goût, et abuser d'elle en public, offrant ainsi le spectacle des scènes interdites du film *King Kong*. Tout était « comme si… ». Mme Chapman et moi nous fîmes de délicieuses haltes devant tous les représentants de la faune universelle qui avaient adopté la langue anglaise comme moyen de communication avec ces malheureux bipèdes qu'on leur apportait pour leur distraction, car ils étaient d'honorables pensionnaires de la Couronne au même titre que ceux du Chelsea Royal Hospital. Dans un anglais aussi pur et raffiné que possible, par respect pour nos interlocuteurs, Mme Chapman interviewa une vieille autruche blasée de la steppe kenyane, un kangourou facétieux de Tasmanie, un éléphant incontinent du Cachemire, un orang-outang lubrique de Java, et consigna avec une scrupuleuse déontologie de reporter-journaliste les questions et les réponses dans le petit carnet de notre journal de voyage, après avoir prié chacun de décliner son identité, son lieu et sa date de naissance. Je ne sais plus si Mme Chapman pratiquait la ventriloquie, ou si les animaux firent entendre leurs réponses dans leurs langages respectifs, et avec un fort accent anglais, à moins que ce ne fût l'inverse. Nous avons offert certains de nos meilleurs sandwiches à ceux de nos hôtes qui semblaient habitués à ce genre de cadeaux, afin de respecter les coutumes locales et, en compensation, nous avons goûté à l'alimentation indigène : cacahuètes (*peanuts*), frites (*french fries*) et biscuits secs (*biscuits*).

Le zoo est l'occasion d'un excellent exercice de vocabulaire, car il obéit à la même logique et à la même organisation qu'un dictionnaire : chaque article y est rangé dans sa cage comme dans une case, et il suffit d'associer un signifiant à un signifié, comme disent les linguistes, dans une distribution des rôles qui revient à dire que la totalité du monde et de ses créatures constitue le signifié pour ce signifiant unique et universel qu'est l'homme lui-même, dont la fonction sur terre ne serait que celle-là : donner un nom à tout un chacun et le lui faire entendre. Dans notre journal de voyage, Mme Chapman avait consacré un chapitre à un lexique zoologique et à divers guides de conversation : Anglais / Bêtes à plumes, Anglais / Bêtes à poils, Anglais / Bêtes à écailles. Je compris que si la langue anglaise était appelée à une si grande diffusion, c'était parce qu'elle était facilement apprise et comprise par la majorité des mammifères.

Comme il nous restait du temps, Mme Chapman voulut me faire profiter de ce qu'eût été notre programme en cas de pluie, et elle partit comme une fusée à travers Regent's Park, puis Gloucester Place et Hyde Park, jusqu'au Science Museum qui en présentait justement quelques-unes, des fusées... (*rockets*). Au cours d'une visite qui fut aussi rapide que le développement des connaissances humaines est lent, nous parcourûmes ce vaste et merveilleux musée en un temps record comme, quelques années plus tard, les héros de *Bande à part* dans leur visite du Louvre, car Mme Chapman avait simultanément en tête, en surimpression, le plan des salles et le cadran de l'horloge qui indiquerait bientôt l'heure de la fermeture. Elle eut juste le temps de me détromper d'une interminable série d'erreurs que je tenais de ma tante Lenke : le télégraphe, la TSF, le téléphone, le sous-marin, la télévision, la machine à vapeur, le métier à tisser la dentelle, le grille-pain, le télescope, les ampoules au tungstène, la pile électrique, l'avion, l'ordinateur ne sont pas des inventions hongroises mais anglaises..., sans compter le bleu d'Auvergne et le bourgogne aligoté. Je revins avec la conviction confuse que l'avenir de l'humanité était dans un croisement entre l'héritier de la Couronne d'Angleterre et la doyenne des guenons du zoo, sous les auspices du Dr Moreau.

30

De retour au 15, Broadlands Road, je trouvai la maison silencieuse et comme vide : soit chacun s'était déjà retiré dans ses pénates pour la soirée, soit les uns et les autres avaient diverses raisons de ne pas être encore rentrés. Seule Mme Buss était là, fidèle à son poste, aussi monumentale, aussi réconfortante qu'un phare au milieu des flots déserts. Je lui fis mon rapport des principales étapes de l'expédition du jour, et je pus exhiber l'usage de quelques mots nouveaux, ce dont elle se montra admirative, tout en améliorant encore ma prononciation : par exemple le mot *alligator*, dont l'accent doit porter sur l'avant-dernière syllabe. Elle en profita, au passage, pour m'apprendre cette petite formule : « *See you later, alligator… In a while, crocodile…* » (que, pour transposer dans une musique équivalente, on pourrait traduire en français par : « À plus tard, lézard… Dans un moment, caïman… »). À partir de ce jour, Mme Buss et moi eûmes souvent recours à cette formule pour nous quitter sur ce coup d'œil complice de deux compères qui se retrouveront bientôt pour quelques nouvelles embuscades. N'ayant rien à me proposer avant nos parties de *chinese checkers* autour du thé de onze heures, elle me demanda si j'avais envie de jouer au tennis, bien qu'elle fût en peine de me trouver un partenaire et je la laissais énumérer les hypothèses : Kingsley était reparti chez un camarade pour réviser un cours avec lui ; Suzann et Rosalind étaient affairées à leurs travaux de couture et rien n'aurait pu les en soustraire, alors qu'elles approchaient des premiers essayages ; Kate n'était pas encore rentrée, et Barbara n'était pas en forme. Mme Buss sembla soupeser le pour et le contre sur cette balance intérieure – dont tout son corps était comme le fléau toujours droit – de la bienséance, des bonnes manières et des bons sentiments et, après un temps de réflexion, elle me fit une proposition, avec cette façon si particulière qu'elle avait d'articuler chaque syllabe en montrant la position des lèvres, de la langue et des dents, mais en timbrant à peine la voix, signifiant ainsi une discrétion nécessaire, voire un petit secret en cours d'émission, et pour m'apprendre aussi que la prononciation la plus correcte se regarde avant même de s'entendre (quels que fussent l'occasion, le sujet et l'intonation, chaque séquence de mots articulée à mon intention devenait une patiente leçon à un bébé ou à un petit enfant qui apprend à parler). Du bout des lèvres – et suggérant ainsi la pointe des pieds –, elle m'incitait à monter prudemment jusqu'à la chambre de Barbara, de frapper à la porte doucement et de lui demander si une partie de tennis lui ferait plaisir. Je fis semblant d'hésiter par scrupule à déranger Barbara et cela suffit pour que Mme Buss insistât, me présentant la démarche, à l'inverse, comme un service que je pouvais rendre. Je ne montais sur la pointe des pieds que jusqu'au premier étage, puis de là jusqu'au second quatre à quatre.

Sur le palier des filles, j'entendais le picotement mécanique de la machine à coudre, là où, à l'étage inférieur, se trouvait le réduit pour la télévision. Suzann et Rosalind se parlaient, et je les devinais supputant l'effet que produirait tel détail des robes auxquelles elles travaillaient : bouffant des manches, décolletés dans le dos, rubans noués sur les reins, fronces à la taille, etc. De l'autre côté, derrière la porte des filles des *West Indies*, il n'y avait que silence, absence. Je frappai et, n'obtenant pas de réponse, j'appelai doucement Barbara, mettant en avant la suggestion de Mme Buss d'une partie de tennis. Alors la porte s'entrouvrit, et Barbara m'apparut avec un visage que je ne lui avais jamais vu : les yeux rougis, les joues luisantes, elle avait un chagrin. J'identifiais dans cet instant, et pour toujours, cette vision insupportable, insoutenable et appelant les douceurs immédiates d'une consolation : une femme qui pleure. Je n'en avais vu que rarement jusqu'à ce jour, et dans des circonstances où je connaissais l'origine de la peine, pouvant la comprendre et la mesurer – ma petite sœur en larmes après avoir été réprimandée pour un mauvais carnet de notes, ma mère racontant un épisode tragique de la guerre, ma grand-mère s'épongeant les yeux avec un mouchoir à l'évocation de son mari défunt (le grand-père mort alors que j'avais à peine quelques semaines), une vieille dame espagnole, amie de la famille, se lamentant sur la tristesse de son sort… (ce ne fut que bien plus tard, pour l'anniversaire de mes vingt ans, que je vis pour la première et unique fois ma tante Lenke pleurer en me racontant comment elle avait appris la déportation et les derniers instants de ses frères, mes oncles, et de ses parents, mes grands-parents paternels) –, mais la douleur sans partage, solitaire, d'une fille qui pleure sans qu'on en connaisse la raison, me bouleversait pour la première fois. Les causes que je supposais au chagrin de Barbara furent celles que je trouvais parmi mes références de petit garçon en culottes courtes : une mauvaise nouvelle en provenance de sa famille – un parent malade, un décès, la mort d'un animal familier (comme j'avais pu pleurer pour la mort de mon poisson rouge, enterré dans un pot de fleurs, sur le balcon), ou simplement l'annulation d'un voyage de retrouvailles et la reconduction d'une longue période de séparation –, ou l'échec à un examen auquel elle aurait beaucoup travaillé, et qui rendrait vains tous ses efforts, un sentiment d'injustice ou une déception de l'amitié, une trahison (je ne songeais même pas à une peine de cœur, c'est-à-dire à une dispute ou à une brouille avec Michael, ce jeune homme qui m'avait trop plu par son flegme, son indolence et son charme, pour que je le crusse capable d'une quelconque mesquinerie ou cruauté et, à vrai dire, je ne pouvais même pas imaginer qu'une fille comme Barbara, à mes yeux une sorte de déesse au-dessus des autres humains, fût à la merci d'une quelconque déconvenue amoureuse, au contraire plutôt susceptible d'en infliger et, dans tous les cas, d'en rire souverainement). Mon mouvement le plus spontané eût alors été de l'enlacer, de la serrer contre moi, d'aller blottir mon visage en le hissant contre le sien : devant la tristesse d'un adulte, et pour l'apaiser, un enfant ne peut réclamer qu'une protection contre ce qui suscite cette même tristesse et contre la tristesse elle-même, car il ne veut pas, il ne doit pas devenir une victime supplémentaire de la même cause, du même désespoir ; sa façon de protéger consiste à réclamer protection. Je n'avais pas la stature pour être celui qui, dans les films de cow-boys et d'Indiens, protège une jeune femme de tout son corps contre les balles ou les flèches. La porte restait entrouverte et, de toute évidence, Barbara ne souhaitait pas me laisser entrer. Je levai donc une main pour essuyer sa joue, et je parvins à lui tirer l'esquisse d'un sourire. Elle me donna rendez-vous cinq minutes plus tard dans le jardin, en précisant que nous jouerions avec des balles – *with balls*... : ainsi, elle put me laisser sur l'ébauche d'un rire, avant de repousser la porte.

31

Lorsque nous avons traversé la prairie en silence, vers les gazons tondus de près du Highgate Lawn Tennis Club – leur entretien était mystérieux puisque l'on ne voyait jamais personne, comme si ces quatre courts avaient été un espace réservé à des fantômes, à des êtres invisibles, pour des parties plus tardives encore que les nôtres, en pleine nuit –, Barbara semblait avoir recouvré sa sérénité, je la guettais du coin de l'œil et je repensais à la façon dont Mme Buss, après mûre réflexion, m'avait fermement incité à monter faire ma proposition. Alors, j'effectuai le mouvement spontané de me retourner vers cette maison dont la maîtresse, la reine sans roi, était un être si juste et si équilibré, à la fois une ménagère qui faisait face quotidiennement à des tâches lourdes et triviales, et une sorte de divinité magique capable de résoudre toutes les difficultés immatérielles : je vis au loin le jardin (dont elle était aussi la jardinière, la botaniste), gagné par l'ombre, mais au bord de la barrière au-delà de laquelle commençait la prairie, Mme Buss était là, droite et sculpturale dans sa robe à fleurs parmi les fleurs, et elle nous regardait nous éloigner. Je n'eus pas le sentiment qu'elle nous surveillait, à l'affût de surprendre une quelconque inconduite coupable, mais plutôt qu'elle observait comment son petit messager s'était acquitté de sa mission : elle me fit un signe du bras, auquel je répondis discrètement, prenant un pas de retard sur Barbara pour qu'elle ne me vît pas, et cet encouragement de Mme Buss devenait décisif. Peut-être m'accompagne-t-il encore, dans certaines occasions.

Nous avons joué mollement, doucement ; contrairement à la dernière fois, je ne voulais pas faire courir Barbara ni l'essouffler plus encore, après cet essoufflement qui vient du chagrin et que les sanglots poussent jusqu'au bord de l'étouffement, mais plutôt la réconforter, la rétablir, la rassurer. Je plaçais mes balles dans sa raquette comme des baisers dans la paume de sa main. Mes balles venues de France avec la teinte ocre de la terre battue, et désormais passées au vert des gazons anglais, semblaient aller et venir toutes seules, sans qu'aucun coup n'eût été donné. Nous ne jouions pas sans balle mais comme sans raquettes en effet, la balle était entre nous un échange de messages silencieux, de simples signes de sympathie ou d'amitié, d'amour. Il arriva que, sans la raison d'avoir perdu haleine, comme la dernière fois, Barbara se laissât tomber de la même façon sur le gazon, après quelques minutes seulement d'échanges, s'abandonnant à une lassitude, à un découragement qui ne venaient pas des efforts du jeu. La répétition d'une scène qui s'était déjà produite une première fois, avec une raison et un sens précis, me laissait désemparé face à ce qui recommence avec une autre nécessité, sous la loi d'un autre état des êtres, et qui réclame plus d'invention, plus d'à-propos, plus d'heureuse improvisation qu'une situation inédite. Je n'avais aucun motif de rééditer mes gestes de la première fois (une telle répétition eût été un recul, la source d'une déception certaine) : aucune mèche de cheveux ne barrait le front de Barbara. Mais ses joues portaient encore la trace d'avoir été barbouillées de larmes, et dans ses yeux si sombres et tournés vers le soir, il y avait une luisance inhabituelle. Je m'accroupis près d'elle, à genoux – les tachant comme dans les jeux dans l'herbe en culottes courtes –, plutôt que de m'asseoir comme la première fois. Lorsqu'elle ferma les paupières, je posais mes lèvres, longuement, au coin de son œil droit. Je ne bougeais pas, je ne disais rien, ma bouche lui chuchotait du silence là où elle avait pleuré. Que pouvait-elle penser de ce message ? Qu'avait-elle pu comprendre ?

Pour continuer d'effacer et d'oublier ce qui avait causé sa peine, une fin de soirée devant un film noir à la télévision semblait bienvenue. De retour à la maison, et sans lui demander ses intentions, je lui déclarai que j'irais la retrouver dans le réduit du premier étage après mes parties de *chinese checkers* avec Mme Buss. Je la quittai au pied de l'escalier, elle en gravit les marches sans me répondre, mais peut-être comme si elle n'avait rien eu à redire à ma convocation.

32

Pendant nos parties de *chinese checkers*, Mme Buss s'enquit discrètement de l'état dans lequel j'avais trouvé Barbara, et comme je répondais que je l'avais d'abord sentie triste, puis un peu rassérénée – *first confused, and then more confident* –, mon adversaire, qui se montrait aussi troublée que moi, avança que Barbara souffrait d'être depuis trop longtemps séparée de sa famille et de son pays, et trop sollicitée pour de mauvaises raisons : Barbara ne sait pas à quel point elle est belle – *the beauty she is* –, ajouta-t-elle en détachant chaque syllabe et, pour finir, me regardant dans les yeux : « *Only you and me to know* » (« Il n'y a que vous – ici j'hésitais entre *vous* et *toi* – et moi à le savoir »). Dans cette ambiance, je pus même avouer à Mme Buss mon intention de retrouver Barbara dans le réduit de la télévision pour regarder avec elle un film noir autour de minuit. Mme Buss me recommanda seulement de ne pas me coucher trop tard – *Don't go to bed too late* – et elle écourta nos parties, assez laborieuses et piteuses ce soir-là, pour me libérer plus vite.

Je montai aussitôt à l'étage et je trouvai la pièce de la télévision éteinte et vide. J'allumai la seule lampe, posée près du canapé, et je mis en marche le téléviseur. Lorsque, une vingtaine de minutes plus tard, ayant achevé ses préparatifs pour le petit déjeuner du lendemain et tourné le verrou, Mme Buss monta à l'étage, elle frappa doucement à la porte, puis glissa dans la pièce un visage de curiosité souriante, bienveillante. Constatant que j'y étais seul, elle chuchota : « *Better if she sleeps* » (« Il vaut mieux qu'elle dorme »), et elle ajouta : « *And better for you too. See you later... !* » (« Et c'est mieux pour toi aussi. À plus tard... ! »), et tout cela avec toujours chaque syllabe parfaitement articulée et détachée. Je répondis: «*Alligator…*», et le jeu était lancé. Il y eut un «*In a while…*» et, en réplique, mon «*Crocodile… !*». Mme Buss n'ajouta rien, je l'entendis s'enfermer dans sa chambre, il y eut les bruits d'ablutions et puis le silence, avec seulement, en sourdine, la bande-son du film noir. Un quart d'heure plus tard, lorsque je vis la porte s'ouvrir à nouveau, je crus que Mme Buss allait apparaître en chemise de nuit pour me chasser de là et m'envoyer au lit. Ce fut Barbara qui apparut mais je ne la reconnus pas tout de suite, car la chemise de nuit à laquelle je m'étais attendu était là en effet, différente de celle que j'avais imaginée (celle de Mme Buss, dans une tenue complétée par un bonnet de nuit), mais différente aussi de toutes les tenues dans lesquelles j'avais vu Barbara jusque-là: pantalon d'été et chemise de garçon, jupette de tennis et socquettes, peignoir de bain: c'était une chemise toute blanche, très simple, sans manche, et s'arrêtant à mi-cuisses. Barbara était pieds nus et les cheveux en désordre. Elle s'était endormie, elle avait oublié, et elle vint s'asseoir près de moi avec de profonds bâillements. Le film n'avait pas grand intérêt et c'eût été un effort inutile de lui en raconter le début. Barbara semblait prête à se rendormir, elle s'allongea, elle ne s'intéressait aux images que distraitement, je la vis même fermer les yeux. Je regardais ses jambes nues, qu'elle avait étendues sur le canapé, et qui apparaissaient dans toute leur longueur jusque très haut: j'étais ému à l'extrême en m'imaginant que la nudité du corps pouvait continuer encore au-delà, sous le vêtement léger, mais je n'en savais rien, je ne pouvais rien voir, la cotonnade blanche s'arrêtait là où l'abandon de la posture serait devenue une impudeur étrange. Je ne savais quoi dire et les seuls mots que je trouvai furent pour rapporter l'inquiétude de Mme Buss de voir Barbara triste. J'ajoutais que je n'aimais pas cela moi non plus et que je préférais la voir rire : d'ailleurs, la faire rire avait été ma première façon de me rapprocher d'elle. C'est alors que me revinrent les gestes d'un jeu avec ma petite sœur quand je voulais la distraire d'une bouderie ou d'une de ces contrariétés qui assombrissent le visage des petites filles : la chatouiller, lui faire des guili-guili comme elle disait en protestant, et pourtant consentante. Lorsque l'humeur maussade résiste à tous les mots pour rire, à toutes les évocations de ce dont on a ri mémorablement dans le passé, il reste cette mécanique mystérieuse qui lance le corps dans le rire envers et contre tout, et indépendamment de ce qu'en pensent le cœur et la tête (c'était comme les moteurs des vrais Spitfire, qu'aucun démarreur n'était assez puissant pour mettre en route et qu'il fallait lancer avec une charge de dynamite). Le corps peut rire tout seul de ce que lui dit, du bout des doigts, un autre corps, et pour écouter cela le corps a ses lieux, ses organes réceptifs aux chatouilles : sous les bras, à la plante des pieds, et puis dans bien d'autres endroits encore, et finalement partout. Le corps est livré aux chatouilles comme à une dépense générale, une démence, sa réceptivité sensuelle et même voluptueuse devient une irritation douce et insupportable, insupportable d'être douce, et le plaisir travesti en souffrance fait rire de son déguisement, jusqu'à ce que le rire lui-même soit submergé par la supercherie : rire aux larmes, pleurer de rire, retrouver l'expression du chagrin dans l'excès d'une joie sans raison, d'une indécence du corps dans le rire quand il s'y livre en égoïste, et que la tête et le cœur n'ont aucune raison de se joindre à lui.

J'attaquai timidement la plante des pieds et aussitôt les jambes se rétractèrent : Barbara, recroquevillée sur le côté en chien de fusil, avait commencé à rire et sa chemise de nuit avait découvert sa hanche encore un peu plus haut, mais la preuve de sa nudité m'échappait toujours. Je m'enhardis à essayer des chatouilles par les flancs : dans son rire, les yeux écarquillés, elle interrogeait mes intentions, mon intrépidité – je ne répondais que par mon rire de la voir rire –, elle se tourna à nouveau pour se dérober à mes doigts. Dans ce mouvement du corps, la chemise de nuit était encore remontée, et la réponse à ma curiosité indiscrète était là, manifeste : Barbara portait une petite culotte de nylon blanc. J'en éprouvais comme une désillusion, un désabusement – *disappointment* –, je regrettais obscurément cette sagesse, ce conformisme, ce manque d'audace, mais la vérité était que le détail de la petite culotte me soulageait, car je n'étais pas prêt, dans ce lieu, dans cette situation, avec M. et Mme Buss dormant sur le même palier, à affronter le corps nu de Barbara : comment aurais-je pu continuer de la chatouiller pour la faire rire si, dans ses contorsions, son corps m'avait offert cette raison de ne plus rire ? Comment aurais-je pu, sans l'humilier, ignorer ce qu'alors elle m'aurait offert ? Ayant reconnu l'offrande et l'invite, comment eût-il été possible de ne pas passer aussitôt des chatouilles aux caresses et aux baisers ? Il pourrait sembler que je fasse une telle analyse après coup, avec le recul, mais je sais que je perçus tout cela assez vite et, bien que confusément, c'était avec la perception très sûre d'une leçon immédiate de l'expérience vécue. Barbara n'était donc pas nue sous sa chemise de nuit, mais vêtue comme une petite fille sage, et rien ne m'empêchait de continuer à la chatouiller. Lorsque je portai mes mains sur ses hanches, son rire fusa, elle se tortillait, plus aucune partie de son corps ne m'était interdite : comme un médecin qui peut tout s'autoriser pour ausculter, tâter, palper, inspecter une patiente, comme le masseur à qui tout un corps est livré sans restriction, j'étais un docteur ès-chatouilles – thérapie par le rire : une idée à lancer (il y en a de plus sottes) –, et Barbara m'appartenait tout entière sous ce prétexte-là, tout entière entre mes mains.

Plus rien ne m'arrêtait, ma patiente ne parvenait plus à retenir les éclats de son rire convulsif, j'étais un petit Charcot provoquant la crise hystérique. Et la crainte m'effleura que, réveillée par le chahut – souvenirs de batailles de polochons dégénérant –, Mme Buss ne vînt nous surprendre en flagrant délit. Je voyais reparaître des larmes dans les yeux de Barbara, mais celles-là venaient effacer les autres, elles en lavaient la brûlure. Pour les essuyer, autant que pour étouffer les éclats de voix, je bâillonnais Barbara d'un vieux coussin et, pour ne pas perdre son visage, pour ne pas rester séparé d'elle, je glissais aussi le mien en dessous. La posture devenait acrobatique, je fis une courte trêve et alors ma captive me regarda fixement, interrogeant le sens que je donnais à mon jeu. Je souriais avec peut-être trop de victoire dans mon sourire et, m'installant dans une position plus confortable, il me vint l'idée d'éteindre la lampe : nous passâmes de la lumière tamisée et chaude d'un abat-jour vieux rose, au clair de lune bleuté de l'écran et du film noir. J'entrevis sur le visage de Barbara une expression de surprise, presque de peur, et je me demandai ce qui pouvait bien l'effrayer, à moins que ce ne fût l'action visible sur le téléviseur, l'image de quelque Jack l'Éventreur en embuscade, prêt à commettre son crime. Selon moi, elle n'avait pas encore assez ri, l'objectif que je m'avouais était de la faire rire encore et, au besoin, de n'y consacrer qu'une main, l'autre occupée à museler sa bouche sous prétexte de la réduire au silence : mais surtout pour toucher ses lèvres à nouveau. J'avais glissé mes mains plus haut sur les côtés, vers les aisselles, prenant soin d'éviter les seins, mais en même temps j'abaissai mon visage pour la chatouiller là où il y avait encore des lieux nouveaux à investir, et autrement qu'avec les doigts : baisers dans le cou et près de l'oreille. Tout devenait très ambigu et j'étais dans cette ivresse que procure la coexistence rare, éphémère, du coupable et de l'innocent dans la même personne. Car si le rire s'oppose souvent aux entreprises du sexe en les désamorçant, en les parodiant, en les privant d'un trouble qui tient à leur gravité, en les plaçant dans une lumière qui dénonce et défait leur pacte avec les puissances de l'ombre, le rire peut aussi conduire au sexe par la voie d'une joie toute naturelle, solaire, diurne, façon de calmer une agitation du corps qui frétille dans la lumière comme un poisson tiré hors de l'eau. J'étais proche de ce moment de bascule où je n'aurais plus ri de voir Barbara rire et où, ayant cessé de la chatouiller, j'aurais cependant profité de sa vulnérabilité – c'est-à-dire aussi de l'excuse qu'elle-même pouvait se trouver à être ainsi livrée –, encore ligotée par le rire, heureuse d'être entravée, disculpée d'être consentante : dans ce moment très bref où l'ivresse du rire ne doit retomber que d'un cran pour ouvrir à une autre ivresse, sans rupture, sans retour à la conscience et aux idées claires, raisonnables, j'aurais devancé Barbara d'un pas dans le sérieux, et alors je sais que j'aurais porté mes lèvres sur sa bouche et une main au bas de son ventre, caressant d'abord l'étoffe claire entre ses cuisses, et puis allant chercher l'obscurité dessous. Mais cette nuit-là, pendant quelques secondes de trop, j'ai été un petit garçon en culottes courtes qui continue de s'amuser car il ne connaît bien que cela, le jeu, et parce que ce plaisir reste le plus facile à atteindre. J'avais été téméraire jusqu'à m'intimider et me choquer moi-même : ce fut Barbara qui me prit de vitesse, elle me repoussa avec détermination alors que j'avais logé mon visage dans son cou et, parvenant à échapper au rire comme à une noyade, elle tira ma tête par les cheveux au-dessus d'elle et elle me souffla avec une fermeté explicite, serrant les dents : « *Stop it !* » (« Arrête ça ! » : intimité du tutoiement mais distance d'une rupture). J'entendis dans ces deux mots l'accent d'une sévérité et d'un jugement sans appel – ceux d'une adulte qui me ramenait à mon âge : l'enfant qu'il faut stopper quand il va trop loin, grisé par sa propre audace –, paroles tranchantes d'un revirement soudain, celui de quelqu'un qui, ayant d'abord accepté le jeu, s'en retire au moment où il en comprend la règle, établissant la séparation entre deux êtres qui ne se connaissent plus, après que leurs corps ont joué à se connaître. J'étais mortifié. Je me dégageai, je me levai aussi dignement que possible et je quittai la pièce sans un *good night* ni un *see you later*, refermant avec soin la porte derrière moi.

33

Le lendemain matin, je me levai de bonne heure pour être prêt quand sonnerait la cloche et ne pas rater le petit déjeuner commun, sachant que Barbara prendrait le sien plus tard, puisqu'elle n'avait pas de cours, ce jour-là. Je m'efforçai de me montrer attentif et sérieux avec Kate, vis-à-vis de qui je bénéficiais encore d'un casier judiciaire vierge. Mon intention était d'éviter Barbara, lorsqu'elle se retrouverait en tête à tête avec Mme Buss, dans la salle commune, emportée par le bavardage de la famille anglaise enfermée dans le poste de radio. Pour cette raison, je restai dans ma chambre toute la matinée, décidé à ne plus jamais me laisser piéger, et dans le désir insupportable qu'il fût insupportable à Barbara de ne plus me voir. J'étais occupé à écrire la lettre quotidienne à ma grand-mère, entièrement consacrée aux animaux du zoo, lorsqu'on frappa à ma porte : mon cœur se mit à battre très fort, agité par l'espoir soudain que Barbara vînt me trouver, et même si c'était pour une explication délicate – plutôt cela que rien, et quitte à ce que cela ressemblât aux remontrances de Mme Buss au sujet de ma tirade sur ses grands pieds : *How rude you have been…* –, car la fermeté des coups frappés à la porte ne présageait aucune précaution ni aucun retour à l'indulgence. J'allai ouvrir et je me trouvai face à Auntie Chrissie qui me tendait sa clé pour l'après-midi de piano.

Ce jour-là, après avoir glissé ma lettre dans la haute boîte rouge des Postes de Sa Majesté et m'être gratifié d'une friandise moderne au chocolat – à l'âge des culottes courtes, on est infatigable avec ses passions –, je partis vers ma boutique favorite à Highgate Village avec l'intention de m'attarder jusqu'à l'heure d'aller jouer du piano. Je me plongeais dans le choix d'un nouvel *Observer's Book* et dans la contemplation des nouveautés parmi les *Matchbox Series*, où il faudrait que je choisisse ma prochaine acquisition. Je donnais à tout cela le plus grand sérieux possible, c'est-à-dire ce sérieux dont seule l'enfance est capable face à de menus sujets, et qui constituait pour moi, ce jour-là, la pénitence et la rectification, à la lumière du jour, d'un rire nocturne dont les éclats résonnaient encore douloureusement à mes oreilles, un rire que j'avais provoqué par le moyen le plus grossier, de façon délibérée et insensée, et avec les intentions les plus troubles, dont j'avais été mouché par deux mots : « *Stop it !* » Désormais, et pour le restant de mes jours, en avais-je décidé, c'est-à-dire en culottes courtes et plus enfant que jamais, j'adoptais un sérieux de petit monsieur. En deuil de moi-même, j'étais aussi grave et compassé qu'un croque-mort à mes propres obsèques.

En rentrant de Highgate Village, je passai encore du temps dans le jardin de Highpoint, goûtant l'avantage d'aller camper sur mes terres et d'y faire usage de mon bon droit, et je me laissai inviter par une famille amie de ma tante Lenke et de mon oncle Bandi, qui piqueniquait sur le gazon avec des voisins (ils s'appelaient les Webb, mais leur nom d'origine était Weinberger, et trois ou quatre années plus tard, je devais me lier d'amitié avec leur fils unique : Chris). Je me convainquis de marquer ainsi mes distances avec le petit monde de la maison Buss, en me rapprochant du monde et du milieu qui étaient vraiment les miens : non pas la moyenne bourgeoisie anglaise, protectrice et paternaliste avec les gentils colonisés de la Couronne, mais les exilés juifs d'Europe centrale, avec leur sombre aura de survivants et leurs démonstrations voyantes de parvenus : *show off*. Le plus souvent, ces Hongrois, ces Tchèques, ces Autrichiens, ces Polonais, ces Roumains, ces Russes de Highpoint, n'étaient pas des nouveaux riches, car leurs familles avaient connu l'aisance dans le monde d'avant guerre, et ils ne faisaient que retrouver dans leur pays d'exil leur statut social et leur prospérité d'antan : de ce fait, le terme de parvenus prenait un sens particulier à leur sujet, car s'ils avaient certains goûts, certains comportements, certains modes de vie caractéristiques des gens qui accèdent à une certaine fortune, c'était de plus loin ou d'ailleurs que de la pauvreté qu'ils venaient. La misère qu'ils avaient laissée derrière eux n'était pas celle, économique, des petites gens et des classes les plus besogneuses, c'étaient le dénuement et le malheur d'avoir été dépouillé de soi-même, et d'avoir eu pour destin la tragédie la plus inconcevable : c'est de cette *misfortune* qu'ils étaient revenus, maintenant parvenus à une fortune relative, étrangement inséparable d'une infortune extrême et sans exemple. Sans rien savoir de tout ce passé tragique, je cherchai intuitivement auprès d'eux un peu de distance et de recul par rapport à ma dérisoire misère et à mon ridicule malheur de petit amoureux, trop intrépide et échaudé. Ces familles étaient pleines d'histoires d'amour où les jeunes corps, séparés à jamais, n'avaient connu d'autres corps que dans les charniers. Et même si de telles histoires n'étaient pas racontées aux enfants de mon âge, les corps survivants en transmettaient la leçon, par leur simple façon d'être, irrémédiablement nostalgiques, dans leur douce célébration du bonheur d'être vivant.

34

Je ne reparus au 15, Broadlands Road qu'en début d'après-midi, à une heure où je croyais Barbara déjà partie pour ses cours à l'université. Je trouvai Mme Buss dans la salle commune et elle me reprocha de l'avoir laissée seule pour le lunch sans prévenir. Je lui fis mes excuses et j'invoquai la rencontre fortuite avec des amis de ma tante et de mon oncle, alors que ma visite à Highpoint avait été un calcul pour retrouver d'autres marques, d'autres repères, et aussi pour disparaître et me faire désirer plus longtemps. Je passai aussitôt chez Auntie Chrissie, content de ce privilège qui continuait de donner à cette journée nouvelle, après la nuit humiliante des chatouilles, la teneur d'un programme distinct et, pensais-je, « distingué ». Je me plus à attaquer quelques morceaux qui clamaient haut et fort les préférences de ma propre culture, aux limites de mes capacités pianistiques (Liszt), et qui exigeaient en tout cas une attention sérieuse : le sérieux était devenu mon mot d'ordre, ma devise, ma ligne de conduite, ma philosophie. Quelques minutes plus tard, la porte s'entrouvrit sans qu'on y eût frappé, et je distinguai dans l'entrebâillement Barbara, avec ses livres à la main, prête à sortir. Comme elle restait sur le seuil, je continuai de jouer, ne lui prêtant pas plus longtemps attention et baissant à nouveau les yeux sur la partition. Mais quand elle pénétra d'un pas dans la pièce, refermant derrière elle, je m'arrêtai, aussi sérieux que possible – peut-être même avec humeur, ou tout du moins en m'imaginant que j'exprimais cela: de l'agacement, de l'impatience –, et je l'interrogeai du regard avec l'air de demander: « Que me voulez-vous ? Je ne joue pas pour un public... » (ici, je traduisais d'avance mon *you* anglais, adressé à Barbara, par le *vous* d'un petit garçon à une grande personne qui n'est pas de sa famille ou de ses connaissances). J'avais interrompu le morceau, laissant entendre que je ne reprendrais que quand je serais seul à nouveau, et mes mains restaient en attente sur les touches du clavier. Il y eut ainsi deux ou trois secondes de silence, et puis Barbara a chuchoté: « *Don't stop it! Please...* » (en réponse, j'ai entendu ici le tutoiement: « Ne t'arrête pas ! S'il te plaît... » ou bien: « Continue ! Je t'en prie... »). Je dressai une barrière intérieure et je me voulais inflexible, imperméable à toute émotion, laissant à la porte – mais comme pour les faire entrer plus tard, en secret –, ces mots si bouleversants d'un remords, d'un désir de réconciliation, d'une connivence retrouvée, d'une déclaration d'affection, de tendresse. Je recommençai à jouer sans plus me faire prier – de ce genre de refus ou de résistance, je gardais le souvenir, lorsque ma mère ou ma grand-mère me réclamait une exhibition en public, pour des amis qui ne connaissaient pas grand-chose au piano –, manifestant l'intérêt supérieur de mon repli dans la musique et mon indifférence à tout le reste. Barbara s'approcha et vint se tenir derrière moi, comme si elle avait voulu lire les notes par-dessus mon épaule. Je ne savais ce qu'elle avait en tête et je ne voulais rien savoir. Et puis, elle passa une main dans mes cheveux et posa un baiser dans mon cou, près de l'oreille, dont je ressentis, plus encore que la douceur, le chatouillis. J'aurais dû rire (et j'eus du mal à résister au frisson du baiser dans le cou): je restai impassible, mais je suis sûr que la musique en trembla. Barbara se retira sans un mot, et je la laissai repartir sans un regard. Désormais, l'espace mental et le temps imaginaire de mon existence étaient compris entre le canapé devant la télévision et le piano d'Auntie Chrissie, entre un «*Stop it!*» et un «*Don't stop it! Please…*», entre un baiser dans le cou et la promesse de ces deux mots: «*Next time.*»

35

Pendant les trois ou quatre jours qui suivirent, je me fis remarquer par un comportement inhabituel, et Mme Buss ne manqua pas de relever mon changement d'humeur: «*So serious you became…*» («Te voilà devenu bien sérieux…», ou peut-être: «*Vous* voilà devenu bien sérieux…»). De fait, ce fut pour moi la grande semaine du sérieux – comme il y a, au début de l'année, dans les magasins parisiens, la *grande quinzaine du blanc* –, et j'y mettais beaucoup d'application. Mes lettres à ma grand-mère étaient moins remplies des effusions d'affection à l'égard de ma famille anglaise, où d'ordinaire je cachais le motif unique, amoureux, de mon émotion. Il m'était d'autant plus facile de décrire fidèlement mes faits et gestes qu'il ne se produisait plus rien qui nécessitât une sorte de travestissement, sans compter les épisodes carrément inavouables et que j'avais eu soin de passer sous silence. Mon travail sur le modèle réduit du Spitfire en balsa devenait plus minutieux, plus perfectionniste, j'y consacrais plus de temps. Je m'efforçais de m'absorber dans de longues lectures qui marquaient mes distances, même s'il s'agissait d'un roman de Dickens, de Defoe ou de Stevenson en anglais. Je m'évertuais envers chacun à une politesse plus attentive, mais comme par un effort ostensible, étranger à mon naturel et à mes sentiments réels, et j'affichais même les simagrées d'une civilité, d'une urbanité, d'une convivialité contraires à mon caractère farouche et sans nuance, seulement capable de sortir de mes excès de sauvagerie par les excès inverses de la familiarité. Je me voyais devenir un autre, non pas l'autre que je serais réellement un jour en grandissant, mais un autre à caractère expérimental, c'est-à-dire une autre version possible de moi-même, qu'il me fallait jouer comme un rôle, avec un souci constant de vraisemblance et de fidélité à ce personnage nouveau, si différent de moi. Être un autre « pour voir » – et pas seulement pour *me* voir dans ce costume, comme les petites souillons jouent à la marquise, face au miroir : je pouvais tester ce qu'était le monde ainsi vu et vécu par un petit garçon sérieux, respectueux, attentionné, délicat, installé dans la bonne conscience de ses bonnes manières. Je suppose aujourd'hui que mon changement d'attitude passa inaperçu de tous sauf de Mme Buss, qui n'était pas dupe : mais elle crut sans doute que j'avais reçu de mes parents la consigne de faire des efforts, dans ces lettres qui, en réponse aux miennes, me parvenaient de France plusieurs fois par semaine. En fait, toute ma gesticulation n'était tournée que vers Barbara, et destinée à la façon dont, directement ou à travers le regard des autres, elle pouvait me considérer : « *Are you in a sad mood ? Are you worried ?* » (« Es-tu d'humeur maussade ? As-tu un souci ? »), m'avait demandé un jour Mme Buss, et Kate, qui était présente, avait risqué en plaisantant : « *Alan is in love...* » (« Alain est amoureux... »), ce qui n'avait appelé de ma part qu'une impassibilité de marbre. À ce genre de taquinerie ou de raillerie, dans d'autres circonstances, j'eusse tourné le dos en haussant les épaules avec mépris, tandis que les filles y répondaient en tirant la langue, ce qui m'a toujours semblé une façon étrange de se servir de cet organe pour ne rien dire et de l'exhiber soit de façon obscène et provocante – ce qui en dit plus long que toute réplique –, soit comme on la montre au docteur, contraint et piteux, en attendant de lui un remède. Il m'était arrivé, au titre d'un exercice de conversation – la confession chère aux catholiques en serait un aussi, à ce compte –, d'évoquer avec Mme Buss mes promenades jusqu'à Hampstead, mes visites à la pizzeria-salon de thé « The Oasis », et j'avais dû faire allusion à la jolie serveuse danoise en trahissant mon émotion et ma douce inclination. Mme Buss s'engouffra sur cette piste, dont je me gardais bien de la détourner, laissant entendre qu'en effet je trouvais cette jeune fille charmante et sensible à mes visites, ce qui n'était pas entièrement faux, et comptant bien que cela fût rapporté. Mme Buss broda encore un peu sur le thème de mes supposées cachotteries et de la fréquence de mes rendez-vous à Hampstead. Mais Kate semblait n'en penser pas moins et suivre une autre intuition dont elle ne dit rien : je frémissais de rage à la supposition que Barbara eût pu lui faire quelque confidence et lui décrire avec amusement mon comportement et mes gestes à son égard, selon un scénario où elle m'aurait mis au jour comme petit garçon qui en pince pour une grande fille. L'hypothèse moins affligeante pour moi était que Kate eût senti un trouble chez son amie intime, sans que celle-ci eût fait aucun commentaire ni révélé aucun détail. J'espérai encore pouvoir la créditer de cette discrétion et de cette marque de sensibilité à mon endroit. Je continuais de voir en Kate une fine observatrice pour son compte personnel en même temps qu'une confidente privilégiée de Barbara, et tout le problème se résumait à savoir de qui venait cette perception : « *Alan is in love...* »

Étrangement, pendant toute cette semaine, toute la maison Buss ne parlait que d'histoires sentimentales, soit chez des proches ou des amis, soit parmi les personnalités célèbres dont la vie privée était étalée à la une des tabloïds, et je découvrais l'usage et le sens de l'expression *love affair*, dont le sérieux me fascinait et m'inquiétait, vu à partir de la dramaturgie que la langue française déploie autour du mot « affaire » : une affaire grave, une affaire compliquée, une affaire sérieuse, une affaire délicate, une triste affaire, une affaire de mœurs, une affaire criminelle, être dans les affaires, les bonnes et les mauvaises affaires, une affaire d'État, les affaires étrangères... Dans l'expression *love affair*, l'amour apparaît débarrassé de son insupportable légèreté, il devient ce qui implique l'être tout entier dans une aventure essentielle, avec ce sentiment de responsabilité face à quelque chose qui engage l'individu social et qui éventuellement le compromet. Une *love affair* – puritanisme oblige – est comme obligatoirement soumise au regard d'autrui et au jugement public, alors qu'on peut fort bien, d'une histoire d'amour, ne pas faire d'histoires... Je ne sais plus quelle actrice ou quelle princesse défrayait la chronique avec ces deux mots, à la une des quotidiens, des magazines, et dans toutes les conversations : *love affair*. Sans doute s'agissait-il tout simplement de la sympathique Margaret en plein renoncement à son idylle contrariée avec le *Group Captain* Peter Townsend, et seulement quelques mois après la rupture que précipita la menace de démission du gouvernement de Sa Gracieuse Majesté, sa sœur Elizabeth II, la turbulente petite princesse n'étant souveraine que de l'île Moustique aux Caraïbes... De son côté, le chevalier servant abandonné, pour se consoler de la perte de sa princesse, s'apprêtait à faire un tour du monde, et s'entraînait à affronter les jungles tropicales en Land Rover dans les sous-bois de Birmingham, où la marque automobile effectuait ses tests. Dans les journaux dont Mme Buss conservait certaines bonnes feuilles, et dont elle me recommandait la lecture, des photos montraient le héros malheureux à l'entraînement avec sa mécanique, dans une tenue assez proche de celle des aventures coloniales de mon cher Tintin… Les mots *love affair* étaient partout imprimés en caractères gras, mais ils n'étaient prononcés qu'à voix basse : les titres et les signes pouvaient crier et s'exhiber sur un pouce de hauteur, mais une fois lus, rapportés et revenus sur les lèvres, les deux mots avaient le goût d'un interdit. Je me voyais moi-même au bord d'être démasqué, impliqué dans une affaire de ce genre, en culottes courtes. Évidemment, la famille anglaise qui habitait le poste de radio était elle-même en ébullition après que le petit frère eut mouchardé qu'il avait vu sa grande sœur marcher main dans la main avec un mauvais garçon du quartier. Avec à peine quelques jours de décalage, ce qui est bien normal pour des fantômes, la famille anglaise du poste de radio s'inspirait, dans sa vie quotidienne, typique de la *middle class* (les fantômes aristocrates ne font pas de la radio, et n'habitent pas dans un poste accroché au mur), de faits divers dont les héros étaient les grands de ce monde. Et c'est peut-être ainsi que la pauvre Margaret venait encore d'être mise à contribution : quelques jours plus tôt, elle avait fait scandale, photographiée en pleine nuit, assise sur le porte-bagages d'une mobylette dont le conducteur n'était pas membre de la Chambre des Lords.

Avec Mme Buss, je me montrais plus attentif, plus prévenant et plus serviable qu'à l'accoutumée. Je l'accompagnais faire ses courses dans le quartier, une corvée dont elle ne m'aurait jamais infligé l'ennui, mais où je trouvais pourtant quelque bénéfice linguistique, enregistrant les mots qui figurent sur les listes de la ménagère et découvrant au passage quelques menus secrets domestiques, par exemple aux chapitres des ingrédients pour la pâtisserie ou des produits de toilette pour l'intimité des dames. Nous nous rendîmes chez une voisine qui nous offrait un plein panier de fraises du jardin. D'autre part, je me rapprochai de Kingsley, et je fis appel à ses conseils pour l'hélice de mon Spitfire qu'il fallait sculpter et polir soi-même dans un bloc de balsa. Auprès de Suzann et Rosalind, je m'informai avec intérêt de l'avancement de leurs nouvelles robes, et je me disais curieux d'en découvrir l'effet : cela me valut la faveur exceptionnelle d'être convié à une séance d'essayage à l'étage prohibé aux garçons, et je fus touché par l'espoir de ces jeunes filles d'être belles, au point de ressentir qu'elles méritaient plus d'attention et de compréhension que je ne leur en avais accordées jusque-là. Auprès de Hoppy, je me fis révéler tous les secrets de la Banque d'Écosse, et il me proposa de m'y emmener un jour, à une heure de fermeture : je songeais alors à la précieuse collaboration de Mme Chapman, comme troisième complice d'un *hold-up*. La Banque d'Écosse m'apparaissait comme la banque universelle dont les *banknotes* étaient acceptés partout à travers le monde : n'y avait-il pas, en Angleterre même, des billets de banque en circulation qui n'étaient pas émis par la Banque d'Angleterre mais par la Banque d'Écosse ? J'allais jusqu'à déployer des efforts en direction de l'insaisissable et improbable M. Buss, et je parvins à découvrir chez cet homme si effacé une modeste passion : les mots croisés – *cross words* – qui lui procuraient une satisfaction parfaite, une plénitude suffisante, dès le moment qu'il avait réussi à remplir un quart de la grille, jamais plus – aucun jusqu'au-boutisme, méfiance des extrémismes : *enough is enough* (assez c'est assez).

Évidemment, la seule personne à qui je ne manifestais qu'indifférence était Barbara, que je croisais en ne lui adressant que des sourires distraits, et avec qui je prenais soin d'éviter les tête-à-tête, me mêlant au contraire à un groupe où elle se trouvait, afin de pouvoir marquer ainsi que telle autre personne présente suscitait chez moi un intérêt ou le désir d'un dialogue qui la laissait de côté. Je ne sus si elle avait compris le numéro que je lui jouais, ou si elle me croyait dans un moment d'humeur fantasque, ou me découvrait un caractère lunatique – si j'entendis le mot *lunatic*, je ne mesurai pas qu'il avait en anglais une tout autre force qu'en français, désignant tout simplement les fous, et utilisé pour en nommer les asiles : *lunatic asylums* –, à moins qu'elle ne m'imaginât tout simplement passé à d'autres curiosités, à d'autres amusements et à d'autres expériences de mon âge que les séances de chatouilles. J'étais moi-même pris dans l'inconfort de deux mouvements contraires : d'un côté, l'impression de mûrir de jour en jour et à l'accéléré, de l'autre, celle d'être inévitablement ramené à des enfantillages, d'une part le désir de ne plus faire de bêtises, de l'autre le ridicule de mon sérieux affecté. J'étais affreusement mal à l'aise et, à mon échelle, je pouvais me croire malheureux. J'ignorais quels étaient ma chance et mon bonheur dans ces instants.

36

La seule concession que j'accordais à mes anciennes attitudes – parce que celle-là était sombre, mélancolique et solitaire, compatible à la fois avec la gravité à laquelle je m'efforçais et avec la sensualité à laquelle j'aspirais, deux composantes essentielles de l'état romantique – était, la nuit venue, ma longue déambulation dans la rue en aller et retour devant la maison, sifflotant des airs de Beethoven ou de Schubert, et refusant de m'avouer l'espoir que Barbara, depuis sa fenêtre, vînt à me remarquer et à s'émouvoir. Le vendredi 19 juillet, quelques minutes avant que je ne rentre pour le rendez-vous traditionnel de onze heures avec Mme Buss et pour nos parties de *chinese checkers* – où, là aussi, je manifestais un excès de sérieux, négligeant le plaisir du jeu au profit de l'exercice de conversation et de savoir-vivre –, je descendais Broadlands Road, tournant le dos à la haute boîte aux lettres rouge des Postes de Sa Majesté, m'enfonçant vers la partie basse, la plus calme, loin du trafic de North Hill, là où étaient les maisons les plus cossues avec les jardins les plus richement fleuris, et où j'aimais me griser des lourds parfums qui s'accumulaient dans ce creux, comme en hiver les bandes de *fog*. C'était un bout de mon va-et-vient dans Broadlands Road où la maison des Buss, au 15, n'était plus en vue, ni moi visible de ses fenêtres, un peu avant le bas de la faible pente où je faisais demi-tour. Alors, une main s'est posée sur mon épaule, et je crois que j'eus une frayeur car la rue était toujours sombre et déserte en cet endroit et à cette heure : je me retournai vivement, m'attendant à un mauvais coup et m'imaginant aussitôt en vilaine posture, juste un peu trop loin de ma base familière et d'un possible secours. Barbara était là mais son visage, dans l'ombre de ses cheveux qu'accentuait encore le contre-jour du dernier réverbère, au loin, ne m'apparaissait que par quelques luisances : les yeux, les pommettes, les lèvres. Je restais interdit et, dans mon pressentiment d'une violence imminente, l'événement le plus probable me semblait maintenant une paire de baffes, avant que je sois ramené à la maison comme un garnement ombrageux et fugueur : à vrai dire, il se serait plutôt agi, comme dans une pièce de Marivaux, du soufflet d'une fille à son amoureux dont les postures, les stratagèmes et l'indifférence affectée ont fini par lasser, car c'est dans un tel jeu de l'amour et du hasard que je me projetais sans complexe de mon jeune âge, c'est-à-dire avec toute ma naïveté. Mais il n'y eut point la correction à laquelle je m'attendais – *bad boy* qui doit redevenir *good boy* :

Barbara me toisait, silencieuse et immobile. Son silence et son immobilité étaient clairement une interrogation, une demande d'explication. En elle, cependant, une sorte de vibration semblait trahir qu'elle était excédée à force d'avoir été inquiète et de ne rien comprendre. Comme si j'avais pu en même temps observer cette scène en me tenant légèrement à l'écart et continuer d'en être le protagoniste, je me vois laissant passer les secondes avec une expression d'incrédulité coite puis, ne parvenant plus à tenir le sérieux dont je me réclamais, maintenant confronté à un sérieux «plus sérieux», je dus esquisser un fin sourire, peut-être même un sourire désinvolte ou narquois: c'est sans doute dans cet instant que j'ai dû afficher une tête à claques, et être réellement à gifler. Mais au lieu de l'exaspération qui éclate, je constatai chez Barbara un imperceptible soulagement, une baisse de tension, le soupir muet qui ponctue la fin d'un moment de doute. La gorge serrée, elle murmura: «*Do you still want to go to Kenwood tomorrow?*» («As-tu toujours envie d'aller à Kenwood demain?» – ici j'entendis un tutoiement). Je hochai la tête affirmativement, sans desserrer les dents. Barbara devait attendre un mot ou deux que j'aurais lâchés en confirmation de mon signe de tête. Elle me regarda encore fixement – exigeant ou implorant, je ne saurais dire – et comme je restais silencieux, elle conclut sèchement: «*At eight o'clock at the entrance*» («À huit heures à l'entrée»). Elle interrogea encore: «*Sure?*» J'acquiesçai à nouveau. Barbara me regarda droit dans les yeux pour marquer qu'elle enregistrait mon engagement, et puis elle tourna les talons et remonta vers la maison. Je me demandais qui de nous deux avait remporté le bras de fer: avait-elle obtenu le petit échange qui lui permettrait de rentrer dimanche dans la nuit, bien au-delà de l'heure autorisée, en passant par ma fenêtre, moyennant l'effort et la concession de m'emmener à Kenwood la veille ? Ou l'avais-je fait craquer par ma froideur impitoyable après qu'elle eut mis fin aux chatouilles par son «*Stop it!*», une fin imposée qui, à la réflexion, m'avait tiré de l'embarras de savoir conclure, sauf à la chatouiller toute la nuit ? Nous nous étions arrêtés quelques pas avant l'endroit où d'habitude je faisais demi-tour pour rebrousser chemin mais, afin de ne pas marcher derrière elle avec l'air de n'avoir attendu que cela pour lui emboîter le pas, je poussais vers une partie plus noire encore, au creux du vallon, là où je ne m'aventurais jamais. Maintenant, il ne pouvait plus rien m'arriver et je ne voyais devant moi qu'une obscurité continue, dont les dangers m'indifféraient, jusqu'au rendez-vous du lendemain à huit heures du soir, à Kenwood.

37

Le samedi matin 20 juillet, l'effervescence joyeuse et toute diurne était encore montée d'un cran dans la maison Buss, avec l'approche du Speech Day au collège de Kingsley, une semaine plus tard, jour pour jour. Il y avait déjà dans l'air une atmosphère de fin d'année scolaire et de début des grandes vacances, que je revivais après avoir connu les mêmes moments en France, fin juin. Le ciel maussade ne décourageait pas les énergies et, au contraire, tout le monde se félicitait qu'il y ait du mauvais temps dans l'air ce week-end plutôt que le suivant, et comme si à Londres, en juillet, il ne pouvait pas pleuvoir deux samedis de suite... Pour moi, au contraire, la perspective d'une annulation du concert pour cause d'intempérie était angoissante, mais je ne doutais pas que, même sous la pluie battante, j'irais retrouver Barbara à huit heures à l'entrée du parc, et qu'elle serait là, ponctuellement présente à notre rendez-vous. Dans la maison Buss, les préparatifs de toutes sortes excluaient tout projet d'une sortie en groupe pour le concert de Kenwood, où nous étions allés deux semaines plus tôt, et tout risque d'interférence, de rencontre malencontreuse se trouvait ainsi écarté. En ce jour de congé, chacun se montrait plus affairé que jamais, mais dans des occupations préparatoires à une fête qui étaient déjà une fête en elles-mêmes.

Nous eûmes droit à une vision en avant-première – *a preview* – de ce que serait la toilette de Mme Buss, avec la nouvelle robe, le chapeau qui m'allait si bien, et une étole de renard que je pris d'abord pour un étrange sac à dos (*rucksack*, comme en allemand) : la tête de l'animal, avec son fin museau, pointait entre les omoplates, avec fort peu de fourrure autour, maintenue par des bretelles du même poil – les antérieurs étirés ayant plutôt appartenu à un animal haut sur pattes, un chacal peut-être –, qui passaient sur les épaules et se croisaient par-devant, sous la poitrine. Les petites billes de verre à la place des yeux donnaient à la bestiole une expression de roquet qui surveille les arrières de sa patronne, prêt à aboyer pour dissuader tout individu malintentionné qui aurait voulu s'approcher d'elle pour l'attaquer à revers, comme je m'étais moi-même cru assailli la veille au soir lorsque Barbara m'avait surpris dans le creux de Broadlands Road. Je n'avais jamais rien vu de tel et je pensais qu'il ne s'agissait que d'une ébauche, structure d'une sorte de petite cape à laquelle serait ultérieurement rajouté le reste de l'animal manquant : ses flancs, sa queue, ses pattes arrière. Considérant Mme Buss au comble du contentement et de la gratification, après toute une année d'efforts et de sacrifices pour parvenir à tant d'élégance, je ne pouvais m'empêcher de contempler ses pieds énormes, et les chaussures imposantes – de vraies péniches : *barges* est le mot anglais pour désigner celles qui naviguent sur la Tamise –, qui constituaient la base de tout l'édifice. Je reconnus que les souliers étaient le seul accessoire qui n'eût pas semblé nouveau dans la toilette, et je m'abstins évidemment du moindre commentaire, m'efforçant d'élever le regard. Mais je me risquai avec imprudence – et, par chance, maladroitement, ce qui rendit ma question ambiguë –, à demander quel serait l'aspect définitif de la fourrure quand elle aurait été complétée : à la réaction de Mme Buss, je compris que l'étole de renard était dans son état définitif depuis plusieurs années déjà, et qu'elle n'était sortie de l'antimite que pour les grandes occasions. Cherchant à me rattraper, je montrai de l'admiration pour une fourrure aussi légère, et si ajourée qu'elle pouvait être portée en plein été : je demandai seulement si elle disposait de manches adaptables pour l'hiver. Cette idée saugrenue fut pourtant prise au sérieux, venant d'un petit Parisien supposé bien informé des dernières modes. Mme Buss trouvait la proposition lumineuse et, se reprochant de ne pas y avoir pensé elle-même, elle interrogea Suzann et Rosalind sur la possibilité d'une telle adaptation. Ce fut pour moi l'occasion d'acquérir le mot anglais *versatile*.

Dans le courant de l'après-midi, j'annonçai que j'étais convié à passer la soirée à Highpoint, chez une des familles amies de ma tante et de mon oncle qui leur avaient confié cette mission de me recevoir de temps à autre : ils avaient choisi cette date du 20 juillet pour célébrer avec moi et en mon honneur, bien qu'avec une semaine de retard, la fête nationale française (c'était une habitude en effet, chez certains Juifs d'Europe centrale, et j'avais été réellement invité à participer à une petite sauterie révolutionnaire dans le jardin, car ce n'était pas tous les mois de juillet qu'on pouvait se flatter d'avoir pour l'occasion un compatriote de Danton, de Saint-Just et de Robespierre : j'avais réservé ma réponse, faute d'avoir un

Mallet-Isaac sous la main pour réviser ma Révolution française). Parmi l'agitation générale, ce détail de mon programme personnel ne fut relevé par personne : j'étais déjà sur la pelouse et sous le ciel de Kenwood, dans les effluves mêlés de Brahms et de Barbara.

Pourtant, il me fallait faire semblant – y compris pour moi-même – que cette journée et la soirée à venir fussent comme toutes les autres et, en tout cas, comme les samedis précédents, et je m'efforçai de retrouver mes passe-temps habituels. L'avancement de la maquette de mon avion en balsa, avec la collaboration de Kingsley, avait fini par s'inscrire au calendrier des réjouissances en préparation : ma contribution aux fêtes serait celle d'un nouveau Blériot, en somme, avec un vol inaugural qui, s'élançant depuis le surplomb de Highpoint, sur la crête du mur, comme depuis les falaises du cap Blanc-Nez sur la côte boulonnaise, face à la Manche, traverserait la prairie et tracerait un trait d'union entre le continent, représenté par une population d'Europe centrale, et les jardins d'Angleterre. Du coup, tout le monde s'intéressait à la finition et à la fiabilité de mon engin. En fait, chacun était attentif à la contribution de chacun, et l'ambiance était à une collaboration et à une entraide générales. Je commençais à ressentir la mauvaise conscience de trahir une telle unanimité par le mensonge de mon plan pour la soirée – sans compter ma trahison à la mémoire des preneurs de la Bastille… –, et par le secret d'une bande à part avec Barbara. L'après-midi avançant, j'en venais à me dire que si le rendez-vous n'avait pas été pris, ou s'il avait été possible de l'annuler, j'aurais préféré rester dans l'ambiance active, chaleureuse, presque fiévreuse qui promettait de se prolonger fort tard, ponctuée par de brèves récréations qui sauvegardaient la tradition : une ou deux parties de croquet au lieu de cinq ou six, le thé de cinq heures respecté mais transféré sur les divers chantiers et lieux de travail…, ce qui me laisserait aussi la possibilité d'un saut à Highpoint, pour y faire entendre ma prononciation française de référence à ceux qui entonneraient la *Carmagnole* avec l'accent hongrois. Les parties de *chinese checkers* étaient maintenues à l'affiche, et même ouvertes au public, mais repoussées vers minuit.

Après avoir d'abord simulé de l'intérêt pour le contenu de cette journée, afin de donner le change et de me distraire moi-même de l'attente unique qui m'occupait tout entier – celle du premier rendez-vous –, j'avais fini par me prendre au jeu et la perspective s'était inversée : dans quelle complication étais-je allé me fourrer en acceptant le marchandage de Barbara et l'échange d'un samedi soir ensemble avec un laissez-passer pour un retour clandestin et tardif dans la nuit de dimanche ? Tout est tellement plus simple au sein de la famille, quand on y est choyé comme un petit garçon en culottes courtes, qu'à vouloir trouver l'amour et courir une *love affair*, mis au défi d'être pris au sérieux dans la même tenue ! J'envisageais maintenant sans désespoir l'hypothèse qu'un orage violent et une pluie diluvienne ne rendent évidente pour Barbara l'annulation de notre *tonight's date* (notre rendez-vous de ce soir), et je guettais l'état du ciel. Mais l'heure tournant, je me reprochais inversement cette poltronnerie, ce renoncement et cette autre trahison envers ce qui constituait le grand événement de ma vie depuis le premier matin, le premier regard et le premier sourire, dans la salle du petit déjeuner, au 15, Broadlands Road. Vers sept heures et quart, j'étais plein de courage à nouveau, honteux d'être passé par des doutes et par l'espoir de pouvoir tirer au flanc, et dans la conscience que j'étais face à des moments décisifs, dans des circonstances qui ne se reproduiraient jamais aussi idéalement.

38

Quelques minutes plus tard, je quittais la maison avec le plus grand naturel, et comme si je me rendais à Highpoint, un peu après le coin de la rue, sur North Hill. Mais dès que je fus sorti, je me pressai et, par moments, je courus à toutes jambes – nues – en direction de Highgate Village et de l'arrêt du *two ten bus*. Le mot *bus* faisait partie de la musique de ma vie quotidienne : il y avait ce bus 210 qui, au-delà de Kenwood, me conduisait plusieurs fois par semaine jusqu'à Hampstead ; il y avait les nombreux bus que j'empruntais avec Mme Chapman pour traverser Londres en tous sens, et où toujours elle obtenait pour son petit Français la meilleure place, au premier rang de l'étage supérieur, dans ces célèbres Leylands rouges à impériale que les *Londoners* appellent des *double deckers* (« à deux ponts » : sur leur île, les Anglais se sentent toujours sur un bateau…) ; il y avait aussi le nom Buss qui revenait souvent dans les lettres à ma grand-mère et qui figurait dans l'adresse de l'expéditeur, au dos de mes enveloppes ; il y avait le nom Buss imprimé au pochoir sur les sacs de toile militaire de Kingsley, brodé sur le linge de maison, lancé par les livreurs ou inscrit sur les paquets qui arrivaient ; parfois ce nom Buss était prononcé par les personnes que je rencontrais et qui me demandaient des nouvelles de la famille chez qui je séjournais ; enfin, il y avait Mme Buss elle-même, que j'entendais souvent donner son nom lorsqu'elle avait à le faire noter pour une commande, pour une livraison ou pour une facture, et alors je l'entendais dire, en articulant distinctement et en essayant de faire siffler les deux *s* : « *Buss, with double s.* » Il y avait donc les bus avec un seul *s* et deux ponts, les *double deckers*, et les Buss, *with double s* (mais on aurait pu dire aussi que, par sa taille et sa corpulence, Mme Buss était une femme à impériale...). Le 210, je l'ai déjà dit, était un de ces bus à un seul étage que l'on voit surtout circuler dans les quartiers éloignés du centre et dans les banlieues où la concentration des passagers est moindre, sur des espaces plus vastes, et cela donnait à cet autobus un caractère moins urbain, déjà l'allure d'un autocar susceptible de quitter la ville, comme le sont les *Greyhounds*. Lorsque le 210 arriva, à l'arrêt de Highgate Village où j'étais seul à l'attendre, une pluie fine commençait à tomber : « Trop tard ! me dis-je, rien ne peut plus m'arrêter... » Le bus était presque vide contrairement au premier samedi, et je me demandais si le concert n'avait pas été annulé. Je fus reconnaissant au chauffeur de ne pas trouver nécessaire l'usage des essuie-glaces pour balayer les premières gouttes sur son pare-brise, et je le créditai d'assez de flegme pour tenir bon jusqu'au déluge : son optimisme lui donna raison, puisque la pluie cessa bientôt, sans autre signe de devoir reprendre après ce bref rappel au bon souvenir de l'été anglais.

Arrivé devant Kenwood, j'en trouvai les abords beaucoup moins animés que quinze jours plus tôt – *a fortnight ago* –, mais pas déserts cependant. À l'entrée, quelques personnes se comptaient, évaluant le public qu'elles allaient constituer, et chacun affirmant sa détermination par son équipement pour la pluie : imperméables en plastique transparent, chapeaux et parapluies (le mot anglais *umbrella* – pour parapluie : un faux ami, donc – associe agréablement pour nos oreilles françaises la pluie au soleil, dont on se protège par une ombrelle, allégeant la morosité de l'une et tempérant les ardeurs de l'autre). On a admiré pendant la guerre la discipline et le sang-froid – *self control* – des Anglais, portant le masque à gaz et le casque quand les sirènes sonnaient l'alerte : face aux menaces du ciel, ils en avaient donc vu d'autres ! Je m'attendais à ne voir que Barbara, à ce qu'elle fût le seul être visible, remarquable, parmi la foule : mais il n'y avait ni Barbara ni foule, et je me retrouvais là, ayant passé les portes largement ouvertes, au début de la grande allée qui serpentait à travers une forêt de jardin botanique, jusqu'à déboucher sur le paysage des pelouses en pente, comme le sol d'un vaste amphithéâtre. J'étais là, en culottes courtes, sans imperméable ni parapluie, petit garçon égaré, désemparé, qui a perdu les siens, et je commençais à craindre soit que Barbara eût été victime d'un imprévu, soit que je fusse moi-même la victime de ma naïveté. En fait, Barbara était embusquée dans l'ombre d'un grand arbre : elle avait dû me voir arriver et prendre plaisir à observer mon inquiétude, ma déception, et peut-être bientôt le début d'un désarroi. Une silhouette entièrement cachée dans un ciré noir, la tête invisible sous le capuchon, s'approcha de moi, et l'allure de marin était complétée par un sac de toile comme ceux des matelots, porté en bandoulière. C'est à ce balluchon que je devinai Barbara car je l'avais déjà vue ainsi équipée lorsqu'elle était revenue de chez Michael le dimanche précédent. Il ne pleuvait plus mais, sans un mot, Barbara ouvrit le ciré pour m'y abriter et m'envelopper contre elle. Tout se passait différemment de ce que j'avais imaginé et à quoi je m'étais préparé, j'étais privé de toute initiative, je n'étais plus en situation de jouer au jeune homme qui a *an appointment with a girl friend* (un rendez-vous avec une petite amie) : le petit garçon avait retrouvé sa grande sœur qui l'avait pris sous son aile. Barbara avait déjà acheté les billets, et lorsqu'elle les a présentés à l'employé chargé du contrôle, j'ai vu le regard de ce dernier, d'abord sur elle, insistant, et puis sur moi, et j'ai compris ma chance d'être là, partageant son ciré avec une fille aussi belle.

Nous avons marché parmi le public clairsemé qui se dirigeait nonchalamment vers les pelouses. L'herbe étant humide, les rangs de chaises longues s'étaient remplis les premiers, et sur le gazon en pente, là où deux semaines plus tôt, les différents clans et bandes se côtoyaient dans la compétition de leurs agapes, dans l'étalage de leurs nécessaires à pique-nique, faisant retentir force bouchons qui sautent et transformant toute la pelouse en décor d'un vaste déjeuner sur l'herbe, les groupes s'installaient maintenant à distance les uns des autres, prenant leurs aises dans la partie basse où la musique s'entendait mieux, et les bâches en plastique remplaçaient les plaids et les nappes en lin. Je vivais un moment inédit de mon existence, mais dans un décor familier qui me rappelait les situations antérieures et mon état réel : je songeais même au risque qu'il se trouvât quelqu'un qui me connût parmi le public comme, par exemple, un habitant de Highpoint ou un proche de la famille Buss – ami, voisin ou co-paroissien – à qui j'avais été présenté comme le petit Français de juillet. Tout autre eût été la situation dans un lieu éloigné de là, comme ceux où m'entraînait Mme Chapman, et où nous n'aurions été à la merci d'aucune confrontation malvenue. Je soupçonnais que de telles considérations pouvaient aussi inquiéter Barbara et influer sur son comportement, mais elle n'en montrait rien, et je lui trouvais des manières, des gestes à mon égard, différents de ceux qui avaient été les siens jusque-là. J'y lisais la certitude qu'elle s'était décidée à inaugurer une relation nouvelle avec moi. Je me laissais faire, je l'observais, toute impatience et toute velléité de mener la barque étant désormais vaines. Barbara était souriante, elle semblait sereine et sûre d'elle lorsqu'elle choisit l'endroit où nous poser, sensiblement à l'écart des autres. Elle quitta son ciré pour l'étendre sur le sol et elle commença à sortir de son sac les boîtes en carton d'un traiteur. J'étais pour la première fois dans ce genre de situation avec quelqu'un qui n'était ni une parente ni une adulte chargée de m'accompagner, ni un camarade, un garçon de mon âge ou légèrement plus vieux : j'étais seul en tête-à-tête avec une jeune fille qui n'aurait pu être ni ma mère ni d'aucune façon la représentante du monde des adultes, et en qui je voyais la figure absolue de l'être charmant, attirant, désirable, à la fois présent – et même dans une proximité intime –, et juste hors de portée, comme derrière une vitre, à moins d'un coup de force auquel les circonstances ne se prêtaient guère, bien moins encore que lors de la séance de chatouilles sur le canapé. Tout était à la fois nouveau et familier : Barbara n'était plus une enfant, mais pour moi elle n'était pas encore une grande personne, elle était une grande fille, et mon seul problème était que je n'étais pas encore aussi grand qu'elle : telle est, au plus près de mon souvenir, l'analyse que je peux faire pour retrouver mes sensations, mes impressions du moment. Regardant Barbara déballer et disposer ce qu'elle avait acheté à manger, je m'émerveillais de ses gestes si différents, dans les mêmes actions, de ceux dont j'avais l'habitude chez d'autres êtres, et je pensais à ma grand-mère et aussi à Mme Chapman : je voyais les mains décharnées et fripées de ces dames âgées, avec leur peau mouchetée de taches brunes et parcourue de grosses veines bleues, avec à leurs doigts osseux, déformés, des bagues anciennes, une alliance glissées là à une autre époque, et aux poignets une montre et des bracelets de bijouterie démodée. Lorsque Mme Chapman dépliait les serviettes en papier où étaient enveloppés les délicieux petits sandwichs, mon regard n'était guidé que par mon appétit et par ma gourmandise, seulement curieux des bonnes surprises promises à mon estomac, et les mains n'étaient là que dans leur ultime relation aux nourritures (juste avant qu'elles ne me les mettent dans la bouche, en somme), avec la garantie d'une longue expérience, et comme si la préparation avait commencé bien des années plus tôt, dans un temps antérieur au mien et inaccessible, mais où toutes choses étaient forcément meilleures. Maintenant, tout était différent : je ne voyais que les mains, leur peau ambrée et lisse, leurs poignets fins, leurs longs doigts, encore prolongés par les ongles sans vernis, libres de toute bague, de tout bracelet, et effleurant des papiers d'emballage qui devenaient aussitôt de gracieuses pelures, et leurs contenus rendus d'avance délicieux d'avoir été ainsi effleurés. Je contemplais les mains de Barbara et je me sentais amoureux de ces mains : si seulement elles avaient pu être à moi tout entières et pour toujours, cela eût suffi à mon bonheur, uniquement ces mains qui émergeaient des manches d'un pull-over dans lesquelles j'aurais aimé me glisser le long des bras. Pendant qu'elle déballait ses achats sous mes yeux, Barbara n'était plus que ses mains et, concentrant sur elles toute ma fascination, tout mon désir, je m'épargnais la difficulté insensée d'avoir à prendre en compte tout le reste : le corps entier de Barbara que je me représentais et que je devinais aussi bien sous le pantalon serré qui la moulait de près que sous le chandail vague où il flottait, et aussi son visage penché, que dérobaient à ma vue ses cheveux. Tout cela était là, près de moi, présence imminente, et je me réfugiais dans la seule contemplation des mains. Dans tous ces gestes simples, je voyais de l'inédit, du merveilleux, l'ouverture sur une vie nouvelle aux côtés de l'être dont les mains déballaient ainsi et disposaient ainsi les victuailles de notre souper de Robinsons. L'assurance de ses gestes me donnait l'impression qu'elle avait dû se trouver d'innombrables fois dans la même situation, effectuant les mêmes actions avec d'autres que moi, avec Michael sans doute – je pouvais enfin être jaloux de lui –, peut-être avec d'autres encore, et je les enviais, tous autant qu'ils étaient, d'avoir déjà connu cela, d'avoir vu déballer par ces mêmes mains de semblables nourritures destinées à leurs bouches. Ces gestes que j'avais vus tant de fois accomplis par d'autres mains, devenaient d'autres gestes, à caractère magique, et qui faisaient rêver à ce que pouvaient être, de ces mêmes mains et de tout ce corps, tous les autres gestes, à la fois les gestes connus, banals, publics, et les gestes singuliers, secrets, réservés à la plus grande intimité. Dans mon souvenir, c'est comme si cette contemplation des mains avait duré des heures : en fait, Barbara avait défait tous les paquets et tout installé en un clin d'œil, mais l'empreinte de tout cela en moi en dilate le temps dans un ralenti qui dure encore.

Barbara ayant apprêté notre dîner, elle le repoussa sur le côté, le mettant en réserve pour plus tard, et comme pour faire place à une autre priorité. Je décelais dans ce mouvement l'imminence d'une situation inconnue dont le mystère me serrait la gorge : je m'étais d'abord rassuré à l'idée de nous jeter avec gourmandise sur le pique-nique, car cette gourmandise-là, il m'était facile de la partager, d'en être un convive honorable, et même amusant (d'ailleurs, Barbara avait vu grand, et j'aurais pu rire tout simplement de l'abondance excessive du menu qui, de toute évidence, me désignait comme un petit ogre ou comme un ventre insatiable : ce qui, à partir de la douzième tartine d'un petit déjeuner tardif, avait provoqué son fou rire). Dans les gestes de Barbara, je constatais de la maîtrise et de la détermination, même si jusque-là les actions n'avaient engagé dans aucun autre épisode que celui d'un repas sur l'herbe que l'on déploie. J'étais allongé sur le flanc, un coude plié et la tête appuyée sur une main, occupant ma moitié du ciré étendu par terre. À ce moment s'élevèrent des applaudissements, et je me redressai pour regarder, assis, mes bras serrant mes jambes : le chef d'orchestre venait de faire son entrée, ses musiciens s'étaient levés, ensemble ils saluaient le public depuis la rive opposée du petit bassin aux eaux dormantes, couvertes de nénuphars – *water lilies*. Il y eut quelques secondes de silence et d'attention – peut-être entendit-on le bourdonnement lointain d'un avion invisible, perdu dans l'épaisseur du ciel gris –, tous les regards étaient tournés vers le lieu où allaient résonner les premières notes, grotte artificielle où chaque pupitre brillait d'une loupiote, feux follets des âmes d'un purgatoire. Alors, d'un mouvement étrangement précis et sûr – soit qu'il fût le résultat d'une préméditation bien mûrie, soit qu'il révélât l'expérience et l'habitude –, Barbara se tourna vers moi, sans honte d'une reptation pour venir au plus près. Elle me poussa par les épaules jusqu'à m'allonger sous elle et, comme pour résister à cette manipulation ou pour en atténuer la gêne, je gardais mes jambes pliées : pendant quelques instants, je pouvais voir à l'horizon mes genoux nus. Tout ce que Barbara faisait, il me semblait qu'elle me l'empruntait, qu'elle me dépossédait de mon propre rôle : c'était exactement ce que je m'étais promis de faire, et ce que sans doute je n'aurais jamais fait, me refusant au saut devant ce premier obstacle. Car déjà se dessinait ce qui allait devenir une constante de mon comportement dans l'entreprise amoureuse : le déclenchement du flirt parmi le balbutiement des sentiments m'a toujours paru délicat, plus problématique que celui des actes sexuels dont le lieu est le lit, quand les corps sont arrivés jusque-là, prêts à être emportés par la mécanique toute-puissante du désir. Barbara s'était allongée sur moi, sa poitrine contre la mienne, ne laissant séparés que le bas de nos corps et nos jambes, et pour la première fois je sentais, pointant à travers les étoffes, la forme et la fermeté des seins d'une fille. J'étais plaqué au sol comme un lutteur et, depuis mes épaules, Barbara a porté ses mains à mes cheveux. En même temps, elle penchait lentement son visage vers le mien, cherchant mon regard où peut-être ne se lisait que l'incrédulité. Avant qu'elle ne fût trop près et que nos visages ne se touchent, j'eus le temps de distinguer un gentil sourire, comme à un enfant que l'on va embrasser avant qu'il s'endorme. Ses longs cheveux noirs retombaient autour de nos visages, les enfermant dans le secret d'un rideau que l'on aurait tiré. Nous étions nez à nez, yeux dans les yeux, et je ne savais si tout cela n'allait pas déboucher sur un grand éclat de rire, Barbara ayant pris la décision de me chatouiller à son tour, par vengeance. C'eût été une issue à la situation, un dénouement provisoire qui, dans l'instant même, ne m'auraient ni étonné ni peut-être déplu : si j'en avais été le maître, je les aurais encore préférés à tout autre. Les premières mesures d'une symphonie de Brahms résonnaient au loin. Alors, je sentis sur mes lèvres les lèvres de Barbara, que je me représentais ourlées par le sourire serein de la Joconde. Ce simple contact, encore chaste, était déjà une première fois, et je vivais ces secondes dans la certitude de m'en souvenir toujours, à jamais, quelles que pussent être les autres fois, avec d'autres lèvres, celles d'autres filles ainsi posées sur les miennes. Dans la double nuit du ciel maintenant obscur et des cheveux si noirs retombant autour de nos visages, le regard fixe de Barbara, avec ses yeux si près des miens que j'en sentais les battements de cils, me semblait interroger autre chose que ma réaction immédiate ou que mes sensations de l'instant : dans une époque lointaine, la conséquence, l'écho de ce qui allait se passer maintenant, avec ce risque pris d'une douceur brutale, d'une brutalité douce, infligées à nos destins. Cela dura longtemps, et je me disais qu'on avait dû nous repérer, qu'on devait se demander ce que nous faisions, à quel jeu nous jouions. Je sentais mon cœur battre à tout rompre, comme on dit, mais rien ne correspondait à ce que l'on dit, à ce que l'on raconte, et le sang qu'il pompait ne me semblait projeté avec tant de force dans toutes les directions de mon corps, vers sa périphérie et ses extrémités visibles ou secrètes, que pour le faire plus grand, le pousser au-delà de sa taille, hors de ses limites, et pour qu'il fût à la mesure de la situation. De cette agitation intérieure d'un organisme de petit garçon qui grandit à vue d'œil sous les coups de boutoir de son palpitant, rien ne transparaissait, rien n'était perceptible, et je restais immobile, contenant tout ce tumulte en moi, figé comme un gisant, les lèvres jointes comme face à la mort, au contact des lèvres si vivantes et douces de Barbara. Et puis, quand elle a fermé les yeux, m'abandonnant, me laissant seul le premier, ayant l'air de me quitter, de m'oublier, de s'endormir à l'approche d'un songe, je la sentis venir à moi avec, au contraire, une présence physique insoupçonnée, celle d'un corps qui n'a plus besoin de la vue pour approcher encore, pour aborder, pour investir un autre corps : ses paupières s'étaient fermées et ses lèvres s'entrouvraient, guidant les miennes au même mouvement. Je commençais à recevoir le bout de sa langue comme une gourmandise inédite, le fruit le plus délicat, le plus désaltérant qui pût se trouver, et dont la pulpe envahissait bientôt ma bouche, la langue enracinée au corps, et qui ne s'aventure à en sortir que pour se glisser dans un autre corps, la langue qui est l'organe du goût et qui est aussi le goût d'un corps offert à un autre corps, par cette communication des bouches où les corps se goûtent. Je crus d'abord que Barbara se considérerait bientôt quitte d'une promesse – *next time* – dès que pourrait être tenu pour consommé – ayant atteint son terme et la fin de sa courbe – cet acte singulier, le plus tendre de tous les actes, d'un baiser dans la bouche entre une fille et un garçon. Mais cela durait, et se prolongeait, et n'en finissait pas, et tout recommençait encore, des secondes interminables dans la certitude de leur résistance au temps à venir, et je me laissais faire, je me laissais enseigner la langue des baisers comme, tous les jours, je me laissais enseigner la langue anglaise, qui aurait appelé cela : *french kiss*, dans un juste retour. Dans cette langue nouvelle de la langue, il fallait corriger mes maladresses, mon vocabulaire, ma prononciation…, l'apprentissage réclamait du temps et, de la part de celle qui le dispensait, de la patience, de l'attention, de l'affection (je ne pourrais dire de l'amour, car j'avais conscience d'être seul et en attente, sur ce devant de la scène). Si j'étais depuis longtemps déjà – et malgré mon inexpérience – persuadé que l'acte sexuel lui-même et tout ce qui peut l'entourer de prémices, de variantes, de positions diverses, de combinaisons changeantes, de façons de le conclure, n'avaient pour moi aucun secret, le simple baiser à une fille me renvoyait à la petite école, et à la complaisance d'une maîtresse envers son écolier favori. Barbara ne se lassait pas, ne s'essoufflait pas, ne s'épuisait pas de la leçon qu'elle me donnait. Je recevais d'elle un cadeau d'une générosité extrême, incomparable, j'avais l'impression qu'elle se vidait pour transférer en moi tout ce bonheur. Cela durait et chaque seconde était différente de la précédente, et pourtant tout ce baiser n'était qu'une longue phrase continue, qu'elle glissait de sa bouche dans la mienne. Je pensais qu'il ne pourrait y avoir de fin à ce baiser que lorsqu'elle se serait vidée en moi de tout son être, retombant morte à mes côtés. Mais ce long discours du baiser, elle voulait me l'apprendre, que je susse le déchiffrer, puis le reproduire, et Barbara se redressa légèrement, détachant ses lèvres des miennes et rouvrant les yeux pour me regarder – comme si elle allait me trouver changé et me découvrir un nouveau visage –, lorsqu'elle put considérer que j'avais assimilé cette première leçon : de sa part et de son point de vue, peut-être la dernière. Satisfaite, elle s'allongea à côté de moi et, pensant nous livrer à la musique, nous n'écoutâmes alors que notre silence, pendant quelques secondes, car le premier mouvement venait de se terminer. Je n'en avais pas entendu une note, la musique était passée dans mon corps par d'autres voies que les oreilles.

Si je devais résumer mes impressions avec les mots les plus simples et les plus familiers, je dirais que je m'étais attendu à un petit « bisou » que Barbara, une copine plus âgée que moi, m'eût offert en cadeau, comme échantillon d'une gourmandise nouvelle, juste assez pour goûter à quoi cela ressemble quand une fille embrasse un garçon. Après quoi, libre à moi de mettre mon savoir-faire nouveau en usage avec celle qui deviendrait mon véritable premier flirt. Au contraire, elle avait pris tout le temps de m'apprendre comment un garçon doit embrasser une fille, et puis de m'entraîner une première fois, de me laisser tout le temps de me perfectionner et de nous donner à tous deux le plaisir clandestin d'une séance de travaux pratiques. Un autre enseignement était celui-ci : « Apprends que ce ne sont pas des chatouilles que les filles attendent des garçons, mais des baisers. » À mon tour, je me promettais « *Next time...* » – une prochaine fois qui était la fois d'une prochaine étape –, mais les mots que j'articulais distinctement, doucement, furent : « *Don't stop it...* » Elle sourit, elle me regardait fixement, elle hésita une seconde, et puis elle recommença.

Ainsi s'achevait la période des premières fois qui ouvrait sur une première fois unique entre toutes, et les rassemblant toutes dans une addition qui n'attend que cela pour être complète, comme toutes les dernières fois se cumulent, quand l'être n'attend plus que cela pour que la soustraction soit complète, au moment de la mort.

III

LA PREMIÈRE FOIS

Au 15, Broadlands Road, le dimanche 21 juillet fut moins le septième jour, consacré au repos d'une semaine de labeur, qu'un temps de dépression légère et de relâchement par rapport à la suractivité et à la surexcitation de la veille : il est difficile de maintenir la même énergie joyeuse, la même exaltation, la même fièvre de la fête deux journées de suite. Tout le monde s'était tellement donné et dépensé jusque tard dans la soirée de samedi, que la matinée dominicale commençait dans un calme inaccoutumé. La maison ne se vida qu'en retard et paresseusement, en direction des paroisses, et comme si la célébration hebdomadaire devait retenir l'intensité de son rituel pour que fussent honorées au mieux les promesses du week-end suivant. La veille au soir, Mme Buss et moi nous étions affrontés aux *chinese checkers* à une heure exceptionnellement tardive – à mon retour de Kenwood présenté comme un retour de Highpoint –, et nous nous étions montrés des joueurs inattentifs et las, chacun de nous grisé à sa façon par les heures écoulées. La certitude, maintenant acquise, de tenir son rang parmi les élégantes aux différents rendez-vous et cérémonies du Speech Day, à la fin de la semaine prochaine, rendait Mme Buss insensible à une défaite aux *chinese checkers* ; son amour-propre assuré d'une proche victoire mondaine était anesthésié pour quelque temps contre les petites douleurs domestiques et quotidiennes ; mais mon indifférence au contentement et à la gloriole de gagner, ou au désagrément et à la vexation de perdre, était égale à la sienne, car j'avais le sentiment d'avoir déjà tout perdu – l'innocence – et d'avoir déjà tout gagné – l'expérience de l'amour – dans un seul long baiser.

Les préparatifs des réjouissances à venir reprirent en début d'après-midi, mais avec moins d'acharnement que la veille, et j'en vins à craindre le retour à une attention de chacun envers les événements et les choses ordinaires. Pour ma part, je restais dans l'extraordinaire, mais il ne fallait pas que je fusse seul dans cet état d'esprit car alors cette euphorie – cette ivresse d'un petit garçon en culottes courtes – eût pu se remarquer – *to be noticed* –, en contradiction avec le sérieux et la pondération de ma nouvelle conduite. Je devais veiller à n'accréditer par aucun signe extérieur de béatitude ou de ravissement ce que Kate avait lancé comme à la une d'un quotidien : « *Alan is in love !* », une formule qui, en remplaçant mon prénom par celui de Charles (le petit prince surnommé *Plum pudding*), serait devenue un titre de journal et une annonce attendue par le royaume tout entier, et jusqu'aux îles Falklands où son destin allait le conduire à s'illustrer bravement quelques décennies plus tard. Je redoutais que les indices physiques d'une *love affair* ne fussent aussi voyants qu'un bouton sur le nez, et je guettais mon visage dans le miroir, considérant que rien ne pouvait apparaître dans l'autre partie de mon corps qui restait nue, au-dessus et en dessous des genoux, et j'inspectais mes lèvres, mes dents, le pourtour de la bouche, je tirais la langue et je me félicitais d'avoir été opéré des amygdales…

Il y avait aussi la perspective du retour aux activités quotidiennes et à la semaine de travail qui commencerait le lendemain matin. Et c'est d'ailleurs pourquoi le dimanche n'est jamais une journée tout à fait joyeuse, ni optimiste jusqu'au bout, déjà imprégnée de cette mélancolie de la fin des vacances, des dernières heures d'un temps d'évasion, de repos et de plaisirs promis, dont les premières minutes sont au réveil du samedi avec, donc, entre le premier et le dernier jour, une seule nuit. De mon côté, je commencerais la semaine à plein régime, avec une nouvelle excursion du lundi aux côtés de Mme Chapman, qui donnerait l'élan et le rythme pour le mardi, le mercredi, le jeudi, le vendredi... La maisonnée retrouva de l'entrain et même une relance atténuée de l'effervescence du samedi, mais avec la perspective d'une soirée plus courte, plus retenue, moins dépensière d'enthousiasmes et d'énergies, et d'un sommeil recherché de bonne heure. En même temps que tous les autres, je retrouvais mon rôle et mes occupations dans les préparatifs généraux. Mais, pour moi, ce dimanche n'était pas la veille d'un lundi : le début de la semaine nouvelle était repoussé dans un temps lui-même nouveau, car je vivais les heures d'un jour qui précède la première nuit et, sous les apparences anodines et habituelles, je savais que rien n'était comme d'habitude, que chaque geste, chaque action, chaque moment, prenaient un sens différent. Chaque geste, chaque action, chaque moment, devenaient ceux d'une cérémonie dont j'étais seul conscient parmi ma petite tribu, mais à laquelle tous participaient sans s'en rendre compte, et en tenant pourtant leurs rôles avec une justesse qui me rendrait justice. Tout serait implacablement juste, justesse et justice étroitement mêlées, et le verdict de la nuit à venir serait celui d'une ordalie : si je survivais aux poisons et à l'épreuve du sexe, je serais désormais un amoureux légitime, un amant, *a lover*. Dans son naturel et sa discrétion, la maisonnée me semblait tacitement complice, mais j'eusse préféré plus d'agitation, plus de bruit pour les étourdir et pour que, la nuit venue, chacun fût plus entièrement livré au sommeil réparateur, tandis que commencerait pour moi une dépense magique.

Vers la fin de l'après-midi, entendant la porte d'entrée s'ouvrir et se fermer plusieurs fois, je crus que c'était Barbara qui avait pu revenir plus tôt que prévu, ayant renoncé au programme qui devait la retenir à l'extérieur bien au-delà de minuit, et alors, pendant quelques instants, mon existence s'écroulait sur place comme un château de cartes. Je n'osais me précipiter pour voir qui venait d'arriver, et je me contentais d'écouter les voix : en fait, c'étaient M. Buss et son fils Kingsley qui avaient tiré du garage la vieille Morris Minor – une petite voiture populaire anglaise, à mi-chemin entre la 4CV Renault et la Coccinelle Volkswagen –, pour l'astiquer, la bichonner, faire tourner le moteur en vue de sa sortie solennelle pour le Speech Day, et le portail s'était plusieurs fois ouvert et refermé sur leurs allées et venues. Comme tous les dimanches, Kate fut de retour en fin de journée et, sans s'attarder, elle gagna sa chambre à l'étage des filles : je vérifiai que dans cette liberté dont chacun jouissait de participer ou non à la vie collective de la maison, et d'agir à son gré à l'intérieur de règles et de conventions élémentaires, rien n'indiquerait que Barbara n'était pas rentrée puisque, comme Kate, elle avait pu grimper chez elle sans avoir eu envie de saluer la compagnie, pressée de retrouver ses affaires et son intimité. J'en vins même à l'hypothèse de mentir et, dans le cas où Mme Buss m'aurait demandé si j'avais vu Barbara rentrer, j'étais prêt à affirmer l'avoir aperçue dans l'escalier, montant vers sa chambre. Ce faisant, je savais que j'aurais couvert la ruse de la jeune fille pour prolonger une soirée passée dehors, avec un autre, au-delà de tout horaire convenable, plutôt que mon rendez-vous nocturne avec elle, auquel je fixais un scénario qui défiait toute vraisemblance. Ce soir-là, contrairement à la veille, l'heure des parties de *chinese checkers* fut avancée, et nous retrouvâmes, Mme Buss et moi, notre concentration d'adversaires dans une joute immémoriale.

De retour dans ma chambre, alors que la maison était devenue silencieuse plus tôt que d'habitude, comme le campement d'une armée à l'approche d'une grande bataille, j'étais désormais seul et sans dérivatif à ma pensée unique. Seul aussi face à la crainte de m'endormir et que Barbara eût à frapper au carreau, me réveillant pour que je la laisse passer, et me trouvant alors trop hébété pour la retenir. J'aurais pu bien sûr laisser la fenêtre ouverte, évitant ainsi l'éventualité d'obliger Barbara à se manifester bruyamment, mais avec cet autre risque, pire que tout, qu'elle ne traversât la pièce pendant mon sommeil, ne passant ainsi que comme une ombre, dans mes songes de petit garçon, entre le visage de ma grand-mère, le souvenir de mes projets après le baiser de Kenwood, et la silhouette de mon avion en balsa. Je laissai la fenêtre fermée et j'occupais le temps en alternant la lecture d'un roman anglais et le travail sur la maquette du Spitfire : mais je n'étais concentré ni sur l'un ni sur l'autre, l'esprit fixé sur les actes que les romans ne décrivent jamais, même lorsqu'ils parlent des passions, et auxquels les jouets et les modèles réduits de l'enfance ne font rêver que sur le mode masturbatoire. Au-dessus du livre ouvert, ou de la frêle carlingue, je n'allumais chaque fois qu'une seule lampe, soit celle sur la table de travail, soit celle au chevet de mon lit, pour éviter que la lumière attirât l'attention et pour permettre à Barbara d'approcher discrètement, dans une relative obscurité. Je m'installais dans l'attente comme dans une sorte de routine – jouant à me persuader que ce n'était pas l'attente de la première fois, mais l'attente habituelle, l'attente de toujours – et la fatigue eut raison de mon agitation, de mon inquiétude, de mon émoi. Il y avait une douce usure, comme celle d'une nouveauté trop attendue et en partie déflorée à force d'avoir été imaginée, et quand Barbara apparaîtrait, toquant discrètement au carreau, puis s'introduisant à l'intérieur sur la pointe des pieds, tout serait très simple : on est bien vite au lit lorsqu'il suffit de quitter ses culottes courtes. Encore fallait-il que je ne m'y glisse pas tout seul, comme dans une nuit ordinaire.

Le temps n'avait plus de mesure, à supposer qu'il eût déjà commencé à en avoir pour moi, à une époque où l'usage d'une montre était encore le recours à un accessoire de panoplie : jouer au détective, ou à l'explorateur, ou à un des héros de Jules Verne inquiet de boucler son tour du monde avant la dernière minute d'un pari, utiliser le verre convexe pour concentrer les rayons du soleil et allumer un feu sur une île déserte. À l'âge des culottes courtes, on n'emporte pas l'heure avec soi, elle vient d'ailleurs, elle est donnée par les autres, imposée par la vie qu'organisent les adultes : le réveille-matin, l'horloge de la gare ou du clocher, la pendule dans le préau de l'école ou dans la salle de classe. Je ne regardais pas l'heure à cette première montre pour enfant qui m'avait été offerte après que j'eus été opéré pour une appendicite. Cette montre indiquait maintenant un temps fictif, comme celle que consulte Tintin à son poignet, lorsque s'est mise en marche la dangereuse minuterie d'une aventure. Le temps de l'aventure que je vivais ne se mesurait ni en heures ni en minutes sur un cadran, et seul le corps en était le compteur : je sentais battre les unités à mes poignets et à mes tempes. La trotteuse si fragile, et pourtant le seul élément dont le mouvement fût visible, était paradoxalement l'idée fixe qui trottait dans ma tête. J'attendais Barbara sans idée de l'heure, mon attente était celle d'un événement hors du temps, ou dont le temps avait déjà commencé pour ne plus jamais finir, tout entier déjà occupé par son retentissement. Tout avait déjà débuté et la suite fut d'une simplicité enfantine, comme on dit. Peut-être faut-il en effet être un enfant pour aborder avec naturel et victorieusement ce que les adultes réservent à leurs cachotteries compliquées et hasardeuses.

J'étais assis devant la maquette en balsa, éclairée par la lampe comme le serait un prototype au secret dans un hangar ; je la contemplais fixement, et je rêvais à son premier décollage, et puis au survol d'océans lointains, d'archipels inconnus et de jungles fabuleuses. Quand Barbara montra son visage derrière le carreau tout proche, sans y frapper, j'avais oublié que je l'attendais, mais en même temps son arrivée me sembla normale. Les dispositions longuement mûries dans ma tête s'étaient effacées dans l'instant et ce fut par réflexe que j'éteignis la lumière, comme dans un jeu nocturne où il ne faut pas être vu. Je soulevai la fenêtre à guillotine et Barbara enjamba l'appui en découvrant haut ses jambes nues sous une jupe d'été. Elle pénétra en silence, ni vue ni connue, dans la pièce plongée dans l'obscurité. Refermant le carreau derrière elle, je me demandai comment elle était arrivée – en voiture ? à pied ? – et si quelqu'un qui l'aurait raccompagnée, Michael ou un autre, pouvait être encore dans les parages, attendant d'être sûr qu'elle avait pu réintégrer la maison. Mais je ne distinguais personne à qui signifier que la manœuvre avait réussi, je n'entendais le bruit d'aucun accompagnateur rebroussant chemin. Tout était donc joué et j'en avais oublié – comme si cela avait été depuis toujours exclu du programme – la dernière partie du retour clandestin qui eût consisté pour Barbara à quitter ma chambre en douce et à monter l'escalier à pas feutrés, jusqu'au deuxième étage. D'ailleurs ma porte était fermée à clé, et Barbara elle-même n'eut pas le mouvement d'aller vers la sortie sur le vestibule.

Elle se tenait debout, immobile, comme dans l'attente de ce que j'allais faire. Nous n'avions pas échangé une parole, et j'eusse été bien en peine d'engager le dialogue sur un quelconque sujet: la nécessité de rester silencieux tombait bien. Dans un premier temps, il me sembla que Barbara évitait de s'aventurer à travers la chambre pour ne pas risquer de heurter un meuble dans le noir ou de renverser bruyamment un objet, et je la supposais attendre que j'allume une lampe pour lui permettre de traverser et de quitter la pièce. Je ne savais que faire ni que dire alors qu'il devenait urgent de manifester une intention ou une initiative. Comme pour m'en donner le temps, Barbara entreprit un tour d'horizon, pivotant sur place et scrutant la pénombre. La lumière de la rue éclairait le sol par endroits, et je découvris ainsi que Barbara était pieds nus. Pour escalader la fenêtre, elle avait quitté ses sandales, qu'elle tenait à la main. Elle s'était arrêtée trois pas à l'intérieur de la pièce et occupait le centre géométrique d'un espace libre, délimité par la table de travail où la maquette en ombre ressemblait à un énorme insecte, par le vieux fauteuil que j'imaginais avoir accueilli les savantes lectures du professeur de latin-grec, et par le lit, ce meuble dont je ne consentais le partage avec quiconque, ne supportant la promiscuité avec aucun autre corps dans l'enfermement de la nuit et où pourtant, depuis deux jours, je projetais le corps nu de Barbara comme une image sur un écran, avant qu'il ne devienne la plus belle de toutes les formes en volume, à pénétrer pour y retrouver le chemin des songes. Lorsque je vis Barbara esquisser le mouvement de se baisser pour se rechausser, je m'approchai d'elle avec détermination, lui retirant des mains ses sandales et je ne prononçai que ces deux mots, d'une voix étouffée mais ferme : « *You stay* » (« Tu restes »). Je guettais sur son visage une expression en réaction à mon injonction, mais je ne distinguai aucune réponse. Celle-ci sembla venir lorsqu'elle voulut se laisser tomber dans le fauteuil. Je la saisis par la main libérée des sandales et, la détournant de cette destination, je la tirai vers le lit. Elle s'y assit sans résistance, et comme j'étais debout, je la dominais enfin d'une tête. Elle évitait le regard que je fixais sur elle et ne semblait réagir en rien à la situation que je provoquais. Ses pensées étaient ailleurs, peut-être là où elle avait passé la soirée, et son expression était de lassitude, ou celle d'une vague déception. Sans doute cela devait-il profiter à mon entreprise, car si elle était revenue satisfaite et heureuse d'une soirée qui l'avait forcée aux acrobaties d'un retour au-delà de tout horaire convenable, assurément elle eût été pressée de conclure l'aventure au plus vite, regagnant sa chambre pour s'y enfermer avec son bonheur et son secret. Mais elle se montrait perplexe, flottante, et sans urgence de parachever la réussite de son plan. Jamais je n'avais connu en pleine nuit, dans l'intimité de ma chambre et de mon lit, la présence d'une fille qui était aussi une femme, et pourtant il y avait en elle plus d'absence que de présence, et seulement du silence là où j'aurais pu redouter la résistance, la protestation par les mots. Une telle passivité me rétablissait dans ce que j'avais longtemps imaginé être mon rôle. Le déroulement des actions retrouvait toute son évidence avec l'évidence que Barbara se laisserait faire, prête à accepter la leçon d'un apprenti, d'un débutant, dont l'expérience ne réside que dans son imagination. Mais cette expérience, comme celle des maquettes volantes pour préfigurer et tester les performances du futur avion réel, valait autant que ce que les autres, les aînés, ceux des classes terminales au lycée, appelaient avec vulgarité les heures de vol. Je restais debout auprès de Barbara assise au bord du lit, et je pouvais ainsi serrer sa tête contre moi en la logeant contre ma poitrine : peut-être pouvait-elle entendre les battements de mon cœur, et j'avais l'air de lui faire écouter cela. Elle se laissait faire mais je n'étais pas sûr que c'était moi qu'elle laissait faire : elle laissait faire quelqu'un qui était là à ma place, et je pouvais seulement profiter et abuser de la situation. J'étais un petit garçon en culottes courtes qui triche pour se montrer à la hauteur d'un homme auprès d'une fille. Elle se laissait faire par quelque chose qui nous dépassait, une situation insuffisante pour modifier ou inquiéter son destin, mais dont la conscience lui venait qu'elle était décisive dans le mien. Je ne savais pas qui je pouvais bien être pour elle, seulement certain – avec un égoïsme que je désespérais de ramener à un partage – de qui elle était pour moi, de celle qu'elle allait devenir : dans quelques instants, et pour toujours, la première femme, la fille de la première fois, la première. L'ordre des opérations ne me posait plus aucun problème et ne m'inspirait aucun doute : il fallait que je la déshabille en premier, qu'elle soit la première à être nue. Pour continuer maintenant à être précis et fidèle à mon souvenir, il me faudra parfois, pendant quelques lignes, devenir trivial.

Comme elle l'avait fait avec moi à Kenwood, je poussai Barbara par les épaules jusqu'à l'allonger, mais ses jambes restaient hors du lit et ses pieds nus posés par terre. En bon écolier, je lui rendais l'exercice et lui retournais la leçon. J'étais maintenant à mon affaire. Je penchai mon visage au-dessus du sien, et je lui servis une fidèle réplique de son premier baiser : je m'appliquais, je m'efforçais de surpasser mon modèle, mais la douceur est différente selon qu'elle reçoit ou qu'elle donne, et je ne parvins pas à retrouver, à restituer le goût unique de la première fois. Tout était différent, tout prenait un autre sens dans l'inversion de la posture : ses cheveux n'étaient plus ce rideau qui me surplombait et qui nous cachait, nous protégeant du monde et des regards, ils étaient maintenant répandus sur le drap, noirs comme la flaque de sang d'une vaincue contemplée par son vainqueur. Barbara n'avait plus rien à m'apprendre, elle n'avait qu'à accepter la leçon, que je voulais magistrale, de mon expérience fictive, riche de cette lucidité qui vient du seul imaginaire. À partir d'ici : tentative de rester au plus près des gestes.

Aller à l'essentiel et satisfaire d'abord la curiosité majeure. Trousser doucement la jupe, dévoiler le bas du ventre. Découvrir la pièce de lingerie qui l'habille encore, au plus intime : un slip de coton blanc. Hésiter devant les jambes et les genoux encore joints, mais avoir la présence d'esprit de n'y rien changer, en vue de faire facilement glisser la culotte le long des cuisses. Barbara ne bouge pas, elle ne dit rien – ce sont les moments où je redoute par-dessus tout un «*Stop it!*» –, j'entends seulement son souffle. Le tumulte de mon cœur se calme. La fièvre retombe. Barbara se laisse faire et cette passivité me donne du recul, de l'avance, de l'aisance et de la précision dans mes propres gestes. Pour la première fois, assis au-dessus d'elle, je la contemple comme une image à saisir, à photographier : allongée, bras relevés, buste vêtu d'un pull-over léger et vague et, sous la jupe troussée, les jambes nues et le triangle de tissu clair. Elle se laisse contempler, elle se laisse faire. Elle est admirable, en effet. Maintenant, je sais que j'irai jusqu'au bout de mon improbable scénario. Mais je suis seul encore, sans elle, sans sa participation. Elle consent seulement, et jusqu'à quand ? À quand son «*Stop it!*» ? Elle ne dit rien, pas un mot. Je crois qu'elle n'exprime rien non plus, ni étonnement ni gêne, aucune résistance, je suis seul face à son consentement muet, à son abandon. Pourquoi donc se laisse-t-elle faire ? Je ne me pose pas une telle question. Je porte mes mains de chaque côté du slip, je tire doucement, cela résiste : il suffirait que cela résiste encore pour que je m'interroge, que je doute. Le moment est-il arrivé du « *Stop it!* » ? Mais Barbara soulève imperceptiblement les reins et le sous-vêtement ne résiste plus, il glisse. Je le laisse à mi-cuisses, obligé de changer moi-même de position pour continuer le mouvement. Barbara ne bouge pas, elle ne fait rien pour m'aider, ni rien pour m'arrêter. Sa passivité est une collaboration subtile, compréhensive, incitative. Je me suis redressé, je suis debout à nouveau, je contemple la certitude de ma victoire. Je suis déjà assez rusé avec le scénario de mon propre désir pour laisser Barbara ainsi pendant quelques instants, culotte roulée à mi-cuisses, révélant cette face interne du tissu qui a été en contact avec la peau des rêves : je regarde le petit fragment de coton avec plus d'intensité et de convoitise que ce qu'il vient de dévoiler : une discrète touffe de poils noirs à laquelle je sais que je reviendrai longuement, interminablement. Je m'approche à nouveau, je me sens grand au-dessus de ce corps allongé, je me sens un homme, je n'ai aucune conscience d'être en culottes courtes et en chemisette, avec des chaussettes blanches dans mes souliers d'été. Je me serais bien gardé de quitter tout cela le premier, de prendre le risque d'une telle vulnérabilité et d'un tel ridicule. Je me penche à nouveau vers le lit : tirer le slip jusqu'aux pieds et l'abandonner par terre à son inutilité dérisoire… J'accomplis ces gestes comme une figure mille fois répétée à l'entraînement. Barbara ne bouge pas, elle ne dit mot, elle se laisse faire, elle laisse faire celui qui agit en moi. Je continue d'en profiter sans vergogne. Il n'y aura plus aucun « *Stop it!* » : à ce point, il serait trop cruel, et je passerais outre, rien ne pourrait me résister. Je n'ai aucun scrupule à ne pas être celui pour qui et par qui elle se laisse faire. Elle reste telle que je l'ai disposée, allongée en travers du lit, buste vêtu de son pull vague, ventre et jambes nus, pliées au bord, et les pieds touchant le sol. Je n'ai encore aucune curiosité pour le haut du corps, pour les seins : la nudité sous la ceinture seulement me semble profitable à ma progression mentale, à ma concentration, le trouble est inouï face à ce corps à moitié nu, mais de la nudité la plus définitive. J'oublie Barbara, celle qui m'ignore au-dessus du retroussis de sa jupe, celle qui se laisse faire par un autre en dessous. Je ne suis plus qu'avec son ventre et ses jambes nus. La suite des actes à venir ne fait aucun doute, je la perçois avec clarté.

Ne viennent perturber la parfaite lisibilité de ce programme que des visions, à vrai dire celles que j'offrirais en ce moment même à ma grand-mère ou à ma mère si elles pouvaient m'observer en cachette : ce sont elles dont m'apparaissent les visages penchés au-dessus du sexe nu de Barbara, figures de femmes planant au-dessus de ce corps de femme sans figure. J'oublie à quoi Barbara ressemble, quels sont les traits de son visage, la forme pourtant si charmante et décisive de sa bouche, de ses yeux, de son nez, de son front. Je découvre les traits d'un sexe de fille : d'abord rien à voir que je n'aie déjà vu dans les tableaux de peinture, au musée du Louvre par exemple, mais ce « rien à voir » est bouleversant, à la fois du fait de ce manque même et d'une touche supplémentaire, le plus souvent absente dans la peinture ancienne : la touffe de poils sur le pubis, entre les cuisses. Je m'assois à nouveau sur le lit. Je me penche vers le ventre, rien d'autre ne m'intéresse, rien d'autre ne m'attire que cela. J'ignore Barbara autant qu'elle m'ignore. Elle se laisse faire et je laisse faire mon instinct. Je penche ma tête vers le creux sombre au bas du ventre, entre les cuisses serrées : mon visage se logerait là, dans cette concavité triangulaire, comme dans un moule. Le corps des filles, là même où elles sont filles, me moule la figure. Mais je sais où je veux en venir, tout cela est dans l'ordre naturel des prémices, et si Barbara l'ignore, alors peut-être n'a-t-elle encore eu que de piètres amants. Elle ne bouge pas, elle semble ne pas comprendre, ses jambes restent fermées. Si maintenant s'élevait un «*Stop it!*», je n'en serais pas humilié, je me sentirais dans la peau d'un violeur. Je lève les yeux pour l'interroger du regard, mais son visage renversé m'échappe, je n'en perçois que le cou et le menton relevé. Alors je découvre un détail que l'imaginaire érotique des garçons, avant la première expérience, ne leur révèle jamais: en haut du ventre des filles, de chaque côté, il y a la double saillie des hanches et cette révélation que la chair et la peau sont fragilement tendues sur une ossature. Le relief des crêtes iliaques forme avec celui du pubis les sommets d'un triangle si plein et si désert en apparence, seulement lesté vers le bas par l'ombre de la pilosité, comme projetée vers l'extérieur par la nuit qui commence là. Je veux goûter à cette teinte, à cette ombre, à cette nuit, comme j'ai goûté à la bouche de Barbara. Va-t-elle comprendre ce que j'attends, ou faudra-t-il la chatouiller pour que, dans un brusque mouvement de surprise désordonnée, elle se débatte et desserre les cuisses, comme elle le faisait si indécemment sous mes doigts, dans le réduit pour la télévision ? Ma mère et ma grand-mère m'observent toujours, indulgentes, sans réprobation aucune, attentives. Elles seraient prêtes à m'encourager, mais elles préfèrent rester neutres, discrètes, et si elles éprouvent une certaine tristesse, elles ne veulent pas la montrer. Ce que je fais en ce moment même à Barbara et ce que Barbara laisse faire, je l'ai mille fois imaginé dans mon lit de petit garçon avant de trouver le sommeil, en me donnant ma mère pour partenaire complaisante, pour jeune femme qui se laisse faire, prête à m'initier, ne serait-ce que passivement. Barbara serait plutôt une sœur aînée, avec qui devient possible ce qui ne l'est pas avec ma petite sœur. Pour continuer à se laisser faire, Barbara ne peut plus maintenant se contenter de rester passive et inerte. Il faut qu'elle laisse passer, d'abord mon visage entre ses jambes, et puis ma langue entre les lèvres de sa fente, là où l'obscurité des poils indique l'entrée dans la nuit. Mon insistance obtuse a dû rendre explicite ma demande indiscrète : Barbara se laisse faire enfin, elle ramène une jambe sur le lit, la séparant de l'autre qui continue de pendre jusqu'au sol et, dans cette ouverture inédite, magnifique, je plonge d'abord le museau avec la gourmandise d'un ours dont la langue va chercher le miel d'une ruche sauvage dans le trou d'une souche. Je deviens cet animal glouton, cet avide lécheur, ce dégustateur effréné de sucs délicats et secrets. Je barbouille le sanctuaire de ma gourmandise de ce dont il me fait saliver. Pour la première fois depuis que Barbara est entrée dans la chambre par la fenêtre, j'entends le son de sa voix, mais je ne sais si elle articule des mots. Je ne l'écoute pas, je n'écoute que ma soif, que mon instinct de petit animal, et tant qu'elle ne me refuse rien en se refermant sur ce qu'elle m'a ouvert, tant qu'il n'y a pas de « *Stop it !* », je peux tenir pour des encouragements ou pour l'aveu d'une reddition les murmures que j'entends au loin, là où se tient son visage. Retour à la trivialité : je devais être là, accroupi au-dessus des jambes ouvertes de Barbara, le visage aussi trempé que si j'avais lapé l'eau d'une fontaine, dans mon costume de petit garçon, sous le regard de ma mère et de ma grand-mère, visions à qui j'offrais cette vision du boutonnage de ma braguette indécemment tendu par une proéminence. Je bandais si fort que, pour la première fois de mon existence, le besoin de me déboutonner en toute hâte n'était pas pour satisfaire l'envie pressante de faire pipi. Je me suis alors souvenu d'une érection brutale, lorsque ma mère m'ayant accompagné jusqu'aux toilettes du square de la porte de Saint-Cloud où je m'étais insuffisamment enfermé, elle avait pu pousser la porte, s'inquiétant du temps que je prenais, et m'avait découvert face au texte sur la petite Arlette : j'avais en effet attendu quelques instants que cela vienne, comme on dit, mais je pissais enfin au fond du trou. L'intrusion de ma mère – et non le texte obscène – m'avait mis en érection instantanément et, dans la plus grande confusion, j'avais continué à pisser vers le ciel. La crainte d'un phénomène de ce genre me traversa l'esprit et je chassai résolument la vision des visages de ma mère et de ma grand-mère. Je n'avais aucune conscience du trouble ou du plaisir que j'avais pu procurer à Barbara avec mes lèvres et ma langue. J'étais seulement certain d'avoir étanché une première soif et correctement accompli une première partie du programme. Je sautai du lit comme un gymnaste s'éloigne de l'appareil d'un premier exercice, une sorte d'entraînement ou d'échauffement.

Je pouvais maintenant me mettre en tenue pour la suite. D'habitude maladivement pudique, je n'eus alors aucune gêne pour me déboutonner. On quitte les culottes courtes avec une facilité extrême, d'ailleurs le slip vient avec, et chez un petit garçon cela peut même être gracieux, contrairement au balourd et laborieux déshabillage de l'homme adulte qui tombe le pantalon, avec les risques de perdre l'équilibre pendant le long désenfilage des jambes. Je fus donc bien vite ventre et jambes nus, sexe dressé, et Barbara avait observé le manège dont je lui avais offert effrontément le spectacle. Elle-même, discrètement, et sans quitter le lit, avait défait sa jupe, et tandis que je déboutonnais ma chemise à col amidonné et à manches courtes, où restaient visibles les plis d'un impeccable repassage, supervisé par ma grand-mère, elle quittait son pull et j'observais, fasciné, cette apparition d'une poitrine de fille aux tétons bruns, épais, qui surgissent tandis que le visage disparaît un instant, laissant le corps nu sans tête, avant que celle-ci ne réapparaisse enfin comme elle-même tirée d'un ventre dont le pull-over serait la peau et le col l'ouverture utérine. Nous étions prêts l'un et l'autre, Barbara enfin toute nue, allongée sur le lit, et moi debout, comme un grand garçon tout raide, et tout nu lui aussi : enfin, pas tout à fait… J'ai vu Barbara se redresser pour regarder le sol et appuyer sa tête à une main. Elle me dit avec une voix et un sourire qui me semblèrent d'une incroyable lascivité : « *Your shoes…* » (« Tes chaussures… »), et elle alla étouffer un éclat de rire dans l'oreiller. Si Mme Buss avait pu entendre cette apostrophe à mes chaussures, elle se serait sentie vengée de mon offense au sujet des siennes. Les pieds ne sont pas la partie du corps la plus difficile à dénuder, et c'était même en général par là que je commençais quand il fallait me déshabiller aux dépens de ma pudeur. Ces pieds que d'ordinaire je ne répugnais pas à montrer, m'obligeaient maintenant à exposer tout le reste dans mes acrobaties pour défaire les lacets sans aboutir à un nœud, et ne pas rester trop longtemps dans cette situation de vaudeville du galant cul nu et en bottines.

Le spectacle que je venais de lui offrir, entièrement nu mais en chaussures et en chaussettes, semblait avoir tiré Barbara de son humeur maussade, et jusqu'à ce moment, ni la situation ni mes actions ne lui avaient paru assez extraordinaires pour parvenir à ce résultat. Je pouvais en déduire que j'étais donc pour elle un garçon comme un autre, car si elle m'avait perçu comme le gamin en culottes courtes que j'étais réellement, le fait qu'un tel garnement la retienne dans sa chambre, la jette sur son lit, et la déshabille pour la lécher entre les cuisses jusqu'à plus soif, aurait dû constituer en soi un épisode suffisamment surprenant, rafraîchissant ou réjouissant, selon le point de vue… Lorsque Barbara dégagea son visage de l'oreiller où elle avait caché son rire, j'y découvris des larmes. Étais-je donc coupable envers elle et l'avais-je contrainte à quelque chose d'infâme ou de misérable ? Au lieu de m'inquiéter ou de me dissuader, cette tristesse brusquement montée dans ses yeux m'excitait davantage, mêlant aux gestes de la consolation, le désir d'aggraver la faute pour qu'elle fût réelle, complète, entièrement consommée. Je n'appris que plus tard, dans la littérature des libertins, ce que l'on peut entendre par «consoler une fille». Je portais une main à ses yeux pour les essuyer, et l'autre à sa poitrine pour la distraire, mais surtout pour m'emparer d'avance, et pour la première fois, de ce fruit inédit, parmi ceux qu'offre un corps de femme. Jusque-là, Barbara ne me refusait rien et ne m'arrêtait pas – aucun «*Stop it!*» –, elle se donnait sans résistance mais elle ne prenait rien, et déjà je comprenais que, dans les actes amoureux, prendre est une façon de continuer à donner. Je me tenais maintenant accroupi au-dessus d'elle, entre ses cuisses restées écartées et ruisselantes. Je contemplais avec délectation le fruit dans lequel j'avais mordu, et dont la pulpe m'était offerte, et mon attente n'était pas de l'hésitation. J'ai fini par entendre, à peine murmuré, le mot: «*Come…*» Jamais je n'avais imaginé un tel mot pour un tel moment, car où pouvais-je venir, où pouvions-nous aller, arrêtés l'un en face de l'autre, sur le lit ? En laissant ce mot infuser dans ma tête, et se diffuser dans mon corps, j'en ressentis un échauffement de mon sang, un trouble infiniment plus fort que celui de tous les mots obscènes colportés parmi les collégiens. Tout simplement le mot: «Viens…» pour passer avec douceur à la première fois. Comme on dit: «Viens chez moi», l'ivresse m'étourdissait de devoir compléter et de comprendre: «Viens dans moi.»

Je m'allongeai sur le corps nu de Barbara, mais dans mon inexpérience, et du fait d'être plus petit qu'elle, je visais trop haut en somme, calculant le rapprochement sur celui de nos visages et de nos bouches à nouveau, sans compter que je m'étais toujours représenté sur le devant l'ouverture au bas du corps des filles, comme si le pubis était lui-même creusé d'une gorge. Mon sexe dur se heurtait donc douloureusement à cette autre protubérance qu'est le mont de Vénus, là où il est impénétrable et où j'imaginais trouver une fente : j'ignorais qu'il fallait chercher l'entrée plus bas et j'allais enfin comprendre que les peintres et les sculpteurs ne trichent pas – comme je l'avais longtemps cru – en représentant de face le corps des femmes lisse et fermé comme un coquillage, en cet endroit. Alors, pour la première fois, j'ai senti d'autres mains que les miennes, tellement plus douces, plus délicates, manipuler cet unique organe manipulable, « manualisable », comme j'avais dû le lire, sans bien comprendre, dans une scène mémorable des *Confessions* de Jean-Jacques Rousseau. Je me soulevais légèrement pour laisser ces mains si suaves s'emparer de moi, me caresser, me guider. Je ne savais comment me comporter pour collaborer à l'action et, pour le coup, à mon tour je me laissais faire. Par une légère reptation, Barbara sut comment nous ajuster l'un à l'autre, et il arriva un moment où je sentis que je quittais ses mains sans quitter son corps, ou que ses mains me quittaient sans m'abandonner, ne se retirant que pour me libérer, me laisser seul en elle, dans un contact nouveau, une continuité idéale entre elle et moi, mon sexe seul dans son sexe à elle, et moi tout entier enfin parvenu là entre les cuisses d'une fille, enfoncé là pour la première fois par ce bout de mon corps surgi du boutonnage de mes culottes courtes, qui y entraînait mon être tout entier jusqu'à en perdre la tête. C'était la première fois.

Tout se passait comme je l'avais imaginé, comme je me l'étais mille fois représenté, il n'y avait pas de surprise, tout m'était familier. Mais l'acte essentiel de pénétrer un sexe de fille, puis l'action de revenir inlassablement à ce premier mouvement, simulant le retrait pour toujours recommencer cette délicieuse intrusion, tout cela si conforme à mes prévisions, s'enrichissait d'une multitude de détails imprévisibles : les corps continuent d'exister, dans toutes leurs autres parties, éloignées du sexe, les visages eux-mêmes, à l'écart du centre des opérations, en sont cependant les témoins et les partenaires, leur indépendance n'est qu'apparente, ils sont captifs, ils ne peuvent rester longtemps de simples spectateurs, les sensations les atteignent bientôt, les affectent, les submergent. Je découvrais avec fascination, jusqu'à m'en effrayer, des expressions inédites sur le visage de Barbara, sur lequel je m'efforçais de me pencher alors qu'il était légèrement au-dessus du mien. Je ne parvenais à capter son regard que par instants, car les mouvements de mes reins semblaient aussi pousser ses yeux vers le ciel, comme ceux d'une poupée qui roulent dans leurs orbites quand on la bascule. Les lèvres de Barbara articulaient des mots incompréhensibles, dont je me promettais de lui demander plus tard le sens, à supposer qu'elle ne les eût pas alors oubliés et qu'ils ne fussent pas les improvisations, les inventions d'un moment. Ses mains aussi parlaient, dont j'avais admiré la finesse lorsqu'elles déballaient le pique-nique à Kenwood ; et ces mêmes doigts qui, l'instant d'avant, m'avaient saisi pour me conduire en elle, maintenant s'agitaient comme dans le langage des signes des sourds-muets. Je la saisis aux poignets et ses doigts continuaient de s'agiter : c'était alors comme les longues pattes d'un insecte captif, renversé sur le dos. La chambre elle-même réagissait à cet événement dont elle n'avait peut-être pas connu d'exemple depuis longtemps, elle participait à sa façon, elle se manifestait : je découvrais qu'un lit peut s'exprimer, réagir, émettre des plaintes, que ses ressorts peuvent geindre, que l'odeur de l'air peut changer quand se mêlent de nouveaux effluves à ce que font respirer les objets et les meubles présents depuis toujours, que l'obscurité elle-même devient pénétrable, qu'elle recèle des réserves de lumière insoupçonnées, que les voix et les sons de tous les gestes se font entendre distinctement, et rendent aussi perceptibles d'autres bruits que le sommeil étouffe, quand on est deux dans une chambre, dans un lit, et qu'on ne dort pas.

Il fallait bien qu'une première fois fût ponctuée par sa propre fin : elle le fut, dans une douce confusion, mais ce sont d'autres mots assonants avec ce dernier qui me viennent après coup : effusion, diffusion, fusion…, car se répandre invisiblement dans un sexe de fille, en identifiant une jouissance déjà expérimentée dans la solitude, c'est d'abord « jouir sans les mains », comme on marche pour la première fois sur ses seules jambes, c'est-à-dire sans les mains là aussi. Cette jouissance qui devient une extase est celle de se tenir enfin debout, ou aussi celle d'avoir atteint en nageant l'eau la plus profonde, là où, sans savoir nager, on aurait perdu pied et se serait noyé. Se répandre pour la première fois dans un sexe de fille c'est ne plus voir ce qui jaillit de soi, n'en constater que l'écho s'échappant par la bouche de l'autre et le reflet brillant dans ses yeux. C'est bientôt baigner dans ce mélange poisseux et tiède, sécrété par deux corps qui viennent de s'accorder et de se fondre dans le paroxysme de la volupté.

Après tout cela – ce qui s'était accompli conformément à toutes mes préfigurations imaginaires, dans une dictée de l'instinct, et ce qui avait débordé au-delà de la sécheresse des prévisions et des expérimentations en solitaire –, brusquement je ne savais plus que faire, parvenu là où l'imagination s'était depuis toujours désintéressée et retirée de la situation. Je n'avais pas prévu la durée des actes, et que cela pût prendre un quart d'heure ou une demi-heure ou une heure, et je n'avais jamais songé au temps mort, c'est-à-dire en fait au retour du temps, après la fin des actes qui ont suspendu le temps. La seule idée qui me vînt fut de recommencer, de continuer, de revenir, de retourner en Barbara, pour que tout ne prenne pas fin si vite, car j'avais entendu parler des « nuits d'amour », et je découvrais que les corps eux-mêmes découpent le temps, le ponctuent, le fractionnent, qu'ils en sont la mesure, nul besoin de montre ou d'horloge. Comme je refusais de rien changer à la posture où l'orgasme nous avait surpris, restant où j'étais dans ce corps de fille de la première fois, la première fille, attendant que reparte quelque minuterie interne – une petite trotteuse qui se remettrait en route comme elle l'était déjà dans ma tête –, Barbara eut soudain un mouvement qui me sembla appartenir à un autre temps de nos relations, *avant* : elle me repoussa doucement, obligeant nos corps à se séparer, à se décoller l'un de l'autre, là où ils restaient emboîtés, elle quitta le lit d'un mouvement vif, pressée par une urgence, et allant vers la fenêtre par où elle était venue, je crus qu'elle allait repartir, disparaître comme elle était apparue. Elle souleva le carreau et je l'imaginais prenant la fuite toute nue dans la nuit, comme une maudite, mais je la vis seulement se pencher vers l'extérieur et ramener dans la pièce le sac de toile de matelot qu'elle emportait avec elle pour les week-ends chez Michael, et que je lui avais vu la veille à Kenwood. Au moment où elle avait enjambé la fenêtre pour entrer dans la chambre, elle l'avait posé par terre pour passer sans embarras, et l'y avait oublié quand j'avais précipitamment refermé derrière elle, enfermant l'oiseau dans la cage. Je réalisai à quel point cela eût été un terrible indice si un membre de la maisonnée avait découvert ce sac devant la fenêtre de ma chambre. J'observais maintenant une jeune fille nue évoluant dans l'espace autour du lit où je restais couché: elle fouillait dans son sac, je l'entendais remuer ses affaires de fille, j'imaginais des peignes, des brosses à cheveux, des flacons, des boîtes, des mouchoirs, tout un charmant attirail qui pour la première fois me concernait et pouvait avoir un usage en relation avec moi. Barbara s'éloigna vers le coin où était un lavabo, derrière un paravent. J'entendis l'eau couler: pour la première fois, une fille se lavait de ce que j'avais fait avec elle, de ce que nous avions fait ensemble, de ce que j'avais craché et répandu en elle. Je supposais, je devinais, je me représentais, je ne voyais rien, j'entendais. Lorsque Barbara s'est montrée à nouveau, se dégageant du paravent, ce fut comme une nouvelle apparition de sa nudité, sur la scène de notre petit théâtre intime: elle brossait ses longs cheveux et me regardait en souriant.

Tout cela appartenait à la première fois, et puis il y a eu encore les autres fois de cette première nuit. À la séance d'initiation, vinrent s'agglomérer bientôt d'autres couches de la réalité quotidienne, ordinaire, de mon séjour dans cette maison, et je retrouvai ainsi l'apprentissage linguistique et une leçon de vocabulaire anglais. Certains mots courants s'enrichissaient d'un sens brûlant, bouleversant: «*Again*... *Once more*...» («Encore... Encore une fois...»), auxquels s'ajoutaient des mots nouveaux, et même d'une nouveauté absolue car ils n'étaient pas la traduction anglaise que Barbara m'aurait enseignée de mots français que je lui aurais livrés en échange: par exemple je découvrais le terme *climax*, avant même de connaître son équivalent français *orgasme*. J'apprenais que le sexe d'une fille excitée et prête à faire l'amour était *creamy*, avant de savoir dire qu'une fille « mouille » ou qu'elle est « mouillée ». Le mot *sperm* lui-même m'apprenait l'existence de son cousin français si proche, là où le langage des lycéens de ma génération parlait de « jute ». Je ne montrais rien de mon ignorance, et j'apprenais chaque terme anglais en découvrant la chose elle-même, avant de savoir la dire en français. Par contre, j'étais fier de pouvoir échanger un certain vocabulaire de base et, par cette médiocre science, de cacher mon inexpérience : je pus troquer le mot *chatte* contre *pussy* ou *pussy cat*, et *bite* ou *queue* contre *prick* ou *cock*. J'étais revenu à l'apprentissage linguistique qui était le but de mon séjour au 15, Broadlands Road à Londres. Barbara m'écoutait, amusée et attendrie, prononcer après elle, avec application, les vocables qu'elle m'apprenait, et je trouvais irrésistibles dans sa bouche les gros mots français qu'elle articulait avec un accent où se mêlaient l'Angleterre et les Caraïbes. De la langue française, qu'elle n'avait jamais apprise, elle ne connaissait donc que ces uniques paroles nouvelles, auxquelles je venais de l'initier, et j'étais comblé qu'elle les tînt de moi, comme si je lui avais appris la chose elle-même qu'elles désignaient, comme si ces organes n'avaient pas existé pour elle avant d'en connaître de moi le nom en français.

Barbara était revenue sur le lit, et je lui surpris ce sourire sérieux que l'on a pour manifester l'appréciation positive de quelque chose à quoi on ne s'est pas attendu. Elle avait l'air de dire : « Eh bien, je n'aurais jamais cru... » Nous étions prêts pour que la première fois reprenne, continue, se prolonge, et comme si ce qui avait commencé ne devait plus avoir de fin. À la première fois succédèrent donc les autres fois de la première fois, dans la première nuit. Je retrouvais les chapitres ou les épisodes depuis longtemps prévus à mon programme, à mon plan de bataille. Après que nous eûmes récité sans faute la grande leçon magistrale, les séances de travaux pratiques pouvaient commencer, mêlées au cours de langue : il fallait maintenant vérifier, expérimenter, décliner. Tout recommencer ce qui est toujours semblable et toujours différent. Se présentèrent les figures les plus classiques du *Kama Sutra* qui avait circulé parmi les lycéens de ma classe, acheté par le plus effronté d'entre nous chez un bouquiniste sur les quais. Face à l'expertise que je m'efforçais d'afficher, en petit bluffeur que j'étais, je trouvais à Barbara de l'ingénuité : elle consentait aux positions et aux postures dont je me faisais le maître et le grand ordonnateur, elle manifestait sa soumission et sa maladresse, à la fois troublée et amusée, mais je ne savais si c'était par la nouveauté de ce qu'alors je lui aurais fait découvrir ou par l'intrépidité enfantine du manipulateur de marionnettes qu'elle aurait vue en moi, alors que je lui faisais prendre, comme si je les avais souvent pratiquées, quelques postures académiques, quelques figures imposées. On s'expliquait entre les enlacements et les intromissions – *intercourses* –, pendant les pauses – *intervals* –, on se racontait comment cela se dit, comment cela s'appelle – il m'arriva d'inventer ma propre terminologie sexuelle et érotique, et j'eusse été bien en peine de répéter le mot ou la formule le lendemain –, on échangeait des commentaires et des impressions, on croyait innover par des configurations qui n'auraient correspondu à aucune position connue, à aucune formule d'agencement des anatomies, à aucun chapitre des ouvrages spécialisés.

À nouveau, Barbara se laissait faire, apparemment surprise – je l'espérais même émerveillée – par le déniaisement sexuel dont bénéficiaient les petits Français, et je laissais entendre que cela était naturel chez nous, que tous les petits Parisiens savaient tout cela par cœur, et pratiquaient à tout bout de champ, dans tous les coins – je citais les toilettes et les buissons des jardins publics, les vestiaires des gymnases, les manèges et les balançoires, les cabines de téléphone, les arrière-boutiques, les ascenseurs, les caves, les cages d'escaliers, les garages souterrains… et puis, lors des week-ends à la campagne, les granges à foin, les abris de jardin et les cabanes en forêt –, transformant ainsi la gêne ou la honte d'une lubricité et d'un dévergondage personnels en tempérament national. À vrai dire, je ne savais rien, ou peu de chose, de la sexualité des Français petits ou grands, si ce n'était ce dont se vantaient certains de mes aînés, au retour de vacances dans des maisons de famille en compagnie de cousines et de cousins. Il y avait aussi les livres qui circulaient, dérobés par certains d'entre nous dans les rayons secrets des bibliothèques de leurs parents, illustrés de dessins érotiques ou de photos pornographiques. Chez moi, je n'avais trouvé que deux ouvrages bien innocents, mais dont certaines pages m'avaient tellement troublé qu'il m'était arrivé de m'en interdire la contemplation pendant plusieurs jours, par des mesures d'autodiscipline et de chasteté : l'un était le guide d'utilisation de l'appareil photo Rolleicord de mon père où, au chapitre « Étude de nus », on voyait une femme photographiée nue sur une plage derrière un filet de pêche, et où la pilosité avait été effacée (comprenant le trucage, j'étais encore plus troublé par cette obligation et par cette opération de retouche à l'aide d'un petit pinceau pour effacer la chose en la caressant, touffe de poils sur touffe de poils…) ; l'autre était un livre de photographies sur l'occupation allemande à Paris, et l'image où l'on voyait, dans un cabaret, des danseuses aux seins nus, devant un parterre d'officiers nazis attablés et buvant du champagne, m'avait ouvert la porte aux scénarios les plus bouleversants. Je n'étais même pas en âge de pouvoir acheter *Play-boy* chez le marchand de journaux, où mon père prenait *France-Soir*, *Le Monde*, le *Journal du Dimanche* et *Paris Match*, et *Elle* pour ma mère, sans me voir obligé de reposer au plus vite le magazine dans le rayon, et de prendre à sa place le *Journal de Spirou*, comme si je m'étais trompé. Mes connaissances étaient donc toutes théoriques, et je me gardai bien de révéler à Barbara que ma pratique était toute nouvelle, que je vivais la première nuit, qu'elle était la fille de la première fois. Elle me demandait comment cela se passait en France pour les relations sexuelles – les lieux et les circonstances (jusqu'où allaient les surprises-parties, et si les mineurs pouvaient aller à l'hôtel), les attitudes de la famille avec les garçons et avec les filles, ce qui se passait quand l'une d'entre elles tombait enceinte (*pregnant*), etc. –, et j'étais embarrassé pour lui répondre, d'autant que, derrière ces questions d'allure générale, je sentais pointer la curiosité de savoir ce que j'avais moi-même fait jusque-là, comment j'avais commencé, dans quelles circonstances, à quel âge, avec qui. Je restais dans le vague et comme si, dans une expérience déjà riche, il était difficile de dire le quand, le comment, le pourquoi… J'apprenais en faisant mine d'enseigner, et face à mes lacunes je jouais au grand garçon qui joue au petit garçon. Après avoir accompli les actes pour de bon, nous pouvions les faire pour rire, et redevenir des enfants maladroits qui maltraitent leurs joujoux et leurs poupées. Le sourire était déjà revenu entre nous, le rire allait suivre, mais par contraste, et pour rendre vivants les temps morts, pour continuer de secouer les corps qui ont cessé de remuer. Je me risquai même à quelques chatouilles, citations d'un épisode douloureux et maintenant surmonté, au point de pouvoir être évoqué, pour rire de ce rire, de bon cœur, sans rancune et sans menace d'un « *Stop it!* ». Mais je savais – l'ayant tout juste appris – qu'il faut cesser de rire, peut-être même brutalement, pour faire l'amour, le comique et l'érotique ne faisant pas bon ménage. Mais cependant la gravité du sexe est encore autre chose que le sérieux, et le silence des bouches jointes dans un baiser, qui doit faire taire les éclats de rire, est autre chose que le mutisme, c'est plutôt le silence d'un film du cinéma muet. Les soupirs et les râles du plaisir sont l'envers du sourire et du rire, peut-être la face cachée, celle qui ne se tourne pas vers le ciel mais vers la terre, quand un nuage passe devant le clair de lune et que le satyre gracieux et enjoué qui contemple la nymphe, va cacher dans l'obscurité la terrible grimace de sa convulsion alors qu'il l'abuse.

Je n'avais aucune idée de l'heure – l'horloge de mon corps ne marquait plus qu'un temps déréglé, à la fois ralenti et accéléré, le décalage horaire d'une autre planète –, mais il faisait encore nuit. Barbara était allongée sur le ventre, et moi j'étais à nouveau entré en elle, dans une position qui semblait celle d'un nouveau chemin, mais en fait toujours par celui dont je connaissais maintenant l'entrée, et qui m'était familier depuis peu, dans ce creux du corps entre son endroit et son envers, et même si c'était contre le rebondi des fesses que je butais. Alors, du bruit s'était fait entendre chez Auntie Chrissie, de l'autre côté du mur, non pas un bruit ponctuel mais les sons d'une mise en route matinale que, dans mon sommeil de petit garçon, je n'avais jamais entendus jusque-là. Je découvrais le secret d'Auntie Chrissie, peut-être la clé du mystère de ses disparitions quotidiennes : elle se levait et sortait une heure avant tout le monde, au petit matin. Je comprenais que les bruits se propageaient d'une chambre à l'autre et je me demandais si elle avait pu entendre chez moi, pendant la nuit, une agitation inhabituelle. Je m'immobilisai. Cette position contre les fesses de Barbara, avec la vue sur son dos et sur sa nuque, est la dernière dont je me souvienne de cette nuit de la première fois. Car tandis qu'Auntie Chrissie s'éveillait et se préparait de l'autre côté du mur, ayant de mon côté conclu à la hâte, en sourdine et dans un épuisement final des réserves accumulées depuis tant d'années pour cette nuit-là, pour ce corps-là, je m'endormis.

Ce furent l'animation coutumière de la maison et la cloche du petit déjeuner qui me tirèrent du sommeil une heure plus tard. Je me retrouvai seul dans le lit dont les draps étaient défaits et humides par endroits, comme après une nuit de fièvre et de cauchemars. Barbara n'était plus là, ni son sac de matelot. Après le temps d'oubli, et revenant à la conscience, je fus surpris par les parfums qui flottaient dans la chambre, je ne reconnaissais pas l'odeur des vieux tapis, des livres, des tissus, du fauteuil, des rideaux, du couvre-lit, des produits que j'utilisais pour la maquette. Quelqu'un qui eût été familier de cette pièce n'eût pas manqué de déceler dans l'air la trace de parfums étrangers à sa paisible et vénérable histoire (sans compter qu'il y avait eu là, à l'origine, une salle à manger). Je me précipitai vers les fenêtres pour les ouvrir en grand et puis, comme si cela avait pu aider à tout effacer d'une nuit de trahison de mon enfance, je m'attablai devant le Spitfire en balsa, et j'entrepris une opération d'assemblage qui fit revenir dans l'atmosphère l'odeur de la colle à bois. La lettre à ma grand-mère serait l'oubli complet, le total désaveu d'avoir été, le temps d'une nuit, un petit garçon qui a quitté ses culottes courtes pour jouer au grand garçon.

IV

LES AUTRES FOIS

I

En ce lundi 22 juillet 1957, j'étais aux deux tiers de mon séjour au 15, Broadlands Road à Londres, et la suite ouvrait sur un mystère à la fois lumineux et sombre, exaltant et angoissant : dans quoi étais-je engagé ? La première nuit, la nuit de la première fois, resterait-elle une nuit unique, la nuit de cette unique fois ? Et quand j'aurais à croiser à nouveau le regard de Barbara, sans doute en présence de quelque témoin de ces retrouvailles, aurons-nous l'un et l'autre pris la décision d'avoir tout oublié, tout effacé ? J'étais partagé entre le désir brûlant des autres fois, que j'imaginais comme une suite de rendez-vous clandestins, inaugurant une double vie, et le désir inverse de tout arrêter là, à la fois pour conserver le caractère unique de ce qui avait eu lieu et qui, d'un certain point de vue, ne pouvait pas avoir de suite, de réplique, de recommencement, de répétition, et par une sorte d'instinct de conservation qui me disait ce que j'avais à perdre dans ce passage anticipé au monde des adultes, dans cette désertion, cette trahison à l'enfance et à l'âge magique, miraculeux, des culottes courtes. Je ne pouvais renoncer ni aux douceurs incomparables du corps de Barbara et de tout son être, ni à être celui qui collectionne les *Observer's Books*, les *Matchbox Series*, qui construit une maquette d'avion en balsa pour la faire voler depuis l'Europe centrale jusqu'en Angleterre, et qui serait infiniment malheureux d'avoir inquiété sa grand-mère par le retard d'une lettre, ou de ne pas recevoir d'elle la sienne, comme en punition. Je craignais avec superstition une obscure justice qui eût frappé les êtres que j'avais le plus aimés jusque-là pour me châtier d'en aimer un autre, si étranger à toute mon existence, si éloigné de moi, si différent de tous les miens, et que pourtant j'aimais si différemment, avec une intensité de l'amour jusque-là inconnue. Par ces seules pensées confuses et contradictoires, je m'engageais déjà dans le mensonge et le secret, dans la simulation et la dissimulation, car je voulais le bien de tous et de moi-même au milieu d'eux, et la menace m'inquiétait d'un malheur qui m'eût été infligé comme correction d'une félicité trop riche, trop compliquée à vivre, à expliquer.

Cette première fois était aussi celle de la première mauvaise conscience et d'une culpabilité dont le sentiment n'a cessé de me poursuivre tout au long de ma vie, à chaque bifurcation dans les voies du sentiment, du désir et du bonheur. Je me sentais pour la première fois arrivé au point où le chemin se divise, offrant deux directions possibles à mes pas, mais il y avait encore la route principale qui m'avait conduit jusque-là, celle de mon enfance et de ma famille, celle de ma scolarité et de mon éducation, celle d'une histoire qui avait commencé bien avant moi et que d'autres autour de moi partageaient depuis toujours, une route qui s'était jusque-là présentée toujours droite et sans chemin de traverse, et il y avait pour la première fois une bifurcation possible, sans doute une voie plus étroite, plus tortueuse, moins lumineuse sous le soleil, plus mystérieuse dans ses détours et ses zones d'ombre, mais irrésistiblement attirante par ses promesses et ses mystères, par les accidents de son parcours, par les parfums qui se dégageaient des bas-côtés, par les paysages fascinants auxquels elle semblait conduire, comme dans ces arrière-plans inaccessibles et idéaux dans certaines peintures du passé. Je ne savais si je devais me reprocher cette absence de courage qui m'empêchait de choisir l'un ou l'autre chemin et de m'y engager résolument en délaissant l'autre, et le sacrifiant à jamais, ou si je devais voir un certain mérite ou une certaine lucidité dans la volonté de ne renoncer à rien, de tout sauver, de ne faire de mal à personne ni à moi-même. Parfois, je me disais que, si je continuais sur la grand-route, une prochaine bifurcation vers les paysages que j'aurais délaissés se présenterait un peu plus loin, avec la possibilité de retrouver ce dont je m'étais détourné, à un moment plus opportun de mon âge, de mon histoire, mais aussitôt m'assaillait le doute sur celui que je serais alors devenu, ayant renoncé une première fois à l'aventure du petit sentier, et à ce que lui-même serait alors, peut-être à son tour la route principale qui traverse des contrées de l'existence moins charmantes. Parfois, je me disais au contraire que la voie dont la fourche se présentait à moi en ce moment même pouvait ne pas s'écarter irrémédiablement de la route principale, et même y revenir pour la croiser et la recroiser, s'entortillant autour d'elle et finissant par en suivre le tracé général, permettant d'en explorer les profondeurs sur les côtés. Au pire et au besoin, me disais-je, je pourrais toujours, m'étant aventuré sur le petit chemin, et voulant retrouver la grand-route, couper à travers champs : cette hypothèse, la plus aventureuse, était aussi la plus attirante, mais l'argument décisif qui apparut dans mes spéculations fut la perception que, moins de dix jours plus tard, irrévocablement, mon séjour au 15, Broadlands Road à Londres prendrait fin et que, quoi qu'il arrivât, et quel que fût le lieu où je serais allé me perdre en choisissant la bifurcation, je serais ramené de force sur la grand-route. En raccourci, je venais d'entrevoir la perspective d'un destin face à la mort : dans moins de dix jours, j'aurais quitté cette vie, je serais irrémédiablement loin et séparé de Barbara, je serais mort en somme, c'est-à-dire mort à cette partie-là de ma vie, retrouvant vie parmi ceux que je croyais menacés de mort par ma trahison.

Dans moins de dix jours, de retour en France, commenceraient les grandes vacances avec ma famille et, à peine rentré, je repartirais pour notre voyage de l'été : mon père, cette année-là, c'est- à-dire un an après la révolution hongroise de 1956, écrasée par les chars russes – je me souviens des images publiées dans *Paris Match* du photographe français Pedrazzani, tué pendant les événements –, avait décidé de nous emmener à Budapest et de nous faire découvrir son pays, celui de sa famille, la mienne : encore la promesse d'une première fois, étrange première fois d'ailleurs que celle d'un rendez-vous avec ceux qui ne sont plus là. Barbara, la fille de vingt ans, la beauté exotique avec son anglais sucré des Caraïbes et sa peau de miel sombre, serait alors bien loin, devenue l'héroïne d'une histoire improbable, lorsque je serais, aux côtés de mon père, face aux fantômes, quelque part sur les rives du Danube. Je me persuadai que j'aurais alors retrouvé une entière appartenance, une parfaite fidélité à mon histoire, que je serais redevenu un petit garçon en culottes courtes, en voyage avec ses parents et sa petite sœur. J'étais honnête dans de telles certitudes, mais malhonnête dans mes raisons de les convoquer : je cherchais toutes les bonnes raisons pour être un autre pendant quelques jours encore, avant de retrouver celui qu'il me faudrait continuer d'être à jamais. Déjà je savais que je ne résisterais pas au désir d'une deuxième fois, et déjà j'en guettais les possibles circonstances dans le déroulement de la journée à venir.

2

L'occasion – et même l'obligation – d'un retour à la légalité, à la bonne conscience, aux culottes courtes, m'apparaissaient maintenant avec l'arrivée imminente de Mme Chapman, la grand-mère anglaise qui, tous les lundis de ce mois de juillet, emmenait son petit Français à la découverte de Londres. Pour la première fois de ma vie, je venais de me réveiller et de me lever une heure seulement après m'être endormi, et pour la première fois je constatais cette horloge du corps (encore la petite trotteuse), qui enregistre les convocations auxquelles le corps aurait tendance à se soustraire ou à résister : il y a dans le corps qui s'est abandonné à quelques excès ou dérèglements, une minuterie implacable qui finit par lui rappeler le retour au temps ordinaire, manifestant qu'il n'y a aucune négociation possible, aucun transfert de temps, aucun crédit, aucun échange, aucun dépassement toléré. Mme Buss n'eut pas à venir me chercher, et sans doute la crainte qu'elle ne fît irruption dans la chambre et n'y décelât quelques parfums étrangers, fut-elle le ressort qui me fit bondir hors du lit. Pénétrant dans la salle commune du petit déjeuner où les hôtes étaient rassemblés en silence, après avoir été si bavards et bruyants pendant tout le week-end, laissant parler pour eux la famille enfermée dans le poste de radio, la seule qui ne m'adressa pas un jovial *Good morning!* fut Barbara, et ce détail n'échappa point à Kate : je la devinais de plus en plus avancée dans ses suppositions et son enquête à notre sujet. La suite de notre *love affair* ne dépendait peut-être que d'elle, de sa décision de fermer les yeux, ou d'ouvrir ceux de Barbara, quitte à faire éclater le scandale. Malgré toute ma détermination à ne rien laisser paraître, je fus troublé de voir Barbara vêtue du même pull vague, couleur cerise, qu'elle portait en arrivant la nuit dernière, et qu'elle quitta sur le lit – peut-être ne s'était-elle même pas couchée –, et je revoyais ce que j'avais découvert lorsqu'elle avait ôté ce chandail, ce qu'elle y cachait à nouveau, et dont sans doute, parmi toutes les personnes présentes sauf Kate, nul autre que moi ne connaissait la forme, le volume, les pointes brunes et épaisses. Il fallut que tous eussent quitté la pièce, s'éloignant avec entrain vers leurs journées de travail, pour que Barbara levât le regard, croisât le mien, et sourît de me voir dévorer une tartine débordant de *marmelade*.

Mme Chapman est arrivée, aussi fringante et dynamique qu'à l'accoutumée, et je me suis étonné de cette fraîcheur et de cette énergie, comme si les excès et les fatigues de ma nuit blanche avec Barbara avaient dû être partagés par tous. Bien sûr, elle n'avait aucune raison de me supposer fatigué – et d'autant qu'à l'âge des culottes courtes, on est infatigable avec ses passions –, ni de me ménager. D'ailleurs, notre expédition du jour était la plus lointaine de toutes, non seulement en distance réelle, parcourue en métro puis en train, jusqu'à Richmond au sud-ouest de Londres, mais par le voyage mental qu'elle allait nous procurer : ma grand-mère anglaise m'emmenait à Kew Gardens, le grand parc botanique créé au milieu du dix-neuvième siècle, sur les berges de la Tamise dans la boucle qu'elle fait pour remonter vers le nord, là où la reine Caroline donnait à manger à ses tigres, et où George III, le roi fou, passa son enfance. Le jardin avait été désiré par le prince Frederick, mais sa mort prématurée, après qu'un coup reçu au cricket eut provoqué un abcès au poumon, transféra le projet entre les mains de sa veuve, qui fit appel au grand architecte et paysagiste William Chambers, de retour d'un séjour en Chine. Mme Chapman avait commencé à me raconter cette histoire de Kew Gardens, et nous étions dans le métro depuis une dizaine de minutes, que déjà je m'endormis sur son épaule, et avant que je me réveille, croyant me retrouver en compagnie de celle à qui je rêvais, la veuve du pilote de la Royal Air Force manifesta sa déception de me trouver si dépourvu d'énergie, à peine commencée notre splendide excursion : en réaction à cette remarque, je dus lui répondre que notre voyage me faisait rêver, et que c'était pour cette raison que je fermais les yeux.

Nous débarquâmes à l'entrée de Kew Gardens comme sur le quai d'un port, sur un continent lointain. C'était une magnifique journée, un de ces joyaux de lumière et de douceur que l'été fait apprécier en Angleterre, bien plus que dans les régions où, à cette saison, le soleil se lève chaque matin dans un ciel invariablement bleu. J'avais l'impression que nous avions traversé plusieurs océans, mais pour retrouver, dans une de ces contrées lointaines où retentissait le *God Save the Queen*, l'odeur si particulière de la terre et du gazon anglais. De fait, nous avions atteint ce cœur de l'Angleterre, qui rayonne de ses plus conquérantes rêveries : Kew Gardens fut légué à la nation et ouvert au public en 1899 par la reine Victoria, et l'Empire britannique avait rassemblé là aussi bien les souvenirs végétaux de ses possessions sous tous les cieux, que les découvertes de ses voyageurs, de ses marins, de ses soldats, de ses ambassadeurs, de ses commerçants. L'histoire et la légende s'y déposent et s'y mêlent : l'expédition de James Cook dans le Pacifique, à bord de l'*Endeavour*, y croise les navigations de William Bligh, commandant du *Bounty*, chargé de rapporter des plantes et des fruits rares de Tahiti, avant qu'une mutinerie restée célèbre ne se mît en travers de l'entreprise. Certains prétendent que les décors des jardins de Kew, parmi les plus évocateurs du monde, inspirèrent à Lewis Carroll le pays des merveilles où il installa les délices d'Alice. La fatigue et l'ennui des moyens de transport pour parvenir jusque-là avaient été une épreuve où s'était éloigné le souvenir de Barbara, mais il revint avec force dès que nous commençâmes notre promenade dans cet Eden si propice à l'effusion des sentiments et aux égarements des sens.

À partir de ces moments et jusqu'à la fin de mon séjour à Londres, le mercredi 31 juillet, je ne pus m'empêcher de regretter et d'imaginer la présence de Barbara dans chaque situation et dans chaque lieu agréables où elle ne se trouvait pas à mes côtés, et même lorsqu'il m'arriva encore de prendre le bus 210 en direction de Hampstead, pour aller boire un verre de lait à la fraise ou à la menthe, dans le salon de thé-pizzeria « The Oasis », servi par une jolie Danoise blonde aux yeux clairs. Tout ce que j'expérimentais et tout ce que je vivais sans Barbara était réduit à un repérage, à une répétition à blanc, et je me promettais de revenir dans les mêmes lieux, de revivre les mêmes situations, mais pour la première fois et à échelle réelle, c'est-à-dire avec elle à mes côtés, ou dans mes bras, ou moi dans elle. Un partage se dessinait entre tous les moments, toutes les situations où Barbara était devenue indispensable à mon bonheur, et tout ce qui continuait d'appartenir à mes jeux et à mes occupations d'enfant, où je pouvais être heureux sans elle, sachant qu'elle existait et qu'elle m'attendait dans un monde voisin. Mais dans l'un et l'autre mondes, celui où je ne pouvais vivre qu'avec elle et celui où j'étais seul avec mes livres et mes jouets, je restais un petit garçon en culottes courtes, car je ne voulais rien changer à mon âge, à mes tenues, à mon rapport général au monde, où les deux mondes se côtoyaient, séparés l'un de l'autre par un mince et fragile paravent.

Parcourant la grande serre tropicale – *Palm House* – dessinée par l'architecte Decimus Burton, avec ses palmiers géants et ses jets de vapeur pour humidifier l'atmosphère – une vaporisation où se prend la lumière qui a traversé l'immense verrière –, ou la villa indienne de Marianne North, pleine de tableaux, peints à travers le monde par cette artiste voyageuse, je ne cessais d'imaginer Barbara à mes côtés à la place de Mme Chapman. Je me voyais avec elle dans les mêmes lieux, dans la même touffeur humide des grandes maisons de verre et d'acier comme *Temperate House*, nous reposant à l'ombre du même arbre centenaire, parcourant les mêmes allées parmi des lits de lavande ou des plantations de poivriers qui remontent à l'époque où les grains précieux servaient de monnaie aux Londoniens, attendris devant les mêmes bassins couverts de nénuphars géants, nous émerveillant devant la plus vieille plante en pot du monde, un palmier dans sa prison de terre depuis 1775, ou devant l'arbre le plus haut sous verrière, en provenance du Chili, ou nous apitoyant devant le dernier spécimen connu d'une plante rare, rapportée d'Afrique du Sud mais, ce faisant, je ne m'imaginais pas en jeune homme élégant, accoutré comme un petit monsieur avec pantalon, veste et cravate, et tenant à son bras une belle femme, princesse lointaine qui eût été là comme dans les jardins de son palais, je continuais de me voir auprès de Barbara en petit garçon, son amant en culottes courtes. Je regardais les mains de Mme Chapman déballer nos petits sandwiches sur une table à pique-nique à l'ombre d'un saule, et j'imaginais les mains de Barbara, si douces lorsqu'elles s'étaient emparées de moi pour me conduire en elle. Je regardais le corps de Mme Chapman dans sa robe à fleurs, un gilet en lainage rose sur les épaules, et j'imaginais Barbara avec une jupe serrée et un pull-over vague que je savais, l'une si facile à trousser le long de ses cuisses dorées, découvrant le ventre jusqu'à la taille, et l'autre capable d'avaler sa tête un instant lorsque déjà il avait dénudé les seins tendres et durs. Je regardais les cheveux blancs à reflets bleus, permanentés, de Mme Chapman, et j'imaginais la chevelure lisse et noire, à reflets bleus, tombant sur les épaules de Barbara, ou dégageant sa nuque et ses oreilles lorsqu'elle les nouait à l'aide d'une simple épingle, avec un de ces gestes de fille, hérités d'une lointaine antiquité, époque des origines de la grâce, de la beauté. Jusque-là, j'avais pu observer que la coiffure des fillettes – celles de la génération du petit garçon en culottes courtes que j'étais – était déterminée par la commodité ou par la toute première coquetterie – ce que j'avais remarqué chez ma petite sœur quand ma mère la coiffait –, et pour la première fois, je venais d'éprouver une émotion que je ne cesserais plus de retrouver face à un de ces gestes de fille en rapport avec sa chevelure, dicté par une nécessité pratique du moment, dans une situation où le corps semble handicapé par un trait de la féminité, geste qui, dans l'apparence d'un compromis entre la grâce féminine et une obligation contradictoire, ne fait que révéler plus de grâce encore, une beauté supplémentaire, inespérée. Détaillant les frisettes de Mme Chapman, semblables à celles que ma grand-mère obtenait sur ses beaux cheveux blancs à l'aide d'un fer chaud où s'enroulaient et se pinçaient les mèches, je revoyais la toison noire, massive et lisse de Barbara quand, dressée au-dessus de moi sur le lit, entre deux enlacements, elle la ramassait comme une magicienne escamote un pan d'étoffe, pour offrir un visage moins abandonné à ce qui vient de la submerger, dans le mouvement de se ressaisir après une faute ou d'effacer d'un geste le désordre d'un long effort (bien des années plus tard, j'ai vu, dans une rivière d'Amazonie, de jeunes Indiennes au bain sortir la tête de l'eau et faire tournoyer leurs longues chevelures, qui venaient s'enrouler en torsade autour de leur visage, transformant d'un coup la sirène en elfe aux cheveux plaqués par le vent d'une course dans la forêt). Telles étaient mes pensées en regardant les bouclettes de Mme Chapman, alors que nous étions assis dans l'herbe, auprès d'un érable, contemplant la Tour chinoise, grande pagode en briques rouges à dix étages, et que Barbara m'attirait dans la rêverie d'un Orient où toutes les femmes étaient mystérieusement belles, issues comme elle de subtils croisements entre les races d'Asie et d'Europe : c'est alors que je m'endormis encore, faussant compagnie à la lecture que Mme Chapman venait d'entreprendre pour mon profit, avec son habituel effort pédagogique d'une prononciation scrupuleuse et de l'introduction dosée de mots nouveaux. Me réveillant en sursaut, avec un sentiment coupable du rêve où j'avais poursuivi Barbara là où elle voulait me faire découvrir quelque secret, je craignis d'avoir, pendant mon assoupissement, prononcé son prénom ou fait usage des mots qu'elle m'avait appris pendant la première nuit, car Mme Chapman m'affirma avec un mélange de malice et de fierté qu'elle avait réussi à me faire rêver à voix haute… en anglais. Abruti par tant de beautés qui nous entouraient inutilement, en provenance de tous les climats, et sans doute par une analogie phonétique, m'est revenu le mot *climax*. Toutes les beautés de la terre réunies en un jardin, restent insuffisantes à l'extase, alors que manque celle au fond de qui les oublier toutes. Parmi ces splendeurs, ne se font sentir que l'absence et la nostalgie du Paradis perdu. Au contraire, il suffit que soit là celle au fond de qui se perdre, pour que se perde au fond d'elle la mélancolie de ce qui n'adviendra jamais.

3

De retour au 15, Broadlands Road, devant la maquette en balsa du Spitfire ou devant le bloc de papier « par avion-*by air mail* » pour la lettre quotidienne à ma grand-mère, Barbara s'effaçait de ma tête, disparaissait, et je ne comprenais plus l'intérêt, la nécessité de notre relation, dans un monde où j'avais une grand-mère bien-aimée, avec qui communiquer chaque jour grâce à la poste aérienne et où, dans ce même espace de ciel idéal de notre trait d'union, je m'apprêtais à faire voler mon avion de pionnier de l'aéronautique en culottes courtes. Pendant quelques instants, je me croyais définitivement libéré de cette obsession d'une relation amoureuse et sexuelle, et je me convainquais de pouvoir vivre sans cela, qu'il y avait un monde sans Barbara où il m'était possible d'être aussi heureux que dans le monde avec elle, et je ne doutais plus de l'avoir déjà oubliée. Je ne savais pas encore que l'oubli ne résulte pas d'une volonté, ni d'une décision prise à l'issue d'une argumentation contradictoire, je ne savais pas que l'oubli est l'épuisement et la perte de ce qui nous divise. Toujours l'oubli est un partage en moins, une division en moins, un peu de solitude en plus, un peu d'unité en plus. Un certain état de la lumière dans le ciel me rappela l'heure des parties de tennis et alors, oubliant que j'avais oublié Barbara, ma gorge se noua en pensant qu'elle m'attendait peut-être, et que déjà je pouvais la retrouver pour marcher à côté d'elle, dans le parfum de sa chevelure et de son corps, à travers la prairie jusqu'au Highgate Lawn Tennis Club.

Dans la salle commune où Mme Buss, aidée par Suzann, préparait le *supper*, je me présentai avec ma raquette de tennis à la main dans sa housse en tissu écossais, mais sans avoir revêtu la tenue et les chaussures, pour indiquer ainsi que je posais la question sans préjuger la réponse, et que je m'étais simplement souvenu que nous étions un lundi, une heure avant la nuit. Je sentis Mme Buss affairée et plutôt désireuse que je n'impose pas ma présence. Elle demanda à Suzann si elle voulait jouer avec moi : la princesse pimbêche fit la moue, elle était encore épuisée – *exhausted* – par l'activité du week-end précédent, et je me suis dit que nous n'avions pas les mêmes raisons d'être éreintés. Alors, Mme Buss demanda à sa fille de monter chez Barbara et Kate et de leur poser la question de ma part. Pour exprimer mieux encore sa paresse, Suzann s'était vautrée sur la table, le nez dans les épluchures de pommes de terre que sa mère y déposait et elle murmura, en parlant de moi à la troisième personne, que je pouvais bien monter moi-même à l'étage des filles, pour une fois, et leur faire ma proposition. Mme Buss répliqua mollement, comme par un réflexe de la bonne règle : « *Suzann, you shouldn't argue with me…* » (« Suzann, tu ne devrais pas discuter ce que je te demande… »), mais, pour abréger, elle se tourna vers moi et, avec le sourire d'une permission polissonne, elle me chuchota : « *You can go upstairs…* » (« Tu peux monter… » – ici, le *tu* ne faisait aucun doute). En y repensant aujourd'hui, je pourrais voir dans la tournure qui avait échappé à cette femme si respectueuse des bonnes mœurs, le laisser-aller et le laissez-passer d'une mère maquerelle à un client pour qu'il montât chez une fille. Je grimpai les marches quatre à quatre jusqu'au deuxième étage, et je cognais à la porte avec le cadre de la raquette. Ce fut Kate qui ouvrit, juste assez pour montrer son visage et, comme si elle avait deviné le motif de ma visite, elle me dit à voix basse : « *She's sleepy* » (« Elle dort »), puis elle me fit signe d'attendre sur le palier. Je compris qu'elle allait interroger Barbara. Je n'avais pas même évoqué la partie de tennis, la raquette que je tenais à la main ayant suffi à me faire comprendre. Kate revint et, toujours dans l'étroit entrebâillement, elle me dit: «*She is tired*» («Elle est fatiguée»), et elle ajouta qu'«elle» – en évitant de prononcer le prénom de Barbara, pour souligner la grossière évidence de mon intérêt – regarderait sans doute le film noir à la télévision: c'était, à peine déguisée, une proposition de rendez-vous que je fis semblant de ne pas bien comprendre, rappelant que pour ma part j'aurais les parties de *chinese checkers* avec Mme Buss. Je ne m'attardai pas plus longtemps et je redescendis jusqu'à ma chambre, sans doute déçu et découvrant que j'avais été oublié le premier, dès la première occasion de retrouvailles qui allait donc se perdre. Mais, en même temps, je me voyais conforté dans l'hypothèse d'un bonheur possible dans un monde sans «elle». Je comprenais qu'à l'inverse du jusqu'auboutisme sans nuance, qui était ma vision simplifiée face à l'alternative, il y avait des partages acceptables, des accommodements, des équilibres, d'autres modes que l'exclusivité: il n'y aurait pas de partie de tennis et je pouvais donc retourner à mes lectures de Walter Scott ou de Conan Doyle, à mes jeux solitaires, à la maquette en balsa, mais il y avait la perspective de *la* retrouver plus tard.

Avec une douleur que je me refusais à reconnaître, j'expérimentais cette imperfection du monde et des relations amoureuses qui rend le monde et l'amour praticables, vivables: d'abord découverte comme une obligation, la sagesse est décevante, sa leçon est cuisante comme le renoncement à un idéal, et il faut finalement du temps, c'est-à-dire de la mort envahissant la vie peu à peu, pour que la sagesse devienne un idéal. Être un enfant sage ne relève pas de la sagesse, il n'y a de sagesse que du vieillissement, de la lassitude, de l'abandon. Il peut y avoir de la sagesse dans l'intransigeance face à l'idéal, dans le refus de tout ce qui est partage, temps perdu, compromis, bonheur qu'on laisse perdre, plaisirs et extases non consommés. Et il y a une triste sagesse de la jeunesse qui n'est qu'aveuglement, couardise, pingrerie. En ayant cédé à la paresse et au sommeil sous le coup d'une légère fatigue, Barbara me renvoyait à une fin de journée de petit garçon en culottes courtes avant l'heure du dîner, mais elle me privait à jamais d'une promenade avec elle à travers la prairie, d'une partie de tennis, des caresses, des baisers, d'une nouvelle rencontre de nos corps et de nos sexes dont je m'étais imaginé les circonstances et les postures. J'étais frustré d'une partie de ma vie, privé d'une heure entre le jour et la nuit dont Barbara m'avait amputé pour toujours, c'était comme si elle m'avait retiré à jamais le crépuscule. Longtemps – et peut-être encore – j'ai gardé ce pénible travers de me laisser décevoir et abattre par l'inconscience chez l'autre de ce qui se perd irrémédiablement à l'occasion d'un petit renoncement, d'un oubli insignifiant, d'un léger malentendu, et de ressentir dans ces moments-là, avec une irrépressible exagération du trait, toute ma méprise face à un être qui m'apparaît alors comme révélé dans sa vérité profonde par un aspect de son caractère, au détour d'une dérisoire péripétie : la petite clé, avec laquelle je viens d'ouvrir un minuscule tiroir dans le secret d'une personnalité, m'apparaît comme le passe-partout pour pousser les portes de l'architecture morale, affective, intellectuelle, de l'être tout entier. Ne pas avoir donné la même importance à un détail devient un motif de rupture, et sur cette différence d'évaluation se concentrent toute la sévérité et toute la cruauté dont je peux me montrer capable. Ce sont autant de phénomènes d'anamorphose ou, d'un certain point de vue et à un certain moment, un relief identifiable s'impose à l'œil contre l'évidente illisibilité du monde et des êtres. Chacune des minutes que j'aurais pu passer avec Barbara à travers la prairie, puis sur les gazons déserts du Highgate Lawn Tennis Club, sans compter le refuge que j'avais imaginé trouver dans la petite cabane à usage de vestiaire pour quelques voluptés au goût inédit, j'étais incapable de l'employer à autre chose, d'utiliser ce temps laissé libre, de le mettre à profit pour une autre occupation, car je voulais chacun de ces instants douloureusement perdus pour les seuls actes qui eussent dû les occuper, et je ne voyais que du néant ayant pris la place de l'être, je me complaisais dans l'amertume de ce qui a été raté et qui ne se représentera jamais, je m'efforçais de n'apporter aucun remède à ce gâchis, de creuser encore cette tombe du temps perdu pour la vie, je laissais le désœuvrement me paralyser et, de tout cela, je faisais porter la faute par celle qui, pendant ces mêmes minutes, si décisives, si précieuses à mes yeux, fermait les siens dans un sommeil irréfléchi, irresponsable, stupide. Il fallait que les minutes passent, que la nuit tombe enfin, que le temps se referme sur sa propre plaie, que le vide soit enjambé, pour percevoir, non plus comme ce qui arrivera trop tard mais comme l'avenir immédiat et plein de promesses du présent, la prochaine occasion de bonheur : aux alentours de minuit, le petit réduit dans la seule lumière d'un écran de télévision en noir et blanc et, m'attendant sur un vieux divan moelleux, ce corps de fille qui m'appartenait depuis que je l'avais découvert la veille, au milieu d'une semblable nuit.

4

Kate descendit seule, sans son amie, pour le souper auquel se joignirent ceux qui, comme moi – après avoir été largué par Mme Chapman devant le 15, Broadlands

Road –, avaient été de retour après l'heure du thé : il y avait Rosalind, la dernière rentrée, et M. Buss qui, modéré en tout, pouvait prendre sa part à chaque repas et sa tasse de thé à chaque service. C'était une soirée calme, redémarrage lent d'une semaine qui allait monter crescendo jusqu'au week-end du Speech Day dont les préparatifs avaient occupé les jours précédents. Alors qu'en arrivant, le dimanche 30 juin, j'avais compté les jours qui allaient me séparer de ma famille, m'apparaissait maintenant, aussi angoissant que l'approche du néant, le décompte des jours qui me restaient avant d'être séparé de Barbara.

Ce soir-là, pendant nos parties de *chinese checkers*, Mme Buss fit allusion au fait que Barbara avait refusé de jouer au tennis, et elle voulut l'excuser, se reprochant même de m'avoir envoyé là-haut à l'étage des filles, car c'était la semaine des examens les plus importants à l'université. C'était comme si elle avait évoqué une autre jeune fille que celle que je croyais maintenant connaître dans l'intimité, mais avec qui je ne parlais de rien et en tout cas pas de ses études de chimie. Je fus touché que Barbara pût avoir des motifs valables d'être fatiguée et inquiète – *stressed* –, cela teintait d'une émotion particulière ma perception d'une fille qui aurait pu se contenter d'être aussi spectaculairement belle, et je me laissais intimider par ces lieux où elle évoluait, où sa vie prenait son sens, loin du petit garçon en culottes courtes à qui ils restaient inaccessibles : certes, j'avais pu la retenir dans ma chambre pendant une nuit, l'attirer dans mon lit et obtenir d'elle tout ce qu'une fille peut accorder à un garçon, mais je ne pouvais l'accompagner sur les bancs de la faculté, dans les amphithéâtres, les laboratoires, la bibliothèque, au restaurant universitaire, ni l'aider dans la révision de ses cours. Mes culottes courtes simplifiaient le monde mais elles étaient aussi l'accoutrement qui interdit l'accès à certains domaines de sa complexité : je pouvais les déboutonner, les laisser tomber par terre et les enjamber, tel l'uniforme d'un petit guerrier, prêt à se consoler des duretés de la soldatesque auprès d'une fille qui passe, mais les jambes qu'elles laissaient nues étaient aussi la jauge où se mesure le remplissement de la tête. Si des jambes à demi nues offrent un raccourci commode vers la nudité nécessaire à ce que l'on fait dans un lit, il faut couvrir les jambes sous un pantalon pour penser. L'homme adulte ne se caractérise pas comme celui qui a des relations sexuelles mais comme celui qui a des relations sociales : on peut parvenir en culottes courtes jusque dans l'intimité d'une fille, mais il faut des pantalons pour aller dans le monde.

De retour dans ma chambre, après les parties de *chinese checkers*, j'attendis que Mme Buss eût barré la porte d'entrée, comme toutes les nuits, et qu'elle eût gravi, en les faisant craquer une à une, les marches de l'escalier jusqu'au premier étage, pour m'y aventurer à mon tour, en chaussettes afin que mon pas fût le plus léger possible. Plus que jamais, il eût semblé suspect et répréhensible à Mme Buss de nous trouver ensemble, Barbara et moi, à une heure tardive devant la télévision, alors qu'elle m'avait averti de la semaine chargée à l'université pour sa pensionnaire, et qu'elle s'inquiétait des échéances auxquelles la jeune étudiante devait faire face. Si j'avais été surpris montant l'escalier ou sur le palier, j'aurais toujours pu prétendre que je me rendais dans la salle d'eau de l'étage, là où je prenais mes douches, et cela contre toute vraisemblance, puisque je n'avais pas emporté ma serviette de toilette. Mais une fois installé sur le vieux divan moelleux, je risquais de fermes remontrances si Mme Buss avait pointé là le bout de son nez, en robe de chambre et avec ses cheveux pris dans un filet, et même si elle nous avait trouvés dans une attitude convenable (d'ailleurs, l'hypothèse d'être surpris dans une posture inconvenante était tout simplement inenvisageable, et le résultat d'un tel scandale eût été pour le moins mon congé de cette maison et mon renvoi précipité dans ma famille, avec le discret étouffement d'une aussi scabreuse *love affair*). Je poussais prudemment la porte du réduit, incertain d'y trouver Barbara devant la télévision, mais plus encore perplexe et inquiet de ce que pourrait être son accueil – je gardais malgré tout un souvenir cuisant de la dernière fois où nous nous étions retrouvés là, et je craignais que ce lieu ne me réserve d'autres déboires: dans l'entrebâillement, j'ai distingué la lueur mouvante de l'écran puis, lovée au fond du divan, la silhouette de Barbara dans son peignoir. Je poussai encore la porte pour me montrer, mais sans m'avancer, et attendant que Barbara me fît signe et modifiât son attitude pour m'accueillir près d'elle. Mais elle ne bougeait pas, j'entendais sa respiration, je distinguais ses jambes jointes, repliées, et les socquettes blanches qu'elle avait gardées aux pieds. Je pénétrais juste assez pour pouvoir surplomber son visage, détourné de l'écran: elle dormait. Mon désir le plus fort était de refermer la porte derrière moi, de m'avancer jusqu'à elle et de vérifier si, sous le peignoir d'où jaillissaient ses cuisses nues, elle était nue. J'eusse alors aimé me glisser près d'elle comme un chat, présence familière naturellement de retour, et même appelée dans son rêve comme par anticipation, mais l'hypothèse la plus vraisemblable était qu'elle se réveille en sursaut, poussant même un cri, que je ne dérange son repos de petite fille qui s'est assoupie devant les images et qui comprend qu'elle a été surprise dans cette faiblesse, et contemplée dans cet abandon. À ce sommeil et à cette attitude, d'abord attendrissants, je finis par trouver quelque chose de vaguement dégoûtant: c'était la suite du même sommeil qui nous avait privés de la prairie, des gazons du Highgate Lawn Tennis Club, de la cabane en bois à usage de vestiaire, du crépuscule tout entier. Décidément, Barbara était incorrigible, et je devais me montrer intraitable. Je restai là, debout, immobile au-dessus d'elle pendant encore une minute ou deux, pour me convaincre qu'elle ne se rachèterait pas, qu'il n'y avait rien à espérer, rien à regretter. Plus fort encore que le désir de l'approcher, de la toucher, de glisser mes mains sous le peignoir, sur ses fesses que maintenant je pouvais deviner nues, il y avait la volonté absurde, injuste, de la punir – et, dans le même mouvement, de me punir moi-même –, me retirant en silence et la laissant là, jusqu'à ce qu'elle se réveillât, alors persuadée que je n'étais pas venu. On considère parfois qu'un être plongé dans le sommeil est entièrement livré à celui qui le surprend, à sa merci, mais il s'agit là d'une illusion car, dans le sommeil, un être se retire non seulement au plus profond de lui-même mais derrière une image qui n'est plus à lui ni à celui qui le regarde, une image où se sont glissés de la dissemblance, de l'inconnu, un début de retour à l'informe. L'être endormi ne s'appartient plus mais, si son corps est vulnérable, son image est un leurre pour tout regard étranger, une sorte de camouflage. Je reculais vers la porte, n'approchant pas de ce sommeil écœurant comme pour éviter toute contagion, et convaincu que cette jeune fille que je laissais là n'était pas tout à fait celle que j'avais compté retrouver, et dont m'avait été transmis le message de ce rendez-vous. Cependant cet écart, cette différence, cette dissemblance de Barbara avec elle-même, lui restaient imputables, elle en était responsable, j'étais en droit de les lui reprocher et de faire tomber ma sanction : je l'abandonnais à ce à quoi elle s'abandonnait.

Je refermai la porte, je descendis l'escalier sans craindre maintenant de faire du bruit, dans le sentiment d'honorabilité de celui qui n'a pas profité de la situation. Surpris et interrogé par Mme Buss, j'aurais pu répondre : « Barbara s'est endormie devant la télévision, je préfère ne pas la déranger », et j'aurais pu prétendre à quelques félicitations pour cette délicate conduite. La vérité de mon comportement n'était pas celle-là, dicté qu'il avait été par des motivations plus troubles, plus tortueuses. Je retrouvais ma chambre et mon lit, comme si les événements de la nuit précédente n'avaient jamais eu lieu, ou alors ailleurs, dans un autre temps, entre d'autres êtres, et je constatais avec soulagement – malgré la déception cuisante – qu'il n'y avait pas d'engrenage irréversible des relations amoureuses et des rapports sexuels : une nuit paisible pouvait faire suite à une nuit dont les excès ont semblé promis à la répétition, à l'accoutumance, à l'impossibilité qu'il en fût autrement désormais. Aux étreintes et aux enlacements, cent fois répétés dans la même heure, peut faire suite un temps des mêmes corps au repos et séparés, au milieu d'une nuit identique. Ma chambre était redevenue celle du professeur de latin-grec, occupée pendant ce mois de juillet par un petit garçon français en culottes courtes. Sur ma table de travail, la maquette du Spitfire en balsa approchait de son aspect définitif, où ne manqueraient plus que les détails et les accessoires. Le moteur et son réservoir étaient prêts à être fixés dans leurs emplacements. Au matin, la lettre quotidienne à ma grand-mère serait des plus spontanées, des plus détaillées, des plus convaincantes, et j'y décrirais par le menu tous les arbres exotiques, toutes les essences rares, toutes les plantes mystérieuses, découverts à Kew Gardens, en compagnie de Mme Chapman, ma grand-mère anglaise. En fait, si mes grands-parents paternels avaient survécu, et s'ils avaient choisi de suivre leur fille à Londres, ma tante Lenke, j'aurais pu avoir une grand-mère anglaise, mais avec un terrible accent hongrois : une telle grand-mère m'a peut-être manqué, face à ma grand-mère maternelle avec son terrible accent espagnol.

Je quittai mes culottes courtes et ma chemisette et les pliai soigneusement. Pas le moindre désordre dans cette première nuit après la nuit de la première fois : difficile d'imaginer deux nuits plus différentes, et pourtant l'une derrière l'autre, comme appartenant à la vie de deux êtres distincts qui se partageraient la même chambre, s'y succédant. Nu, je me glissai dans les draps parfaitement frais et lisses – du moins dans l'apparence que je leur avais donnée en les tendant à l'extrême, mais où restaient lisibles pour moi d'émouvants plis et froissements, sans compter quelques taches vaguement estompées à l'aide d'une éponge –, et je me tenais droit, allongé sur le dos comme un chevalier en armure, au repos sous la tente près d'un champ de bataille, dans une raideur recherchée de tout mon corps, des pieds à la tête. Au milieu de ce corps, par où je passais désormais vers le centre secret de mon existence, la raideur n'était pas affectée, elle était celle toute naturelle, presque automatique, d'un petit garçon qui bande à l'approche du sommeil, entouré, enfiévré, par la danse de figurines obscènes. Je voulais ignorer cela, me désintéresser de ce détail physiologique, laisser bander cet autre en pure perte, jusqu'à ce que cela se calme. Je n'étais plus celui à qui cet état pouvait inspirer des actions, la construction de scénarios complexes, d'incroyables postures et d'épuisantes manœuvres, toute une laborieuse gymnastique pour aller engloutir cette raideur dans une autre chair, certes la plus tendre qui fût, capable d'avoir raison de cette dureté, de cette arrogance. Quelles complications, quelles contorsions, quelles manigances, pour venir à bout de cette raideur, qu'il est tellement plus simple de laisser s'épuiser seule, ou de vaincre par la force, à coups de poignet. Je restais allongé, immobile, tendu vers le drap pour sa seule caresse. À force d'attendre sans m'endormir, je parvins là où se rencontrent le guerrier couché dans la nuit, loin des femmes, et le saint éloigné de tout et proche de tout en lui-même : je n'étais pas un saint, j'étais un petit garçon pris entre les bonnes résolutions et la sommation d'une insistante et insolente érection. Maintenant lointaine, inaccessible, stupidement repoussée et méprisée, me revenait en souvenir la douceur de la chair où glisser, où apaiser toute cette violence. J'avançais ma main sous le drap vers le lieu où il était soulevé : je saisis ce qui m'appartenait mais d'une main qui n'était que trop la mienne, dans un mouvement où, la nuit précédente, elle se serait portée non pas sur l'arme mais sur la plaie en attente d'être ouverte, et cette arme empruntée et tenue jusqu'à la plaie elle-même par celle à qui la plaie appartenait depuis toujours. Amère solitude, lorsque la caresse de la main à son propre corps doit se projeter et projeter tout le corps vers le corps absent. Amère solitude du petit guerrier à qui, l'arme à la main, manque le corps qui désire sa blessure. Je renonçai, j'abandonnai tout et je me retournai sur le ventre, je me frottai contre le drap dont aucun corps ne me séparait, et par où je ne pouvais pénétrer et me glisser que parmi les fentes illusoires que sont les plis et les replis du sommeil. Une journée entière était passée sans la moindre caresse échangée avec Barbara, alors que j'avais cru nos corps désormais inséparables.

5

La matinée du mardi fut calme et même particulièrement vide. J'avais pris l'habitude, ces lendemains d'expédition avec Mme Chapman, d'un petit déjeuner tardif, après le départ de tous les autres, tenant compagnie à

Mme Buss, occupée au tri et au repassage du linge, emportée et étourdie par le tourbillon de la famille qui habitait le poste de radio, chez qui elle découvrait – et l'Angleterre tout entière en même temps qu'elle – que toutes les familles anglaises exprimaient dans la langue anglaise les mêmes questions et les mêmes réponses qui étaient celles de la société anglaise à elle-même. Jamais je n'avais été aussi attentif aux rituels, aux régularités, aux programmes établis comme de tout temps dans la vie domestique d'une maison, dont le cycle récurrent est la semaine, sans doute parce que je ne m'étais jamais trouvé en position d'observateur permanent, à la fois impliqué et suffisamment détaché, étranger comme un ethnologue qui est l'hôte d'une tribu, et sans doute aussi parce que la vie en famille restreinte et en appartement, qui était la mienne à Paris, nécessite moins de lourde organisation. La maison Buss s'apparentait à ces microcosmes aujourd'hui disparus qu'on appelait les pensions de famille, qu'on imaginait rassurantes, douillettes, avec aux chaudrons une vieille cuisinière qui connaît la recette des bonnes soupes et du pain perdu pour l'hiver, des bouillons légers et des compotes froides pour l'été, et tout cela dans une ambiance et une économie à mi-chemin entre l'hôtel garni et la maison de retraite.

Mon espoir de voir paraître Barbara, elle aussi coutumière des mardis matin paresseux, fut déçu, et je me demandai si je la retrouverais jamais dans cette relation qui avait été la nôtre pendant toute une nuit, et qui devenait maintenant improbable, invraisemblable, sans recommencement, sans répétition, sans suite possible. À qui donc aurais-je pu m'ouvrir de mon état d'esprit, de mes interrogations, de mes doutes, de mes attentes secrètes, inavouables ? Ne faudrait-il pas patienter jusqu'à la prochaine rentrée des classes – et alors il serait trop tard –, pour retrouver au lycée l'un de mes camarades les plus intimes et les plus délurés, à qui raconter l'aventure d'une nuit unique, en sachant que je ne pouvais espérer la comparaison avec aucune expérience semblable chez un autre garçon de mon âge, et qu'il me faudrait peut-être chercher un interlocuteur plus averti, par exemple le fils de nos voisins de palier dans l'immeuble où nous habitions, plus âgé que moi de trois ou quatre ans et qui, vivant dans le milieu des musiciens et des chanteurs de variété, en connaissait déjà un rayon, comme on dit, sur les coucheries avec les filles, et même avec des femmes plus mûres, comme je l'avais entendu s'en vanter. À supposer d'ailleurs que, de retour en France et après les vacances, l'aventure avec Barbara me soit apparue comme une simple première expérience, dont on peut parler froidement, presque techniquement, tout le contraire de ce qu'était en ce moment même cette *love affair*: une vraie passion obsédante, aliénante, ni communicable ni partageable. Je me projetais déjà lors d'une de nos virées entre camarades de classe, à la sortie du lycée Claude-Bernard, réservé aux garçons, pour aller guetter et aborder les filles à la sortie du lycée La Fontaine, qui était le leur, et je me voyais revenu à l'inexpérience et à la timidité des premières approches, des premiers propos échangés, seulement attiré par la beauté d'un visage d'adolescente et comme ignorant son corps, ce qui avait été mon attitude spontanée jusque-là, mais en sachant maintenant que le corps est la promesse réalisée d'un visage. Je m'imaginais imaginant les corps des filles, dans leurs détails les plus intimes, sous leurs vêtements de lycéennes, en adaptant à chacune d'elles, à chaque figure et à chaque silhouette, ce que je savais du corps de toutes les femmes par le seul corps de Barbara, prêt à leur dire ce que leurs corps allaient devenir en grandissant, ce qu'elles pouvaient en attendre, ce qu'elles pourraient en donner.

Ce matin du mardi 23 juillet, la compagnie de Mme Buss me semblait moins charmante que lorsqu'elle était témoin, par des regards vifs de l'un à l'autre, de mes échanges animés avec Barbara. Elle s'amusait alors de ce que je montrais de moi pour faire rire ma conquête, et de ce que révélait d'elle en retour sa façon de rire. De nos jeux, en duo public, Mme Buss se réjouissait parfois jusqu'au fou rire, qui plissait toute sa face de lune poudrée, et elle était loin d'imaginer que nous puissions en avoir d'autres : pourtant, la façon qu'avait Barbara de rire de mes pirouettes me semblait d'un érotisme provocant, et s'il n'y avait pas eu de témoin, j'aurais sauté sur elle pour profiter de ce rire où je la voyais livrée à la plus troublante indécence. De telles situations ne pouvaient jamais se présenter, car, en tête à tête avec une fille, je perdais tout talent comique, il me fallait toujours le public intermédiaire d'une dame mûre devant qui je ne cessais d'être un petit garçon, car c'était dans l'état d'esprit des culottes courtes que je pouvais faire le clown, et je redevenais grave, voire sinistre, et en tout cas ennuyeux, lorsque je me projetais au-devant de mon âge. Je ne pouvais être drôle que comme petit garçon et, face à une fille à séduire en tant que grand garçon, il me fallait le public tiers d'une dame qui eût pu être ma mère (je n'ai jamais cessé depuis, quand j'ai voulu rire ou faire rire, de redevenir un gamin farceur). Je ne pouvais faire rire Barbara que par ricochet, dans un numéro de petit garçon officiellement destiné à Mme Buss. Face à Barbara seule, pour la faire rire, avec cette même sensualité provocante, et pour qu'ainsi elle se livrât et s'ouvrît à une autre forme de plaisir, je n'avais trouvé que les chatouilles, cet humour moins spirituel où ce sont les mains et les doigts qui travestissent leur approche et leurs indiscrètes caresses en manipulation d'un rire sorcier.

La maison semblait silencieuse, car les voix de la famille qui habitait le poste de radio faisaient partie de l'ambiance sonore naturelle, et s'il arrivait de ne pas les entendre à une heure où leur présence était normale, on se demandait : « Qu'arrive-t-il ? » – *What happens ?* – et : « Où sont-ils passés ? » – *Where have they gone ?* Il n'y avait alors pas d'urgence plus grande que de faire revenir les fantômes bavards dans le poste. Maintenant, la maison semblait avoir été désertée, et je n'osais demander si Barbara était déjà partie, ma seule préoccupation étant de savoir si je la reverrais jamais ou si, la revoyant, je reconnaîtrais celle qui était entrée par ma fenêtre tard dans la nuit de dimanche, pour rester dans ma chambre jusqu'au petit matin, car peut-être avait-elle décidé de couper court à cette relation extravagante et compromettante, de rétablir entre nous la distance de notre différence d'âges, et d'opposer à mes prétentions le visage et la conduite de la lucidité. Je retournai à ma table de travail, je m'efforçai d'oublier mon obsession unique dans une lettre à ma grand-mère foisonnante de détails et d'observations pertinentes sur ma visite à Kew Gardens, sur mon adhésion au mode de vie anglais – et même à la cuisine anglaise… –, sur les quelques jours qui restaient, avant que je rentre en France. Je portai la lettre, d'une épaisseur double à celle de mes courriers habituels, et dans une enveloppe doublement affranchie, jusqu'à la haute boîte rouge des Postes de Sa Majesté, au coin de Broadlands Road et de North Hill. Au drugstore, à l'angle opposé, j'allai m'acheter une barre de *Chocolate flakes* et, longeant Highpoint, je poursuivis mon chemin en direction de Highgate Village et de la boutique où je comptais chercher un nouvel *Observer's Book* – sur les jardins botaniques ou sur les arbres, par exemple –, comme dans un monde d'où Barbara aurait définitivement disparu. J'étais à nouveau sous le ciel sans nuages des images où évoluent les petits garçons en culottes courtes. À mon retour, je n'eus pas le goût, comme la semaine précédente, d'aller traîner dans le jardin de Highpoint pour me faire désirer, car j'étais trop impatient de revenir au 15, Broadlands Road, au cas où Barbara serait réapparue, et en dépit des enjambées calmes que je m'imposais, selon les endroits du trottoir où je devais obligatoirement poser mes pas : côté ou angle d'une plaque de fonte, fissure, séparation entre deux dalles. Je trouvai la maison sur le point d'être entièrement abandonnée puisque Mme Buss s'apprêtait à sortir pour diverses démarches en ville, et qu'elle m'avait déjà écrit un mot avec les recommandations pour un déjeuner qu'elle m'avait préparé et qu'il me faudrait prendre sans elle. Me voyant arriver, alors qu'elle était déjà dans le vestibule, dans une toilette qui indiquait qu'il ne fallait plus voir en elle une ménagère, elle me donna ses consignes de vive voix, mais au détour d'une phrase, derrière le *you* qu'elle m'adressait pour me dire ce que j'avais à faire, je compris qu'il fallait entendre un pluriel, et comme elle dut lire sur mon visage de l'étonnement, elle précisa, avant de claquer la porte derrière elle, que Barbara descendrait peut-être manger avec moi avant de partir à l'université, car elle s'était levée tard et avait révisé ses cours dans sa chambre pendant toute la matinée, sans même prendre le temps d'une tasse de thé. Dès qu'elle franchissait le seuil pour une sortie en tenue de ville, Mme Buss devenait une autre femme, émancipée des corvées quotidiennes, et la maison qu'elle laissait derrière elle, parfaitement en ordre, semblait avoir été nettoyée, rangée, entretenue par des domestiques au service d'une maîtresse des lieux qui pouvait vaquer tranquillement à ses occupations d'élégante, alors que l'élégante en question était une mère de famille qui n'avait distribué les ordres et le travail qu'à elle-même. Je mesurais que, en m'étant absenté en cette fin de matinée, j'avais peut-être échappé à la proposition de Mme Buss de l'accompagner pour lui servir de porte-paquets, de portemanteau, ou de « tête » pour l'essayage de quelque chapeau, alors que dans le même instant où la porte se refermait derrière elle, je voyais s'ouvrir devant moi celles d'une portion de paradis : Barbara et moi nous étions seuls dans la maison vide. Je m'avançai vers la salle commune : une même tache de soleil rassemblait dans sa lumière deux assiettes disposées face à face, avec des victuailles au milieu de la table. La famille qui habitait le poste de radio avait été repoussée et enfermée au fond de sa boîte en bakélite vert pomme, on avait cloué le bec aux jacasseries et aux jérémiades qui iraient donc se faire entendre ailleurs. Je prêtais l'oreille : il n'y avait que le bourdonnement des insectes autour des fleurs du jardin. Je regagnai ma chambre et, pour ne rien précipiter d'un bonheur dont la promesse flottait dans l'air, je m'installai à la table de travail devant la fenêtre, là où trônait la maquette, et je rêvassai à son premier vol : à vrai dire, je m'imposais les images mouvantes de cette rêverie, en surimpression de l'image fixe, unique, comme photographique, du corps de Barbara nu et de son visage tourné vers moi, où se dessinait sur ses lèvres – seul mouvement perceptible – un sourire.

6

Quelques minutes plus tard, j'entendis des pas légers dévaler prestement l'escalier : il y avait quelque chose de joyeux dans le rythme gambadant de cette approche, comme celle d'un ange étourdi, en retard, qui descend les marches du ciel quatre à quatre, se rappelant qu'il a une bonne nouvelle à rapporter en bas. Les pas se dirigèrent directement vers la salle commune, je retenais ma respiration pour déchiffrer les actions au moindre bruit. La porte du frigo s'ouvrit puis se referma. Après quoi j'entendis, tel un miracle ou un mirage sonore, mon prénom à l'anglaise – Alan ? –, lancé de loin, dans le vide, d'une voix claire dont la nuance, vaguement inquiète, était celle d'une interrogation. Je me retenais de me jeter hors de la chambre au-devant de cet appel, et je ne sortis qu'après un dernier regard à la maquette, d'un pas calme dont je contrôlais la mesure en guettant la pointe de mes sandales en bas de mes jambes nues. Dans la pièce commune, Barbara s'était déjà mise à table, mais je constatais qu'elle avait garni mon assiette de tranches de jambon, de saucisses et de fromages, et qu'elle avait beurré pour moi une tartine de pain blanc et une tartine de pain brun. Je la saluai d'un simple « Hello ! », et je m'assis face à elle. Elle venait de porter un aliment à sa bouche, et quand elle leva son visage vers moi, ses lèvres et sa mâchoire bougeaient, occupées par une mastication dont le mouvement me sembla charmant : ce qu'elle mâchait devenait délicieux du simple fait d'être prisonnier de sa bouche. J'aurais aimé être ainsi pris, trituré en secret derrière ses lèvres, entre sa langue et ses dents, dans cette cavité rose et humide, et enfin dégluti, avalé à jamais, comblé par un tel sort. Je me disais qu'aucune nourriture, qu'aucune gourmandise, quelle qu'en fût l'excellence, ne pouvait avoir de goût plus délicieux que celui donné à un simple bout de jambon par une telle bouche. La mine reposée, les cheveux à peine séchés d'un shampooing dont me parvenait le parfum douceâtre, Barbara était plus resplendissante que jamais, mais elle m'apparaissait ressaisie dans une beauté dont je n'avais pas encore eu les faveurs, et qu'elle réservait sans doute à d'autres que moi, à d'autres circonstances que notre tête-à-tête (j'appris plus tard qu'elle avait soigné sa présentation pour passer, l'après-midi même, un examen oral devant un jury à l'université). Plus belle que jamais, elle s'était comme débarrassée et lavée de sa beauté antérieure, peut-être plus commune, et en tout cas celle que j'avais connue d'aussi près qu'il se pouvait, celle d'une autre en somme. Telle qu'elle se montrait maintenant, Barbara devenait inaccessible : assise, elle me semblait avoir grandi, être devenue plus femme, me considérer d'encore plus haut, d'encore plus loin, et je me revoyais avec honte, l'instant d'avant, pénétrant dans la pièce en culottes courtes, sans aucun progrès de mon âge, ni de mon physique, ni de ma tenue. La jeune fille que j'avais devant moi, avec qui je déjeunais en silence dans la maison vide, pleine de calme et de soleil, n'était plus susceptible d'être traînée sur un lit et soumise à mes caprices de gamin dévergondé parmi la moiteur de draps froissés, dans une chambre aussi poussiéreuse que le latin et le grec de son occupant habituel. Nous mangions sans dire un mot et Barbara semblait pressée. Bientôt elle débarrassa la table et s'empara d'une pomme pour croquer dedans, déjà debout, prête à disparaître. Je n'avais donc rien su dire, rien su faire de cet idéal moment d'intimité. Avisant, posée près du petit mot que Mme Buss avait laissé à mon intention, la clé de chez Auntie Chrissie, je ne conçus de lamentable suite à ces moments dont j'avais tant attendu, que le refuge du piano.

Je me levai à mon tour, je pris la clé, je devais avoir l'air déconfit et piteux : pour le coup, j'étais seul responsable, et gravement, d'une occasion ratée, d'un bonheur que j'avais laissé filer sans avoir su le saisir. Tête basse, je quittai la pièce. Barbara m'avait emboîté le pas et je l'entendis chuchoter dans mon dos : « *Shall we play tennis this evening ?* » (« Est-ce qu'on joue au tennis ce soir ? »). Je ne répondis qu'après avoir engagé la clé et fait tourner la serrure chez Auntie Chrissie, et encore après avoir poussé sa porte. Alors, je me retournai vivement vers Barbara qui m'avait suivi jusque-là, en attente de ma réponse, et je lui lançai en retour : « *And now ?* » Barbara éclata de rire, et je souriais jaune comme on dit. Elle me poussa d'autorité à l'intérieur, me fit asseoir sur le tabouret, ouvrit le capot du piano, prit mes mains pour les porter sur le clavier, comme on met un élève récalcitrant au travail. Je n'avais pas envie de jouer, je retirai mes mains, je les posai sur mes cuisses nues. Barbara m'observait, amusée. Je restais figé, sans la moindre idée d'un geste ou d'une parole à esquisser. Alors, Barbara a tiré le tabouret par derrière, m'écartant du piano puisque je ne semblais pas disposé à m'y mettre. Elle vint s'asseoir à califourchon sur mes genoux, face à moi, ses cuisses ouvertes enserrant le tabouret. Elle saisit ma main droite, qu'elle avait d'abord voulu placer sur le clavier, et la conduisit sous sa jupe : du bout des doigts et de la paume, j'effleurais une étoffe étroite qui séparait, de chaque côté, une peau infiniment douce. Barbara pencha son visage vers le mien et je revivais les prémices du premier baiser à Kenwood. Tout recommençait comme si rien n'avait eu lieu : à nouveau l'initiation, la gaucherie, l'inquiétude, les palpitations du cœur, la proximité de la musique. À nouveau l'impression d'être pris en main comme un petit garçon, dépossédé de mon rôle et de ma position par une grande fille qui veut m'apprendre ce que je prétends connaître. À nouveau la posture où Barbara avait sur moi le dessus. Rien ne se passait dans l'ordre : après la nuit où j'avais mis en pratique tout ce que j'avais longuement imaginé de ce que l'on peut faire avec une fille, comment revenir à ces attouchements de débutants ? À vrai dire, il eût été plus normal que cet épisode eût lieu après le premier baiser, alors qu'il semblait maintenant un retour en arrière, une régression vers les expériences condamnées à l'inachèvement et à la frustration. La maison n'était-elle pas entièrement vide et à notre disposition pour nous y livrer tout à notre aise, et en plein jour, à une digne suite de notre faste première nuit, au lieu de ces acrobaties étriquées entre un tabouret et un piano, dans un décor de bonbonnière ? Barbara avait déjà commencé à m'embrasser, alors que la posture se révélait pour moi inconfortable et que tout resterait voué à l'échec tant que je n'aurais pas retiré ma main droite de sous sa jupe, gêné, obnubilé que j'étais, par ma maladresse de cette main-là : je suis gaucher – pour certaines choses du moins, non pas pour l'écriture ni le dessin, mais pour le tennis et les caresses. Lorsque je parvins à glisser la main gauche à la place de la droite, par le même chemin jusqu'au même lieu, la situation était sauvée et, aussitôt tout était simple, mes doigts trouvaient les touches du petit clavier secret qu'une fille enserre entre ses cuisses. La main droite devenait celle de l'accompagnement : assez à l'aise pour flatter la croupe, pincer la taille ou remonter sous le pull comme celle de quelqu'un d'autre, sur un autre corps. Sans cesser de m'embrasser, de me livrer cette bouche où, quelques minutes plus tôt, j'avais rêvé être mâchonné et englouti, Barbara tentait de me rendre la caresse, et je lui trouvais le geste gentiment intrépide, mais cependant malhabile – une intention louable mais un manque de doigté… –, lorsque ses doigts s'aventurèrent sur les boutons de ma culotte courte pour les défaire. Sa main se glissa là, entre vêtement et sous-vêtement mais, sans aller plus loin qu'une simple vérification, elle identifiait et tâtait la trique à travers l'étoffe. Plus audacieux, mon geste réciproque avait écarté l'obstacle léger de coton ou de nylon. Je constatais que j'avais bien acquis le vocabulaire en même temps que l'expérience de la chose : *pussy* était *creamy* à souhait. Mais sans chercher à pousser plus loin les excitantes gâteries de ce préambule, et apparemment satisfaite de ce qu'elle avait constaté, Barbara me reboutonna soigneusement avec les mêmes gestes incertains, approximatifs, laborieux, comme si les boutons de culotte français avaient été différents des anglais, ou peut-être comme si elle n'avait jamais eu à reboutonner un petit garçon en culottes courtes. Je reprenais un peu l'avantage et, dans ce jeu de doigts à quatre mains, je m'étais montré meilleur musicien qu'elle, en tout cas avec une technique plus sûre et une supériorité égale à ce qu'était la mienne au piano. Je me retirai à mon tour et, de chaque côté des hanches de Barbara, je trouvais quelques notes à jouer sur le clavier, la gardant prisonnière de la musique entre mes mains. Lorsque je la libérai, Barbara m'enjamba vivement et se pressa vers la porte. Elle se retourna, dit seulement : « *Tennis, this evening...* », puis elle disparut. Après avoir serré à deux mains le sexe qui restait érigé derrière le boutonnage de mes culottes courtes, je consacrai mes doigts, libres et légers jusqu'au soir, à *La Marche turque* de Mozart. En effet, c'était vers Mozart que me tournait la positivité des actes sexuels par opposition au romantisme sentimental et velléitaire qui fait incliner vers Chopin. Il y a Liszt, bien sûr, mais trop adulte et trop viril. Il y a Schubert, mais d'une féminité trop profonde. C'était Mozart qu'il me fallait : l'enfant rieur qui ne s'embarrasse de rien, et surtout pas de sa propre grâce. L'air que je respirais était pur et gorgé d'oxygène, j'étais juché sur quelque hauteur d'où je voyais mes mains, toutes petites en contrebas, gambader sur les touches comme de jeunes cabris innocents au fond d'une vallée, le long d'un ruisseau. Ma respiration devenait source d'ivresse.

7

Grisé par les retrouvailles avec Barbara après toute une journée d'éloignement, et par les dispositions que je lui avais découvertes – non pas le désir d'en finir avec une erreur, mais celui de recommencer la faute –, je passai l'après-midi dans le sourire radieux de Mozart, et j'en oubliai l'heure. Je fus brutalement tiré de ce songe par l'irruption d'Auntie Chrissie qui manifesta de l'humeur à me trouver encore là, tandis que j'étais censé avoir fait place nette, ayant suffisamment profité du privilège. Mais, au lieu de m'arrêter sur le coup, comme si j'avais été surpris dans une action indiscrète ou indélicate, je continuai les quelques mesures jusqu'à la fin du mouvement, et cela obligea la maîtresse des lieux à retenir son mécontentement. Alors qu'elle quittait son chapeau et le châle de soie qu'elle portait toujours sur les épaules, je me levai, rabaissai le capot, me tournai tout droit vers elle pour saluer poliment d'un mouvement de tête. Face à cette dame âgée, très distinguée – *a very distinguished old lady* –, sèche, rébarbative, drapée dans une dignité héréditaire comme un titre de noblesse, qui retrouvait devant moi l'espace de son bon droit et les gestes de son intimité, je me retirai discrètement mais, avisant le tabouret avant de quitter la pièce, je repensai au moment où j'avais reçu là Barbara à cheval sur moi, et à nos jeux de mains. Je refermais déjà la porte quand j'entendis Auntie Chrissie me féliciter, ou ironiser : « *Congratulations, my boy ! Next time, don't stop it...* » J'eus un moment de confusion et je me demandai ce que Auntie Chrissie avait pu deviner de ce qui se passait chez elle en son absence. Au comble de la perplexité, du trouble, de la gêne, je tirai la porte sans répondre un mot. « La prochaine fois, ne vous arrêtez pas... », avait-elle dit, et je repensais aux mains de Barbara reboutonnant ma culotte et interrompant nos caresses : était-ce cette interruption qu'évoquait Auntie Chrissie ? Un quart d'heure plus tard, je compris qu'avec cette froideur qui était sa température ordinaire et constante, même dans ses rares accès de bienveillance, Auntie Chrissie m'avait adressé un compliment extrême, dans sa bouche : la demande de ne pas m'arrêter de jouer, la prochaine fois qu'elle me trouverait au piano.

Mme Buss fut de retour peu après, alors que je m'étais mis à lire au jardin. Elle se montrait ravie de ses démarches où tout avait été plus facile et rapide que prévu, et elle m'avertit que j'allais la trouver très en forme pour notre partie de croquet, juste avant l'heure du thé. Je lui répondis qu'elle aurait à qui parler car, à moi aussi, la forme était revenue. Jamais une partie de ce jeu aussi paisible, aussi économe d'énergie, aussi apaisant pour les nerfs, aussi étranger à la vitesse, aussi circonscrit à un espace si modeste et civilisé, ne connut une joute aussi furieuse, des coups aussi méchants, des triomphes aussi grandioses. Nous étions déchaînés, endiablés et, comme je connaissais la raison et la source de mon énergie, par analogie je soupçonnai Mme Buss d'être de retour d'un rendez-vous galant, pleine de contentement. Mais peut-être était-elle simplement allée chez un chausseur spécialiste des grandes tailles, où elle avait trouvé chaussure à son pied, c'est-à-dire une nouvelle paire pour remplacer celle qui avait focalisé toute mon attention. Hoppy, qui arriva en plein milieu d'une partie, eut le souffle coupé par la férocité de la bataille. En bookmaker qui ramène sa science, alors qu'il hésitait sur le champion qui l'emporterait, il avait dû ouvrir les paris par un clin d'œil dans le genre : « Austerlitz or Waterloo ? » Une assiette à la main, garnie d'une sélection de ses sandwichs favoris, il se tenait à l'écart pour éviter de recevoir dans les tibias une boule perdue, ou un coup de maillet dans ses lunettes. Les parties de croquet de cet après-midi-là sont assurément restées dans les annales de ce sport exigeant. Même M. Buss, lui aussi rentré à la maison avant la fin des échanges, s'était inquiété de voir son épouse écarlate d'échauffement, et il lui avait susurré affectueusement, en prenant la chose au sérieux : « *Lilian, you play too hard...* » (« Lilian, tu joues trop fort... »). C'est ainsi que j'avais découvert le doux prénom de Lilian, digne d'une héroïne des sœurs Brontë, que portait Mme Buss pour le seul usage de son époux, le seul à pouvoir en apprécier toute la justesse romantique. Dans leur relation déjà ancienne, M. Buss, qui arrivait à l'épaule de sa femme, était resté un petit garçon émerveillé par une grande fille, et qui n'avait troqué ses culottes courtes que pour un pantalon remontant trop haut au-dessus du ventre, ce qui, raccourcissant son buste, accusait encore son allure de petit bonhomme : leur différence de taille était bien supérieure à celle entre Barbara et moi, et cela ne les avait pas empêchés de former un couple pour la vie et d'avoir des enfants. J'eus peut-être le sentiment ce jour-là d'avoir atteint la taille idéale pour pouvoir rester à jamais l'amant de Barbara sans devoir jamais quitter mes culottes courtes. D'un même pas, Mme Buss et moi nous grimpâmes à l'étage pour nous jeter chacun sous la douche. Nous restâmes convenus de reprendre nos explications autour du thé de onze heures et de la tablette ronde, percée de trous, des *chinese checkers*.

J'étais de retour dans ma chambre quand Kingsley vint s'enquérir de l'avancement de la maquette du Spitfire. Il resta longtemps à examiner l'avion en silence, attentif à en déceler un défaut qu'il m'eût recommandé de corriger. Mais il ne trouvait rien à redire, et il semblait étonné qu'un petit Français eût pu mener à bien la construction d'un avion britannique : il se sentait pourtant requis de collaborer à une entreprise où l'honneur de son pays était en jeu. Il me proposa, avant de fixer le moteur, de le mettre au banc d'essai dans le jardin. J'approuvai, content d'offrir à ce brave garçon l'occasion d'une collaboration amicale. Le moteur fut donc fixé à une planche par un étau et relié à une batterie, puis le réservoir fut rempli d'un mélange d'éther, avec un respect scrupuleux des proportions que Kingsley mesurait avec un bidon-doseur. Dès les premières sollicitations, le petit monocylindre à explosion, mis en route, déclencha une pétarade stridente qui, dans le calme d'une fin d'après-midi et parmi les tendres gazouillis et le roucoulement des tourterelles, surprit tout ce quartier où les tondeuses à moteur étaient proscrites et où les gazons étaient rasés en silence. Pour tester la mécanique, nous en augmentions le régime, et le bruit devenait assourdissant. Je me sentais soudain démasqué, dans mes manœuvres et préparatifs secrets, par ce petit engin dont le tapage faisait brusquement prendre au sérieux la machine volante à laquelle je consacrais des heures de travail, et qui n'avait été perçue jusque-là que comme un beau jouet à poser sur une commode. Parmi ceux qui accoururent dans le jardin, rameutés par le tintamarre, je vis arriver Barbara qui revenait de l'université, l'air satisfait de son examen, et d'ailleurs je ne doutais pas qu'elle y avait fait bonne figure, et qu'elle avait impressionné les examinateurs, du moins par son physique, même en licence de chimie. Les observateurs du test avaient l'air de se demander jusqu'où j'irais et, tournant les yeux vers Barbara qui se bouchait les oreilles, je la regardais fixement, plutôt fier d'avancer la preuve qu'un petit avion va pouvoir voler comme un grand. L'expérience était concluante, le moteur tint la durée sans caler, à plein régime, jusqu'à la dernière goutte du réservoir, et Kingsley me proposa de consacrer la soirée à son installation sous le capot, dans la maquette. Cette proposition venait en travers de notre programme et Barbara, qui avait entendu, me jeta un regard expectatif. Comme je traînais à répondre, embarrassé, il arriva ce qui suit : Barbara se lança au-devant de Kingsley, lui avouant qu'elle avait compté sur une partie de tennis avec moi ce soir, car elle m'avait fait faux bond la veille, trop occupée et fatiguée par la préparation de son examen. Je trouvais à Barbara un accent honnête et son argument me sembla recevable. Mais elle poussa plus loin, proposant à Kingsley de se joindre à nous, après quoi elle promettait de nous laisser à nos expériences aéronautiques. Aussitôt je la maudis d'une telle invitation, convaincu que nous avions décidément deux perceptions du monde opposées et incompatibles. Mais plus elle insistait et plus Kingsley se récusait, nous regardant l'un et l'autre un peu effarouché, et laissant monter le rouge sur les fortes joues qu'il avait héritées de sa mère. En fait, Barbara maîtrisait parfaitement son sujet, et elle savait que Kingsley, en pleine confusion, finirait par décliner la proposition : « *You two better go alone...* », conclut-il sombrement. Cette formule en disait aussi long que le brave garçon pouvait en penser : « Il vaut mieux que vous y alliez seuls, tous les deux... », ou peut-être, mieux encore : « Vous deux, il vaut mieux que vous alliez seuls... » Tout balourd qu'il était, il avait sans doute perçu mieux que moi le message contraire que Barbara lui adressait en le pressant de se joindre à nous. Il fut alors convenu que Kingsley commencerait seul à disposer le moteur et le réservoir sur la maquette, en travaillant dans ma chambre où je le rejoindrais à notre retour. Dans cet instant, je lui aurais volontiers adressé une franche accolade ou une large tape sur l'épaule, mais je me contentai d'apprécier – *I appreciate...* – cet arrangement qui me permettait, soi-disant, de ne pas décevoir Barbara...

8

Un quart d'heure plus tard, je laissais Kingsley installé à ma table de travail et, ma raquette à la main dans sa housse écossaise, je retrouvais ma partenaire au fond du jardin pour entreprendre la traversée de la prairie en direction du Highgate Lawn Tennis Club. Dès que nous fûmes suffisamment éloignés des regards, je m'enhardis à passer un bras autour de la taille de Barbara qui bientôt, en réponse, porta une main à mon cou. Nous marchions en silence, et cette façon de nous tenir était un recommencement, comme le premier geste de rapprochement entre deux amoureux, mouvement encore pudique et innocent, mais que je ressentis pourtant comme une progression de notre intimité, plus bouleversante que les ébats sans frein de la première nuit. Il y avait bien du désordre dans nos désordres.

Parvenus sur le court où nous avions maintenant nos habitudes, nous nous sommes séparés sagement, et chacun a pris place dans un camp, de part et d'autre du filet. Nous avons échangé des balles consciencieusement, nous nous appliquions à bien jouer, comme pour nous acquitter de l'exercice officiel avant de nous accorder la récompense illicite. D'ailleurs, arrivés là, et malgré la façon dont nous avions marché à travers la prairie, serrés l'un contre l'autre, nos hanches se frottant, je n'aurais su quoi faire d'autre que de nous séparer, tout autre geste ou action eût sonné faux comme le jeu d'un mauvais comédien, en contresens avec une situation de la pièce ou du scénario. Mais je devais aussi me méfier de ce scrupule de la justesse qui, par excès de retenue, conduit trop facilement à ne rien faire, à ne rien dire, à ne rien tenter, à ne rien improviser. Pendant nos échanges, que nous cherchions à faire durer, gardant aussi longtemps que possible la balle captive entre nous, je ne songeais qu'à la suite, à ce qui, inévitablement, devrait se produire avant notre retour pour qu'il n'y ait entre nous ni déception ni regret, sentiment de ce qui déjà s'achève ou de ce qui est condamné à échouer. Il aurait fallu calculer le temps pour que la chute de la lumière m'indiquât le moment propice, et sans que notre absence se prolongeât indûment dans la nuit tombée, alors qu'à l'évidence la poursuite du jeu serait devenue impossible. Ce temps d'un vis-à-vis où il est naturel de se regarder, et d'un échange qui se fait sans parole, me convenait : j'y trouvais de l'assurance et le dispositif mental d'une initiative. Il arriva un état de la lumière dans le ciel que je crus reconnaître et, bien que sans aucun plan arrêté, j'expédiai la balle délibérément au loin, vers la cabane en bois, à usage de vestiaire : j'avais seulement indiqué le lieu et le moment, le signal était évident et j'eus l'impression que Barbara n'attendait que cela. Nous avons quitté le court et, dès que nous nous sommes retrouvés côte à côte, faisant quelques pas dans la direction où la balle était partie, nos mains se sont frôlées, et puis elles se sont serrées fortement, sans se relâcher. Quelque chose allait se passer, je ne savais quoi. Il était évident que nous nous dirigions vers la cabane de bois à usage de vestiaire. Nous avons trouvé la porte fermée, mais Barbara savait où la clé était cachée, suspendue à un clou au-dessus du tableau de réservation des courts où des noms, inscrits à la craie, et en partie effacés, renvoyaient à une époque lointaine : les derniers joueurs à avoir réservé un court, plusieurs années auparavant. À cette heure tardive où nous le fréquentions, le Highgate Lawn Tennis Club semblait abandonné depuis longtemps ; pourtant le gazon était taillé de près et la terre tassée, les lignes blanches étaient parfaitement tracées à la poudre de chaux, et le filet était tendu à la bonne hauteur, mais on ne rencontrait personne, et la présence de joueurs, ou d'employés du club, restait fantomatique. Les lieux n'attendaient que nous pour ramener là les souvenirs d'un passé que nous n'avions pas connu : ces courts déserts, à la tombée de la nuit, avec l'odeur du gazon fraîchement coupé répandue dans l'air, et le petit bâtiment de bois, bureau administratif et cabane à usage de vestiaire, paraissait n'avoir été destiné qu'à des couples d'amants, prétexte et décor de leurs rendez-vous.

Nous sommes entrés dans la cabane sans chercher l'électricité. Par une ouverture en hauteur pénétrait un peu de ce qui restait de lumière dans le ciel. L'intérieur ne comportait qu'un banc, étroit et bas, et des crochets de métal en guise de portemanteaux. C'était un piètre abri pour des amants, et je ne sais pourquoi j'avais espéré un lieu plus accueillant, peut-être en souvenir des refuges en montagne. Ne trouvant rien de mieux à faire, je posai ma raquette. Barbara sentait ma déception et mon embarras face à une pièce aussi ingrate. Sans doute ai-je aussi commencé à ressentir un léger ridicule : être entrés là pour y chercher quoi, dans l'obscurité, et dans nos tenues blanches pour le tennis qui devenaient presque phosphorescentes ? Barbara m'a poussé contre un mur, et cette fois-ci sans préambule, sans précaution. Sans prévenir, par un instinct de la situation – il ne fallait pas que celle-ci retombe et aille pourrir dans l'indécision et dans l'absence d'initiative –, elle a commencé à m'embrasser : nous étions sauvés. Il y avait un peu de précipitation dans son attitude, la volonté de prendre les devants, de ne plus être celle qui s'était laissée faire sur le lit, la première nuit. Elle voulait me prouver quelque chose : qu'elle avait de l'expérience, du savoir-faire, du désir ou du sentiment. Elle ne cessait de m'embrasser, interminablement, comme lors du premier baiser à Kenwood, mais c'était aussi pour gagner du temps, ou pour m'interdire de bouger, tandis que ses mains s'éloignaient, se désintéressaient du jeu de nos bouches, de nos langues. Comme après déjeuner, sur le tabouret du piano, elle a cherché le boutonnage de mes culottes courtes. Mais ce qu'elle avait peut-être appris alors ne lui était maintenant d'aucune utilité : en dehors d'un bouton unique, à la ceinture, mon short de tennis s'ouvrait par une fermeture Éclair... C'était moins charmant, et il se put même que cela lui semblât moins français, car ce que les Anglais appellent des *zips* avait déjà chez eux, à l'époque, remplacé bien des boutonnages, suivant une mode qui venait des États-Unis. Dans son entreprise, je comprenais que Barbara me sommait de ne rien essayer et de me laisser faire à mon tour. Elle voulait se satisfaire et se servir, mais pour montrer qu'elle savait donner. Le sang me nouait la gorge et me battait aux tempes, quand j'ai senti ces autres mains que les miennes, plus délicates, à la peau plus douce, sortes de longs pétales, qui venaient de me déshabiller comme l'auraient fait celles d'une infirmière, maintenant dégager ce qu'elles convoitaient pour s'en saisir. Sa détermination, son audace étaient bien plus grandes que celle du marchand de jouets, avenue de Versailles, lorsqu'il avait esquissé un geste vers le même endroit, avant de renoncer à sa tentation comme un saint Antoine qui chasse une pensée coupable. Mais je n'avais que cette expérience médiocre, vaguement dégoûtante, d'une situation comparable. Tout ce qui avait été malsain et révoltant dans l'arrière-boutique du « Lutin bleu » devenait maintenant un mystère exaltant, bouleversant. Mais cette « grande manœuvre » et ces manipulations de Barbara au bas de mon ventre, qu'elle avait mis à nu, aussi troublantes qu'elles étaient, ont commencé à nous séparer l'un de l'autre, nous privant du doux contact de nos corps, jusqu'à ce que même nos bouches se quittent. Lentement, Barbara avait commencé à s'effacer, à descendre, à disparaître, son visage n'était plus devant moi, j'avais perdu son regard, ses lèvres, il n'y avait plus rien à regarder que la cloison de bois face à moi, dans l'obscurité envahissante. Barbara me laissait seul, elle m'abandonnait, il ne me restait rien d'elle, rien que j'aurais pu encore tenir dans mes bras ou dans mes mains, caresser, enlacer, embrasser. Elle s'était soustraite, accroupie devant ce qu'elle avait appelé *prick* ou *cock*, la nuit de la première fois, qu'elle venait de tirer des vêtements et qu'elle tenait dans ses doigts. Bientôt, en cette partie-là de mon corps que je sentais exposée, vulnérable, alors que ma situation me semblait à la fois indécente et ridicule, culottes courtes aux genoux, une douceur inconnue, indescriptible, m'a enveloppé. Je n'avais pas tardé à identifier la figure et le but de la posture – un classique, en somme, dans l'imagerie colportée par les garçons sur ce à quoi ils peuvent faire consentir les filles, ou à quoi les plus vantards et les plus brutaux prétendront les contraindre, surtout à cette époque où cela pouvait pallier l'acte sexuel principal, auquel certaines résistaient par peur des conséquences –, mais ce que je ressentais dans l'obscurité, sans chercher à rien voir, ne correspondait à rien, ni aux descriptions grossières des apprentis sorciers ni aux anticipations de l'imagination. C'était une douceur encore différente de celle, extrême, que j'avais découverte entre les cuisses de Barbara deux nuits plus tôt, une douceur plus animée, plus active, plus attentive, plus variée, plus changeante, à la limite du supportable. C'était aussi comme le mouvement d'un récit, une douceur qui serait celle de quelque chose que l'on raconte à mi-voix, un secret, la douceur d'une histoire ancienne, enfin avouée, une douceur qui se décrirait elle-même, qui raconterait sa propre origine, son objet, son objectif, une douceur vivante et chaude, animée et discrète comme celle d'une parole murmurée, presque silencieuse. Je n'avais pas soupçonné que cela pût être ainsi, d'une telle douceur, d'une telle générosité, délivrant une telle volupté. Je songeais que Barbara m'offrait l'équivalent inversé de ce que la petite Arlette, treize ans, avait reçu d'un homme tous les jeudis, dans un square de la porte de Saint-Cloud à Paris, quelques années plus tôt. Dans son entreprise, Barbara se montrait hardie, résolue, obstinée, inlassable : un de ces ouvrages dont seules les femmes ont la patience, et dont elles seules ont le secret. Dans ma passivité, je ne poursuivais aucune fin, cela pouvait durer indéfiniment, un délice permanent auquel aucun terme n'était fixé par aucun excès à atteindre, par aucun dépassement, aucun au-delà de ce même plaisir. L'état voluptueux était constant, la vibration intense d'un point fixe, en suspens, mais il m'était offert, imposé, je ne pouvais m'y dérober, j'en étais prisonnier comme on peut l'être, à l'opposé, d'une souffrance. Je ne poursuivais rien, aucun but, aucune issue, cela tombait sur moi, m'enrobait, m'enveloppait, me tétanisait sur place. L'histoire qui m'était racontée pouvait durer, se répéter, recommencer sans jamais s'achever, son mouvement me grisait mais il ne m'emportait nulle part : j'étais sous l'empire d'un charme envoûtant, paralysant. Pourtant, comme je l'avais rêvé quelques heures plus tôt, pendant le déjeuner, j'étais dans cette bouche, prêt à être doucement mâché, dégluti, avalé, englouti là, dans le corps de Barbara par ses lèvres, sa langue, son palais, la face interne de ses joues. Cette offrande qu'elle me servait à genoux me semblait à la fois disproportionnée et incomplète, bouleversante et frustrante car, dans l'excès de ce qu'elle me donnait, elle me privait d'elle-même. Dans ce qu'elle m'offrait, Barbara se soustrayait à moi, elle s'était retirée pour me l'offrir. Il y avait de la gêne et de la privation dans mon ravissement. Barbara m'exposait et me manquait. Il y avait, au centre de mon corps, la concentration d'une présence trop forte et, face à moi, contre le reste de mon corps et entre mes bras, une absence, un manque, la douleur d'une séparation. Sans doute me montrais-je impassible. Surpris, comme médusé, je ne manifestais ni encouragement ni reconnaissance. Je me laissais faire et je m'abandonnais au plaisir, mais j'avais hâte aussi que cela cesse, que Barbara se relève, qu'elle revienne auprès de moi, là où je l'attendais. Elle ne voulait rien savoir de cette attente, en moi, d'autre chose que ce qu'elle me promettait au bout de l'histoire dont ses lèvres, et sa langue, et sa bouche, déroulaient le fil. Elle voulait aller jusqu'au bout de ce qu'elle avait commencé à me dire, à me raconter. Et, par moments, la parole en effet se pressait sur ses lèvres, parmi la salive : elle libérait sa bouche – je me sentais moi-même sur le point d'être libéré – juste le temps de faire entendre un mot, dans un souffle : «*Please*...» Je ne savais ce qu'elle me demandait, ce qu'elle voulait dire avec ce mot, un des premiers que l'on apprend parmi les formules de politesse de la langue anglaise. Je ne savais ce qu'elle espérait, ce qu'elle me réclamait, ou ce qu'elle me suppliait d'accepter. Je ne savais ce qu'appelaient la douceur de cette plainte, la sonorité de ces syllabes, elles-mêmes si proches du plaisir auquel elles semblaient conduire, et dont elles appelaient l'accueil, le consentement. Sans doute fallait-il comprendre quelque chose dont la périphrase eût été : «Accorde-moi ce plaisir que je veux te donner.» C'est-à-dire, tout simplement : «S'il te plaît...»

La nuit était tombée. Je pensais au risque qu'on vînt nous chercher, l'un ou l'autre s'étant inquiété de ce qui avait pu arriver. Je compris qu'il fallait que, sans plus tarder, j'accepte de me laisser déglutir, avaler, que je parvienne à trouver cela au fond de moi pour le donner, sans réciprocité aucune, sans avoir rien à mordre, à sucer, à lécher, à dévorer en échange. Alors, puisque cette tête et ce visage dont j'étais privé refusaient de me revenir et de me rendre leur contemplation, j'allais chercher Barbara là où elle se tenait cachée, je portais les mains là où d'habitude je ne pouvais trouver que moi-même et où maintenant étaient son visage, sa bouche. Je l'ai saisie aux cheveux, en aveugle : du bout des doigts, j'ai caressé ses traits, son front, ses paupières, l'arête de son nez, et jusqu'à ses lèvres par où elle me tenait prisonnier, là où je n'appartenais plus qu'à elle, et où j'étais à sa merci. J'allais jusqu'à toucher ses dents, qu'elle avait fait oublier, et dont la présence retrouvée rendait le discret effacement si troublant – effort de douceur d'un corps envers un autre, contre sa propre constitution, comme lorsqu'un fauve refuse de mordre, lorsqu'un félin rentre les griffes et fait patte de velours. Alors seulement, avec la preuve qu'elle était bien là, que c'était bien elle, que ça ne pouvait être qu'elle, qu'elle était celle que j'avais le désir de voir se relever et de retrouver au plus vite, je me suis laissé aspirer, déglutir, engloutir, avaler, honteux de répandre en elle quelque chose qui n'était pas une offrande mais une offense, une souillure, en même temps qu'elle m'offrait une extase où j'étais cruellement privé de la sienne. Je me disais que, sur la cloison de bois, auraient pu être gravés ces mots : « Ici, un soir de juillet, j'ai sucé le petit Alan, 13 ans », et je n'entendais rien de trivial ni d'obscène dans cette formule. Barbara s'était faite petite pour que je sois grand. Mais revenant à moi, se redressant enfin à ma hauteur, et encore au-delà, j'ai vu ses lèvres barbouillées, et j'ai voulu aussitôt retourner à cette bouche, goûter en elle ce qu'elle avait goûté de moi. Je découvrais un goût d'amande amère, et je me suis dit qu'elle avait connu ça de moi avant moi-même, ce goût que je ne me connaissais pas et qu'elle avait attendu, qu'elle avait obtenu de moi. J'aurais voulu l'embrasser, visiter sa bouche aussi longtemps qu'elle en avait fait ma prison, revenant là, dans ces lieux, maintenant libre et plein de reconnaissance et d'émotion d'en avoir été l'hôte, le prisonnier, mis au délicieux supplice.

Mais ce n'était pas assez, il fallait que je m'empare de ce qu'elle m'avait jusque-là dérobé, je me découvrais une fureur d'être à nouveau celui qui dirige, celui qui entreprend, celui qui commande : je ne cessais de l'embrasser quand ma main gauche est descendue, sûre d'elle, pour relever la jupette blanche et se glisser sous l'élastique qui était comme la limite d'un territoire au bas du ventre, avec une autorité souveraine de conquérant sur sa conquête, à nouveau soumise à son empire. Peut-être parce que j'étais redevenu un petit garçon face à une grande fille, je me découvrais de la violence, le besoin de me montrer plus fort que je n'étais : j'ai enfoncé trois doigts en elle – je dis bien *trois* plutôt qu'un seul –, je la fouillais violemment à la recherche en elle de ce que je pouvais lui donner. Elle s'est abandonnée à cette exigence, docilement, les yeux fermés, jusqu'à la satisfaire. Et puis Barbara m'a repoussé, et elle s'est précipitée dehors. À nouveau, à moi le ridicule de la situation : je n'avais plus qu'à rajuster à la hâte mes culottes courtes pour sortir à mon tour, car je craignais maintenant qu'elle s'enfuît, qu'elle disparût à jamais.

Peut-être est-ce l'état du ciel qui m'a sauvé de cela : la cabane de bois à usage de vestiaire ouvrait sur l'espace où était le tableau des réservations, protégé sous un auvent. Et j'ai vu que Barbara s'était arrêtée là, face aux gazons sur lesquels la pluie avait commencé de tomber. Je me suis d'abord dit qu'il devenait de plus en plus invraisemblable d'être encore là, dans la nuit, alors qu'il pleuvait à verse. Je me suis approché d'elle et, comme elle ne se retournait pas vers moi et que je ne pouvais pas la voir, je l'écoutais : elle semblait reprendre son souffle. Me sentant près d'elle, elle m'a fugitivement montré son visage, avant de se détourner aussitôt : j'avais eu le temps de voir briller des larmes, et maintenant je l'entendais réprimer le hoquet de ses pleurs. Je lui ai posé une question de petit garçon : « *Why do you cry ?* » (« Pourquoi pleures-tu ? »). Elle s'est tournée vers moi et m'a serré contre elle, mais non pas comme avant: maintenant, c'était comme un petit garçon, et je l'ai entendu murmurer, avec cette même douceur dont sa bouche s'était montrée capable l'instant d'avant, mais avec peut-être l'accent d'un désarroi, les trois mots et la formule les plus éculés de la langue anglaise. Comme tout le monde, mille fois j'avais entendu ces mots, mais jamais je ne leur avais donné un autre sens que celui d'une tournure convenue, dans un jeu entre grandes personnes, ou parmi les paroles d'une chansonnette. Ils restaient énigmatiques, ils le sont encore aujourd'hui: je me demandais ce que Barbara avait goûté de moi, quel goût elle m'avait trouvé qu'elle aimait, car il ne pouvait s'agir de mon être lui-même, comme objet de cet amour. Était-ce la douce indiscrétion de mes trois doigts qui me valait la douce indiscrétion de ces trois mots ? Naïveté de cette hypothèse d'un petit garçon qui ne peut croire qu'à la reconnaissance des sens contre l'invraisemblance des sentiments: je connaissais mon désir et je savais jusqu'où je pouvais aller pour le satisfaire coûte que coûte, mais je savais aussi, obscurément, que je ne pouvais susciter en retour, chez une jeune fille de sept ans mon aînée, et dans toute la splendeur de sa beauté, qu'une sorte de curiosité trouble et amusée. Dans ma perception du moment – qui se prolonge jusqu'à aujourd'hui – sans doute avais-je sous-estimé un déficit sentimental, et peut-être même sensuel et sexuel dont, contre tout ce que je me représentais d'elle, Barbara avait à souffrir. Je n'avais pas la réponse à ma question – je ne l'ai toujours pas –, je n'avais reçu en trois mots que ce qui me semblait une excuse, ou une feinte, pour ne pas répondre. Comme la pluie ne cessait pas, nous avons sagement rangé les raquettes dans les housses et nous sommes partis d'un pas tranquille à travers la prairie, marchant côte à côte sans nous effleurer. Nous aurions dû courir à toutes jambes sous les gouttes, mais nous avons marché sans nous presser, avec une nonchalance digne du flegme anglais face aux caprices du ciel. Nous retenions chaque seconde de ce retour, nous avancions dans un film si ralenti qu'il aurait pu se figer d'un moment à l'autre, à la recherche d'une image fixe, et quand nous avons franchi la barrière du jardin, Barbara grelottait.

9

Nous avons trouvé la maison calme et obscure, il n'y avait de lumière que du côté de la cuisine où Mme Buss devait s'affairer à quelques préparatifs pour le lendemain. J'ai soudain repensé à Kingsley que j'avais laissé tomber et qui avait dû travailler seul, à la fixation du moteur et du réservoir sur la maquette. J'ai proposé à Barbara de venir avec moi jusqu'à ma chambre pour voir si Kingsley y était encore et pour nous excuser ensemble de l'avoir fait attendre. Je ne savais pas à quel moment la pluie avait commencé de tomber, alors que nous étions dans la cabane à usage de vestiaire, mais l'attente d'une fin de l'averse qui nous avait surpris me semblait une façon de justifier notre retard. Barbara me suivait, et nous sommes entrés dans la pièce où tout était sombre. Allumant la lampe sur la table près de la maquette, j'y trouvai un mot laissé par Kingsley : il me disait que tout était en place et qu'il ne fallait toucher à rien jusqu'à ce que la colle ait séché et qu'on ait pu vérifier ensemble les fixations. J'aurais aimé éteindre la lumière et m'enfermer là pour la nuit, avec Barbara qui grelottait et que j'aurais mise au lit sans autre intention que de la sécher, la réchauffer, la réconforter. Il restait une demi-heure avant mon rendez-vous avec Mme Buss pour nos parties de *chinese checkers*. Je ne savais que faire, une fois de plus tout me semblait compliqué, insurmontable, impossible. Sans doute étais-je troublé par la présence de Barbara de retour dans cette chambre de la première fois et de la première nuit, une nuit qui paraissait si lointaine. Je savais que rien ne pouvait se passer comme je l'aurais souhaité et comme il m'eut semblé naturel. Tout simplement, j'aurais aimé que Barbara quitte ses vêtements trempés et se couche, tandis que je serais allé honorer mon rendez-vous quotidien. De retour dans ma chambre après les parties de *chinese checkers*, vers minuit, j'aurais retrouvé Barbara sagement endormie, ne grelottant plus, oubliés le chagrin et la pluie, et je me serais glissé là en évitant de la réveiller, pour m'endormir auprès d'elle jusqu'au matin. J'imaginais tout cela comme la seule suite dans l'ordre normal des choses, et j'en ressentais en même temps l'improbabilité, l'incongruité. Dans cet instant, et avant de prendre une quelconque décision, me sont apparues pour la première fois ces questions sans autre réponse qu'une certaine douleur : comment vivre avec une femme ? Comment vivre sans elle ? Sans nous consulter, Barbara et moi avons esquissé ensemble le mouvement de quitter la chambre et de nous présenter, dans l'état piteux où nous étions, dans la cuisine et à Mme Buss, pour la prendre à témoin de notre déconfiture. Elle s'est montrée fâchée et nous a grondés comme des gamins, ayant prévu ce qui nous arrivait, affirmait-elle, mais en fait plus préoccupée de ses tâches du moment que des mésaventures de « ces deux-là » – *these two* – qui s'étaient bien trouvés pour faire des bêtises, comme nous apparaissions à ses yeux, où les bêtises en question étaient de partir jouer au tennis quand le soleil est déjà caché et que le ciel menace. Apparemment sans rien changer au rythme ni à l'automatisme de ses actions, Mme Buss reprochait à Barbara de ne pas assez se ménager avant ses examens des jours suivants, prenant le risque d'attraper froid. Et du petit Français « *the little Frenchy*», elle critiquait l'inconscience et cette mauvaise conduite qui me poussait à abuser de la complaisance de ceux – *those :* un neutre que je pourrais traduire aussi bien par «celles» – qui éprouvaient pour moi de la sympathie. Mais en même temps qu'elle nous faisait ses remontrances, et sans se détourner de son travail, Mme Buss nous avait fait chauffer deux grands verres de lait où elle fit couler du miel, et elle nous renvoya chacun vers notre chambre, ajoutant cependant que nous aurions tout notre temps pour jouer au tennis, pour aller à la piscine et pour nous amuser dès la fin de la semaine. Pour conclure, elle me somma de me changer au plus vite, de prendre une douche bien chaude et de me présenter dans une tenue correcte et les cheveux peignés à notre rendez-vous de onze heures.

Nous étions finalement rassurés d'être revenus sous l'autorité matriarcale de Mme Buss, et d'avoir reçu d'elle, plus encore que le réconfort maternel du lait chaud, des consignes et même des ordres auxquels obéir, après notre désobéissance majeure à l'ordre moral du monde et aux règles des bonnes mœurs. Pour ma part, j'avais l'impression de me racheter, de camoufler, d'ensevelir mon inconduite par le retour à la légitimité : j'étais comme un criminel qui, après son crime, respecte scrupuleusement les signaux pour traverser la rue. Barbara avait obéi la première, elle avait quitté la pièce sans un regard et j'avais entendu son pas léger dans l'escalier. Quand je sortis à mon tour, je me pressais dans l'espoir de la voir se retourner en haut du premier palier, mais elle avait déjà disparu et, quelques secondes plus tard, j'entendis sa porte se fermer. De retour dans ma chambre, à nouveau j'étais convaincu que tout était fini, que rien ne pouvait continuer dans une telle clandestinité, dans une telle illégalité et, après avoir été rasséréné de devoir obéir, à nouveau j'éprouvais le désespoir d'avoir besoin de ce refuge dans l'ordre, dans la bonne conduite, dans le conformisme mortifères. Je ne me hâtais pas de me changer, de quitter ces vêtements que d'autres mains avaient défaits de façon si émouvante, je ne me précipitais point à l'étage pour prendre la douche qui me laverait, qui effacerait de mon corps les traces de ce qu'il avait reçu et rendu en échange. Je me suis assis au bord du lit et j'aurais voulu rester dans cet état pour toujours, souillé de salive, de sperme, de mouille, de sueur et de pluie, le seul état honorable, si j'écoutais mon cœur et ma tête, contre le retour à l'ordre et à la propreté, synonymes de mort, de néant. Je me demandais si Barbara était dans les mêmes dispositions d'esprit, dans la même révolte ou si, au contraire, désaveuglée de nos comportements aberrants, elle était désormais résolue à la sagesse. Et, d'ailleurs, je m'interrogeais sur ce qui, en moi, avait pu la pousser à des actes qui, selon l'évaluation commune, eussent été qualifiés d'inqualifiables et d'insensés, d'immoraux et de pervers, la vraie question n'étant pas celle-là mais plutôt cette autre, que j'eusse été incapable de formuler: qu'est-ce qui, en moi, pouvait l'émouvoir pour la pousser jusqu'à ça ? L'énigme de la situation ne se posait pas dans ces termes, car je n'étais obsédé, aveuglé, que par la relation physique, charnelle, et par la nécessité de m'y montrer à la hauteur. À la fois je ne doutais de rien – c'est-à-dire que je ne doutais pas de moi – et je doutais de tout – c'est-à-dire d'elle –, ne pouvant comprendre ce qui attirait Barbara, ce qui la motivait alors qu'elle avait mieux à faire qu'à initier un petit garçon en culottes courtes ou même à se laisser initier par lui, en fonction de sa détermination et de l'intrépidité de son imagination. Barbara était-elle troublée par un homme-enfant, déjà pourvu de sa virilité, c'est-à-dire de sa force, et pas encore affranchi de sa féminité, cette faiblesse qui est une force encore supérieure ? Je me voyais entré dans une religion magique, sans Dieu, sans homme, dont le seul culte eût été celui d'une divinité dont la supériorité absolue tient à sa vulnérabilité : la femme. On peut résister à la force, et la force n'est même là que pour cela : pour qu'on lui résiste. La faiblesse est irrésistible, toujours victorieuse, bien que sans victoire. Son triomphe est permanent et invisible, toujours elle a le dernier mot, et sa parole est silencieuse : un simple souffle. Le dernier souffle n'est-il pas aussi ce dernier mot, cette dernière voix, non timbrée, de la faiblesse triomphante ? La supériorité de la faiblesse est une énigme parce que le monde semble obéir à des forces, comme celles que décrivent les lois de la physique. Pourtant, déjà Jean de La Fontaine célébrait la supériorité de la faiblesse dans sa fable *Le Chêne et le Roseau*, et dans bien d'autres. Mais, dans de telles métaphores, il ne s'agit encore que du monde physique : cependant l'obéissance à la loi du plus fort, qui est la condition même de la faiblesse, projette celle-ci, au-delà du monde physique, dans une sphère autre, qu'on pourrait dire métaphysique. L'obéissance à la force déjoue cette supériorité, s'en défausse, la disqualifie : telle est la force de la faiblesse. La supériorité de la femme sur l'homme est de cet ordre. Ainsi, l'homme ne peut échapper à cette infériorité à laquelle le condamne sa force physique que pendant son enfance, quand il lui reste encore la supériorité de la faiblesse.

Je restais assis sur le bord du lit, dans l'attente qu'un quelconque phénomène naturel ou surnaturel vînt me pétrifier, pour pérenniser à jamais dans sa noblesse l'état dans lequel je me trouvais, c'est-à-dire pour rendre impossibles tout effacement, toute récupération par la peur, par le remords et par le pardon, tout retour en arrière. Je rêvais qu'on me trouvait ainsi, assis sur le bord du lit dans ma tenue de tennis souillée, et que je pouvais rester sans réponse à toute question sur cet état, cette situation, muré dans une immobilité et un silence de marbre, enfermant à jamais la mémoire vive de quelques minutes, dans un oubli général de tout le reste et dans une insensibilité définitive. J'attendais qu'un poison présent dans l'air comme un gaz mortel vînt m'engourdir, me saisir dans cet état final, me momifier comme une dernière photographie. Mais lorsque j'entendis Mme Buss sur le point de quitter la cuisine et d'installer dans le salon le thé de onze heures, je fus comme doublement réveillé : à la fois d'une rêverie vainement radicale et d'un abandon morbide à un réel désespérant. Une simple petite inversion pouvait tout faire basculer : le rêve pouvait rester merveilleux, même s'il n'était pas idéal, et le réel pouvait avoir du bon pour soutenir le rêve. Les parties de *chinese checkers*, aussi acharnées que les parties de croquet, me ramèneraient dans ce même monde où Barbara m'était apparue, et où je ne l'avais perdue que pour quelques heures. Je me précipitai à l'étage pour y prendre une douche, brusquement convaincu que le corps est ainsi fait pour passer de la souillure, plus belle que la propreté, à la propreté précédant une nouvelle souillure, plus belle encore. Dans une paire de culottes courtes en flanelle, prévue par ma grand-mère dans mes bagages pour les jours de mauvais temps, et avec un pull-over sombre par-dessus une chemise à col blanc, soigneusement coiffé avec la raie sur le côté gauche et une mèche sur l'œil droit, je me présentai dans le salon où M. Buss somnolait, enfoncé dans son fauteuil en velours de Gênes. Alors que Mme Buss, jetant un coup d'œil à mon apparition, s'était simplement exclamée : « *Good boy !* », M. Buss, toujours en écho diminué de moitié à sa moitié, avait ouvert un œil et répété machinalement les mots : « *Good boy...* », immédiatement suivis de : « *Good night !* », satisfait et souriant de pouvoir ainsi nous quitter, puisque je venais prendre sa place.

10

Comme pour sauver en moi le rebelle de la bienséance qui m'était imposée, je retrouvais de la rage et de l'arrogance dans ma façon d'être le plus fort aux *chinese checkers* et de battre Mme Buss sans pitié, ne lui laissant le bénéfice d'aucune victoire, ce que d'habitude je faisais comme par un instinct de conservation en faveur de l'autre, un devoir de courtoisie – de l'inné au service de l'acquis… –, intimement sommé à un relâchement de mon attention et de mon agressivité pour laisser à l'adversaire une occasion de sauver l'honneur, car l'écrasement de l'adversaire est toujours une victoire lourde de menaces. Mais Mme Buss refusait de reconnaître ma suprématie, mettant ses défaites successives sur le compte de sa propre distraction, dont elle s'amusait comme d'une étourderie sans conséquence. Elle était décidément d'une humeur légère, et je finis par m'en vouloir de ma brutalité lorsque, revenant à Barbara dans notre exercice de conversation, elle me dit que la jeune étudiante lui avait avoué me devoir quelque chose dans la réussite à son examen du jour : par nos jeux et par mes plaisanteries, je l'avais décontractée, disait-elle, et cela l'avait aidée à aborder l'épreuve en relativisant l'enjeu. Par un mouvement de reconnaissance inavouable, j'aurais accumulé les erreurs les plus grossières pour laisser à Mme Buss, s'il avait été encore temps, la victoire dans notre dernière partie. Comme je faisais mine de ne pas comprendre la confidence de Barbara, avec l'air de celui qui n'y est pour rien, jouant les modestes et les drôles, Mme Buss commença une phrase par : « *You, french boys…* » dont j'ai oublié la suite, mais où le pluriel mis au mot *boys* (« Vous, les garçons français… »), me sembla finalement plus rassurant que décevant. Dans une généralisation qui, selon moi et en dépit de ma fausse modestie, ne faisait pas justice à ma personnalité propre, les petits Français étaient perçus par Mme Buss comme malicieux, facétieux, spirituels, rigolos, autant de traits de caractère qui plaisent aux filles, les mettent à l'aise, les libèrent de leur gêne, de leur retenue, et leur donnent confiance en elles-mêmes, voire les enhardissent un peu trop... Si j'étais un petit *french boy* parmi d'autres, et comme tant d'autres, je n'avais donc aucune responsabilité particulière, simple représentant d'une sorte de groupe sanguin national. La nature de ma véritable relation avec Barbara restait donc bien cachée sous le caractère collectif du comportement des petits Français de mon espèce : le secret était sauf, et la vérité intacte, et peu m'importait ce que faisaient tous les autres petits *french boys* en séjour dans des familles anglaises. Je n'eusse changé ma place contre aucune autre, dans aucune autre famille anglaise, et je n'eusse consenti à être aucun autre petit Français en culottes courtes. Il me fallait maintenant trouver quelque formule élégante pour dire à Mme Buss que mes cinq victoires d'affilée n'étaient pas le juste reflet de notre rapport de forces aux *chinese checkers*, et que j'étais prêt, pour le lendemain, à être défait – j'aurais pu dire : déculotté... – cinq fois de suite. Nous nous séparâmes contents l'un de l'autre. Et je regagnai ma chambre le cœur léger, raffermi dans ma double identité de petit garçon français et d'amant en culottes courtes, heureux de retrouver le lit d'une nuit innocente et attendant sereinement, brave petit soldat à la veille d'une nouvelle bataille, tout ce qui viendrait charger et alourdir mon destin dès le lendemain.

11

Cette attente allait s'avérer bien plus brève que je ne l'imaginais. Pénétrant dans ma chambre d'un pas assuré et avec une perception optimiste de la nuit de repos et de sommeil que j'avais devant moi – une nuit de petit garçon –, ma démarche se ralentit soudain dès que j'eus refermé la porte : dans l'espace où je comptais retrouver ma solitude, quelque chose m'attendait, signalé par une indéfinissable consistance de l'air ou par une configuration des choses, conforme mais néanmoins troublée. Quelque chose m'attendait, à vrai dire quelqu'un mais, dans la circonstance, les mots « quelque chose » convenaient mieux, évoquant une place plus vaste, plus indéfinie, prise dans le champ de mon expérience. À pas lents, mesurés, je contournai le lit en direction de la maquette en balsa, maintenant équipée de son moteur et de son hélice, et qui apparut en pleine clarté quand j'allumai la lampe. Je ne sais pourquoi, j'avais voulu me diriger directement vers la table où trônait le Spitfire et où aussi, dans un tiroir, étaient rangés le bloc de papier et les enveloppes destinés à mes lettres quotidiennes à ma grand-mère. Je contemplai l'avion, j'examinai la fixation du moteur que Kingsley avait réalisé sans moi, et je m'attardai encore. Je pris du temps – autant de temps que possible – avant de me tourner vers le lit. Mon cœur battait à tout rompre, comme on dit, mais dans mon expérience de petit garçon, c'était autant de peur et d'appréhension que d'excitation et d'exaltation. Un coup d'œil me suffit pour comprendre que Barbara s'était glissée sous les draps pendant les parties de *chinese checkers* : une longue mèche de cheveux sombres dépassait sur le traversin. Comme elle ne pouvait pas me voir, endormie, la tête cachée, je fis moi-même semblant de n'avoir rien remarqué, mais je compris que j'étais soudain rattrapé par mes propres rêves, et confronté à ce sur quoi j'avais seulement médité lorsque j'étais resté assis sur le bord du lit : il m'était alors apparu comme la suite naturelle au retour du Highgate Lawn Tennis Club que Barbara restât dans ma chambre, se réchauffant dans le lit, jusqu'à ce que je vinsse la retrouver après mes parties de *chinese checkers* avec Mme Buss. Ce que j'avais alors conçu comme le prolongement normal des événements de la soirée se produisait en réalité, m'obligeant à y faire face, puisque mon désir et mes visions avaient été pris au pied de la lettre. Je venais de perdre la perspective paisible d'une nuit de petit garçon dans un lit douillet, après une soirée de fautes graves par anticipation dans l'âge adulte et par transgression des interdits. Le bénéfice m'était retiré de ce refuge dans une nuit d'innocence, avant une journée d'expériences et d'aventures nouvelles : il me fallait rester un homme en continu, sans relâche, sans répit, sans repos, sans alternative, ou pour le moins pendant encore toute une nuit jusqu'au matin, avec une fille dans mon lit. Je n'étais plus ému du privilège inédit d'aller retrouver ce corps contre lequel serrer le mien, je n'étais plus préoccupé que de la façon dont elle pourrait quitter la chambre sans être vue, et de l'heure qu'il faudrait guetter pour se réveiller avant tout le monde, au petit matin. Et si, au contraire, Barbara avait l'intention de se cacher là jusque tard dans la matinée, laissant la maison se vider avant de s'élancer dans l'escalier sans risque d'y croiser quelqu'un, quand pourrais-je me consacrer à la rédaction de la lettre à ma grand-mère ? Toutes ces questions se présentaient comme de terribles obstacles, de sombres complots contre l'harmonie du monde et, si nous venions à être découverts par cette folie de Barbara venue se réfugier dans mon lit, je n'échapperais pas à la catastrophe d'une rupture de mon lien d'enfance avec ma famille, à qui je ne pourrais plus jamais apparaître comme un petit garçon, choyé en exclusivité par sa mère et par sa grand-mère. Tout ce que, quelques minutes plus tôt, j'avais perçu comme l'ordre souhaitable des choses, prenait maintenant l'aspect d'un mauvais rêve, d'un faux pas, d'une impasse.

J'éteignis la lampe au-dessus de la maquette et je me déshabillai en silence, ne voulant voir qu'innocence dans la facilité à quitter une paire de culottes courtes de petit garçon. Je déposai mes vêtements sur le dossier de la chaise avec ce soin particulier pour ne pas les froisser, pour en respecter les plis, en vue de les retrouver impeccables, comme au matin d'un départ pour le lycée. Le lendemain, en effet, il me faudrait me lever de bonne heure et être vite présentable. J'entrai dans le lit en prenant la précaution d'éviter le contact avec Barbara. Mais à peine avais-je tiré le drap jusqu'à mes épaules qu'elle vint se serrer contre moi. Je fus à la fois rassuré et agacé de sentir qu'elle portait une chemise de nuit, car cette bienséance avait-elle encore un sens dans l'inconvenance majeure de la situation ? Mais alors que sa nudité m'eût peut-être intimidé, le léger vêtement m'offrait le geste à accomplir : je l'en dénudai et, la réveillant par cette exigence, elle bredouilla, comme en réponse à une question que je ne lui avais pas posée : « *Want to stay with you…* » (« Veux rester avec toi… », le *tu* était indiscutable, irrésistible). Je n'étais pas prêt pour cela, je ne m'étais pas trouvé si souvent avec une fille dans mon lit pour que je pusse la laisser dormir à mes côtés avec flegme, avec indifférence, blasé d'une telle présence. Cette situation ne pouvait me laisser passif, elle m'obligeait à l'initiative. Et pour le coup, tout fut très simple, très rapide : je finis de tirer Barbara de son sommeil sans ménagement, la rappelant à ce qui me semblait la seule raison pour elle d'être là dans mon lit. Je contestais ce sommeil auquel elle n'avait pas droit, et je ne pouvais m'imaginer la laissant dormir jusqu'au moment propice pour quitter la chambre ni vue ni connue, avec alors le risque, pire que tout autre, que nous fussions découverts et démasqués pour une faute non consommée. Contre elle, puis sur elle et au seuil de son corps de fille, là où s'ouvre son passage, en un instant j'avais repoussé toutes mes appréhensions, toutes mes angoisses des minutes précédentes, jusque dans un temps de la catastrophe qui me laissait encore quelques heures à vivre. Je pénétrai dans Barbara, dans son ventre, comme dans l'oubli, je me projetais en elle comme dans l'avenir, la fente entre ses cuisses prenait le temps dans ses plis, une ellipse secrète se cachait dans cette parenthèse de chair et de peau. Et ce dont bientôt je l'inondai, en réplique instantanée à son propre débordement, était, sinon un filtre d'éternité, du moins la liqueur narcotique du seul sommeil légitime. Elle venait d'obtenir le droit de s'endormir en m'oubliant, et moi celui de faire des rêves de petit garçon.

12

Réveillé au matin non par les bruits en provenance de chez Auntie Chrissie – l'oiseau matinal s'était déjà envolé… –, mais par ceux descendus depuis les étages vers la salle commune du rez-de-chaussée, j'avais tout oublié, c'est-à-dire tout ce dont j'étais coupable, et j'ouvris sur le décor de la chambre des yeux de petit garçon. Mais cette autre nuit, cette nuit d'une autre fois qui n'était pas la première, débouchait sur un premier matin : pour la première fois de ma vie, une femme était là, dans mon lit, à mon réveil. Je crus d'abord qu'elle était morte, car comment expliquer autrement qu'elle fût encore là, inerte, qu'elle ne se fût pas discrètement éclipsée pour regagner sa chambre quand il était encore temps ? La situation me sembla aussi grave que si, en effet, j'avais eu là, à mes côtés, le cadavre d'une fille qui eût été ma victime. J'avais soudainement interrompu le mouvement spontané, énergique, joyeux, de rejeter le drap pour attaquer la journée nouvelle d'un bon pied. Le réel, retrouvé en me réveillant, devenait un cauchemar. J'observais le visage de Barbara, de profil, et je constatais qu'elle respirait : tout n'en était que plus incompréhensible encore, car comment pouvait-elle dormir là, dans mes draps, paisiblement, d'un sommeil de petite fille, alors que l'heure du breakfast avait sonné à la cloche ? Dans un mouvement pour se cacher, glissant sur le traversin, elle dégagea au contraire une oreille et la nuque : je comprenais ce qu'un matin peut apporter de merveilleux lorsqu'on se réveille auprès d'une fille légitimement couchée là, dans le même lit que soi. Mais j'étais instantanément privé du trésor que je découvrais, et je m'en détournai pour échafauder des hypothèses : il y avait celle de ne pas paraître au petit déjeuner, comme lorsqu'il m'était arrivé de me réveiller trop tard et de retrouver Mme Buss seule, dans la salle commune, où ne s'entendaient plus que les sempiternelles imitations de la vie quotidienne, chez les vivants, par la famille de fantômes qui habitait le poste de radio. Mais la double absence de Barbara et de moi ne risquait-elle pas d'attirer l'attention et d'être perçue comme un seul et même événement ? Une autre solution était de m'habiller à la hâte, de me montrer dans la salle commune et de laisser Barbara dormir, mais j'entrevoyais le risque de croiser Kingsley, que je n'avais pas revu après la partie de tennis et qui pouvait souhaiter vérifier la fixation du moteur dans la maquette, avec, dans ce cas, son inévitable passage dans la chambre. Il y aurait eu alors à mesurer ce que pouvait être notre complicité de garçons contre sa loyauté envers les siens, et sans doute même contre sa conception de la morale et de l'honneur de sa famille.

J'essayais d'imaginer Kingsley pénétrant avec moi dans la chambre alors que Barbara aurait été encore là, cachée sous le drap, et de me représenter ce qu'aurait pu être sa réaction : constatant la présence dans le lit, immanquablement ses joues s'empourpreraient, mais soit il traverserait la pièce le nez en l'air, jusqu'à la maquette, feignant de n'avoir rien vu – et alors je comprendrais que son silence et sa discrétion m'étaient acquis, en dépit de la distance qui ne s'était jamais effacée entre nous –, soit il s'arrêterait net, horrifié, tournerait les talons en les faisant claquer, comme dans un exercice de sa préparation militaire et, de ses grandes chaussures noires, d'une pointure encore supérieure à celles de sa mère, il ferait résonner jusqu'à la salle commune le pas cadencé de son indignation : alors, le pire serait à craindre. Barbara dormait toujours, dans une bienheureuse insouciance, et je rêvais, contemplant encore sa nuque dénudée – par où tout un corps de fille se livre plus intimement au regard qu'en toute autre de ses parties – à ce que pouvait être la félicité d'un semblable matin, pour un couple d'amants dans une chambre d'hôtel.

Je sentais comme la pire attitude la tentation de ne rien faire, de ne pas bouger. Je me jetai à la hâte sur mes vêtements, je passai mon visage sous l'eau du robinet et je mis deux coups de peigne dans mes cheveux. Quelques instants plus tard, la pire coïncidence m'attendait dans le hall. Je tombai sur Kingsley tout équipé, prêt à sortir, visiblement en retard : tout allait se jouer dans les secondes suivantes. Pour éviter tout mouvement de retour avec lui vers la chambre, je continuai en direction de la salle du petit déjeuner et, m'étant suffisamment éloigné de ma porte, je me tournai vers lui pour le remercier d'avoir fixé le moteur sur la maquette et pour m'excuser de l'avoir laissé seul. Sans doute voulut-il me montrer qu'il n'y pensait déjà plus et qu'il avait d'autres soucis plus importants, car il se pressa vers la sortie et me dit seulement de ne rien toucher jusqu'au soir, car il fallait laisser la colle sécher pendant vingt-quatre heures. Lorsque la porte d'entrée claqua derrière lui, je me sentis à moitié sauvé. Dans la salle commune, tous les autres étaient là et, à côté d'une belle fille au teint sombre, la place était vide : celle de Barbara. Dès mon arrivée dans la pièce, j'avais senti sur moi le regard inquiet, interrogateur, de Kate et, craignant qu'elle ne me posât une question tout de go, sans précaution, avec le risque qu'elle fût entendue par tous, j'allai prendre la place vide à côté d'elle. Elle se pencha vers moi, me demanda aussitôt à voix basse si je savais où était Barbara, et j'eus l'impression que tout le monde avait pu comprendre la question, ou tout du moins remarquer que Kate s'était inquiétée de quelque chose auprès de moi. Alors je répondis « *Yes !* » d'une voix claire et sonore, souriant comme en réponse à une demande anodine et, par une ruse dont je ne me serais jamais cru capable, je tendis le bras vers un pot de confiture pour le déposer devant elle, semblant ainsi satisfaire sa demande. Ma capacité à faire face à cette situation imprévue me procurait à la fois une certaine euphorie et un profond accablement : je voyais mon existence condamnée à une suite ininterrompue de telles astuces, de telles prouesses, de telles manigances, de tels mensonges, de telles tricheries dérisoires. Pourquoi donc les moments les plus agréables, les plus délicieux, devaient-ils être illicites, et cause d'un sentiment de culpabilité ? Kate ne m'en demanda pas plus et elle joua mon jeu, obligée de s'emparer du pot de *marmelade* et de se tartiner une tranche de pain. Je songeai que la clandestinité et la difficulté sont peut-être aussi les conditions nécessaires à toute situation délectable, la volupté n'ayant d'autre milieu d'existence que le secret, l'interdit, la résistance et la lutte contre tout ce qui cherche à l'entraver, à la contrarier. C'est alors que Barbara parut, radieuse, dans un peignoir qui indiquait seulement qu'elle pouvait traîner sans obligation de sortir à la première heure, en même temps que les autres. Comme j'avais pris sa place auprès de Kate, j'esquissai le mouvement de me lever pour la lui céder, mais elle me fit signe de ne pas bouger, et elle s'assit à la mienne. Désormais Kate était détentrice de notre secret, mais j'éprouvais du soulagement à ce partage, car je n'avais rien à craindre d'elle : s'il devait y avoir une explication, ce serait entre filles, et sans moi.

Hoppy, que les essais du moteur à éther avaient impressionné, s'informa de l'avancement de l'avion et de la date du premier vol : pour ne pas entrer en concurrence avec tous les événements du Speech Day de samedi, j'avais prévu le dimanche en fin d'après-midi. Barbara, à son tour, s'intéressa à la maquette et, avec une sincérité confondante, elle me demanda si elle pouvait venir la voir : je l'invitai à passer dans ma chambre et aussitôt Suzann et Rosalind voulurent se joindre à la visite. Je ne savais si je devais me lamenter de la tournure prise par la requête de Barbara, qui espérait peut-être une raison officielle de repasser chez moi, ou s'il fallait me réjouir d'être unanimement considéré comme le petit Français qui a construit un modèle réduit d'avion anglais. Craignant les indices laissés par Barbara et le lit défait, je voulus devancer tout le monde sous prétexte de ranger ma chambre pour qu'elle fût présentable, et je les invitais à me rejoindre. Dans la pièce, je trouvai tout en ordre, le couvre-lit était correctement tiré et Barbara n'avait laissé d'autre trace qu'un parfum de ses cheveux que j'étais sans doute seul capable d'identifier parmi l'odeur des livres, du tabac à pipe non brûlé et des vieilles étoffes. Près de la maquette, on respirait encore les effluves de colle, et j'eus bientôt là, autour du Spitfire au nez duquel brillait son moteur rutilant, une bonne partie de la maisonnée, car même Hoppy et M. Buss s'étaient joints aux quatre filles. C'était une situation étrange d'avoir là tout ce monde, accouru pour la contemplation de l'avion en modèle réduit et qui, une demi-heure plus tôt, eût constaté dans le même lieu la preuve d'un scandale. Une fois de plus, j'étais lavé de tout, ayant mis de mon côté de nombreux témoins de mon innocence, et m'étant fait admirer de tous comme un petit garçon français dégourdi, patient et méthodique, là où ce même petit garçon français avait été intrépide, impatient et lubrique, ne quittant d'un geste facile ses culottes courtes que pour trousser, d'un geste tout aussi facile, la chemise de nuit de la plus jolie fille de la maison, sans doute même de tout le quartier et, si j'en avais été le seul juge, de Miss Univers en personne, qui se trouvait là parmi les autres, nue sous son peignoir, et faite comme moi seul, parmi toute l'assistance, je la savais faite... Hoppy donna le signal du départ et M. Buss lui emboîta le pas comme un petit chien. Suzann et Rosalind s'attardaient, mais Kate les entraîna. Barbara était la seule à ne pas être pressée: elle resta la dernière et seule Kate le remarqua. La porte de la chambre était restée grande ouverte, par où nous parvenait le brouhaha des départs et des adieux de ceux qui sortaient les uns après les autres et, par le vestibule, un peu d'air frais de l'extérieur arriva dans la pièce. Quand toute la maison fut redevenue silencieuse, avec seulement les hurlements, les pleurs et les supplications entre mère et fille de la famille anglaise qui habitait dans le poste de radio, sur qui venait de tomber le risque de l'opprobre public, je m'approchai de Barbara qui était restée penchée sur la maquette, pensive. Je me serrai contre elle par-derrière, et je glissai ma main sur le devant, entre les pans de son peignoir, pour rétablir parmi toute cette banalisation officielle de nos rapports, la souveraineté de l'illicite et de l'interdit. Je me contentai de plaquer mes doigts sur son pubis, dont ils épousaient sagement la convexité, comme si ma main avait été celle de la Vénus elle-même, qui voile pudiquement son impudence. Barbara joignit ses mains à la mienne pour me retenir dans cette timide privauté prise par un gamin déluré, ni plus ni moins. Et puis elle murmura simplement ces mots: «*This evening...*» («Ce soir...»), et elle quitta la chambre, refermant avec précaution la porte derrière elle. Je ne me retournai pas, je gardai le regard fixé sur la maquette, j'étais heureux, soulagé, réconcilié, rendu à moi-même, mais je portai à mon visage cette main qui me rendait le parfum intime de Barbara. De cette même main, pensais-je, je vais pouvoir écrire la lettre à ma grand-mère, sans que rien y paraisse, sans que dans l'écriture innocente ne se trahissent les actions inavouables auxquelles elle se prêtait et dont elle était devenue experte. La configuration du monde et des êtres, reflétée dans ce microcosme du 15, Broadlands Road à Londres, me sembla en cet instant un prodige d'équilibre, de justice et de grâce.

13

Quand, plus tard dans la matinée, je revins vers Mme Buss dans la cuisine, je la trouvai repartie dans les grands préparatifs du Speech Day, les mains dans la farine des pâtes à tarte et des cookies. Pour que je ne crusse pas que tout cela était destiné à une consommation immédiate, elle me déclara qu'elle prenait de l'avance, mais j'eus le droit d'aller chercher au fond des casseroles, du bout du doigt, la gourmandise rare des pâtes crues avant leur cuisson au four. En fin de matinée, Barbara fit irruption pour dire au revoir: elle prenait le chemin de l'université pour ses examens de l'après-midi, et comme je comptais moi-même me rendre à Highgate Village, pour y guetter la parution d'un nouvel *Observer's Book* ou l'arrivée d'une nouvelle auto miniature des *Matchbox Series*, je proposai de l'accompagner jusqu'au coin de la rue. Mme Buss marmonna : « *Don't be so sticky…* » (« Ne sois pas aussi collant… », à moins que ce ne fût : « Ne soyez pas aussi collant… », avec un vouvoiement qui m'eût semblé positionner autrement le point de colle, pour qu'il fût plus discret). Mais Barbara avait tranché : « *All right… Hurry up !* » (« D'accord… Dépêche-toi… ! »). Je courus dans la chambre prendre l'argent de poche que je laissais dans un tiroir, et nous sortîmes. À l'exception du rendez-vous à Kenwood pour un mémorable concert, il ne m'était jamais arrivé de marcher dans la rue aux côtés de Barbara, jamais en plein jour. Elle m'y apparaissait différente, encore plus grande, mieux faite, plus belle, que dans le décor familier de la maison, du jardin et de la prairie jusqu'aux courts du Highgate Lawn Tennis Club. La rue où nous étions exposés aux regards des étrangers que nous croisions accusait encore notre différence d'âges et nous appartenions à deux catégories différentes d'usagers des trottoirs : d'un côté, une fille adulte, à la démarche de déesse, et, de l'autre, un gamin en culottes courtes, plus susceptible de taper du pied dans un caillou ou de concocter quelque farce, que de jouer les dragueurs ou les Don Juan qui filent une fille et la serrent de près pour la « baratiner ». La rue nous séparait : tout ce qui nous réunissait avant de franchir le seuil de la maison devenait dehors invraisemblable, impensable. Au coin de la rue, nous nous quittâmes. Alors que je m'étais arrêté devant la haute boîte rouge des Postes de Sa Majesté pour y déposer la lettre à ma grand-mère, Barbara s'apprêtait à traverser North Hill et à s'engager, de l'autre côté, dans l'étroite voie piétonne de

Parkhouse Passage, en direction de la station de métro, au pied de la colline. Elle se tourna vers moi et lança: «*What about swimming this evening ?*» («Et si on allait nager ce soir ?»). Déjà engagée sur la chaussé, d'un index posé sur ses lèvres, elle m'adressa le signe d'un discret baiser. Je n'y répondis que par le geste d'introduire la lettre dans la fente de la boîte, où je l'entendis tomber comme au fond d'un puits. Un rare bonheur superposait l'un à l'autre le baiser de Barbara et celui que j'envoyais chaque jour à ma grand-mère, au-dessus de ma signature. Le long de North Hill, sur le trottoir de Highpoint, je pris le chemin de Highgate Village.

Rien de ce que j'écrivais à ma grand-mère n'était mensonge, et je me convainquais de n'y exprimer que les seules vérités essentielles (dont l'addition n'était pas forcément égale à *la* vérité): l'avancement de la maquette, les essais du moteur et sa fixation, mes lectures, mes progrès dans l'acquisition de la grammaire, de la prononciation et du vocabulaire anglais, mes parties de croquet l'après-midi et de *chinese checkers* le soir, le tennis sur gazon dans un club privé, avec une autre pensionnaire de la maison, une étudiante en chimie, plus âgée que moi mais de force équivalente, la camaraderie avec Kingsley, la sympathie de tous les membres de la maisonnée, le piano une fois par semaine – les félicitations d'Auntie Chrissie qui le mettait à ma disposition –, et aussi, les soirs de pluie, les vêtements mouillés, la douche chaude, le recours aux culottes en flanelle et au pull-over, tout cela suffisait à remplir une journée et à remplir une lettre sans qu'il semblât y manquer quelque chose, qui eût été passé sous silence. À vrai dire, je me demandais comment il pouvait y avoir place pour autre chose dans un tel programme: quelle autre chose, quelle place ? J'imaginais d'écrire dans mon journal intime tout ce que je taisais dans mes lettres à ma grand-mère, mais si je me savais capable d'inventer des histoires sentimentales ou des fictions érotiques, même les plus débridées et les plus scabreuses, je me sentais dépourvu de tout moyen pour traduire avec des mots justes et simples ce qu'étaient la richesse et l'intensité de ma relation avec Barbara. Toute cette vérité brûlante, si facile à escamoter froidement et sans mensonge, dans une lettre à ma grand-mère, il était hors de ma portée de la consigner et de la rétablir ailleurs, sous une autre forme écrite. La banalisation, la normalisation, la vulgarisation auxquelles je savais un tel exercice condamné m'inspiraient d'avance le dégoût. Peut-être avais-je aussi en tête le risque qu'aurait fait courir un tel document d'être un jour découvert et d'y apparaître misérable et ridicule, car je redoutais ce que serait le regard critique d'autrui. Cependant, dans l'instant même où je la vivais, j'enregistrais chaque seconde de mon aventure avec Barbara, et je la versais dans une réserve précieuse où je savais que j'aurais à conserver tout cela très longtemps, peut-être aussi longtemps que je vivrais, sans garantie de trouver jamais les mots pour tout sauver de l'oubli au-delà du temps limité de ma mémoire, et au-delà de l'usage que seul je pourrais en faire pour me consoler de mon destin, dans quelques lointaines journées de mélancolie, d'infortune, de désespoir. Voici le temps venu de ma présomption extrême : trouver les mots introuvables. Voici le temps venu de ne pas être trop indigne d'un petit garçon en culottes courtes, pour que le silence prudent et pudique de ses lettres à sa grand-mère ne soit pas trahi par un bruit étranger à ce qu'eussent été les paroles sincères, jamais dites, jamais écrites, celles de ce petit Français qui était moins un enfant obsédé par les choses des adultes qu'un futur enfant dans l'âge mûr, et qui continue encore de placer l'amour des femmes et le désir pour leur sexe, non seulement au centre de son existence, mais absurdement au-delà d'elle, au centre de cette chambre à coucher et de ce lit défait qu'on appelle communément l'univers.

Après une nuit qui n'avait pas été celle d'un petit garçon comme je me l'étais trop vite imaginée, tout s'inversait, et ce n'était pas une journée d'aventures inédites qui se présentait à moi mais celle d'un enfant sage : je n'en goûtais pas le bonheur et la tranquillité espérés, mais j'en éprouvais au contraire le vide angoissant et la routine. Des journées comme celle-là, j'en avais connu tant, et tant d'autres semblables m'attendaient encore lorsque je serais loin du 15, Broadlands Road à Londres, et loin de Barbara. Dans une semaine, ma tante Lenke ferait un bref retour des îles Baléares pour venir me chercher dans ma famille anglaise, et pour me mettre dans l'avion de mon retour vers ma famille française. Il ne me restait plus que ces quelques journées pour être, en culottes courtes, l'amant de Barbara, car l'avenir ne se présenterait jamais plus sous cet aspect : quelques jours plus tard, j'aurais gardé mes culottes courtes, mais perdu celle de qui être l'amant dans cette tenue. Dans quelques mois, un an tout au plus, je pourrais redevenir l'amant de Barbara mais celui qui se présenterait alors devant elle ne serait plus un petit garçon, et je ne connaissais pas celui qui serait cet autre.

La perspective d'aller nager dans la piscine avec Barbara me semblait incertaine : parviendrions-nous à nous y rendre seuls, ou d'autres, comme la fois précédente, se joindraient-ils à nous pour profiter du privilège de Highpoint ? Quant aux jours suivants, ils me semblaient laisser peu de place aux escapades à deux, aux rendez-vous secrets, aux tête-à-tête ou aux corps-à-corps clandestins, car tout allait prendre la tournure d'une suite de fêtes de fin d'année, pour la communauté rassemblée et même ouverte à un cercle plus vaste. Dès le lendemain soir, il y aurait un dîner dans le jardin en l'honneur de Kate, qui rentrait chez elle, à Trinidad, sans certitude de jamais revenir au 15, Broadlands Road pour prolonger ses études en Angleterre, car elle avait atteint un grade suffisant pour trouver un poste dans l'enseignement secondaire. Nous nous étions tous cotisés pour un cadeau, et il était prévu qu'elle nous ferait la cuisine et nous servirait des plats et des boissons de son pays. Le matin même du Speech Day, elle quitterait la maison, en même temps que tous les autres partiraient en cortège et en grande pompe pour les premières cérémonies du Highgate College, qui devaient commencer par les discours de félicitations et par la remise des prix dans les matières académiques, suivies par les adieux aux collégiens sortants qui partiraient vers les universités anglaises ou étrangères, aux États-Unis et au Canada notamment. Il y aurait les toasts, les buffets, les épreuves sportives, en vue des finales dans la piscine et sur les terrains de sport de l'école – *sport grounds* –, une tombola, un défilé des cadets de la marine, des représentations théâtrales, un concert de plein air... : Mme Buss énonçait ce programme comme une apothéose de mon séjour qui devait me faire rêver. Et parmi tout cela, à quoi le petit *french boy* était tenu d'assister pour son édification et comme représentant d'un autre système d'éducation – nous étions bien loin, en effet, des lycées parisiens... –, resterait-il une place pour les caresses audacieuses et muettes, les baisers interminables, les extases inédites ? Quant à tous les événements d'une journée ordinaire, qui se répètent et dont j'avais aimé la répétition, le rituel, constitutifs des occupations et du rythme quotidiens, je leur trouvais maintenant un goût fade et même nauséeux. Le temps qui leur était consacré me semblait corrompu : j'y voyais une accélération vertigineuse de la vieillesse et la mort puait au fond de chacun d'eux comme une pourriture dans un trou. Tout ce temps raide et refroidi comme un cadavre était soutiré au temps vif et brûlant de notre *love affair*. Je sentais en moi le vieillard dans l'enfant qui joue, et le seul destin présent de mon enfance était celui d'autres jeux. C'était une journée où j'étais battu d'avance, le facile vaincu au croquet ou aux *chinese checkers*, le perdant tout désigné, non plus *the lover*, mais *the loser.*

14

Lorsque Barbara réapparut à l'heure du thé, elle se montra enjouée et rayonnante, riant d'avance, et de tout, comme ivre : elle savait avoir obtenu la meilleure note possible à son examen, et elle lança un peu vite, un peu haut, que je devais lui porter bonheur, en même temps qu'elle me serrait dans ses bras avec effusion devant tout le monde, m'embrassant plusieurs fois sur les joues, sur les tempes, sur le front. Je me sentis réduit au rôle de mascotte. Suzann et Rosalind qui, elles aussi, passaient des examens me réclamèrent, m'appelant à l'aide, demandant que je leur rende le même service. Kate levait les yeux au ciel, impatiente ou mélancolique, ou encore les deux à la fois comme cela peut se produire : peut-être était-elle déjà ailleurs, loin de cette île, sur une autre île, regrettant la frivolité de ces moments qui, pour elle, étaient parmi les derniers ou, au contraire, lui prêtant l'oreille comme à une de ces petites mélodies dont le tissage avec d'autres avait constitué la musique qui lui resterait en tête de ses années passées au 15, Broadlands Road à Londres. Les filles de la maison, qui suivaient leur petite idée, m'interrogèrent : par où passait mon fluide magique ? Suffisait-il, comme à la statue d'un saint, de me toucher la main, ou le pied ou le front ou, comme avec un enfant prodige, miraculeux, de recevoir de lui une bise sur chaque joue ? Je leur répondis qu'il fallait tout essayer, et pas seulement ce qu'elles venaient d'envisager mais, pour atténuer le mauvais effet de cette réponse de mauvais goût, je leur proposai par exemple de leur souffler dans l'oreille ou de les chatouiller: elles en rougirent et se récrièrent tandis que Mme Buss, fort amusée, se serait volontiers offerte comme cobaye pour l'expérience et, dans son grand corps embouti d'une seule pièce, elle semblait en frétiller d'avance. Maintenant, me disais-je, il faut bien que Barbara annonce le projet d'une virée à la piscine, et la perspective d'une baignade collective me désespérait. Mais ce fut Kingsley qui s'attribua le rôle du rabat-joie, coupant court aux spéculations sur mes dons de petit sorcier qui fait glousser les dames, en me rappelant qu'il n'était même pas sûr que je parvienne à faire voler correctement mon modèle réduit de Spitfire: à lui seul, il incarnait tout le pragmatisme et toute la lucidité britanniques, face aux goûts du même peuple pour la romance bluette et pour les histoires de châteaux hantés. Mais il était aussi l'Anglais qui ramenait un petit Français sur terre: avant les envolées, montrons-nous déjà capables d'un envol. Évidemment, ce n'était pas en apprenti mécanicien ou en bricoleur perfectionniste qu'il ferait rêver les filles, me disais-je…

Néanmoins – *nevertheless* –, je lui emboîtai le pas lorsque, d'autorité, il rentra dans la maison et se dirigea vers ma chambre. Le nouveau test dont tous les hôtes allaient être les témoins consistait à faire tourner le moteur maintenant fixé à l'appareil, et en gardant ce dernier captif, retenu sur place, empêché de prendre son envol. J'admirais la logique et la rationalité de ces opérations car, dans mon impatience, dès la veille au soir, et le moteur à peine en place, j'eusse sans doute lâché l'engin dans les airs au risque de compromettre mes longues heures de travail par un crash prématuré. Je laissais à Kingsley l'honneur de prendre l'engin dans ses bras et de le présenter dans le jardin. Dans cette situation où il apparaissait comme l'aîné raisonnable et expérimenté, j'étais plus que jamais ramené à mon âge de petit garçon, que je ne reniais pas, bien au contraire, aussi bien dans la solitude qu'en société, mais tout mon inconfort venait de la présence, parmi ceux qui me voyaient ainsi, de celle devant qui je voulais paraître autrement. Face à Barbara, j'aurais volontiers escamoté la maquette, les autos miniatures et les *Observer's Books*, pour ne mettre en avant que mes livres et mes lectures romanesques et poétiques : Balzac, Stendhal, Dickens, Defoe, Poe et aussi Byron, Shelley, Chateaubriand, Hugo et Lamartine, et les partitions que j'étais capable de jouer au piano : Mozart, Beethoven, Schubert, Chopin, Liszt... Comme pour m'épargner d'avoir à me montrer à elle dans une activité d'enfant où j'étais sous l'autorité d'un « grand » – Kingsley l'était à l'évidence par la taille et par ses pantalons de drap gris aux jambes immenses –, Barbara s'esquiva et monta dans sa chambre, sans avoir pu lancer le projet d'aller nager dans la piscine de Highpoint. Kingsley avait pris en main toutes les opérations de réglage et de tests du Spitfire, que j'avais pourtant construit seul, à longueur d'après-midi, déchiffrant les plans de montage, découpant, polissant et assemblant les pièces, et c'était comme si, du moment que l'appareil était identifiable comme réplique d'un légendaire avion militaire anglais, il ne pouvait plus relever que d'une autorité anglaise. Pourtant, il manquait encore la peinture, ainsi que les emblèmes, cocardes et matricules à reporter sur la carlingue par décalcomanie. Kingsley avait posé l'avion dans l'herbe et l'avait emprisonné entre les quatre pieds d'un tabouret comme un grand oiseau dont les ailes dépassaient à travers les barreaux d'une cage trop exiguë. Le moteur à éther fut mis en route, toujours aussi tapageur, le fragile aéronef vibrait sous cette puissance et dans ce bruit disproportionnés, mais la structure résistait, et je souffrais de le voir entravé, retenu de s'envoler. C'était comme si l'on m'avait passé une camisole de force au moment d'aller rejoindre Barbara dans le lit. Mais rien n'aurait pu faire fléchir Kingsley pour que nous brûlions les étapes : même avec un jouet, il était déjà un adulte – *a grown up*. Avec une femme, quand il en aurait une, je l'imaginais d'avance en barbon bougon, avec pantoufles, robe de chambre et bonnet de nuit. Pour lui, il était essentiel de maîtriser les caractéristiques, les performances et les évolutions de l'appareil ; pour moi, la seule attente était qu'il m'entraînât dans une aventure imprévisible, de la même façon qu'un navire ne m'a jamais fait rêver que par sa capacité à faire naufrage dans une tempête, à devenir un vaisseau fantôme, une épave échouée sur la grève d'une île déserte ou coulée au fond d'un océan. Après la mise en route du moteur dans l'avion captif, l'étape suivante, programmée par Kingsley pour le lendemain, était celle des vols planés sans moteur, l'hélice démontée. Ce sérieux de nos expériences, où Kingsley me contraignait à procéder sans précipitation et avec méthode, et à nous conduire en personnes responsables, était en apparence le comportement préparatoire à l'âge adulte et à la maturité, mais dans ces obligations je ne voyais que lenteur et ennui, retardement du plaisir et inévitable déception, épuisement du désir par excès de précaution et de prudence, perte du bonheur dans la recherche de sa garantie. La maquette avait été détournée de ce qui, en elle, excitait mon imagination, au profit de son asservissement à la desserte sécurisée de quelques lignes régulières. Ce jouet pour les grands, sur le point de réussir impeccablement toutes les épreuves de qualification, m'intéressait finalement moins que les autos miniatures des *Matchbox Series*, si rudimentaires et seulement susceptibles d'être poussées à la main, car la minuscule *Ford Zodiac* convertible et décapotée, avec son passager à bord, je pouvais la faire rouler partout, au mépris des obstacles insurmontables et des précipices sans fond, y compris sur le corps nu de Barbara, le parcourant de la tête aux pieds comme un paysage, d'un site pittoresque à un autre, et jusqu'à l'étape obligée de chaque nuit, ce corps vivant, réel, que, dans le même mouvement, j'emportais dans une rêverie du voyage vers les contrées, sous les cieux et au bord de rivages où les corps sont heureux.

Barbara redescendait déjà en maillot de bain sous son peignoir, avec une proposition d'aller à la piscine suffisamment tardive, espérait-elle, pour que les importuns et les indésirables la déclinent. Mais ce calcul échoua : Suzann et Rosalind se rallièrent sans condition et Kate, comprenant sans doute qu'il s'agissait pour nous d'un revers et d'un motif de contrariété, se décida à nous accompagner bien qu'elle ne pût se baigner ce jour-là. Les paramètres de la situation me semblaient inextricables, avec de mystérieuses et peut-être stupides motivations chez celles qui empêchaient Barbara et moi de nous retrouver seuls, nous les seuls à avoir de bonnes raisons d'aller nager…

15

L'équipe de filles dont, seul garçon, j'avais pris la tête, traversa la prairie, non pas dans sa dimension la plus longue, vers le Highgate Lawn Tennis Club, mais dans sa largeur, vers le mur de surplomb du jardin de Highpoint que Kate, la plus athlétique, escalada la première, avec facilité, tandis que je me réjouissais – médiocre vengeance – des difficultés ponctuées de petits cris, éprouvées par Suzann et Rosalind dont j'observais la chair rose, débordant des maillots à fleurs, car elles ne s'étaient enveloppées que de serviettes de bain jetées sur les épaules, qui laissaient leurs opulents derrières exposés. Je me dis que ces filles, avec ces corps gras, seraient des femmes désirables pour bien des hommes, mais qu'il avait fallu la présence dans la famille Buss d'un visage et d'un corps de fille tout autres, pour transformer un mois de juillet en époque décisive de mon existence. Ce corps de Barbara, serré dans le peignoir noué à la taille, j'en admirais maintenant les lignes et la souplesse, car elle escaladait le mur la dernière, juste devant moi qui fermait la marche. Pour la première fois peut-être, je fus troublé par une chute de reins et par le rebondi d'une paire de fesses, ces déclencheurs du désir sexuel chez le mâle humain, reconnus par les psychologues et les éthologues, auxquels pourtant je n'avais jusque-là pas prêté la moindre attention, obsédé par tous les trésors spécifiques à la féminité, à commencer par le visage, et puis par ce qui se cache entre ses jambes et, à mi-chemin, par le volume des seins, souvent le lieu trop visible de quelque chose de douloureux et d'émouvant, handicap d'un manque ou d'un excès. Dans les conversations émoustillantes entre garçons, ou dans les plaisanteries paillardes avec leur vocabulaire imagé qui revient avec insistance et lourdeur, j'avais entrevu l'usage que l'on peut faire de ce lieu d'un corps de fille qu'on appelle son cul, mais cela m'avait toujours semblé relever d'une scatologie dont j'étais peu friand, et j'y voyais un détournement de l'essentiel, un attrait bien secondaire par rapport à celui, si fascinant, si mystérieux, du sanctuaire principal. Les grossièretés dont les garçons aiment abuser, et dont ils tirent une assurance et une gloriole bien vaines, sans conscience de ce que révèlent en réalité des expressions comme : « Je t'encule... » ou « Enculé ! », dont je n'avais jamais compris le sens en tant que menace ou qu'insulte, me semblaient appartenir à une sphère de l'agressivité et de l'offense, bien étrangère aux délices du sexe et de la volupté. Dans toutes les expressions qui déclinent, de tous les points de vue possibles, le thème de la sodomie – un mot savant qu'il me faudrait attendre encore quelques années pour l'acquérir –, j'entendais les accents de la punition, et les échos d'un monde de la soldatesque, avec ses chambrées boutonneuses et ses corps d'une propreté douteuse. Pour la première fois, contemplant Barbara de dos alors qu'elle escaladait le mur, je n'ai plus pensé, et avec une sorte de brutale urgence, qu'à la connaître ainsi, par cet autre accès à son intimité, livrée à mon regard sans échange, et échappant au sien.

Kate s'était installée sur le plongeoir, dans la position de la petite sirène d'Andersen, représentée en sculpture dans le port de Copenhague. Suzann et Rosalind, assises sur le bord du bassin, tâtaient l'eau du bout des orteils. Ayant glissé mon maillot sous mes vêtements de ville, je suis allé me déshabiller dans le vestiaire pour les hommes, porte de droite, dans le couloir d'une petite construction en béton, sombre et humide, aussi engageante qu'un blockhaus sur une plage normande. Et Barbara est allée accrocher son peignoir dans le vestiaire des femmes, porte de gauche. Ensemble dans chaque encadrement de porte, face à face, nous nous sommes dévisagés en silence, de la tête aux pieds, sorte de promesse intense avant de sortir et de rejoindre les autres. Bravement, Barbara est descendue dans la piscine par l'échelle de fer et, tenant la tête hors de l'eau, au-dessus des mouvements précipités de ses bras et de ses jambes, elle faisait de charmantes grimaces en signe de lutte contre le froid. Je voulus me montrer plus courageux encore, prenant le chemin du plongeoir. Je contournai Kate, à demi allongée sur la planche, et quand j'arrivai au bout, prêt à piquer une tête, une main me retint par une cheville. Kate m'a dit : « *Careful... it's cold !* » (« Attention... c'est froid ! »). Je plongeai quand même, et j'eus tout juste le temps d'entendre les exclamations frileuses de Suzann et Rosalind dans les éclaboussures. Les deux jeunes filles à la peau rose se décidèrent à nous rejoindre dans ce bassin d'eau noire, trop petit pour que l'on pût y nager à distance les uns des autres. Mais la promiscuité dans l'onde était plus facile qu'à l'air libre : j'étais au milieu de trois naïades qui faisaient entendre leur détresse face à la température, du bain avec des cris et des paroles que rendaient émouvantes leurs voix de filles. Ces trois têtes sans corps retrouvaient un semblant d'égalité, et je découvrais la finesse et la fraîcheur des traits de Suzann et Rosalind : à leurs visages – qui exprimaient une sensualité proche de celle des jeunes femmes d'Auguste Renoir ou d'Aristide Maillol –, j'aurais pu imaginer, sous la surface, des corps désirables. Privée du sien, et avec son visage d'un éclat plus sombre, Barbara perdait une partie de son avantage. Je comprenais qu'il suffisait de peu pour que je puisse finalement aimer toutes les femmes, toutes les formes en elles. Faute d'assez de place pour nager, nous barbotions, et dans ce qui prenait l'allure d'une trempette plutôt que d'une partie de natation, je me serais facilement livré à des jeux tendres et polissons avec les baigneuses. Mais dans l'eau froide, le rose du teint des filles d'Angleterre – *complexion* – tournait vite au bleu : Suzann et Rosalind considérèrent que cela ne leur seyait guère. Elles furent bientôt hors de l'eau, et leur énergie à se frictionner avec leurs serviettes me rappelait celle des canards qui s'ébrouent sur les rives du lac – *pond* – à Regent's Park. Elles nous invitèrent à un repli rapide et général, et c'est alors qu'apparut le rôle stratégique qu'en toute conscience Kate s'était d'avance attribué : si elle s'était jointe au mouvement de départ de Suzann et Rosalind, il n'eût pas été possible pour Barbara et moi de nous attarder là tout seuls, dans la piscine déserte. Mais en restant avec nous, faisant mine de nous attendre, Kate facilitait le départ séparé des deux autres, d'abord parce qu'elles devenaient minoritaires et surtout parce que la bienséance était sauvegardée. Barbara, qui avait compris la ruse, lança à Kate à voix haute: «*Stay a little more…!*» («Reste encore un peu…!»). Et Kate donna sa réponse en direction de Suzann et Rosalind, qui avaient déjà rejoint le mur à franchir dans l'autre sens, leur criant qu'elle nous attendait. Plein d'indulgence et de reconnaissance, j'imaginais alors les deux têtes blondes de Suzann et Rosalind, libérées de leurs bonnets de bain, à nouveau sans corps, vues en surplomb tandis qu'elles descendaient le mur, effaçant ainsi l'image inverse des deux corps sans têtes que j'avais observés du bas, dans leur laborieuse et disgracieuse escalade. Par un excès de courtoisie plutôt hypocrite, je quittai l'eau et je m'approchai du mur au-dessus des filles pour m'assurer qu'elles s'en sortaient. Je leur demandai si ça allait, et il me sembla qu'elles apprécièrent, moins gênées d'être observées par au-dessus, et dans un exercice plus aisé qu'à l'aller. Elles s'éloignèrent à travers la prairie et nous nous adressâmes des signes de la main. Déjà – je me souviens de ce brutal et grossier raccourci – je ne pensais plus qu'aux fesses nues de Barbara. Pour retourner dans l'eau, je repris le chemin du plongeoir, mais cette fois-ci ce fut à un poignet que je fus saisi: Kate m'obligea à m'accroupir un instant près d'elle et, à voix basse, elle me dit: «*Be careful with Barbara… You are such a young boy…*» («Fais attention avec Barbara… Tu es un garçon si jeune…»). Elle se mit debout en même temps que je me redressais, elle me regarda droit dans les yeux, et elle me serra le bras: je la trouvais belle comme une grande sœur. Contournant la piscine en direction du mur, Kate lança à

Barbara : «*Don't stay too long…*» («Ne restez pas trop longtemps…»), et en deux bonds elle était dans la prairie, s'éloignant dans l'obscurité où Suzann et Rosalind avaient déjà disparu.

Sorti de l'eau depuis un moment, je commençai à frissonner, mais il n'était pas temps de trembler alors qu'étaient arrivées les circonstances tant attendues, dont d'ailleurs je n'avais pas douté, mais dont le chemin pour y parvenir m'avait encore semblé si embrouillé à peine une heure plus tôt. Par la planche du plongeoir où désormais je verrais toujours le fantôme de Kate, sombre sirène à qui l'eau est interdite, silhouette féline prête à s'emparer de moi et à me retenir par la cheville ou par le poignet, comme un enfant, je me jetai dans la piscine. Je remontai à la surface sous le nez de Barbara, là où le bassin était peu profond, et aussitôt nous nous précipitâmes l'un sur l'autre. Nous nous embrassions comme pour rattraper les baisers perdus. J'étais dans une agitation, une transe, une fébrilité extrêmes, ne sachant à quelle action me consacrer et portant mes mains partout où le corps de Barbara les attirait. Cela ne parvint pas à nous réchauffer et bientôt elle grelottait et claquait des dents. Il sembla évident que nous devions trouver la suite hors de l'eau, et que le temps pressait. Nous étions tout près de l'échelle de fer : je laissai Barbara en agripper les montants et s'élever de deux degrés. Mais quand je vis son corps émerger, l'idée fixe qui ne m'avait pas quitté depuis qu'elle m'était apparue, dans le trouble intense d'une invention inédite – pourtant la plus éculée des figures, si l'on peut dire (à cette époque souvent la seule à laquelle les filles encore vierges consentaient, face à l'impétuosité de leurs amoureux) –, je retins Barbara par la taille, arrêtant son mouvement, l'obligeant même à redescendre. Mais elle ne comprit où je voulais en venir que lorsque mes mains descendirent de ses hanches sur ses fesses, pour tirer sur les cuisses le slip de son maillot deux pièces, un bikini, comme on appelait cette tenue explosive, en hommage à l'atoll des essais nucléaires américains (bien des années plus tard, j'appris que l'inventeur de ce maillot minimal – *less is better* – avait été, en 1946, année de l'expérience atomique, un ancien ingénieur de chez Renault, d'une famille de bonnetiers, et qu'il avait fallu recourir aux services d'une danseuse nue au Casino de Paris pour présenter la nouveauté à la presse dans la piscine Molitor, un haut lieu de mon enfance, car tous les mannequins s'étaient récusés ; mais en 1950, la princesse Margaret avait défrayé la chronique en bikini sur les côtes espagnoles...). Accrochée aux montants de l'échelle, Barbara ne pouvait se retourner, et je l'incitais au contraire à rester ainsi, de dos à moi. La posture s'ajustait, du moins son esquisse, son projet, mais la température de l'eau n'était guère propice. Je parvins cependant à prouver que la chose était possible. Barbara se montrait docile, cachant son trouble, son embarras – elle ne disait rien, j'entendais seulement son souffle, et comme une plainte incontrôlée –, mais elle manifestait surtout son inexpérience, sa maladresse, sa gêne. Peut-être y avait-il même de l'étonnement et de la déception à découvrir ma hardiesse, car je pouvais donner l'impression d'être un expert, un coutumier du fait qui n'en est pas à son coup d'essai. Il n'en était rien, bien sûr, mais je ne doutais pas d'avoir tout découvert de ces secrets si mal gardés, finalement si faciles à pénétrer. Je fus moi-même surpris par ma réussite trop rapide : j'eus honte et je me retrouvai piteux d'avoir atteint la jouissance avec violence et en solitaire, sans l'avoir offerte en partage et sans être passé par la douceur des prémices, par la montée progressive du plaisir. Il y avait de la défaite et de l'inachèvement dans cette victoire, mais lorsque Barbara libérée se retourna vers moi, et que nous nous laissâmes retomber dans l'eau, je vis dans son regard la reconnaissance que j'aie su prendre cela d'elle, même si je lui avais si peu donné. Nous nous serrions l'un contre l'autre ; de mes mains, je parcourais les lieux de son corps par où je savais maintenant pouvoir entrer en elle, et comme je devais exprimer du regret, de la confusion, elle me chuchota : « *You will do it again to me…* » (« Tu me le referas… » ou « Tu me referas ça… »). Cette promesse sous forme de demande suffisait pour nous précipiter hors de l'eau où nous tremblions de froid l'un contre l'autre. J'ai encore suivi Barbara dans le vestiaire des filles. J'ai encore voulu la caresser, l'embrasser, essuyer son corps avec une serviette puis l'envelopper dans son peignoir comme on couvre un trésor trop longtemps exposé. Et puis nous sommes passés dans le vestiaire des garçons et nous nous sommes amusés au jeu inverse, réciproque, avec maintenant plus de vraisemblance : je me laissais faire comme un petit garçon essuyé, cajolé, puis reculotté par la grande fille qui accomplit tous ces gestes comme les plus petites avec leur baigneur en celluloïd.

Je me suis laissé couler au bas du mur le premier, pour voir à nouveau ce corps de Barbara, de dos, offrant au regard les mouvements souples de sa croupe, et j'ai pensé qu'en effet nous recommencerions. Nous avons traversé la prairie en nous tenant par la main mais, en approchant de la maison, nous avons vu une silhouette sur la barrière, à l'entrée du jardin, et nous nous sommes lâchés pour marcher bien séparés. Kate avait joué son rôle jusqu'au bout, elle nous avait attendus et nous avons pu faire notre entrée dans la maison, tous trois ensemble, honorablement : à ceux qui nous virent arriver, Kate déclara qu'elle regrettait de n'avoir pu se baigner et qu'elle nous enviait. Barbara et moi nous nous félicitions des bienfaits vivifiants de l'eau fraîche. Contrairement à la veille, à notre retour de la cabane à usage de vestiaire du Highgate Lawn Tennis Club, nous étions plus propres et innocents que si nous étions sortis de l'eau du baptême.

16

Ce soir-là, comme prévu, je concédai l'avantage à Mme Buss dans notre tournoi quotidien de *chinese checkers* : trois victoires à deux. Dès notre retour de la piscine, les filles de Trinidad étaient montées dans leur chambre ; Barbara avait déclaré que ses examens du lendemain étaient le matin et je ne savais si je devais comprendre que cela signifiait une nuit sans elle. Désormais Kate était dans le secret, et l'absence de Barbara dans leur chambre pendant la nuit ne l'aurait plus surprise ni inquiétée, mais jusqu'où serait-elle notre complice, à deux nuits de son départ et de la fin de cette intimité qu'elles avaient longtemps partagée dans leur refuge à l'étage des filles ? Je gardais en tête la promesse en forme de demande : « *You will do it again to me…* » et j'étais impatient de me racheter de mon égoïsme précipité, pour lui faire partager et apprécier les agréments de cette variante, qui ne me troublait que par l'énigme de ses liens avec la figure principale. Dans ma prédisposition de ce soir-là à laisser la victoire à Mme Buss aux *chinese checkers*, la distraction me facilitait la défaite et, tandis que mon adversaire, tout excitée, jubilait de cette revanche, je ne pensais qu'à Barbara de dos, à ses fesses dont elle ne mesurait pas la séduction et dont j'avais disposé sans qu'elle sût comment me les offrir. Je cherchais à analyser le trouble de cette posture, et je parvins à la perception qu'elle rendait possible l'acte sexuel et l'accouplement des corps, sans soumettre le sexe de la fille à une occupation exclusive et le laissant libre, innocent, apparemment délaissé et oublié, mais susceptible d'être envahi autrement, livré sans résistance à d'autres caresses que peut-être il appelait. Je me représentais la posture, les mouvements, les gestes, les actions, que l'expérience dans la piscine ne m'avait pas inspirés, et j'étais mortifié d'avoir été si médiocre, si peu entreprenant, si dépourvu d'imagination, et tout cela en poussant les pions bleus et les pions jaunes face aux rouges et aux verts de Mme Buss. J'espérais que l'impatience de Barbara à recommencer ce dont je lui avais fait seulement découvrir l'avant-goût serait assez vive pour que je la retrouve, comme la veille, s'étant invitée dans mon lit pendant les parties de *chinese checkers*.

Poussant la porte de ma chambre, j'avais la gorge nouée et, comme la veille, je contournai le lit dans le noir en évitant d'y jeter un regard, jusqu'à la table où trônait à nouveau la maquette, auréolée de ses tests réussis. Je cherchais à me convaincre de la même présence, dans l'air, des effluves de Barbara, de sa chevelure, mais quelque chose me disait que j'avais tort d'attendre aujourd'hui ce que je n'avais pas attendu hier. J'allumai la lampe au-dessus de l'avion qui m'apparut comme un engin sérieux, presque redoutable, que j'avais fabriqué en croyant monter un jouet et je me retournai un peu trop vite vers le lit: Barbara n'y était pas, le couvre-lit, lisse et tiré, exhibait cruellement l'absence de tout corps. Ma déception était immense, c'était même quelque chose que je n'avais pas éprouvé jusque-là, un désarroi, et si ma chambre n'avait pas été au rez-de-chaussée, me disais-je, j'aurais pu me jeter par la fenêtre, la tête la première, comme dans l'eau noire de la piscine où les reins de Barbara m'avaient offert une misérable extase solitaire que je n'avais pas su transmettre à son ventre. Je lui en voulais de ne pas être là, quelles que fussent les obligations de son emploi du temps universitaire au matin suivant, et je ne lui trouvais d'excuse qu'en supposant que Kate avait pu se montrer intraitable et lui interdire une nouvelle folie. Je quittai mes culottes courtes dans la perspective d'une nuit de petit garçon mais, n'ayant rien à préserver par un rituel ancien face à l'inconnu, je jetais les vêtements en vrac sur la chaise. Inutilement nu, debout et droit devant le lit vide, encore fermé sous son vieux tissu, identique à celui des doubles rideaux, j'étais en érection pour rien, douloureusement : il n'y aurait qu'un drap contre lequel frotter mon corps, autant dire un linceul, qui ne recevrait de taches que d'un écoulement du corps tout entier, fuyant de toutes parts, vidé de ses liqueurs par la mort elle-même au lieu de conduire de la vie dans un autre corps. Je tirai le couvre-lit et je me glissai dans les draps en prenant soin d'éloigner mes mains de mon sexe, car rien ne devait pallier l'absence de Barbara, et je m'imaginais les jeunes prêtres dans cet effort de chasteté si dérisoire lorsque le corps, dans son avancée extrême au-devant de lui-même et dans son exigence de pureté, n'a jamais connu sa propre perte dans un autre corps, dans un autre être.

17

Je ne retrouvai Barbara qu'au matin, dans la salle du petit déjeuner, serrée de près par Kate, maintenant attentive à toutes les formes et à tous les moments de nos échanges. Son regard était si intense qu'en entrant dans la pièce, je ne vis que ses yeux, cherchant où allaient se porter les miens ; puis elle se tourna vers Barbara, et ce fut sans doute pour celle-ci le signal que j'étais arrivé. Je croisai son sourire comme la première fois, au premier matin : c'était la même nouveauté, la même surprise, le même ravissement, le même sentiment que quelque chose commençait. Dans cette impression, je m'attendais à être présenté pour la première fois à chacun des hôtes de la maison, comme si, vers cette fin de mon séjour, l'addition des jours et des nuits était effacée, ouvrant devant moi un temps vierge à nouveau. Grâce à cette variété des circonstances où nous nous retrouvions, où nous nous séparions, il me semblait que notre secret était indécelable, encore renforcé par le fait que Kate l'eût décelé, et qu'elle fût devenue notre alliée objective, une complice que nous allions perdre deux jours plus tard et qui nous laisserait alors seuls dans notre face-à-face, vulnérables et comme nus, sans protection contre nous-mêmes. J'avais commencé à spéculer sur la place libre que laisserait Kate dans la chambre des filles de Trinidad et sur le refuge idéal que celle-ci pouvait représenter pour Barbara et moi, malgré le voisinage de Suzann et Rosalind. Kate se comportait comme un gendarme, conscient que son autorité était condamnée à court terme, et qui cherchait à marquer les esprits au-delà de sa capacité à régenter les corps. Tout en elle imposait l'admiration et le respect, et tout dans son regard, ce matin-là, me disait l'interdiction et le refus. Elle quitta pourtant cet air sévère qui ne s'adressait qu'à moi, et peut-être aussi à son amie, lorsqu'elle évoqua le dîner qu'elle nous offrirait le soir même, et dont les préparatifs allaient l'occuper toute la journée, à commencer par les courses pour lesquelles, sans autre formalité, elle me réquisitionna d'office : je n'eus même pas besoin de manifester mon acceptation, tant devait se lire sur mon visage le sentiment que cette maison ne cessait d'inventer des moments de paradis. Pour cette journée exceptionnelle, Kate devenait la maîtresse des lieux, on aurait pu dire la grande prêtresse, tant sa stature et sa beauté sculpturale évoquaient le mariage des forces physiques de la nature et des forces ésotériques des esprits. Mme Buss était dispensée des tâches du jour, et pouvait se consacrer pleinement aux préparatifs avancés du Speech Day. Toute la maisonnée était mise en congé par Kate dont je devenais le seul élève collé, le seul mis à contribution, comme pour me détourner de mes fautes, de mes mauvaises pensées, ou pour les punir, les réparer. Barbara semblait surprise et intimidée par tant de maîtrise, mais elle proposa de se joindre à nous et de nous venir en aide dès son retour de l'université, dans l'après-midi, car elle partageait avec Kate quelques secrets de la cuisine et des breuvages des Caraïbes. Sur cette prise du pouvoir par Kate, la maison se vida, et je restai en tête à tête avec elle, charmé de ma propre soumission. À titre d'exercice, Kate me confia une feuille de papier et un crayon et commença à me dicter la liste des produits et des provisions qu'il nous fallait acquérir. Nombre d'entre eux portaient des noms exotiques, parfois aussi des marques de fabricants que j'ai aujourd'hui oubliées mais dont pendant longtemps je me suis souvenu par cœur, et il m'est arrivé de surprendre un auditoire par cette science inattendue des ingrédients de la cuisine créole.

Kate et moi nous partîmes, avec chacun deux cabas vides pour prendre le même autobus 210 qui conduisait à Kenwood puis, un peu plus loin, à Hampstead, mais cette fois-ci pour pousser jusqu'à Golders Green où nous devions faire les courses, un quartier où se concentraient, outre des commerçants juifs qui avaient peut-être donné son nom au lieu, et que fréquentait ma tante Lenke – boucheries et magasins d'alimentation casher, tailleurs, fourreurs, chapeliers, barbiers, libraires, apothicaires, bijoutiers, horlogers, officines de banque et de prêts –, bon nombre de boutiques de produits d'outre-mer – *overseas* –, orientaux, africains, indiens, chinois, caraïbes : épices et piments, condiments et sauces, racines, herbes, fruits et légumes, alcools de riz, de rose et de canne à sucre, thés et cafés, sucreries et pâtisseries au miel, aux amandes, aux noix de toutes sortes, sirops et jus de toutes les couleurs. Kate était plus âgée que Barbara de deux années et aussi d'un physique qui accusait plus vite la maturité : à côté d'elle, je n'en semblais que plus gamin, avec mes culottes courtes. Quelle ne fut pas notre surprise lorsqu'une vieille vendeuse créole, dont la vue était sans doute un peu basse, demanda à Kate en me désignant : « *Is he your boy ?* » (« C'est votre garçon ? », c'est-à-dire : votre fils). Comme la vieille était également dure d'oreille, Kate se baissa vers elle et lui répondit à voix forte, un peu vexée et provocante : « *Yes ! My boy friend !* » (pour jouer pareillement avec la langue, il faudrait traduire la question par « C'est votre petit ? », à quoi Kate venait de répondre : « Oui ! C'est mon petit ami ! »). La vieille écarquilla les yeux et me dévisagea de près, longuement, sans rire. Alors Kate se tourna vers moi et, comme brandissant une preuve, elle murmura : « *You see, she can't believe it !* » (« Tu vois, elle ne peut pas le croire ! »), et cela renvoyait à l'invraisemblance, à l'incongruité de ma relation avec Barbara.

Kate se montrait d'une infatigable exigence dans sa recherche de la denrée ou du produit précis dont elle avait besoin, et nous passâmes deux ou trois heures au fond des boutiques, grimpés sur des escabeaux, ou nous aventurant dans des entresols, attirant auprès d'étiquettes effacées de faibles ampoules qui pendaient à un fil, ou plongeant les mains dans des sacs en toile de jute, débouchant des flacons ou forçant le couvercle de boîtes en fer blanc déjà rouillées, remplissant des pochettes en papier ou des bidons de métal bariolé, goûtant et reniflant, mordant et recrachant : par moments, je voyais en Kate une déesse primitive, à d'autres je la soupçonnais un peu sorcière, et il me semblait que nous accumulions assez de produits bizarres pour empoisonner, droguer, et mettre en transe la tribu des Buss tout entière. Elle me montrait une science particulière aux femmes qui m'était énigmatique, et ces filles que, bien présomptueusement, je croyais connaître, m'apparaissaient en elle hors de portée de mes propres connaissances, détentrices des secrets les plus complexes, les plus ancestraux, pratiquant une langue et un vocabulaire inconnus de l'humanité mâle. La cuisine hongroise ou espagnole dont j'avais tant de fois observé les recettes et les plats mitonnés à la maison me semblait des préparations bien sommaires et pauvres, en comparaison de ce que promettaient nos quatre cabas quand ils furent pleins à ras bord.

De retour à Highgate Village, puis pendant le trajet à pied le long de North Hill jusqu'à l'angle de Broadlands Road, et de là encore jusqu'au 15, je me sentais dans la peau d'un petit porteur, le groom blanc d'une grande maîtresse noire, et quand, sans avoir ralenti ni flanché, je parvins dans la cuisine et employai les dernières forces de mes bras, que je croyais étirés jusqu'au sol, pour hisser les deux cabas sur la table, Kate me dit simplement : « *Good boy !* » (elle reprenait ainsi une expression de Mme Buss pour me féliciter de ma conduite, et elle marquait de cette façon l'abîme d'une différence avec Barbara, qui n'aurait jamais pu se déclarer contente de moi par cette tournure). Mais en récompense, elle m'embrassa sur les lèvres : j'en rosis de plaisir et Kate eut l'élégance de prendre la récompense pour elle : « *Don't I deserve also a kiss from the french boy ?* » (« Est-ce que je ne mérite pas moi aussi un baiser du garçon français ? » – sur ce point, elle se différenciait radicalement de Mme Buss, qui n'avait peut-être embrassé sur les lèvres que M. Buss, le jour de leur mariage, après le « oui » de circonstance). Pendant notre expédition coloniale à Golders Green, je n'avais cessé de me sentir proche de Barbara, tout en m'éloignant imperceptiblement d'elle aux côtés de sa fausse sœur aînée, qui m'avait montré ce qu'une fille du même pays, de la même île, peut savoir faire d'autre, et d'essentiel à la vie, que d'offrir son corps. En des termes moins explicites, elle me disait quelque chose comme: «Certes, les hommes ont un sexe, et même les petits garçons… Mais tous ont aussi un ventre, qu'il faut aussi savoir contenter.»

18

Je laissai Kate au déballage et au rangement de nos achats et je courus dans ma chambre pour y rédiger en retard la lettre quotidienne à ma grand-mère, que je pouvais charger et parfumer d'une expérience originale et authentique. Sans doute est-ce ce jour-là que ma lettre fut de nature à éveiller chez sa destinataire la plus grande curiosité: de fait, je faisais communiquer entre elles deux femmes de même savoir-faire, deux cuisinières. L'énumération que j'y consignai me servit aussi, recopiée pour mon propre usage, à en mémoriser les termes. Je me pressai de mettre mon courrier sous enveloppe et de l'affranchir avant de courir le porter au coin de la rue pour qu'il pût encore partir le jour même et ne pas laisser, à Paris, passer vingt-quatre heures sans nouvelles de moi. Alors que je glissais la lettre dans la haute boîte rouge des Postes de Sa Majesté, là où la veille j'avais vu Barbara m'adresser un baiser du bout des doigts en s'éloignant, je la vis maintenant apparaître et traverser North Hill dans l'autre sens jusqu'à me rejoindre: cela ressemblait à un rendez-vous organisé ou, mieux encore, à une coïncidence chargée de sens. Après avoir passé plusieurs heures dans les rues de Golders Green, aux côtés de Kate, la démarche et la silhouette de Barbara me semblaient d'une féminité plus légère, plus superficielle, plus liée à l'air qu'à la terre, à la lumière qu'à l'ombre, au mouvement aérien d'une cascade qu'à celui, souterrain, d'une source, plus image que sculpture. Elle regagna le trottoir en courant et m'entraîna à sa suite en me prenant par la main, sans s'arrêter. À nouveau, elle semblait sereine, mais plus sérieuse que la veille, et déjà comme dans la perspective d'avoir à gérer, après le succès final à ses examens, maintenant acquis, la suite de ses études et de sa vie. Alors que nous approchions du 15, elle me lâcha la main, elle me dit que ses vacances commençaient en cette minute et que nous aurions du temps pour être ensemble, pour nous parler. Cette dernière note de son propos m'inquiéta : que pouvions-nous avoir à nous dire ? Il n'y avait jamais eu entre nous aucune discussion et peu de paroles échangées en dehors des obscénités de la première nuit, dont nous ne fîmes plus usage, seulement quelques mots chuchotés, des éclats de rire, des fous rires, des sanglots, des soupirs. Il n'y avait entre nous que peu de sujets de conversation possibles, j'étais un petit garçon de treize ans, d'éducation française, elle était une jeune fille de vingt ans, d'éducation anglaise, mes origines étaient du côté de l'Europe centrale, mêlant aussi du sang français et espagnol, les siennes du côté de Trinidad, mêlant du sang indien et anglais, mes goûts allaient vers la littérature et la poésie, les siens vers les sciences et la chimie, elle était assez belle pour séduire l'Aga Khan en personne (le meilleur parti de l'époque, grande figure de l'Empire britannique et grand amateur des stars d'Hollywood...), je n'étais bon qu'à aller traîner avec d'autres garçons en culottes courtes à la sortie du lycée des filles.

Lorsque nous parûmes ensemble dans la salle commune où Kate s'était lancée dans ses préparatifs, celle-ci marqua sa stupéfaction en constatant que nous nous étions déjà retrouvés. Elle nous embaucha aussitôt mais pour nous séparer, m'envoyant dans la cuisine, et gardant Barbara près d'elle. Des parfums inconnus flottaient dans l'air, et tandis que je lavais et épluchais des fruits à la pulpe nouvelle, j'entendais, à côté, Barbara s'émerveiller en découvrant les produits de son île que Kate avait su retrouver dans l'îlot de Golders Green. Vers le milieu de l'après-midi, il y avait dans l'air, en même temps, des fritures et des bouillons, des cuissons au four et des macérations, du fumé et du mariné, du cru et du cuit, du sucré et du poivré, de l'aigre et du pimenté, et aussi de la cannelle, de la vanille, du rhum.

Quand Mme Buss revint de sa journée de liberté, qu'elle avait passée en ville, je l'entendis solliciter l'avis des filles, et je compris qu'elle était allée chez le coiffeur. Elle fut ravie de me trouver en gâte-sauce, relégué dans la cuisine par les filles qui, selon elle, n'avaient trouvé que ce moyen pour ne pas m'avoir constamment dans leurs jambes… Je ne pus dissimuler ma surprise devant les frisettes serrées comme de la laine de mouton, qui arrondissaient encore la tête de Mme Buss, et comme elle vit ma perplexité, elle prit la peine de me rassurer : ce serait mieux le lendemain, et encore mieux samedi, jour du Speech Day ; il ne fallait pas juger le travail du coiffeur sur le coup, sans compter que cette coiffure était principalement destinée au délicieux chapeau qu'elle avait trouvé si charmant sur ma propre tête. Je fis de sérieux efforts pour me représenter, en effet, l'emboîtement du galurin sur les bouclettes. Sans doute, en cette unique occasion de toute l'année, Mme Buss pouvait jouer aux élégantes qui passent leur journée en ville, et qui retrouvent à leur retour des domestiques affairés à la préparation du dîner. Elle nous laissa donc à nos tâches et, après cette brève apparition, elle monta dans sa chambre. À peine avais-je entendu son pas dans l'escalier que je bondis hors de la cuisine, ayant ébouriffé mes cheveux, tenant un bol sur ma tête, les yeux ronds et la bouche en cul-de-poule. Mon succès comique fut éclatant et les deux filles, prises de fou rire, durent s'asseoir. Je n'abusai pas de mon triomphe et je regagnai modestement mes épluchures. Mais cela me valut, l'instant d'après, une visite furtive de Barbara et un baiser dans le cou, sans doute volé à la surveillance de Kate. Un peu plus tard, je fus tiré de mon esclavage par Mme Buss qui, dégagée de toute tâche, réclamait ses parties de croquet. Les filles me laissèrent partir en m'adressant quelques grimaces, et elles riaient à nouveau.

Sur le gazon du croquet, avec sa coupe sportive, Mme Buss se montra impériale : elle me surclassait et j'en conçus la théorie que la manipulation intensive des ustensiles de cuisine m'avait désappris le maniement du maillet. De toute façon, je devais me résoudre à une période de splendeur des Buss, où tous les étrangers à la famille seraient relégués au rang de courtisans admiratifs et de figurants. Mme Buss était revenue de chez le coiffeur avec, sur la tête, une couronne de reine mère. Le prince héritier arriva à son tour, d'ailleurs seul véritable héros des cérémonies du Speech Day, puisque tout cela se passerait dans le collège dont il portait dignement l'uniforme : pantalon, veste, écusson, cravate et casquette, aux couleurs de l'institution (aubergine et gris, si je me souviens bien). Digne représentant d'une tradition de bravoure des princes et des fiancés de princesses et en dépit des solennités dont il serait le centre prochainement, Kingsley consentait à se faire pilote d'essai et il me convoqua formellement pour les vols planés, sans moteur ni hélice, de notre Spitfire. Nous partîmes avec l'avion à travers la prairie en direction du mur de Highpoint, car Kingsley pensait que le surplomb représentait la hauteur idéale d'où lâcher l'avion : cela tombait bien, puisque j'avais imaginé la même piste de lancement dans ma rêverie d'un vol à la Blériot. Au lendemain d'avoir connu là, devant le corps de Barbara moulé dans son peignoir, ma première émotion devant une croupe de fille, je revenais entre garçons dans ce même lieu qui semblait avoir tout oublié, et qui prenait un autre sens : nous escaladâmes le mur en un clin d'œil, et j'essayai d'être aussi efficace que Kingsley avec ses grandes jambes et ses longs bras, prenant les mêmes appuis que lui. Dans le jardin de Highpoint, il y avait encore à cette heure des gens qui me connaissaient et qui m'appelèrent : je m'approchai pour les saluer, et tous parlaient l'anglais avec de très forts accents hongrois ou tchèque. Kingsley, timide malgré ses allures de colosse débonnaire, ne m'avait pas suivi et il se sentait peut-être en terre étrangère. Quand je revins près de lui, il avait fixé l'endroit d'où l'avion devait être lancé et, comme pour ne plus s'attarder en territoire inconnu, il sauta le mur d'un bond impressionnant qui marquait entre nous une différence. J'étais donc celui qui lancerait l'aéroplane, il était celui qui le récupérerait et me le rapporterait chaque fois pour les essais successifs. La maquette en balsa s'avéra un bon planeur, et pendant que Kingsley courait derrière elle dans la prairie, là où un vent léger l'emportait, je m'approchai de la piscine et contemplai l'eau noire, à la surface légèrement irisée qui, si on imaginait un changement d'échelle, pouvait évoquer la mer, vue d'avion. Je n'osais attarder mon regard sur l'échelle de fer qui me semblait maintenant une sorte de chevalet de torture où j'avais soumis Barbara à d'inavouables sévices, et comme si, dans ce lieu marqué par ce crime, mon insistance avait pu me dénoncer. Nous fîmes plusieurs essais, et chaque fois Kingsley perfectionnait l'équilibrage de l'avion en fixant des petits lests. C'était un après-midi splendide, comme l'été anglais peut en offrir, en contraste avec une veille pluvieuse et grise. La prairie était baignée de soleil et je voyais au loin, derrière la barrière de bois, le jardin de la maison Buss, rempli de fleurs, où se préparait le dîner en plein air. Je distinguais Kate et Barbara qui disposaient des plateaux sur des tables, avec des nappes en papier. Quelques instants plus tard, je vis la silhouette de Barbara franchir la barrière et s'avancer dans la prairie. Elle marcha jusqu'à Kingsley qui – c'était une première – se laissa approcher sans méfiance, sans timidité, sans le réflexe de rentrer aussitôt dans sa coquille. La proximité du Speech Day, où il allait prendre du galon, lui donnait peut-être de l'assurance. Ils échangèrent des paroles assez longuement, Kingsley tenait l'avion dans ses bras et ne le rapportait pas. J'attendais, je les observais, je me disais que le couple qu'ils formaient était plus assorti, plus crédible, que lorsque j'étais à côté de Barbara. Il était plus grand qu'elle de presque une tête, et ses cheveux blonds et drus comme la paille contrastaient joliment avec la chevelure liquide et noire, presque bleue, de Barbara, comme aussi son teint très pâle, avec le rose des joues, semblait idéalement complémentaire de la peau cuivrée de la jeune fille. Je me disais que sa patience, sa sagesse, sa modestie, lui permettraient peut-être de l'emporter sur moi, à la longue, auprès de Barbara, sans compter qu'il avait l'avantage de la côtoyer tout au long de l'année, et d'imaginer la vie sous le même toit que Barbara au fil des quatre saisons, avec toutes les fêtes et les événements qui les ponctuent, me faisait entrevoir une existence idéale dans un lieu idéal et un temps idéal. Dans de telles pensées, je n'avais pas hésité à me positionner comme prétendant aux côtés de Barbara : de fait, ma perception des choses était tellement naïve ou aberrante que je ne me voyais pas comme le rival d'autres jeunes gens, pourtant mieux placés que moi, et plus en âge de gagner les faveurs de la jeune fille, mais comme celui que son désir impérieux dotait d'une priorité absolue, repoussant au loin tous les autres. Je ne me demandais ni ce que Barbara faisait avec son *boy friend* Michael, pendant la nuit qu'ils passaient ensemble certaines fins de semaine, ni les perspectives rassurantes que Kingsley, si raisonnable, pouvait offrir à une jeune fille comme elle. J'étais comme le moustique qui avait choisi sa proie, déterminé à piquer, à la fois pour se servir de ce dont il raffole et pour inoculer son venin. Après leur brin de conversation qui m'avait laissé sur la touche, sur la crête du mur, Kingsley s'écria que les essais étaient suffisants et qu'on pouvait s'en tenir là. Il repartit vers la maison et j'observai ce gaillard rustique qui, avec ses grands bras et ses larges battoirs de fermier, tenait l'avion avec délicatesse comme s'il se fut agi d'un volatile vivant qu'il eût ramené à la basse-cour : il en était réellement touchant.

Barbara reprit la traversée de la prairie en direction du mur, là où on l'escaladait pour déboucher devant la piscine. Au-dessus d'elle, je marchais à sa rencontre. Elle voulut grimper vers moi et je lui tendis la main pour la hisser, mais elle ne prit pas pied en haut du mur, se contentant de s'y accouder pour regarder la surface du bassin, et plus précisément le coin où l'échelle de fer descendait dans l'eau. Je restai accroupi près d'elle et elle me chuchota à l'oreille : « *You will do it again to me...* » Puis elle se laissa retomber au bas du mur et, pour faire aussi bien que Kingsley ou, plus exactement, pour impressionner Barbara et même pour lui faire peur, je sautai d'un bond dans le vide : m'écrasant dans l'herbe, je ressentis une vive douleur dans les talons qui me coupa le souffle. Barbara avait poussé un cri et, me relevant, je parvins à rire de sa frayeur. Déjà, Kate ayant franchi la barrière et s'avançant de quelques pas dans la prairie, s'inquiétait de nous voir revenir, mais elle était beaucoup trop loin pour nous rappeler à son autorité, pensais-je : c'est alors que je découvris la puissance et la portée de sa voix et, entendant mon prénom – Alan ! – traverser l'air, comme s'il avait été soufflé dans une trompe, je compris qu'on n'échappe pas à une telle sœur, quelle que soit l'épaisseur de la forêt où l'on est allé se cacher pour s'y livrer à de mauvaises actions. Si sa voix la rendait proche, déjà sur nos talons, elle était suffisamment éloignée pour que l'on oubliât qu'elle était une belle fille bien roulée, et son attitude, mains sur les hanches, me fit penser au personnage de Tante Pim, dans la bande dessinée *Pim Pam Poum*, dont raffolaient tous les gamins de ma génération qui se reconnaissaient dans ces diables, ces chenapans, ces vauriens.

Il y avait partout dans le jardin, sur de petites tables sorties pour la circonstance, tirées de leur honorabilité et dévergondées en mobilier de plein air pour la première fois de leur carrière, ou à même le gazon fraîchement tondu, toutes sortes de victuailles et de boissons, mais d'autres plats se préparaient encore et nous avions abandonné Kate en pleine surchauffe. Elle nous demanda de trouver une rallonge électrique et d'aller chercher dans leur chambre le tourne-disque et sa collection de 45 tours et, comme nous nous montrions trop contents de la mission, Kate précisa que l'un devait s'occuper de la rallonge et l'autre de l'électrophone. La rallonge fut vite trouvée : il y avait celle, dans ma chambre, enroulée dans un coin et qui, passée par la fenêtre, servait à brancher une lampe, un aspirateur ou un appareil électrique sur le devant de la maison, les samedis où M. Buss et Kingsley bichonnaient la vieille Morris Minor, ou faisaient du bricolage. Je suivis donc Barbara au deuxième étage pour en redescendre le tourne-disque et les microsillons. Je n'étais pas revenu là depuis les parties d'échecs contre Michael, et je retrouvais avec trouble cette intimité des filles, les parfums de leurs cosmétiques – crèmes, poudres, huiles, lotions –, de leurs eaux de toilette et de leurs shampooings, leur désordre si différent de celui des garçons, les couleurs pastel qui, conventionnellement, dominaient le décor, et cela me fit penser aux salles de classe du Cours Chantal, rue Molitor, où j'avais été à la petite école : 11e rose, pour les filles, 11e bleue, pour les garçons. J'observais Barbara accroupie, qui rassemblait les disques, et elle me montra la mallette de l'électrophone qu'il fallait débrancher et refermer pour le transport. Nous fûmes bientôt prêts. Je tenais l'appareil par la poignée et Barbara avait les bras chargés d'une pile de pochettes. Sur le point de quitter la chambre, j'étais dans le même état d'esprit que, quelques minutes plus tôt, en haut du mur de Highpoint au-dessus de la prairie, décidé à sauter. À la hâte, je reposai la mallette et je débarrassai Barbara de la pile de microsillons. Je souriais de mes arrière-pensées – je n'ai jamais pu voir ma tête dans un miroir et vérifier si, dans ce genre d'intention, le petit garçon en culottes courtes avait l'air d'un ange ou d'un démon – et Barbara, d'abord intriguée, souriait à son tour, ne sachant à quoi s'attendre. Par surprise, je la poussai sur son petit lit de jeune fille, sage jumeau de celui, de l'autre côté de la pièce, que Kate avait occupé et qu'elle quitterait bientôt. Je m'allongeai fébrilement contre Barbara, je me penchai sur son visage et je l'embrassai avec gloutonnerie. Dans la même précipitation, j'avais glissé une main sous sa robe et, comme usant d'un privilège acquis, je la portai à son sexe, sans délicatesse et même avec une brutalité volontaire, car sans doute était-ce ainsi que, en culottes courtes, je me représentais les entreprises et les gestes de la virilité. J'étais occupé à la masturber sauvagement – je dis cela ainsi (et avec un terme qui n'appartenait pas à mon vocabulaire : je ne connaissais que l'expression « se branler »), car cela correspond à la fois à ce qu'était mon impatience réelle et à ce qu'était mon désir d'afficher une telle sauvagerie, étant plus proche à cette époque de mes débuts, des conceptions de l'érotisme à la hussarde (à la hongroise), que de celles, tellement plus douces, de Fragonard (à la française) –, quand nous entendîmes les voix de Suzann et Rosalind. En un éclair, je fus debout, au garde-à-vous, le tourne-disque à la main, ayant abandonné Barbara sur le lit dans le désordre de ses vêtements et à sa propre déconfiture. Si un officier supérieur avait interrogé alors le piètre cavalier que j'étais, j'aurais pu répondre dignement : « J'attends que Mademoiselle ait fini, mon colonel... » Il fallut plus de temps à Barbara pour se rajuster dans un fou rire, se relever et ramasser les disques. Quand nous sortîmes sur le palier, la porte de l'autre chambre était restée ouverte : du fond de la pièce, Suzann nous vit sortir, les bras chargés et, tandis que je me pressais furtivement dans l'escalier, j'entendis Barbara prononcer ce simple mot : « *Music !* »

19

N'importe lequel de mes épisodes érotiques avec Barbara aurait eu dans ma vie un retentissement et des conséquences incalculables si nous avions été surpris. Cela eût été bien plus grave, par exemple, que si j'avais été pris en flagrant délit de vol dans un magasin, car le désir de posséder un objet inaccessible par les moyens honnêtes aurait été moins difficile à expliquer et à faire pardonner que le scandaleux désir sexuel qui court-circuite tous les critères de l'honnêteté et de l'échange des biens : mes parents – et surtout mon père, d'une pudeur farouche sur les questions du sexe –, eussent été finalement moins choqués, moins furieux, moins écœurés, s'ils avaient appris que je m'étais offert les services d'une prostituée avec mon argent de poche destiné à l'achat de gourmandises, de livres et de jouets, qu'en apprenant à quelles actions indescriptibles je me livrais au sein de la famille Buss, avec une de ses pensionnaires pour victime ou pour complice. Il ne m'est pas facile d'expliquer cela, mais je suis sûr que mes parents auraient vu plus de franchise et moins de fourbe lubricité dans mon recours à une professionnelle, comme on va se faire soigner chez le médecin par nécessité, que dans ce qui leur serait apparu comme une irréparable inconduite, marquée par la débauche, le vice, la perversité, une sorte de tare du caractère et du tempérament, choquante chez un enfant. Pour mon père, le modèle de l'enfance et du jeune héros en culottes courtes était à l'époque le personnage du film *Marcelino pan y vino*, joué par Pablito Calvo, petit garçon innocent pris dans un mélodrame comme celui du *Voleur de bicyclette* de Vittorio de Sica. Et la merveilleuse petit fille prodige était Minou Drouet, poétesse âgée de huit ans, découverte par l'éditeur Julliard, considéré comme un Barnum des intelligences (même si Jean Cocteau avait dit : « Tous les enfants sont des poètes sauf Minou Drouet »). J'étais conscient de l'écart entre mon personnage réel et l'image idéalisée que mes parents se faisaient de moi, mais le désir et la fascination étaient plus forts que la crainte d'être envoyé en pension dans une institution à caractère disciplinaire – on appelait cela une maison de correction ou de redressement –, ce qui eût été immanquablement mon sort, et sans doute pour moi la punition la plus désespérante, l'événement le plus susceptible de modifier la suite de mon destin.

20

En conscienciеux employés, installateurs d'appareillages électriques pour l'animation d'une fête, Barbara et moi nous nous chargeâmes de brancher le tourne-disque et de le mettre en route. Le jardin, si typiquement anglais, s'était paré des couleurs du Commonwealth et, à partir de ce petit arpent d'Angleterre, les préparations de Kate ouvraient sur les horizons lointains de l'Empire (Trinidad et Tobago n'allaient devenir indépendants que quelques années plus tard). Cette fête pour le départ de Kate était comme une répétition des réjouissances du Speech Day : on le sentait aux coiffures et aux toilettes, testées en la circonstance. Aux membres de la maisonnée s'étaient joints quelques voisins et des camarades d'université de Kate. Je ne savais si je devais regretter ces intrusions étrangères qui dérangeaient mon paysage humain familier ou si, au contraire, cet afflux extérieur entraînerait une permissivité exceptionnelle et plus d'occasions de dissimuler des relations particulières, parmi une assemblée plus nombreuse. Le jardin, qui grouillait de ses hôtes comme d'une foule de gros insectes colorés, offrit bientôt l'image exacte de ce que les Anglais appellent une *garden party* et dont les continentaux – les Français notamment – n'ont importé l'expression que pour désigner une mondanité qui ne leur est pas naturelle, ou dont ils ont perdu les secrets depuis les fêtes royales dans les jardins de Versailles. Ce qui, dans les mœurs françaises, se rapprocherait de la *garden party* anglaise, serait plutôt la partie de campagne, ou le déjeuner sur l'herbe (le franchouillard Jean Renoir eut ainsi son côté *british*, *via* le Normand Guy de Maupassant), avec un goût de la sensualité et de la galanterie qui remonte à Watteau et à *L'Embarquement pour l'île de Cythère*. Barbara était souvent sollicitée car elle ne manquait pas d'attirer l'attention, sans compter sa proximité avec celle que l'on fêtait, mais elle venait toujours se rasseoir à mes côtés: en fait, nous formions le banc des étrangers et je devais paraître à tous aussi exotique que les filles de Trinidad. Ce que nous mangions nous changeait des immuables petits sandwiches au pain blanc ou au pain brun, à la tomate ou au concombre, au jambon d'York ou au fromage de Chester, au thon ou à la sardine, au beurre d'anchois ou à la crème de cacahuète – *peanut butter* –, et je raffolais de certains petits beignets spécialement épicés auxquels tous les autres renonçaient bien vite après avoir eu la bouche en feu. Habitué dès le plus jeune âge par mon père aux piments les plus forts de la cuisine des Huns, je pus faire le malin, et les assiettes les plus relevées m'étaient systématiquement rapportées, comme pour vérifier jusqu'où le petit fakir pourrait avaler les flammes. Par contre, je ne buvais que du lait et de la limonade – *lime water*: je ne comprenais donc pas la raison de certains relâchements, de certains éclats de voix déplacés, de certains rires intempestifs et interminables, de certains gestes qui échouaient, de certaines démarches titubantes et de certaines amorces de départs à la renverse, et je ne mesurais pas les ravages sur des organismes déjà peu résistants à la bière, des breuvages à base de rhum, de sucre et de fruits, à la façon des punchs antillais, dont différentes formules étaient contenues dans les cruches qui n'avaient peut-être connues jusque-là que les inoffensives orangeades.

Le moment arriva de donner au désordre des mouvements et des propos le prétexte et la bonne excuse de la musique et de la danse. Je me réfugiai dans le rôle de ce qu'on était encore bien loin d'appeler un *disk jockey*, un DJ, empilant par cinq et au hasard les microsillons sur un distributeur automatique, et faisant mine d'être très affairé aux deux seuls réglages possibles : le niveau et la balance graves / aigus. Car j'avais horreur de toute la gesticulation à laquelle les musiques de danse incitent, et je n'ai jamais pu me départir d'un sentiment de ridicule à me trémousser ou à faire sur une piste des pas sur place qui ne mènent nulle part, avec une réserve et une gaucherie égales à mon impudeur et à mon absence de gêne quand il s'agissait de me jeter dans les gesticulations du sexe. Évidemment, je ne savais pas danser, pas même comme le font parfois les enfants, singeant les adultes, mais je ne l'ai pas su davantage dix, vingt ou trente ans plus tard et, lors des rares occasions (soirée chez des amis ou dans une boîte de nuit), où j'ai été confronté à l'obligation de faire une invitation ou d'y répondre, j'ai dû toujours attendre le moment des slows, qui se satisfont, d'un côté du minimalisme discret des gestes visibles, de l'autre de l'audace lascive de ce qui reste invisible. Je n'ai toujours vu dans les danses à la mode que des pas en avant, en arrière, sur le côté, nord-sud, est-ouest, des rapprochements suivis par des écarts – certains diraient des conjonctions et des disjonctions… –, bref une sorte d'indécision frustrante qu'évoque le terme de « valse-hésitation », tandis que le slow – musique plus calme, respectant le chuchotement des paroles – m'a toujours semblé propice aux avances décisives, et même à certaines formes mineures de conclusion, qui engagent sur une pente irréversible. Je n'en étais pas là… Barbara fut sollicitée sans cesse – à la fois comme la plus jolie fille et comme la dauphine de celle qu'on fêtait – et, pour éviter d'avoir à la regarder dans ses exercices dévalorisants à mes yeux, je piquais du nez sur le tourne-disque dans une attention exclusive au fonctionnement de l'appareil, et comme si cette surveillance de chaque instant avait été aussi nécessaire que celle d'un chef d'orchestre face au risque d'indiscipline et de désynchronisation de ses musiciens : c'était ma façon de participer à la fête à bon compte. Lorsqu'il m'arrivait de relever les yeux sur l'assistance, souvent j'avais perdu Barbara de vue. J'en éprouvais moins de l'impatience ou de la jalousie que la certitude suivante: vue par celui qui a brûlé les étapes, qui a connu les gestes, les actions, les situations dont la danse n'est qu'une anticipation et une parodie, l'essentiel n'est pas dans la danse qui est ce que l'on fait quand on n'a rien fait, et souvent ce que l'on fait quand on ne fait rien d'autre.

Suzann et Rosalind tournoyaient gracieusement, la cadette au bras de son papa, apparemment plus éveillé et plus vif que jamais, mais avec des mouvements de somnambule et, sous prétexte d'un «rêve de valse», indifférent aux rythmes réels, les paupières déjà fermées sur le sommeil réparateur qu'appelleraient bien vite de tels excès, et l'aînée au bras de celui qui semblait confirmé dans son titre de prétendant officiel (à nouveau le fantasme, le fantôme de Sissi, future impératrice d'Autriche et reine de Hongrie, lorsqu'elle fascinait le jeune François-Joseph). Faute de tournoiement, Mme Bus pivotait en s'agitant sur place, comme ligotée à un poteau de torture tandis que Hoppy, déchaîné, faisait autour d'elle une danse des Sioux, prêt à scalper la toison blonde à bouclettes de sa prisonnière, ou à partir sur le sentier de la guerre. Lorsque, après avoir longuement disparue, Barbara est revenue près de moi, je n'ai pas levé les yeux du bras du tourne-disque, guidé par le saphir sur le sillon, veillant à la moindre incartade (poussière, rayure) mais, simplement à sa façon de s'asseoir et d'articuler trop indistinctement un mot pour que je le comprisse, son comportement me parut étrange. Je finis par la dévisager et je lui trouvai la paupière un peu lourde, le sourire un peu stupide. Le soir tombait: c'était l'heure où il nous était arrivé de partir à travers la prairie vers le Highgate Lawn Tennis Club. Après un moment, elle s'est levée, et j'ai cru que, par une sorte de transmission de pensée, elle allait traverser l'assemblée vers la barrière et m'entraîner jusqu'au bord de la prairie. Mais Kingsley s'est dressé devant nous et, vu du sol où j'étais assis à côté de l'électrophone, il me semblait un personnage immense, géant de carnaval aux joues écarlates et aux mouvements embarrassés. Lui aussi affichait un sourire bête. Il invita Barbara à danser et elle se laissa faire, renonçant au projet que je lui avais prêté. Je les regardai un instant et il me sembla que Kingsley dansait avec l'application d'un débutant, comme d'autres jouent de la guitare après une dizaine de leçons dans un cours de musique de quartier. En fait, la danse devait faire partie de l'éducation que reçoivent au collège les futurs gentlemen britanniques qui auront à savoir se tenir en société : on doit leur apprendre à humer un vieil armagnac, à tirer sur un gros havane après l'avoir coupé, à porter le frac, le haut-de-forme et les gants beurre frais, à faire le baisemain et à « enfiler » une dame, comme disaient les Québécois, c'est-à-dire à l'entraîner, non plus en file, mais en couple, à faire quelques tours sur un parquet ciré. Ici la piste était en gazon, aussi confortable sous les semelles que celui du Highgate Lawn Tennis Club, et sans risque de faux rebonds. Je voyais Kingsley tout ému de tenir Barbara dans ses bras, avec des précautions et une distance semblables à sa façon de tenir la maquette par la carlingue (à la taille) et par une aile (par un bras). Pour la première fois, j'attardais mon regard sur un couple de danseurs avec de l'intérêt, sans dégoût, et j'éprouvais une réelle sympathie pour Kingsley : un garçon aussi sage, aussi modeste, aussi honnête dans ses pensées et dans ses manières, serait toujours à l'abri de la vulgarité. Et j'entrevoyais un rapprochement idéal entre ces deux êtres, j'étais le témoin des premiers pas annonçant une période où

Kingsley ferait la cour à Barbara (en fonction de l'emploi du temps de la prochaine année scolaire), avec peut-être au bout un mariage qui se célébrerait ici même, par une semblable *garden party* dans ce même jardin. De telles visions ne contrariaient en rien mes vues sur Barbara ni mes relations avec elle : c'était comme si notre liaison, notre *love affair*, avait été d'une autre nature, irrémédiablement parallèle, condamnée à la clandestinité par son objectif même, qui n'était pas social mais – et comme si cela avait été l'exact contraire du social – uniquement voluptueux. Sans doute ne me suis-je jamais éloigné de cette conception de la société comme un enfer nécessaire au paradis de la solitude à deux, lieu de fatigues vaines, malpropres, collectives, contre la dépense souverainement gracieuse de deux corps qui tendent à l'union, à l'unité. Il me fallut renouveler le chargement de disques et quand, à nouveau, je cherchai Barbara et Kingsley du regard, ils étaient devenus introuvables : le grand garçon débonnaire commençait déjà à m'être moins sympathique... Mais finalement je vis sa tête blonde dépasser seule au loin, de l'autre côté de la barrière, tandis que Barbara restait invisible.

Je me levai dans l'intention d'aller le rejoindre, mais j'étais à peine debout que je trouvai Kate devant moi, s'emparant de mes mains pour me montrer comment il fallait gigoter en cadence. Les culottes courtes qui avaient toujours été mon accoutrement naturel, me paraissaient cruellement incompatibles avec l'exercice, aggravant encore le grotesque, et tout juste bonnes pour danser les tyroliennes. Je restais raide comme un manche à balai et, en désespoir de cause, Kate plaça mes mains sur ses hanches pour que, en aveugle, j'apprisse ainsi le mouvement par contact, et elle me tenait aux épaules, peut-être en signe de réconciliation. Je gardais la distance, menaçant à chaque pas de lui marcher sur les pieds, mais elle semblait ne pas croire à ma timidité, ne pas être dupe de ma prétendue maladresse. Alors, elle m'attira contre elle et, au volume de ses seins, à la ferme rondeur de son ventre, je sentis un rapport de forces nouveau avec un corps de femme. Je me demandai dans quelle aventure j'étais embarqué, je me voyais comme un objet que Kate eût disputé à Barbara à la dernière minute, et je regardai autour de nous des couples qui dansaient avec exubérance et, sinon en experts du moins sans complexe. Je fus sauvé par ce qui m'apparut comme un coup de veine: un disque rayé bloquait obstinément le bras sur un passage et réclamait l'intervention d'urgence du préposé. Barbara n'était pas réapparue et je ne voyais plus la tête de Kingsley dépasser au loin, à l'entrée de la prairie. Après avoir remis le saphir dans le droit chemin, et fuyant discrètement le risque d'être repris en main, je me dirigeai dans cette direction et, avant même d'atteindre la barrière, je vis que Barbara était allongée dans l'herbe, un bras sur le front, et que Kingsley, assis près d'elle, lui parlait. J'hésitais à approcher et je battis en retraite vers l'électrophone: sans doute la crainte d'être indiscret, car j'étais bien placé pour savoir ce qui peut se jouer sur le gazon anglais. Le soir était tombé. Quelques minutes plus tard, Kingsley réapparut, soutenant Barbara qui s'accrochait à lui et marchait avec difficulté: je ne savais quoi penser, je me sentais inutile, en trop, j'étais désemparé. Mme Buss, qui avait vu la scène, s'était approchée, avait adressé quelques mots à Barbara qui, à l'évidence, n'allait pas fort. Une chaise fut libérée pour qu'elle pût s'y asseoir, mais elle faillit tomber à la renverse: même assise, elle ne tenait pas droite. Mme Buss vint me demander si nous pouvions conduire Barbara dans ma chambre pour l'allonger sur le lit – le seul disponible au rez-de-chaussée –, car elle devait se reposer et était incapable de monter deux étages. J'acquiesçai mais sans le trouble qu'une telle situation eût normalement provoqué, car le lit où allait s'étendre Barbara devenait celui d'une malade et, une fois encore, comme au matin du premier réveil à côté d'elle, je l'imaginais morte.

Toute notre histoire était instantanément balayée, repoussée et enfermée dans un temps révolu, celui d'une sorte d'enfance de l'enfance, et comme si moi-même, en cet instant, j'avais vieilli de vingt ou trente ans : c'était le temps où, dans mes calculs de petit garçon, je voyais possible l'intrusion de la mort dans mon existence, avec celle que je redoutais par-dessus toutes, à vrai dire la seule qui fût vraisemblable à mes yeux et qui me nouait la gorge, celle de ma grand-mère, la première menacée parmi mes proches, la première sur la liste et comme la seule désignée pour ce tribut au malheur qui nous eût pour longtemps dispensé de tout autre. Ma chambre était parfaitement en ordre – la maquette en balsa en constituait l'objet principal et la transformait en laboratoire ou en atelier secret –, et je fus fier de pouvoir l'offrir mais, voyant Barbara couchée sur le lit qu'elle connaissait, et dont le couvre-lit avait été rapidement retiré, je craignis que quelque chose lui échappât dans sa demi-conscience ou dans sa confusion, révélant une familiarité surprenante avec ce sommier, ce matelas, ce traversin, ces draps. Mme Buss prit la main de Barbara, lui demandant comment elle se sentait et si elle souhaitait quelque chose. Kingsley se tenait à trois pas du lit, tout droit, les bras le long du corps, le doigt sur la couture du pantalon. Après lui avoir déposé un verre d'eau sur la table de chevet, nous laissâmes Barbara qui semblait s'assoupir, et nous quittâmes la pièce. Les événements du jardin et la suite de la fête m'indifféraient désormais ; j'aurais voulu qu'on me laissât m'allonger sagement contre Barbara, pour la tenir au chaud dans mes bras, car on lui avait trouvé des sueurs froides, et une sorte de pâleur ternissait son teint doré. N'avais-je pas la légitimité d'être là dans ma chambre et de devoir y offrir la meilleure hospitalité ? Lorsque Kate apprit que son amie était un peu mal en point et qu'elle voulut aller la voir, j'en profitai pour l'accompagner. Kate s'est assise au bord du lit, elle parlait doucement à Barbara et replaçait ses cheveux en désordre. Je restai debout, à l'écart, mais le sang me monta aux joues, aux oreilles et aux tempes lorsque j'entendis Barbara demander à mi-voix, émergeant d'un brouillard : « *Where is Alan ?* » (« Où est Alain ? »). Je me gardai bien de manifester ma présence, et Kate répondit quelque chose comme : « *Alan is OK* », tandis que, de la main, elle me faisait signe de m'esquiver. J'en avais assez entendu pour être heureux pendant quelques heures. Quand Kate revint parmi ses invités, je compris qu'elle avait fait un effort de maîtrise pendant sa visite à Barbara, car elle-même avait un peu la tête qui lui tournait, et de la mélancolie dans la gaieté. J'en déduisais qu'il ne faut jamais fêter un départ, qu'il n'y a pas de séparation joyeuse, de bonne raison de s'éloigner d'une période de bonheur, qu'il ne faut jamais célébrer le basculement du présent dans le passé, ni le reniement du présent au profit du futur. Seulement le présent dans le présent.

D'autres m'avaient relayé à la manœuvre du tourne-disque et puis, quand il n'y eut plus personne pour remettre encore une fois les mêmes airs, les derniers invités encore présents et debout se dirent au revoir en retenant leurs voix comme pour ne pas compromettre le silence après la musique. Certains voisins s'éloignèrent à pas feutrés sur le gazon pour regagner leurs maisons par la prairie et les jardins. J'ai refermé la mallette du tourne-disque, enroulé la rallonge, replacé les disques dans leurs pochettes, et j'ai tout emporté au pied de l'escalier. L'heure des *chinese checkers* était passée,

Mme Buss et Kate sont entrées dans ma chambre, le moment étant venu pour moi de la réintégrer. Comme Barbara dormait profondément, il fut décidé que nous pouvions attendre son réveil en jouant quelques parties à trois : Mme Buss et Kate contre moi. Ce fut pour Kate un apprentissage bien tardif de ce jeu, mais il lui vint l'idée – pas un hasard… – que si par hasard elle était de retour l'année prochaine, elle prendrait ma place aux rendez-vous de onze heures. Nous passâmes ainsi un bon moment, Kate alla voir Barbara, et, quand elle revint, elle proposa, pour éviter de la réveiller, de rester dormir avec elle dans mon grand lit, et de me céder leur chambre. Mme Buss parut surprise de mon acceptation spontanée, et elle m'avoua alors que je venais d'anticiper ma réponse au service qu'elle n'avait encore osé me demander : samedi, le professeur de latin-grec du Highgate College, qui devait prendre part avec nous pendant tout le week-end à la célébration du Speech Day, passerait la nuit dans la maison avec son épouse, et il eût été convenable de leur rétrocéder sa chambre pour l'occasion. Comme Mme Buss excluait d'avance – avec une pointe de reproche, et malgré tout une question à nouveau posée du bout des lèvres – que je consente à partager celle de Kingsley, elle avait songé à la solution que j'habite pour un soir à l'étage des filles, puisque Kate serait repartie dans son pays et que Barbara serait absente pour la soirée qu'elle devait passer chez Michael. Je fis semblant de ne pas avoir entendu le renouvellement discret de la question au sujet de la cohabitation avec Kingsley, et je dus trouver une formule pour approuver avec enthousiasme ma première escale d'une nuit en direction de Trinidad. Nous montâmes tous les trois à l'étage des filles, et je fus consterné qu'elles trouvent utile de changer les draps et de dégager les abords du lit de Barbara de ses affaires trop intimes. Constatant mes bonnes dispositions pour ce campement d'une nuit, Mme Buss me quitta sur ces mots : «*In fact, you are a lucky one…*» («En fait, tu es un veinard…» – ici, le tutoiement ne faisait pas de doute). Quand la porte fut refermée derrière elles, je restai là, debout au milieu de la pièce, sans savoir quoi faire, n'osant rien toucher, et comme si, de me déshabiller, de poser sur ces meubles mes culottes courtes et ma chemise de garçon, avait constitué une inconvenance, un acte d'impudeur. Je me suis d'abord allongé tout habillé sur le lit, et j'ai laissé la lumière allumée : toute la chambre venait à moi par ses odeurs, et la seule fausse note était celle des draps frais qui sentaient la lessive.

Kate avait proposé à Mme Buss qu'elle ne s'occupât que du petit déjeuner du lendemain, tandis qu'elle-même ferait la vaisselle et le rangement de tout ce qu'elle avait utilisé pour la fête. Je n'avais pas sommeil, le sens et la suite de cette soirée m'apparaissaient incertains. Quand, une vingtaine de minutes plus tard, j'entendis Mme Buss regagner sa chambre et fermer sa porte à l'étage en dessous, je descendis sur la pointe des pieds jusqu'au rez-de-chaussée. Kate fut étonnée de me revoir là, tout habillé, mais elle apprécia que je lui propose mon aide, et mon énergie contribua à accélérer les opérations. En une demi-heure, le jardin avait repris son aspect paisible, presque irréel sous le clair de lune qui faisait briller toute la prairie humide d'une onde argentée, et la cuisine était rangée, les poubelles – *dustbins* – remplies à ras bord. Kate se doutait bien que je n'étais pas redescendu seulement pour lui donner un coup de main, et elle ne fut pas surprise que je m'inquiète de Barbara, lui avouant aussi que, si elle était en état de regagner sa chambre, je préférais malgré tout dormir dans la mienne. Elle me laissa dans la salle commune et me fit signe de patienter. La disposition du petit déjeuner ressemblait à un repas servi pour des fantômes qui passeraient là pendant la nuit : si le monde venait à s'arrêter brusquement, avant le matin suivant, je me suis dit qu'il resterait là, pour les visiteurs de l'avenir et d'une autre planète, le témoignage archéologique d'un typique breakfast anglais. Après un instant, Kate vint me chercher et, m'informant que Barbara me réclamait, elle m'accordait trois minutes pour aller lui dire bonsoir, et elle s'assit à cette place du petit déjeuner qui avait été la sienne et que, le lendemain, elle occuperait pour la dernière fois. Toujours avec précaution, je marchai jusqu'à ma chambre, j'y trouvai la lumière éteinte mais la clarté de la nuit passait par les hautes fenêtres et rendait le décor lumineux. J'eus la tentation, comme d'autres fois, de détourner mon regard du lit, le contournant pour aller droit vers la maquette, mais je vis un bras se lever : Barbara me faisait signe et, les yeux grands ouverts avec effort, elle me souriait. J'allai m'asseoir au bord du lit, je lui caressais le visage, les lèvres, elle me mordillait le bout des doigts pour me prouver qu'elle était bien vivante. Elle insista pour que je remonte dormir dans leur chambre et dans son lit, m'assurant que cela lui faisait plaisir et que je ne le regretterais pas. Les trois minutes accordées n'étaient pas écoulées que j'étais revenu dans la cuisine pour dire bonsoir à Kate et lui confirmer que nous échangions nos chambres pour la nuit. De retour au deuxième étage, j'entendis derrière leur porte Suzann et Rosalind qui se parlaient encore avec animation : sans doute commentaient-elles le comportement des cavaliers avec qui elles avaient dansé, et échangeaient-elles leurs impressions. Je retrouvai la pièce où j'avais laissé la lumière allumée, je quittai ma chemise et je laissai tomber mes culottes courtes comme si, dans ce décor si chargé de présences féminines, j'avais dû me mettre nu et montrer mon zizi à toute une classe de collégiennes, pressé de m'exécuter sous prétexte d'un cours d'anatomie. J'éteignis comme on tire le rideau, privant toutes ces demoiselles du spectacle, j'entrai dans le lit, je commençai à attendre. Le rythme de la maison, sa pression, les sons qu'on y entendait, l'air que l'on respirait n'étaient pas les mêmes en haut qu'en bas. J'expérimentais une perception nouvelle, perché dans un refuge qui dominait tous les autres habitants, flottant au-dessus d'eux au lieu de ressentir leur poids au-dessus de ma tête, comme dans mon lit au rez-de-chaussée. Les filles jouissaient de ce privilège des hauteurs où elles n'avaient à voir passer personne, alors que ma chambre était comme la loge d'un portier. Les actions illicites y étaient un défi et une provocation à tous ceux dont nous n'étions séparés, à leur passage dans le vestibule, que par une mince cloison. Au contraire, une fois gagné le paradis du deuxième étage, toute indiscrétion ne pouvait que se retourner contre l'indiscret, car nul n'était censé monter jusque-là en dehors du quatuor des princesses légitimes. Et aucune d'elles n'était supposée être un témoin à charge, ou le juge des actions des autres, respectant une solidarité entre filles, plus forte que tout, et une telle loi du silence n'étant qu'une moindre réplique à la complicité exclusive des hommes, dans un pays où ils ont des clubs réservés à eux seuls. Aux yeux de Mme Buss, ma présence n'était tolérable dans la chambre des filles de Trinidad que ces dernières absentes, mais le territoire du deuxième étage était sous la seule loi de celles qui y régnaient. Je me sentais à la fois délicieusement en règle, et sur le point d'être délicieusement hors-la-loi : j'avais été placé là par toutes les autorités et avec toutes les autorisations possibles avec, en contrepartie, une interdiction de séjour dans ma propre chambre, mais rien n'aurait pu empêcher les filles de revenir dans la leur, quitte à devoir y respecter le sommeil et les rêves peu innocents d'un petit garçon. Je finis par m'endormir.

21

Je ne sais quand je fus réveillé, mais ce ne fut ni par un bruit ni par une lumière : seulement par un faisceau d'ondes perceptible dans l'inconscience et qui m'indiquait dans mon sommeil un changement de sens de la nuit, un événement qui en modifiait le cours. J'ouvris les yeux et je me demandai d'abord où j'étais, cherchant en vain les hautes fenêtres à ma gauche et me demandant dans quel autre lieu de mon histoire je me retrouvais. L'odeur n'était celle d'aucune des chambres où j'avais le souvenir de m'être réveillé. Je sentis le lit étroit fléchir sur mon côté droit, et je découvris alors Barbara assise et penchée au-dessus de moi, comme je m'étais assis et penché au-dessus d'elle, et m'observant : était-ce donc moi le malade, et retrouvais-je ainsi, comme au chevet de mon petit lit à Paris, une figure consolatrice, venue veiller sur mon sommeil et sur ma guérison ? Je restai un instant les bras le long du corps, emprisonnés sous le drap, et quand je voulus me lever, commençant à comprendre la situation, Barbara me maintint contre le matelas par les épaules et elle me dit à voix basse, comme on accorde une permission à un enfant souffrant, que nous avions une heure devant nous avant que Kate nous rejoigne aux premières lueurs du jour, moment où il me faudrait aussitôt regagner ma chambre. Avant même de comprendre le sens de cette invitation – plutôt celle faite à un amoureux transi qu'à un petit frère malade –, je me représentais l'escalier comme le lieu d'un intense trafic clandestin, et j'eus l'impression que nous passions notre temps dans cette circulation et ce va-et-vient entre le rez-de- chaussée et le deuxième étage : nous étions montés à trois (avec Mme Buss et Kate), j'étais redescendu seul, puis j'étais remonté, maintenant Barbara venait de me rejoindre, mais il faudrait bientôt que je redescende pour que Kate remonte à son tour, et qu'au matin elles descendent ensemble pour le petit déjeuner ! Barbara se leva, elle avait retrouvé toute la légèreté et la grâce de ses mouvements, je vis sa robe tomber par terre, ses cheveux s'écouler sur son dos nu et, l'instant d'après, je devais lui faire une place à côté de moi. Mais le lit était trop exigu pour que nous y tenions côte à côte : je me repoussai aussi loin que possible vers le bord, restant sur le flanc, et Barbara s'allongea sur le ventre. Il n'y avait clairement de place pour moi que sur elle. Le visage enfoui dans l'oreiller, et forçant ce bâillon qu'elle offrait à sa pudeur, Barbara prononça ces mots : « *Do it again to me…* » Les moments qui précèdent l'aube ne sont pas mon heure car, animal nocturne, c'est au moment où pointe le jour que je plonge en général dans un profond sommeil. Mais les mots que je venais d'entendre me rappelaient une frustration, et j'en recouvrais mes esprits. Cependant, l'attente un peu naïve et la position passive de Barbara me déconcertaient. Les images qui me venaient à l'esprit étaient importunes, perturbantes, malvenues : en fait, la regardant ainsi couchée sur le ventre, et comme prête à être auscultée, le cul nu, je me souvenais de la posture identique où l'on plaçait les enfants pour leur prendre la température et introduire le thermomètre entre leurs fesses. C'est sans doute parce que Barbara venait d'être malade, que son attitude me fit penser à la soumission d'une petite fille face à l'obligation d'une posture pour raison médicale. Je me souviens du détail qui me libéra de l'analogie avec la scène du thermomètre : dans son attente, Barbara avait d'abord laissé ses bras le long du corps, mais elle finit par les relever pour enlacer l'oreiller, et alors tout devenait différent : je la voyais s'agripper au coussin comme j'avais vu ces mêmes bras tendus vers les montants de l'échelle de fer, dans la piscine. Je retrouvais le cours de l'histoire et je pouvais à nouveau m'y glisser. Le thermomètre que l'on plante entre les fesses, objet trouble, restait cependant présent dans ma tête, et quand je me forçai un passage là où, à cette époque de mon enfance, on prenait la température des corps, j'éprouvai une intense sensation de chaleur, voire de brûlure : expérience cuisante de mon inexpérience, étant passé en force, sans précaution. Mais peut-être Barbara avait-elle encore gardé une fièvre réelle. Au contraire de la première nuit, où je m'étais comporté comme un petit animal, avec l'expertise naturelle de l'instinct, lorsque le novice est invité à faire ses premières preuves, je me voyais maintenant de retour à un amusement des petits enfants – jouer au docteur –, introduit en Barbara, là où l'on introduisait le thermomètre, et il s'agissait moins de maîtrise sexuelle et de lubricité que d'une simulation et d'un jeu. Pourtant, il n'était pas question de mesurer la température, mais de pousser l'échauffement, et je dus lutter encore quelques instants contre la vision du thermomètre, qui ne me quitta enfin que lorsque Barbara fit entendre des petits râles étouffés dans l'oreiller, alors que des mouvements de lascivité commençaient à animer ses reins. L'excitation qu'elle manifestait me rappela que je pouvais porter remède à un double inachèvement : celui de la piscine où j'avais atteint mes fins sans lui offrir les siennes – nulle parole ne m'a jamais semblé plus troublante que celle d'une fille qui demande qu'on la finisse, qui réclame « d'être finie »... –, et celui de cette même soirée, dans ce même lit, quand j'avais dû retirer précipitamment ma main qui s'affolait entre ses cuisses comme un oiseau dans sa cage, pour affoler la cage elle-même. J'avais la sensation que Barbara galopait souplement sous moi, avec de temps à autre une ruade qui m'obligeait à m'accrocher à ma monture. Ma main gauche – je suis gaucher pour tenir une raquette et aussi avec moi-même – avait retrouvé l'enfermement dont elle s'était trop vite évadée, et la même agitation pour y produire du désordre, pour y ouvrir la seule issue d'une véritable évasion. Ma main droite – je suis droitier pour tenir la plume – vint se joindre en renfort et, ainsi saisie de tous côtés, ma monture ne pouvait m'échapper que par une fuite au fond d'elle-même, m'entraînant avec elle toujours plus profondément, pour m'abandonner et m'oublier soudain, dans l'explosion d'un suicide solitaire. Tout ce qui jusque-là avait été exiguïté – étroitesse du corps de Barbara là où j'étais entré en elle, et étroitesse du lit sous nos corps – devenait un horizon vaste comme l'oubli.

Je ne voulus pas revoir le visage de Barbara dont je devinais qu'elle mordait encore l'oreiller et je ne voulais pas non plus qu'elle me vît renfiler mes culottes courtes. Je fus bientôt dans l'escalier, descendant les marches une à une, sauf les plus bruyantes, que j'évitais, puis me faufilant sur le palier du premier étage avec les battements de cœur d'un rat d'hôtel qui emporte une rivière de diamants, ou d'un malfaiteur qui passe devant le poste de police, et quand je fus enfin en bas – sauvé ! –, j'entrai dans ma chambre et découvris Kate tout habillée, debout au-dessus de la maquette. Elle ne me laissa pas même le temps de refermer la porte derrière moi et, se précipitant pour sortir, elle jeta ces mots : «*Naughty boy…*» («Vilain garçon…»). Je l'écoutai monter l'escalier et je me demandai si toute la vie devait ainsi tenir à la réussite de manœuvres secrètes et de complots minutieusement réglés, sous risque de mort pour les comploteurs. Je me demandai si un couple a toujours besoin d'un tiers, comparse dont les motivations sont douteuses. J'imaginais Kate gagnant la chambre à l'étage des filles et, passant devant le lit de Barbara en direction du sien – le jumeau innocent –, lui souffler ces mots : «*Naughty girl…*»

22

Au breakfast, personne ne fut surpris par la petite mine de Barbara et tous se montrèrent attristés que la fête eût été gâchée pour elle. Je n'en pensais pas de même, car il avait fallu toute la machinerie de cette dramaturgie pour que je trouve la suite et la fin portant remède à l'inachèvement. On me félicita aussi de ma complaisance, car la version officielle était que les filles, vers cinq heures du matin, avaient eu une raison impérative de remonter dans leur chambre et de me renvoyer dans la mienne, après m'avoir tiré du sommeil. Je ne suis pas sûr que je comprisse sur le moment les sous-entendus de ces explications, mais elles me semblèrent bien plus crédibles et vraisemblables que l'inavouable vérité dont Kate elle-même ne pouvait détenir que des suppositions approximatives : d'ailleurs, je me suis longtemps demandé ce qu'elle savait réellement, et quelle perception elle avait de mes relations avec Barbara, car elle pouvait n'imaginer qu'un flirt, débordement d'un mouvement de sympathie et d'affection dont l'origine était le rire. Ce vendredi 26 juillet était la veille du grand jour pour la maison Buss et, pour moi, depuis la veille déjà, chaque jour de la semaine était le dernier de mon séjour : dernier jeudi, dernier vendredi, dernier samedi… M. Buss et Hoppy quittèrent la maison comme à l'ordinaire, mais tous deux promirent de rentrer plus tôt que d'habitude. Tous les autres, c'est-à-dire toutes les femmes autour de Kingsley, qui ressentait leur pression avec gêne – et moi en électron libre –, s'engageaient dans une journée unique, émancipée des règles et de l'horaire habituels. Les deux thèmes, les deux obsessions, étaient les toilettes des filles et les agapes pour tous. C'est pourquoi la salle à manger ne se vida pas comme de coutume à sept heures trente. Je m'en retirai pour prendre une douche et pour écrire la lettre quotidienne à ma grand-mère : ce serait la suite de la précédente, puisque j'y raconterais les préparations et les plats auxquels avaient donné lieu les denrées dont nous avions fait emplettes la veille. J'évoquerais aussi, longuement, mon rôle de technicien de l'électrophone, certain que ma grand-mère aimerait retrouver cette image qu'elle se faisait de moi en garçon qui s'y entend avec les appareils et les machines, prompt à en connaître le fonctionnement, à en déceler les pannes, à tout réparer, à quoi s'ajoutait le fait qu'il se fût agi de musique, un de mes domaines de prédilection. Je pus même mentionner mon geste chevaleresque, cédant ma chambre à la jeune fille qui s'était trouvée mal, et allant dormir ailleurs. Quand les journées sont riches en événements, il est facile d'en agencer la configuration pour que la vérité se perde comme un détail dans une vue générale, et sans que cette dernière devînt pour autant un paysage mensonger, en trompe-l'œil. Il n'y a rien de pire, pour cacher quelque chose, que l'absence d'événements et que le désert, celui des êtres et celui des objets.

Toute la matinée, j'entendis les femmes s'affairer. Kingsley, que tout cela concernait en premier, s'était, quant à lui, placé dans une sorte de retraite, ignorant la matérialité de la célébration et ne se préparant plus qu'à sa signification symbolique : je me suis fait la remarque qu'il était vraiment un garçon sérieux, car, dans la même situation, j'aurais largement abusé du symbolique pour m'autoriser tous les avantages pratiques. Je m'en fus porter ma lettre dans la haute boîte rouge des Postes de Sa Majesté, au bout de la rue, et je traversai vers le coin opposé pour acheter des pastilles de *Chocolate mints*. Je décidai de m'éloigner pendant quelque temps de la maison dont l'animation m'était étrangère, préparatoire à un événement inconnu de moi, où ma place serait insignifiante et qui ferait surgir d'autres figures, trop tardivement pour que je pusse les intégrer à l'histoire de mon séjour. Je pénétrai dans l'immeuble de Highpoint, je traversai le hall si spacieux, si élégant, d'un décor si dépourvu de pittoresque, si peu typique de l'habitat anglais, et je gagnai le jardin par son entrée officielle. Là, c'était aussitôt un autre monde, une autre sonorité des voix, d'autres langues, ou bien l'anglais marqué par les forts accents de ces mêmes autres idiomes, les odeurs d'autres cuisines où dominaient le paprika, l'oignon, la saumure, le fromage aigre et la panure. Je saluai au passage des personnes que je connaissais : tous m'invitaient à déjeuner ou à dîner pour le jour même ou pour le shabbat du lendemain, ou encore pour le dimanche des bons chrétiens. Il y avait pour moi, parmi ces gens, une autre vie possible, plus proche des miens, et cela me rassurait sans m'attirer, car c'étaient les autres qui me fascinaient, et je voulais entendre et parler l'anglais avec l'accent d'Angleterre. Je descendis jusqu'à la piscine où une fille de mon âge ne cessait de sauter dans l'eau, de remonter par l'échelle, de sauter à nouveau et ainsi de suite, avec une sorte de frénésie, comme pour s'étourdir : il y avait quelque chose d'obscène dans ce va-et-vient qui, à l'échelle de tout un corps entrant et sortant de l'eau, m'en rappelait un autre. Lorsque je la voyais se hisser sur l'échelle et tirer sur son maillot pour le remettre en place, je ne pouvais réprimer de mauvaises pensées, mais toutes les filles de treize ans ne sont pas des petites Arlette, et les petites Arlette ne m'intéressaient guère : je n'étais pas dans une cour d'école, ni dans les toilettes d'un square public, j'étais dans un roman avec des personnages en grandeur réelle, c'est-à-dire en âge d'être de véritables héroïnes pour faire de moi un héros. Dans mon univers, il n'y avait d'autres modèles réduits que les autos des *Matchbox Series* et la maquette du Spitfire, et je me voyais moi-même en personnage à une autre échelle, à mi-chemin entre les petits jouets et les grandes filles. Debout sur le mur, j'embrassai du regard tout le territoire où ma vie se jouait, et qui prenait à mes yeux une extension universelle. Je voyais la piscine et le haut bâtiment blanc de Highpoint s'y refléter, avant de le découvrir, perché sur son point culminant, et d'où, en montant sur la terrasse du dernier étage, la vue s'étendait à tout Londres, avec au loin Big Ben, Tower Bridge et le dôme de la cathédrale Saint Paul. Me tournant du côté opposé, vers le quartier en contrebas, je contemplai la prairie que prolongeaient au loin les terrains de sport du Highgate College face à Kenwood. À gauche, comme si la prairie elle-même avait reçu les tracés blancs des courts, de la même façon que les trottoirs reçoivent les lignes à la craie d'une marelle, il y avait le Highgate Lawn Tennis Club, toujours désert, et je pouvais observer le bâtiment en bois, à usage de siège administratif et de vestiaire, qui resterait pour moi inséparable d'une figure érotique particulière, laquelle à son tour me rappellerait à jamais ce lieu, l'odeur de bois et de gazon mêlée, l'obscurité à peine troublée par un filet de crépuscule laiteux. Et puis à droite, bordant la prairie-océan, se déroulait le rivage charmant, coloré, constitué par la succession des jardins à l'arrière des maisons dont les façades étaient sur Broadlands Road. Et là, parmi les petits édens de cette côte paradisiaque, il y avait la pelouse fleurie de la maison Buss, avec sa barrière de bois vert pâle, où il me restait six jours à vivre d'un temps qui appartenait aussi bien à mon enfance qu'à ma jeunesse, à ce qui commence qu'à ce qui finit, à l'expérience de la première fois comme à celle de la dernière fois. Je savais que viendrait un jour où je serais descendu là, en bas du jardin de Highpoint, où je me tiendrais debout au même endroit de ce même mur, contemplant ce même fragment de terre, alors que plus personne, plus rien, ne m'y attendrait. Car les relations avec ma tante Lenke et mon oncle Bandi, et mes visites chez eux à Highpoint, pouvaient durer aussi longtemps que des liens familiaux établis pour toujours et seulement à la merci des bouleversements du malheur : sauf à craindre l'imprévisible, j'avais donc là un droit d'entrée acquis pour longtemps. Mais ma présence au 15, Broadlands Road, aux côtés de Barbara, était une histoire dont tout m'éloignerait bientôt, et à laquelle je ne cesserais de rêver en souvenir, conscient que la condition même de ce prodige était la fragilité qui inscrit dans une même vision l'existence et la disparition, le hasard de la rencontre et la fatalité de la séparation, l'instant unique et sa submersion par le temps.

23

J'avais laissé passer plusieurs jours sans visite à la jolie serveuse danoise du salon de thé-pizzeria « The Oasis » à Hampstead : par sa banalité et sa modération, cette relation m'apparaissait plus rassurante, moins menacée par le désastre que tout ce que je vivais, dans la complication et l'excès, au 15, Broadlands Road. Pensant à la jolie serveuse blonde aux yeux clairs, il m'arrivait de culpabiliser : ne trompais-je pas son innocence et sa franchise en perdant les miennes par la vie que je menais ? Par ailleurs, elle aussi faisait partie de ces instants éphémères et fragiles et, avec elle, je ne souffrais pas d'inachèvement mais de non-commencement. Je décidai d'aller la voir, sans doute pour la dernière fois, et de commencer ainsi une sorte de retour sur mes propres traces, au cours d'un mois de juillet sur le point de céder la place à un autre mois et, plus encore, à un autre temps de mon existence. Le pèlerinage à ce dont on n'est pas encore séparé, prend la forme d'une récapitulation, d'une vérification de ce que l'on croit encore vivre et pouvoir prolonger. Je montai dans le bus 210 à Highgate Village et j'en descendis à l'arrêt que les chauffeurs appelaient tantôt *Jack Straw Castle*, du nom d'un vieux pub dont le bâtiment massif occupait tout un angle, avant la descente vers Golders Green, ou *The Pond*, désignant un bassin au milieu du terre-plein avant la descente vers Hampstead. J'avais à peine sauté de l'autobus que je fus surpris par une averse drue, et je commençai à courir à toutes jambes, tête baissée, assez fier de connaître le chemin par cœur, au point de pouvoir atteindre « The Oasis » les yeux fermés. Je détestais les boucles et les crans que la pluie faisait apparaître dans mes cheveux et, comme je m'étais engagé dans la descente, ma vitesse était grisante, me donnant le sentiment que rien ni personne ne pouvait m'arrêter : j'étais jambes nues, comme un sprinter. C'est alors que, d'un coup, j'ai fait l'expérience d'une mort soudaine, d'une force d'arrêt qu'aucune vitesse ne déjoue, d'un événement dont l'explication échappe car il est celui par lequel tout s'interrompt, explication incluse. Je venais de heurter en plein front et à toute vitesse la barre de métal verticale d'une construction que je n'avais jamais vue là : des stands étaient en cours de montage pour une exposition de rue. Arrêté net, je m'étais écroulé au pied du poteau et, pendant une dizaine de secondes, j'avais, sinon perdu conscience, du moins perdu la connaissance de ce qui m'arrivait, toute ivresse de la vitesse perdue, et sentant poindre en moi une interrogation : où suis-je ? Que m'est-il arrivé ? Il n'y avait personne à proximité, l'averse avait chassé les passants. Et puis, je me suis étonné d'être assis par terre, dans l'eau qui dévalait la pente. Alors je suis parvenu à me relever, j'éprouvai une douleur au milieu du front, et j'évaluai bientôt le montant de ferraille qui me sembla en coïncidence avec la place de ma douleur, dans ma tête. J'étais heureux d'être encore là, miraculé, vivant, sous la pluie, une bienfaisante lucidité faisait suite à la superficielle griserie dont j'aurais pu mourir, dans ma rencontre avec le métal. C'était un signe qui m'indiquait la vanité de toutes nos visions du temps, lorsque nous jugeons ce qui nous semble acquis durablement et ce dont, au contraire, il nous faut vite profiter avant que cela nous échappe, ce que l'on se croit assuré de retrouver et ce dont on est seulement sûr de se souvenir à jamais : quelle valeur, quelle crédibilité avaient de telles oppositions devant la verticalité d'une barre de métal ? Je repris lentement ma descente de la rue sous la pluie, bienheureux de sentir l'eau transpercer mes vêtements et faire des boucles dans mes cheveux et, prenant la précaution d'attendre que la chaussée fût libre, sans me risquer à me faufiler en courant entre les voitures, comme je le faisais d'habitude, narguant par mon agilité l'inertie des conducteurs captifs du corps-mort de leurs machines, je traversai paisiblement et poussai la porte du salon de thé-pizzeria « The Oasis ». La jolie serveuse danoise se plaignit que je l'avais oubliée, et qu'il avait fallu un tel déluge pour que je pousse à nouveau la porte et vienne me réfugier là. J'étais prêt à toutes les patiences pour faire accepter mes arguments et j'expliquai au contraire à la jolie fille blonde aux yeux clairs que j'avais bravé la pluie et quelques menus obstacles pour venir la voir une dernière fois et pour lui dire au revoir. Avec cette fille, plus proche de moi que Barbara, puisqu'elle devait avoir seize ou dix-sept ans, j'étais pourtant plein de timidité et d'inhibition. Face à elle, j'étais un autre, tout était à recommencer, j'étais à nouveau puceau, maladroit, sans expérience, tremblant à l'approche d'un premier baiser. Rien de mon expérience avec Barbara ne me profitait, ne se reportait, ne se transférait au crédit de cette autre histoire, et je trouvais que c'était bien ainsi, une sorte d'hygiène morale interdisant l'unité d'un même être et sa promiscuité avec lui-même dans une identité unique, face à des êtres différents, apparus dans des circonstances distinctes de son existence. Cette histoire avec la jolie serveuse danoise, dont le motif se dégageait à peine de ce qui servait seulement de toile de fond à une histoire tout autre, était peut-être celle qu'il me serait possible d'avouer un jour à ma mère et à ma grand-mère et, paradoxalement, celle qui, à peine ébauchée, avait devant elle une suite viable. Au moment de mon départ, la jolie serveuse danoise, dont j'ai oublié le prénom, a voulu me donner son adresse à Copenhague, et elle m'invitait à être reçu dans sa famille. Tout cela me semblait dans la logique de ce qui m'arrivait depuis que je m'étais réveillé d'avoir été assommé et d'avoir peut-être frôlé la mort. Mais je doutai bientôt de l'envers et de l'endroit des illusions et de la réalité que semble séparer une barre de fer verticale. La jolie fille blonde aux yeux clairs m'accompagna vers la sortie et, au dernier moment, ouvrant un avenir possible à ce que la porte refermerait derrière moi, nous nous sommes quittés par un rapide et timide baiser sur les lèvres. Je perçus son sentiment de nous avoir ainsi engagés de façon irréversible, et d'avoir sauvé de justesse ce qui n'avait été jusque-là qu'une rencontre sans conséquence. Mais je savais que jamais je ne connaîtrais le corps de cette jeune fille comme j'avais connu celui de Barbara.

24

L'averse avait cédé la place à un ciel pur, et maintenant l'eau remontait dans l'air en légères vapeurs qui s'élevaient de la terre et des pelouses. Sur le chemin du retour vers Highgate, je songeais qu'il avait suffi de quelques verres de boisson à base de rhum pour que Barbara s'effondrât, qu'elle m'apparût mourante et que je la retrouve, revenant de loin, réclamant et obtenant de moi la reprise de ce que nous avions laissé dans l'inachèvement, le moment du malaise ayant été moins une rupture du temps qu'un ciment des sentiments et des actions par-dessus le temps, une pression pour réparer ce qui, avant le malaise, avait laissé le goût de l'imperfection. Et je songeais aussi qu'il m'avait suffi de heurter avec violence une barre de métal verticale, qui m'avait matraqué au milieu du front, pour que je m'écroule et que, revenant à mon tour de ce bref coma, je trouve le désir et les mots pour faire commencer avec la jolie serveuse danoise quelque chose que je savais voué à l'inachèvement. Ces analyses se croisaient dans ma tête et m'embrouillaient : j'y voyais des parallélismes et des oppositions, je mesurais les bienfaits de l'ivresse et les effets contraires du dégrisement, ou l'inverse : avec Barbara, reprendre le cours d'une folie du réel, avec la jolie fille blonde aux yeux clairs, se résoudre à la sagesse du rêve. Rêve irréel d'une vie raisonnable, dans le réel d'une vie déraisonnable. Je voyais aussi deux figures de femmes s'opposer, sans que je puisse savoir qui elles étaient effectivement, ni ce qu'étaient au juste leurs différences sans moi au milieu d'elles, qui les évaluais l'une et l'autre et pour qui elles se comportaient en particulier – alors que je les imaginais capables de comportements tout autres –, c'est-à-dire qui elles étaient au-delà des circonstances particulières de mes relations avec chacune d'elle et indépendamment de ces comparaisons entre elles que j'effectuais abusivement. J'essayais d'imaginer Barbara, la superbe fille de Trinidad, en serveuse au salon de thé-pizzeria « The Oasis », et la jolie fille blonde aux yeux clairs, l'étudiante danoise, en pensionnaire de la famille Buss et partageant avec une amie une chambre à l'étage des filles. Y a-t-il des situations plus fortes que tout, et qui déterminent les êtres et les relations entre eux, ou les êtres ont-ils seuls le pouvoir et la force de créer les situations ? Tout, dans de telles spéculations, m'apparaissait cruel : je trouvais injuste que la jolie Danoise se fût trouvée serveuse dans un salon de thé-pizzeria, car nous aurions peut-être vécu une belle histoire si elle avait séjourné au 15, Broadlands Road ; d'un autre côté, et sachant de quoi Barbara s'était montrée merveilleusement capable, il était douloureux d'imaginer ne la connaître qu'à travers les relations convenues que l'on peut avoir avec la serveuse d'un établissement dont on est client, et pour qui l'on éprouve de la sympathie, et je mesurais tout ce qui n'aurait pas eu lieu, faute de la situation pour que les êtres se révèlent dans leur rencontre. J'en concevais une sorte de code de conduite qui, contre la banalité ou la médiocrité des circonstances, eût toujours cherché à provoquer les êtres croisés pour révéler en eux, et pour qu'ils révèlent en moi, ce que nous ignorons de nous-mêmes et à quoi les rencontres peuvent nous porter. En quelque sorte, je réinventais le tempérament du romantisme héroïque : non pas celui de la mélancolie larmoyante mais celui des folles chevauchées au clair de lune pour un rendez-vous en pleine nuit. Un tel jugement était pourtant tout le contraire de mon évaluation ordinaire, voyant partout des occasions et des circonstances favorables où somnolaient des êtres timorés et médiocres. Par la suite, j'ai parfois vérifié que c'est la rencontre elle-même qui constitue en même temps les situations et les individus en héros, leur séparation et leur éloignement ramenant les mêmes êtres, sans autre changement de la situation, à des identités et à des états où leurs vies se perdront obscurément. Dès cet instant, j'ai compris que ce qui me ferait le plus horreur et m'inspirerait le plus de dégoût chez mes semblables serait leur résignation, sans que celle-ci puisse être confondue avec la modestie, et sans qu'on puisse non plus l'opposer à la vulgarité aveugle, indécente : on peut se résigner à être puissant et riche, après avoir rêvé d'être pauvre et libre de tout pouvoir, de toute responsabilité, et cette résignation apparemment acceptable et confortable n'en est pas moins méprisable. La question est de savoir si la résignation qui me répugne est celle de l'individu qui se résigne à être lui-même, ou celle de l'individu qui se résigne à être un autre. Je me promis d'avoir un jour avec ma mère – qui était ma grande interlocutrice sur tout ce qui m'apparaissait comme les « grandes questions » – une conversation sur ces sujets, en évitant bien entendu toute référence aux événements qui les présentaient à ma conscience. C'est à ma grand-mère que chaque jour j'écrivais, mais c'est avec ma mère que, depuis la petite enfance, je parlais : les affects d'un côté, l'intellect de l'autre. Par l'écriture, je rendais compte du réel ; par la parole, je lui demandais de me rendre des comptes. Je commençais à percevoir que, quelques jours plus tard, je n'aurais plus à écrire ma lettre quotidienne, car une même réalité serait vécue et partagée par toute la famille que j'aurais réintégrée. Et si la séparation d'avec le corps de Barbara s'annonçait comme une douleur imminente, la plus cruelle qui me fût promise à court terme, une consolation m'était promise en même temps par le bonheur de retrouver en ma mère le corps de celle qui me parlait et à qui je parlais. Sa parole et ses réponses à mes questions, d'une grande élévation de pensée, avaient toujours constitué pour moi à la fois le refuge et la référence, j'y trouvais un refus des mensonges qui accroissent le malheur et une approche de la vérité qui en soulage.

C'est alors aussi que, songeant au moment où, cinq jours plus tard, ma tante Lenke viendrait me chercher, je réalisais qu'elle était pour moi encore une autre figure de la femme : la figure féminine du père, en somme, un père qui, sans cesser d'être un homme, en perdait tous les défauts, merveilleusement femme, car mon père et sa sœur, ma tante, se ressemblaient de façon frappante, comme je l'ai dit, l'un et l'autre sortis du même moule, l'une en fille l'autre en garçon, mais tous deux d'abord l'incarnation de la lignée dont les origines se perdent là où arrivèrent un jour des Juifs en Europe centrale, sur les rives du Danube. Sans doute y a-t-il une évidente logique dans le fait que ma sœur, ma cadette de deux années, eût été à la fois la favorite de mon père et la réincarnation, à la génération suivante, de la figure de sa sœur, sa propre figure en fille. Je sentais dans ma tête un indescriptible désordre et une insurmontable difficulté à comprendre comme un ensemble ce dont je percevais seulement les éléments, mais je pressentais qu'un ordre existe, une logique, une légitimité, une vérité, qui justifient comme variantes et variations de cet ordre les désordres les plus extrêmes.

25

De retour au 15, Broadlands Road, j'y retrouvai la même effervescence qu'une semaine plus tôt, mais avec maintenant la même énergie différemment dosée : on ne se préparait plus au départ d'un dix mille mètres mais à celui d'un cent dix mètres haies… La maison était retournée comme un gant, ou comme une boîte dont on a répandu le contenu, plein de souvenirs, de babioles, d'objets inutiles et essentiels : la maison s'exhibait comme si elle était devenue une brocante où elle se serait elle-même mise en vente. Les règles et les habitudes que je m'étais appliqué à découvrir et à respecter étaient maintenant abolies, toutes les portes soigneusement fermées de ce que les Anglais appellent *privacy* étaient maintenant les portes ouvertes de la transparence, de la promiscuité, de la libre circulation, y compris celle de ma chambre qu'en mon absence on avait raccordée à l'ouverture générale d'une vaste zone franche. L'escalier était le lieu d'un intense trafic, et je fus pris dans un mouvement d'ensemble des messieurs qui se pressaient vers l'étage des filles, où déboulèrent en même temps tous les interdits de séjour habituels – M. Buss, Hoppy, Kingsley et moi –, pour admirer en primeur Suzann et Rosalind dans leurs toilettes maintenant achevées, ajustées, complétées de leurs accessoires et assorties l'une à l'autre. Nous trouvâmes Kate et Barbara sur le palier, et elles ne purent empêcher le mouvement de curiosité de ces messieurs en permission exceptionnelle, et les regards indiscrets qu'ils jetèrent à l'intérieur de ce nuage de vapeurs roses, bleu pâle et jaunes, habitat des anges et ciel inaccessible qu'ils avaient toute l'année au-dessus de leurs têtes. J'en profitai moi aussi pour m'avancer d'un pas en direction du petit lit, maintenant exposé aux regards de tous, d'une modestie et d'une innocence touchantes.

Je décidai de consacrer le reste de l'après-midi à la peinture de la maquette et à la finition des détails car, le lendemain, je devrais céder ma chambre et ne pourrais transférer à l'étage des filles que le strict minimum : mes affaires de toilettes, un ou deux livres, un vêtement de rechange, le bloc de papier et une enveloppe pour la lettre quotidienne à ma grand-mère. Je me mis au travail en laissant ma porte ouverte comme l'étaient toutes celles de la maison sauf celle d'Auntie Chrissie. J'entendais Mme Buss parler dans la cuisine avec deux voisines venues l'aider pour la préparation du grand buffet qui serait offert le lendemain soir aux familles des camarades de classe de Kingsley. En bras de chemise et bretelles, M. Buss taillait les fleurs du jardin au ralenti, à la même vitesse qu'elles poussent. Le caissier de la Banque d'Écosse tondait le gazon avec les mêmes scrupules que ceux avec lesquels il devait faire sa caisse chaque soir. Kate et Barbara passaient l'aspirateur dans l'escalier, astiquaient la rampe et, quand elles furent en bas, elles attaquèrent le salon. Et puis arriva le tour de ma chambre : je dus les arrêter car la poussière soulevée allait se coller sur la peinture fraîche de la maquette, et lui mettait du poil sous les ailes. Elles vinrent s'asseoir devant moi, sur le rebord des fenêtres. Elles me regardaient travailler mais je n'avais pas l'habitude d'être ainsi observé, ayant toujours été l'observateur quand, par exemple, je contemplais la jeune femme qu'employaient mes parents à la maison pendant les heures du repassage. Je proposai aux filles de Trinidad de prendre ma place et Barbara accepta de s'installer à la table pour continuer à peindre le balsa naturel en bleu foncé. Kate commença à me poser des questions sur ma famille, sur ma vie à Paris. Barbara m'interrogea à son tour, manifestant soudain une curiosité qu'elle n'avait jamais exprimée quand nous étions seuls. Elle s'intéressait à tous les détails, elle me demanda comment était mon père, si j'avais un frère aîné, si ma mère était belle, comment je m'entendais avec ma sœur, qui étaient mes meilleurs amis. Je dus décrire l'appartement où nous habitions, et aussi le quartier, je dus même parler de Paris, comme si j'avais bien connu cette ville dont seulement quelques secteurs m'étaient familiers, et que je commençais à peine à explorer lors de balades à bicyclette. Elles se relayaient pour me soumettre à un questionnaire de plus en plus précis sur mes distractions, mes voyages, ce que je faisais les dimanches, et finalement pour savoir si je sortais déjà le soir et si j'avais une petite amie. À tout cela, je répondis vaguement et en bloc, cherchant à donner l'impression qu'il y aurait trop à dire sur de tels sujets, et que l'usage du singulier était bien réducteur… Kate, qui n'était pas dupe et ne s'en laissait pas conter, me demanda abruptement si j'avais déjà embrassé une fille. Je me récusais : «*Never! Never! Never!*» («Jamais ! Jamais ! Jamais !») avec une moue d'horreur et de dégoût, et Barbara éclata de rire. Kate suivait son idée et insista encore : «*What's her name ?*» («Quel est son nom ?»). Plutôt en guise de liste que comme une devinette – et m'inspirant de l'air du catalogue dans le *Don Giovanni* de Mozart –, je récitai quelques prénoms de filles parmi ceux des compagnes d'école de ma sœur, auxquels j'ajoutai une Arlette. Barbara me demanda si, en France, tous les garçons de mon âge avaient des petites amies – *girl friends*. Je répondis que je n'étais nullement concerné par ce que faisaient les autres, et qu'avec mes camarades je jouais au football ou parlais de livres et de films. J'étais soumis de la part des filles – et par celle-là même qui était ma maîtresse – au genre d'interrogatoire que les adultes adressent aux adolescents, avec une curiosité souvent malsaine et indécente, qui en dit long sur leurs propres regrets ou remords de ce qu'ils ont fait ou renoncé à faire. Pour brouiller les pistes, et me repentant déjà des sottes réponses que j'avais improvisées, j'ajoutai qu'en vérité les filles ne nous intéressaient guère, ayant mieux à faire qu'à nous occuper d'elles. Barbara voulait savoir si j'aimais les histoires d'amour dans les romans que je lisais. Je dus lui répondre que ce n'étaient ni les histoires d'amour ni les aventures quelles qu'elles soient que j'appréciais mais les personnages, leurs caractères, leurs désirs, leurs ambitions. Barbara sembla déçue : «*You are not romantic !*», et je compris que le mot *romantic* – à rapprocher plutôt de la romance que du romantisme – était un faux ami. Kate voulut me faire dire qui était mon héroïne favorite : je rétorquai que je n'en avais aucune, n'admirant que des héros, dont le principal était Robinson Crusoë. J'aggravai la déception et j'eus droit à la question classique – déjà affrontée comme sujet de dissertation au lycée – de ce que j'emporterais avec moi sur une île déserte. Je me rachetai et m'en sortis en déclarant : « *You two !* » (« Vous deux ! »), ce qui à nouveau fit rire Barbara tandis que Kate protestait sérieusement : « Comme c'est moi qui ai posé la question, je pouvais espérer être choisie seule. Décidément, tu n'es pas *romantic* ! » Il était étrange de répondre à toutes ces demandes après coup, si l'on peut dire, c'est-à-dire après être passé largement aux actes dont ces sujets de conversation sont le prélude, une façon de s'approcher l'un de l'autre, de faire connaissance, de se troubler réciproquement par quelques confidences, par quelques révélations. Mais il avait fallu la présence de Kate auprès de Barbara pour que nous nous parlions, car jamais un tel échange n'aurait pu avoir lieu en tête à tête, prenant alors un ton trop sérieux, trop adulte : à deux filles contre moi, il s'agissait plutôt d'un jeu de harcèlement, et mes réponses pouvaient être des esquives fantaisistes. Je comprenais à quel point Barbara et moi étions restés étrangers l'un à l'autre dans les relations pourtant les plus intimes, peut-être parce que les actes de ces relations intimes nous étaient à nous-mêmes étrangers : en tout cas, ils étaient entièrement nouveaux pour moi, et Barbara ne s'était pas montrée une grande experte, malgré sa maturité et l'expérience que je pouvais lui supposer, ne serait-ce que par la fréquentation de son *boy friend* Michael. Nous nous étions aventurés dans les caresses les plus troublantes, dans les échanges les plus voluptueux entre deux corps, sans rien connaître de nous que nos apparences physiques, nos voix, nos gestes, certains goûts comme ceux pour le piano, pour le tennis ou pour les films noirs, et je n'avais jamais été aussi proche de Barbara que dans ces moments où je répondais à leur curiosité de filles vis-à-vis d'un jeune garçon étranger, à leur appétit de savoir qui j'étais, comment je vivais, et cela avec elles deux ensemble face à moi. Celui que j'étais en ce moment était un être antérieur à celui que j'étais la veille dans le petit lit de Barbara, enfoncé dans ses reins : tout s'était inversé, mais en quelque sorte tout se vérifiait, tout se justifiait rétroactivement. Ce qu'elle me livrait d'elle par ses questions et ce que je révélais de moi par mes réponses donnaient un autre sens à ce que nous avions fait avant de nous parler, ayant laissé les premiers pas aux corps eux-mêmes, au-devant de leur histoire, formes issues du seul présent, de la seule situation de leur rencontre. Maintenant, il me manquait un comparse pour interroger et pour cuisiner Barbara en retour. Elle n'avait cessé de peindre soigneusement la maquette et le travail était bien avancé ; elle s'est arrêtée pour me demander quelle était ma couleur préférée. La réponse était sans mystère, visible sur tous les vêtements que je portais : bleu marine – *navy blue*. C'était aussi la couleur que j'avais choisie pour l'avion. Alors, avec le pinceau fin, Barbara a peint l'ongle du petit doigt de sa main gauche, et elle contemplait l'effet. Kate a quitté le rebord de la fenêtre et elle s'est éloignée en nous disant : «*I'm leaving the desert island… but don't forget : it's not desert at all*» («Je quitte l'île déserte… mais n'oubliez pas qu'elle n'est pas déserte du tout»). Kate est ressortie en tirant derrière elle les instruments du ménage, et elle a laissé la porte ouverte.

Je restais en tête à tête avec Barbara dans une relation maintenant différente, moins tendue, apaisée. Nous étions paradoxalement enrichis de quelque chose qui s'était perdu : peut-être un peu de ce qu'on appelle communément le mystère. Incertain sur le gain de ce troc, je ne cessais de m'interroger sur la distance nécessaire à l'intimité, car le désir de l'autre est moins le désir de le connaître que celui de ne jamais épuiser en lui l'inconnu. Comme les charbons d'un arc électrique dont on nous avait montré l'expérience en cours de physique au lycée, il faut, dans les relations amoureuses entre les êtres, la juste distance : ni trop proches ni trop lointains. Je comprenais qu'en réalité je ne voulais rien savoir de Barbara, ni lui poser aucune question, ni parler avec elle aucune langue : seulement entendre le son de sa voix et son accent dans une poignée de mots qui ne désigneraient que nos propres corps, et sans emprise sur le reste du monde. Si elle venait à vouloir me raconter qui elle était et d'où elle venait, je lui clouerais les lèvres par un baiser et je porterais la main là où son corps a son origine, là où la caresse n'appelle sa réponse que par des éclats de voix inarticulée, car elle venait de me dire : «*Later, I'll tell you about me…*» («Plus tard je te parlerai de moi…»). Elle m'avait cédé la place, rendu le pinceau et le pot de peinture car elle devait aider Kate et, avant de quitter la chambre, elle m'a montré sa main gauche aux longs doigts joints, exhibant comme une bague la tache de vernis bleu marine qui couvrait l'ongle de l'auriculaire. Je pus me consacrer à l'achèvement de la peinture sans penser à rien d'autre, parfaitement concentré sur cette action qui, en ce moment précis, m'apparaissait comme le point d'équilibre entre toutes les forces qui tiraillaient mon existence.

26

La maison continuait d'être agitée de mouvements multiples et désordonnés, dont l'objectif final était pourtant une mise en ordre et une mise en scène parfaites. À l'approche du soir, tout semblait renaître de l'ancien chaos avec un air de neuf. Je ne revis les filles de Trinidad que lorsque je les trouvai prêtes à sortir, à la recherche d'un restaurant où passer ensemble ce dernier dîner de Kate à Londres. Celle-ci se souvenait de m'avoir entendu évoquer une sympathique pizzeria italienne à Hampstead où j'étais connu, et elles m'en demandèrent l'adresse. Elles prirent le chemin de Highgate Village et de l'arrêt du bus 210, dans le projet d'aller dîner à « The Oasis ». Je me suis dit qu'une configuration unique du monde allait mettre en présence deux jeunes filles qui ne se connaissaient pas, ne savaient rien l'une de l'autre, et que moi seul je pouvais comparer, comparant d'abord les circonstances qui m'avaient rapproché différemment de chacune d'elles, mais qui m'en sépareraient semblablement, chacune représentant désormais pour moi une figure singulièrement douloureuse de la séparation.

L'ordre de la maison n'était pas encore rétabli pour le dîner, qui fut donc pris dans un total irrespect des règles et des usages, chacun allant piocher selon ses préférences et ses envies dans ce qui se préparait pour le lendemain : la famille Buss offrait en modèle réduit le spectacle de l'Angleterre lorsque celle-ci, sur le mode le plus civilisé qui soit, aime se donner le frisson de l'anarchie et du pillage. Cette expérience avait sans doute été intégrée par Mme Buss au programme de mon séjour, conçu comme une initiation à la vie de famille anglaise pour un garçon de ma génération, avec ce passage par un apparent désordre non conformiste pour conduire à ce point culminant du conformisme que serait, en ce dernier week-end de juillet, le Speech Day, où se distribueraient les médailles et les lauriers, où se préciseraient les espoirs et les ambitions, et qui ferait date dans le destin de quelques jeunes garçons anglais de bonne éducation – *well educated young english boys*. Ce serait aussi le moment où j'aurais à entendre à profusion la langue anglaise dans ses formes et usages académiques : discours, éloges, félicitations, bilans, encouragements, réprimandes, regrets, espoirs, programmes. Il y aurait aussi abondance de l'anglais dans l'excitation des gamins, le bavardage des mères, les propos convenus des messieurs, les répliques des scènes de théâtre déclamées à l'ancienne, les chorales et les hymnes – *Rule, Britannia… Britannia rules the waves…* –, l'énoncé des lots de la tombola façon bonimenteur de foire, la présentation des plats et des boissons par les serveurs, le décompte des points, les sanctions et les décisions des arbitres sur les terrains de sport… : c'était à comprendre tout cela et à y prendre part que Mme Buss m'avait préparé, pour pouvoir m'exhiber comme un petit Français candidat à l'Angleterre, champion de son écurie. Et je découvrais à quel point j'avais vécu autrement ces quatre semaines de préparation à mon admission dans la société britannique. Les parties quotidiennes de *chinese checkers*, par exemple, avaient été l'occasion et la méthode d'une heure de leçon d'anglais avant de se coucher, et Mme Buss, peut-être moins piquée au jeu qu'elle le montrait, avait concocté pour chaque soirée un sujet de conversation avec un programme d'expressions, de tournures et de mots nouveaux à assimiler. Les sorties hebdomadaires avec Mme Chapman participaient de la même stratégie pédagogique. Et Mme Buss devait concevoir comme autant d'exercices de conversation variés, avec des personnes différentes, parlant diversement l'anglais, mes relations et mes échanges avec tous les hôtes de la maison, aussi bien Suzann et Rosalind (héritières de la langue parlée chez elles, mais remise à jour par leur génération), que Kate et Barbara (jeunes universitaires représentant cette langue commune parlée dans les contrées lointaines du Commonwealth), autant Hoppy (avec son parler d'homme de banque et son accent d'Écosse qui rend l'anglais plus familier aux oreilles françaises) que Kingsley (celui dont j'étais le plus proche et qui devait être mon modèle), ou encore M. Buss lui-même, dont le laconisme et l'économie de vocabulaire étaient tout un style (flegme, réserve, sens de la mesure et de la relativité des choses), sous les dehors d'un tempérament léthargique : il était même celui de qui apprendre comment faire figure d'Anglais pure laine, avec un arbre généalogique remontant à trente générations, avec seulement trente mots d'usage quotidien. Selon la perception de Mme Buss, Barbara n'avait dû être pour moi qu'un exercice linguistique parmi d'autres, et une interlocutrice qui avait suscité certaines motivations particulières chez un petit garçon français qui aime plaire aux filles. Et je me demandais qui, de Mme Buss ou de moi, avait été la dupe de l'autre en ce qui concernait mes relations avec Barbara, de qui je n'avais appris que ces gros mots du sexe dont les garçons aiment exhiber l'usage comme un gros sexe des mots. Mme Buss n'avait pas décelé entre nous cette *love affair*, et n'avait pas profité des travaux pratiques par lesquels j'avais devancé et outrepassé le programme, pour leur faire correspondre un cours magistral. Avec Barbara, je n'avais pas appris les mots qui désignent les choses, mais les choses elles-mêmes, avant les mots, avant que les langues les désignent, et aussi un peu avant le moment convenu par les mœurs de l'époque pour que les jeunes êtres les découvrent au chapitre de ce qu'on appelle les premières expériences. Quand on est gamin, certes il y a des mots, des phrases, qui ouvrent des portes marquées « entrée interdite », qui lancent l'imagination sur des pistes brûlantes, et il peut s'agir aussi bien de mots mystérieux, jamais entendus dans la bouche des parents – *partouzes, lesbiennes, godemichés, préservatifs* –, que des phrases bouleversantes, seulement construites avec des mots ordinaires : « Ici, tous les jeudis, je suce la petite Arlette, 13 ans. » Mais ces mots, ces phrases sont comme des leurres qui détournent et canalisent vers les signes et les formules de convention du langage, un besoin premier d'images brutes, sans légende. Je me souviens qu'à l'âge des culottes courtes, les histoires obscènes m'intéressaient moins que les dessins licencieux ou que les photographies dites *cochonnes*. Avant tout : voir. D'abord contempler des images, et jusqu'à satiété, les épuiser, et puis les prolonger, partir d'elles en direction des mots et des histoires, et non l'inverse. D'ailleurs, dans les publications pornographiques de l'époque, imprimées clandestinement et de façon artisanale – textes ronéotypés et petits tirages photographiques directement collés comme des vignettes dans un album –, le texte lui-même n'était parcouru qu'à la recherche des passages qui faisaient image, brèves suites de mots figés – image fixe –, quelques lignes seulement, lues et relues en boucle, d'un seul coup d'œil. C'est dans ce registre que la formule inscrite au stylo-bille sur le mur des toilettes, dans le square de la porte de Saint-Cloud, était un chef-d'œuvre du texte-image, de l'aphorisme obscène et immoral, du haïku érotique. De Barbara, je n'avais pas épuisé la vision, c'est-à-dire que je ne l'avais pas encore assez vue, que je n'avais pas encore assez contemplé en elle ce qu'une fille ne donne à voir qu'à son amant, que j'avais trop vite recouvert tout cela de mon propre corps, c'est-à-dire de ma propre histoire, pressé de me réfugier dans les mots. Dès que deux corps sont en mouvement l'un contre l'autre, une grammaire s'est mise en marche, fabrique d'histoires avec des mots, et le texte qui défile, dans son déroulement vers l'orgasme, qui est la fin promise par toute syntaxe, a déjà privé l'œil de cette fixité nécessaire à l'extase de la vision. Voir interminablement, dans une suspension du temps, dans une disqualification des mots, sans le nom des choses, sans le verbe désignant les actes. Regarder un corps de chair dans un silence absolu, comme on contemple au télescope un corps céleste lointain, perdu dans le silence cosmique. Tout cela semble bien contradictoire de ce qui motive l'apprentissage des langues vivantes… Certes, à l'époque, je ne formulais pas ainsi mes pensées, mais je sentais approcher le moment où j'allais perdre, plus encore que les actions délicieuses accomplies avec Barbara, la vision, la contemplation de son visage, de son corps, de son sexe entre ses cuisses, dont je me souciais peu d'avoir appris comment cela s'appelait chez les Anglais. Je commencerais déjà à les perdre dans tous ces mots et toutes ces phrases de la langue anglaise dont la journée du lendemain verrait le triomphe: Speech Day, le jour du discours, le jour des mots de la célébration, le jour de la gloire des mots. Demain, samedi 27 juillet, serait une journée assourdissante, étourdissante de paroles, à laquelle Mme Buss m'avait consciencieusement préparé, un grand moment de mots dont la jouissance et l'ivresse me seraient accessibles grâce à elle, mais un moment où, parmi les mots et la langue, commencerait à se brouiller et à se perdre l'image unique, la seule image. Je pouvais me demander ce qui se passerait le jour après l'apothéose des mots, de la langue, les lendemains du Speech Day: le dimanche 28, le lundi 29, le mardi 30, le mercredi 31 juillet, un temps au revers des mots, de l'autre côté des mots, alors que je n'aurais plus aucun mot, plus aucune tournure de la langue anglaise à apprendre en vue d'aucun événement nouveau, à moins que Mme Buss eût prévu des leçons de vocabulaire et de style pour les adieux, l'éloignement, la séparation. Je devais me préparer au retour en France et à la langue française avec les mots et les phrases de la langue anglaise. Barbara et moi nous n'avions pas envie de nous quitter, pas envie de cette mort promise, déjà contenue dans les mots, déjà programmée par la langue.

27

Je retrouvais l'humeur sombre de mes déambulations rituelles sur Broadlands Road, la nuit venue, faisant les cent pas comme on dit, arpentant la rue, allant et venant, passant et repassant devant la maison, à la fois dans l'obsession d'un seul être et avec l'espoir d'être repéré par lui, par elle. Mais à l'étage des filles, les fenêtres de Kate et de Barbara étaient noires, préfigurant une époque où elles le resteraient à jamais. Demain matin, Kate quitterait cette chambre où désormais Barbara se retrouverait seule. Mais, à un certain moment de la journée, je serais invité à y transférer quelques affaires puisque j'avais accepté d'y passer la nuit, alors que Barbara serait ailleurs. Je continuai à aller et venir dans la rue, passant et repassant devant la maison encore pleine d'animation, sauf à l'étage mort des filles. Et il me semblait que j'étais déjà dans une époque – futur antérieur – où je reviendrais rôder là, fantôme à la recherche de fantômes. Mon espoir, bien sûr, était de croiser les filles au retour de leur dîner à Hampstead, dans la pizzeria où elles auraient sans doute été servies par une jolie fille blonde aux yeux clairs. Dans cette attente, je comptais que Barbara me trouvant là voulût s'attarder quelques moments avec moi, laissant Kate regagner seule leur chambre. Car, pour cette nuit, nous étions à la rue, c'est-à-dire sans autre refuge pour échanger quelques caresses, condamnés à repartir ensuite chacun de son côté. Et j'étais confronté à cette question : dans cette rue, Broadlands Road, déjà marquée par l'épisode où Barbara était venue me débusquer au plus fort de ma bouderie, et m'avait extorqué le rendez-vous de Kenwood, quoi faire, quels nouveaux gestes inventer, toute répétition étant exclue ? Je pensais aux couples installés dans une vie régulière et dans le confort d'une intimité où ils pouvaient se retrouver, chaque jour, chaque nuit : vivre ensemble. Cette vision idéale, comparée à l'inconfort de la clandestinité, de l'interdit, ne m'apparaissait confortable qu'à première vue, car comment inventer la vie à demeure fixe, et dans la répétition quotidienne à l'identique. De toute façon, il m'était hors de portée de m'installer avec Barbara où que ce fût, et je ne concevais comme suite possible de notre histoire que le voyage, l'errance, changer de lieux pour changer de gestes, pour changer de caresses, pour que rien ne fût jamais pareil dans ce qu'on recommencerait sans fin. Je voyais maintenant comme une mauvaise idée de retrouver Barbara dans Broadlands Road car, même si je parvenais à la retenir, où aller ?

Je décidai de porter mes pas et mes méditations sur North Hill, qui était inévitablement leur chemin de retour, revenant à pied depuis la station de Highgate Village où le bus 210 les déposerait. Les soirs d'été, les pubs du quartier comme Spaniard's, dont les bâtiments étranglent la route qui longe Hampstead Heath, ou le Red Lion, un peu après Highpoint, sont animés par les clients qui boivent leur chope de bière à l'extérieur en bavardant, et j'y avais vu parfois des jeunes gens et des jeunes filles, mais je n'étais pas en âge de m'y présenter en culottes courtes, tenant Barbara par le cou ou à la taille. J'en étais réduit aux lieux accessibles à un petit garçon, en fait assez rares quand la nuit est tombée. Dans l'immeuble de Highpoint, j'avais mes entrées, et j'allai même jusqu'à imaginer d'obtenir, sous un quelconque prétexte, la clé de l'appartement de ma tante et de mon oncle des mains du portier qui me connaissait bien. J'aurais pu alors y conduire Barbara comme je m'imaginais disposant plus tard d'une garçonnière pour ce genre de rendez-vous. Mais je ne trouvais pas le prétexte et je craignais que le portier eût voulu m'accompagner. Il restait le jardin, mais avec le risque que des habitants de l'immeuble y fussent encore attardés sur une pelouse, achevant un pique-nique en famille ou se promenant pour bavarder entre amis et fumer une cigarette. Je décidai d'aller y voir pour vérifier et pour préparer mon scénario, ou comme un sadique – *a sex maniac* – qui repère les lieux d'une agression. Le hall de l'immeuble, spacieux comme celui d'un grand hôtel, me semblait un décor idéal pour conduire une fille jusqu'à l'ascenseur avant de monter dans les étages, et j'imaginais avec trouble ce que ce luxe promettait de luxure. Le jardin était déjà dans l'ombre, désert et silencieux. Je n'entendais, remontant faiblement de la partie basse, que l'écoulement du trop-plein de la piscine. Faute d'une garçonnière, je disposais de ce jardin comme d'un espace privé, le tas de sable réservé aux enfants. Quand je ressortis sur North Hill après avoir retraversé le hall, des voix féminines s'éloignaient, dont je reconnus les timbres et les accents avant même de voir les silhouettes de Kate et de Barbara qui s'engageaient, passé Highpoint, dans la descente vers le coin de Broadlands Road. Je venais de rater l'occasion de croiser les filles dans cette posture que j'affectionnais du promeneur solitaire et ombrageux – inconscient de donner plutôt à mon personnage, du fait de mes culottes courtes, l'allure d'un routard ou d'un marcheur sportif... –, et mon plan tombait à l'eau. Il ne me restait plus, lamentablement, qu'à les appeler : elles se retournèrent et je marchai sans me presser jusqu'à elles. Kate s'étonna de me voir là, mais aussitôt elle me parla de la pizzeria « The Oasis », et elle se plut à commenter longuement la beauté de la serveuse danoise. Elle avoua qu'elles s'étaient recommandées de moi, le petit Français qui venait boire des milk-shakes certains après-midi. Selon Kate, la jolie fille blonde aux yeux clairs s'était montrée troublée, et avait timidement demandé si elles me connaissaient bien. Kate a encore enfoncé le clou en prétendant que j'avais produit une forte impression sur cette charmante personne, qui méritait bien mon intérêt et que je devais retourner voir car, a- t-elle conclu : « … si tu n'as jamais embrassé une fille, c'est une belle occasion. » Barbara se taisait, elle détournait le regard. Je trouvais Kate assez perfide – alors que ses derniers efforts ne visaient sans doute, dans son esprit, qu'à nous tirer d'une erreur (de jeunesse ?) et d'une impasse – pour que je ne m'embarrasse d'aucun scrupule, car je sentais Barbara étrangement floue, absente. Montrant le peu de cas que je faisais de ses conseils et suggestions, j'ai demandé à Kate ce qu'elle avait mangé : des pâtes à la bolognaise, j'avais ma réponse. Je me tournai alors vers Barbara : « *And you ?* » Elle ne répondit pas et faisait simplement « non » de la tête en silence. Je ne savais quoi comprendre – qu'elle n'avait rien mangé ? qu'elle ne voulait pas répondre ? que la question n'avait pas de sens ? qu'elle n'était pas d'accord pour que je retourne embrasser la jolie fille blonde ? –, et je savais qu'il fallait que je me retrouve seul avec elle. Elle n'a prononcé quelques mots que pour confirmer qu'elle aussi trouvait la serveuse danoise très jolie mais, ce faisant, Barbara regardait ses pieds. Alors Kate s'est écartée et, sous prétexte qu'elle devait encore boucler ses bagages, elle a déclaré qu'elle se dépêchait, laissant à Barbara le soin de me raconter à quoi ressemblaient la vie à Trinidad, le climat, les maisons, les plages, et comment y étaient les relations entre filles et garçons. Après avoir commencé à s'éloigner, alors que déjà je retenais Barbara par un poignet, Kate s'est retournée, elle a vu mon geste et m'a lancé : « *Be nice !* » (« Sois gentil ! »).

Avec détermination, j'entraînai Barbara vers le hall de Highpoint, et peut-être a-t-elle cru que je disposais d'un appartement dans cet immeuble intimidant. Mais nous sommes ressortis de l'autre côté, dans le jardin, car je n'étais toujours qu'un petit garçon en culottes courtes. Nous sommes descendus jusqu'à mi-pente, là où des bancs étaient placés pour d'éventuels spectateurs devant un court de tennis qui n'avait pas le charme de ceux du Highgate Lawn Tennis Club, puisque la surface de jeu était un goudron gris, granuleux, avec le seul avantage d'être aussitôt sec après la pluie. Nous nous sommes assis, et je me suis serré contre elle. Après un long moment de silence, Barbara a murmuré : « *I'll tell you nothing about me...* » (« Je ne te dirai rien sur moi... »). Je la serrai plus fort, en signe d'approbation. Je ne voulais rien savoir en effet mais, plus que jamais, je brûlais de voir. Je me suis levé et je l'ai entraînée plus bas, dans la partie du jardin la plus éloignée de l'immeuble, la plus sombre aussi, là où le gazon épais descendait jusqu'au bord du mur en surplomb sur la prairie. Nous nous sommes allongés. Barbara ne disait mot, toujours dans cette humeur étrange – *strange mood* – que je lui avais trouvée au retour de Hampstead, et dont je ne voulais lui demander aucune explication. Pas un mot, surtout. Je n'avais en tête que des gestes silencieux et, plus fort que tout, le désir de voir. Voir, voir, voir. Voir jusqu'à plus soif. Voir jusqu'à épuiser l'image et que le noir se perdît dans le noir. Elle portait une robe très simple, courte, sans manches : je l'ai relevée, remontée sur ses cuisses. J'obligeai Barbara à soulever ses reins pour continuer de mettre son corps à nu. Quand le nombril est apparu, j'ai estimé que c'était assez. Elle gardait les jambes serrées, elle faisait la morte, ou la sotte, ou la planche. J'ai fourré mon visage là même où sa petite culotte était encore cet obstacle qui cache et qui désigne à la fois. Elle ne desserrait pas les cuisses. Alors, j'ai tiré doucement sur la lingerie, j'ai pris tout le temps de la faire glisser jusqu'aux chevilles. Et puis j'ai renoncé à tout ce que je venais de mettre à nu, et je suis revenu au-dessus de son visage, tout contre elle, comme si de rien n'était. Elle gardait les yeux fermés. Je l'embrassai sur les paupières, sur les lèvres, elle ne réagissait pas, elle se laissait faire. Je caressai sa poitrine sous la robe troussée : les seins appellent moins le regard que la main. Je n'avais pas besoin de les voir, il me suffisait de les tâter, de les peloter, de les titiller : là au moins, Barbara ne pouvait cacher sa réaction, et ce qui restait invisible se vérifiait sous les doigts, au toucher. Dureté, raideur, tension émouvantes de la chair qui trahit son trouble, là même où elle n'est que douceur et innocence : chez les filles, l'érection des tétons n'est que ce signal charmant, sans impudence, sans arrogance, sans agressivité. Si je me représente la scène, je me vois accroupi en culottes courtes comme au-dessus d'un personnage de sable sur une plage, modelé par les mains d'un enfant. Nous ne devions pas ressembler à un couple enlacé qui flirte outrageusement dans l'ombre d'un jardin, car je m'affairais au-dessus d'elle avec la distance d'un sculpteur par rapport à son matériau. Je revins au bas du corps et à ce que je voulais voir et, comme Barbara restait toute raide, je la saisis à un genou et je l'écartai, l'obligeant à plier la jambe et à la séparer de l'autre. L'image était enfin là, apparue, visible, noire et brillante, dans le noir. Je me suis assis en prenant du recul, loin d'elle, en tout cas loin de son visage, près du pied de sa jambe restée étendue. Et je regardais, je n'en finissais pas de voir, l'image était inépuisable. Je ne bougeais pas, je ne disais mot, les mots n'existaient plus, cela dura peut-être une heure. Il y avait une exagération du temps, une dilatation de la vision, un abus du regard. C'était à proprement parler une « prise de vue », une photographie, une pause très longue pour que l'image s'impressionne, malgré la faible lumière. C'était deux ouvertures face à face : celle du corps, discrète, et celle de l'œil, maximale, comme un objectif avide de lumière et de temps. Peut-être est-ce dans ce moment précis que me sont venus le désir de photographier cela – j'avais commencé à faire des photos deux ans plus tôt, en empruntant le Rolleicord de mon père, mais je ne mettais en scène que mes jouets et des objets usuels, dans des compositions inspirées par des natures mortes – et la conscience que cette image était la seule que je recherchais, qui me fascinait, qui me fixait, parmi toutes les images fixes. J'admirai en Barbara son sens de la situation, sa justesse, je l'aimais de ne pas bouger d'un poil – c'est tout juste si je la voyais respirer –, de ne manifester aucune surprise, aucune interrogation, aucune impatience, aucun agacement, aucune lassitude, pas même la crainte de voir quelqu'un surgir qui l'eût trouvée là dans cette posture, dans cet abandon indécent face à un petit garçon. Je nous imaginais demeurant ainsi jusqu'à la fin des temps. Et j'éprouvais le sentiment d'une gratitude dont la mesure était l'infini. Barbara me donnait tout ce que je voulais lui prendre sans la toucher, c'est-à-dire tout ce que je pouvais emporter d'elle au fond de mon regard. L'image n'en finissait pas de s'impressionner, de m'impressionner, de se déposer au fond de mon œil.

Nous aurions pu passer là toute la nuit, oubliant mon rendez-vous de onze heures avec Mme Buss, que le protocole bouleversé de la journée n'avait pas annulé (justement, les mots se rappelaient à moi). Il arriva un moment, non pas d'épuisement de l'image ou de saturation de son dépôt au fond de moi, mais de conscience que je ne pouvais demander rien de plus, que Barbara avait été aussi loin que possible dans le don d'elle-même, que je n'avais plus rien à lui prendre, qu'il fallait au contraire lui donner quelque chose en échange, à vrai dire « lui rendre » était le terme qui convenait le mieux, comme on dit « rendre hommage » – *to pay homage*. Depuis les genoux, je caressai l'intérieur de ses cuisses, dont la peau semblait devenir plus douce encore en approchant de l'image. Je n'usais d'aucune force mais seulement de l'effleurement pour qu'elle s'ouvrît plus, qu'elle s'offrît mieux encore à ce que je voulais lui offrir. J'avançai le visage vers cette image que maintenant mes mains cadraient, emprisonnaient. L'image était là, toute proche, vue d'aussi près que possible, avec une netteté extrême, cadre serré, en gros plan. Mais ce n'était plus une image, il n'y avait plus de fixité, c'était une chair vivante, humide, plus précise qu'aucune image fixe, parce que le temps, au lieu de l'étirer dans le mouvement, l'enfermait dans autre chose : le suintement, l'écoulement. Telle est la révélation des images fixes : il arrive toujours un moment où elles commencent à laisser couler du temps. Elles sont cela : du temps qui suinte, qui s'égoutte, qui filtre, qui s'écoule, une perte du temps. Alors me revint le texte, la légende de l'image : éperdument, les yeux fermés, je fis à Barbara en cette nuit de fin juillet, sur une pelouse au bas du jardin de Highpoint à Londres, ce qu'un homme faisait à la petite Arlette, tous les jeudis, dans les toilettes du square de la porte de Saint-Cloud à Paris, quelques années plus tôt. Mais tout s'inversait : Barbara était une grande, et c'était moi qui avais treize ans. Je me montrai précis, doux, insistant, appliqué, inlassable, indiscret, affectueux, fidèle. Un chien.

À nouveau, cela aurait pu durer interminablement, j'aurais pu continuer jusqu'au matin. Mais Barbara s'est brusquement ouverte, acceptant tout, et comme me donnant accès pour que j'entre tout entier en elle, plongeant la tête la première comme dans l'eau noire de la piscine, et j'aurais voulu être ce plongeur puis ce nageur au fond d'elle, m'immergeant longuement avec des larges mouvements des bras et des jambes, pour remonter jusqu'à sa surface, être là, sous sa peau, être en elle, être elle.

M'être glissé comme une simple couche parmi celles de l'image. Et puis d'un coup, elle s'est refermée, la pause longue était terminée, le film entier de ce que je venais de faire était impressionné et emprisonné au fond de ce corps comme dans une chambre noire. Elle m'a saisi aux cheveux et a tiré ma tête jusqu'au-dessus de son visage. J'ai vu qu'elle allait dire quelque chose, et elle a perçu dans mon regard un espoir de silence. J'avais la figure toute trempée d'elle : elle m'a essuyé avec ses mains, comme un enfant souillé par sa gourmandise. Nous ne savions combien de temps était passé et il y avait urgence à mettre fin à notre disparition. Nous nous sommes relevés à la hâte, nous avons remonté tout le jardin, traversé le hall intimidant où un ascenseur conduisait à des appartements dont nous n'aurions plus su quoi faire. Dehors, sur North Hill, j'ai poussé Barbara à rentrer seule par Broadlands Road, tandis que je passerais par la prairie et par l'arrière de la maison, pour éviter que l'on nous vît revenir ensemble. Elle s'est éloignée sans rien dire, et s'est retournée pour m'adresser un petit geste de la main, à hauteur de ses hanches.

À cet instant, le monde aurait dû s'arrêter s'il m'avait obéi. En tout cas, ses lois physiques étaient bouleversées. J'ai traversé à nouveau le hall intimidant de Highpoint, comme celui d'un palais qui m'aurait appartenu depuis toujours, et que je pouvais quitter et abandonner avec désinvolture. J'ai redescendu le jardin jusqu'à l'endroit où la pelouse était encore couchée. Il y avait là, oublié, indice d'un viol, le slip de Barbara qui eût sans doute provoqué un scandale et une enquête si quelqu'un l'avait trouvé, car on eût soupçonné des actes impliquant une jeune fille de l'immeuble. Je l'enfouis dans ma poche. Près de la piscine, là où le mur avait été aménagé pour être escaladé, je sautai dans le vide et dans le noir sans hésiter, considérant que Barbara ne m'avait pas quitté, qu'elle était toujours auprès de moi et que je ne pouvais pas la décevoir en étant moins intrépide, moins casse-cou que l'autre fois. La pesanteur n'était plus la même, mon corps n'avait plus le même poids et, de fait, je ne ressentis pas la même douleur aux talons en me récupérant. Marchant à travers la prairie, chaussé de bottes de sept lieues, je bravais l'espace et la nuit, je tâtais dans ma poche la pièce de coton, comme longtemps j'ai semblablement tâté, entre le pouce, l'index et le majeur, un morceau d'ouate, accompagnant cette manipulation compulsive d'un mouvement répété de la langue caressant la voûte du palais : sorte de baiser que pendant des années je me donnais à moi-même, en attendant celui dont Barbara m'avait appris l'incomparable délice lors d'un soir de concert à Kenwood. Il m'arrivait d'ailleurs encore de trouver ces morceaux de coton hydrophile au fond d'une poche gauche de mes culottes courtes, et de reprendre mécaniquement le mouvement accordé de caresse et de succion. Maintenant, je caressai le tissu de coton et je recommençai à téter, à laper, à lécher, à boire.

28

Quand je pénétrai dans la maison par la porte du jardin, mon impression que le monde physique avait changé se confirma : à l'intérieur, l'odeur était légèrement modifiée, la lumière des lampes ou des plafonniers ne tombait pas de la même façon sur les meubles, sur les objets, il y avait des brillances inédites, des éclats colorés, des reflets que je n'avais jamais vus. L'explication triviale était qu'un grand ménage avait eu lieu, qu'on avait épousseté, lavé, briqué, astiqué, débarrassé, replacé, remplacé, et qu'il y avait partout, dans tous les vases disponibles, de jolis bouquets de fleurs coupées.

Dans la salle commune, la table était mise pour le petit déjeuner comme à l'accoutumée, mais partout, sur les dessertes, les buffets, les étagères, il y avait des plats, des saladiers, des coupes, des corbeilles, des compotiers, qu'on devinait remplis de victuailles, sous le linge qui les couvrait. Même le salon immuable semblait avoir été visité par une fée du logis, car si tout était là comme depuis tant d'années, sans changement visible, on aurait dit pourtant que l'aménagement et la décoration n'étaient achevés que depuis quelques minutes, les derniers ouvriers étant à peine repartis avec leurs pinceaux et leurs outils. Je vis d'abord M. Buss endormi dans son fauteuil en velours de Gênes, avec un sourire confiant : en quoi peut-on avoir confiance, dans l'inconscience et l'oubli du sommeil ? Peut-être en le sommeil lui-même, en sa vertu d'oubli. Décidément, rien n'était tout à fait comme d'habitude, car je trouvai ma place prise : Kate jouait aux *chinese checkers* avec Mme Buss qui me lança : « *The french boy is late !* » (« Le petit Français est en retard ! »), mais il n'y avait pas, dans cet accueil, le ton de réprobation que j'aurais pu craindre : Mme Buss avait renoncé à la morale de son droit coutumier, résolument entrée dans un état de béatitude. Kate m'a fait une place à côté d'elle, dans le fauteuil où d'habitude je me perdais comme un petit prince sur le trône d'un roi, et elle m'appela : « *Come here and help me* » (« Viens ici et aide-moi »). Dans la partie en cours, Kate était en mauvaise posture, et je ne pouvais pas faire grand-chose, sans compter qu'il valait peut-être mieux laisser l'avantage à notre adversaire et ne pas la dégriser. Mme Buss m'a demandé : « *Where have you been so late ?* » (« Où étais-tu si tard ? »). Je tâtais le linge de coton dans ma poche et je répondis sans mentir que j'avais été à Highpoint, d'où j'étais rentré à travers la prairie. Lorsque je m'assis à côté de Kate, je dus tirer la main de ma poche et je frôlai le muscle ferme de sa cuisse. Alors Kate a évoqué le dîner dans la pizzeria italienne, et elle a confirmé à Mme Buss la justesse de leurs soupçons quant aux motifs de mon assiduité à fréquenter cet établissement, où la jolie serveuse danoise semblait bien me connaître et m'apprécier : dans le rôle de la « cafeteuse » Kate était un amour, et je n'eus pas la réaction de contestation ou de protestation que l'on aurait pu attendre de moi car, au contraire, j'aurais plutôt couvert la moucharde de baisers. Dans la bienveillance que lui inspirait son état, comme enceinte d'elle-même, c'est-à-dire de celle de qui elle accoucherait le lendemain, pour le grand jour, Mme Buss me proposa d'inviter la jolie Danoise à venir prendre le thé et faire une partie de croquet. Je répliquai que je lui avais déjà fait mes adieux. Nous perdîmes la partie mal engagée, et je pris soin de laisser longtemps la suivante incertaine, ce à quoi contribuaient les maladresses et les erreurs que je laissais commettre à ma partenaire. Je me demandais si mon association avec Kate devait être victorieuse ou si, au contraire, il fallait lui montrer que notre entente était vouée à l'échec. Mais en soupesant le pour et le contre, je continuais à jouer, et l'intelligence du jeu, qui inspirait les mouvements, fut plus forte : nous l'emportâmes. Mme Buss nous arrêta là et elle réveilla M. Buss, qui avait laissé passer l'heure et se croyait sans doute dans son lit, lui rappelant le lever matinal qu'exigerait – à titre exceptionnel pour un samedi – le programme du lendemain. Elle avait même dit le « merveilleux programme » (« *marvellous program* »), mais, voyant le visage triste de Kate, elle s'était ravisée, rajoutant qu'il eût été plus merveilleux encore si ce jour-là n'avait pas été celui de son départ. Je ne revis pas Barbara cette nuit-là, mais je me couchais en tenant le slip de coton blanc dans ma main gauche, et parfois je le promenais sur mon corps, sur mon sexe, et puis sur mon visage. La possession de ce sous-vêtement de fille, si intime, me semblait un privilège extraordinaire, mais aussi un butin inavouable, interdit, dont la découverte entre mes mains m'eût plongé dans l'embarras le plus extrême. Car, quelle qu'en fût l'explication, la détention d'un slip de fille était infamante : soit elle était la preuve d'une relation illicite avec celle à qui il appartenait, soit elle révélait mon intérêt pour un accessoire étranger à l'équipement des garçons, et que seuls les garçons un peu bizarres – j'avais appris le mot *queer* – pourraient s'amuser à posséder et à porter. Si on m'avait demandé ce que je faisais avec un slip de fille, je n'aurais su quoi dire et j'aurais été mortifié. Peut-être n'aurais-je trouvé d'autre réponse que d'affirmer l'avoir trouvé par hasard dans mes bagages, glissé par erreur par ma grand-mère, et m'en servir pour lustrer mes chaussures. Mais dans l'obscurité de la chambre, je reniflais le linge, je continuais de le promener sur mon corps, sous le drap, de l'accrocher à mon sexe en érection comme à un clou et, à partir de ce point fixe, de tirer sur les élastiques jusqu'à les rompre, exaspérant la raideur et le gonflement de ce qui, en moi, eût cherché à être le contenu encombrant de ce dont ce bout de chiffon était le discret et charmant contenant.

29

Au matin, je fus réveillé par des coups frappés à ma porte : Mme Buss me pressait de me lever et de libérer la chambre afin qu'elle pût être préparée avant l'arrivée du professeur de latin-grec et de son épouse. Je tenais encore le slip de Barbara dans ma main gauche, et je me dépêchai de l'enfourner dans la poche de mes culottes courtes. Je m'habillai à la hâte et, à peine sorti de la chambre, je trouvai la maison dans une effervescence que je découvrais être celle des grands jours. Pour la première fois, je tombai sur Auntie Chrissie de bon matin, sans chapeau ni manteau, autant dire toute nue. Le vestibule était le centre d'une activité intense. M. Buss, en bras de chemise et bretelles, revenait dans la maison après avoir sorti du garage la vieille Morris Minor, dans laquelle il conduirait son épouse et Auntie Chrissie jusqu'au collège, tandis que les autres iraient à pied. Kate apparut, traînant dans l'escalier deux grosses valises qu'elle déposa devant la porte : des amis devaient venir la chercher pour l'emmener en voiture à l'aéroport. Mme Buss s'était précipitée dans ma chambre avec une paire de draps propres. Elle me demanda de l'aider à refaire le lit et me recommanda de n'oublier rien dont je pouvais avoir besoin. Elle me donna une autre paire de draps pour le lit de Kate qui, à peine libéré, devenait le mien pour la nuit prochaine. Kingsley se montra à son tour, et sa coupe de cheveux – *hair cut* –, rase dans la nuque et sur les tempes, lui donnait sous certains angles un air martial mais, vu de face, le toupet blond qui lui restait au-dessus de ses joues roses, m'évoqua à nouveau un croisement de Tintin et de Superman. Ses chaussures noires n'avaient jamais été aussi soigneusement cirées et lustrées, jamais aussi brillantes, mais son nœud de cravate était à refaire. Suzann et Rosalind, dans la salle du petit déjeuner, n'avaient encore endossé, par précaution, que la moitié de leurs toilettes, mais déjà leurs chaussures à talons rendaient sur le carrelage un son inhabituel. Mme Buss demanda à Kate, qui repartait vers sa chambre, de m'aider à m'y installer et à changer les draps. Je montai derrière elle – peut-être était-ce, pour elle, la dernière fois – jusqu'au deuxième étage, et lorsqu'elle poussa la porte, toute une partie de la pièce apparue vidée, étrangère. Dans l'autre moitié, tout était intact et je vis Barbara sortir de la salle d'eau en peignoir. Kate avait tiré et jeté par terre les draps de son lit. Son visage était fermé. Je vins l'aider. Quand le lit fut fait, elle me regarda et demanda : « *Will you sleep in this bed ?* » (« Dormiras-tu dans ce lit ? »). En guise de réponse, je m'y jetai et fis semblant de m'endormir aussitôt avec un profond ronflement. Mais je tripotais le linge de coton dans ma poche gauche. Kate s'est assise au bord du lit, et j'ai senti ce même fléchissement du matelas que lorsque Barbara, dans son lit identique, était venue me retrouver vers cinq heures du matin. Kate me tournait le dos, le visage orienté vers cette fenêtre où tant de fois, le soir tombé, j'avais guetté depuis la rue une lumière et une ombre s'y découpant. J'ai pris sa main et je l'ai longuement serrée. Entre-temps, Barbara s'était habillée, sans frais particulier de toilette : aucun vêtement, aucune parure ne pouvait la rendre plus belle qu'elle n'était. Elle avait fourré quelques affaires dans le sac de matelot qu'elle emportait avec elle, lorsqu'elle passait la nuit chez Michael, deux ou trois samedis par mois. Et nous sommes descendus tous les trois, les filles devant et moi derrière – j'arrivais ainsi à être le plus grand –, tenant chacune d'elles par le cou. Je prenais conscience dans ces moments que, grâce à mon aventure avec Barbara, Kate avait fini (trop tard) par me paraître désirable : je ne me serais sans doute pas intéressé à elle si elle avait été seule dans la famille Buss, car sa beauté ne m'aurait pas spontanément attiré. Mais étant passé par celui de Barbara, le corps de Kate me devenait accessible, j'en comprenais les mérites et les avantages, j'entrevoyais l'intérêt de la différence, de la nouveauté, et j'en éprouvais de l'émotion alors que j'étais entre elles, leur petit frère, tenant chacune de ces sœurs par la nuque au bout de mes bras. Je découvrais que, loin de disqualifier la beauté relative, la beauté absolue la requalifie par rapport à d'autres critères, faisant apprécier le charme infiniment troublant de l'imperfection.

Le petit déjeuner était pris dans le plus grand désordre. Suzann et Rosalind quittaient déjà la table, prêtes à remonter pour compléter leurs accoutrements. M. Buss était maintenant en veste, un œillet rouge à la boutonnière. Hoppy était attablé, mais l'on pouvait admirer son magnifique blazer en tissu écossais. Auntie Chrissie, chapeau sur la tête, buvait exceptionnellement une tasse de thé avec les autres, mais elle restait debout. Barbara et Kate s'assirent côte à côte et moi face à elles. La sonnette a retenti pour la forme, car la porte d'entrée était restée largement ouverte. Les amis de Kate étaient là, un peu en avance par précaution. Ils furent invités à se joindre au breakfast, mais le jeune homme proposa de charger les bagages sans attendre et je me précipitai pour l'aider. Nous portâmes les deux grosses valises de Kate dans une petite Ford dont je fus ravi de découvrir que c'était un modèle que je possédais parmi mes *Dinky Toys* : les amis de Kate et moi nous avions la même voiture.

Quand nous sommes revenus dans la salle, Kate et Barbara étaient déjà debout. Kate m'a embrassé sur les joues, et m'a dit à l'oreille, mais avec la même intonation que lorsqu'elle m'avait lancé ces mêmes mots dans la rue : « *Be nice !* », et elle a ajouté : « *Take care... Bless you !* » (« Prends soin de toi... Sois béni ! »). Je restais seul dans la salle commune tandis que toute la maisonnée se pressait dans le vestibule pour les adieux. Il y eut un très doux brouhaha où se mêlaient des voix d'hommes et de femmes, de divers âges et avec diverses variétés d'anglais, un babil en demi-teinte. Barbara revint la première : elle sanglotait. Elle était désemparée, inconsolable, elle semblait seule au monde et, devant son chagrin, plus encore que de la tristesse, j'éprouvais un sentiment de féroce révolte : un monde qui pouvait mettre un tel être dans une telle détresse était injuste et répugnant, et je voyais près d'elle, déjà entre nous, la figure hideuse et ricanante de la séparation. Nous quittant, Kate se séparait de nous, mais elle plaçait aussi de la séparation entre nous, le vide de sa place se distribuait en vides qui nous éloignaient un peu les uns des autres. Barbara s'était assise, le visage caché dans les mains, j'étais debout face à elle, de l'autre côté de la table, impuissant à la réconforter, et j'ai vu le point bleu à son petit doigt gauche. Je ne savais quoi faire. Je suis allé jusqu'à elle, je me tenais droit derrière sa chaise : je voulais rester aussi longtemps que possible du même côté qu'elle de la séparation, car je sentais bien que ce même mouvement qui avait emporté Kate, déjà s'emparait de moi et aurait fatalement raison de ma résistance quatre jours plus tard. Je me représentais, au matin du mercredi 31 juillet, Barbara semblablement assise à cette même place, le visage dans les mains, alors que se serait refermée derrière moi la porte du 15, Broadlands Road à Londres. Je lui caressais les cheveux et je ne fus pas gêné de ce geste, inexplicable en d'autres circonstances, lorsque Auntie Chrissie, M. Buss et Hoppy revinrent dans la salle. Finalement, Barbara s'est levée, le visage ruisselant de larmes, elle voulut monter dans sa chambre et je pouvais maintenant la suivre puisque c'était aussi la mienne.

Dans le vestibule, à ce moment même, arrivait un couple avec un sac de voyage et je reconnus le professeur de latin-grec. Nous pressâmes le pas dans l'escalier et, sur le palier du premier étage, nous sommes tombés sur Mme Buss qui ne parvenait pas à fixer le fermoir de son étole de renard, dont une bretelle pendait, qui aurait dû s'attacher à la partie dorsale, si l'on peut dire. Elle ne fut pas surprise de me voir là, trop contente de me réquisitionner pour lui venir en aide. Barbara continua seule. Mme Buss était un peu énervée car je mettais du temps à comprendre la logique du renard, et j'avoue que je me sentais moins à l'aise avec les pièces de fourrure qu'avec celle de coton blanc, plus habile à défaire qu'à fixer, à dénuder qu'à emmailloter. Je trouvai enfin la solution et Mme Buss, soulagée, ravie, me gratifia d'une bise en guise de pourboire, et ne s'étonna pas de me voir grimper à l'étage au-dessus. Le sac de matelot de Barbara était posé sur son lit. Je la trouvai devant son miroir de toilette à se rafraîchir le visage. Alors, pour la faire rire, je tirai sa petite culotte de ma poche, et la lui passai sur les joues. Mais elle crut d'abord que c'était un simple mouchoir, et il fallut que je l'exhibe. Barbara poussa un cri d'étonnement, elle eut un éclat de rire et puis, dans le même hoquet, elle recommença à pleurer : c'était raté.

Barbara s'est assise sur le lit à côté de son sac. Elle n'en finissait pas de renifler. Je pouvais la dominer de haut, elle devenait une petite fille qui pleurniche, et qui donne envie de la consoler. Je me plantai devant elle, je pris sa tête dans mes mains et je l'appuyais contre mon ventre, j'aurais voulu qu'elle sente que j'étais raide, comme je disais alors pour « bander », mais c'était un peu plus bas. Elle commença à rire parce qu'elle avait quand même compris : elle vérifia d'abord de la main, par-dessus le boutonnage, et puis – appréciable avantage des culottes courtes – elle la glissa par l'ouverture d'une jambe. Elle tâtait avec douceur, et puis elle s'est levée, elle était sérieuse à nouveau. Elle m'a demandé si j'allais revoir la jolie serveuse danoise et j'ai répondu que oui, le soir même, puisqu'elle, de son côté, passait la nuit chez Michael. Alors, elle s'est emparé du sac de marin par le fond et l'a vidé sur le lit. Je découvrais tout un tas d'objets répandus qui me parurent plus adorables les uns que les autres : peigne, brosse, brosse à dents, tube de pâte dentifrice, mouchoirs de papier, flacon d'eau de toilette, soutiens-gorge, chaussettes, pull, marinière, et, semblable à celle dont je conservais un exemplaire, une petite culotte. Puis, d'un mouvement violent, Barbara a balancé le sac vide à travers la pièce et, venant coller son nez contre le mien, elle m'a dit, serrant les dents : « *You won't!* » (« Tu n'iras pas ! »). Nos visages se touchaient, elle me regardait fixement, je ne lui avais jamais trouvé un air à la fois aussi désemparé et aussi déterminé, aussi doux et aussi dur. Elle a ajouté : « *You'll wait for me!* » (« Tu m'attendras ! »). Nous étions restés les derniers dans les étages, car maintenant tout le monde était rassemblé dans le vestibule. Barbara enfila une veste, et moi un blouson de toile qui était ma tenue la plus élégante, et nous descendîmes à la hâte.

30

Nous eûmes la chance que toute la petite compagnie fût dans l'effervescence du départ vers le collège, car en d'autres circonstances notre apparition, ensemble dans l'escalier, et les derniers prêts à partir, eût sans doute suscité quelques questions. M. Buss sortit le premier, ouvrant la marche, et Mme Buss eut quelque peine à s'installer dans la voiture sans gâcher l'une ou l'autre partie de sa toilette : il fallait veiller à ne pas cabosser le chapeau, à ne pas griffer les chaussures, à ne pas écraser le museau du renard, à ne pas craquer une couture de la robe, à ne pas laisser le petit sac et le mouchoir de soie se prendre dans la portière. Auntie Chrissie, au contraire, prit aisément place à l'arrière, montrant son habitude des taxis et peut-être même des limousines de maître avec chauffeur. Hoppy hésita à jouer les princes consorts auprès d'Auntie Chrissie ; son âge était à mi-chemin entre celui des parents et celui des enfants, il était une sorte d'être intermédiaire – vieux garçon encore jeune –, et il réussit à se faire oublier, car il préférait aller à pied avec nous. La Morris Minor rutilante quitta le 15, Broadlands Road comme la Rolls Royce royale aux armes d'Elizabeth II quittait Buckingham Palace, mais Mme Buss, ignorante du protocole aristocratique, était allée s'asseoir à côté du chauffeur, tandis qu'Auntie Chrissie savourait pleinement d'être à l'arrière, la place noble. Nous laissions derrière nous, fermée à double tour, la porte dont la serrure n'était habituellement tournée qu'à minuit par Mme Buss, sur la maison bien pleine de tous ses occupants, cette maison qui restait maintenant si vide et qui, avec le départ de Kate, ne retrouverait plus jamais la configuration d'êtres que je lui avais connue. Je n'avais pas revu le professeur de latin-grec, accompagné de sa femme, qui s'était contenté de déposer son bagage, pressé de rejoindre le corps enseignant et à qui, après lui avoir pris cette chambre qui m'était devenue si chère, je devais maintenant la faveur d'en être chassé pour être expédié, le temps d'une nuit, dans la seule autre pièce et dans le seul autre lit dont j'acceptais l'intimité étrangère, et où je rêverais à la présence de celle dont tout le décor et chaque objet crieraient l'absence. Après le départ de la voiture officielle que nous fûmes tentés d'applaudir, sur le perron, nous restions donc entre jeunes, avec pour aîné responsable Hoppy, mais dans notre petite bande nous comptions cependant le héros de toute cette journée : Kingsley. Nous étions trois filles et trois garçons et, naturellement, pendant tout le parcours d'une quinzaine de minutes jusqu'au collège à l'entrée de Highgate Village, je me tenais auprès de Barbara, laissant les autres s'organiser en couples comme bon leur semblait. Suzann et Rosalind, dans leurs tenues qui se répondaient, marquaient clairement leur indépendance, et n'acceptaient de figurer au bras de Hoppy, pour l'aînée, et au bras de son frère Kingsley, pour la cadette, qu'à titre provisoire et protocolaire, et il était clair que le petit Français, accroché à la grande fille de Trinidad, formait avec elle, dans leurs esprits, un couple de comédie, quelque chose comme Chérubin et la Comtesse, mais ces références, outre qu'elles étaient trop françaises, eussent été encore bien trop flatteuses à leurs yeux.

À peine arrivés dans la cour où se pressait la foule à l'entrée des bâtiments de brique et de granit gris du Highgate College, nous perdîmes Kingsley de vue, car il dut rejoindre les rangs de ses camarades, tandis que Suzann et Rosalind s'orientaient en fonction de leur instinct de ce genre de situation et des personnes qu'elles identifiaient. À l'évidence, elles n'avaient pas trop envie de s'embarrasser de nous et elles semblaient prêtes à ne plus nous connaître. L'ambiance était plutôt enjouée malgré la solennité et les élégances. Un ciel bleu, joliment pommelé pour éviter la facilité et la monotonie d'une couleur uniforme, auxquelles ne cèdent que les peintres médiocres, donnait à la lumière un ton juste : gai sans vulgarité, optimiste sans tambour ni trompette. Suzann et Rosalind s'étaient faufilées au-devant de quelques connaissances flatteuses et, déjà, elles nous avaient faussé compagnie. Hoppy avait été intercepté par un compatriote dont le kilt était du même tartan que la housse écossaise de ma raquette de tennis : je fis remarquer à quel point la jupette eût été seyante sur moi et assortie, pour nos parties au Highgate Lawn Tennis Club. Barbara et moi ne savions ce que nous faisions là. Mais soudain, chacun de nous a été pris par un bras : c'était M. Buss qui revenait du terrain où les invités garaient leurs voitures et, content d'être tombé sur nous, il en oubliait où il voulait aller, ne sachant même pas s'il devait nous y conduire. Il tournait sur place, déjà étourdi, mais la forte aimantation qui le reliait depuis tant d'années à son épouse lui indiqua le nord à sa boussole intérieure, et nous arrivâmes en effet parmi un cercle où Mme Buss était le personnage le plus imposant, au centre, celle dont l'élégance paraissait la plus méritoire car, en effet, comment vêtir un tel corps ? Et aussi, ne parvenant pas à en être revêtu, comment ce physique pouvait-il exhiber la parure en renard sans un certain ridicule ? Mme Buss était au-delà des critères convenus de l'élégance : son élégance était dans sa volonté d'élégance, son élégance était dans ce désir qui ignorait l'impossibilité qu'il fût satisfait. Les femmes qui l'entouraient donnaient à mesurer la différence des conditions sociales : elles étaient élégantes avec naturel, avec facilité, mais aussi avec cette aisance légèrement excessive qui rendait l'élégance un peu irritante, comme peut l'être un avantage de la naissance, acquis sans mérite et pour toujours, tellement moins émouvant que ce qui ne s'acquiert, avec effort, que pour un instant. Les élégantes qui entouraient Mme Buss, réduites malgré tout à constituer sa cour ou ses satellites du fait de sa prestance, de son gabarit et des lois de la gravitation universelle, devaient être semblablement élégantes tous les jours de la semaine, à toutes les heures. Mme Buss, elle, ne prétendait à l'élégance qu'un jour par an. Je mesurais tout l'effort dont j'avais été le témoin et parfois même l'assistant, modestement, pendant l'irrésistible ascension de ce mois de juillet jusqu'à ce dernier week-end et jusqu'à ce samedi du Speech Day. En fait, je ne connaissais pas la Mme Buss de novembre ou de février, qui devait être bien différente. Celle de juillet jouait certains après-midi au croquet dans son jardin, et tous les soirs aux *chinese checkers* dans son salon avec un jeune garçon français distingué – *a distinguished french boy*, disait-elle, quand elle était contente et fière de moi – qui, faute d'un régime aristocratique dans son pays, et pour cette seule raison – on ne doutait pas que coulât du sang noble dans mes veines –, ne pouvait être un petit lord à ses côtés. Et pendant ce mois de juillet, Mme Buss préparait la robe, le chapeau et les accessoires qu'elle porterait au cours de cette cérémonie où son fils serait au coude à coude avec de futurs ducs et de futurs comtes. J'avais résolument pris le parti de Mme Buss et je me vengeais intérieurement de toutes celles qui la toisaient avec des sourires supérieurs et condescendants : je décrétai que les toilettes dont elles étaient si fières les auraient cataloguées parmi les « ploucs » dans les salons de thé, les réceptions mondaines et les défilés de mode où j'accompagnais ma mère, à Paris.

Dans le grand préau de l'école, il y eut d'interminables discours – le Speech Day se devait de mériter son nom –, prononcés dans une langue anglaise dont je découvrais que celle de Mme Buss était l'imitation un peu scolaire : mon institutrice n'était pas venue au monde avec cette langue, certes née dans le même royaume mais pas dans la même classe sociale. Et de cette imitation, j'étais moi-même l'imitateur. Je pouvais maintenant entendre la version originale, inimitable, non pas que la prononciation, la diction, le ton eussent été si difficiles à singer et à acquérir, mais simplement parce qu'il faut avoir la conviction de cet état de langue, parce qu'il faut croire à cette Angleterre, et aussi, plus subtilement encore, en dépit de la familiarité de l'expression, parce qu'« il faut y croire », comme on dit. On peut toujours apprendre à choisir un tweed et la coupe d'une veste chez un tailleur de Bond Street ou d'Oxford Street, on peut toujours apprendre à ne porter que des souliers faits sur mesure chez un chausseur de la City, à les cirer et à les faire ressemeler pendant trente ans, mais on ne peut apprendre à porter la veste et les chaussures avec la conviction qu'on ne pourrait porter rien d'autre, ni être autrement habillé. C'est cette conviction, ou ce credo, qui fait l'Anglais : l'Anglais qui parle la langue anglaise dont je parle, et l'anglais ainsi parlé.

Pour suivre le programme de la journée, il suffisait de se laisser porter. Cette foule des parents d'élèves du Highgate College semblait avoir la connaissance et la mémoire de tout cela comme un corps collectif qui se les transmettrait à lui-même, patrimoine héréditaire, de génération en génération, les messieurs qui jouaient aujourd'hui le rôle de pères ayant, trente ou quarante ans plus tôt, porté l'uniforme à blazer et à casquette aux couleurs grise et aubergine. Barbara et moi nous restions ensemble et, de temps en temps, des personnes qu'elle connaissait par la famille Buss la saluaient, lui demandaient des nouvelles – il était toujours question de Kate… – et j'avais l'impression, quand elle me présentait, de figurer parmi les nouvelles qu'elle donnait : j'étais la nouveauté apparue en cet été 57, au 15, Broadlands Road. Hoppy était toujours ravi de nous croiser, toujours sympathisant et complice de notre cause, sans chercher à savoir ce qu'il cautionnait par sa sympathie et sa complicité et, en bon caissier de la Banque d'Écosse, il semblait comptabiliser le nombre de fois qu'il nous retrouvait ensemble, avec un plaisir malicieux. À l'inverse, Suzann et Rosalind se montraient de plus en plus distantes, réprobatrices, revêches, résistant aux mouvements browniens qui nous rapprochaient d'elles au hasard de la matinée. Mme Buss, elle, était de plus en plus affable, elle fondait de plaisir quand nous nous retrouvions à ses côtés et que nous pouvions être à la fois les témoins de sa gloire et exhibés comme ses partisans. M. Buss avait finalement adopté le même sourire confiant que lorsqu'il dormait : il était donc tout aussi confiant à l'état de veille, et même dans les situations les plus animées. Personne ne connaissait ses opinions politiques, peut-être pas lui-même, mais la philosophie qu'exprimait son sourire était l'optimisme modéré, et il fallait avoir vu son sourire confiant l'œil ouvert, pour comprendre qu'il ne s'agissait pas – en dépit des apparences, à certaines heures – d'une confiance les yeux fermés. Quand nous revîmes Kingsley, de retour des différents podiums et estrades où il avait dû monter pour recevoir des prix et des félicitations – *congratulations* –, il nous manifestait une bienveillance pleine de bonhomie mais comme si, en même temps, il avait été gêné de sa propre naïveté. Autrement dit, il jouait avec loyauté le rôle qu'on attendait de lui en ce jour, mais il savait que nous avions une autre perception et, tacitement, il nous donnait raison. Il me sembla l'exemple même du « type bien ».

Mes relations avec Barbara, pendant tous ces moments où nous restions ensemble parmi une foule étrangère, c'est-à-dire pour d'autres raisons que celles qui nous rapprochaient habituellement, finissaient par nous tromper nous-mêmes : nous étions pris à notre insu par les rôles d'une certaine représentation. Et je crois que je ne faisais plus le rapprochement entre le linge de coton que je continuais à tripoter dans la poche gauche de mes culottes courtes et la jeune femme, vaguement connue de moi, avec qui je restais sans la quitter d'une semelle, parce que je connaissais tous les autres encore beaucoup moins bien, c'est-à-dire pas du tout. En fin de matinée, il y eut dans la piscine, qui était à l'intérieur des bâtiments principaux, les finales des épreuves de natation que je pouvais observer en connaisseur, car je faisais moi-même des compétitions avec l'équipe de mon lycée, dont le bassin d'entraînement était la piscine Molitor (tout un chapitre de mon éducation s'est joué là, dans le prolongement de la première présentation du bikini, qui y fut faite l'année de mes deux ans…). Si on m'avait invité à prendre place sur un plot de départ, face à un des couloirs du cent yards nage libre, qu'un concurrent défaillant eût laissé vide, je l'aurais accepté, content de pouvoir montrer à Barbara ce que je savais faire d'autre dans une piscine. Après les finales de natation, toute la compagnie se transporta pour le lunch, préparé à quelques centaines de pas de là, sur les gazons des terrains de sport où auraient lieu l'après-midi, puis encore le lendemain, les finales du football – *soccer* –, du rugby – *football* –, du cricket et du tir à l'arc – *bowery*. Il y eut une migration depuis les bâtiments de l'école jusqu'aux *sport grounds*, et la foule s'étira, ceux des collégiens en uniformes qui étaient libérés de leurs obligations se mêlant à leurs familles, ou se retrouvant entre eux, par affinités. À leur sérieux, à leur concentration et à leurs équipements, on reconnaissait ceux qui étaient impliqués dans les matches et dans les épreuves sportives de l'après-midi. J'eus l'idée que le moment était propice pour nous éclipser, Barbara et moi : n'avions-nous pas toute la maison vide à notre disposition, comme nous ne la retrouverions jamais ? Je fis part de cette mauvaise pensée à Barbara qui me fit observer que nous n'avions pas les clés. Le seul accès possible eût été par le jardin de Highpoint, puis en sautant le mur et en traversant la prairie pour passer par-derrière, mais tout cela en plein jour et avec le risque de croiser bien du monde. Je dus renoncer à ce qu'en un éclair j'avais imaginé : embrasser, caresser, saisir, enlacer, dénuder, renverser, basculer, lécher, pénétrer Barbara dans toutes les positions et dans toutes les pièces de la maison, à tous les étages, marquer tout le territoire systématiquement, sans laisser le moindre recoin vierge d'un attentat à la pudeur – *offence* – et d'un acte d'exhibitionnisme dont les murs, les meubles et les objets, seraient à jamais restés les témoins muets ! Je ne savais si le prétexte des clés était une façon pour Barbara de me détourner de mes projets, mais elle profita du lunch pour me dire qu'elle devait s'en aller et retrouver Michael. Alors, je lui ai dit que nous pouvions marcher ensemble jusqu'à l'arrêt du 210, que je comptais prendre pour me rendre à Hampstead : ainsi, je manifestais clairement, à titre de vengeance, mon intention d'aller rendre visite à la jolie serveuse danoise, et peut-être d'aller l'embrasser, en suivant le conseil de Kate. Au milieu des gens qui nous dépassaient, en chemin vers les terrains de sport, Barbara m'a répliqué : «*Do what you want...*» («Fais ce que tu veux...»), précisant qu'elle-même ne prenait pas le bus mais allait chercher le métro et, pendant quelques instants, je fus terrassé. Mais elle ajouta qu'elle m'attendrait à minuit et demi devant l'entrée de Highpoint et que, si je ne m'y trouvais pas pour la faire entrer dans la maison, puis monter dans *notre* chambre – our *bedroom* –, avait-elle dit en insistant sur le *our*, elle passerait la nuit à la belle étoile. Je sortis la main de ma poche gauche et je lui montrai mon poing fermé sur un morceau de tissu blanc. Elle eut un léger hochement de tête, dubitatif et amusé. Elle s'éloigna, et je me joignis au mouvement de la foule où je ne connaissais plus personne.

31

Je me sentais abandonné, et le gage que me donnait Barbara en revenant dormir clandestinement dans la chambre que j'étais censé occuper seul – d'ailleurs, elle avait ostensiblement renoncé à son sac de matelot et aux affaires qu'elle emportait pour passer la nuit chez son *boy friend* – n'effaçait pas une certaine déception car, étrangement, à la fois je ne prétendais à aucune exclusivité et je n'acceptais aucun partage : Barbara pouvait être une autre, avec d'autres, dans une autre vie, c'est-à-dire à partir du mercredi suivant 31 juillet. Ce qu'elle ferait alors, la vie qu'elle mènerait, ce qu'elle deviendrait, ne me concernerait plus car je n'aurais plus sur elle aucun droit ni aucun pouvoir – en avais-je ? Mais, avant cette date, elle ne pouvait être que celle qu'elle était avec moi. Maintenant seul, j'avais aussi l'impression de me mouvoir plus librement, d'être regardé autrement, par d'autres personnes. Le Speech Day dans un collège de garçons comme celui de Highgate – à la stupidité et à l'aberration de la mixité dans les écoles, l'Angleterre opposerait les plus forts bastions de résistance – était l'occasion pour les sœurs des collégiens de croiser les camarades de leurs frères, et l'on sentait dans l'air les vibrations de ces rencontres. Je n'avais aucune sœur à présenter ni aucun camarade à qui demander de me présenter sa sœur, et j'étais donc condamné à une navigation solitaire, parmi cette foule dépeuplée de sœurs pour moi. Il m'arrivait de croiser des regards, d'échanger des sourires, mais cela restait comme des questions sans réponse, des signes émis dans des langages différents. Peut-être y avait-il, parmi la combinatoire infinie, une chance pour que deux codes fussent compatibles et se comprennent ? En tout cas, il y avait bon nombre de filles de mon âge, et si l'une d'elles était délibérément venue à ma rencontre, sans autre mode de présentation de l'un à l'autre, avec une attirance que j'eusse pu partager, celle-là m'aurait entraîné à sa suite là où elle aurait voulu. D'habitude, ce sont les filles qui sont dans une telle attente, une telle rêverie – être emportée par celui qui survient, qui se dégage de tous les autres pour aller au-devant d'elle irrésistiblement –, mais ma solitude inversait tout : étant d'avance différent, je ne pouvais guère me détacher d'un quelconque corps collectif ; c'était moi qui étais seul et repérable, avec moi-même pour tout point d'origine et pour toute référence. Les filles que je croisais étaient avec leur famille, leurs amis, dans leur milieu, c'est-à-dire en position de s'en détacher pour se porter de façon explicite – voire provocante – au-devant d'un inconnu. La vérité est que je ne croisais aucune jeune Anglaise de qui espérer un tel élan, mon assurance et ma vanité étant telles que je ne doutais pas de ne pouvoir susciter un mouvement de ce genre que chez celle envers qui j'en ressentirais moi-même le désir. Je ne savais sans doute encore rien de la figure du séducteur, et j'ignorais tout de la problématique de la séduction, mais je ressentais obscurément une sorte d'aversion pour celui qui plaît à tout le monde, pour l'homme qui fascine toutes les femmes, car toutes les femmes ne sont pas fascinantes, et leur fascination n'est donc pas toujours flatteuse : le séducteur porte le poids et la responsabilité de plaire par défaut de goût et par manque de séduction chez celles-là mêmes à qui il plaît. D'un autre côté, il est indiscutable que si un homme plaît à toutes les femmes, même les moins plaisantes, il y a aussi parmi elles celles à qui il est flatteur de plaire. Ce qui me dégoûte, me disais-je, chez celui qui plaît à toutes et à tous, c'est en fait sa passivité triomphante, car la véritable œuvre de séduction active est celle qui procède par élection : parmi une multitude de femmes, n'être perçu et convoité précisément que par la plus séduisante, et passer inaperçu de toutes les autres. Le séducteur a sans doute des atouts particuliers, mais la séduction est un travail, où il ne suffit pas de paraître, comme le démontre le vicomte de Valmont dans son entreprise patiente et méthodique pour que Mme de Tourvel se rende à ses raisons, qui est en quelque sorte une construction intellectuelle, morale et esthétique. Par la suite – en fait, bien longtemps après… –, j'ai toujours vérifié que les femmes à qui j'aimais plaire trouvaient séduisants ceux qui représentaient pour moi les figures incomparables de la séduction : je n'aurais aucune envie ni aucun moyen de séduire une femme qui me déclarerait trouver Charlie Chaplin,

Franz Kafka ou Groucho Marx insignifiants, voire moches. Il ne s'agit pas, bien évidemment, de se comparer à de tels monstres, mais de vérifier certaines polarités, certains penchants spontanés par rapport à de grands repères. Je ne doute pas que de fort jolies filles aient été raides amoureuses d'Elvis Presley, d'Arnold Schwarzenegger ou de Leonardo DiCaprio, mais je sais qu'aucune d'elles ne pourrait me donner le désir de la séduire. De ce point de vue que j'esquisse, le véritable séducteur ne séduit que peu de femmes, mais aucune de celles qu'il choisit ne lui résiste. Il prédestine les femmes qui le séduisent à être ses conquêtes, et il se prédestine lui-même à être le séducteur de ces femmes-là. Dans le regard des femmes qui ne le séduisent pas, il ne se voit pas lui-même en séducteur et, ainsi, il passe doublement inaperçu. D'ailleurs, le rayonnement du séducteur est relatif et son territoire circonscrit : il y a le séducteur-chauffeur de la RATP, le séducteur-chef de rayon aux Galeries Lafayette, le séducteur-animateur d'un club de vacances ou moniteur d'une station de ski : mais, dans ces cas, il s'agit à nouveau de celui qui plaît à toutes et à tous, à l'intérieur du milieu où il vit et face à son public. Il prend place entre le séducteur sauvage et solitaire, à l'affût de la proie qui le fascine, repérée dans une jungle sans limites, et la star universellement adulée, aux côtés d'autres figures publiques intermédiaires comme celle du présentateur du journal télévisé et celle de l'homme politique, condamnés l'un et l'autre à recueillir le maximum de suffrages chez le public précis auquel chacun s'adresse – les auditeurs d'une chaîne de télévision et ceux de la concurrence, les électeurs d'une ville, d'une circonscription, d'un pays… –, et parmi lequel il y a bien des individus à qui le journaliste ou le politicien n'aurait aucune envie de plaire s'il devait les fréquenter, pour qui il n'éprouverait aucune attirance, aucun goût, ni peut-être même aucune sympathie, n'acceptant d'eux que leur adhésion abstraite, sans visage, seulement comptabilisable. On peut être effondré en découvrant la personnalité de quelqu'un qui vote comme soi. On peut être veule et sans respect de soi-même en aimant d'avance, aveuglément, inconditionnellement, sans réserve et sans scrupule, tous ceux qui vous donnent leur voix, être satisfait et fier de les avoir convaincus, réduits, séduits.

Si Barbara était allée rejoindre tous les samedis un jeune homme qui m'eût semblé minable, médiocre, vulgaire, déplaisant d'une façon ou d'une autre à mon goût, j'aurais aussitôt trouvé Barbara moins désirable. Me promenant parmi la foule, je me disais que je ne pouvais y élire personne, ni être élu par quiconque, tandis que je voyais se multiplier les premières approches entre des êtres proches depuis toujours, et depuis toujours promis les uns aux autres, à leur insu. Les jeunes garçons anglais me semblaient plus séduisants que les filles, charmants avec naturel, sans aucun des trucs et des tics du charmeur professionnel, et je les trouvais bien complaisants et indulgents de répondre aux minauderies des petites poupées angéliques, maniérées et chichiteuses. Peut-être n'était-ce chez eux que modestie et prudence instinctives, car les collégiens anglais, irrésistibles à douze ans, perdent de leur attrait avec l'âge, tandis que les Anglaises, quand elles sont appelées à devenir belles – passé le stade des verres correcteurs et des appareils dentaires –, le sont incomparablement à vingt ans. Il y a dans de telles réflexions un peu d'anachronisme, car ce jour-là je n'en étais qu'à mes premiers frôlements avec la jeunesse anglaise (que j'allais continuer de fréquenter pendant les années soixante – *the sixties* –, époque où cette jeunesse, avec ses rockers, ses créateurs de mode, ses photographes et ses top models, allait tenir la vedette sur la scène du charme, de la séduction et du dandysme, sinon sur celle de la contestation sociale et des utopies politiques, de la même génération dans d'autres pays). Comme étourdi par toute cette nouveauté où ma présence restait incertaine, la figure de Barbara s'était éloignée, elle appartenait à un autre monde que celui qui, en ce moment même, interrogeait mon identité, mon existence, mon destin. Toutes ces questions sans réponses que me posaient les êtres que je croisais m'apparaissaient plus fortes, c'est-à-dire plus réelles, que les réponses sans questions que j'avais trouvées auprès de Barbara. Avec elle, les interrogations étaient à la fois résolues et hors de portée – des équations réputées réduites, de par la seule complexité de leur énoncé –, tandis que la foule maintenant rassemblée autour des grands buffets sur les gazons des terrains de sport me posait les questions auxquelles j'aurais vraiment à répondre : qui être face à la société, quelle vie choisir en choisissant quels êtres ? J'observais ce monde, et je m'y sentais bien ; je considérais ce pays, son mode de vie, ses traditions et ses habitudes, et ils me plaisaient. J'étais prêt à être adopté, intégré, assimilé, ne faisant ainsi qu'un pas de plus vers un pays d'émigration et d'adoption, après l'exil de mon père, premier pas depuis la Hongrie jusqu'en France. L'Angleterre dégageait une sorte d'enchantement pour celui qui arrivait du continent, et elle pouvait faire rêver un jeune Français sans profondes racines françaises, à une vie à la fois plus équilibrée, plus douce et moins vulgaire que parmi la société française d'après guerre et déjà postcoloniale, à la fois honteuse et donneuse de leçons. Mais il y avait quelque chose, dans le tissu des vestes de ces *british gentlemen*, qui me signalait une société, et plus exactement une classe sociale, dont je n'admettrais jamais la loi, non pas que cette société et cette classe sociale fussent particulières à l'Angleterre, mais parce qu'en Angleterre elles se montraient plus conformes qu'ailleurs à leur idéal, plus à l'aise avec lui, mieux protégées, toutes-puissantes : la grande bourgeoisie, doublement adossée à l'aristocratie et au capital – *upper classes*.

Je retrouvai Mme Buss et Auntie Chrissie donnant chacune un bras à M. Buss, qui représentait un moyen terme entre elles deux – plus petit que son épouse, moins maigre que sa sœur (car tels semblaient être le lien de parenté et la justification du titre de *Auntie*) –, au moment où ils avaient épuisé leurs attentes et effectuaient le premier cercle d'une spirale du repli. Comme Mme Buss avait compris que j'étais moi-même au bout de l'expérience, elle me fit savoir qu'une demi-heure plus tard, nous pourrions nous rejoindre à la maison. Elle me rappela que les réjouissances se prolongeraient au jardin avec certains invités et, comme si elle venait de la sortir d'une pochette-surprise gagnée à la tombola, elle me présenta une jeune fille qui, d'après elle, avait manifesté beaucoup de curiosité à mon égard : elle était peut-être plus âgée que moi d'une année, d'un blond très clair, avec une coiffure à l'ancienne, une raie sur le côté et un nœud dans les cheveux. Je n'eus pas le temps de voir ses yeux car elle les baissa. Je vis sa bouche aux lèvres vermeilles, presque transparentes comme des bonbons acidulés à la framboise, et puis surtout ses chaussures blanches à brides et les socquettes de la même couleur, très basses sur les chevilles, comme par une coquetterie du dénudement placée en cette partie du corps. À cet instant, je me suis dit qu'après ces longs moments passés sans m'arrêter devant personne, ni être arrêté par quiconque, cette jeune fille était assez charmante et touchante, avec ses chevilles nues et ses socquettes basses, prêtes à être retirées d'un coup, pour que je l'épouse sur-le-champ, sans autre protocole ni autre demande d'en savoir plus à son sujet, ni autre proposition d'en connaître plus sur moi, et tant pis si elle était la fille unique d'un Pair de la Couronne et héritière d'un patrimoine monumental : nous pourrions toujours aller vivre nus, sous les cocotiers de l'île Moustique, et il faudrait bien que ce teint diaphane et que cette peau si pâle s'habituent aux coups de soleil sur les joues et sur les fesses. J'avais jusqu'au soir pour y réfléchir, puisqu'on me promettait de la retrouver.

Je songeais à mettre à exécution ce que j'avais d'abord conçu comme une menace uniquement tournée vers Barbara : faire encore une visite – après la dernière –, à la jolie serveuse danoise du salon de thé-pizzeria « The Oasis ». Peut-être même, en ce samedi, pourrais-je la convaincre de m'accompagner au concert du soir à Kenwood : j'aurais pu alors mettre en pratique, sur les lieux mêmes de mon initiation, ma science du baiser sur la bouche – *french kiss* –, et les pelouses face à l'orchestre étaient un premier pas, à ma portée, vers la chambre et le lit avec un tourne-disque. Mais je ne savais si la jolie Danoise blonde aux yeux clairs serait de service ce soir-là, ni à quelle heure elle serait libérée. En fait, je n'élaborais de tels plans que pour continuer d'en menacer Barbara, et pour en consolider à mes propres yeux la vraisemblance. Je voulais me convaincre qu'il ne s'agissait pas de paroles en l'air, mais d'une hypothèse viable et d'un programme réalisable : une fois que je fus assuré de cela, je pouvais remettre l'exécution à plus tard. J'avais oublié que ce jour-là je n'habitais pas ma chambre, et je retrouvai avec un incontestable sentiment de délice la perspective de me réfugier chez les filles de Trinidad, au deuxième étage, en toute légalité. Je traînais encore du côté des terrains de cricket, où les jeunes joueurs s'échauffaient : leurs silhouettes blanches, disposées selon des configurations qui restaient énigmatiques, formaient des chorégraphies gracieuses et paisibles, et j'admirais l'élégance des tenues (aucun short, pantalon large de rigueur), le caractère stratégique de chaque mouvement, de chaque phase de jeu, de ce sport collectif où les corps restent cependant toujours à distance les uns des autres, sans aucune promiscuité, sans aucun contact entre eux. Ce jeu si lent, si ritualisé dans son déroulement, est fait pour la contemplation des attitudes des joueurs, dont les actions si rares et espacées sont comme de brèves démonstrations, ou la vérification qu'ils ne se sont pas endormis. Un profane ne sait jamais quand la partie a commencé ni quand elle est finie. D'ailleurs, la concentration des énergies en début de partie n'y est pas plus visible que la fatigue à la fin. Le cricket est comme un jeu de salon dont le mouvement des pièces serait matérialisé et vérifié par l'action de corps réels, en plein air, soumis à une faible part d'aléa, avec un effort physique mesuré.

32

Je découvris que les terrains de sport du Highgate College communiquaient avec l'arrière du Highgate Lawn Tennis Club et avec la prairie dont ils occupaient toute une partie, vaste dépression qui s'étirait en contrebas de Kenwood, de l'autre côté de la route. Moyennant le franchissement facile de quelques barrières plutôt symboliques, je pus revenir à la maison par le chemin de la prairie, et par le jardin. À l'arrière, je trouvai la porte ouverte, et je m'avançai dans le couloir vers l'escalier au moment où j'entendis tourner la serrure du côté de la rue : Mme Buss parut, marchant à ma rencontre et me lançant : « *Doctor Livingstone, I presume ?* », et j'appris comment Stanley, tombant par hasard sur son compatriote et confrère explorateur, au détour d'une forêt, au beau milieu de l'Afrique, l'avait identifié et salué comme s'ils s'étaient croisés dans un club de Park Lane.

Auntie Chrissie s'était aussitôt enfermée chez elle, et M. Buss manœuvrait la Morris Minor pour la remiser dans le garage d'où elle ne bougerait plus avant une nouvelle occasion solennelle. J'ai accompagné Mme Buss jusqu'à la salle commune où elle s'est laissée tomber sur une chaise, l'air ravi, le regard rêveur ; elle semblait vouloir repousser le moment de quitter son chapeau, son renard, ses gants, et elle a dit : « *What a gorgeous day, isn't it…?* » (« Quelle superbe journée, n'est-ce pas… ? »). J'étais fier d'être là, l'unique témoin de ce sentiment de bonheur, et l'un des participants privilégiés à ces moments mémorables. Mme Buss est encore restée ainsi, goûtant cet état de plénitude. Nous avons entendu M. Buss monter à l'étage. Alors Mme Buss s'est finalement levée, elle s'est avancée jusqu'à un petit miroir au centre d'un calendrier, suspendu à un clou, près du poste de radio habité par la famille fantôme, qui ne connaissait pas de tels moments de gloire : elle s'est longuement regardée, puis elle a défait son chapeau avec un air de nostalgie, comme on se dépouille d'une coiffe de mariée et, puisque j'étais assis à proximité et que j'avais été le premier à le porter, elle l'a posé sur ma tête, d'un geste tendre, non pas pour s'amuser mais pour se souvenir. Une page de l'histoire familiale était tournée et, malgré sa maîtrise des émotions, sans doute Mme Buss eût-elle pleuré en cet instant si elle n'avait pu sourire de ma figure : « *It was a good choice, wasn't it?* » (« C'était un bon choix, n'est-ce pas ? » – il s'agissait du chapeau, bien entendu). Le temps d'une journée, le galurin que je portais avait eu valeur de couronne, à mi-chemin entre le diadème royal et les lauriers académiques. Mais, ainsi coiffé d'un couvre-chef désormais historique, je n'en continuais pas moins de tâter et de tripoter dans ma poche gauche le linge de coton blanc dont s'était parée pour moi, dans un envers du décor, une tout autre célébration.

Mme Buss me demanda de dégrafer l'étole de renard, ce que je fis en expert, de la même main gauche tirée de la poche, et qui passait ainsi d'une féminité à une autre. Maintenant, Mme Buss allait se reposer un peu d'une journée aussi marquante, et lorsque ses filles seraient de retour, elle disposerait avec elles dans le jardin tout ce qu'elle avait préparé pour les invités, qui étaient attendus vers cinq heures. Je montai quatre à quatre les marches de l'escalier pour regagner ce que Barbara avait elle-même appelé *notre* chambre.

À cette heure de l'après-midi, la pièce était très ensoleillée, et les couleurs pâles des tissus et des papiers peints lui donnaient un aspect surexposé. Je laissai le lit de Kate avec ses draps propres et je m'allongeai sur celui de Barbara, le nôtre. Je tirai de ma poche gauche le slip de coton blanc et je le posai sur mon front : cette coiffe m'allait sans doute mieux que l'autre, et elle calmait mieux la fièvre de ma tête. Puis je le plaçai en bandeau sur mes yeux et je regardai la lumière filtrer à travers le tissu : ce n'était pas la clarté qui m'aveuglait mais le linge lui-même, et je lisais à travers les fibres du textile, comme dans un ciel, mon avenir et le milieu dans lequel je voulais vivre : non pas une société habitant de vastes demeures, y donnant des fêtes et y recevant des invités, parents, alliés et amis, avec des châteaux à la campagne pour les vacances d'une progéniture nombreuse, mais une chambrette sous les toits, où être seul avec une fille. Si la jeune fille blonde aux lèvres vermeilles, avec son nœud dans les cheveux et ses socquettes basses, était apparue en cet instant, je lui aurais demandé sa petite culotte, pour pouvoir la tâter dans ma poche droite et faire la comparaison, avant de la lire à contre-jour. Mais elle était du genre à porter un panty, cette pièce de lingerie féminine délibérément baroque – détourner l'attention du motif central, au profit de l'ornementation périphérique – et trop encombrante pour tenir dans une poche de mes culottes courtes. Allongé sur le lit de Barbara, je rêvassais encore quelque temps comme il ne m'arrivait jamais de le faire en plein après-midi, m'étant toujours refusé à une quelconque forme de sieste. J'observai que le lit était décidément trop étroit pour que deux personnes y tiennent côte à côte : y dormir à deux semblait impossible, à moins de recevoir Barbara par-dessus moi ou de m'allonger sur elle et, dans l'un ou l'autre cas, de résister aux tentations de la posture. L'idée m'est venue d'occuper mon temps en écrivant la lettre à ma grand-mère : pendant le week-end, je ne lui en adressai qu'une seule, que je postais le dimanche matin. Mais je n'étais plus dans mon décor et à ma table habituels, je ne retrouvais pas mon état d'esprit de petit garçon, et la lettre que j'écrivis ce jour-là, inspirée par le lieu que Barbara avait désigné comme *notre* chambre, dut avoir d'étranges accents, car je me sentais obligé de renoncer à des formules trop enfantines, auxquelles j'avais volontiers recours pour me rajeunir encore, connaissant le plaisir que ma grand-mère y trouvait. Rédigeant la lettre, je ne cessais d'être interrompu par des appels que la chambre me lançait, et sans cesse je me levais, attiré par une adorable paire de pantoufles, par une adorable robe de chambre suspendue à un crochet, par une adorable trousse de couture posée sur une table. Me laissant ainsi chez elle, parmi ses affaires les plus personnelles, Barbara se montrait plus confiante encore que lorsqu'elle abandonnait son corps à mes caresses, et je percevais une troublante nuance de cette confiance : plus encore qu'une confiance en moi, j'y voyais une confiance en nous.

Dans la solitude et le silence de cette chambre si lumineuse, après la foule, les mondanités, l'animation et les discours du Speech Day, dans les bâtiments et sur les terrains de sport du Highgate College, mes considérations et mes sensations produisaient une dépression où les valeurs devenaient incertaines, se dérobant comme un sable mouvant. Que m'avait-il été donné d'apprendre, que s'était-il donc passé pour moi durant presque quatre semaines ? Avais-je été formé à figurer honorablement parmi cette fête de fin d'année traditionnelle, dans un collège de garçons anglais, ou n'avais-je été conduit, au fil des jours et des nuits, que jusqu'à cette chambre où une fille de vingt ans m'accueillait et s'apprêtait à me rejoindre en pleine nuit ? Je me demande si certains aspects de ces réflexions ne m'échappèrent pas dans les propos et dans les termes de la lettre à ma grand-mère, car je percevais le double parcours de mon séjour au 15, Broadlands Road à Londres, comme devant me conduire à un choix de vie qui déterminerait mes années à venir : la société ou le couple, le confort matériel ou le régal de l'interdit, le calcul ou le sentiment, les ambitions ou les passions ? En son absence, Barbara l'emportait, et quand j'entendis en bas le brouhaha du retour de Suzann, Rosalind et Kingsley, accompagnés de camarades, filles et garçons, j'étais prêt à descendre et à foncer sur la fille blonde aux lèvres vermeilles, avec un nœud dans les cheveux et des socquettes basses, pour la dégoûter à jamais de ses rêves acidulés par quelque extravagance grossière.

En quelque sorte, je fus pris au mot, car la fille était là, et Mme Buss, à nouveau aux commandes, me fit savoir avec un empressement plein de sous-entendus, qu'elle m'attendait dans le jardin, qu'elle n'attendait que moi. La fille blonde aux lèvres vermeilles, avec un nœud dans les cheveux et des socquettes basses, se tenait à l'écart en effet, et elle trouva normal que je me dirige droit sur elle, comme si j'avais été en retard à notre rendez-vous. Nous nous présentâmes : elle précisa qu'elle était la sœur d'un bon camarade de Kingsley, qu'elle me désigna parmi ceux qui étaient arrivés et qui préparaient un feu pour faire griller des saucisses. Je lui demandai s'ils faisaient leur préparation militaire dans la même compagnie, ce qui trahissait mon absolu manque d'à-propos pour engager la conversation avec une fille : c'était comme si, pour jouer ensemble, je lui avais sorti mes soldats de plomb. Elle me répondit que non, car son frère faisait son entraînement dans la marine, ayant décidé qu'il serait amiral de la Royal Navy. Je dus alors sortir une balourdise dans le genre : « Il doit donc être un bon nageur… », mais la fille me regarda avec étonnement et elle m'apprit que dans sa famille on était armateur de père en fils, et qu'on pouvait avoir de grandes connaissances de la navigation sans savoir nager. Plus habile que moi aux enchaînements, elle m'invita aussitôt à une croisière : ses parents possédaient une villa à Saint-Jean-Cap-Ferrat et un yacht qui mouillait à l'année en rade de Villefranche. Tous les étés, ils passaient quelques jours dans leur propriété de la Côte d'Azur avant de partir en Méditerranée, vers les îles grecques, jusqu'à Corfou et la côte turque. Je répondis que le mois d'août était déjà occupé par mes vacances avec mes parents, d'abord en Hongrie, où j'allais me rendre pour la première fois, et puis à Dubrovnik, une station balnéaire yougoslave sur l'Adriatique. Cela tombait très bien, selon elle, car je pourrais les rejoindre à une escale : ils en feraient en Italie, en Sicile, sur la côte dalmate et dans diverses îles de la mer Égée. La perspective de cette navigation et de ces escales me faisait horreur, et je pensais avec émotion à quel point je préférais à tout cela le métro parisien, avec ses stations et ses couloirs de correspondance : Franklin-Roosevelt, Châtelet, République, La Motte-Piquet-Grenelle, Montparnasse-Bienvenüe, Opéra, Havre-Caumartin, Michel-Ange-Molitor, avec leurs quais prometteurs pour moi de plus belles aventures. La fille, qui avait cru déceler mon intérêt pour la natation, me décrivit les criques désertes où le yacht jetait l'ancre, et les eaux turquoise dans lesquelles on se baignait nu. Mon intérêt fut subitement ravivé et je lui demandai : « Vous vous baignez toute nue ? » (il était clair que mes *you* étaient des *vous*, car je n'aurais voulu sous-entendre aucune connivence, aucune complicité de classe entre nous). Elle me répondit avec candeur : « *Of course ! Absolutely naked !* » (« Évidemment ! Absolument nue ! »). Mes visions de la fille blonde aux lèvres vermeilles, avec son nœud dans les cheveux et ses socquettes basses, scandaleusement exposée par moi le cul à l'air sous les cocotiers de l'île Moustique, étaient complètement dépassées et perdaient tout leur sel. Mais c'était pire encore : la nudité de cette donzelle, son seul trésor convoitable, était définitivement compromise, gâtée. Il n'était plus possible de déshabiller avec émotion et désir une pisseuse, qui se baignait nue en sautant dans la mer depuis le pont d'un navire amiral. Si, avec mes exhibitions de l'île Moustique, je n'avais plus qu'à aller me rhabiller, la fille, elle, m'apparaissait à jamais revêtue d'une nudité avariée. Si elle se baignait nue dans les eaux où le yacht familial jetait l'ancre, et bien qu'elle restât tout habillée en toute autre circonstance ! Comme elle me sentait indécis et embarrassé, elle crut bon de préciser que, si je n'aimais pas la baignade en mer, il y avait une piscine à bord. C'était trop : je n'aimerais plus jamais d'autre piscine que celle où Barbara, s'accrochant aux montants d'un escalier de fer, s'y laissait dépouiller de son bikini, ne résistait pas à une privauté inspirée par une partie d'elle-même qu'elle ne pouvait voir, et dont elle découvrait quels honneurs on pouvait lui rendre, quel outrage on pouvait lui infliger. Pendant toute cette conversation, nous avions marché quelques pas dans la prairie, mais la fille blonde aux lèvres vermeilles, avec un nœud dans les cheveux et des socquettes basses, avait fait toutes sortes de manières pour s'asseoir dans l'herbe. Depuis que je me l'étais représentée nue, se baignant en famille dans les sites dont ils faisaient leurs plages privées, gâtant le paysage, je l'avais définitivement rhabillée, et je ne voulais plus rien savoir de son corps. Certes, j'aurais pu croquer ses lèvres comme un bonbon après les avoir sucées pour en connaître le goût, puis j'aurais glissé mes doigts sous sa robe pour faire main basse sur le reste des gourmandises – main gauche, évidemment : *left-handed* –, mais c'eût été avec la sauvagerie d'un cannibale. Je ne sais par quelle étourderie je m'aventurai au geste, à peine esquissé, de lui caresser la poitrine. Alors, elle tourna les yeux vers moi et j'en vis vraiment la couleur : ils me parurent rouges comme ceux d'un lapin. Je suis sûr qu'elle compta jusqu'à dix par sens de sa dignité, et pour ne pas avoir l'air de prendre la fuite, effarouchée, outrée – *shocking !* Car, sans avoir dit un mot ni manifesté la moindre réaction, elle se leva posément et retourna au jardin, maintenant rempli de nombreux invités. Je me demandai si j'étais au bord d'un scandale, dénoncé pour une inconvenance majeure. J'aurais aggravé les soupçons en restant à l'écart : je rejoignis donc les autres. À peine de retour dans le jardin, je compris que j'y étais attendu par la fille blonde aux lèvres vermeilles, avec un nœud dans les cheveux et des socquettes basses, qui se tenait près d'une dame qu'elle me présenta comme sa mère – à cet instant, je craignis une paire de gifles, et la stupéfaction qui eût saisi l'assistance –, à qui elle déclara tout d'abord que je n'étais pas libre pour me joindre à la croisière. Alors la mère a dit : « *Another time, perhaps...* » (« Une autre fois, peut-être... »). Je n'avais pas été assez loin pour être dénoncé, et j'eus honte d'avoir manqué d'audace mais, d'un autre côté, je me demandais si, se plaignant de mon attouchement timide à sa mère, celle-ci n'aurait pas reproché à sa fille de n'avoir pas su provoquer mieux que ça. Comme projection future de sa fille, sa mère devenait son excuse, son au-delà dans un autre âge, moins ingrat et, avisant l'avenir de la poitrine que j'avais caressée, j'ai repris : «*Perhaps*...»

Cependant, je n'en avais pas encore fini et décidément, ce jour-là, c'était toute ma vision d'un certain monde qui se jouait, celui de la fortune et de la naissance. Ces célébrations annuelles étaient l'occasion, pour les familles de la bonne société anglaise d'un même quartier, de vérifier les alliances, d'en jeter de nouveaux projets, de faire naître les ébauches de futurs liens, d'orienter correctement les destins et, très exactement, de préserver, de conserver. Ce grand rendez-vous annuel n'était rien moins, de façon déguisée, qu'un marché aux fiançailles, l'occasion d'exposer, de présenter la progéniture presque en âge de prendre la relève, d'assurer la descendance, de garantir la pérennité du nom et de la lignée. Je ne me trouvais au milieu de tout cela que par un malentendu que la famille Buss elle-même entretenait pour son propre compte, car elle ne pouvait apporter en partage que l'honnêteté, la probité de son appartenance à la *middle class*, et la santé de son sang. Quant à moi, je bénéficiais d'un préjugé favorable bien imprudent, avec le mélange de mes origines et mon éducation de petit Français élevé à l'école publique (à noter ce faux ami : les *public schools* anglaises sont les collèges privés les plus huppés), sans compter une dépravation de mœurs passible d'une institution disciplinaire. La fille blonde aux yeux rouges, aux lèvres vermeilles, avec un nœud dans les cheveux et des socquettes basses, qui se baignait nue en famille, conduisit devant moi une grande rousse au visage couvert de taches de son, chez qui, si j'avais été plus averti, j'aurais peut-être deviné tout de suite une future et spectaculaire beauté britannique. À nouveau, je fus présenté comme celui qui ne pouvait pas se joindre à la croisière, et je compris que j'avais donc devant moi une autre baigneuse nue : elle était la sœur d'un autre ami intime du futur amiral (qui sait si le garçon en question ne commanda pas, bien des années plus tard, l'armada anglaise en expédition punitive jusqu'aux îles Falklands, destinée à renvoyer à ses jeux, dans la cour de sa caserne, un général argentin d'opérette ?). J'étais entouré des sœurs des amis de Kingsley, et des amis de ses amis. La sœur du futur amiral m'en présenta encore deux ou trois autres, et je ne savais dans quelle intention : voulait-elle tester mes réactions face à différents types de demoiselles, ou me prouver, par confrontations et comparaisons successives que, parmi toutes celles qui étaient présentes, elle était la meilleure affaire, tout compte fait ? Certains garçons avaient plusieurs sœurs et, par chance, ils étaient aussi plusieurs frères. Je demandai à la fille blonde aux lèvres vermeilles, avec un nœud dans les cheveux et des socquettes basses, si elle avait des sœurs. Elle me répondit qu'elle en avait une, qui était trop grande pour moi, et je crus comprendre qu'elle voulait dire « trop belle », car son expression avait été : « *She is too much for you...* », ce qui constituait une formule ambiguë : « Elle est trop... pour vous... » ou « Elle est trop pour vous... » (trop quoi, au juste ? trop grande ? trop belle ? ou trop pour moi ?).

33

Vers la fin de l'après-midi, le projet commença à circuler parmi les jeunes de partir en bande au concert de Kenwood, et les adultes applaudissaient à cette initiative de bon ton. Je voyais la possibilité que se réalisât, d'une certaine façon, le projet que j'avais formé pour punir

Barbara d'être allée passer la journée avec Michael. Mais je n'avais plus envie de la punir, et c'était à d'autres que j'eusse volontiers donné une leçon. Dans le petit monde clos de la famille Buss, mon identité particulière avait sa place, mais dans le groupe qui se formait pour se rendre collectivement à Kenwood, j'étais perdu face à une majorité écrasante qui aurait bien vite oublié ma différence, et jusqu'à ma présence. La décision avait été prise dans une consultation improvisée dont Kingsley, de sa grosse voix et du haut de ses six pieds et deux pouces, s'était fait le porte-parole. Pour éviter d'avoir à prendre le bus à quinze ou à vingt, il fut décidé de couper à pied à travers la prairie et les terrains de sport du collège, puis de remonter ainsi jusqu'à l'entrée de Kenwood. Ceux qui avaient lancé la proposition donnèrent le signal du départ en franchissant la barrière du jardin, tandis que d'autres se rameutaient, avec ceux qui pressaient les indécis et ceux qui, hésitant, se tournaient vers d'autres encore pour se convaincre eux-mêmes. Derrière le groupe de tête, d'autres s'engageaient dans la prairie, à qui se joignaient encore des retardataires. Personne ne me pressait de me joindre aux autres, et je pouvais soit leur emboîter le pas, en sachant qu'à tout moment ma désertion passerait inaperçue, soit rester dans le jardin, mais alors confronté à l'obligation d'un vis-à-vis et d'un dialogue avec les rares récalcitrants qui se compteraient, et parmi lesquels je ne connaîtrais peut-être personne. Je fis semblant de m'être rallié, mais je restais à la traîne, incertain de ma décision et surtout pour qu'on ne me posât point de question. Je voyais s'étirer à travers la prairie une sorte de grande famille, ou de clan, ou de tribu faussement nomade, ne parcourant que son propre pré-carré, et je pensais que, de cette soirée, de cette promenade en société et de ce concert dans le parc de Kenwood, naîtraient des liens qui aboutiraient un jour à des mariages, se dessineraient des destins. Je voyais cette foule nonchalante de jeunes filles et de jeunes gens s'avancer à travers la prairie comme dans leur avenir, déjà si prévisible, et je traînais les pieds, je fermais la marche, mauvais petit soldat, je n'appartenais pas à cette armée, à ce monde. Il me prenait dans ses filets, mais je n'en étais pas solidaire. L'image terrible me vint d'un troupeau qui traverse paisiblement une prairie dans le soleil couchant et qu'attendent, de l'autre côté de l'horizon, des abattoirs. Je marchais assez lentement pour être distancé, et que ma séparation d'avec le groupe devînt naturelle : non pas une décision de jouer les francs-tireurs, mais la preuve que je n'avais rien à faire parmi eux puisque mon retard et mon absence n'alarmaient personne. Je craignais que la fille blonde aux lèvres vermeilles, avec un nœud dans les cheveux et des socquettes basses, ne s'inquiétât de moi et ne réclamât qu'on m'attendît. Mais alors que ceux qui ouvraient la marche avaient déjà dépassé le bois qui séparait la prairie des terrains du sport du collège, une silhouette s'était arrêtée et semblait s'être mise en embuscade pour m'observer. Elle fut bientôt dépassée par les derniers et je reconnus la grande rousse aux taches de son sur le visage. Elle m'a laissé arriver jusqu'à elle et m'a demandé : « *Why are you so proud ?* » (« Pourquoi es-tu si fier ? » – ici, si la langue anglaise avait pu l'inventer, j'aurais assurément eu droit à ce tutoiement), puis elle m'a entraîné par un bras de chemise d'un pas vif, pour recoller au peloton, comme on disait en France pendant ce mois de juillet (première victoire de Jacques Anquetil dans le Tour). J'étais finalement soulagé que quelqu'un d'autre ait pris la décision pour moi. Mais je ne cessais de tripoter le linge dans ma poche gauche, pour me convaincre que mon destin était fait d'une autre étoffe.

Quand tout le groupe fut installé en haut de la pelouse face à l'orchestre, je me disais que j'étais de retour à un moment de ma vie bien antérieur à celui du précédent samedi soir : l'initiation par Barbara au premier baiser m'apparaissait comme une promesse de l'avenir qu'il me fallait encore attendre avec patience, sachant que ce concert à Kenwood, parmi ces jeunes gens et ces jeunes filles, ne nous donnait pas, à eux et à moi, le même point de vue sur l'écoulement du temps. J'observais la réticence de la fille blonde aux lèvres vermeilles, avec un nœud dans les cheveux et des socquettes basses, à s'asseoir dans l'herbe, et elle fut séduite par un garçon qui lui déploya sa veste pour qu'elle y posât son charmant derrière. Je me savais observé par la grande rousse aux taches de son sur le visage, qui s'était allongée à deux pas de moi, et dont certains mouvements prometteurs, du buste et des reins, certes encore imparfaits, préfiguraient l'aisance et la sensualité qu'aurait bientôt son corps dans son épanouissement. Plusieurs fois au cours de la soirée – pendant les brefs silences entre les mouvements ou à l'entracte –, elle me répéta en affectant une voix de poissonnière malgré un port et une distinction qui, dans la France de Danton ou de Robespierre, eussent conduit à la guillotine : « *Why are you so proud ?* » ayant ostensiblement adopté ce leitmotiv comme préalable à toute autre relation entre nous. Du haut de sa classe toute naturelle, elle prenait à dessein un ton populace pour me trouver, sans raison valable, plus fier qu'elle encore. C'était un peu comme si, à Paris, le faubourg Saint-Germain avait posé une telle question au faubourg Saint-Antoine. En fait, je me sentais à la fois la dernière roue du carrosse, comme on dit, et celui qui a pris quelques longueurs d'avance et qui a déjà sauté l'obstacle. Je ne sais plus ce que j'ai pu répondre à la grande rousse aux taches de son sur le visage, peut-être : « *Why are you interested ?* » (« En quoi cela vous intéresse-t-il ? » avec un *vous* de refus de toute familiarité, mais je devais plutôt penser quelque chose comme :

«*None of your business...*» «Occupe-toi de tes oignons...»).

Dès que la musique commença, je fus loin de ceux qui m'entouraient, je retrouvais mon univers, c'est-à-dire les êtres et les lieux déjà associés pour moi à ce que j'entendais, et Barbara était à nouveau penchée au-dessus de mon visage, comme si le concert du samedi précédent avait repris après un entracte, dans la même nuit. On dit parfois que la musique unit les êtres, qu'elle leur procure des sensations et des sentiments communs, partagés, unanimes. Ce soir-là, j'étais convaincu du contraire, et qu'il ne s'agissait que d'une illusion: le concert rassemble physiquement dans un même lieu des individus illusoirement accordés les uns aux autres, et que la musique sépare, interrogeant et sondant en chacun d'eux la profondeur dont chaque être est capable, car à l'inverse d'un livre dont tous les lecteurs lisent les mêmes mots avec le même sens, à quelques nuances près, personne ne reçoit la même empreinte des mêmes notes.

34

Le retour de Kenwood se fit dans le désordre, et j'en éprouvais de la satisfaction: plus aucune communauté, chacun repartait avec sa musique. Les uns décidèrent d'attendre le bus 210 vers Highgate, d'autres, le même 210 mais en sens opposé, vers Hampstead; il y avait ceux qui rentraient chez eux à pied, et ceux qui repassaient par la maison de la famille Buss, autour de Kingsley, de Suzann et de Rosalind, dont j'accompagnais le mouvement sans me mêler à eux. Pourtant, Kingsley eut cette attention de s'approcher de moi pour me demander si toute cette journée ne m'avait pas semblé fastidieuse

– *boring* –, et il me rappela qu'il n'avait pas oublié notre projet de faire voler le Spitfire le lendemain, après les dernières finales de sport, alors que nous traversions la prairie où aurait lieu l'événement. Notre petit groupe de retour à la maison, nous trouvâmes M. et Mme Buss au salon, avec ceux de leurs invités qui étaient encore restés autour d'une tasse de thé. Nous fûmes accueillis comme les héros du jour : la jeunesse sur qui reposaient les lendemains, avec Kingsley au centre, tout auréolé de ses succès dans les disciplines sportives, mais aussi en histoire, en géographie, en éducation civique. Je fus quant à moi présenté comme le champion des *chinese checkers* qui, ce soir-là, allait être privé d'un nouveau triomphe, puisqu'il n'y aurait pas de duel entre Mme Buss et moi. Je vis de plus près le professeur de latin-grec dont j'occupais la chambre et qui, me considérant avec une sévérité de professeur de latin-grec, semblait me reprocher des écarts de conduite dont le lit, la table, la chaise, le fauteuil, les tentures, les papiers peints, les tapis, eussent gardé la trace et lui eussent soufflé la confidence. À la pendule, il était minuit moins dix et j'espérais que les douze coups proches donneraient le signal du départ, ce qui laisserait à peine le temps à M. et Mme Buss de remettre un peu d'ordre et de monter se coucher, avant l'heure de mon rendez-vous avec Barbara, car nous ne pouvions revenir ensemble et nous hisser sur la pointe des pieds jusqu'au deuxième étage que dans la maison endormie.

La petite bande de retour de Kenwood fut invitée à s'asseoir dans le salon parmi les grandes personnes et je me sentis pris dans un piège, car déjà l'intérêt se portait sur ce qu'étaient les projets des uns et des autres, ce que chacun aurait envie de faire plus tard, alors que mon seul désir, dans un immédiat qui se prolongeait et qui déteignait sur toutes les époques ultérieures de ma vie, était de retrouver Barbara, de me serrer contre elle, de goûter ses lèvres, de sentir à nouveau son corps de fille contre le mien. Les douze coups de minuit sonnèrent pendant l'exposé de ses projets d'avenir par Kingsley, modeste, raisonnable, un peu laborieux, émouvant, et personne n'entendit l'heure et ne voulut l'interrompre. J'ai senti que nous étions partis pour un grand tour... Tout ce que racontait Kingsley à la fois me faisait rêver et me désespérait; j'y voyais un destin honorable, des idées acceptables, des désirs réalisables, et cependant je ressentais face à tout cela une terrible angoisse de non-être. J'aurais pu faire miens ces projets de vie, à condition d'avoir mille vies, mais n'étant sûr que de celle où, quelques minutes plus tard, j'avais un rendez-vous avec Barbara, ma seule certitude était que mon destin ne pouvait ressembler à cela. Du moins voilà ce que j'aurais appris, et un mois dans une existence, fût-ce un mois de juillet, n'était pas trop pour recevoir une telle leçon. Les jeunes filles de la maison furent elles aussi invitées à évoquer leurs projets d'avenir et, par pudeur autant que par incertitude, elles se montrèrent plus laconiques que leur frère, mais dans les paroles plus rares qu'elles prononcèrent, il y avait cette même croyance, cette même dignité, cette même lucidité, ce même courage qui, sans objet précis ni absolue raison d'être, dégageaient la mélancolie de ce qui semble déjà passé et dépassé parce que cela ne pourra jamais avoir lieu. L'Angleterre vit à la fois de ses grandes espérances – *great expectations* – et de ce qui, parmi les grandes espérances, est à la portée de chacun – *every one eligible*.

Sorte d'enfant adoptif de la famille Buss, mon tour arriva de m'exprimer et je n'avais en tête que Barbara, qui devait déjà m'attendre. Mme Buss me demanda gentiment d'enlever ma main de ma poche quand je parlais : il s'agissait bien sûr de la main et de la poche gauches.

J'ai répondu que je voulais encore garder mes culottes courtes aussi longtemps que possible : tels étaient mes projets dans l'immédiat. Les autres donnèrent le nom d'un métier – le plus souvent celui de leur père – et, pour ne pas être indiscret, on leur fit grâce de plus amples explications. M. Buss s'était déjà endormi plusieurs fois, mais il n'était toujours pas parvenu à trouver son sourire. Le coup de gong final ne fut donné par la pendule que lorsqu'elle sonna une heure du matin – *one o'clock a.m.* J'étais désespéré, sur le point d'éclater en sanglots, et sans pouvoir expliquer la cause de mon désespoir. Lorsque toute l'assistance se leva, je fus le premier à tirer ma révérence, car je tenais à quitter la pièce au plus vite : je ne pouvais ni sortir du côté de la rue – on se serait étonné –, ni monter au deuxième étage en faisant mine d'aller me coucher, mais en fait pour attendre que tout le monde fût parti, aux aguets du moment où M. et Mme Buss, Hoppy, le professeur de latin-grec et son épouse, Suzann, Rosalind et Kingsley auraient à leur tour réintégré leurs chambres. Je dus m'esquiver d'une façon précipitée – un besoin pressant n'était ni invraisemblable ni incongru –, et je comptais que la bizarrerie fût vite oubliée, du fait du nombre de personnes qui devaient prendre congé les unes des autres en respectant les formes, en réitérant les compliments et les remerciements.

35

Dès que je fus parvenu à sortir de la pièce à reculons, je me précipitai dans le couloir en même temps que j'éclatai en sanglots, pleurant de rage et du chagrin d'avoir sans doute perdu Barbara. J'enjambai les restes de la fête dans le jardin, je passai la barrière et je me jetai à toutes jambes à travers la prairie : je ne voulais plus rien savoir des êtres et du monde que je laissais derrière moi, mais d'où je m'élançais pourtant vers l'être unique qui peuplait à lui seul ce même monde. Dans ma course éperdue se mêlaient le désir de courir aussi vite que possible et la crainte de courir pour rien : trop tard ! me répétais-je – *too late !* – trop tard parce que trop de tout ce dont je ne voulais pas : *too much !* Je courais à perdre haleine et, dans mon essoufflement, je sanglotais. M'attaquant au mur pour l'escalader, je crus que mon cœur ne résisterait pas à l'épreuve et que je retomberais terrassé dans la prairie. Je me sentis un miraculé lorsque je parvins à me rétablir et à prendre pied en haut, mais je faillis m'évanouir lorsque des bras m'attrapèrent pour me tirer à eux. Près de la piscine, Barbara m'avait attendu – ne m'ayant pas vu au rendez-vous, elle avait trouvé le chemin à travers le hall de Highpoint, elle avait descendu le jardin où elle s'était postée, et d'où elle avait pu observer ma course à travers la prairie. Dans la surprise de la trouver là, m'ayant devancé et étant venue à mon secours alors que je l'avais crue perdue pour moi à jamais, mes larmes redoublèrent. Je ne pouvais parler, j'étouffais, je suffoquais, je hoquetais, toute mon assurance était balayée, j'étais piteux, honteux, morveux, malheureux, heureux. Barbara m'embrassait le visage, les yeux, elle me tenait aux cheveux, elle riait. Sa joie était cruelle et douce. Revanche et réconciliation. Je ne pouvais échapper à ma déconfiture qu'en me jetant dans l'eau de la piscine. J'avais du mal à parler et je tentai de cacher mon désarroi par le brouillage et la gesticulation d'un désordre. Je bredouillais et je parvins à articuler que nous ne pouvions pas rentrer à la maison, car ils n'étaient pas encore couchés, et que j'avais envie de nager. Je me suis précipité dans le vestiaire des hommes, pensant que Barbara ne m'y suivrait pas, et je quittai à la hâte mes vêtements : merveilleuse commodité des culottes courtes ! Elle continuait à rire et à s'amuser de mon agitation, mais elle pénétra dans le vestiaire des femmes et, par la porte qu'elle laissa ouverte, je la vis se défaire de ses vêtements pour se mettre entièrement nue : évidemment, ni l'un ni l'autre nous n'avions prévu de maillot de bain, mais un impératif suprême donnait un autre sens à cet état contre lequel je m'étais insurgé lorsque j'avais imaginé la fille blonde aux lèvres vermeilles, avec un nœud dans les cheveux et des socquettes basses, nageant nue en famille, dans des eaux paradisiaques : *absolutely naked !*

Ma seule hâte, avant même de me retrouver contre Barbara, était de piquer une tête et d'effacer ainsi les traces de mes larmes. J'ai nagé le crawl comme en compétition : six ou sept longueurs du petit bassin ne constituaient même pas une distance olympique, mais assez cependant pour laisser derrière moi ma débâcle ! Dans mon dépit d'avoir montré ma faiblesse à Barbara, j'ignorai le moment où, entièrement nue – *absolutely naked* –, elle descendit par l'échelle de fer. La fraîcheur de l'eau m'avait saisi et m'avait aidé à me ressaisir. Le visage et les yeux mouillés pour des raisons qui n'étaient plus déshonorantes et humiliantes, je pus enfin affronter Barbara. Nous étions bientôt deux têtes qui dépassaient hors de l'eau, nez à nez, si proches que nous sentions nos souffles. Nous restions ainsi, face au bonheur inépuisable d'être ensemble, de nous regarder, de nous sourire, de nous entendre respirer. Nous ne nagions pas, nous étions debout dans l'eau, nos corps ne se touchaient pas. Il faisait froid. Barbara s'est finalement rapprochée, puis collée à moi, elle me tenait serré contre elle et puis, tandis que nos corps se dérobaient à nos propres regards dans l'eau noire, j'ai senti sa main s'emparer de ce qui, de moi, s'était tendu vers elle. Elle me tâtait, elle me caressait doucement : elle ne cherchait pas à me donner du plaisir, elle voulait me rassurer, me consoler. Ce qu'elle me faisait là, discrètement, sous l'eau, n'était pas très différent du geste de la main que l'on passe sur le front d'un enfant pour chasser de funestes pensées. Je me laissais faire. Je retrouvais mon souffle. Mais ma réponse à sa caresse était tout sauf de l'indifférence : mon désir se manifestait presque douloureusement pour celle dont j'avais pleuré la perte. Peu à peu, je revenais de ma panique, je recouvrais mes esprits, des images se formaient. Je commençais à aviser le décor, à imaginer une configuration, une posture. J'avais vite fait de retrouver de l'échauffement à l'idée de quelque nouvelle figure et, depuis l'enfance, j'étais troublé par les accessoires de la gymnastique, de l'acrobatie : barres parallèles, cheval d'arçon, échelle de corde, trapèze… Mon imagination se tourna à nouveau vers l'échelle de fer où je voyais des agrès. Je poussai Barbara à reculer jusqu'à l'adosser aux échelons, auxquels elle pouvait se tenir, contrainte alors à me lâcher. Puis, je la saisis sous les cuisses pour qu'à la fois elle s'ouvre et m'enlace les reins. Elle se prêtait à tout cela comme à un jeu, et je ne me hâtais pas de faire aboutir la configuration. Nous restâmes ainsi quelques instants, moi debout et elle adossée à l'échelle, ses jambes me ceinturant. À vrai dire, après avoir conçu cet agencement, je n'étais plus sûr qu'il fût réalisable, que les parties de nos corps parviendraient à coïncider, à se trouver, à s'imbriquer. Peut-être tout cela était-il condamné à échouer, à rater comme une acrobatie trop compliquée – contorsion, équilibre ou saut périlleux –, et je m'étais montré bien téméraire car, avec l'assurance de celui qui aurait déjà pratiqué cet exercice dans toutes les eaux douces ou salées de France et de Navarre, j'en étais une fois de plus à mon coup d'essai. Je guettai l'expression de Barbara et si elle s'était mise à rire de mon embarras – comme l'instant d'avant, elle avait ri de mes larmes –, j'eusse été vexé, mortifié. Il fallait donc surtout qu'elle ne rît pas de mes projets de gymnastique érotico-chorégraphique, qu'elle se montrât patiente et coopérante face aux tâtonnements nécessaires pour les mener à bien. L'unique façon de pousser la situation vers le sérieux était de donner au plus vite à Barbara un gage, l'avant-goût d'une gratification. Par en dessous, je portai mes mains vers cette partie de son corps que je devais atteindre comme la cible où me planter. Tout était un peu laborieux, et je craignis que l'adossement à l'échelle ne finisse par être douloureux. En silence, je reprochai à Barbara de ne pas se montrer plus active et de ne prendre aucune initiative pour collaborer. Elle me regardait fixement et je ne savais pas si c'était dans une tension du désir ou parce qu'elle me considérait avec inquiétude, comme un excité, un fou délirant. Il y eut encore quelques réglages peu romantiques, mais quand finalement je pénétrai Barbara, elle sourit enfin – peut-être surprise et amusée de ma réussite, mais aussi la saluant et prête à en profiter –, et je me sentis récompensé de mes efforts par la complicité et la bienveillance que m'avaient manifestées les lois physiques de l'univers : l'eau, fidèle à Archimède, avait accepté de porter le corps de Barbara pour que j'en dispose ! Dans le ciel, un avion passait, suivant le même axe que lors des survols de Kenwood qui mêlaient un lointain bourdonnement de moteur au concert. Le petit clignotement lumineux au-dessus de nos têtes me sembla un clin d'œil. J'étais réconcilié avec moi-même, et plus rien d'autre ne pouvait compromettre ni défaire la posture que l'aboutissement et le succès de sa propre justesse (sans doute avais-je été encouragé à persévérer par le souvenir d'avoir entrevu, dans l'exemplaire du *Kama Sutra* qui avait circulé en classe sous les pupitres, de semblables variantes et variations dans la grammaire du coït).

J'étais redevenu autoritaire et, à peine dégagé d'entre les cuisses de Barbara, je l'empêchai de reprendre pied dans la piscine, la pressant de remonter l'échelle et de regagner les vestiaires. Nous n'avions rien pour nous sécher, et nous grelottions, nous nous regardions trembler, nous riions. J'allai chercher dans la poche gauche de mes culottes courtes le linge de coton que je n'avais cessé de tripoter tout au long de la journée, et je m'en servis pour essuyer Barbara, le promenant sur son corps et jusqu'à l'endroit où je l'avais pris. Des idées étranges me venaient, je les sentais saugrenues et malsaines, mais en même temps lumineuses et toutes-puissantes: la petite pièce de lingerie en coton, trempée, en boule, je cherchais à l'introduire là, à l'intérieur du lieu dont normalement elle dissimulait et protégeait l'entrée: faire accepter au corps l'intrusion indiscrète et contre-nature d'un accessoire de sa pudeur. Barbara m'interrogeait du regard, j'insistai – j'étais sûr de mon idée –, je parvins à enfoncer et à faire disparaître le slip en elle et des idées plus bizarres encore m'échauffaient la tête: entre ses cuisses, recoudre sa fente par-dessus la chose intime avec laquelle j'avais forcé le sanctuaire même de l'intimité. Par-dessus tout cela, je caressai encore Barbara, et puis je lui ai demandé de se rhabiller. Elle semblait ne rien comprendre, vaguement inquiète, peut-être affolée de découvrir en moi les idées dépravées dont elle était l'origine. Mon trouble fut extrême lorsque je vis son sexe, où j'avais introduit le linge de coton blanc, à nouveau emmailloté dans un identique triangle de tissu. De mes actions, j'éprouvais déjà la honte derrière la fièvre. Tout était inexplicable, et je révélais de moi quelque chose de compliqué et d'obscur. Pourtant, la pertinence était plus forte que l'impertinence et, plus forte que la saleté, il y avait une vérité mystérieuse, souveraine. Je crois que Barbara m'avait demandé: «*What are you doing?*» («Qu'est-ce que tu fais?»), et je n'avais pas répondu, entièrement absorbé par la sommation impérative de mon imagination. Maintenant, elle avait renfilé sa robe, et je glissai encore ma main dessous, la caressant entre les cuisses, par-dessus sa petite culotte, et puis allant chercher dessous, du bout des doigts, une extrémité de l'autre linge pour la faire ressortir. Accomplissant tous ces gestes, je ne sais au juste à quoi j'obéissais et je n'étais que face à ma propre énigme. L'idée m'enfiévrait que maintenant Barbara pût marcher, mouvoir ses jambes, ses cuisses, les soumettre aux attitudes de la descente du mur, avec cette chose en elle qui lui appartenait, logée là à sa juste place, c'est-à-dire un peu trop loin, trop profond. Une fois encore, j'avais sauté d'un bond dans la prairie et, d'en bas, je pouvais contempler Barbara descendant le mur. Dès qu'elle m'eut rejoint, à nouveau je portais mes mains entre ses cuisses, avec insistance, cherchant la rencontre entre le slip qui couvrait son pubis et celui qui, torsadé, en boule, était au fond d'elle. J'avais en tête je ne sais quelle coïncidence, quel contact magique, quelle étrange violence. Au loin, nous vîmes qu'une lumière brillait au rez-de-chaussée : Mme Buss était sans doute encore là, cherchant à rétablir, parmi le désordre d'une soirée de fête, l'ordre d'un nouveau matin et du prochain petit déjeuner. Nous devions attendre, mais nous avons continué de nous approcher de la maison. Parfois, je demandais à Barbara de courir devant moi : elle s'exécutait mais elle s'arrêtait bientôt et se retournait, m'interrogeait du regard, ne sachant si elle m'avait satisfait ni ce que j'attendais d'autre. Je la rejoignais et nous reprenions notre marche, jusqu'au moment où je lui demandais de courir à nouveau : j'imaginais dans sa course le frottement du slip à l'intérieur de son sexe. Nous étions maintenant tout près de la barrière, nous nous tenions cachés dans l'obscurité et j'aurais pu demander à Barbara de courir une dernière fois à travers le jardin, de pénétrer dans la maison, et là seulement, devant la première personne qu'elle eût rencontrée, de retirer la chose honteuse qui était enfournée en elle. En repensant à cet épisode, où je sentais avoir approché le mystère d'une malpropreté particulière aux femmes, accordée à mes propres saletés libidineuses, mais à laquelle leur nature même les contraignait, alors qu'elles étaient chez moi comme une maladie, je me demande si l'inspiration ne m'en était pas venue après avoir imaginé ce que ma mère pouvait faire de ces objets énigmatiques et troubles – tampons et serviettes hygiéniques – dont j'avais interrogé les emballages et les modes d'emploi lorsque j'étais tombé sur eux, en explorant l'armoire de pharmacie interdite.

36

La lumière s'est enfin éteinte au rez-de-chaussée, et le jardin qui en avait reçu jusque-là un peu de clarté est devenu sombre. J'ai poussé Barbara contre la barrière, je l'embrassais longuement sur la bouche, je ne la touchais pas, je laissais au jeu de nos lèvres et de nos langues toute son intensité, toute sa douceur, toute sa délicatesse : sans les mains, avais-je l'air de dire, dans le dialogue silencieux de nos bouches. Je crois que Barbara ne comprenait plus rien à mon comportement et que je m'étais moi-même perdu dans les méandres d'une histoire compliquée, impossible à démêler, à raconter, à tirer au clair. Je me suis dit que toutes ces inventions n'avaient peut-être d'autre sens que d'avoir fait passer le temps, puisque notre retour avait été impossible tant qu'une lumière était restée allumée. Maintenant, j'avais perdu le fil de l'histoire. J'étais repris par des inquiétudes concrètes : s'était-on avisé que je n'étais peut-être pas monté dans la chambre, était-on venu frapper à la porte pour vérifier que j'y étais bien et, faute d'une réponse, avait-on constaté mon absence ou, pensant que je dormais, s'était-on retiré sur la pointe des pieds ? Je retrouvais des préoccupations prosaïques et je me disais que, si nous étions surpris, Barbara et moi, montant ensemble dans sa chambre alors qu'elle était censée passer la nuit chez Michael, nous aurions toujours pu dire qu'un changement était intervenu et qu'elle avait dû rentrer à l'improviste. Mais alors, comment expliquer notre rendez-vous pour passer par Highpoint, puis par la prairie, afin que je puisse la faire entrer par l'arrière, côté jardin, la porte sur la rue étant fermée à double tour ? Nous décidâmes de braver tous les dangers sans chercher plus longtemps les réponses à de telles questions, mais avec cependant un minimum de tactique et de précaution : je suis d'abord monté seul, pesant sur les marches aussi subtilement que possible, m'accrochant à la rampe pour me rendre plus léger, et posant mes pieds là où le bois, proche de son point d'appui, craquait moins. Barbara a attendu en bas, prête à se dissimuler, car il n'y aurait eu qu'un moindre mal à ce que je fusse découvert regagnant seul la chambre, après une escapade nocturne et solitaire à la piscine. Quand je fus en haut, Barbara put monter à son tour et, à nouveau, il y aurait eu moins de gravité si elle avait été surprise seule, et expliquant son obligation de regagner sa chambre où j'étais supposé dormir innocemment, dans le lit de Kate. Quand elle m'a enfin rejoint, que nous avons refermé la porte derrière nous et tourné la clé dans la serrure, sans allumer la lumière, je l'ai allongée sur son lit. Une fois de plus, j'ai troussé sa robe, une fois de plus, j'ai fait glisser son slip le long de ses cuisses et de ses jambes, jusqu'aux pieds, une fois de plus, je l'ai contrainte à s'ouvrir, une fois de plus, je regardais le noir au bas de son ventre, dans le noir. Je ne me lassais pas de cette nuit plus profonde, dans la nuit. Alors, je suis allé chercher du bout des doigts le bout de tissu qui dépassait, petite langue entre les lèvres verticales, et j'ai tiré doucement. Mon geste me rappelait celui du magicien qui tire par une pointe le mouchoir de soie pour le faire réapparaître dans son poing fermé après l'avoir escamoté et avoir exhibé la main ouverte et nue. Mon tour de passe-passe avait réussi, et je fourrai à nouveau le linge de coton blanc dans la poche gauche de mes culottes courtes. Comme on quitte un costume de scène, je me suis vite déshabillé ; j'avais exigé de ma partenaire qu'elle restât comme elle était. À nouveau, je me suis allongé sur elle, et enfoncé en elle : j'étais là où le linge de coton blanc avait été, je prenais sa place, mais avec le désir plein de vanité de faire sentir combien cette place que je prenais était plus importante, et qu'il était moins anodin de me loger là.

Au matin, je me suis réveillé en sursaut : je sortais d'un cauchemar et je cherchais à comprendre où j'étais. Pendant mon sommeil, je m'étais vu arrêté par des hommes en uniformes gris, tandis que d'autres s'emparaient de ma grand-mère et l'emportaient. Ce moment de brutalité et de séparation avait occupé toute la durée du rêve ; je n'en finissais pas de voir ma grand-mère s'éloigner, mesurant l'irréparable, interminablement. Ce qui m'arrivait était pour moi le pire malheur, mais le deuil ne s'accomplissait pas : emportée par les hommes en uniformes gris, ma grand-mère restait visible, et elle se retournait parfois vers moi, sa présence au loin gardait ouverte la plaie de la séparation. Sa disparition était inéluctable mais dans un au-delà du rêve lui-même qui me maintenait dans la souffrance du moment où le désastre se produit, infiniment ralenti pour que sa douleur dure et laisse sans repos. J'étais impitoyablement puni d'avoir préféré Barbara à ma grand-mère – mes bourreaux profitaient de ce prétexte –, et puisque je m'étais mis avec elle dans les relations les plus intimes qu'un garçon puisse avoir avec une fille, on me privait du lien d'amour le plus essentiel au petit garçon que je n'étais plus, et que pourtant je n'avais pas cessé d'être. De ce cauchemar – *nightmare* – je me réveillai seul dans un petit lit, comme tant de fois pendant mon enfance (et jusqu'à mon entrée au lycée), je m'étais réveillé dans un petit lit, jumeau de celui de ma grand-mère et placé dans sa chambre (le lit qu'avait laissé mon grand-père en mourant, deux mois à peine après ma naissance). Dans la même direction où, me réveillant brutalement d'un cauchemar, j'avais tant de fois tourné mon regard vers l'autre lit, dans une autre partie de la pièce, pour y vérifier et y constater que ma grand-mère était là, bien présente à proximité, bien vivante – j'attendais d'être sûr de l'entendre respirer –, je me suis dressé et, sur un autre petit lit, semblable au mien, j'ai vu, de l'autre côté de la chambre, Barbara qui dormait sans avoir quitté la robe troussée sur son ventre. Mon cauchemar se prolongeait au-delà du sommeil puisque, à la place de ma grand-mère, il y avait cette fille que j'avais amenée là – le diable, en somme –, que j'avais moi-même choisie pour être là au lieu d'elle, et par qui je l'avais remplacée. Je venais de me réveiller dans le lit de Kate, qui m'avait été attribué, et tout est resté confus pendant quelques instants encore : Kate et ma grand-mère se confondaient, j'occupais ce lit qu'ensemble elles avaient laissé libre tandis que j'avais cédé le mien à celle que je leur préférais. C'était confus, compliqué... car j'aimais aussi ma grand-mère et Kate, je les aimais autant que l'autre, autant que Barbara et, les aimant différemment, je ne parvenais pas à démêler si j'aimais Kate comme ma grand-mère, si j'aimais ma grand-mère comme j'aurais pu aimer Kate, si j'aimais Kate et ma grand-mère comme j'aimais Barbara, si mon amour pour ces trois femmes étaient le même, et si j'avais pour elles le même désir. Il me fallut encore quelque temps pour débrouiller le réel de sa propre menace, le bonheur de ce que le bonheur contient de malheur. Je mis du temps à être enfin heureux de me réveiller là, dans un petit lit d'où je pouvais voir Barbara dormir dans un lit identique et dans la posture où je l'avais laissée, après qu'elle m'eut reçu en elle, comprenant enfin qu'au même moment peut-être, dans l'appartement de Paris, ma grand-mère se réveillait dans le lit où, tant de fois, je l'avais vue dormir. Je n'avais pas une idée précise de l'heure, car le jour s'était levé sans que la lumière fût déjà celle du matin et du petit déjeuner. J'avais quitté mon lit pour aller rejoindre Barbara dans le sien et m'allonger sur elle, entre ses cuisses, pour enfouir mon visage dans la nuit de ses cheveux, pour m'enfoncer à nouveau dans la nuit de son ventre. Elle souriait, elle s'éveillait sans ouvrir les yeux, comme pour prolonger un rêve qui n'eût pas été celui d'un malheur et d'une culpabilité lourde, comme avait été le mien, mais celui d'un bonheur léger, innocent. Quand, plus tard, nous nous sommes réveillés ensemble – le seul vrai réveil –, collés l'un à l'autre dans ce lit comme si nous avions passé toute la nuit ainsi, c'était vraiment le matin et, sur le palier, j'ai entendu Suzann et Rosalind qui descendaient pour le petit déjeuner, puis pour le départ vers la paroisse, car c'était dimanche.

37

Nous avons pu commencer à parler à voix basse, et nous étions comme deux enfants cachés dans un grenier : plus exactement, c'était Barbara, ma captive, que je dissimulais là dans un repaire où l'on me croyait seul. Je suis descendu prendre le breakfast, promettant que je rapporterais des provisions à celle qui était de retour clandestinement chez elle et qui ne pouvait se montrer. Dans la salle commune, j'ai retrouvé la maisonnée avec, à la place de Barbara et de Kate, le professeur de latin-grec et son épouse : avec un air sévère de professeur de latin-grec, il m'a dit qu'il appréciait – *I appreciate* – que je lui ai prêté ma chambre et il m'a fait savoir que je pouvais d'ores et déjà la réintégrer. J'ai répondu qu'il n'y avait pas d'urgence – *no problem, no hurry* – et qu'il pouvait encore en disposer (j'ai fait des efforts pour ne pas trahir mon ravissement d'avoir passé la nuit ailleurs). Mme Buss, Suzann et Rosalind avaient revêtu leurs toilettes de la veille, à peine simplifiées, ce qui doublait leur rentabilité : il n'y aurait pas d'autre occasion cette année de se faire belles dans des tenues d'été. Bientôt, tout le monde fut prêt à partir pour l'office anglican dont seul Hoppy se désolidarisait, allant rejoindre sa cérémonie catholique. Un lunch aurait lieu ensuite dans la maison d'un paroissien du quartier, dont me fut laissée l'adresse. Après quoi, tout le monde retournerait sur les gazons des terrains de sport du Highgate College pour les finales, et Kingsley me rappela le vol inaugural du Spitfire qui aurait lieu vers cinq heures de l'après-midi. Pour la première fois, Mme Buss me remit la clé de la porte d'entrée, me demandant de fermer derrière moi à double tour si je les rejoignais ou si je sortais. Quelques minutes plus tard, la maison s'était vidée et j'aurais dû être pressé de retourner dans ma chambre. Mais j'accumulai une petite pile de toasts beurrés et de tartines à la confiture, que j'emportai au deuxième étage, car il eût été trop tôt pour que Barbara redescendît – avec le risque du retour intempestif de l'un ou de l'autre –, et je me plus dans cette action d'aller porter de la nourriture à ma protégée clandestine, comme Pip va nourrir son ami forçat sur les pontons.

Maintenant que la maison était à nous, nous prenions plaisir à être sages. Je donnais à manger à Barbara comme à un petit animal, et je me souvenais avoir ainsi recueilli un chat en cachette de mes parents, et avoir contemplé son empressement et sa gourmandise à boire le lait que je lui avais versé dans une soucoupe. C'est d'ailleurs ainsi que j'ai pensé demander à Barbara si elle voulait un verre de lait, puisque je ne lui avais rien monté à boire. Elle acquiesça et je me précipitai, dévalant l'escalier jusque dans le frigo où étaient rangées les bouteilles d'un demi-litre – *a pint* – qu'à l'époque, en Angleterre, le laitier déposait chaque matin sur le perron des maisons ou devant les portes de service des appartements, dans les immeubles. J'avais moi-même fait du lait ma religion, depuis que Pierre Mendès France en avait bu à une tribune, l'opposant au vin, la boisson nationale dont les Français abusaient, et le faisant servir gratuitement aux enfants dans les écoles. Les instituteurs et les professeurs de sciences naturelles avaient reçu mission de vanter les bienfaits du lait et de le présenter comme cet aliment complet qui, à lui seul, peut suffire à la vie, comme il suffit pendant longtemps à la croissance du nourrisson. J'avais pris l'habitude de boire deux litres de lait par jour, comptant sur cette surenchère pour faire mieux que les autres et devenir plus fort, imaginant au breuvage que les mammifères produisent pour faire grandir leurs petits et pour leur supériorité supposée sur les autres espèces, des vertus comparables à celle des épinards en boîtes – *spinach in cans* – pour Popeye (qu'en France on appelait Mathurin) : une discipline obstinée – et aussi l'obstination à croire que je n'ai jamais cessé d'avoir treize ans – a fait que j'ai continué et que je bois toujours du lait chaque jour, où que je sois (il m'arrive d'en emporter dans mes bagages si je ne suis pas sûr d'en trouver à mon arrivée dans un pays lointain). Je remontai l'escalier avec un grand verre de lait frais et le sentiment que je prenais en charge la subsistance de ma protégée, comme un homme doit le faire avec une femme. Je la contemplais, avalant ce liquide, élixir de santé, qui lui laissait, comme au chat, des traces blanches au coin des lèvres, et je l'embrassai là, doucement. Quand j'ai vu Barbara suffisamment restaurée, l'idée que j'avais eu la veille m'est revenue : marquer chaque lieu de la maison comme territoire de nos caresses, de nos ébats, et faire de tous ces lieux où nous ne serions plus jamais seuls les témoins de nos ardeurs, mais j'étais incapable d'exprimer ce projet, non seulement en anglais, mais en tant qu'idée, que concept. Pour commencer sans risque, il y avait ce lit où Kate avait encore dormi la veille, et où elle ne pouvait supposer ce que nous étions capables d'y faire. J'y entraînai Barbara et j'effaçai ainsi la confusion trouble entre ce lit et celui de mon enfance, resté vierge – il ne le fut ensuite que jusqu'à une certaine époque… – de ces actions et états, autres que le sommeil, dont un lit est le lieu, sans compter la mort elle-même, dernière action, dernier état. Je lui demandai de se coucher là comme une petite fille sage, et elle s'allongea sur le ventre. Elle n'avait toujours pas quitté la robe qu'elle avait portée toute la journée précédente, puis toute la nuit, véritable torchon dont était vêtue une sauvageonne et à l'évidence fait pour être troussé : il fut facile de mettre à nu les fesses de la petite fille faussement sage, de les caresser, de les visiter avec impudence là où les petites filles sages éprouvent de la honte et un échauffement aux joues à de telles visites, à de telles choses… Cela suffisait pour ce premier lieu !

J'entraînai Barbara sur le palier et j'exigeai qu'elle tînt sa robe relevée sur le bas de son corps nu. J'ai frappé chez les sœurs, j'ai ouvert et, comme si elles avaient été là, spectatrices médusées, éberluées, je leur ai montré Barbara, me tenant derrière elle pour ne pas la cacher : mais sur le devant, à deux mains, je tripotai le bas de son ventre et je tirai sur la touffe de son pubis pour exhiber mieux encore comment ma conquête était faite, en ce lieu précis de son corps où résidait le scandale de notre relation. J'ai claqué la porte comme si deux vieilles filles outrées et révulsées avaient alors poussé des cris d'horreur, et nous nous sommes carapatés à l'étage en dessous. J'ai frappé chez M. et Mme Buss, chez Hoppy, chez Kingsley, j'ai poussé toutes les portes, j'étais un montreur d'ours qui répète le même numéro devant chaque porche, je présentai Barbara à notre public fantôme. Il restait encore le réduit où était la télévision, marqué par un souvenir cuisant : là, j'ai jeté ma captive à l'intérieur comme au fond d'une geôle, et jusque sur le canapé prometteur de quelques sévices – pourtant, je ne connaissais pas encore Sade (ni son œuvre ni sa vie, avec ses débuts dans le libertinage par les parties fines, les blasphèmes, les outrages et les flagellations dans sa petite maison d'Arcueil...) –, bien décidé à prendre une revanche cinglante et à chatouiller à mort ma victime, sans risque de rameuter nuitamment le voisinage. Elle riait à en pleurer, à s'en étouffer, elle se tortillait entre mes doigts, son corps lui échappait, livré à l'indécence par ses mouvements désordonnés pour se défendre, pour se soustraire, et cela ressemblait à ce que j'avais espéré la première fois, mais avec un excès d'obscénité et des exclamations qui eussent alors compromis toute suite de notre *love affair*. J'étais échauffé comme un homme ivre, la tête enflammée, j'étais devenu un furieux, et je m'enivrais encore, je faisais monter encore mon échauffement et ma fureur en entrevoyant les cuisses écartelées, une fente béante, et plus bas encore, une autre cible, une autre entrée, tirées de leur nuit. Finalement la prisonnière a réussi à échapper à l'énergumène en culottes courtes qui la mettait au supplice, elle s'est précipitée dans l'escalier avec son tortionnaire à ses trousses. Je ne riais pas, je jubilais. Nous avons déboulé en bas à grand fracas et, à cet instant, avant même que nous ayons approché, une porte s'est brusquement ouverte : Auntie Chrissie est apparue, alertée par le vacarme et les cris, et nous nous sommes trouvés nez à nez avec elle. Je n'ai jamais su ce qu'elle avait compris de la situation, ni comment elle avait interprété notre état, mais elle a dit, imperturbable : « *Is there a fire somewhere ?* » (« Y a-t-il le feu quelque part ? »). Cette femme que l'on ne pouvait imaginer que froide et frigide pensait-elle à ce tableau lascif de Fragonard qui s'appelle *Le Feu aux poudres* ? Il y avait le feu en effet, partout en nous et surtout dans ma tête, mais l'apparition m'avait fait l'effet d'une douche glacée : instantanément, j'eus la sensation de grelotter de froid. Nous nous sommes excusés, bredouillant que c'était un jeu – *a game*. L'anglais ne fait pas ce rapprochement mais en français, en effet, il n'y a qu'un pas, il n'y a qu'un peu, du jeu au feu.

La vie, l'emploi du temps d'Auntie Chrissie étaient un mystère, le plus souvent elle faisait oublier sa présence ou son absence, mais son apparition par surprise au moment le plus improbable laissait supposer – fallait-il le craindre ? – qu'elle était là plus souvent qu'on ne le croyait, espionne domestique au service d'intérêts qui échappaient aux hôtes de passage : quelque chose comme un secret de famille ? Elle était la seule personne à qui nous n'avions plus pensé – la seule dont l'absence ne pouvait être mise à profit puisque l'absence était sa façon d'être présente parmi nous –, mais elle était aussi la seule, quels que fussent son opinion et son jugement sur notre comportement, dont le « motus et bouche cousue » nous était acquis : non par indulgence ni par complicité, mais parce que nous ne l'intéressions guère – elle ne s'occupait point de nous, elle ne se mêlait pas de ça. Tandis qu'Auntie Chrissie s'était retirée dans sa chambre (une chambre sourde…) et avait refermé sa porte, nous nous sommes imposé une loi du silence en reconnaissance de la sienne, passant dans la salle commune pour y reprendre notre pantomime obscène sans le moindre bruit, sans le moindre mot, sans le moindre éclat de rire, comme dans un film du cinéma muet. J'eus vite fait de retrouver mon inspiration et le fil de mes pensées : par gestes, j'ai obtenu de Barbara qu'elle s'allongea sur la table, prête à y être dévorée par une tribu anthropophage – les Buss – qui serait bientôt de retour d'un rituel religieux, et je la forçai à exhiber toujours ces mêmes parties de son corps qui excitaient insatiablement ma convoitise, mon appétit, qui me faisaient saliver comme un chien devant une gourmandise, ou plutôt – j'en pris conscience à ce moment-là – qui provoquaient ce même mouvement de frottement de ma langue sur le palais, jusque-là lié au tripotage d'un morceau d'ouate ou, tout récemment, d'un slip de fille en coton blanc. Dans un mouvement inverse de l'épisode précédent, le feu était devenu jeu : j'ai continué en demandant à Barbara de poser ses fesses nues sur toutes les chaises qu'occuperaient à nouveau autour de la table, immuablement, Suzann et Rosalind, M. Buss et Hoppy, le professeur de latin-grec et Kingsley, Mme Buss… Nos actions ne produisaient aucun son, et Auntie Chrissie s'était elle-même évaporée dans un silence qui rendait sa présence impalpable. La maison ne faisait plus entendre que les bruits de son vide, de sa survie provisoire en l'absence de ses habitants : le tic-tac d'une pendule, le compresseur du réfrigérateur, une vibration, un craquement, le souffle d'un courant d'air sous une porte. La famille de fantômes qui habitait le poste de radio s'était elle aussi volatilisée, mais tout simplement parce que, elle aussi, donnant l'exemple, allait tous les dimanches matin à la messe, privant de ses aventures quotidiennes ceux qui n'y seraient pas allés.

Il nous restait encore le salon, et nous y avons transporté notre jeu de chat perché : les fesses nues de Barbara – et aussi ce petit peu du devant d'une fille (son mont de Vénus ou sa motte, comme on l'appelle) qui reste encore visible par-derrière – se sont posées sur le fauteuil en velours de Gênes de M. Buss, sur le fauteuil-crapaud de Mme Buss et sur le mien pour les parties de *chinese checkers*, sur les trois coussins du canapé, et systématiquement sur tous les autres sièges ainsi que sur les meubles qui pouvaient servir de marchepied ou de perchoirs. Je ne connaissais pas encore l'expression « ton cul sur la commode », mais j'en inventai une illustration personnelle... Nous n'étions pas loin non plus de la question de l'empreinte – j'étais à une dizaine d'années (années-lumière...) de découvrir les « Anthropométries » d'Yves Klein, que l'artiste lui-même allait réaliser trois ou quatre ans plus tard –, car c'était bien ce type de traces, même si elles restaient invisibles, que déposaient les fesses nues de Barbara : leur invisibilité était même leur force, car elle imposait l'indécence indécelable de quelque chose qui avait eu lieu là, à l'insu de tous, pour leur plus grand outrage, et qui hanterait désormais leur inconscient et leur vie de tous les jours. On pourrait croire que l'acte d'impudeur n'est tel que s'il offense un spectateur conscient, faute de quoi l'impudeur, privée de destinataire – c'est-à-dire sans une pudeur incarnée, victime d'un attentat –, est également dépourvue de sens, un coup d'épée dans l'eau (mais peut-être y a-t-il ici confusion entre le sens et son effet). Persuadé que je pouvais produire du sens en dépit du risque que ce fût en pure perte, comme on jette une bouteille à la mer ou comme on émet des messages radio à destination de l'univers – les garçons de mon âge et de ma génération pratiquaient le morse et les postes à galène –, ma conception était autre et, en terre puritaine, je pratiquais l'obscénité par administration anesthésiée et indolore, comme on dilue une faible dose de narcotique ou de poison dans une tasse de thé, avant chaque nuit. Grâce à leurs traces imperceptibles, les fesses nues de Barbara étaient dorénavant là pour toujours, sur le fauteuil en velours de Gênes de M. Buss, sur le fauteuil-crapaud de Mme Buss et sur celui en face d'elle, sur le canapé à trois places, sur les bergères Chippendale, d'origine coloniale, sur les deux rocking-chairs devant la fenêtre, sur les chaises, sur les guéridons, sur la commode où j'avais guetté avec désespoir les douze coups de minuit à une pendule.

Pour finir, nous sommes entrés dans ma chambre où déjà l'ambiance avait subi une légère altération, avec les effluves de parfums étrangers qui traînaient dans l'air : tabac à pipe (pain d'épices sucré), mousse à raser, eau de Cologne… À première vue, tout était à sa place, mais j'étais assez maniaque pour déceler le déplacement de quelques millimètres du fauteuil, de la chaise devant la table de travail, de la lampe sur le chevet, de la carpette au saut du lit. Seuls la maquette, les instruments et les produits disposés sur la table, étaient restés dans leurs positions précises, avec les parallélismes, les centrages et les symétries qui étaient ma signature, manies ou rituels conjuratoires dont, même après m'en être débarrassé, quelques années plus tard, par l'analyse rationnelle de leur absurdité – et par leur transformation en sujets de films, de photographies, d'« actions » artistiques… –, je ne suis parvenu à perdre complètement la trace, ne contrôlant pas certains automatismes devenus réflexes, et dont même je n'ai pas renié certaines satisfactions intellectuelles, esthétiques, morales : certes, l'ordre est un arbitraire, certes il est subjectif et relatif, mais la conception personnelle de l'ordre, aussi singulière soit-elle, est une forme d'adhésion ou de participation à l'ordre général du monde, sans cesser d'être, simultanément et paradoxalement, une dissidence individuelle par rapport au désordre universel tout aussi général. Rien ne ressemble plus à la loi que la règle, rien ne s'y oppose mieux. Car chaque individu trouve dans ses propres règles ce qui lui permet de vivre dans la loi en hors-la-loi, à côté d'elle ou, comme on dit en plaisantant, « contre, tout contre... ». Les menus désordres que nous venions d'infliger à l'ordre habituel de la maison – code moral, conception des bonnes mœurs et des convenances, des bonnes manières et de l'honnêteté – étaient aussi un marquage par l'ordre provocant de cette indécence qui était le régime ordinaire et particulier de la relation entre Barbara et moi. Un rituel unique – étrange rituel, sans répétition, de ce qui ne se produit qu'une seule fois, mais qui devient rite par le respect d'une règle stricte, systématique (c'est dans le systématisme qu'est déjà présente la répétition) – nous avait permis de marquer d'une empreinte symbolique cette matérialité indifférente du lieu qui était l'interface de notre communication avec d'autres êtres, occupant ce même lieu, à qui nous imposions à leur insu cette relation entre Barbara et moi, si radicalement différente de celle que nous pouvions avoir avec eux, et de celle qu'ils avaient entre eux. Je me suis sagement assis à ma table de travail comme je l'avais fait tant de fois quotidiennement, tout au long de ce mois de juillet 1957, pour écrire la lettre à ma grand-mère ou pour travailler à la maquette du Spitfire, ayant passé là des heures, face à l'avancée de la fenêtre à trois pans – *bow window* –, et j'ai mimé les gestes minutieux de ces opérations pour Barbara qui restait debout au-dessus de moi. Puis, j'ai déboutonné mes culottes courtes – toujours la miraculeuse aisance de ces opérations – et je l'ai attirée à venir s'asseoir sur moi (variante de la posture qu'elle avait improvisée sur la banquette du piano : elle s'était alors placée à califourchon face à moi, tandis qu'elle était maintenant assise sur mes genoux, adossé à moi, comme je l'étais moi-même à la chaise) : d'une main (la droite), je faisais semblant d'écrire ou de peindre la maquette ; de l'autre (la gauche), j'ajustais le secret de cette posture discrète et apparemment innocente (c'était ici l'ébauche d'une figure inverse de l'exhibitionnisme ou de l'attentat à la pudeur : être dans une fille, introduit en elle sans qu'il y paraisse, et se donner ce plaisir secret, cette volupté clandestine aux yeux et à la vue de tous, mais en les privant du spectacle et même de la conscience de ce qui se passe dans l'intimité des corps, et par la communication aménagée en douce dans les vêtements). J'ai compris que je n'avais passé là tant d'heures, sagement assis à cette table dans une attitude semblable, occupé à découper et à assembler des morceaux de balsa ou à aligner des mots et à former des phrases sur les feuilles d'un bloc de papier, qu'en pensant à ça. Ça : ce que je faisais de mon sexe, là, le lieu d'un autre corps où je le plaçais. C'était sans autre désir que d'accomplir ça, là, et sans projet d'aboutir. Nous nous sommes bientôt relevés et j'ai senti pour la première fois comme l'impossibilité d'aller plus loin, d'inventer encore autre chose pour repousser la fin. Tout commençait à nous dire, à nous prédire la dernière fois.

38

Pourtant, je découvris encore la possibilité d'une première fois, d'un inédit. Pour la première fois, Barbara et moi nous pouvions faire notre toilette et prendre une douche ensemble, et cela avait pour moi l'avant-goût de la vie commune avec une fille : se réveiller ensemble tous les matins et, dans la même intimité, dans la même complicité entre les corps que pour leurs ébats, leurs impuretés et leurs souillures de la nuit, ensemble les laver, les purifier, les rendre propres et vierges à nouveau, et pour toute une journée jusqu'à la nuit suivante. Par précaution, avant de quitter ma chambre, j'ai prêté l'oreille, mais, de l'autre côté du mur, chez Auntie Chrissie, il y avait là le seul espace de toute la maison d'où ne s'échappait aucun bruit, comme si tout y avait été figé par un gel polaire, ou comme si un vide sans atmosphère avait empêché la propagation du son. Peut-être Auntie Chrissie était-elle plus embarrassée que nous de ce qui s'était passé un peu plus tôt, suite à notre tapage, et peut-être était-elle furieuse d'avoir été attirée hors de son repaire et démasquée alors qu'elle n'était pas supposée être terrée chez elle, agent secret, taupe inutilement tirée de son terrier par une fausse alerte (on avait aussi découvert qu'elle ne respectait pas les obligations religieuses qui vidaient chaque dimanche matin la maison de tous les autres occupants). J'étais sûr que nous pouvions maintenant faire le pire raffut sans risquer de la voir paraître, convaincu que notre silence l'inquiétait plus que nos rires et nos cris, et qu'elle eût préféré identifier à leurs bruits nos déplacements dans la maison. Nous avons quitté la chambre à pas de loup et, avec la même discrétion qu'en pleine nuit, quand nous nous faufilions parmi le sommeil des autres, nous sommes montés jusqu'au deuxième étage.

Quand il m'était arrivé de voir ma petite sœur se brosser les dents, cela n'avait suscité de ma part que critiques et sarcasmes : elle ne s'y prenait pas bien, elle ne frottait pas comme il faut ni assez longuement, elle se lavait à la paresseuse (mais peut-être ne s'agissait-il pour moi que d'une ruse pour détourner l'attention d'autrui de ce qui attirait la mienne, face à la toilette d'une fille et à sa petite tenue dans une salle de bains). Maintenant je trouvais ravissante la façon désinvolte et rapide avec laquelle Barbara brossait ses quenottes de jeune fauve, faisant mousser la pâte qui débordait joliment de sa bouche et souillait ses babines comme une bave de propreté, de santé. Je voulus l'embrasser avant qu'elle se fût rincée, et nous échangeâmes les goûts de nos marques de dentifrice : *Vademecum* (*made in France*) contre *Colgate (made in United Kingdom)*. Tout était merveilleux, amusant, dans cette toilette commune, pratiquée comme un jeu. Tous ces soins du corps ne faisaient que me rappeler les désirs du corps – l'hygiène et le sexe comme l'envers et l'endroit d'un même besoin –, et tous les accessoires de la toilette pouvaient être détournés de leur innocence, et pervertis pour d'autres usages. Tout ce qui avait un manche – c'est-à-dire tout objet prévu pour être manipulé, « manualisé »... – était susceptible de devenir un organe mâle, à introduire là où l'on pouvait tester son accueil par un organe femelle. Avant que nous passions ensemble sous la douche, Barbara riait que j'affuble les orifices en bas de son corps d'une brosse à dents et d'une brosse à cheveux, ornements grotesques d'une parure de carnaval. Elle prenait des poses burlesques et faisait semblant de danser la samba – si j'étais un Popeye obsédé sexuel, elle devenait une Betty Boop *sex symbol* –, tandis que les soies d'une brosse à dents et celles d'une brosse à cheveux émergeaient de ses fesses et de son pubis, et je souriais pour l'encourager, mais je ne riais pas : sérieusement, méthodiquement, j'aurais voulu fourrer là en elle, dans ces deux trous, tous les objets domestiques, tous les ustensiles de cuisine ou de ménage, tous les bibelots, tous les meubles qui auraient présenté une quelconque prédisposition à l'intromission érotique, une quelconque analogie avec une partie d'anatomie introductible. Nous sommes finalement passés sous la douche et, après être restés longtemps l'un contre l'autre, laissant l'eau nous envelopper, chacun de nous a fait consciencieusement la toilette de l'autre. Selon moi, c'était ainsi que devait commencer chaque matinée pour un couple qui vit ensemble, et j'imaginais la suite de la journée dans ma vie quotidienne de lycéen en attendant d'être un jour un étudiant parmi la jeunesse affamée de connaissances et libre de mœurs de Saint-Michel et de Saint-Germain-des-Prés : à Paris, du côté d'Auteuil, je rêvais au quartier Latin comme à un paradis plein d'amphithéâtres, de salles de cours, de cafés avec des billards à l'étage, de cinémas, de petits théâtres confidentiels, d'ateliers d'artistes et de galeries de peinture, de jardins publics avec des chaises et des bancs pour la lecture et pour la révision des cours, de bibliothèques, de librairies, de laboratoires scientifiques et de chambres sous les toits avec des jeunes filles nues dans des lits, à toutes les heures du jour et de la nuit… Je m'étais fait une vague idée de la vie de bohème au quartier Latin en parcourant le premier tome des *Chemins de la liberté* de Sartre, trouvé parmi les livres de mon père. Après la toilette, partir chacun vers ses cours, et puis se retrouver pour un déjeuner sur le pouce et pour échanger quelques baisers discrets dans un lieu public, avant d'être ensemble à nouveau pour la fête intime du soir et de la nuit, jusqu'au matin et jusqu'au réveil suivants. Mais c'était dimanche, l'année scolaire était finie, et j'étais l'hôte français, en culottes courtes, d'une famille anglaise à Londres. Maintenant propre dans des vêtements frais, je ressentais une sorte d'ivresse, et je ne voyais aucune raison de continuer à nous cacher. J'ai proposé à Barbara d'aller nous promener.

39

En réalité, j'avais envie de ne rien faire, de rester auprès de Barbara sans bouger, sans obligation d'une action, d'un projet : être là avec elle pour rien, c'est-à-dire pour rien de particulier, pour rien d'autre qu'être ensemble, près l'un de l'autre, immobiles, silencieux, n'entendant que nos respirations, n'échangeant que nos propres haleines. Je ne savais pas que je rêvais à des temps morts qui, pour être tels, et cependant merveilleux, nécessitent cette échelle du temps en grandeur réelle qu'est la vie quotidienne. Il n'y avait rien de quotidien dans notre vie, aucune habitude, aucune régularité, seulement une succession discontinue d'exceptions, de transgressions, de convulsions : mais, entre ces temps forts, tout autre chose que des temps morts. Nous connaissions la vie par éclats d'une grande pureté, d'une grande intensité, séparés les uns des autres, sans ce lien, sans ce liant qu'on appelle à tort la vie quotidienne, car il s'agit plutôt de mort quotidienne – de la mort quotidiennement injectée dans la vie. J'étais comme un enfant qui ne conçoit l'état de veille que comme le contraire absolu du repos, obligatoirement constitué d'une suite ininterrompue d'événements, d'excitations, d'exaltations, de spasmes, sans retombée aucune, sans creux, sans vide de l'un à l'autre. Pourtant, dans la solitude, il m'arrivait de rester inactif, inerte, rêveur, méditatif, doutant même de l'intérêt, de la validité du moindre mouvement, de la moindre résistance à l'abandon, à la paresse. Mais dans ces moments d'intimité avec Barbara qu'il m'était donné de voler à l'ordre normal de mon existence, je ne pouvais concevoir de rester passif, sans initiative, sans proposition, sans programme. Je vis Barbara douter, hésiter, mais je parvins à l'entraîner dehors, et nous sortîmes dans la rue comme un couple de bons bourgeois quitte sa maison, refermant derrière lui la porte à double tour. Je ne savais où aller, ou plutôt, je ne connaissais qu'un seul trajet à travers le quartier : d'abord jusqu'au coin de la rue avec, sur un trottoir, la haute boîte aux lettres rouge des Postes de Sa Majesté, et sur l'autre le drugstore où je me fournissais de friandises en chocolat, et puis à droite, sur North Hill, passant devant Highpoint, la direction de Highgate Village et, arrivé là-bas, d'un côté les boutiques où je me procurais des *Observer's Books* et des *Matchbox Series*, et de l'autre la longue route rectiligne que parcourait le bus 210, menant d'abord à Kenwood (le parc et le concert du premier baiser), puis à Hampstead (le salon de thé-pizzeria « The Oasis », et une jolie serveuse danoise), et enfin à Golders Green (où j'avais été le *boy friend*, ou le *boy* de Kate) : ma géographie ne pouvait être marquée que par deux recherches, celle des objets de l'enfance et celle de la fréquentation des filles. À peine sortis et devant choisir de prendre Broadlands Road vers la gauche ou vers la droite, j'ai senti que j'avais commis une erreur : nous n'aurions jamais dû quitter la maison. En partant à droite vers la haute boîte aux lettres rouge des Postes de Sa Majesté et vers North Hill, nous courions le risque de croiser quelques connaissances, puisque c'était aussi le chemin du collège et probablement le trajet que prendrait la famille Buss de retour du lunch chez des coparoissiens. J'entraînai donc Barbara vers la gauche, descendant la rue vers le creux où, un soir, elle était venue me repêcher et me proposer le rendez-vous secret du concert à Kenwood. Je ne connaissais cette partie de la rue que de nuit, et je l'avais perçue retirée et mystérieuse : elle perdait cet attrait en plein jour, mais j'y trouvais cependant l'avantage d'être libéré des rituels dont était balisé mon trajet dans l'autre sens, là où je plaçais mes pas sur telle fissure du trottoir, sur telle plaque de fonte de la voirie, où je touchais du bout des doigts, au passage, telle grille ou tel muret, des habitudes et des manies immédiatement transposées, dans ces lieux qui m'étaient étrangers un mois plus tôt, de semblables habitudes et de semblables manies dans mes parcours familiers dans Paris, par exemple entre mon domicile et le lycée. Nous nous aventurions dans un quartier inconnu où j'étais affranchi de mes propres règles, dispensé de ces obligations que je m'imposais à moi-même et qui peut-être eussent été repérées par Barbara, ne manquant pas de l'étonner et de donner un tour peu flatteur à ma posture de personnage singulier, au comportement mystérieux, étrange, bizarre – *mysterious*, *awkward, bizarre* –, celui d'un jeune individu un peu toqué, bon à envoyer chez un psychologue. J'étais libre d'apposer les premières traces d'un nouveau marquage et en quelque sorte d'inventer des lieux que je ne découvrais plus seul mais – expérience inédite – avec une compagne. Il faisait beau, le quartier était désert et, à quelques dizaines de pas de la maison, la promenade prenait l'allure d'une exploration aventureuse. Comme d'autres avaient découvert les sources du Nil, nous atteignîmes un bout de Broadlands Road que je n'avais jamais imaginé, ayant peut-être pensé que cette voie devait s'enfoncer et se perdre dans une géographie sans exemple, dans un territoire sans carte. La rue où s'ouvrait, au numéro 15, la porte d'un paradis, ne pouvait prendre naissance que dans un site mystérieux, inaccessible, enchanté. Nous étions sur le point d'atteindre les sources cachées de Broadlands Road mais, malgré l'évidence, j'étais convaincu qu'il ne s'agissait là que d'une triviale illusion car cette rue, juste après le creux au-delà duquel je ne me risquais jamais la nuit, donnait sur Denewood Road et sur Stormont Road – ainsi se traçait un plan du quartier dans un no man's land qui, selon moi, ne pouvait correspondre à aucun plan ni comporter le moindre nom de rue. Broadlands Road s'acheva enfin, ni en impasse ni en se perdant dans l'inconnu comme un chemin s'efface en forêt – je pense soudain que cette rue aurait dû s'appeler Broadland Street et, si le mot *Road* était utilisé, c'était donc bien qu'il s'agissait d'autre chose que d'une rue : une route, un « grand chemin » –, et nous fûmes obligés de prendre la rue, ou la route, sur laquelle nous tombions : coupant et interrompant brusquement Broadlands Road à angle droit, Bishopswood Road remontait des deux côtés, et mon sens de l'orientation m'indiqua qu'en la prenant à gauche pendant assez longtemps nous retrouverions Hampstead Lane, du côté des terrains de sport du Highgate College et du parc de Kenwood. Nous marchions sans nous parler et, bien que peu éloignés de notre point de départ, nous étions comme dans une autre ville, dans un autre pays où nous nous aventurions ensemble et où personne ne nous connaissait. À nouveau, me prenait le besoin d'un événement, sans doute pour marquer ces lieux où nous étions seuls au monde, mais surtout parce que je sentais une sorte de ridicule à marcher côte à côte, en silence et plutôt d'un bon pas, sans autre intérêt que cet exercice physique lui-même, comme lors d'une sortie de boy-scouts : mon passage par les « Éclaireurs de France », auquel mes parents m'avaient poussé en escomptant les bienfaits du plein air et l'expérience édifiante d'une vie moins douillette que dans le cocon familial, avait tourné court après quelques week-ends, car je m'étais découvert réfractaire à une promiscuité permanente entre garçons, mais je gardais encore le souvenir de marches interminables le long des routes ou à travers champs, ou par des sentiers en forêt, au cours desquelles je m'étais plu et efforcé à marcher d'un pas soutenu, toujours en tête, et à infliger cette vitesse à mes camarades comme une punition. Si j'ai toujours pris un grand plaisir aux promenades solitaires, de jour comme de nuit, dans la nature ou en pleine ville, dans des quartiers familiers et rassurants ou dans des zones inconnues, voire malfamées, je ne me suis jamais promené avec une fille ou une femme sans éprouver rapidement une gêne de n'avoir rien d'autre à proposer que la déambulation ou la flânerie. Comme nous marchions séparés l'un de l'autre, j'ai saisi Barbara à un poignet, et nous nous sommes arrêtés. Je l'ai regardée longuement sans un mot : elle était sérieuse. Je me suis approché d'elle, alors que je cherchais encore quelle action extraordinaire accomplir, et ne sachant au juste ce que je pourrais inventer, ni ce qui allait se passer dans les deux ou trois secondes suivantes : porter mes mains à son cou comme pour l'étrangler et l'embrasser effrontément sur la bouche, glisser mes doigts sous sa jupe et la trousser une fois encore comme tant de fois je venais de le faire dans la maison, ou simplement l'enlacer et me serrer très fort contre elle, avec un sentiment de désespoir et l'envie de pleurer ? Je suis incapable de dire laquelle de ces actions ou quelle autre encore j'aurais entreprise l'instant d'après si une voix ne nous avait interpellés de loin. Ma première réaction fut agressive, prêt à insulter l'importun dont je ne savais même pas où il se tenait – j'avais d'abord pensé à quelqu'un qui nous aurait vus depuis sa fenêtre ou derrière la haie de son jardin – mais, me tournant enfin du bon côté, je vis s'avancer vers nous, avec sa bonhomie et sa candeur incomparables, le brave Hoppy. Il se montra étonné de nous trouver là mais ce n'était pour lui qu'une bonne surprise. Il revenait de la messe dans une petite chapelle de Bishopswood Road et il nous demanda si nous avions mangé. Je répondis que nous avions l'intention de rejoindre la famille Buss pour le lunch chez leurs coparoissiens. Navré – *very sorry* – de notre erreur, Hoppy nous informa que nous nous dirigions dans la direction opposée, puisque nous étions en chemin vers Spaniard's Inn, le pub où il allait prendre son lunch chaque dimanche, et il nous invita à l'y accompagner, ce que nous acceptâmes avec le sentiment de ne pouvoir faire autrement : en fait une aubaine qui m'avait tiré d'embarras car, après avoir maudit le hasard malencontreux qui avait mis Hoppy sur notre route dans un quartier par ailleurs désert, je dus admettre qu'il était arrivé à point nommé et que, depuis l'oubli de ma raquette avec sa housse en tissu écossais dans le métro, le jour de mon arrivée, ce charmant Écossais avait été mon ange gardien. En repensant à cet épisode, je suis sûr que Hoppy, c'est-à-dire M. Harper, caissier à la Banque d'Écosse, nous avait hélés juste à temps pour ne pas être le témoin d'une scène pour le moins gênante – *embarrassing*. Et, d'autre part, si j'avais été jusqu'au bout de l'une ou l'autre des actions entre lesquelles j'hésitais pour les deux ou trois secondes à venir, cela ne nous eût pas empêché de devoir ensuite reprendre la marche comme avant, à la recherche d'un quelconque nouvel événement marquant, mémorable, quelque chose dont l'audace eût été à la hauteur de ce que j'éprouvais : mélange d'angoisse misérable et d'héroïsme grandiose.

40

Notre couple de délinquants désormais escorté par Hoppy, nous formions avec lui un trio honorable. Pour la même raison, j'étais dispensé de toute initiative, de toute invention surprenante, de toute offense à l'ordre public. Cette configuration du trio n'était pas sans charme, car le couple n'y était ni dissous comme il l'est dans un groupe, ni soumis au régime exigeant de sa solitude : je restais auprès de Barbara et c'est ensemble que nous avions Hoppy comme partenaire auprès de nous. Cette perception changea lorsque nous nous trouvâmes dans la petite cour du pub, parmi le public élégamment bohème – artistes, cinéastes, photographes, acteurs – qui venait là depuis Hamsptead, et qui se partageait quelques tables et quelques bancs de bois pour y boire de la bière et y manger des quiches – *pies* – le dimanche matin. Pour la première fois, je voyais de très belles jeunes femmes anglaises – il faut en effet la vingtaine pour que les filles d'Albion élues par la nature accomplissent leur métamorphose – et, pour la première fois aussi, je constatais que les jolies se reconnaissent entre elles, s'identifient, ne serait-ce que pour se toiser et se comparer (signes de connivence et de sympathie ou de méfiance et de rivalité), alors qu'elles passeront inaperçues des femmes au physique plus commun, qui évoluent en société avec d'autres repères et d'autres critères. J'observais comment les trois ou quatre jolies filles, peut-être des mannequins – *models* – regardaient Barbara, créant entre elles une sorte de complicité à laquelle les autres ne prêtaient guère attention. Mais je faisais les frais d'un autre aspect de cette perception : ces trois ou quatre jeunes beautés qui étaient là, accompagnées de jeunes gens de leur âge et de leur milieu, ne me considéraient pas comme celui qu'il fallait regarder aux côtés de Barbara : c'était Hoppy, avec son crâne dégarni, ses joues roses, sa silhouette de vieux garçon bien nourri, qui passait pour l'accompagnateur intrigant de Barbara, un bienheureux coq en pâte, en somme. Et je sentais dans les regards les questions qui, après évaluation de sa médiocre prestance, spéculaient sur ce que pouvait être la séduction secrète de ce modeste petit monsieur. Ayant les faveurs d'une jeune fille comme Barbara, avec l'allure qu'il avait d'un caissier à la Banque d'Écosse, il ne pouvait certes pas être un caissier à la Banque d'Écosse. En tout cas, il était clair que personne n'envisageait un instant d'autres relations possibles dans le trio que nous formions et, sirotant mon verre de cidre à la tireuse, je me sentis ramené à mon état de gamin en culottes courtes, au bord de l'âge ingrat. J'étais loin d'imaginer que dans ce même lieu, par une nuit d'hiver, sept ans plus tard, je me retrouverais là avec Barbara, rencontrée par hasard une heure plus tôt, et sur le point de la perdre à jamais, alors que nous étions devenus un couple crédible : elle avec ses vingt-sept ans et moi venant tout juste de célébrer mon vingtième anniversaire, chez ma tante Lenke et mon oncle Bandi, à Highpoint. Un même lieu peut totalement changer d'identité et d'aspect dans deux moments différents de la vie et, dans cette différence, il devient une sorte d'énigme géographique, de mystère géométrique des destins : pourquoi là ? Je garde de ces moments passés au soleil sur les bancs de Spaniard's Inn, un des plus pittoresques pubs de Londres, ancien relais de poste du dix-huitième siècle, parmi des gens dont le milieu et les allures m'attiraient – nous étions loin des parents et des enfants du Speech Day –, le souvenir d'avoir été pour la première fois, mais aussi comme pour la dernière, l'observateur déguisé en petit garçon portant des culottes courtes du monde adulte qui ressemblait enfin à celui auquel je pouvais aspirer, le seul qui ne me condamnât pas à abandonner l'enfance et à la renier.

Nous pûmes traîner assez longtemps, nous mêlant aux conversations d'habitués qui étaient des connaissances de Hoppy, et qui, pour d'autres raisons que lui, n'étaient pas pressés de rentrer à la maison, et nous ne quittâmes Spaniard's Inn qu'en direction des terrains de sport du College : Hoppy nous rappela que nous ne pouvions rater la finale du cricket, puisque Kingsley était capitaine de l'une des deux équipes finalistes. Lorsque nous retrouvâmes la famille Buss parmi les spectateurs, Hoppy était notre témoin de moralité, comme Kate l'avait été un soir, au retour de la piscine et, en quelque sorte, nous étions les pensionnaires de la famille qui arrivaient ensemble et de leur côté. Je ne me souviens plus de cette finale du cricket sur les terrains du Highgate College que comme d'une sorte de danse ralentie et laborieuse, très économe de ses mouvements et incompréhensible. Je crois ne m'être intéressé qu'à Kingsley lui-même, dont le visage se montra de plus en plus soucieux – *concerned* – jusqu'à la fin de la partie, que son équipe perdit. Dans la défaite, il resta digne et concentré, sans manifestation de rage et de désespoir, et il n'y eut pas non plus la moindre expression d'exubérance ou de triomphe chez les vainqueurs, seulement des applaudissements courtois, modérés, dans les rangs des familles, et les félicitations compassées par les autorités du collège. Parmi les joueurs des deux camps, tous les visages restèrent également flegmatiques, seulement pénétrés de l'analyse, pour les uns (dont Kingsley), des raisons de la défaite, et, pour les autres, des raisons de la victoire : il y avait dans tout cela beaucoup de mesure et comme une morne élégance (celle d'une philosophie fataliste), finalement préférable, à mon goût, aux excès trop voyants de jubilation ou de déception d'avoir été les plus forts ou les moins chanceux.

41

De retour au 15, Broadlands Road, Kingsley ne cessait de récapituler ses fautes et de ruminer sa responsabilité dans la défaite de son équipe, avec assez de fair-play et de courage pour la reconnaître et l'assumer, mais aussi avec assez de modestie pour ne pas croire que, dans la situation inverse d'une victoire, le mérite en serait revenu au capitaine d'équipe qu'il était. Les jeunes sportifs anglais de cette époque avaient encore quelques leçons de morale et d'élégance à donner dans ces jeux dont leur nation est l'inventeur, et pas seulement au cricket, qui peut nous sembler de nature aristocratique, mais aussi bien dans le football qui donne lieu de nos jours à des raz-de-marée d'hystérie et de vulgarité, et à des comportements universellement stéréotypés, dans lesquels les pays et les cultures se singent les uns les autres. Cet état d'esprit « sportif » – que l'Angleterre d'aujourd'hui a en grande partie perdu – atteignait d'autres activités et d'autres catégories de la société : n'avait-on pas vu, à Londres, les chauffeurs de taxis faire grève en nom et place des infirmières, qui s'étaient entendues avec eux car elles ne voulaient pas que la défense de leurs revendications légitimes se fît aux dépens et au préjudice de leurs malades, un étonnant civisme permettant une telle solidarité afin de ne faire peser sur la communauté nationale qu'une incommodité mineure ? Ces chauffeurs de taxis étaient des « gentlemen sportifs » à leur manière, et nous sommes loin des chauffeurs de poids lourds ou des représentants d'autres branches professionnelles qui, dans la France d'aujourd'hui (et sans doute ailleurs), s'efforcent de produire la plus grande gêne, la pire nuisance possible pour le plus grand nombre, aux fins de se faire entendre plus fort que tous les autres, parmi tous ceux qui ont de bonnes raisons de protester.

Après le thé, Kingsley avait su tourner la page et se montrait parfaitement disponible, maintenant concentré et désireux de réussir le premier vol de la maquette du Spitfire, dont l'heure avait sonné. Toute la maisonnée était prête à se transporter dans la prairie, face au mur de surplomb de Highpoint, sorte de falaise continentale d'où nous devions lancer l'avion dans les airs, vers l'Angleterre, comme dans une traversée de la Manche. Devant l'obligation où je me trouvais de présenter le résultat de mon travail depuis un mois, j'en éprouvais de l'embarras et, si cela avait été possible, j'aurais tout annulé, ou du moins tout reporté pour une séance d'essais plus discrète, à une date moins solennelle que ces moments de célébration du Speech Day. De la même façon que le montage et la construction de la maquette avaient été une activité solitaire qui m'avait occupé des demi-journées entières, enfermé dans ma chambre, il eût été normal que l'essai du premier vol se fît à huis clos ou, plus précisément, entre hommes – c'est-à-dire avec

Kingsley principalement, et sans exclure la présence éventuelle de Hoppy ou de M. Buss. M'apparaissait ainsi un nouvel aspect de ma relation aux représentants de chacun des deux sexes : si j'avais de la gêne et même de la répugnance à partager une chambre avec un autre garçon, c'est avec d'autres garçons que je pouvais partager soit l'éventuelle réussite soit le possible échec du vol d'un avion construit de mes mains. Les filles et les femmes n'avaient rien à voir là-dedans, et leur présence à la réussite ou à l'échec de ce vol me dérangeait comme l'intrusion d'une mixité indue, participation féminine déplacée, voyeuriste, à une activité de garçons, dont ils partagent les codes comme les secrets de leurs rêveries et de leur imaginaire : a-t-on jamais vu une fille passer des heures à construire un engin à moteur dans l'espoir de le faire voler ? D'avance, j'étais mal à l'aise d'avoir à montrer cela, et de devoir exposer à des regards féminins, quel que fût le résultat, aussi bien ma vaine petite gloire qu'une bénigne déconvenue. Peut-être y avait-il aussi l'impression ou la conscience que la construction d'une maquette et le jeu avec elle sont une activité d'enfant – modèle réduit d'avion pour un modèle réduit d'homme, et la classe d'âge se mêlant au sexe –, alors qu'aux yeux des femmes de la maison, et plus particulièrement vis-à-vis de l'une d'elles, je voulais m'afficher comme un homme en grandeur réelle. Tandis que tout le groupe marchait à travers la prairie, je ressentis l'absence de Kate comme un manque douloureux ; elle seule avait eu ce point de vue lucide sur ce que j'étais : encore un petit garçon et déjà un grand garçon ; elle seule eût été ma complice et mon porte-parole dans ce camp des femmes qui évaluent l'âge chez un garçon, bien plus – ou différemment – que ne le font les garçons entre eux, toujours prêts à s'initier les uns les autres, et ne serait-ce que par curiosité chez les novices, par vantardise et pour frimer chez leurs initiateurs.

Nous laissâmes nos spectatrices et spectateurs – Mme Buss, Suzann, Rosalind et Barbara, M. Buss et Hoppy – au milieu de la prairie, où ils s'installèrent sur des plaids : ils y formaient une île, comme l'Angleterre elle-même au milieu de la mer. Kingsley et moi nous avons continué pour grimper le mur de Highpoint l'un après l'autre, le premier en haut (moi) récupérant l'avion que lui passa celui resté en bas. Kingsley me rejoignit aussitôt, et nous prîmes position au bord du mur pour mettre le moteur en route, avec la batterie externe (à débrancher après le démarrage), le bidon de carburant ultra-volatil à base d'éther et le petit entonnoir. Kingsley me retint de remplir le réservoir, n'y versant à juste titre que la moitié de son contenu afin de limiter la course de l'avion et le risque qu'il ne disparaisse hors de portée de notre vue. Dès les premières pétarades, les habitants de Highpoint qui passaient ce bel après-midi dans le jardin s'approchèrent, formant un demi-cercle autour de nous et nous interrogeant (j'en connaissais la plupart et ce public supplémentaire ne faisait qu'accroître mon inconfort). Deux fois de suite, le moteur cala – j'eus l'espoir qu'il fût noyé, que nous ne parvenions pas à le redémarrer et que la séance fût ainsi remise à une autre fois –, mais Kingsley le relança avec patience, finissant par trouver le bon réglage de la carburation : lorsque enfin l'engin fut bien parti et stabilisé à plein régime, nous dûmes retenir l'avion fermement pour l'empêcher de nous échapper. Alors Kingsley, qui voulait me laisser l'honneur du lancement, m'indiqua comment le tenir puis, d'un de ces bonds dont il m'avait donné l'exemple, il sauta dans la prairie où il s'éloigna en courant, prêt à récupérer le Spitfire là où il irait atterrir. Derrière moi, le cercle des continentaux de l'ancienne Mittel-Europa se taisait – plus aucun accent hongrois ou tchèque ne se faisait entendre dans la langue de Shakespeare –, et se bouchait les oreilles, aussi attentif et impressionné que si Robert Oppenheimer en personne était venu à domicile pour une petite démonstration privée, et s'était apprêté à faire exploser sous leurs yeux, pour l'animation du jardin de Highpoint, une bombe atomique miniature. Quelque tournure que l'expérience allât prendre, il était certain qu'elle serait rapportée à ma tante Lenke et mon oncle Bandi, qui avaient intoxiqué leurs amis et voisins par la description sans doute agaçante, insupportable, de leur neveu en petit génie.

Dans la prairie, comme au milieu des flots, l'Angleterre s'était mise debout sur son île, les regards tournés vers l'horizon où je me tenais, aviateur du continent prêt à rallier les côtes anglaises aux commandes d'un avion anglais. Je me sentais stupide et ridicule, avec mon Spitfire entre les mains, trop petit pour être un vrai et déjà trop grand pour moi, produisant un vacarme disproportionné comme le tonnerre d'une grande nouvelle qui se serait annoncée dans le ciel, car seul le bruit du moteur n'était pas en modèle réduit. Quelle que fût l'issue du vol, je l'appréhendais comme la performance exhibitionniste d'un m'as-tu-vu qui fait le malin – confirmation, du côté de la Mittel-Europa, des vantardises typiquement hongroises de ma tante et de mon oncle à mon sujet et, du côté anglais, des rodomontades d'un freluquet français –, et qui se donne la vedette avec une prestation forcément dérisoire, quelle que fût sa réussite. Si je m'étais écouté, j'aurais tout simplement coupé les gaz et, décrétant que l'expérience me suffisait pour ce jour, j'aurais déclaré qu'il n'y avait plus rien à voir, renvoyant dos à dos et chacune à ses occupations, mes deux tribunes adverses de supporters : l'Europe continentale d'un côté, l'Angleterre insulaire de l'autre. Bien des années plus tard, dans les moments qui précédaient le vernissage d'une de mes expositions, alors que les premiers visiteurs commençaient à arriver dans la galerie d'art ou le musée, j'ai souvent éprouvé le même désir que tout s'arrête, que je ne puisse rien montrer des œuvres présentes, et qu'un cas de force majeure vienne tout annuler : tremblement de terre, incendie, coupure générale d'électricité. Lorsque Kingsley se fut bien éloigné dans la prairie, il agita vigoureusement ses grands bras dans une sémaphorie qui m'indiquait la direction dans laquelle je pouvais lancer l'avion. Pour expédier au plus vite mon rôle d'enfant prodige ou de pionnier de l'aéronautique en culottes courtes, et pour abréger le meeting aérien dont j'étais le héros, je lâchai prestement l'avion dans le vide d'un geste désinvolte, presque clandestin, comme on se défait discrètement d'un objet compromettant en le jetant dans la rivière, et je m'éloignai sur la crête du mur sans précipitation, vers l'endroit où je pus sauter à l'abri des regards. Je faisais mine de ne suivre le vol que d'un œil distrait, me désintéressant de l'événement : comme je ne lui avais imprimé aucun mouvement de catapulte, l'avion avait d'abord plongé, puis il s'était redressé dans une pente ascensionnelle régulière, et cela suffisait déjà pour que je pusse faire bonne figure, échappant à la risée ou aux hypocrites paroles de consolation. J'étais au milieu de la prairie, me dirigeant nonchalamment vers Kingsley, alors que le Spitfire grimpait encore, son bruit se perdant dans le ciel. Je ne pus me retenir d'en éprouver quelque fierté, et j'entendais vaguement des applaudissements et des exclamations derrière moi, sur le continent et, à ma droite, sur l'île. Enfin, le moteur fit entendre quelques ratées avant de se taire, laissant l'espace étonnamment silencieux, comme en deuil. C'est peut-être à ce moment-là que j'ai vraiment levé les yeux vers l'avion : il a brusquement piqué, d'abord dans une inclinaison qui lui permettait encore de planer, pour finir ensuite par une chute plus raide, vers un point d'impact encore au-delà de la position où Kingsley l'attendait, ce grand garçon une nouvelle fois dépassé, lobé, comme par une de ces balles renvoyée au diable par le batteur – *batman* – de l'équipe adverse au cricket. Quand je l'ai rejoint, il tenait délicatement le modèle réduit dans ses grandes mains rouges et il l'examinait presque avec tendresse. Il me rassura : la fragile maquette s'était plantée dans une zone où l'herbe était plus haute qu'au centre de la prairie et il n'y avait de cassée que l'hélice. Les autres s'étaient approchés, et j'ai entendu Mme Buss prononcer cette morale de la fable dont mes oreilles devinrent brûlantes : « *You can fly well, but you must learn how to land...* » (« Tu sais voler, mais tu dois apprendre à atterrir... »). Et Barbara a ajouté (je retins mes larmes) : « *The plane crashed but, Thanks God, the pilot is alive...* » (« L'avion s'est écrasé mais, Dieu merci, le pilote est en vie... »).

En fait, je suis toujours resté fidèle à ces perceptions de mon comportement, celle de Mme Buss et celle de Barbara, l'important ayant toujours été pour moi de voler – c'est aussi le plus facile et le plus jouissif, comme on dit –, l'atterrissage me préoccupant aussi peu que mon propre enterrement, deux opérations où il s'agit toujours de retrouver la terre, avec à peine deux ou trois mètres de différence entre l'une et l'autre. Ainsi, lorsqu'à la même époque j'apprenais à skier, l'essentiel était de défier la pente quelle qu'elle fût – « Casse-cou ! » disaient de moi les moniteurs en alertant mes parents –, me jetant dans la descente sans accepter le moindre compromis, la moindre négociation avec le terrain et la dénivellation, c'est-à-dire en dévalant tout schuss, au plus direct et dans l'ivresse de la plus grande vitesse, sans envisager la fin de la course et la probable culbute à l'arrivée. Le risque évident d'une catastrophe finale ne me dissuadait jamais de prendre à crédit tout le plaisir possible et, dans la mesure où j'en ressortais vivant, la catastrophe finale participait encore de ce plaisir, la blessure d'amour-propre n'étant rien parmi un ensemble qui relevait d'une frime héroïque. Je n'avais pas les moyens (notamment techniques) de ma descente tout schuss, je n'en avais que le désir esthétique, et la punition finale devenait belle à son tour, arrivant trop tard pour effacer la beauté du geste. Je suis resté ce petit garçon intrépide et présomptueux dans certaines de mes entreprises d'adulte.

42

Nous eûmes la surprise d'être attendus dans le jardin par Mme Chapman, avec qui je devais faire ma dernière grande virée dans Londres le lendemain, et j'associais aussitôt l'épisode du vol et du piqué du Spitfire, que nous venions de vivre, à la figure de son défunt époux, héros de la Royal Air Force, abattu en plein vol par les Allemands, aux commandes de l'avion qui avait servi de modèle au mien. Je perçus sa présence comme un hommage qu'elle était venue rendre à mes expériences aéronautiques et, en tout cas, comme une troublante coïncidence, car que faisait-elle là ? Dès qu'elle nous vit arriver, elle ne manqua pas de reconnaître l'avion, et je fus amené à commenter mon aventure : Mme Chapman redonnait un peu de grandeur réelle et de réelle grandeur à mon exploit en modèle réduit, et elle m'offrait les honneurs de son parrainage. Mais elle venait aussi apporter le programme et le plan de la sortie qu'elle avait prévus pour nous le lendemain, et que son état de santé ne lui permettrait pas d'assurer : elle souffrait d'une crise de rhumatismes aiguë, et craignait de ne pouvoir tenir le coup pendant toute une journée de promenades et de déplacements par les transports publics. Elle était désolée de me faire faux bond pour cette dernière journée ensemble, et voulait nous montrer avec quelle minutie et quel enthousiasme elle l'avait préparée : pour finir en beauté la série de nos excursions éducatives, elle avait concocté une grande récréation avec une partie de la journée à Battersea, un parc d'attractions sur les rives de la Tamise dont elle établissait les comparaisons avec d'autres lieux similaires – le Parc d'acclimatation du bois de Boulogne à Paris, Tibidabo à Barcelone ou Coney Island à New York – et puis, pour l'après-midi, une visite aux personnages de cire de Mme Tussaud, l'équivalent de notre musée Grévin – avec une prédilection pour le Grand Guignol des faits divers sanglants de l'Angleterre victorienne –, dont les principales figures méritant qu'on s'y attarde étaient d'avance décrites et commentées dans son carnet de bord avec une inépuisable érudition. Elle nous livrait ses plans comme ceux d'une course au trésor, avec le même goût de la stratégie, de la ruse et du secret : il suffirait de suivre ses indications scrupuleusement et pas à pas. Suzann et Rosalind se sentirent visées par la proposition de remplacer Mme Chapman au pied levé, pour l'occasion, mais l'une et l'autre firent semblant de ne pas comprendre, et comme Mme Buss les interrogeait du regard, leur silence valut pour une fin de non-recevoir, c'est-à-dire comme la demande de n'avoir pas à répondre à la question, celle-ci ne devant même pas être posée. Sans doute serais-je resté timide, modeste et sans aucune attente, si je n'avais perçu le petit manège entre Mme Buss et ses filles, et le mouvement catégorique de celles-ci pour se défiler. Mais ayant tout saisi, cela me donna de l'audace puisque, par ailleurs, je n'avais plus rien à perdre à trois jours de la fin de mon séjour, et je demandai abruptement à Barbara, prenant tous les autres à témoin, si elle voulait bien m'accompagner – le seul regard qu'en cet instant je cherchai fut celui de Hoppy, qui me fit un clin d'œil. En d'autres circonstances, Mme Buss se fût offusquée de ma demande, qu'elle eût trouvée incorrecte et abusive, et elle eût mis son veto, mais nous étions à la fin de ce week-end du Speech Day, et tellement près du moment de mon départ, à trois jours de la fin juillet, que les règles de la bonne éducation et des convenances pouvaient connaître quelques aménagements ou dérogations : cette belle journée de dimanche ne ressemblait-elle pas à une fin du monde, avec les portes du Paradis déjà largement entrouvertes devant nous ? Plus prosaïquement, Mme Buss n'avait pas d'autre solution, et Hoppy eut encore la gentillesse de dire que, s'il l'avait su à l'avance, il eût pris un jour de congé pour me piloter, ajoutant malicieusement que j'avais bien de la chance d'échapper à cela, car Barbara serait un guide plus agréable et plus flatteur pour un petit Français comme moi. L'impertinence de ma proposition avait laissé les autres interdits, et pendant quelques instants personne ne s'était intéressé à la réaction de Barbara elle-même, chacun (à l'exception de Hoppy) se demandant non pas si la jeune fille allait accepter, mais comment me faire atterrir de mes doux rêves. Mme Buss souriait, perplexe, décontenancée, je pourrais dire « déstabilisée » car, dans ces moments, la stabilité excessive de son corps, étrangement trop raide et figé, en attente, indiquait plutôt sa résistance à l'onde qui menaçait de la renverser… Les deux filles ne se retenaient de me moucher que parce qu'elles-mêmes se sentaient morveuses. M. Buss, dans le doute et pour éviter d'arbitrer, faisait alterner sur son visage un sourire indulgent et une mine préoccupée, réprobatrice. Kingsley était rouge pivoine, et avait l'air de dire : « Allons, allons, c'est tout vu, la cause est entendue… », et peut-être repensait-il aux tendres et timides projets qui avaient effleuré son esprit pendant la fête d'adieu de

Kate, quand il avait dansé avec Barbara et l'avait entraînée à bavarder de l'autre côté de la barrière, dans la prairie, avant qu'elle se sente mal. Je suis sûr qu'il n'aurait jamais osé demander à Barbara d'aller se promener dans Londres pendant toute une journée. Personne ne s'était avisé que, sans répondre, Barbara s'était d'abord rapprochée de Mme Chapman, feuilletant le carnet déjà abondamment rempli par les programmes et les comptes rendus des précédentes équipées, s'intéressant à la sortie proposée par la délicieuse vieille dame et l'interrogeant sur certains détails de l'itinéraire. Sans se prononcer formellement, Barbara s'était alors contentée de me regarder dans les yeux, et elle m'avait dit: «*You'll have to wake up early, tomorrow morning…*» («Tu devras te lever tôt, demain matin…»). Sentant l'avantage que je pouvais prendre sur tout ce petit monde, englué dans la béate déliquescence du Speech Day et dans ces moments d'extase annuelle, j'eus encore le culot de répliquer à voix haute: «*You'll have to wake up early too…*» («Toi aussi, tu devras te lever tôt…»), et, prononçant ces mots, je n'imaginais en réalité qu'un seul et même réveil commun, mon unique inquiétude étant de savoir comment, et dans quelle chambre, il aurait lieu.

Mme Chapman resta avec nous pour dîner légèrement et de bonne heure et, quand elle quitta la maison pour monter dans la voiture de sa nièce venue la chercher, je sus que je voyais cette grand-mère anglaise pour la dernière fois: je me sentais le petit-fils qu'elle n'avait pu avoir, étant restée sans enfant, et elle était la grand-mère qui donnait corps à mon enfance de petit Anglais. Cette vieille dame pour qui j'éprouvais tant d'affection avait passé le relais à la première fille pour qui j'éprouvais de l'amour, et j'étais conforté par cette entente, par cette complicité entre elles: un mois de juillet à Londres avait suffi pour que se tissent les fils d'un destin anglais, la vie de cet autre que je pouvais à tout instant devenir si je choisissais ce passé-là pour mon avenir. Mais, à vrai dire, j'envisageais plutôt l'Angleterre et mon identité britannique comme le monde parallèle d'une possible double vie, qui ne m'obligerait pas à renoncer à ma vie première comme petit Français né et vivant à Paris. J'ignorais que m'attendait encore un autre passé, sans autre avenir dans mon existence que celui d'une perte, d'une disparition, avec des fantômes qui m'accompagneraient toujours, mais que je ne pourrais faire vivre que dans des fictions. Barbara étudia longuement le carnet laissé par Mme Chapman ainsi que les dépliants et les plans qui constituaient le dossier de la dernière mission. Elle les examina avec attention, déployés sur la table de la salle commune, puis elle les emporta dans sa chambre, et tout le monde fut surpris du sérieux avec lequel elle prenait son rôle. Je me voyais au bord d'atteindre à une journée idéale : entièrement programmée et validée par Mme Chapman, entièrement vécue aux côtés de Barbara, et prise entre deux nuits elles aussi passées ensemble. Avant de monter, Barbara m'avait ostensiblement prévenu, devant les autres, qu'elle viendrait frapper à ma porte à sept heures et demie du matin, et je ne vis dans cet avertissement, d'apparence disciplinaire, qu'un stratagème pour donner le change sur nos relations.

43

Jusqu'à l'heure des parties de *chinese checkers*, je voulus consacrer la soirée à la réparation de l'hélice brisée, pour ne pas laisser l'avion blessé et dans le projet d'entreprendre d'autres vols, les jours suivants, alors en solitaire. Car j'ai toujours autant aimé réparer et restaurer que construire, voulant croire à la pérennité de ce qui existe déjà, au cycle de ce qui revient et se reproduit, à la réanimation perpétuelle des êtres, des objets, des sentiments, au recommencement toujours possible de ce qui a eu lieu. Ayant réinstallé l'avion sur son support, à ma table de travail, dans la lumière de la lampe, je passai de longs moments à l'examiner, le considérant comme un objet vivant qui était désormais entré dans ma vie : déjà rôdaient autour de lui les fantômes de ceux qui avaient été les témoins de son premier vol, ceux de la Mittel-Europa qui rapporteraient la nouvelle à ma tante Lenke et à mon oncle Bandi, ceux de cette Maison d'Angleterre qu'était la maison Buss, et aussi ma grand-mère anglaise, un vague oncle écossais, et une grande sœur incestueuse venue d'une île sous les Tropiques. Je n'en finissais pas de contempler le museau de l'avion, légèrement égratigné et qui portait encore des traces de terre et d'herbe, et l'hélice au bras cassé. Sur la table de travail qui avait été le chantier de sa fabrication, l'avion m'apparaissait maintenant comme ceux que j'avais vus présentés dans les salles du Science Museum, devenu le héros d'une histoire, un appareil de légende. Et je ne me décidais pas à le remettre en état : il était beau et émouvant ainsi, avec ses éraflures, les traces de son impact dans la terre et son hélice brisée. Était-il imaginable de rééditer une telle aventure, et pouvait-il y avoir autre chose que la première fois ? La maquette aurait pu faire plusieurs vols sans subir aucun dommage et, ainsi, sans entrer dans aucune histoire, il aurait fallu attendre longtemps pour qu'il lui arrivât un événement remarquable, mais alors peut-être trop tard. Par son vol magnifique, suivi de son brutal retour sur terre, mon modèle réduit avait atteint du premier coup l'objectif de toute histoire. Je le contemplais et j'étais fasciné par la relation déjà si fortement inscrite entre l'objet, tout neuf quelques heures plus tôt, et son destin. Et j'aimais la certitude de pouvoir le remettre en état de marche et le faire voler à nouveau, mais j'aimais aussi le silence de son petit moteur éteint. Après deux heures de rêverie sur les machines vivantes et leur ruine, sur les performances et les accidents des mécaniques, et tout cela à l'échelle d'un modèle réduit, je n'avais encore touché à rien, mais j'avais refait cent fois le même vol, depuis le mur de Highpoint jusqu'à l'atterrissage dans la prairie, et c'était à bien des voyages que j'avais ainsi rêvé, décollant depuis toutes sortes de terres et de continents vers toutes sortes d'îles lointaines et désertes, au-dessus de tous les océans. J'avais décidé de conserver l'avion en l'état, pour ne jamais effacer l'histoire et les traces du premier vol, de la première fois. Et je consacrai le temps qu'il me restait avant mon rendez-vous de onze heures, à une lettre à ma grand-mère, pleine de métaphores sur ma traversée de la Manche, qui était celle aussi d'un Don Quichotte. Car le même nom n'était-il pas donné au bras de mer entre la France et l'Angleterre et à une région de la Nouvelle Castille ? Et les pilotes n'appellent-ils pas « moulin » le moteur de leur zinc ? Je me souviens d'avoir conclu ma lettre en prétendant que, si l'hélice n'avait pas été endommagée, mon Spitfire modèle réduit aurait pu emporter lui-même le courrier à destination (bien entendu, j'avais lu *Vol de nuit* de Saint-Exupéry, et je m'étais passionné pour l'aventure de l'Aéropostale), car l'avion que j'avais construit était un vrai avion, il avait vraiment volé.

Quand je me présentai dans le salon pour les parties de *chinese checkers*, j'y trouvai M. Buss assoupi dans son fauteuil en velours de Gênes, et sur son visage continuaient d'alterner le sourire indulgent et la mine préoccupée, réprobatrice – enseigne lumineuse clignotante qu'on a oublié d'éteindre –, comme si l'affaire – évidemment autre chose qu'une *affair* dans son esprit – de ma proposition à Barbara avait continué de susciter son courroux, sa perplexité, son indécision. Je m'installai en attendant Mme Buss et, quand celle-ci parut, elle envoya son époux se coucher, l'avertissant que son sommeil était agité. Les parties de *chinese checkers* avaient déjà le goût des dernières fois, et même celui d'une cérémonie de commémoration. Nous jouions en douceur, comme à l'entraînement, nous amusant de tout, des bons coups de l'un et des erreurs de l'autre, évitant de nous faire du mal. En prenant place dans son fauteuil-crapaud, Mme Buss avait tout de suite dit: «*You are a lucky boy…*» («Tu es un garçon qui a de la chance…»), et je ne sus pas ce qu'elle rangeait parmi les indices ou les bienfaits de cette bonne étoile: pensait-elle au vol réussi de la maquette malgré l'atterrissage raté, ou à la complaisance de Kingsley, ou à la Mittel-Europa de Highpoint où je comptais tant d'admirateurs, ou à la bienveillance et à l'attachement de Mme Chapman, ou aux dispositions toujours généreuses de Hoppy, ou à ma facilité aux *chinese checkers*, ou à mes retrouvailles prochaines avec ma famille… ou à Barbara qui me manifestait une disponibilité inespérée de la part d'une telle jeune fille…? Je m'efforçai à la plus grande modestie, mais plusieurs fois pendant l'heure que nous passâmes à jouer, Mme Buss répéta, méditative «*You are a lucky boy…*», sans que ces mots fussent rattachés à la conversation d'une quelconque façon, et comme la grande rousse aux taches de son sur le visage n'avait cessé, pendant toute la soirée de la veille à Kenwood, de m'asséner la question: «*Why are you so proud?*» La litanie de Mme Buss finit par m'impressionner, et je me demandais de quoi ces mots «*You are a lucky boy…*» étaient l'évaluation dans mon destin, dont je n'eusse pas encore pris conscience et que je risquais de laisser passer et de perdre. Pour ma part, je ne cessais de ramener la conversation aux grands moments du Speech Day, à la figure avantageuse que Mme Buss y avait faite avec les autres membres de la famille, aux récompenses reçues par Kingsley, aux qualités de caractère de ce garçon comme le courage, le dévouement et la loyauté, à la personnalité des filles dont j'admirais l'attitude si farouchement féminine, à M. Buss lui-même, si sage, si réservé qu'il apparaissait tout entier comme une réserve, c'est-à-dire comme un recours. À tout cela, Mme Buss répliquait régulièrement par «*You are a lucky boy...*», comme si j'avais eu de la chance aussi de voir de cette façon les choses dont je lui parlais, c'est-à-dire de pouvoir avoir un tel point de vue sur le monde. À minuit, comme un 31 décembre, toute une année semblait se conclure, toute une époque dans la vie d'une famille, et j'étais le témoin de cela. Avec le lundi 29 juillet, succédant au week-end du Speech Day, nous entrions dans un temps nouveau, vide et plat, faussement rempli et faussement animé par la poursuite de quelques activités quotidiennes, la vie qui continue.

44

Je me suis retiré dans ma chambre, ne sachant comment Barbara et moi allions parvenir à nous retrouver pendant la nuit: allait-elle descendre sur la pointe des pieds quand tout le monde serait endormi, ou comptait-elle que je monte puisque, désormais, j'avais un lit, celui de Kate, à l'étage des filles? De toute façon, il fallait que Mme Buss eût terminé ses préparatifs pour le petit déjeuner du lendemain, eût tourné le verrou de la porte d'entrée, se fût enfermée chez elle. Je me suis allongé sur le lit avec un livre et, par moments, je cessais de lire pour prêter l'oreille: Mme Buss n'en finissait pas de ranger, de remuer des objets, je l'entendais aller et venir dans la cuisine et dans la salle commune. Quand enfin ses grands pieds dans ses chaussures toutes neuves firent craquer l'escalier, j'étais décidé à ne pas attendre plus longtemps, même si je ne me souvenais pas l'avoir entendue tourner le verrou. J'entrouvris ma porte et dans le vestibule tout était sombre : je pouvais donc me risquer dans l'escalier, ce que je fis avec impatience, et comme bénéficiant enfin d'un feu vert. Je déboulai tête baissée au premier étage, mais j'eus alors la frayeur de trouver la porte de la chambre à coucher de M. et Mme Buss ouverte, avec de la lumière à l'intérieur, et j'entendis des bruits de pas. J'avais alors le choix entre forcer le passage, traversant le palier comme une ombre et me précipitant vers le deuxième étage, avec le risque d'attirer l'attention par le moindre bruit et d'être surpris dans une portion d'escalier où je n'avais rien à faire, ou rebrousser chemin prestement sans aggraver mon imprudence. Ce fut cette deuxième solution que je choisis, mortifié de trahir mon tempérament naturel, mon désir et le serment tacite de retrouver Barbara coûte que coûte pour la nuit. J'étais à peine en bas des marches, que j'entendis Mme Buss ressortir de la chambre – ses mots « *You are a lucky boy...* » résonnaient dans ma tête –, et je venais tout juste de repousser ma porte qu'elle traversait le vestibule pour tourner à double tour le verrou de l'entrée. Je l'avais échappé belle et je restais immobile, n'osant relâcher la poignée. Si Mme Buss m'avait surpris, montant vers l'étage des filles, aurait-elle été amenée à préciser, en se scandalisant, ce qu'elle sous-entendait par : « *You are a lucky boy...* » ? Elle ne remonta pas tout de suite, je l'entendis rallumer la salle commune et, trop heureux d'avoir été bien inspiré pour me tirer d'un mauvais pas, je décidai de me rallonger avec mon livre et de laisser passer assez de temps pour ne plus prendre aucun risque. De son côté, Barbara pouvait descendre avec le simple prétexte d'aller chercher une boisson ou un fruit dans la cuisine et, pour peu qu'on ne la surprît pas pénétrant dans ma chambre, il n'y aurait rien eu à redire. Sur ces considérations, je m'endormis tout habillé, le livre sur la poitrine, le visage dans la lumière douce et chaude de la lampe, rassuré par ce soleil de minuit.

Je passai la plus grande partie de la nuit à faire un rêve voluptueux, dans une atmosphère libérée de la pesanteur où tout me semblait léger, la vie elle-même, et où les relations humaines étaient merveilleusement faciles, fluides, transparentes. J'y retrouvais tous les membres de la maison Buss, au 15, Broadlands Road à Londres, qui formaient cercle pour assister à mes ébats avec Barbara et les encourager doucereusement, me remontrant que je ne devais ni les cacher comme un secret ni en concevoir aucun sentiment de honte ou de culpabilité. Personne d'autre que Mme Buss ne prenait la parole – d'ailleurs elle-même ne s'exprimait que lèvres jointes, comme une ventriloque – et par sa voix je n'entendais, à intervalles réguliers, que les mots : « *You are a lucky boy...* » On me reprochait mes cachotteries, en évitant cependant toute sévérité, toute véhémence, et la demande m'était adressée d'exécuter devant tout le monde tous les accouplements et toutes les postures sexuelles auxquels je me livrais avec Barbara, dans tous les lieux et toutes les pièces que j'avais voulu marquer par une injure obscène, sans en avoir le courage et sournoisement, alors que la maison avait été laissée à ma garde. Dans les sourires de ceux qui nous entouraient, je lisais un intérêt trouble, une curiosité feinte et l'incitation retorse à inventer quelques figures nouvelles. Barbara et moi nous étions condamnés à nous produire et, pour notre plus grand délice en dépit du malaise, on nous obligeait à prendre honnêtement et au grand jour les plaisirs que nous avions cru devoir voler et consommer en cachette. Nous nous portions d'un lieu à l'autre aussi systématiquement que nous l'avions fait dans la maison vide, le matin même, et maintenant tous ses hôtes nous accompagnaient, comme des touristes suivent un guide, ou comme des enquêteurs suivent avec une indulgence incitative et pernicieuse la reconstitution d'un crime par les coupables. Prêtant une oreille attentive à la confession de nos profanations, de nos sacrilèges, de nos blasphèmes, chacun voulait savoir ce que nous avaient inspiré sa place à table, sa chambre, son fauteuil ou son lit. Nous étions au centre d'une nuée où tous flottaient dans une béatitude délétère, et nos mouvements les plus acrobatiques, les plus indécents, se faisaient sans le moindre effort, dans un ralenti général de nos exercices de fornication forcenée comme aussi bien des déplacements de ceux qui nous accompagnaient et qui nous entouraient de près. Nous étions dans un étirement du temps de nos actes qui produisait sur eux un effet de loupe : nous ne pouvions rien cacher, rien escamoter, nous n'avions droit à aucun raccourci, à aucune ellipse, et tous nos gestes ainsi que les organes impliqués étaient soumis à une intense et brûlante surexposition. C'était comme un supplice chinois où la mort du condamné lui est refusée au profit d'une exécution interminable, nous étions indéfiniment dépossédés de la libération qu'est l'orgasme. Sur la table de la salle commune où j'avais allongé Barbara en prévision d'un festin cannibale, tous les membres de la maisonnée avaient pris leur place comme d'habitude, mais sans peser sur les chaises : je dus coucher Barbara comme je l'avais fait le matin même mais, toujours sans qu'un mot fût prononcé – dans un silence où l'on entendait, très amplifiés, tous les bruits de nos corps et de nos organes –, on exigeait de nous avec une gentillesse cruelle et un émerveillement empoisonné que nous rendions visibles de très près ces parties de nos corps où ils s'interpénétraient, afin d'examiner et de mieux comprendre le mécanisme de leurs emboîtements et, plus précisément, la correspondance des tailles, la coïncidence et l'adéquation des parties génitales, la confrontation des couleurs de peau. Dans l'absence de sons d'une bande vierge (on n'entendait que le bruit de fond d'un projecteur, comme si nous avions été les images d'un film muet) – c'est-à-dire comme le matin même nous nous étions abstenus de toute parole, de tout éclat de rire et de tout bruit –, nous étions requis de montrer comment un sexe de petit garçon français blanc pouvait pénétrer celui d'une jeune fille métisse de la Trinidad : cela tenait de la séance de travaux pratiques et d'une cérémonie d'initiation au sein de quelque secte. Barbara n'avait éprouvé aucune gêne ni manifesté aucune réticence à s'étendre sur la table et à offrir impudiquement aux regards de tous ce que chacun voulait contempler d'elle derrière un verre grossissant, et j'entendais les paroles silencieuses, admiratives et perfides qui, sur les lèvres muettes de nos spectateurs, accompagnaient l'évaluation de sa bouche, de ses seins, de sa chute de reins, de son ventre, de ses cuisses, puis de sa chatte – *pussy cat* – et de son trou du cul – *asshole*. Les compliments bourdonnaient autour de nous comme un essaim d'insectes autour d'une vermine. Je suivais des ordres muets qui nous étaient formulés par une pression de l'air sur nos tempes et nos tympans et, après avoir tiré Barbara par les hanches pour amener son sexe au bord de la table, je dus en séparer les replis de chair, et montrer comment j'y introduisais le mien – il fallut même que je répète plusieurs fois l'opération afin que chacun, à tour de rôle, pût en observer et en apprécier le détail jusqu'à se déclarer suffisamment informé –, restant debout et vertical tandis que Barbara finissait par me ceinturer avec ses jambes. Suzann et Rosalind se montraient très attentives – n'étaient-elles pas des apprenties infirmières pour qui les corps ne devaient avoir aucun secret ni inspirer aucune répugnance – et ne manifestaient ni dégoût ni mépris – *neither disgust, nor disdain* –, elles appréciaient en professionnelles, par des paroles muettes elles faisaient la remarque qu'elles n'auraient jamais songé à une telle posture et qu'il faudrait s'en souvenir, d'ailleurs cela rappelait la table d'opération. M. Buss restait neutre et rêveur, mais son expression disait que nos étreintes lui rappelaient de lointains et doux ou douloureux souvenirs. Hoppy m'encourageait par toute la gamme de ses clins d'œil et par de discrets signes de main, mais le ravissement un peu naïf ou factice qu'il exprimait était celui d'un profane, comme quelqu'un qui déclare avec franchise qu'il ne connaît rien à la peinture, mais verrait bien, au-dessus de son buffet ou au mur de sa chambre, un tableau de Rembrandt ou du Titien. Kingsley s'était levé, en bon élève – du fait de sa taille, il semblait se déplier en un temps interminable –, sans avoir articulé un mot, il avait levé la main et sollicité l'autorisation de s'approcher, car il était toujours un peu lent à comprendre et à mémoriser: je lui avais permis d'effleurer du bout des doigts les seins de Barbara pour constater et apprécier leur érection – une réaction qui le faisait rougir et sourire – et je lisais sur le visage du brave garçon la même approbation, bouche bée, que lorsqu'il avait découvert et inspecté de près la maquette du Spitfire. Je crus même déceler son désir et sa timide proposition de participer et, de la même façon que j'avais accueilli bien volontiers son aide pour le modèle réduit, il m'était difficile de ne pas lui céder ma place dans l'expérience maintenant en grandeur réelle, afin qu'il essaie à son tour d'aller placer quelque chose de lui entre les cuisses de Barbara et pour qu'il exprime ce qu'il en ressentait, mais, dans mon rêve, je ne parvenais pas à l'imaginer sortant quelque chose de son pantalon, et se débraguetter pour une autre raison que pisser dans un urinoir du collège. Ce fut comme une bonne nouvelle de découvrir que Kate était là, de retour parmi nous, une alliée certaine parmi ce jury incertain, à moins que son départ n'eût été qu'un mauvais rêve de la veille, que mon rêve corrigeait. Elle aussi se montrait pleine de bienveillance, mais je la savais plus sincère, et d'ailleurs elle se démarquait des autres par une moindre curiosité, par une discrétion délicate, peut-être aussi comme quelqu'un qui a déjà tout vu et n'a plus rien à apprendre ou, en tout cas, qui se doute bien et n'a pas besoin qu'on lui fasse un dessin... Je lus sur ses lèvres jointes qu'elle nous assurait de sa protection et qu'elle imposerait à tous le respect des règles même si, à première vue, Barbara et moi n'avions aucune raison de craindre une quelconque malveillance ou antipathie de la part de ceux qui nous entouraient, sans mauvaise intention ni préjugé. À vrai dire, j'avais l'impression qu'elle nous garantissait non pas du risque de quelque perversité ou turpitude, mais de celui d'une candeur excessive et d'une empathie trop empressée, comme celle des mongoliens quand ils manifestent sans retenue leurs affects et leur sensualité spontanée, câline. Elle était là pour signifier que, dans ce que nous faisions et à quoi nous consentions que tout le monde assiste pour l'information générale et pour que chacun pût se faire une idée et une opinion, il n'y avait pas que de la légèreté mais aussi de la gravité, pas seulement des plaisirs superficiels mais l'abîme vertigineux d'une extase sacrée. Parfois, Kate se penchait au-dessus de Barbara, examinait son visage avec tendresse et l'embrassait sur la bouche : j'essayais de deviner si leurs lèvres restaient chastement closes ou si leurs langues se cherchaient et se caressaient (le détail avait son importance). Et puis elle se redressait et venait porter ce baiser depuis les lèvres de son amie jusqu'aux miennes – transmission et répétition d'une ancienne leçon – puisque, dans la posture dont nous faisions la démonstration, nos corps, perpendiculaires l'un à l'autre, ne se rencontraient que dans le lieu géométrique de leur intersection, là où se réalisait l'intromission de mon sexe dans le sien, tout le reste – et nos êtres tout entiers – demeurant séparé, sans autre contact, sans autre caresse de l'un à l'autre. Parfois, dans mon rêve, la situation se transportait dans d'autres endroits de la maison, comme le salon, avec le fauteuil en velours de Gênes de M. Buss, ou le crapaud de Mme Buss, ou l'un des rocking-chairs, ou la fameuse commode, et toujours nous étions accompagnés par notre docile et studieux cortège comme par une classe d'écoliers qui nous eût suivis consciencieusement. Toujours il nous fallait inventer ou retrouver une posture particulière, incontestablement adaptée à la pièce et aux meubles : les plus exagérées et les plus lascives étaient celles qui suscitaient le plus grand ébahissement, les sourires les plus suaves, les encouragements les plus chaleureux à perfectionner encore l'accouplement, et même l'aveu d'une jalousie devant cette victoire de la grâce contre toutes les menaces de la pesanteur et du mauvais goût. Et cela toujours dans le silence des bouches muettes et des lèvres jointes. De tous les espaces de la maison, l'escalier était celui marqué par le plus fort interdit : dans mon rêve, il devenait au contraire celui qu'il fallait débarrasser de toute malédiction, exorciser de toute présence diabolique, pour l'aborder enfin sans idée préconçue, sans appréhension ni précaution particulières : Barbara et moi nous dûmes, sur les marches, improviser toutes sortes de positions qui tiraient parti du support à degrés, et se jouaient de son inconfort, tandis qu'au-dessus de nous, tous les hôtes de la maison se penchaient à la rampe comme à un balcon de théâtre, pleins d'appétit de découvrir, avant de les juger, toutes les ruses de la lubricité. Et nous dûmes répéter et varier nos accouplements plusieurs fois, sur la montée jusqu'à chacun des deux étages et même sur les paliers, inversant l'inconvénient en avantage et l'incommodité en commodité, par exemple pour les figures où Barbara à quatre pattes offrait sa croupe, et les spectateurs – stagiaires ? enquêteurs ? jurés ? – se montraient tout excités de savoir dans quel orifice se faisait la pénétration, chacun réagissant et exprimant ses impressions et ses suppositions par des mimiques. Nous conjurions tout mauvais sort lié à cette montée vers les pièces les plus privées de la maison, celles qui pouvaient donner lieu à de mauvaises pensées. Je commençais à ressentir que nous étions contraints à ce cérémonial par un tribunal au service des lois toutes-puissantes de l'hypocrisie. Ces lois chuchotaient de toutes parts, par toutes les bouches closes, que dans toute cette maison il ne se produisait aucun acte honteux, scandaleux, inavouable, et que l'interdit n'était qu'une modalité singulière de la permission, à preuve la tolérance, la compréhension et l'indulgence dont nous bénéficiions. Chacun nous poussait à honorer sa chambre, son fauteuil, sa chaise ou son lit de quelque configuration remarquable – aucune de nos inventions n'étant assez hardie pour choquer, et les esprits sans prédisposition pour les figures libidineuses sachant cependant reconnaître non seulement les prouesses de mon imagination mais leur pouvoir révélateur pour les imaginations d'autrui –, et comme tout se faisait sans effort, sans résistance et sans poids des corps, nous restions infatigables, inépuisables : Barbara exhibait sans fin les flots qui me la rendaient accueillante sans limite, et je ne cessais de répandre en elle avec lenteur et sans jamais atteindre l'acmé de la jouissance, les flots lentement accumulés en moi par la nature depuis beaucoup plus d'années qu'en comptait mon âge réel. Dans sa temporalité émancipée du rythme terrestre, le rêve nous ramenait parfois à la salle commune comme à une scène originelle de coït et d'accouchement simultanés, de pénétration dans la nuit et de venue au jour, avec Barbara allongée sur la table d'opération ou sur l'autel du sacrifice, pour une cérémonie où l'extraordinaire retrouvait soudain le temps ordinaire de la vie quotidienne, rythmes, régularités et répétitions – impression d'accélérer – comme, par exemple, pour le rassemblement de chaque matin au petit déjeuner, et, dans ce temps nouveau, certains destins s'étaient réalisés : Suzann et Rosalind étaient devenues des sages-femmes. Alors, je ne savais plus si cette scène se continuait, vouée à une prolongation par le jeu d'une boucle sans fin, tandis que j'avais laissé mes fantasmes errer ailleurs, ou si elle se répétait tout naturellement, et comme il se doit, chaque jour. Quand, ayant repris le cours de la visite après ces sautes répétées dans un autre temps, nous arrivâmes chez Suzann et Rosalind – à nouveau jeunes filles et étudiantes –, ayant enchaîné les postures sur les marches des deux étages comme si nous avions dû les monter à quatre pattes, enfants dévergondés qui ne cessent de forniquer en profitant de ne pas savoir encore se tenir debout, les sœurs invitèrent Barbara à revêtir certaines de leurs toilettes et, derrière ce geste généreux, il y avait le désir de vérifier comment leurs jupes pouvaient être troussées et leurs blouses dégrafées, et l'espoir que leurs vêtements connussent ainsi un baptême des feux de l'Enfer, les promettant à de semblables réjouissances – de la jouissance elle-même, je ne savais ce qu'elles pouvaient connaître ou soupçonner. Pénétrant Barbara, dans une robe de Suzann, je voyais Suzann sourire et fermer les yeux, pour essayer de se représenter et d'éprouver le contentement qu'elle pouvait attendre d'un tel acte et d'une telle posture. La chambre des filles de Trinidad ne fut pas épargnée par la visite, et je compris que tout le monde était au courant de ce que nous y avions fait : c'est pourquoi nous dûmes montrer comment tenir à deux sur un petit lit d'une place, quel parti tirer de l'étroitesse d'une couche et de l'étroitesse encore plus resserrée du corps d'une fille, en ce lieu si proche de sa féminité et où on pourrait l'ignorer cependant. J'entendis Mme Buss ponctuer nos actions d'un : «*You are a lucky boy...*», sans desserrer les dents. Kate ne manifestait aucun étonnement, d'avance informée de tout, approuvant sans restriction que nous ayons profité de son absence et, après avoir applaudi notre performance sur le petit lit de Barbara, elle nous proposa d'en produire une version inversée et jumelle sur le sien, qui était jumeau de l'autre. Et tous exprimaient une mielleuse reconnaissance que nous leur fissions découvrir sans voile toutes les actions que nous avions accomplies là en douce, pour notre plaisir égoïste et clandestin. Ils exigeaient de tout savoir, de tout voir, et quand nous arrivâmes au chapitre des godemichés de fortune, chacun montra du zèle dans la recherche d'un objet original à introduire dans le corps de Barbara. Je compris qu'ils mouraient d'envie d'essayer eux-mêmes, et Barbara se prêta au jeu avec une spontanéité et une complaisance charmantes, ne refusant, avec d'instructives explications, que les ustensiles les plus inadéquats par leur forme, leur taille ou leur matière. Mais j'étais moi-même surpris de la voir accepter et réaliser des propositions démesurées, dont je n'aurais pas eu l'audace. Nous nous montrâmes aussi sous la douche, et ce fut l'occasion d'une pause pour tout le monde. En redescendant au premier étage, dans la chambre de M. et Mme Buss, nous fûmes confrontés à leur lit, le plus imposant de tous dans la maison, d'abord parce qu'il était destiné à un couple et ensuite parce qu'il devait y accueillir le grand corps de Lilian, qui me répétait en silence : «*You are a lucky boy...*», en tirant le drap en guise d'invitation. Dans mon rêve, je perçus d'abord cette couche nuptiale comme celle où avaient été conçus Kingsley, Suzann et Rosalind, un lit spécial pour la procréation : j'en conçus le risque et Barbara s'en inquiéta aussi. Nous devions nous méfier de ce lit-piège, consacré au devoir conjugal, fait pour réussir correctement la conception des enfants et des lignées, des héritiers et de la descendance, et pour satisfaire aux exigences démographiques du puritanisme et de son économie de conservation du capital et du patrimoine. Nous avions pris place cependant et la secte nous entourait avec des mines sérieuses, attentive à notre leçon, sur un chapitre essentiel. Barbara fit une démonstration qui m'apprenait en même temps une technique que nous n'avions jamais expérimentée, mais dont on avait parlé entre garçons au lycée, affublée d'une appellation énigmatique en latin: *coitus interruptus*, une méthode de contraception appelée à être enseignée dans les futurs cours d'éducation sexuelle auxquels les lycéens et lycéennes des générations suivantes allaient avoir droit. L'assistance dut réprimer un mouvement de stupeur et de rejet pour apprécier, avec un semblant de neutralité idéologique et d'impartialité, et sans faire la grimace, lorsque je montrai comment, une fois que l'orgasme est irréversiblement engagé, le garçon peut se retirer, et n'éjaculer que sur le ventre de sa compagne plutôt qu'à l'intérieur avec, pour faciliter les choses, la collaboration de cette dernière, son coup de main si l'on peut dire. Mais, toujours englués dans le ralenti de tous les mouvements, nous restions privés de toute jouissance. En l'occurrence, et si la chose est imaginable, ce fut même à un événement inverse que nous fûmes condamnés, car la notable désapprobation des idées qui inspiraient la technique du retrait prématuré, nous obligea à passer le film à l'envers, en quelque sorte, et je vis le sperme reprendre le chemin de mon sexe, à la vitesse normale maintenant, produisant à son passage une cuisante et intense brûlure. Au rez-de-chaussée, je pensais que le logement d'Auntie Chrissie serait épargné par la visite, puisque elle-même était absente, parmi nos spectateurs, mais ce fut elle qui nous ouvrit sa porte, m'invitant à passer comme tous les mardis après-midi, tandis qu'elle-même était prête à sortir, prenant congé et nous laissant là. Comme tout le groupe s'engouffrait avec curiosité dans la pièce, il devint évident que tous savaient de quelle sorte de ballet le piano avait été l'accompagnement, et je dus jouer les petits virtuoses tandis que Barbara, à quatre pattes sous le clavier, s'affairait avec sa bouche dans le boutonnage de mes culottes courtes. Mon impression était, comme lorsque j'avais joué pour de médiocres connaisseurs, et pour faire plaisir à ma mère et à ma grand-mère, de gâcher la musique devant un auditoire indigne de Chopin. D'ailleurs, le tempo d'un mouvement lent était encore exagéré par le ralenti général de tous nos gestes et de la bande sonore. Après un dernier accord qui résonna longtemps, je crus que nous étions quittes mais, d'un petit geste du doigt décrivant un cercle, Mme Buss me fit comprendre que nous devions encore inverser la posture : Barbara dut se mettre au clavier à son tour, et alors son interprétation scolaire et quelques fausses notes furent excusées par ce que je lui faisais en même temps entre les fesses, tandis qu'elle était assise sur moi. Il y eut encore d'autres prestations dont je ne me souviens plus, et dont peut-être le souvenir s'était déjà perdu dans le songe lui-même, ou dès l'instant du réveil. Mais la logique du rêve avait été de passer en revue tous les lieux de la maison, de tester tous les lits, de célébrer tous les meubles en allant chaque fois jusqu'au bout d'un rut gracieux et léger, tellement indécent, tellement obscène, que de tels qualificatifs n'avaient plus de sens, car était rendu dérisoire ce que le matin même j'avais conçu comme un comble de l'inconvenance et de la provocation et, dans la voie ouverte par les libertins les plus endurcis, mon but inconscient ayant peut-être été d'outrepasser les exploits les plus effrénés de la débauche, dans une prémonition de ce que j'allais découvrir quelques années plus tard dans la littérature. La maison Buss me révélait l'Angleterre tout entière dans le revers de son hypocrisie, avec sa complaisance infinie envers les crimes du sexe, en complicité objective avec eux. On avait oublié ma chambre, comme s'il y avait eu là le secret d'une vraie intimité à respecter, un sanctuaire inversé où toutes les actions retrouvaient leur vitesse et leur violence, où les corps retrouvaient leur poids, leurs odeurs, leurs cris, leurs soupirs, où les animaux humains retrouvaient la parole, où les actes retrouvaient leurs conséquences et le risque d'être jugés et châtiés : c'était la chambre interdite de Barbe Bleue. La douce et perfide pression qui nous avait conduits aux aveux et à la reconstitution de nos délits pouvait d'un instant à l'autre devenir insupportable, et ceux qui nous avaient fait de si gentilles figures pour nous amener à nous révéler et à nous compromettre pouvaient brusquement se démasquer en tribunal d'Inquisition. Mon rêve avait été voluptueux d'un bout à l'autre et d'une suavité continue, sans effort, sans excès, sans fatigue, sans extase. Mais il arriva un moment où, parvenu avec Barbara devant ma chambre, et tous deux vivement poussés par tous les autres à nous y réfugier pour y cacher nos vraies relations, avec la promesse que, pour le coup, ils resteraient dehors, le seul fait de pousser la porte et de pénétrer là en les laissant derrière nous, me procura la montée d'une telle jouissance que cela me réveilla.

45

D'un coup, j'étais transféré dans la réalité de ma chambre : je retrouvais le chaud soleil de minuit sur mon visage et le poids du livre sur ma poitrine, mais ce n'était plus tout à fait la nuit et ma volupté n'était plus dans mon rêve, idéale et propre, elle montait dans mon corps, impétueuse et embarrassante. Barbara était assise au bord du lit, à côté de moi, tout habillée et, lorsque j'ai suivi son bras du regard, j'ai vu celui-ci se perdre dans l'ouverture déboutonnée de mes culottes courtes. J'ai senti que ce bras était le dernier lien qui me raccordait encore à mon rêve et à sa conclusion, une main m'avait conduit jusqu'au réveil, et maintenant je sentais des giclées de liquide chaud se répandre sur mon ventre et poisser mes vêtements. Je me demandai depuis combien de temps Barbara était là, me caressant avec cette même douceur d'où j'émergeais, et je crus qu'il était temps de nous déshabiller pour nous mettre au lit. Mais c'était le matin, et Barbara me souriait avec cette expression de regret ou de compassion qui se lit sur le visage de la mère ou de la nourrice obligée de tirer l'enfant du sommeil. Elle me chuchota qu'il était sept heures et quart – en fait, elle se contenta de dire : « *It's a quarter past...* » – et qu'elle était supposée venir frapper à ma porte quinze minutes plus tard. Je ne savais encore si je venais de passer la nuit la plus merveilleuse de mon existence, celle d'une réconciliation définitive et générale avec tous les êtres qui m'étaient proches ou si, réglant leurs comptes à la fois à mes juges et au coupable en moi, dans un rêve, je venais de laisser passer bêtement l'une de mes trois dernières nuits, dans les bras de Barbara au 15, Broadlands Road à Londres. En tout cas, je n'avais pas été un grand garçon et un amant, même en culottes courtes, mais un petit garçon qui cède au sommeil en s'endormant sur son livre, et qu'attend au matin une journée de petit garçon. J'entendis encore une fois les mots : « *You are a lucky boy...* »

Ces paroles dont l'écho ne cessait de me revenir avec insistance, comme pour me persuader de ce qu'elles me soufflaient, me devenaient de plus en plus mystérieuses avec le réveil, puisque je retrouvais le divorce en moi entre l'enfant et l'adulte, et le divorce, hors de moi, entre ce dont je pouvais ouvertement me déclarer heureux et ce qui faisait secrètement mon bonheur, entre le monde de la maquette en modèle réduit et le monde en grandeur réelle, avec Barbara. Tout cela n'avait semblé résolu, toutes ces oppositions n'avaient été réduites que dans mon rêve, et j'avais pu y écouter les mots : « *You are a lucky boy…* » en appréciant leur sens, mais le retour au monde réel les rendait à l'étrangeté du réel, d'où ils me venaient car, avant de résonner dans mon rêve, derrière les lèvres closes de Mme Buss, je les avais entendus dans la bouche de celle-ci, distinctement articulés et maintes fois répétés pendant les parties de *chinese checkers*. Barbara s'était retirée, me promettant son prompt retour quand elle viendrait frapper officiellement à ma porte quelques minutes plus tard. Elle m'avait laissé avec la souillure que je devais à mon rêve ou à sa caresse – je ne pouvais plus démêler l'origine de cette jouissance. C'est en réparant cela, quittant mes vêtements, me lavant, me changeant, que j'adoptai la formule de Mme Buss comme une devise, mais en la modifiant pour la personnaliser tout en la rendant plus objective : « *Alan is a lucky boy…* » Ainsi, je pouvais l'accepter, devenant le personnage désigné par ce sort, et je pouvais me convaincre de jouer le rôle, d'en être digne, d'en écouter la leçon. Le petit Alain avait donc de la chance.

C'est à la lumière de cela et dans la peau de ce personnage – le petit Alain qui avait de la chance – que je me fis propre et que j'abordai comme un être tout neuf cette journée que, dans ma vie ancienne, j'aurais dû passer avec Mme Chapman. Maintenant le *lucky boy* était appelé à la passer tout entière aux côtés de Barbara, loin du 15, Broadlands Road et d'une vie en modèle réduit, dans une sorte de maison de poupée, tous deux lancés en pleine ville dans la vie en grandeur réelle. J'avais enfoui dans mon bagage les vêtements souillés qu'il me faudrait laver moi-même pour ne pas révéler leurs taches empesées et honteuses : ils étaient la défroque de mon être ancien, que j'abandonnais pour devenir ce jour-là un être nouveau, pleinement conscient d'être un *lucky boy*. Je me tenais prêt, et lorsque Barbara frappa solennellement trois coups à la porte, je l'ouvris en grand, d'un mouvement vif, et je me sentis un autre en effet, bien que toujours en culottes courtes. Je me souviendrai toujours de son sourire amusé et content, complimenteur et complice – au bord du sifflement admiratif – lorsqu'elle me vit paraître dans mon costume d'homme nouveau, ayant laissé derrière moi, dans cette nuit dont elle avait vu l'aube, le petit garçon qui s'endort sur son livre et fait attendre son amoureuse toute une nuit, jusqu'à ce qu'elle vienne lire dans ses rêves et, par ses caresses, donne au corps endormi ce dont le rêve le prive, pour le dissiper dans l'air. Barbara conclut sa rapide inspection par un petit rire satisfait, et nous pûmes nous présenter devant tous les autres dans la salle commune du petit déjeuner, comme si maintenant nous n'avions plus rien à leur dissimuler, c'est-à-dire comme si nous pouvions commencer à les rendre témoins de ce que nous voudrions bien leur montrer ou leur cacher. Je trouvais en effet tous les regards sur nous différents, et maintenant débarrassés de l'ancien préjugé – critique ou complaisant – envers l'attitude du petit Français avec les grandes filles. Mme Buss avait préparé les sandwiches de notre repas dans un panier, comme pour mes sorties avec Mme Chapman. Et Barbara se contenta d'en prélever quelques-uns qu'elle glissa dans son sac, déclarant qu'elle m'emmènerait déjeuner dans un restaurant dont elle aimait beaucoup les *Wimpies* (*Wimpy* était une chaîne de hamburgers, petits pains ronds et grillés garnis de viande hachée qui étaient encore inconnus en France et qui ressemblaient, en plus croustillants, aux actuels *McDonald's*). Il était clair et bien établi que je ne partais plus avec ma grand-mère anglaise et son panier à pique-nique, mais avec une jeune fille qui m'emmènerait au restaurant. Alors Mme Buss, sur un ton sans mystère et manifestant ainsi en mon nom ma gratitude à Barbara, m'a lancé d'une voix forte et grave, comme si elle m'avait grondé en même temps : « *You are a lucky boy...* » Barbara avait disposé sur la table le carnet, la carte et les dépliants que lui avait laissés Mme Chapman, et je vins m'asseoir près d'elle, à la place de Kate, pour qu'elle m'expliquât notre programme. Bientôt, les uns et les autres se levèrent, nous laissant à nos plans de bataille, et j'eus l'impression que chacun, quittant la pièce, me lançait un : « *You are a lucky boy...* », à la fois reproche et compliment. Quand nous fûmes prêts à partir, nous nous présentâmes à Mme Buss pour dire au revoir et comme pour obtenir son autorisation de sortie. Barbara et moi nous nous tenions côte à côte face à la directrice de l'institution dont nous étions pensionnaires, et qui nous examinait en souriant. Elle m'a recommandé : « *Be a nice boy !* » ; alors j'ai serré Barbara par la taille, elle m'a tenu par l'épaule, puis elle a passé une main dans mes cheveux pour les ébouriffer, et nous avons ri. Mme Buss aussi, mais je ne sus de quoi au juste elle riait : en ce lendemain de week-end du Speech Day, on semblait pouvoir rire de tout et de rien, sans conséquence. Comme elle aurait lâché deux ballons dans le ciel, Mme Buss a simplement ordonné : « *Off you go !* » J'ai dit : « *See you later...* », et j'ai entendu en réponse : « ... *alligator !* ». Nous étions partis.

46

Il m'est impossible de décrire cette journée passée en promenades dans Londres avec Barbara comme j'ai pu le faire des expéditions avec Mme Chapman, mises au point et réglées tel le suspense d'un roman policier, organisées en chapitres et en paragraphes avec des images légendées et des croquis. La leçon que j'allais recevoir ne figurait pas au programme, mais elle excédait tout ce que je pouvais espérer apprendre, acquérir et expérimenter au titre de ma préparation à la « grande vie », c'est-à-dire à la vie des grandes personnes, puisqu'elle était la première journée de cette vie-là – et devait rester la seule avant longtemps – vécue à grande échelle par le petit garçon que j'étais encore : du moins, était-ce ainsi que je voyais les choses. Nous prîmes d'abord le métro en direction de Battersea Park, et le premier événement bouleversant fut le métro lui-même : y monter avec Barbara, y être assis à côté d'elle, ou debout contre elle quand le wagon était plein, sentir sur nous des regards étrangers, parmi une foule être les seuls à nous connaître, tous deux ensemble parmi la multitude des inconnus. Pour marcher, nous nous tenions par la main mais, dans mon esprit, c'était moi qui tenais Barbara et non pas elle qui m'aurait tenu comme une grande tient un petit : en tout cas, nous pouvions nous afficher ainsi, marchant main dans la main, sans que cette conduite eût pu sembler déplacée – *inappropriate*.

Battersea était, comme le Prater à Vienne, le parc d'une fête foraine permanente, avec des stands de toutes sortes, des manèges, une grande roue, des balançoires géantes, des maisons de sorcières, des trains fantômes, un palais des glaces, un grand huit… Le guide, ou le scénario conçu par Mme Chapman, prévoyait de me faire monter dans certaines de ces attractions tandis qu'elle m'aurait attendu à la sortie, mais il était maintenant hors de question que Barbara m'y envoyât seul, pour que je m'amuse de ces distractions pour enfants. Je la voulais à tout moment à mes côtés, et j'attendais, de tous les dispositifs de vertige ou d'épouvante, l'occasion de jouer au petit homme qui sourit de la faiblesse des filles et se fait protecteur. Dans le train fantôme, je profitai de chaque surprise effrayante pour lutiner Barbara dans le noir, tous les prétextes étaient bons pour l'embrasser, la caresser, la tripoter et, dans le grand huit, je tins son visage blotti contre ma poitrine, ma main sur ses yeux lorsque le vide qui s'ouvrait abruptement devant notre wagonnet nous soulevait le cœur. Mais ma joie et mon excitation me trahirent souvent : elles étaient celles d'un petit garçon qui en redemande. Il y avait un manège pour les amoureux, où l'on pouvait monter à deux sur de grands chevaux de bois. Il tourna pour nous seuls car le parc était presque désert en ce lundi matin – d'ailleurs, certaines attractions ne fonctionnaient pas –, alors que j'aurais préféré confronter et comparer l'audace de mes gestes polissons aux gestes d'autres couples, et quand j'embrassai Barbara dans la nuque, la mordant comme un cheval mord la jument au garrot, c'était pour rire, évidemment : pourtant, je ne pensais qu'à l'échauffement que pouvaient produire entre ses cuisses le frottement de la selle et le mouvement de va-et-vient de notre monture de bois. Un jour d'affluence, Battersea eût été plein d'enfants accompagnés de leurs parents, et sans doute aurais-je fait figure, parmi une telle cohue, de petit garçon conduit par sa grande sœur, mais l'absence de toute animation, de tout public nous laissait Barbara et moi dans la réalité ambiguë de nos relations : j'étais un petit garçon en culottes courtes qui s'amuse des distorsions des corps dans des glaces déformantes, mais j'étais aussi l'amant de cette fille dont je connaissais le corps nu et ses formes précises, aussi intimement que le fuselage du Spitfire, assemblé et poli de mes mains.

Nous étions les seuls clients et les seuls spectateurs, à la fois ceux qui s'exposent et ceux qui se rincent l'œil, ceux qui s'amusent de prendre des risques et ceux qui s'amusent du risque pris par les autres. Nous ne pouvions nous distraire que de nous-mêmes, ne nous comparer qu'à nous-mêmes. L'expérience devenait clinique et je nous voyais comme des rats de laboratoire que l'on soumet à des tests de découverte et d'apprentissage. Il nous manquait l'ivresse et l'émulation que procure à deux corps attirés l'un par l'autre la présence d'autres corps qui à la fois les poussent l'un contre l'autre et leur donnent l'exemple, leur soufflent le motif principal et leur fournissent l'humanité autour. J'avais cru jusque-là que la solitude était propice aux entreprises amoureuses: c'était ignorer qu'il faut alors jouer tous les rôles en plus de celui du jeune premier, car toute relation prend naissance dans la société, y compris lorsque c'est contre elle, et il est bien naïf de penser que l'on peut rejouer la rencontre d'Adam et Ève au Paradis. Pour se couler des jours heureux de volupté continue sur les plages d'une île déserte, avec une créature de rêve, comme disent les magazines, il faut avoir vaincu la société, avoir réussi à la fuir, et il faut qu'elle reste à l'horizon une menace pour le bonheur des amants dans leur refuge: tel était le grondement de Paris, vu et entendu par Manon et Des Grieux, au pied de leur retraite dans le village de Chaillot sur sa colline. En outre, un parc d'attractions est conçu pour la foule, il appelle la participation du plus grand nombre, il est ainsi fait que les sensations de chacun s'y expriment au regard de tous. Il faut la frayeur des uns et l'hilarité des autres, il faut les rires et les pleurs, il faut les aventuriers et les moralistes, il faut que la joie soit contagieuse et se propage parmi les corps, il faut que les enlacements et les tendres baisers d'un couple enhardissent d'autres couples à d'autres baisers, à d'autres enlacements. Je me disais : il faut bien que quelqu'un nous observe, on doit nous soumettre à une expérimentation, on cherche à savoir quelles tournures prennent les relations entre un petit garçon fou de désir et une jeune fille qui se laisse faire, dans une fête foraine. Mais il manquait la fête, il n'en restait que les accessoires, les machines tristes et froides. J'étais déçu, insatisfait et comme privé d'une victoire, convaincu que d'autres circonstances, dans ce même lieu, m'auraient fourni l'occasion de marquer quelques points : car pour passer de la vie en modèle réduit à la vie en grandeur réelle, l'étape du jeu, de la dépense et des illusions m'apparaissait comme l'intermédiaire idéal, où les sensations essentielles sont imitées par des sensations équivalentes, où la peur de la vitesse fait pousser des cris dans d'authentiques moments de vitesse sans risque, où l'horreur du vide général se focalise face à un vide particulier, où la peur du noir et l'angoisse de la nuit sont soumises à une nuit noire de laboratoire, où le frisson de panique est provoqué par la panique d'une catastrophe contrefaite, où l'on se donne des caresses et des baisers de roman, dans ce qui n'est en effet qu'un chapitre de roman. Les fêtes foraines sont ces lieux où l'enfance s'accélère et où le vieillissement se ralentit, facilitant la rencontre des âges, et l'on appelle « attractions » moins des machines attirantes que des machineries où s'expriment les attirances, parce que les lois physiques et les lois humaines y sont provisoirement suspendues, défiées : on tombe dans le vide mais on ne s'écrase jamais et on rebondit, on se perd au fond d'une nuit mais on ressort en plein jour, on chavire mais sans sombrer, on est perdu parmi le monde des morts mais on s'en tire toujours vivant. On est un enfant manipulé par des jouets géants, on se laisse aller à avouer ce que la vie réelle nous apprend à dissimuler, on ne déteste et on ne souffre que pour mieux aimer et pour jouir un peu plus. Dans une des rares baraques de friandises qui fût ouverte, j'ai acheté de la guimauve – *marshmallow* – de couleur rose et vert pâle : j'étais un petit garçon très gourmand qui a besoin de sucreries. La fête foraine est un pays avec ses nourritures et ses gourmandises particulières – récréation joyeuse au régime ordinaire de l'alimentation –, aussi extraordinaires par leurs goûts, leurs couleurs, leurs consistances, que le sont les lumières, les constructions, les décors, les engins, les sons et les musiques. Le *marshmallow* restait une médiocre consolation et, quand nous quittâmes Battersea Park, je ne voyais de projet plus important, plus urgent, que d'y revenir un soir d'affluence avec Barbara : cela devenait pour moi ce qu'est le rêve d'un week-end à Venise pour d'autres.

Nous avons traversé la Tamise par Albert Bridge, et nous avons marché le long du quai de Chelsea puis, par Sloane Street, nous sommes remontés vers Hyde Park et Kensington Gardens. Le ciel était radieux et j'avais devant moi une journée unique de mon existence, qui me semblait infinie en même temps que j'en percevais le lendemain comme un néant fatal, une fin du monde. J'ai toujours eu cette double perception du temps de ma vie : m'imaginant exercer toutes sortes de métiers, vivant successivement sur tous les continents, dans les grandes métropoles cosmopolites ou dans les villages perdus, au fond des jungles tropicales ou au milieu des déserts, en haute montagne ou sur des rivages exotiques, dans tous les milieux, parlant toutes les langues, prenant tout mon temps pour m'attarder à de telles hésitations et détours, comme si j'avais devant moi cinq siècles d'espérance de vie et, d'un autre côté, toujours désireux d'aller vite, de précipiter les choses, d'accélérer, de ne pas traîner. J'ai toujours été à la fois patient et impatient, capable d'attendre sans hâte que vienne mon heure, mais ne supportant pas la démarche trop nonchalante du badaud qui déambule devant moi et m'empêche de passer. En ces moments, je sentais mon imagination et mes moyens d'agir cruellement insuffisants pour remplir un tel espace de bonheur, et je craignais de décevoir Barbara, qu'elle ne s'ennuyât avec moi, qu'elle ne décidât de rentrer plus tôt à la maison, car nous avions déjà commencé à négliger les recommandations de Mme Chapman. À Hyde Park cependant, nous nous sommes allongés sur le gazon pour consulter le petit carnet, mais Barbara est tombée sur les comptes rendus des sorties précédentes, elle s'attardait avec amusement à certains passages, les lisant à voix haute – le timbre de sa voix et l'accent de son anglais étaient si différents de ceux de ma grand-mère anglaise ! –, elle s'esclaffait en imaginant le couple que j'avais formé avec la vieille dame dans les musées, les zoos, les jardins botaniques ou sur les gradins des courts de tennis. Nous étions allongés sur le ventre, le menton dans les mains, et la lecture, qui me ramenait aux épisodes vécus tambour battant, en commando aux côtés de la veuve du pilote de la Royal Air Force, me rappelait par contraste le privilège d'être couché dans l'herbe, au soleil, paresseusement, avec la plus belle fille du monde. Tandis qu'elle continuait la lecture, je la forçais à laisser passer ma main sous elle, jusqu'à ce rebondi au bas de son ventre que je me représentais maintenant comme un petit triangle de gazon se frottant contre le gazon, motte de chair contre motte de terre. Je parvins à la tenir par là comme si je l'avais tenue tout entière dans le creux de ma paume, guettant le moment où cette intrusion indiscrète l'envahirait, l'empêchant de continuer à lire. Mais elle poursuivait imperturbablement, et je remarquai même qu'elle ne sautait plus les pages à la recherche d'épisodes nouveaux, restant accrochée au déchiffrage ânonnant d'un même passage, dont la compréhension se brouillait. Et puis, comme j'avais moi-même, la veille au soir, clos mes paupières sur mon livre, Barbara a finalement couché son visage sur le carnet ouvert et, les yeux fermés, elle ne répétait plus, doucement, que le mot : «*Yes... Yes... Yes...*», après quoi je crus qu'elle s'était endormie, car elle restait silencieuse et je n'entendais que son souffle. C'était trop simple à mon goût, il me fallait une pointe plus piquante : j'obligeai Barbara à reprendre la lecture, sans cesser d'activer ma main entre ses cuisses. Il y eut alors un petit jeu d'enfants, une bataille de vaincu à vainqueur, entre ses protestations : «*No... No... No...*» et mon exigence, mes sommations : «*Yes... Yes... Yes...*» Elle finit par obéir et elle reprit au hasard la lecture du carnet. Le contraste était troublant entre cette littérature de journal de voyage, de compte rendu d'expédition, minutieux jusqu'à la maniaquerie – les heures de nos arrivées et départs étaient consignées à la minute près, de même qu'étaient notés les prix de chaque billet d'entrée, de chaque ticket de métro, de chaque tasse de thé, avec, régulièrement, des additions de récapitulation partielle, et cela tenait aussi du registre de comptabilité –, et l'entreprise dont Barbara était l'objet de ma part, sur laquelle elle eût aimé se concentrer : je la contraignais à cet exercice qui consistait à lire un procès-verbal rébarbatif et, en même temps, à ne penser qu'aux frivolités et aux flatteries que lui contait ma main en secret – conter fleurette, fleureter, flirter..., c'est bien plus tard que je devais apprendre l'étymologie. Enfin, je me considérai suffisamment victorieux, et je lui fis grâce de la lecture, lorsqu'elle referma le carnet et recommença à égrener les : «*Yes... Yes... Yes...*» dans un chuchotement rauque irrésistible. Alors, je me suis souvenu de ma nouvelle devise, conjuratoire contre toute déconvenue du destin : «*Alan is a lucky boy...*»

Allongés l'un à côté de l'autre, nous ouvrions et nous fermions les yeux, essayant de nous endormir en nous hypnotisant l'un l'autre. Nous sommes restés ainsi quelques minutes au soleil, et j'ai entendu Barbara murmurer : « *I don't know if you are a naughty boy or a smart boy...* » (« Je ne sais pas si tu es un méchant garçon ou un gentil garçon... »). Mon choix était fait, j'ai répondu : « *Naughty...* » Après cette pause, peut-être même après un léger assoupissement, nous nous sommes redressés et j'avais déjà un peu faim. Je me suis souvenu des petits sandwiches prélevés par Barbara au panier qu'avait préparé Mme Buss, comme pour les sorties avec Mme Chapman. J'ai avancé une proposition interrogative : « *What about the little sandwiches...?* » (« Qu'en est-il des petits sandwiches... ? »). Barbara s'est exclamée : « *You... are... a... monster...!* » en séparant et en appuyant chaque mot, et elle a vidé sur l'herbe le sac qu'elle avait porté en bandoulière et qui ne fermait que par un lacet : les sandwiches furent déversés parmi le contenu et je ne m'intéressai plus qu'à un bâton pour les lèvres, à un petit mouchoir, à ce que j'identifiais comme une boîte de tampons féminins (en me souvenant de ce que j'avais découvert dans l'armoire à pharmacie de ma mère), et à un portefeuille qui s'était ouvert sur une carte d'identité d'étudiante, dont la photo montrait Barbara deux ou trois ans plus tôt, avec les cheveux noués en nattes. Je me jetai sur cette image et je trouvais à Barbara une mine de petite fille modèle comme jamais je n'aurais voulu en fréquenter. Sans doute avec dédain, je lui ai dit qu'elle avait l'air d'un vrai bébé. Enfin, les petits sandwiches au pain de mie furent les bienvenus, ils étaient bruns et blancs comme Barbara et moi, et j'appréciais de grignoter et de partager d'aussi charmants petits sandwiches bruns et blancs avec la plus belle fille du monde, tous deux couchés dans l'herbe. Je me souvenais du rituel solennel et méticuleux de ma grand-mère anglaise pour la même opération, assise sur un banc ou sur un muret, et déposant soigneusement les mêmes charmants petits sandwiches bruns et blancs sur une serviette en papier. Mais Mme Chapman et moi, c'était blanc sur blanc. Barbara me demanda justement comment se déroulaient les pique-niques avec la veuve d'un pilote de la Royal Air Force, et je lui répondis que c'était pareil qu'avec elle : couchés dans l'herbe et échangeant quelques baisers au fromage de Chester ou à la sardine fumée. J'ai conclu en risquant ma première plaisanterie au sujet de la différence d'âges, prétendant que j'aimais les femmes plus vieilles que moi, et même les bien mûres, et par-dessus tout les émouvantes veuves de pilotes de la Royal Air Force, qui savent ce qu'est un héros. Barbara répliqua que j'étais vraiment un *naughty boy* et que, dans dix ans, j'aurais bien changé de goût, que je ne l'aimerais plus, que je lui préférerais des filles encore plus jeunes qu'elle en ce moment même. J'étais incapable de m'imaginer dix ans plus tard, et la conversation sur ce thème s'arrêta là : je regrettai aussitôt d'avoir parlé de cela, ayant compris que pour Barbara le sujet n'était pas anodin. Depuis le début de notre *love affair*, elle s'était montrée incompréhensiblement sensible et réceptive à mes sentiments et à mes désirs, pour une fille de son âge et compte tenu du mien. J'avais cru qu'elle s'était laissée aller à une sorte de jeu dangereux avec un petit Français déluré, curieuse de voir jusqu'où cela irait, et je n'avais aucune conscience d'avoir été déjà si loin, d'avoir déjà autant obtenu d'elle. Je découvrais qu'à l'horizon de ces « folies » où je l'avais entraînée, elle se posait des questions auxquelles elle n'entrevoyait que des réponses douloureuses.

Nous avons marché le long de la rive du lac Serpentine, jusqu'à l'endroit où il devient The Long Water, à la limite de Hyde Park et de Kensington Gardens, et nous sommes passés devant un pavillon comparable à celui de Bagatelle à Paris (j'étais bien loin d'imaginer que je reviendrais là une quinzaine d'années plus tard, et que j'y retrouverais des amis artistes – Christian Boltanski et Annette Messager, Anne et Patrick Poirier –, pour une exposition française dans ces lieux, la *Serpentine Gallery*). Puis, nous sommes arrivés devant la statue de Peter Pan que ma tante Lenke m'avait fait découvrir dès ma première visite à Londres cinq ou six ans plus tôt, alors qu'elle et mon oncle Bandi habitaient encore un appartement au bord de Hyde Park. Je n'ai jamais eu de réelle attirance envers le héros imaginé par James Matthew Barrie pour le petit George Llewelyn Davies, rencontré dans ces jardins, après que lui-même, ayant perdu son frère aîné âgé de treize ans (mon âge à cette époque), eut voulu prendre sa place dans ses vêtements et dans le cœur de leur mère, s'accrochant à son état d'enfant. À treize ans, campé dans des culottes courtes qui n'étaient celles d'aucun fantôme mais bien les miennes, j'avais besoin d'histoires en grandeur réelle, prêt à passer directement de *Robinson Crusoë* à *Moll Flanders* (comme Daniel Defoe lui-même), et je n'éprouvais pour Peter Pan qu'une sympathie mitigée : d'accord avec lui pour refuser de grandir, de quitter l'enfance, pour repousser les horreurs de l'âge adulte et de la maturité, mais à condition que la fée Clochette – Tinker Bell – ne restât pas une miniature, encore bien plus petite qu'une enfant, figurine de femme volante en modèle réduit, maquette de Spitfire métamorphosée en bombe sexuelle aux attributs affolants, mais aussi inapte à l'amour physique que les lilliputiennes pour Gulliver, et qui représentait ainsi le comble de l'hypocrisie et de la frustration. On sait que certains auteurs anglais ont été troublés par des fillettes encore loin d'être nubiles, et il fallait bien la libido d'un écrivain britannique pour fantasmer un être doté par la nature aussi généreusement que les *pin up* des calendriers, mais à l'échelle de ce que sont pour les petites filles – elles-mêmes déjà trop petites –, leurs poupées. J'aurais sans doute rêvé de poursuivre Clochette avec mon Spitfire, dans ses vols de magicienne, mais je ne l'aurais ainsi accompagnée qu'en imagination, et je préférais, la maquette du Spitfire restant posée sur la table de ma chambre, laisser tomber mes culottes courtes de petit garçon et entraîner la fée Barbara dans mon lit. Alors que nous étions arrêtés parmi d'autres badauds qui avaient conduit leurs enfants émerveillés devant l'effigie de Peter Pan jouant de la flûte, j'ai dû souffler à l'oreille de Barbara : « Fais donc à Peter Pan ce que tu m'as fait ce matin pour me réveiller. » Elle a murmuré une fois encore : « *Naughty boy !* », et j'ai répliqué : « *Lucky boy...* » Je n'acceptais de rester un petit garçon en culottes courtes qu'en compagnie de filles assez grandes pour que je pusse baisser les leurs, et il me manquait, parmi toutes les aventures périlleuses et toutes les audaces dont Peter Pan était le héros, les seules qui m'intéressaient : celles de la passion amoureuse et de la sexualité. Tous les livres et tous les personnages pour la jeunesse – de *Peter Pan* à *Pinocchio* en passant par *Alice au pays des merveilles*, et *La Petite Sirène* – qui font de l'enfant, qu'il soit mâle ou femelle, un ange ou un démon qui, de toute façon, se désintéresse de son sexe et l'ignore, c'est-à-dire sans pulsions et sans imaginaire érotique, laissent en pointillé une composante déterminante de l'histoire individuelle et de l'identité enfantine. Devant sa statue, lieu de pèlerinage pour tant de petits Londoniens, j'aurais volontiers montré à Peter Pan ce qu'on peut faire avec une fille de vingt ans, qui n'a ni peur ni honte de frayer avec un petit homme en culottes courtes.

En poussant vers l'ouest, nous sommes parvenus à l'angle du *Speakers Corner*, et je retrouvais les harangueurs, montés sur leurs chaises pour brailler leurs opinions politiques, gentiment fumeuses ou lourdement lestées de bon sens, royalistes ou républicaines, marxistes ou anarchistes, inspirées par Dieu ou par Satan, se référant aux origines de l'univers ou dénonçant les crottes de chien qui polluent les trottoirs comme cause de tous les maux de l'humanité, mais toutes prétendant donner la solution pour le juste gouvernement des hommes, étant entendu que l'*homo britannicus* constitue la version ultime du processus d'évolution découvert et analysé par Darwin. Mon oncle Bandi raffolait de ces discours et de ces prêches pleins d'arguments irréfutables, exprimés avec conviction face à une audience dérisoire, il s'en amusait comme d'un spectacle burlesque, riant toujours de bon cœur et bruyamment jusqu'à se faire repérer par l'orateur, qui nous signifiait alors notre congé, quitte pour nous à aller en écouter un autre et, pour mon oncle, à s'en amuser tout autant. Je racontai tout cela à Barbara, qui montrait de l'intérêt pour mes rares allusions à ma famille et qui me demanda si un jour je lui présenterais mon oncle tchèque, habitant Highpoint. J'en profitai pour le décrire, avec toute la séduction de son physique et de son tempérament chaplinesques, et en précisant qu'à peine plus grand que moi d'un demi-pouce, il avait épousé cette sœur de mon père qui se disait elle-même (avec une exagération typiquement hongroise) avoir été la plus belle fille et la plus courtisée de Budapest, avant la guerre. Mon oncle Bandi était en effet un petit homme, mais il n'était qu'un parent par alliance, et j'avertis Barbara que mon hérédité, et surtout mes grands pieds, me promettaient à une haute stature : dès juillet de l'année prochaine, je risquais fort d'avoir dû troquer mes culottes courtes pour des pantalons et il ne me resterait plus que les shorts pour le tennis. Alors, je vis Barbara tout émue, elle me serra fort dans ses bras et me dit à l'oreille : « *Lucky boy...* » Je me dégageai en marmonnant sombrement, tête basse, mains dans les poches – et la gauche y retrouvant un linge de coton blanc : « *Naughty boy…* »

Nous avions abandonné le jeu de piste et le parcours fléché qu'avait organisés Mme Chapman, ne retenant que le musée des Cires de Mme Tussaud où nous pourrions passer plus tard, sur le chemin de retour vers Hampstead et Highgate, remontant vers le nord par Regent's Park. À Marble Arch, pour la première fois, nous étions, Barbara et moi, au cœur d'une grande ville animée, à quelques *blocks* seulement, sur Oxford Street, de Soho, le quartier réservé aux adultes – comme peut l'être Pigalle à Paris –, avec ses bars crasseux, ses vieux pubs, ses boîtes de nuit et ses cabarets douteux, ses commerces de fripes et de marchandises d'occasion – l'année suivante, dans une boutique de *second hand cameras*, j'échangerais l'appareil photo Rolleicord emprunté à mon père contre une petite caméra de cinéma Bell & Howell 8 mm –, ses vendeurs à la sauvette de publications licencieuses, ses cinémas, ses lieux de spectacle. Barbara y connaissait un café français, appelé « Les enfants terribles », où les Gaulois de passage à Londres se retrouvaient, et notamment en juillet, pour y fêter la prise de la Bastille. C'était aussi dans ce quartier qu'elle aimait manger au comptoir d'un restaurant de *wimpies*, avant ou après une séance dans un cinéma voisin qui, matin et soir, tout au long de l'année, ne programmait que des *cartoons*, des dessins animés. Il n'était pas midi – *noon* –, et la possibilité d'aller au cinéma si tôt – ce qui était impossible à Paris – me ravissait, et d'autant plus pour un programme exclusivement composé de « Tom & Jerry », de « Félix the Cat », de « Bugs Bunny », de « Duffy Duck », de « Porky & Beans », de « Sylvester », de « Woody Woodpecker », de « Mickey Mouse », de « Donald Duck », de « Goofy », de « Pluto », de « Droopy », de « Popeye the Sailor » et de « Betty Boop » (ces deux derniers personnages créés à Hollywood par Max et Dave Fleischer, de lointains parents avec qui ma tante Lenke avait correspondu) : je dus alors exprimer un désir et un enthousiasme purement enfantins qui trahirent mon âge, car Barbara m'accorda cette séance matinale de *cartoons* comme on cède à la demande pressante, soudain essentielle, d'un gamin que quelque chose fait rêver. Après une quinzaine de minutes d'une marche dont j'avais accéléré le pas dans mon impatience, nous arrivâmes dans ce quartier de Soho qui est peut-être celui où Londres annonce New York, avec des décors déglingués, des serveuses et des clients de bars à la Hopper, des fonds de commerce de bric-à-brac, un grand mélange de nationalités – Indiens, Pakistanais, Cingalais, Chinois, Africains, Levantins, Italiens, Juifs de Pologne, de Russie, d'Ukraine, de Tchécoslovaquie ou de Hongrie, et même quelques Français –, et la prolifération d'enseignes criardes au néon, Piccadilly Circus rivalisant avec Times Square.

La salle de cinéma était ouverte depuis neuf heures, et ses programmes continuaient jusque vers minuit : on entrait là au hasard, pour y passer toute une journée ou seulement une demi-heure, pour oublier le désespoir d'une mauvaise passe du destin ou un chagrin d'amour, pour attendre l'heure d'un rendez-vous ou pour s'abriter de la pluie. C'était moins cher qu'une chambre d'hôtel ou qu'un passage en bateau ou en avion pour s'enfuir à l'autre bout du monde. J'arrivais là d'avance émerveillé, petit garçon friand de bandes dessinées et de films de Walt Disney – le long métrage *Peter Pan* était sorti quelques années plus tôt –, mais en découvrant la salle vieillotte et presque vide, où un spectateur assis au dernier rang semblait dormir là depuis la veille, ou depuis plusieurs années, sans référence à la lumière du jour depuis longtemps levé, je pris conscience que j'allais pour la première fois au cinéma avec une fille, et si le programme était de mon âge – bien que la clientèle fût adulte –, je compris vite ce qu'on peut faire dans le noir, face à des images qui laissent entière la liberté du spectateur : s'intéresser à elles, les prendre même pour argent comptant, admettre qu'elles peuvent faire contrepoids à la réalité du monde, ou au contraire ne les considérer que comme un alibi, un camouflage, et se cacher, non pas derrière mais *devant* elles, car elles éclairent deux êtres assis côte à côte juste assez pour qu'ils se voient sans être vus. Dans cette conception du cinéma, l'écran n'est lumineux que pour faire passer inaperçues les sombres petites histoires de la salle. J'avais entrevu tout cela mais je ne boudai pas mon plaisir, incapable de faire semblant que les bandes ne m'intéressaient pas : depuis la petite enfance, j'étais conquis par leur univers simplifié, par les à-plats de couleur verte pour évoquer une prairie, ou bleue pour le ciel, par les voix que prêtent aux animaux des acteurs qui forcent le trait avec justesse. Pour la première fois, j'entendais un chien, un chat, une souris, un canard, un lapin, un canari, un petit cochon, un pic-vert, parler la langue de Shakespeare : Mme Chapman eût peut-être désapprouvé cette leçon d'un anglais si peu orthodoxe, et le plus souvent revenu d'Amérique, mais en cela elle eût peut-être commis une erreur, car c'est avoir déjà atteint un bon niveau de familiarité avec une langue que de la comprendre en dépit de prononciations et d'accents différents de ceux qu'on a appris. Les dessins animés me transportaient dans une autre Angleterre, celle des animaux et celle d'outre-Atlantique. Je sentais par moments sur moi le regard de Barbara, d'abord ravie de me voir aussi captivé, et j'en oubliais celui que j'étais devenu pour elle et ce que nous faisions ensemble à d'autres moments. Face aux *cartoons* de la Metro Goldwyn Mayer ou des studios Walt Disney, j'avais du mal à imaginer ce que, une heure plus tôt, je faisais à Barbara avec ma main sur la pelouse de Hyde Park, et je me sentais tout envahi de sympathie et d'affection pour ce monde où les rapports sexuels n'existent pas, où personne ne meurt, où l'on se redresse des pires raclées, où l'on ressuscite de tous les désastres, où rien ne sert de leçon, où l'humanité pleine de bonhomie animale reste heureuse et sereine lorsque les bons fuient devant les méchants, lorsque les forts cognent sur les faibles, lorsque les méchants fuient devant les bons, lorsque les faibles cognent sur les forts, où tout est idéalement simple et réversible, où chaque instant d'une journée sent bon l'optimisme, depuis le toast qui bondit joyeusement du grille-pain au petit déjeuner jusqu'à la pendule qui sonne l'heure d'enfiler un pyjama douillet et d'aller se coucher pour un sommeil de bienheureux, bientôt gagné par ce rêve qu'est la vie elle-même, à l'état de veille. Face à mon innocence retrouvée, Barbara devait se sentir étrangement coupable, et peut-être se demandait-elle qui j'étais réellement : car celui qu'amusaient à ce point des histoires de grand méchant loup et de petits cochons roses, pouvait-il être le même que celui qui l'avait forcée à d'autres cochonneries et jetée dans la gueule d'un autre grand méchant loup ? Ne s'était-elle pas laissé entraîner par ma fausse lubricité à abuser de ma vraie candeur ? Si j'avais pu lire alors en elle de telles pensées et de telles inquiétudes, je l'aurais bien vite rassurée : j'étais un *naughty boy*, un méchant garçon, et c'était elle la petite fille ingénue. En attendant, je ne cachais pas à quel point j'étais bon public face aux dessins animés qui défilaient, et quand je déclarai à Barbara que je pourrais rester là toute la journée jusqu'au soir, je crois qu'elle fut réellement inquiète et embarrassée. Après une heure de projection, elle me demanda si je n'avais pas faim – espérant sans doute déclencher chez moi une autre raison de saliver – mais, trop absorbé, je répondis distraitement : « *Not yet...* » (« Pas encore... »). Alors je crois qu'elle s'écarta, n'osant plus me toucher, même le bras. Et puis il arriva un moment où le monde en sucre candi des *cartoons* avait fini de me gaver de candeur, d'innocence et de bons sentiments : j'en avais accumulé une dose suffisante pour longtemps et, dans la poche gauche de mes culottes courtes, le contact avec le linge de coton blanc déclencha automatiquement ce mouvement de succion de ma langue sur le palais, baiser à une autre bouche, absente : du désir sans innocence se manifestait, j'en constatais l'évidence à la bosse sous le boutonnage de mes culottes courtes, et je pris la main de Barbara pour la porter là. Elle parut gênée de ce geste, incertaine de ce qu'elle devait comprendre et de la suite à lui donner. Mais je maintenais sa main ainsi, fortifiant à l'extrême la raideur de ce qu'elle flattait, tandis que mes yeux restaient fixés sur l'écran. Barbara s'est penchée sur mon épaule et m'a chuchoté à l'oreille : « *Alan, are you a baby ?* » Ces mots réveillèrent mon démon le plus familier : pour toute réponse, je relevais le pull léger que Barbara portait sur ses seins nus, et le bébé commença à la téter furieusement, passant d'un téton à l'autre pour les martyriser à tour de rôle. D'une main, je tentais de dégrafer son pantalon de toile, d'abord sans succès, et ces actions délicieuses trouvaient un décor idéal dans l'appartement *cosy* dont nous recevions la lumière, gardé en l'absence de la maîtresse de maison – une Mme Buss en somme – par un bulldog baveux, somnolent et ronflant, ou par un gros matou de compagnie, un nœud rose autour du cou, abandonné sur un coussin brodé à un rêve de prédateur sauvage et féroce. L'univers des dessins animés évoque la gourmandise, tout y est de la couleur des bonbons, des sucres d'orge, des pâtisseries, des caramels, des boules de gomme, des crèmes anglaises – *custard creams* –, des gelées – *jellies* –, tout semble destiné à être léché comme des glaces, et tous les personnages ne cessent de s'avaler, de se manger les uns les autres, sans inconvénient fatal pour personne : ainsi m'apparaissait Barbara elle-même, une gourmandise parfaite qu'en cet instant j'aurais voulu lécher de toutes parts, et une gourmandise inépuisable car c'est en elle que s'épuise et finit par fondre le gourmand. Si Barbara avait besoin d'être rassurée et convaincue qu'elle n'avait pas à faire à un petit ange ingénu, mais à un diable qui retrouve vite le chemin de ses diableries, alors elle était servie. Mais d'abord je me servais moi-même, et je m'impatientais de l'emballage qui résistait et retardait l'accès à ma gourmandise. Comme j'étais prêt à faire craquer le bouton, la fermeture Éclair et les coutures du pantalon léger, Barbara consentit à dégager elle-même son corps jusqu'à mi-cuisses : ce n'était certes pas assez, mais je pouvais du moins enfouir là mon visage, et mordiller, téter, lécher un morceau de linge en coton semblable à celui qui, tripoté au fond de ma poche, suscitait les mouvements de bouche d'un semblable désir. Pour la première fois de ma vie, j'ai dû demander à une fille d'aller avec elle dans une chambre d'hôtel, car si les images du film montraient de profonds sofas et des fauteuils club – mobilier rondouillard, dodu et bien nourri, comme les animaux de compagnie eux-mêmes (*pets*) –, qui étaient le théâtre de folles poursuites entre un chat et une souris, en l'absence de la maîtresse de maison, les chaises de la salle de cinéma étaient moins moelleuses, moins propices à la recherche du bonheur. Barbara éclata de rire et me dévisageant, effarée, elle s'exclama à voix haute : «*You are crazy...*» («Tu es dingue...»). Alors, instantanément, je changeai d'appétit, et peut-être parce que le chat à l'image rêvait d'une volaille rôtie, dorée à point, ou le chien d'un hot-dog fumant et dégoulinant de ketchup, je suis passé de la chambre d'hôtel au restaurant, et à ma hâte de découvrir les *wimpies*. Barbara finissait de se rajuster quand, pressé et goujat, j'étais déjà au bout de l'allée, prêt à sortir.

Le *Wimpy* était à proximité. Les tabourets fixes, devant un comptoir, comme dans un bar, étaient déjà un monde nouveau : tout me semblait merveilleux, et le petit pain rond, grillé et beurré, avec de la viande hachée au milieu, me fit oublier ma fringale de steak frites, dont je prévenais depuis quelques jours déjà ma grand-mère dans chacune de mes lettres, pour être sûr de ne trouver rien d'autre dans mon assiette à mon retour à Paris. Deux jeunes Français étaient venus s'asseoir près de nous, ils semblaient ne pas connaître l'endroit et ne rien comprendre à la carte. Je sentais que Barbara les regardait en se demandant s'ils étaient comme moi, ou si j'étais comme eux, s'il y avait entre eux et moi quelques traits communs, une quelconque ressemblance, et elle me suggéra de les aider et de leur expliquer ce qu'il y avait à manger. Mais la perspective de rencontrer des compatriotes à Londres et, pire encore, d'engager avec eux la conversation en français devant Barbara, me faisait horreur : je n'avais rien à voir avec eux, car n'étais-je pas le petit garçon qu'avait confié entre les mains de Barbara ma grand-mère anglaise, Mme Chapman ? Les deux jeunes Français étaient tellement absorbés par le déchiffrage du menu qu'ils ne s'aperçurent même pas du genre de fille qui était assise près d'eux, et je les abandonnai à leur apprentissage de l'Angleterre, auquel rien ne pouvait correspondre dans le mien. Barbara voulut ensuite m'emmener au bistrot « Les enfants terribles », et je la soupçonnai de songer se servir de moi pour faire connaissance là-bas avec le personnel français : une fois de plus, la perspective que la plus belle fille du monde pût connaître un autre Français que moi m'horripilait, et nous passâmes sans nous arrêter devant l'établissement d'ailleurs très animé, où l'on entendait des conversations et des exclamations en français. À l'extérieur, des ardoises annonçaient des noms de vins qui laissèrent indifférent le grand buveur de lait que j'étais.

J'imaginais que Mme Chapman viendrait nous rendre visite le lendemain pour vérifier comment nous avions conduit notre journée selon ses plans, et pour en constater l'enseignement et le profit. Je fis part de cette crainte à Barbara qui se précipita sur le carnet : nous pouvions réintégrer le droit chemin chez Mme Tussaud, dont l'histoire était racontée dans les notes abondantes de la vieille dame scriptomane : il s'agissait bien d'une Française – comme son nom de patronne de bordel cherchait à le faire sonner à des oreilles anglaises –, arrivée de Paris au début du dix-neuvième siècle avec une collection de poupées de cire que lui avait donnée son père, et qu'elle commença à promener dans des tournées, avant de s'établir à Londres et d'ouvrir son célèbre établissement en 1835, mais elle s'appelait en réalité Marie Grosholtz, ce qui évoquait plutôt une empoisonneuse ou une voleuse de cadavres et eût jeté un trouble sur l'origine des pensionnaires de sa maison, ou des matériaux de fabrication de ses personnages. Dans ses commentaires, Mme Chapman anticipait déjà sur nos éventuelles sorties de l'année prochaine – si je revenais en juillet –, prévoyant que nous pourrions alors visiter le planétarium, *Theater of the skies* (Théâtre des cieux), dont la construction se terminait, jouxtant le bâtiment du musée des Cires, sur Marylebone Road. Toutes ces indications, recopiées des ouvrages d'histoire de la ville de Londres ou des guides de tourisme, servaient à Mme Chapman de matière à lecture pour les cours d'anglais qu'elle me dispensait sans répit pendant nos promenades. Et les mêmes textes, dans la bouche de Barbara, devenaient pour moi, non plus l'occasion d'entendre et d'apprendre la langue anglaise, mais celle d'écouter sa voix, de regarder et d'apprendre ses lèvres, de les désirer, de m'émouvoir de l'aridité de telles phrases, sortant d'un corps où la sécheresse était inconnue.

Nous nous sommes encore promenés dans Soho, je m'attardais longuement devant les vitrines des négociants en appareils photographiques, car je commençais à être intéressé par les techniques de prises de vue, auxquelles m'initiait un camarade de lycée, et j'étais particulièrement fasciné par les machines les plus complexes, les chambres de grand format, c'est-à-dire par tout l'attirail permettant et annonçant les compositions très élaborées, les mises en scène de personnages. Je découvrais une rue de Londres spécialisée dans la photographie et le cinéma bien avant de trouver l'équivalent à Paris, boulevard de Beaumarchais. Je remarquais le regard des hommes sur Barbara, et parfois un petit sifflement d'admiration, et je me repétais : « *Alan is a lucky boy...* » Lorsqu'elle s'éloignait de quelques pas alors que je traînais, je pouvais la voir parmi la foule, à distance, comme une inconnue qu'il m'eût été impossible d'aborder, et alors je pressais le pas pour la retrouver, mesurant ma chance. Mme Chapman avait prévu, sur le trajet vers la maison de Mme Tussaud, un passage par la Wallace Collection, le très riche et célèbre rassemblement d'œuvres d'art laissé par les marquis de Hertford, mais ma tante m'y avait déjà conduit plusieurs fois car c'était son musée préféré : je certifiais à Barbara que je pourrais passer avec succès l'examen de contrôle de Mme Chapman, et citer quelques peintures de Gainsborough, de Fragonard ou de Watteau. Dans le quartier de Piccadilly, il y avait aussi des marchands de bibelots et d'accessoires de mauvais goût dont les Anglaises raffolent, et j'imaginais que Mme Chapman se serait attardée là longuement, commentant l'origine et l'usage d'objets en jade ou en porcelaine de Chine, de statuettes indiennes en laiton, de bijoux de pacotille, colliers, bracelets, pendentifs et breloques orientales. Je fus frappé que tout cela laissât Barbara indifférente, et je découvrais qu'on pouvait être fille et ne pas être attirée comme une pie par tout ce qui brille, cet écart à un trait caricatural de la féminité me laissant imaginer d'autres formes, d'autres penchants de celle-ci, plus mystérieux pour moi et plus troublants. Barbara ne portait aucun bijou, et sans doute est-ce à son poignet que j'avais vu pour la première fois sur une femme une montre d'homme (celle de son père ou de son frère, je ne sais plus). De se trouver en ville en compagnie d'un autre être, dans les rues, dans les cafés, dans les magasins, en public, révèle de lui des aspects que l'on a pu ignorer dans le cadre domestique ou dans la nature et, entre amoureux, le test peut s'avérer édifiant. Il m'est arrivé bien plus tard – et d'ailleurs avec une jeune Anglaise – de découvrir qu'une fille rencontrée sur une plage, délicieuse pendant tout un été, devenait une autre en ville et à l'automne, une certaine façon de s'éterniser à un rayon de fantaisies ou de frivolités, plutôt que devant la vitrine d'un libraire ou d'un marchand de disques, pouvant m'avertir que la liaison ne tiendrait pas jusqu'à l'hiver. D'un autre côté, certaines femmes mal à l'aise et peu avenantes à la campagne ou sur une plage, s'avèrent charmantes et séduisantes dans leurs tenues et leurs comportements de citadines. Je suppose qu'il en va de même pour les hommes vus par les femmes. Jusqu'à ce matin, je n'avais connu Barbara que dans le périmètre du 15, Broadlands Road, avec pour limite extrême du territoire le parc de Kenwood, dans un quartier d'ancien village à la campagne, encore excentré. Je découvrais en ce moment même une autre Barbara, plus adulte, plus femme, que dans les réductions domestiques où je m'étais plu à l'enfermer – les chambres, le réduit pour la télévision, les vestiaires de la piscine ou du club de tennis –, et je me demandais ce que, réciproquement, elle découvrait de moi : pour la première fois, j'aurais préféré le pantalon aux culottes courtes.

Nous sommes remontés vers le musée de Mme Tussaud et, passant devant Hanley's, le plus beau magasin de jouets du monde, sur plusieurs étages, où ma tante m'emmenait les jours de récompense, je me gardai bien de manifester la moindre attention, malgré mon vif intérêt pour les automobiles téléguidées, les trains électriques, les fusées, les hors-bord, les grands voiliers, les carabines à plomb, les châteaux forts, les garages, les fermes, les ranchs et les tentes d'Indiens : j'éprouvais douloureusement l'impossibilité de mêler la passion pour ces objets qui, miniaturisant le monde, en libèrent la rêverie, et la passion pour un corps de fille et pour son être tout entier, à échelle réelle. Car bien différente d'un rêve est la vie des adultes lorsque la fortune leur a permis en apparence de réaliser des rêves d'enfant, c'est-à-dire, par exemple, de goûter aux plaisirs de l'amour avec une femme dans un château ou dans un ranch, à bord d'un yacht ou d'une voiture de sport : les jouets des grandes personnes ne circulent plus dans l'imagination ni dans le songe, et la réalité de leur pouvoir est l'ennemi héréditaire des puissances de l'imaginaire. Certes, un grand voilier de légende, manœuvré par son équipage de marins en uniformes blancs, peut emporter sur son pont une déesse nue au corps de rêve, comme on dit, mais le grand voilier et la fille nue ne sont plus ni dans une légende ni dans un rêve, ils ne font plus rêver. Pauvres milliardaires ! Pauvres grandes personnes ! L'apogée de l'extase amoureuse et érotique n'est-il pas plutôt dans ces instants fugitifs, irremplaçables, où l'on peut aussi bien faire l'amour avec une fille que promener sur son corps une auto miniature

– une *Dinky Toy* ou une *Matchbox Series* –, dévalant le dos jusqu'au creux des reins, parcourant les vallonnements des fesses, remontant par un flanc, tournant autour des mamelons, pour glisser ensuite doucement vers le ventre jusqu'à l'origine et jusqu'au but du voyage ?

Chez Mme Tussaud, une Mme Tussaud de service avait avisé mes culottes courtes, et elle avait averti Barbara que la « Chambre des horreurs » risquait de me choquer, car peut-être étais-je trop jeune… En fait, dès les salles où l'on pouvait voir des rois et des reines d'Angleterre, des présidents des États-Unis, des héros de l'Union soviétique, des amiraux et des explorateurs, je fus surtout fasciné par le lien objectif que créaient le réalisme et la ressemblance extrêmes, entre les êtres disparus et leur représentation en taille réelle, la cire devenant une chair et la sculpture une incarnation. Il m'arrivait souvent, avant de m'endormir, d'éprouver l'angoisse inexprimable de ma propre disparition dans un temps où, inéluctablement, je ne serais plus là, comme par exemple, et avec une certitude absolue, dans cent cinquante ans. Et je me demandais quelle était la valeur de cette survie, par une reproduction des apparences assez stupéfiante de fidélité pour qu'une personnalité et une identité singulières y fussent saisies et pérennisées. Je me demandais si, sous les vêtements, le corps tout entier était restitué avec la même précision, la même conformité à un original vivant, et, par exemple, s'il y avait des poils, si les hommes avaient un sexe parfaitement constitué, et si celui des femmes reproduisait aussi les parties internes, invisibles. La « Chambre des horreurs » avec ses mises en scène macabres et sanguinolentes de personnages assassinés, torturés, brûlés vifs, pendus, suppliciés, décapités à la hache ou à la guillotine, m'apporta une réponse à certaines de mes questions : tandis que la vue de la moindre blessure et du moindre filet de sang réel pouvait me faire tomber dans les pommes, comme on dit (et de même que je ne pourrais supporter d'assister à une opération de chirurgie ou à un accouchement), au contraire le martyre et la souffrance exprimés par des figurines de cire, aussi saisissants qu'en fussent la reconstitution et le simulacre, me disaient la disparition sans restes des corps vivants et des êtres qui en avaient été les modèles, et leur dissipation irréversible dans le néant, plus encore que l'horreur abominable des circonstances. Ils me disaient l'irréparable dissolution dans le non-être plus encore que la consolation des apparences physiques restituées, plus encore l'angoisse affolante de n'être plus, que le deuil de ceux qui restent. En sortant de chez Mme Tussaud, j'étais décidé à ne plus jamais m'éloigner des êtres chers, à ne plus jamais quitter Barbara, à la ramener chez moi à Paris, comme ce que mon séjour à Londres m'avait donné et appris de plus précieux. Je voulais réconcilier mon enfance en culottes courtes avec ce mois de juillet de mes treize ans où j'avais été un grand garçon, rassembler ma famille bien-aimée avec la bien-aimée unique, concilier l'affection pour ma mère et ma grand-mère avec l'amour pour Barbara. Pendant la visite, nous avions échangé peu de mots, et quand Barbara m'avait demandé : « *Are you afraid ?* » (« As-tu peur ? »), j'avais répondu : « *I am afraid to lose you…* » (« J'ai peur de te perdre… »).

Désormais, peu importaient le programme, l'intensité ou la vacuité des événements, l'essentiel était de remplir le temps, de le remplir avec nous, de le remplir de nous, de ne laisser sans nous aucune minute, aucune seconde, d'être nous-mêmes riches et avares de ce temps qui était notre seul bien, un bien inestimable. J'étais décidé à être heureux chaque minute, chaque seconde, dans le temps qui m'était donné, et je me répétais ma devise : « *Alan is a lucky boy...* », considérant que le temps des figures de cire de Mme Tussaud était le rappel de celui où j'avais été longtemps sans Barbara, ignorant jusqu'à son existence, et la menace de celui où je serais privé d'elle éternellement. Parfois, dans ses itinéraires, Mme Chapman avait prévu l'autobus ou le métro : nous étions maintenant décidés à marcher, à sentir nos corps bouger et fonctionner l'un contre l'autre à la surface de la terre, et le temps que cela prendrait serait du temps pris par nous, pour nous, rempli de nous. Nous avons finalement atteint Hampstead et je raccordais ainsi mon univers familier à échelle réduite, avec la grande ville des grandes personnes : il y avait une continuité que l'on pouvait parcourir à pied. Dans le ciel, sur les hauteurs de la lande – Hampstead Heath – qui surplombaient les ravines sauvages, se détachaient les couleurs vives, mouvantes, tremblantes, de plusieurs cerfs-volants. Le lieu était assez inquiétant, et de nuit, plutôt malfamé. Dans la combe en contrebas, partie la plus éloignée de la route, tapissée de bosquets et de buissons d'aubépine, on pouvait imaginer des corps cachés là pour de mauvaises raisons : cadavres abandonnés ou couples se livrant à des actes honteux et dégoûtants, mais sur la crête de la butte la plus haute – *Parliament Hill* –, comme dans un paradis céleste au-dessus d'un gouffre de l'enfer, des adultes encore enfants montraient à des enfants en culottes courtes comment faire voler des bouts de tissus colorés, reliés à un fil. Au fond de la poche gauche de mes culottes courtes, je caressais sans fin un morceau de tissu qui me reliait à une fille. Les buissons d'aubépine et les bosquets dans le creux de la lande m'attiraient, et j'y aurais bien entraîné Barbara, troublé par l'idée de faire avec elle, en pleine nature, ce que nous faisions dans une chambre et dans un lit, mais je craignais d'avoir à partager son corps avec un satyre, de qui peut-être je n'aurais pas eu la force de la libérer s'il avait voulu me la disputer et l'enlever (je repensais à ceux qui rôdaient dans le bois de Boulogne, à Paris).

Nous arrivions en vue de Kenwood, dont Mme Chapman, ignorant que nous connaissions les lieux, nous avait prescrit la visite avec, à l'intérieur du musée laissé par Edward Guiness, comte d'Iveagh, certaines haltes obligées devant des portraits peints par Reynolds, puis devant *La Jeune Fille à la guitare* de Vermeer et un autoportrait de Rembrandt. Je connaissais déjà la collection de peintures où, là aussi, j'avais été conduit par ma tante Lenke – à l'époque où elle était encore linguistiquement fréquentable, c'est-à-dire avant que je commence à apprendre l'anglais, en classe de 6e au lycée –, et mes tableaux préférés n'étaient pas les chefs-d'œuvre que je viens de dire mais, dans le hall d'entrée, deux pastorales anecdotiques de François Boucher, dont les jeunes bergères, gracieuses et langoureuses, m'attendrissaient, me ravissaient. Ici aussi, je pouvais garantir un compte rendu de bon élève, face à l'interrogatoire prévisible de Mme Chapman. Un mois plus tôt, le parc de Kenwood et son château n'étaient encore marqués pour moi que par le souvenir des promenades avec ma tante, jusqu'à l'heure de prendre le thé avec un *cheese cake* dans la cafétéria « The Carriages », ainsi appelée parce qu'y étaient conservés deux ou trois voitures d'attelage et divers accessoires de sellerie. Pour la première fois, je revoyais en plein jour, et maintenant déserte, la pelouse en pente face au grand auvent en forme de conque qui abritait l'orchestre, les samedis de concert, et j'étais déjà dans un pèlerinage – à Cythère –, prêt à rechercher l'emplacement où le gazon avait été couché par nos corps, le soir du premier baiser. Je ne savais pas si Barbara pensait à la même chose et se trouvait dans le même état d'esprit, car elle ne montrait rien, comme si nous nous étions promenés là pour la première fois. Depuis notre sortie de chez Mme Tussaud, je n'avais cessé de me serrer contre elle, la tenant à la taille, par l'épaule ou par le bras et, descendant la pelouse vers la place approximative où nous nous étions installés un soir, de ma main gauche je tripotais le linge de coton blanc au fond de ma poche, et de l'autre je caressais les longs doigts dont je connaissais la douceur. Nous affections de contempler le paysage et ses lointains, sans prêter attention à l'endroit où nous posions nos pieds mais quand, estimant que nous étions arrivés, je me suis arrêté, Barbara a pressé ma main très fort et nous nous sommes assis. Nous nous tenions côte à côte, sans parler. Je me disais que plus d'une semaine s'était déjà écoulée, nous éloignant de ce que nous avions fait à cette place, et je songeais que dans un même laps de temps à partir du moment présent, je serais loin d'ici, loin de Barbara, peut-être séparé d'elle à jamais, dans une autre vie, c'est-à-dire mort. J'ai regardé autour de nous, et comme il n'y avait personne d'autre que, très loin, un vieux couple assis sur un de ces bancs portant une plaque de cuivre gravée au nom d'un donateur, je me suis allongé dans l'herbe et j'ai attiré Barbara à pencher son visage au-dessus du mien, comme la première fois. Elle résistait, elle me regardait mais sans approcher, elle semblait vouloir garder une distance, je sentais qu'elle considérait autre chose, un autre temps que l'instant présent. Je tentai encore de la ramener à moi mais en vain, et je crus qu'elle venait de prendre la décision lucide de tout arrêter, pour que notre histoire prît fin là où elle avait commencé. Cela dura assez longtemps, sans que je parvienne à ce que ses cheveux répandus tombent jusqu'à mon visage et nous cachent comme la première fois. Alors, je décidai de ne plus insister, et je fermai les yeux pour indiquer que j'abandonnais, que je passais à d'autres pensées. Cela dura encore, et j'étais conscient de cette durée, de ce temps qui s'écoulait et dont je ne savais s'il était perdu, annonçant une perte définitive, ou malgré tout gagné, puisque nous étions encore là, si près l'un de l'autre. Quand j'ai reçu des gouttes sur mon front, j'ai d'abord songé à la pluie, et je restais impassible : la pluie ne nous avait guère découragé, l'autre soir. Mais quand j'ai rouvert les yeux, j'ai vu que Barbara pleurait, et je lui retrouvais ce même visage chaviré, barbouillé de larmes, qu'un soir elle m'avait montré à la sortie de la cabane à usage de vestiaire du Highgate Lawn Tennis Club. Je lui ai dit : « *I don't want you to cry...* » (« Je ne veux pas que tu pleures... »), et j'ai ajouté : « *Lucky girl...* » Alors elle a secoué la tête énergiquement en signe de dénégation. Je ne supportais pas son sentiment d'infortune, et je trouvai enfin la force de la contraindre à s'allonger sur moi. Son visage contre le mien, j'en ressentais l'humidité : les larmes, chez les filles, donnent envie de les consoler en les faisant couler mieux encore, invitant leur corps à couler tout entier, là où seuls les corps de filles coulent. Même son nez commençait lui aussi à couler, il ne me manquait plus que sa bave, et j'ouvris sa bouche de force, avec les doigts, pour l'embrasser, aller chercher sa langue et sa salive. Le baiser du premier soir, le premier baiser, se prolongeait maintenant comme s'il n'avait jamais cessé, pendant plusieurs jours, plusieurs nuits. Le baiser avait creusé le temps sur place et, à nouveau, il devenait interminable. Si je m'étais montré bon improvisateur de figures et de postures dans l'exercice de la fornication, Barbara se montrait incomparable dans la science et dans l'art du baiser. Je me demandais comment une action aussi délicate, aussi délicieuse, jusqu'à l'insupportable, pouvait avoir une telle durée, à moins d'échapper à l'évaluation ordinaire du temps. Ce qui coulait de sa bouche dans la mienne créait entre deux chairs ainsi réunies une parenthèse d'éternité. Sa langue et sa bouche étaient du temps incarné. Nous fûmes rappelés au temps corruptible, à la corruption du temps, par un coup de sifflet identique à celui du gardien lorsqu'il commençait à parcourir le parc une demi-heure avant la fermeture et à rabattre les promeneurs vers la sortie. Le gardien était là en effet, au-dessus de nous, dans la grande allée qui surplombait la pelouse, mais il ne faisait pas sa ronde de clôture car il était encore tôt ; il agitait la main et, par ce signe, il nous signifiait de loin : non, pas de ça ici ! Ça : pour lui une simple action parmi la liste des interdits ; et pour moi, un miracle indescriptible : ça. Barbara se dégagea en même temps que je m'étais redressé et, ensemble trop heureux d'avoir suscité la réprobation et un rappel à l'ordre, qui disait bien qu'il y avait d'un côté le monde, et de l'autre nous deux, nous avons commencé à rire : par un phénomène de vases communicants, d'équilibre ou d'équivalence, cela a duré aussi longtemps qu'avait duré le baiser. Plusieurs minutes, plusieurs jours, plusieurs nuits. Des années, des décennies : j'entends nos rires encore. Si les livres avaient le moindre pouvoir, celui-ci ferait retentir nos rires encore longtemps.

Être ensemble, ne plus nous quitter une seule seconde, même si nous n'avions rien à faire, rien à nous dire, seulement des caresses et des baisers à échanger ou encore moins, un simple frôlement, seulement nos souffles à écouter, telle était notre urgence : étrange urgence qui tend à tout ralentir, si possible à tout arrêter, urgence que plus rien n'advienne, plus rien d'autre que notre présence l'un à l'autre, urgence de rien d'autre, de rien de plus, de rien de différent, de rien de nouveau. Si nous restions là, sagement allongés sur l'herbe, avec assez d'espace entre nous pour y placer une épée, mais encore assez de proximité pour que nos odeurs nous parviennent, et pour que, de temps à autre, le bout de nos doigts puisse s'effleurer, le gardien ne pourrait plus siffler que l'heure de la fermeture en effet, et tout le temps jusque-là nous pourrions le passer ainsi. Le sentiment d'urgence est cette angoisse que quelque chose ne se produise pas assez vite – mais quoi ? –, et l'angoisse est la crainte qu'il n'y ait plus d'urgence, que l'urgence se perde, devenue sans objet, sans sujet. Nous nous étions allongés sagement, avec entre nous assez d'espace pour y placer une épée, et nous faisions les morts, nous jouions aux gisants, aux personnages de cire, nous n'étions plus que nos propres représentations, la plus belle fille du monde et son amant en culottes courtes. *Lucky boy*... Ainsi côte à côte, même morts, cela valait mieux que vivants et séparés. Morts l'un contre l'autre, c'était l'éternité. Vivants et séparés, c'était la mort. Il nous restait à peine un peu plus d'une journée de vingt-quatre heures à passer ensemble, c'est-à-dire l'un près de l'autre, dans les mêmes lieux, avec autour de nous les mêmes êtres, pris dans l'écoulement de la même vie quotidienne : être ensemble, c'était cela et, dans ce cas, la suite, le déroulement des heures et des actions, des situations, jusqu'à la fin, jusqu'au dernier moment, jusqu'au dernier regard, était prévisible, ce temps-là était compté. L'urgence était de perdre ce temps, d'en perdre l'histoire d'avance écrite, de nous éloigner de lui pour nous perdre dans un temps autre, de trouver un autre temps, avant que le temps ne nous sépare, puisque déjà il nous séparait, ayant depuis longtemps inscrit dans ses tablettes et programmé notre séparation. Le temps était un programmateur et un comptable, aussi intraitable que Mme Chapman. De rester allongé si près de Barbara sans l'effleurer était un sacrifice, un supplice, une mortification et, pour résister à la tentation, je tenais ma main gauche dans l'herbe bien éloignée de la poche gauche de mes culottes courtes, et ma main droite le long du corps, laissant encore une main – ou un pied (mesure anglaise) – de distance avec la main gauche de Barbara. Et tout était incertain : cherchions-nous à nous habituer à ne plus nous toucher, à tenir nos corps séparés l'un de l'autre, à nous éloigner dans des vies différentes, divergentes, jusqu'à l'oubli l'un de l'autre ou, au contraire, ne marquions-nous ce temps de respect que par respect du temps avant de ne respecter plus rien face au temps, et dans la certitude que derrière l'horizon de ce ciel serein, l'orage gagnerait bientôt le ciel et nous emporterait dans sa fureur tant attendue. Je savais que je n'avais plus rien à perdre, ou plus exactement plus personne d'autre que Barbara, elle était tout, plus que tout, plus que tout autre être et, terriblement, je savais que si dans cet instant j'avais dû choisir de la perdre ou de perdre ceux qui jusque-là m'avaient été les plus chers, avaient été tout, eux aussi, dans leur temps, et plus que tout, j'aurais préféré oublier mon histoire et ma vie passée jusqu'à cette minute, pour me perdre dans elle plutôt que de la perdre. J'étais dans un grand moment de conscience et de lucidité, c'est-à-dire quand la confusion la plus extrême est vaincue à coups de hache, comme une forêt inextricable. Quelques secondes seulement avaient passé, épaisses comme des heures, et j'étais conscient que les heures à venir allaient passer, minces comme des secondes. Il y avait en moi, côte à côte, le patient et l'impatient, le gisant et l'agité, et dans le ciel au-dessus de nous, un temps ralenti et un temps accéléré, mais déjà ce ciel était envahi par l'orage, et le tonnerre grondait dans ma tête, retentissant contre mes tempes. Mon sang s'accélérait et m'échauffait le front, les joues, mais je restais froid cependant, aussi froid qu'un serpent. L'animal rapide se cachait sous l'apparence d'un animal lent, le feu devenait le souvenir et l'avenir de la cire refroidie, je dissimulais la violence d'une énergie concentrée sous l'aspect d'une énergie diluée. Le ciel n'était brusquement orageux, plein de promesses de foudre, que dans un autre ciel, car celui au-dessus de nous restait serein, et l'on pouvait seulement, après avoir fermé les yeux quelques instants, y percevoir un très faible déclin de la lumière : ce fut un signe suffisant, comme celui d'une aiguille de montre qui finit, imperceptiblement, par atteindre l'heure juste.

Je me suis levé, tout droit en effet, comme les aiguilles des horloges à midi ou à minuit, et Barbara a fait de même. Je ne sais quel chemin parallèle au mien, ou convergent, avait suivi sa pensée ou son désir, ni ce qu'elle avait compris de mon mouvement soudain, mais elle avait exécuté le même, en même temps. Sans nous effleurer, nous avons descendu la pelouse d'un pas de bons marcheurs pour qui la promenade est un exercice plutôt qu'une rêverie. Barbara marchait à côté de moi et, de fait, on n'aurait pu dire si l'un suivait l'autre ou si nous marchions ensemble selon un trajet et dans un but connus de nous deux, mais je savais où j'allais. De l'autre côté du bassin, la construction en forme de conque qui abritait l'orchestre, s'enfonçait à l'arrière dans une partie boisée peu accessible. Je m'y étais aventuré une fois en compagnie de ma tante Lenke, à l'automne, et nous avions dû rebrousser chemin, tant le tapis de feuilles mortes était épais, mou et détrempé. Je me souvenais d'une forte odeur d'humus, de terre, de champignons, de sous-bois humide. C'était, pris dans l'espace civilisé de Kenwood, un lambeau des parties les plus sauvages de Hampstead Heath, mais il n'y avait là d'autre présence à redouter que celle du gardien quand il faisait ses rondes. Nous avons atteint le chemin qui borde le bassin, puis s'enfonce dans le bois contournant la construction pour y conduire par l'arrière les musiciens, quatre ou cinq soirs par an, les samedis de juillet. Le dernier samedi était derrière nous et les pupitres, généralement rangés dans un coin d'une semaine à l'autre, avaient maintenant été remisés jusqu'à l'année prochaine. Il n'y aurait plus de concert sans nous. Tout était paisible et le lieu était désert. Je savais pourtant que, si le gardien qui nous avait réprimandés de loin nous observait maintenant, il ne pouvait avoir le moindre doute sur ce que nous projetions de faire là où toute promenade butait sur une impasse. Mais j'étais déterminé, comme l'orage qui progresse, sans se préoccuper de son futur tumulte. Nous marchions séparés l'un de l'autre – comme deux pôles maintenus à distance et en réserve, avant d'être rapprochés pour que se formât un arc électrique –, et Barbara me suivait du même pas que le mien, sans hésiter et sans me questionner : d'ailleurs, je pouvais tout aussi bien avoir la sensation de la suivre que celle de l'entraîner. Je savais que depuis certains endroits de Kenwood, on pouvait voir le sommet de l'immeuble de Highpoint, point culminant du quartier et peut-être de tout Londres, comme son nom l'indique – ma tante Lenke m'avait montré certains de ces points au cours d'une promenade –, et réciproquement, la vue depuis l'immeuble portait jusqu'à ces mêmes parties du parc. Tout en cherchant à nous cacher des regards étrangers, j'aurais aimé être visible depuis quelque lieu qui eût représenté les miens, ceux que je me croyais prêt à sacrifier. Mais les hauteurs de Highpoint avaient disparu, elles restaient introuvables à l'horizon, peut-être ces points de vue se refusaient-ils maintenant à toute complicité avec moi, ne voulant être pris à témoin de rien. Il suffisait de quelques pas de plus pour nous mettre entièrement à couvert, et même pour faire disparaître derrière l'épais rideau d'un vilain feuillage l'élégante façade classique, toute blanche, du château de Kenwood, dû à l'architecte écossais Robert Adam. Le lieu était sombre, plusieurs heures encore avant la tombée de la nuit. Je me suis arrêté net, c'est-à-dire sans avoir progressivement ralenti le rythme de mes pas, à la recherche d'un bon emplacement, d'une cachette. L'urgence m'avait en même temps désigné la place et conduit droit jusqu'à elle : aussitôt, Barbara et moi nous nous étions jetés l'un sur l'autre avec fureur, sauvagerie, une sorte de haine de nous-mêmes par excès de désir, haine pour ceux-là mêmes que nous étions et qui avaient accepté de se retenir, de jouer à la séparation, à la chasteté, à Tristan et Iseult. Le tapis de feuilles mortes était toujours là, les automnes y avaient déposé plusieurs couches successives, et celle de l'année précédente était bien sèche, friable, poussiéreuse : aucun matelas luxueux sous des draps de soie, dans aucun palais du monde, ne m'eût en cet instant paru préférable à ce lit de fortune. Passé le premier moment d'enlacement, de baisers et de caresses en désordre, l'urgence et l'angoisse ensemble nous ont ressaisis et séparés : en moins de temps qu'il ne fallait pour me débraguetter, Barbara avait quitté son pantalon. Je lui vis un slip identique à celui que je gardais dans ma poche depuis plusieurs jours. Elle esquissa le mouvement de l'enlever, mais l'urgence et l'angoisse mêlées étaient plus fortes encore que ce temps des actions habituelles pour dénuder les corps : j'entrevoyais certains éclats d'un autre temps contre le temps et, m'étant seulement déboutonné, j'ai poussé Barbara dans les feuilles mortes – litière de mort et d'amour. Nous fûmes pris dans une fulgurance, comme happés par un interstice invisible du temps. Je m'étais jeté sur elle et enfoncé en elle, écartant le slip pour qu'il me livrât passage, avec le désir qu'elle le gardât sur elle, témoin de la violation de ce qu'il protégeait. Parfois, dans l'urgence, on parvient à effacer un obstacle avec une simplicité enfantine, sans chercher à le vaincre dans les formes – et la stratégie victorieuse dans quelques grandes batailles n'a souvent tenu qu'à de semblables raccourcis –, le désir trouve une satisfaction à la fois plus innocente et plus trouble dans la feinte que dans la force. En l'occurrence, j'avais maintenu l'obstacle pour me montrer plus rapide à le résoudre que lui-même à s'effacer, car la manifestation de la hâte participait de mon désir, et la précarité du privilège, du plaisir auquel il me donnait accès. Barbara avait été surprise de mon geste qui donnait l'avantage à mon impatience sur la sienne, à ma fougue pour la prendre sur son désir de se donner, et par ce viol de la vitesse, je lui offrais la posture d'avoir résisté, d'avoir été forcée, et tout cela dans un court-circuit du temps dont son corps recevait la secousse et la brûlure. Alors sa fureur à s'ouvrir et à me recevoir fut égale à ma fureur de la déchirer, de la combler. Aucune approche, aucune caresse, aucun répit, aucune tendresse, nous étions déjà au-delà de tout cela, rien que la brutalité de l'acte qui résume tous les autres actes, les précipite, les bouscule devant lui et puis les redéploie derrière lui quand la jouissance qu'il vise a été atteinte. L'instant d'après, nous étions debout, rhabillés, reboutonnés, derrière nous une porte s'était refermée, comme d'une chambre à peine entrevue et que l'on quitte à jamais, et devant nous le temps s'ouvrait à l'infini. Plus rien ne pouvait nous séparer. Nous avions encore devant nous deux nuits, deux siècles de nuit, et, entre les deux, une journée tout entière, toute une vie.

L'attention, la tendresse, la douceur revinrent avec trivialité. Nous avions déjà commencé à marcher quand Barbara s'est arrêtée pour fouiller dans son sac : elle en tira un mouchoir et elle se détourna de quelques pas. Je n'avais pas tout de suite compris le petit ennui qu'elle cherchait à réparer, mais quand la perception m'en vint, je me jetai sur elle à nouveau. Cette gêne d'une fille au moment d'une telle obligation de toilette intime me bouleversait, elle me semblait une grâce supplémentaire qui vient encore après les autres, quand on croit avoir tout admiré, tout épuisé, mouvement de pudeur incomparable après que l'impudeur a été consommée, et devant le coupable de la souillure. Maintenant, nous pouvions échapper au temps ordinaire par un autre côté que la fulgurance : celui de l'extrême ralenti. J'ai pris soin de baisser le pantalon de Barbara jusqu'aux genoux, puis le slip dont j'avais refusé qu'elle se défasse pour le compromettre lui aussi, elle était comme une gamine à la visite médicale, et je voyais, le long de ses cuisses, s'écouler d'elle ce qu'elle ne pouvait retenir de moi. Je m'étais accroupi pour mieux voir cela, et je l'essuyais soigneusement, j'attendais que cela coule encore pour l'essuyer encore. Et j'aurais voulu qu'elle coule ainsi de moi sans fin. J'accordais à cette réparation un temps beaucoup plus long qu'à l'outrage lui-même, et cette obligation que je m'imposais en punition était une délectation nouvelle. Lorsque la honte fut effacée, je l'embrassai pudiquement, tendrement, là où la honte avait été : les actes de l'amour font changer le temps et, dans le temps de l'amour, il n'y a pas de moment sans amour. Dans l'acte inspiré par l'instinct de procréation, l'individu se projette dans un temps qui le dépasse, celui de sa descendance, de la perpétuation de la lignée et de son patrimoine héréditaire, un temps théoriquement infini, mais l'acte lui-même, celui de l'accouplement jusqu'à l'éjaculation, peut être un des plus brefs parmi les actions et les activités humaines : il est bien plus rapide de concevoir un enfant que de bâtir une maison, et il n'y a guère que le meurtre dont le geste puisse être plus bref, plus fulgurant encore, que la propagation de la semence. Une même fulgurance pour donner et pour prendre la vie, un même temps pour des actes contraires, contradictoirement appréciés par la morale et par la loi : tuer peut donner lieu aux honneurs comme au châtiment, et l'on peut avec les mêmes gestes et les mêmes actions honorer ou déshonorer une femme, la rendre heureuse ou malheureuse. Je n'avais pas poussé jusque-là de telles considérations, mais une vague conscience, acquise par bribes, se mêlait à l'instinct (un petit garçon en culottes courtes est beaucoup plus et beaucoup moins qu'un jeune animal). J'avais en tête un entrelacs d'informations confuses où se mêlaient des histoires de filles enceintes, d'opérations pour y remédier (la Suisse était souvent citée), d'objets qui s'appelaient des capotes anglaises et que les grandes personnes pouvaient acheter dans les pharmacies, de cet inconvénient propre à leur sexe qui tombait sur les filles à partir d'un certain âge, et qui faisait dire qu'elles étaient indisposées, ce qui signifiait à mes oreilles que la baignade leur était interdite plusieurs jours de suite pendant les grandes vacances… Mais je ne voulais rien savoir de tout cela, ni d'ailleurs de rien de ce qui se classait sous la rubrique des relations sexuelles, et qui pouvait correspondre à des choses dites, expliquées par les adultes aux jeunes. Je repoussais ainsi, avec véhémence et sans négociation possible, toute tentative de mes parents d'aborder ce sujet, ils n'avaient rien à voir avec cela, rien ne devait être dit, leurs corps étaient différents du mien, et du mien ils ne pouvaient m'enseigner l'usage, l'entretien, le mode d'emploi. Je savais tout, pensais-je, et tout ce que je ne savais pas, l'expérience me l'apprendrait. Je venais d'apprendre que le sperme – je ne crois pas que je connaissais le mot à cette époque, comme je l'ai déjà dit – n'est pas absorbé par le corps de la femme comme un aliment qu'il attendrait naturellement de l'homme, et je découvrais que cette matière visqueuse, poisseuse, redescend et s'écoule comme toute autre matière soumise à la pesanteur, qu'il y a cet excès, cet excédent, et puis cette perte qui oblige à certains gestes et précautions, pour éviter la tache, la salissure. Le corps de la femme aspire au corps de l'homme, mais n'aspire pas ce que celui-ci projette en elle, et voilà que ce constat me bouleversait : la fille aime recevoir, mais elle ne sait garder. L'homme croit qu'il aime donner mais il aime d'abord se décharger de ce qu'il donne, et dont il se désintéresse ensuite (je n'avais pas encore lu, chez Sade, les descriptions où les libertins scélérats déchargent à tout moment et sur toutes sortes d'autels, des litres de foutre). Le pacte sexuel entre l'homme et la femme repose sur un malentendu, et la relation érotique tient à l'acceptation et au partage d'une tricherie. Pour se donner l'un à l'autre le plaisir physique de l'amour, l'homme et la femme acceptent un simulacre que balaie bientôt la vérité souveraine des sensations et des sentiments, et dont les preuves, après coup, sont encore délicieuses, émouvantes, en ce qu'elles montrent, plus encore que le simulacre des fins et des finalités, la réalité immédiate et incontestable des corps.

Nous sommes remontés par le chemin sur le côté de la pelouse en pente, nous remontions le lieu et l'histoire du premier baiser, prêts à croiser le regard sévère du gardien, et nous sentant encore plus forts de la faute consommée en contravention des règles, que de ses prémices interrompues en obéissance à l'injonction. Sachant que nous avions été capables de cela, dans un lieu si peu propice et dans un temps si bref, plus rien ne me faisait peur et je savais Barbara à moi tout entière comme pour toujours. Le soir même, ailleurs, n'importe où, tout pourrait recommencer, et le temps à nouveau se fissurer, et l'espace à nouveau se plier à nos désirs. Nous avons quitté Kenwood, croisant deux ou trois de ces promeneurs qui venaient là en fin de journée, après la chaleur, et sur Hampstead Lane seulement, en chemin vers Highgate, j'ai constaté que des fragments de feuilles mortes étaient restés pris dans les cheveux et sur le pull de Barbara : je les chassai de la main et elle souriait, pensive. J'aimais marcher à côté d'elle, et la route déjà longue aurait pu être beaucoup plus longue encore : maintenant, je n'étais plus gêné de marcher seulement, sans avoir rien d'autre à proposer que cela, aller côte à côte, accorder nos pas, et sans autre but que ce dialogue silencieux et complice de nos corps dans un exercice paisible, innocent. Car l'innocence et le repos sont bons à prendre quand on est encore tout fortifié contre la dépression par la proximité de la faute et de la dépense. Cependant, je constatai que la démarche de Barbara était moins assurée, presque titubante ; elle semblait prise d'un étourdissement ou d'une lassitude qu'elle ne parvenait pas à cacher sous un sourire vague, elle était flottante, molle, sans ressort, je sentais cela aussi en lui prenant la main. Il y avait quelque chose d'un découragement, d'un renoncement, d'un abandon. Je voyais ses pieds avancer, synchronisés aux miens, mais sa tête était ailleurs. Elle allait à mes côtés mais comme sans y croire, c'est-à-dire sans savoir où nous allions et peut-être convaincue que nous n'allions nulle part, que tout cela ne nous mènerait à rien, qu'il n'y avait aucun espoir d'arriver ensemble où que ce fût. J'en vins à penser qu'elle me reprochait quelque chose, qu'elle était déçue. Peut-être m'étais-je trop tôt satisfait de ce que nous avions fait en cachette et à la va-vite, dans les sous-bois de Kenwood, exploit finalement médiocre d'un *lucky boy* égoïste, d'un *naughty boy*, comme ceux qui rôdent à la tombée de la nuit dans la lande malfamée de Hampstead.

Après la longue ligne droite et dans la montée, peu avant d'arriver sur North Hill à l'entrée du *Village*, nous nous sommes assis sur un banc d'où l'on pouvait voir une extrémité de la prairie, derrière le Highgate Lawn Tennis Club, et prolongeant les terrains de sport du collège. Barbara a étendu ses jambes fatiguées et je contemplais leur longueur, leur forme fuselée, la discrète saillie des genoux sous la toile légère, les chaussures plates : ce corps était tout simple, simplement parfait, et plus haut, entre les cuisses, il y avait cette séparation du pantalon avec une innocente couture du tissu : on ne pouvait rien soupçonner de ce qui se cachait là-dessous, que j'avais le privilège d'occuper et de souiller, et qui occupait toute ma tête, avec tous les détails de mes récentes souillures. Barbara souriait vaguement, elle se tenait penchée vers ses jambes, elle considérait avec étonnement cette partie de son corps qui s'éloignait d'elle, et semblait se demander à quoi une telle paire de jambes pouvait servir. Je voyais sa nuque, son dos mince, son échine qui se dessinait sous le pull-over, et encore quelques fragments de brindilles à ôter un par un. Elle tirait machinalement sur son pantalon comme pour le défroisser. Ses cheveux me cachèrent son visage. À mon tour, j'ai étendu les jambes, ouvrant les pieds comme elle, dans l'attitude des danseuses au repos. Le contraste entre nous était frappant : cuisses, genoux et mollets nus d'un jeune garçon, socquettes et chaussures d'une pointure déjà voisine du 44 ou du 45. Je me demandais si, ainsi regardées, indépendamment du reste des corps, ces deux paires de jambes pouvaient appartenir à un couple, c'est-à-dire à des corps qui se retrouvent intimement, juste un peu plus haut que le bord de mon cadrage. Si nos physiques n'avaient été entièrement déterminés que par ces jambes et ces pieds, y avait-il vraisemblance ou invraisemblance aux relations intimes entre des êtres ainsi dotés par la nature ? Aurait-on pu déceler à la simple comparaison de ces deux paires de jambes et de ces deux paires de pieds, une autre différence que celle des sexes, comme celle de l'âge par exemple, qui eût rendu improbables ou incongrues les relations que la différence des sexes permet, encourage ? J'étais dans de telles spéculations quand j'ai constaté que mes culottes courtes avaient une tache nacrée, près du boutonnage, un peu comme celle que laisse la morve, et j'ai cherché à frotter pour effacer, sans grand succès. Barbara a craché sur le bout de sa manche et, avec le pull-over, elle a frotté à son tour. Son expertise à ce genre de nettoyage m'a troublé, et peut-être s'en est-elle rendu compte car il m'a semblé qu'elle souriait de moi – toujours son sourire vague… –, qu'elle se moquait de mon étonnement. Mais quand, ayant réussi à gommer la tache, elle a tourné vers moi son visage, j'ai vu des larmes à nouveau dans ses yeux. Je ne comprenais plus rien. Que pouvais-je faire ? Qu'avais-je fait que je n'aurais pas dû faire ? Peut-être étions-nous partis depuis trop longtemps ? J'étais soudain un petit garçon qui s'inquiète de l'étrangeté du monde et qui a hâte de rentrer à la maison. Rien de ce que je venais de vivre tout au long de la journée, depuis le départ de bon matin jusqu'à la halte sur ce banc proche du retour, n'avait été prévu ni consigné par Mme Chapman – en dépit de certaines coïncidences des lieux – dans le petit carnet que Barbara tenait dans son sac parmi ses affaires de fille, dont un joli mouchoir souillé.

Deux mondes se superposaient comme décalqués l'un de l'autre, mais avec de légers écarts qui trahissaient des gouffres. Je croyais progresser comme un conquérant, mais le territoire de mes conquêtes pouvait, d'un instant à l'autre, se dérober sous mes pas. Les petits secrets du monde physique pouvaient s'apprendre, et leur apprentissage est rassurant : par exemple, j'étais depuis peu très informé de certaines toilettes des filles. Mais derrière ces actes qu'enseignent leur fréquentation et l'intimité avec leurs corps, les filles gardent un mystère indéchiffrable, me disais-je et, à vrai dire, j'étais face à une énigme qui non seulement m'apparaissait insoluble, mais me privait des mots mêmes pour l'interroger. Je découvrais que le mystère des filles se cache dans le silence de leurs larmes et de leur sourire vague, qui ne sont peut-être que deux expressions muettes de la même énigme. Ce n'est que bien plus tard, quand elles sont plus âgées, que les femmes s'habituent à parler, ayant renoncé au silence, et même si elles gardent jusqu'à la fin de leur vie les larmes et le sourire. Je réalisais que Mme Chapman parlait tout le temps et qu'avant d'être lassante cette parole était rassurante. Même si j'avais pu consigner à mon tour, dans un petit carnet secret, chaque moment, chaque action et chaque détail de ma journée avec Barbara, avec toute la précision de ce qui se gravait à jamais dans ma mémoire, mon compte rendu et ma description eussent achoppé sur son sourire vague et sur ses larmes qui me dépossédaient de tout, qui me rendaient invalide : avoir un sexe de garçon qui se dressait autant de fois que ma pensée le sollicitait – à moins que ce fût l'inverse – n'était qu'une aptitude bien dérisoire et finalement inutile – bêtement mécanique – si cela ne servait à percer, en même temps qu'une chair, le mystère le plus intime d'un être. J'avais cru naïvement que de pénétrer une fille suffisait pour accéder à elle tout entière, sans qu'elle eût plus rien à cacher, et maintenant, devant le sourire vague et les larmes de Barbara, je comprenais mon erreur et mon invalidité. J'étais un petit garçon avec un sexe de garçon, mais je me sentais manquer cruellement de quelque chose que je n'aurais pas encore découvert en moi, un organe caché, moins visible, moins arrogant que le sexe, et pourtant comme une autre clé pour ouvrir une porte dont je n'avais forcé qu'une seule serrure, alors qu'elle en comportait d'autres, plus complexes, plus efficaces contre l'effraction. Je me regardais et je me tâtais de toutes parts en imagination, à la recherche de ce qui me manquait, ne sachant si j'allais finir par le trouver, réussissant à faire se dresser quelque part en moi cet organe inconnu comme se dressait si facilement, si stupidement, celui qu'à nouveau, en ce moment même – après que Barbara eut frotté là mes culottes courtes –, je sentais douloureusement raide, ou si j'étais infirme, dépourvu d'un tel organe, complémentaire de l'autre, et sans lequel l'autre n'était qu'un instrument grossier. Barbara était-elle triste de découvrir en moi un manque, une anomalie, une monstruosité, quelque chose qui me rendait différent d'un être complet, normal, auprès de qui elle aurait pu être heureuse, sans sourire vague et sans larmes ? Dans mon aveuglement, je ne pouvais concevoir que ce qui me manquait était peut-être le temps, l'âge, les ans, car je n'admettais pas qu'un homme adulte et n'ayant sur moi d'autre avantage que sa date de naissance, pût être plus apte que moi à aimer une fille et à être aimé d'elle. Mme Chapman me semblait un être tellement plus simple, plus lisible, plus réconfortant : était-ce cela que les femmes gagnent avec l'âge, en contrepartie de ce que l'âge leur prend ? J'étais confronté à cette question de l'amour inspiré par la femme qui sait ce que sont l'angoisse et la peur d'un petit garçon, et l'amour qu'inspire au petit garçon la fille qui a peur de lui et dont la fréquentation l'angoisse ? Il y a les femmes qui savent apaiser et consoler les petits garçons – c'est-à-dire tous les hommes –, et il y a les filles que ni les petits garçons ni les grands ne savent consoler et apaiser.

47

Par de telles pensées, je prenais déjà le chemin du 15, Broadlands Road, avec Barbara près de moi, mais loin de moi aussi, et sans savoir que ce chemin me ramenait à Mme Chapman, ma grand-mère anglaise car, sans attendre le lendemain, elle était venue pour nous accueillir au retour de la grande promenade à travers Londres qu'elle avait si minutieusement préparée pour nous, ayant tout prévu, et inquiète que nous n'ayons rien raté, que tout se soit bien passé. Dès que nous avons poussé la porte, j'ai reconnu sa voix, alors qu'elle était en conversation avec Mme Buss dans la salle commune. Barbara a fouillé à la hâte dans son sac et m'a remis le petit carnet avant de se précipiter dans l'escalier pour disparaître. Elle m'abandonnait. Je me suis glissé dans ma chambre car, après avoir trouvé rassurante et réconfortante la figure de ma grand-mère anglaise, j'avais besoin d'oublier le mystère face auquel Barbara me laissait et qui, dans cet instant plus que jamais, m'envahissait tout entier. Je nous avais trop vite crus inséparables – quitte à ce que ce fût avec ostentation et effronterie – jusqu'à la dernière minute de mon séjour, et voilà que j'étais privé de Barbara, qu'elle m'échappait comme si notre journée de balades dans Londres était terminée, tout simplement, et qu'elle rendait son tablier d'une mission acceptée et accomplie pour rendre service. Je retrouvais ma chambre de petit garçon, mes livres de petit garçon, mes autos miniatures de petit garçon, ma maquette d'avion de petit garçon et, dans la poche gauche de mes culottes courtes, mon bout de coton de petit garçon. Sur ma table de travail, j'avais laissé disposés mon bloc de papier à lettres et mon stylo et si, dans cet instant, j'avais dû écrire mon dernier courrier à ma grand-mère, j'aurais exprimé que chaque minute, chaque seconde qui me séparait d'elle et de mon retour à Paris était doublement douloureuse : elle était à la fois celle d'une attente encore trop longue avant les retrouvailles, et celle si brève pour apprendre à me séparer, à ne plus être, à perdre tout en perdant celle dont je n'avais jamais parlé. Je savais pourtant que ma lettre raconterait simplement comment une jeune fille bien aimable – celle avec qui je jouais au tennis –, pensionnaire de la famille Buss, qui venait de terminer son année d'études à l'université, avait accepté de remplacer Mme Chapman souffrante, pour une dernière visite de Londres, et comment nous étions allés ensemble à Battersea Park, puis jusque devant la statue de Peter Pan à Kensington Gardens, à une séance de dessins animés dans un cinéma permanent, comment j'avais découvert avec elle les *wimpies* – un steak haché pris dans du pain chaud –, comment nous avions ensuite marché jusqu'au musée des Cires de Mme Tussaud – *Wax Museum* –, où la « Chambre des horreurs » était horrible en effet, et comment nous étions enfin rentrés à pied, en passant par Kenwood : il y avait là une matière bien suffisante pour ma dernière lettre, sans mentir mais dans la souffrance d'une trahison. J'avais envie de pleurer à mon tour : moi aussi j'avais mes raisons d'être triste, malheureux, désemparé, et elles n'avaient rien de mystérieux. Si j'avais envie de verser des larmes, c'était parce qu'il m'était insupportable d'être déjà séparé de Barbara, et de devoir faire comme si cette séparation n'était pas plus importante que n'avait été sa présence à mes côtés, telle que je l'évoquerais identiquement à ma grand-mère anglaise, dans mon meilleur anglais, et à ma grand-mère espagnole, dans la langue de notre complicité, ma seule vraie grand-mère et celle à qui je m'adressais en commençant chacune de mes lettres par : « Querida Yaya... » ou « Querida Abuelita... », n'étant d'ailleurs pas conscient de n'avoir jamais connu mon autre grand-mère, la Hongroise. Les feuilles du carnet de Mme Chapman, ma grand-mère anglaise, et les feuilles de mes lettres à ma grand-mère espagnole me dégoûtaient de devoir rester vierges de toute mon histoire avec Barbara, et leur blancheur immaculée était celle de la neige qui cache un cadavre. Cette blancheur du papier prête à recevoir l'inscription de la Vérité même, je l'aurais bien souillée d'une autre encre que celle des mots si trompeurs, si menteurs, si dissimulateurs, si traîtres. Il me vint une idée : avec le slip de coton blanc que je caressais dans la poche gauche de mes culottes courtes depuis plusieurs jours, j'ai frotté toutes les pages du carnet qui décrivaient le programme et l'itinéraire de ma dernière balade dans Londres, et encore une bonne dizaine de pages qui avaient été laissées blanches pour nos remarques et annotations puis, de la même façon, les feuilles du bloc de papier à lettres qui allaient servir à mon dernier courrier à ma grand-mère que j'irais jeter, au coin de Broadlands Road sur North Hill, dans la haute boîte aux lettres rouge des Postes de Sa Majesté. Frottant le papier encore vierge, et déjà prédisposé à ne rien dire, à ne rien consigner, d'avance complice de toute censure, j'effaçais d'avance le mensonge, je rendais glissante et meurtrière la surface glacée où l'écriture l'inscrirait.

Quand je me suis enfin présenté à Mme Buss et à Mme Chapman, cette dernière s'est exclamée : « *Here they are !* » (« Les voilà ! »), mais comme j'étais seul, je me demandai si la présence de Barbara, collée à moi, était visible à ce point, même quand elle n'était pas là. Je bredouillais que Barbara avait été formidable, mais qu'elle était très fatiguée car nous avions tout fait à pied depuis Battersea, et qu'elle était montée se changer et se reposer. Mme Buss semblait contente de moi, son *lucky boy*, mais je la voyais maintenant comme un personnage appartenant à une autre époque de ma vie : elle était dépassée par cela même qu'elle avait permis et rendu possible sans le savoir, et son ignorance de *ça* la reléguait loin en arrière dans le passé. À moins qu'elle n'eût tout su, tout compris, et que c'était tout cela qu'elle sous-entendait dans l'expression « *You are a lucky boy…* ». Mme Chapman, elle, restait inévitablement associée à certains événements de la journée écoulée : posant le carnet sur la table, j'ai déclaré que nous avions suivi le programme dans ses grandes lignes, et j'ai reconnu que nous nous étions dispensés de la Wallace Collection puisque j'y étais déjà allé plusieurs fois, et je n'omis pas les deux notes personnelles que je devais à Barbara : la séance dans un cinéma de dessins animés et le restaurant de *wimpies*, cet aveu me dispensant de dire tout ce que je devais à celle qui avait rendu la journée irracontable. Sur la plupart des étapes de l'itinéraire, je pus formuler avec des phrases claires des impressions et des descriptions convaincantes, et même avec un certain luxe de détails : plus j'étais précis en direction d'une certaine vérité, plus je décrivais de la mort là où la vie même avait été indescriptible. Mme Chapman s'efforçait de consigner ce que je racontais sous la forme d'un *digest* dans les pages libres – déjà préparées par moi pour ces mensonges quand je les avais frottées avec le slip de coton blanc. Je pus décrire le bâtiment du planétarium – *Theater of the skies* –, avec son dôme en construction déjà très avancé, qui jouxtait le musée des Cires de Mme Tussaud, me réjouissant que Mme Chapman eût encore à me faire découvrir ce nouveau lieu l'année prochaine, quand il serait ouvert au public. Alors Mme Buss, qui s'était laissé distancer, a tenté un retour, et elle m'a demandé avec douceur et presque avec timidité ou inquiétude : « *Are you planning to come back next year ?* » (« As-tu le projet de revenir l'année prochaine ? »). J'ai répondu la gorge nouée, la voix vacillante : « *Of course... and many other years* » (« Bien sûr... et encore bien d'autres années »). Mme Buss baissa les yeux, et elle eut un sourire aussi vague, aussi énigmatique que celui d'une jeune fille. Mme Chapman nous aida à éviter une contagion de l'émotion en déclarant d'une voix pleine de courage de veuve d'un pilote de la Royal Air Force, qu'elle se réjouissait de cette perspective et qu'elle espérait que je la trouverais en meilleure santé, car elle avait mille autres itinéraires à me proposer à travers Londres. Sur l'instant, j'aurais volontiers signé l'engagement de la suivre encore mille fois.

Dans la salle commune étaient réapparus l'un après l'autre M. Buss, Hoppy, Suzann et Rosalind, Kingsley. Mme Chapman attendait encore un peu dans l'espoir de saluer Barbara, de la remercier d'avoir été sa remplaçante et de la féliciter car, à en juger par l'élève, l'institutrice avait été excellente. Face à cette attente, je craignais le pire, et non seulement que Barbara ne parût point pour embrasser ma grand-mère anglaise, mais qu'elle restât enfermée dans sa chambre jusqu'au lendemain, suscitant l'étonnement et l'inquiétude. Pourtant, Barbara parut bientôt, et le temps qu'elle avait pris pour son repos et sa toilette sembla juste, compte tenu de la fatigue de notre journée telle que je l'avais décrite, c'est-à-dire en n'ayant parlé que des dépenses physiques avouables, ayant omis tout ce qui épuise les corps à force de les combler. À ma surprise, elle était détendue et joyeuse, et dans sa tenue de tennis. En pénétrant dans la pièce, elle s'était d'abord tournée vers moi, et elle m'a rappelé qu'en échange des redoutables épreuves du grand huit à Battersea, et de la « Chambre des horreurs » chez Mme Tussaud, je lui avais promis une partie de tennis. Je vivais un de ces instants où le monde me semblait idéal, d'un équilibre et d'une perfection magiques. Je reçus de Mme Buss la consigne pressante de me montrer conciliant et élégant, et d'aller au plus vite me mettre en tenue.

48

Cinq minutes plus tard, après avoir fait nos adieux à ma grand-mère anglaise et pris congé de ceux qui ne cessaient de nous séparer et de nous réunir, nous traversions le jardin où M. Buss taillait ses rosiers à la vitesse où ils poussaient, et nous nous engagions dans la prairie. Une fois encore, nous nous trouvions, Barbara et moi, à marcher l'un à côté de l'autre et je n'osais lever les yeux sur elle. Je tenais mon regard bas, je voyais ses jambes maintenant nues comme les miennes, mais dorées comme le pain brun des charmants petits sandwiches comparé à leur pain blanc. Nos chaussures aussi se ressemblaient, même toile et même couleur : je me suis dit que nous pouvions former un couple pour le double mixte, au tennis, et sans que la différence d'âges eût été en l'occurrence un inconvénient ou une bizarrerie. Barbara se tourna plusieurs fois vers moi, me dévisageant de côté et cherchant mon regard. Quand nous nous fûmes suffisamment éloignés de la maison, et après avoir jeté un coup d'œil en arrière pour vérifier que personne ne nous voyait, j'ai pris sa main et elle a serré la mienne. À l'entrée du Highgate Lawn Tennis Club, je me suis arrêté, et je l'ai regardé dans les yeux : elle avait une mine reposée, sereine, elle avait relégué au fond d'elle l'énigme que j'avais vu flotter à la surface de son visage, et elle ne voulait plus me montrer, me donner, que sa beauté sans faille, sans défaut. Je m'étonnai que derrière la force fascinante d'une telle perfection des traits, masque d'une déesse invulnérable, il pût y avoir, prête à tout instant à la vaincre de l'intérieur, une telle réserve de faiblesse. Nous nous sommes avancés parmi les courts déserts, mais ces rectangles de gazon coupé ras, avec leurs lignes blanches et leurs filets, ne correspondaient plus à rien de ce que nous faisions ensemble, aux jeux qui étaient les nôtres, ils apparaissaient comme d'étranges terrains pour des exercices de rééducation: le sport est-il autre chose que cela, un réapprentissage du corps sans le sexe ? Il était évident que nous n'avions ni l'un ni l'autre aucune envie de jouer au tennis, que nous avions désappris à faire cela ensemble. Ni l'un ni l'autre n'a esquissé le mouvement habituel d'entrer sur un court, et nous nous sommes assis sur les marches en bois du petit bâtiment composé du mur sous auvent, avec son tableau d'affichage, flanqué d'un bureau d'un côté et d'une cabane à usage de vestiaire de l'autre. Nous sommes restés assis, silencieux, nos jambes nues à nouveau étirées devant nous, pieds ouverts, comme sur le banc au retour de Kenwood. Décidément, ces corps pouvaient s'accorder. Mais je savais qu'il fallait du silence, de la douceur. De la main droite, j'ai commencé à caresser l'intérieur de sa cuisse gauche en prenant soin de ne pas monter trop haut, d'éviter ce lieu-là et plutôt de descendre, de rendre un gentil hommage au genou, si fin, si différent des miens. À la main droite, j'improvisais, comme au piano. Je remontais parfois, je m'avançais vers l'endroit où la peau devenait plus douce encore, un satin glissant, mais comme sans savoir de quoi je m'approchais innocemment, imprudemment, et puis je redescendais, plus bas encore que le genou. L'improvisation me donnait du temps et des idées. Finalement, j'ai quitté ma place pour m'asseoir dans l'herbe, face à Barbara qui restait sur les marches, et je ne m'intéressais plus qu'à sa jambe gauche, depuis le genou jusqu'à la cheville, elle aussi si fine, si fragile, et que je pouvais emprisonner d'une main. Si j'avais été requis comme expert par un quelconque tribunal d'accusation, pour trouver à cette jambe un défaut, entre le haut de la cuisse et le bout des orteils, j'aurais préféré aller au bûcher plutôt que d'inventer ce qui n'existait pas. J'ai délacé la chaussure, je l'ai délicatement tirée par le talon comme j'avais vu faire les chausseurs à l'essayage. Seulement pris dans sa socquette de fil blanc, le pied redevenait une adorable miniature, protégée par une housse, et je me disais que cette chaussette n'était pas moins troublante, pas moins en intimité avec le corps de Barbara, que le slip de coton blanc dont je m'étais emparé et que je n'eusse pas rétrocédé contre un trésor. À cette pensée, j'ai fait remonter ma caresse très haut, l'aventurant sous la jupette, comme sur le palier du dernier étage, puis je suis redescendu en catimini et, tirant sur l'étui de fil pour dénuder le pied, j'ai sentis que je brûlais, comme on dit à un enfant qui cherche un butin caché, que je m'approchais d'un mystère, au sens où les mystères ont des adorateurs : je m'improvisais, je m'inventais l'adorateur de ce mystère-là, l'officiant de son culte. J'embrassais le pied, je le léchais, j'en suçais successivement chaque orteil, et je guettais le regard de Barbara dans l'espoir d'obtenir d'elle un aveu, un simple mot, ou peut-être un sourire précis, qui eût été le contraire de son sourire vague. Si, des années plus tard, je m'étais livré à une telle cérémonie avec une amoureuse, je me serais senti contrefaisant les fétichistes et, parmi les adeptes de cette fantaisie, ceux qu'on appelle les fétichistes du pied. De fait, je ne peux renier un fétichisme que je trouve chez moi sous bien des formes, mais justement pas sous celle-là : ni à cette époque ni jamais par la suite, je n'ai été adorateur de pantoufles, d'escarpins, de talons aiguilles ou de bottines. En m'éloignant autant que possible sur le corps de Barbara de la partie qui m'attirait obsessionnellement, faisant mine de renoncer à ma marotte, à mon jouet favori, et de m'intéresser à autre chose, je tentais une sorte de diversion magique. Cela tenait aussi de l'ancien exercice des blasons, où le poète pouvait célébrer le corps de sa dulcinée en chacune de ses parties. Mais par mes caresses, que j'aventurais parfois vers les hauteurs de la cuisse jusqu'à effleurer le sexe, je reliais explicitement la partie au tout, si l'on peut dire, et ce que je cherchais à exprimer c'était tout simplement que j'aimais tout de Barbara, que je l'aimais tout entière, même si je devais être privé pendant quelques instants de cette partie d'elle qui était pour moi comme le « tout » d'une charade, et que je désirais sans répit, puisque cette énigme-là je l'avais résolue, et que ce tout, je l'avais trouvé. Évoquant la charade, me revient aujourd'hui à l'esprit le film de Stanley Donen qui porte ce titre, que je ne vis que six ou sept ans plus tard, et dont je peux après coup inverser la fameuse réplique d'Audrey Hepburn hurlant comme une furie sous le nez de Cary Grant, incrédule : « Savez-vous ce que je déteste en vous ?... Rien ! »

Était-ce cela que Barbara attendait de moi ou autre chose encore, une autre forme de patience ? De mon point de vue, c'était elle qui devait savoir m'attendre, non pas pour une question d'âge et de maturité, mais d'indépendance, de liberté de mouvements : pour vivre avec elle, il fallait que je puisse habiter hors de ma famille, par exemple dès que je serais entré à l'université. Et il m'était impossible d'imaginer une conception inversée de l'attente : celle où c'était moi qui aurais dû montrer assez de patience pour rester fidèle à la grande passion de mes treize ans, quatre ou cinq ans plus tard. L'impatience me gagnait déjà, déjà je commençais à frotter mes lèvres et mon visage plus haut, à la cheville et le long du mollet, et mes mains me précédaient en aveugle, déjà elles avaient atteint la saillie charmante du genou. Pour monter plus haut encore, j'eusse été obligé de revenir sur les marches, dans une position inconfortable : au contraire, j'ai aidé Barbara à descendre pour l'allonger dans le gazon, au pied de la baraque. Ce qui jusque-là aurait pu être travesti en scène anodine si quelqu'un était survenu – un massage de la cheville,

Barbara s'étant fait mal – prenait une tournure beaucoup moins défendable, mais nous étions sûrs de notre impunité, ou indifférents au risque de la punition. En tout cas, je ne pouvais plus cacher où je voulais en venir, où je voulais revenir après mes lointaines célébrations, mais je ne changeais pas de route, et je continuais de ne considérer que la jambe et la cuisse gauches, ignorant résolument que pour offrir passage en elle une fille s'ouvre comme une porte à double battant. Je restais dans la logique, ou dans la psychologie, ou dans la stratégie de mon invention : ainsi, dans ma tête, je ne remontais pas vers ce que Barbara avait entre les cuisses, mais vers ce qui se trouvait en haut de cette seule cuisse-là, que je parcourais de mes lèvres et de ma langue, y déposant un filet de salive. Je devais être très fier de ma trouvaille, et je voyais dans une telle approche tout autre chose qu'un jeu ou qu'une variante – convaincu d'accéder au rang de grand sorcier, ou de grand prêtre de l'érotisme –, en fait, une autre façon de l'aborder, de la désirer, moins brutale, moins banale, plus raffinée, et surtout plus affectueuse : en somme, je me montrais petit garçon câlin, qui invente par quelle caresse spéciale approcher la petite sirène, handicapée pour l'amour par cet étrange corps de fille qui ne s'ouvre pas. La nouveauté et l'ivresse de ce chemin inédit pour retrouver toujours le même sanctuaire, me laissaient croire que, par cet accès, j'allais percer un des grands mystères des filles, et chasser de Barbara toute humeur maussade, tout sourire vague, toute nouvelle envie de pleurer. Et pour montrer encore de la patience et de la délicatesse, tout en haut, je me suis arrêté, j'ai posé ma joue sur le bas de son ventre, et j'ai tiré sa petite jupe par-dessus ma tête pour m'y cacher. J'étais arrivé, plus aucun risque de me perdre, je suis resté là pendant de longues minutes, comme un petit Indien sous sa tente, comme un bébé dans un ventre.

J'avais si bien réussi ma diversion qu'elle m'avait trompé moi-même : je parvenais à être là, tout contre un sexe de fille, mes lèvres seulement séparées de celles-là par le tissu d'une petite culotte, sans que le mien tendît le tissu de mes culottes courtes, avec l'exigence impétueuse de s'en dégager : il était sagement au repos. Je crois que j'aurais pu m'endormir ainsi pour toute la nuit. D'ailleurs, le soir tombait. Nous n'avions rien fait. Nous n'avions pas échangé une balle, pas un baiser. Barbara a dû comprendre que je me retenais, que je me faisais doux, innocent, que je me montrais petit garçon pour lui être agréable, pour la consoler d'une contrariété ou d'un chagrin que je lui avais deviné au retour de notre périple dans Londres, et après l'épisode de Kenwood. Je l'ai entendue prononcer distinctement ces mots, auxquels elle avait donné, une première fois, un sens précis, accrochée à l'échelle métallique de la piscine : « *Do it to me...* » Je savais ce qu'elle entendait par là, je savais ce qu'elle voulait que je lui fasse et par où, mais j'étais perturbé par cette demande, car toute l'histoire de ma remontée depuis le pied, le long de la jambe et de la cuisse gauches, n'avait eu pour but que de me conduire à ce qui n'est ni à gauche ni à droite mais au centre de tout, et frontalement exposé au regard, comme le point de perspective absolu. Je n'étais pas dans l'état d'esprit d'un contournement du décor, d'un retournement, d'une inversion du tableau : pour la première fois, j'éprouvais une sorte de désaccord paralysant, car Barbara prétendait me priver, au bout du compte, de ce que j'avais si patiemment attendu et mérité. Mais une défaillance, l'incapacité de la satisfaire m'eussent vexé, et ce fut finalement par une ruse – Eureka ! : « Par où elle veut, mais comme si de rien n'était... », me suis-je dit – que je me retrouvai mentalement d'aplomb, et physiquement en état. Pour vérifier et exhiber cela, je trouvai bien commode la fermeture Éclair de mon short. Avec une égale facilité, Barbara s'était débarrassée de sa culotte, une de celles qui faisaient partie de la tenue des joueuses de tennis et qu'il n'était pas interdit au public d'entrevoir, à la faveur d'un mouvement du corps ou de l'air, ou parfois des deux associés. Et Barbara amorça le geste de se retourner contre terre : elle était passée sur le flanc et je la dissuadai d'aller plus loin, afin que je pusse reprendre le fil de mon histoire. Je ne m'intéressais toujours qu'à la seule jambe dont j'avais dénudé le pied, et qui m'avait ramené devant mon seuil favori après ce long détour : je ne l'ai donc pas écartée de l'autre mais je l'ai repliée, repoussée très haut, comme on peut rêver que sache le faire, à l'horizontale, après le spectacle, une danseuse de *french cancan*. Dans l'attitude où je tenais Barbara, ce n'était pas l'ouverture au bas de son corps qui était obtenue, mais un rehaussement de ses reins et je continuais d'improviser : sans m'éloigner de mon objectif, sans le perdre de vue – il était là, offert, vulnérable –, mais le laissant dans une sorte de réserve, je pus m'allonger sur elle et faire semblant de passer outre à sa demande, sous-entendue dans les mots « *Do it to me* », dont le *it* désignait un *le* ou un *ça* de l'inédit, de l'indicible, presque de l'impensable : entre « Fais-*le*-moi » et « Fais-moi *ça* ». Lorsqu'elle comprit que je n'avais pas oublié, et que je ne trompais que les apparences par la posture, elle eut un sourire de surprise, presque amusée ; elle avait l'air de se dire : « Ce gamin est ingénieux, inventif, débrouillard ! » En fait, ma supposée découverte était banale – l'œuf de Colomb : il suffisait d'y penser… –, mais quelques difficultés et inconvénients se présentaient. D'une part, une fille qui demande cela à un garçon – ou s'y voit conduite par lui – s'attend non seulement à une intrusion physiquement déplacée, mais à un retournement mental, psychologique (et même à une transgression morale, à certaines époques et dans certaines cultures) : sans ce dernier, c'est toujours l'endroit du corps qui reçoit, même si c'est à l'envers que va l'hommage. La difficulté physique, quant à elle, est toute naturelle, et particulière à ce lieu d'un corps de fille, moins prédisposé à recevoir et à faciliter l'accueil en trahissant son propre désir. Pour être clair et prosaïque, disons que je venais de découvrir une position dont je ne sais si ceux qui la pratiquent lui ont donné un nom, mais que je peux résumer par la formule : « par-derrière mais face à face » ou « par-devant, mais en allant frapper à la deuxième porte ». Il y eut donc encore quelques aménagements improvisés et quelques tâtonnements laborieux et par exemple, en étant toujours plus trivial, il fallut aller chercher là où le désir d'une fille d'être pénétrée se manifeste, ce qui peut aussi faciliter sa pénétration selon une variante de ce désir, et par une autre voie que celle attribuée par la nature. La nuit tombait, c'était l'heure où les balles blanches, verdies par le gazon anglais, devenaient moins visibles. Ce fut un trouble inédit que de me sentir entrer dans le corps de Barbara par ce revers qui laissait son sexe étranger à l'action, privé de son visiteur, sans pour autant perdre le contact de nos ventres et sans que son visage et sa poitrine me fussent dérobés au profit de sa nuque et de son dos. J'étais dans ses fesses en même temps que je la tenais par là à pleines mains, serrée contre moi. Sur le devant, la chair que je délaissais, frottait contre moi sa béance. J'ai bientôt vu à Barbara une expression furtive, dont le détail reste une récompense mémorable : alors qu'elle souriait toujours, presque douloureusement, elle se mordit la lèvre inférieure, et je vois encore les deux dents blanches de cette morsure sur sa peau brune.

Je sais maintenant que rien, dans tous ces jeux érotiques, n'interrogeait le vrai mystère des filles dont

Barbara me présentait l'énigme lorsqu'elle pleurait ou lorsqu'elle souriait d'une certaine façon, mais en revenant par la prairie dans la pénombre qui eût normalement interrompu notre partie de tennis, j'avais l'impression d'avoir manifesté un désir de compréhension, et même d'avoir fait une déclaration solennelle, fût-ce d'une façon alambiquée : je pourrais m'éloigner de Barbara et passer plusieurs mois, peut-être plusieurs années, séparé d'elle, vivant ailleurs, dans une autre ville, d'un autre pays, de la même façon que j'avais montré pouvoir m'éloigner de cette partie au centre de son corps dont elle pensait sans doute qu'elle était la seule qui m'attirât vers elle, sans que rien pût m'empêcher de revenir là en elle, sans que rien pût m'empêcher de la retrouver un jour, le premier jour possible dans mon existence, à nouveau la première fois.

49

Ce soir-là, je n'avais pas mon rendez-vous de onze heures pour les parties de *chinese checkers*, car M. et Mme Buss participaient à une soirée de bienfaisance dont ils ne rentreraient que tard, et notre dernière joute – notre grande finale – avait été fixée pour le lendemain, veille de mon départ. Barbara et moi, nous avions donc plus de temps pour être ensemble que d'habitude, mais guère plus de liberté – tous les autres étant là, dans la maison – et, pour le programme des films noirs, vers minuit, à la télévision, nous n'avions pas la tranquillité de savoir nos hôtes couchés et endormis dans leur chambre sur le même palier : il fallait nous tenir bien, en vue de leur retour à l'improviste. Chacun de nous alla se changer, je pris ma douche seul, dans la salle de bains du premier étage, et j'imaginai Barbara prenant la sienne, sans que je pusse participer à sa toilette. Avant de la retrouver à l'heure du film dans le réduit pour la télévision, j'eus encore le temps d'écrire ma dernière lettre à ma grand-mère, et j'y consignai les différentes étapes de mon expédition à travers Londres, aux côtés de celle qui avait accepté de remplacer Mme Chapman au pied levé, trouvant les mots et le ton d'un parfait détachement, et sans que fussent visibles les coupes et les aménagements imposés par la censure. À l'heure où les parties de *chinese checkers* se seraient achevées, M. et Mme Buss n'étaient toujours pas de retour: il n'y avait bien qu'une action de bienfaisance – il me semble que c'était au profit des orphelins du collège – pour les retenir si tardivement dehors, surtout lui qui, entre neuf et onze heures du soir, était déjà assis-couché, rêvassant dans son fauteuil en velours de Gênes au bonheur d'être bientôt dans son lit, et se délectant d'avance du sommeil dans la somnolence.

Quand j'eus terminé et mis sous enveloppe ma dernière lettre, je montai vers la pièce où était la télévision: sur le palier, je croisai Hoppy qui en sortait, me déclarant que c'était l'heure où commençaient les films déconseillés aux enfants, qui lui étaient donc interdits, et je m'installai seul sur le divan, n'allumant que l'écran. J'espérais encore que M. et Mme Buss rentrent d'une minute à l'autre et me trouvent seul, face à ce programme nocturne qui m'était autorisé une fois par semaine, en tant que cours d'anglais, mais Barbara poussa la porte et je la vis paraître, vêtue du même peignoir que lors de la séance de chatouilles qu'elle avait interrompue de façon autoritaire et humiliante par son «*Stop it!*». Ces mots tranchants me revinrent aux oreilles, en contraste avec le doux «*Do it to me…*», les deux injonctions ayant en commun ce *it*, aussi bref et pointu que vague et allusif, qui pouvait cacher les actions les plus insignifiantes comme les plus répréhensibles, sorte de paravent derrière lequel se montrent en ombres chinoises les sept péchés capitaux, depuis la gourmandise jusqu'à la luxure, et les grands interdits, depuis l'inceste jusqu'à l'homicide. On pourrait longuement comparer le *it* anglais, neutre, asexué, à ses équivalents français, obligatoirement masculins ou féminins (« Fais-*le*-moi... », « Prends-*la*-moi... »), ou remplaçant le genre par une neutralité louche, vaguement péjorative : *ça* (« Fais-moi *ça*... », « Prends *ça*... »), au croisement entre l'adverbe, l'interjection, le pronom démonstratif et le substantif du vocabulaire psychanalytique, le « *ça* » de toutes les pulsions, adapté du pronom neutre allemand substantif « *es* ». « *Stop it !* » m'avait-elle dit pour que j'arrête, mais pour arrêter quoi, au juste ? : les chatouilles, ou ce qui les inspirait et vers quoi je serais allé immanquablement après ce détour, sans ce coup d'arrêt ? Et « *Do it to me...* », m'avait-elle demandé, que je pouvais décomposer en « *Do it...* » (« Fais-le... ») – mais quoi, au juste, qui ne prenait de sens que par son destinataire (bénéficiaire ou victime) ? –, suivi du « ... *to me...* » qui déclenchait le coup de théâtre. « *Do it... to me...* » : « Fais ça... à moi... », « Fais-moi ça... », « Fais-le-moi... ». Ces deux formules – « *Stop it !* » et « *Do it to me...* » – me trottaient dans la tête, et je les appliquais aux situations du film d'épouvante que nous regardions car, à certains moments, on pouvait être tenté de s'écrier : « *Stop it !* » – soit à l'un des méchants protagonistes d'affreuses actions, soit au cinéaste lui-même dans sa volonté de mettre en scène et de montrer *ça* – ou, au contraire : « *Do it to me...* » quand on eût bien aimé prendre *ça* pour soi, et bénéficier, en tant que spectateur, de certaines faveurs accordées à un personnage par un autre. Barbara s'était recroquevillée au bout du canapé, les jambes repliées sous elle, et je me tenais sagement assis à ma place, réagissant intérieurement à chaque scène par un « *Stop it !* » ou par un « *Do it to me...* ».

Cependant, les fatigues accumulées de la journée se faisaient ressentir – même si la partie de tennis avait tourné à l'école buissonnière –, et je trouvais un appui confortable en me laissant aller contre le flanc de Barbara, ni menacé d'un «*Stop it!*» ni en attente d'un «*Do it to me…*».

C'est dans l'attitude d'enfants qui ont lutté ensemble contre le sommeil avant de s'endormir sagement l'un contre l'autre, que Mme Buss nous trouva dans l'obscurité devant la télévision. Lorsqu'elle alluma la pièce, nous fûmes réveillés par la lumière et par ces mots: «*Children must go to bed!*» («Les enfants doivent aller au lit!»). Sur le coup, je ne compris pas bien ce qui se passait, et je n'évaluai pas ce que Mme Buss avait vu, ce qu'elle avait pu comprendre, ce qu'elle avait voulu dire: nous envoyait-elle au lit ensemble, là où je rêvais d'aller? Dans l'hébétement et la confusion, j'aurais pu tirer Barbara par la main et l'entraîner vers *notre* chambre au deuxième étage. Mais par un réflexe salutaire, je pris mollement le chemin du rez-de-chaussée avec un «*Good night!*» pâteux et piteux, tandis que Barbara résumait notre soirée par quelques mensonges, et justifiait notre endormissement par la fatigue de nos parcours à pied dans Londres, avant de regagner l'étage des filles en bâillant à s'en décrocher la mâchoire, comme on dit – *to yawn one's head off* – qui est une façon, en ouvrant la bouche pour ne rien dire, de clouer le bec à l'interlocuteur. Deux fois de suite, le sommeil nous privait d'une nuit à passer ensemble, dans un lit ou dans l'autre, alors que le lendemain serait la dernière nuit. Mais j'ai retrouvé ma chambre sans déplaisir, et mon lit sans mauvaise conscience: après une journée de petit homme, il n'était pas désagréable de s'abandonner au repos d'une nuit de petit garçon, et surtout avec la bénédiction de Mme Buss: «*Children must go to bed!*»

avait-elle décrété, tirant la leçon du spectacle que Barbara et moi nous lui avions offert, endormis comme un petit garçon contre sa grande sœur, devant la télévision. Le *naughty boy* que je prétendais être éprouvait une douce satisfaction à avoir pu s'endormir innocemment contre la plus jolie fille du monde, en dépit de ce que nous faisions ensemble à d'autres moments, d'autres nuits. *Lucky boy*…

50

Avec le petit déjeuner du lendemain commençait une journée vide, sans autre programme que d'être la veille de mon départ, où tout ne pouvait être que « dernière fois », jusqu'à la dernière partie de *chinese checkers* du soir : dernière promenade jusqu'à la haute boîte aux lettres rouge des Postes de Sa Majesté, dernière friandise moderne au chocolat (avant de retrouver les sucreries vieillottes sur le vieux continent), achetée au drugstore du coin, dernière visite à Highgate Village et au magasin d'*Observer's Books* et de *Matchbox Series*, dernier après-midi au piano chez Auntie Chrissie, peut-être dernier bain de nuit dans la piscine de Highpoint… Pour fêter la fin de mon séjour, Mme Buss avait proposé une grande partie de croquet ouverte à tous en fin de journée, et suivie d'un barbecue aux saucisses grillées (j'avais un jour déclaré ma préférence enthousiaste pour ces dernières, contre les saucisses bouillies). Ce serait pour moi le moment de distribuer à chacun les cadeaux que j'avais apportés de Paris et ceux que j'avais réclamés en supplément et reçus par colis, afin de pouvoir remercier tout le monde (pour le départ de Kate, j'avais seulement participé à un cadeau collectif). Seule Barbara n'était pas prévue sur ma liste, car je n'avais su comment la décrire à mes parents, ni dire de quoi je devais la remercier. Il me fallait donc trouver un cadeau à lui offrir en même temps qu'aux autres, et même un second à lui donner en secret. J'éprouvais une sorte de malaise en vue de cette fête qui, récapitulant mon séjour, en exalterait le profit pour mon éducation – félicitations sur mes progrès en anglais et sur ma participation, mon intégration au mode de vie d'une famille anglaise – et passerait sous silence comme si *ça* n'avait jamais eu lieu, tout ce qui s'était passé depuis quinze jours. Comme lors d'un mardi matin ordinaire, Auntie Chrissie est apparue, dans la toilette la plus appropriée à l'état du ciel et, avant de sortir, elle m'a remis la clé de sa chambre en me demandant : « *Are you leaving soon ?* » (« Partez-vous bientôt ? »). Sans attendre la réponse qui m'obligeait à articuler, la voix étranglée, que je quittais la maison le lendemain, elle sortait déjà de la pièce et lançait : « *My piano will miss you !* » (« Mon piano vous regrettera ! »). J'ai pensé que si le piano se souvenait de moi, lui qui était appelé à nous survivre, ce ne serait pas si mal, car le souvenir que je pouvais laisser dans la mémoire des êtres vivants restait enfermé dans les limites du temps de leurs existences.

J'avais pris la clé et j'avais tenté, par un petit signe, de la montrer à Barbara, faute d'une autre proposition à lui faire. Si nous avions pu revenir à la situation de la veille – et sachant d'avance ce que la journée promettait –, j'eusse été plein de dispositions nouvelles, déterminé à n'en pas laisser perdre une seconde, mais déjà ces quelques heures passées avec Barbara dans Londres s'inscrivaient dans ma mémoire comme le souvenir d'un temps improbable, dont j'avais aussi mal profité que dans un rêve où le temps ne compte pas, ne se compte pas. Quand, à nouveau, me retrouverais-je petit garçon en culottes courtes, avec la plus belle fille du monde, pendant toute une journée, dans une grande ville, sans autre programme que d'être ensemble, de nous distraire, de nous aimer ? Dans ces termes précis, une telle journée ne s'est plus jamais reproduite dans mon existence, non pas que je n'aie vécu d'autres moments comparables, dans d'autres grandes villes, avec d'autres plus belles filles du monde (n'étant que moitié hongrois, mes exagérations sont moitié moindres que celles des Hongrois pur paprika), mais parce que je n'ai plus jamais vécu cela en culottes courtes. Je me trouvais une bonne raison de quitter Barbara pendant quelques moments pour aller chercher au *Village* les cadeaux à lui faire, et c'était une façon de rester avec elle. J'ai laissé tomber mon dernier courrier à ma grand-mère au fond de la haute boîte aux lettres rouge des Postes de Sa Majesté, et déjà cette grosse borne avec un ventre et une bouche où j'avais quotidiennement glissé ma bonne conscience et mon affection pour ma grand-mère et ma famille, devenait le récipient d'un dépôt mensonger, d'un non-dit : la lettre était tombée au fond avec un bruit trop léger, presque imperceptible, compte tenu du poids du mensonge qu'elle contenait, mais je me suis dit que, si elle semblait si légère, c'était parce qu'elle était vide de l'essentiel. Si cette bouche ouverte en haut de ce qui avait d'ailleurs l'aspect d'un bâton géant de rouge à lèvres – *lipstick* – avait eu le même pouvoir de discernement et la même perspicacité que la *Bocca della verita* (que j'avais découvert deux ans plus tôt, lors de mon premier voyage à Rome en famille), alors chaque jour, avalant ma lettre, elle se serait refermée sur mes doigts. Au drugstore du coin, j'ai acheté deux ou trois dragées de *Chocolate mints*, et je suis parti le long de North Hill, passant Highpoint puis devant la Saint Michael's Primary School, en direction de Highgate, comme si j'accomplissais ce trajet une dernière fois après l'avoir parcouru pendant toutes les années de mon enfance. Avec mon argent de poche restant, j'avais prévu d'acquérir encore un ou deux *Observer's Books* et peut-être une *Matchbox Series*, mes cadeaux à ma famille et à ma tante Lenke étant déjà dans ma valise. J'y renonçai, et je comptai les billets et les pièces qui restaient dans la poche arrière de mes culottes courtes, afin de connaître la somme disponible pour les cadeaux à Barbara. Le problème était d'en trouver deux : un qui ressemblât à ceux que je faisais à Suzann et Rosalind, et un autre qui fût mon premier cadeau à une petite amie – *girl friend*. Je suis retourné dans une sorte de mercerie où, parmi des articles pour dames, je trouvai une boîte avec un jeu de jolis mouchoirs qui ressemblaient à celui avec lequel j'avais essuyé Barbara. J'en fis l'acquisition sans hésiter, mais incertain sur le fait que ce fût mon cadeau officiel ou mon cadeau secret, mon cadeau pratique ou mon cadeau symbolique (et je ne me suis rendu compte que de retour à Broadlands Road, que j'avais acheté la même boîte des mêmes petits mouchoirs pour ma grand-mère, dans un état d'esprit si différent que l'objet lui-même m'avait semblé tout autre). Les seuls commerces qui me fussent familiers, et où je pouvais m'attarder et chercher mon bonheur sans timidité, étaient les magasins de jouets (ma mésaventure au « Lutin bleu » à Paris ne m'avait pas rendu méfiant) : je pénétrai dans celui où j'avais mes habitudes, avec l'espoir d'y trouver le deuxième cadeau pour Barbara parmi ce qui m'aurait plu pour moi-même. Deux objets attirèrent mon attention : une jolie paire de jumelles dans un étui en carton mâché, et un petit appareil de visionnage qui, sous l'aspect d'une caméra, par le jeu d'un poussoir et d'un mécanisme à ressort, faisait défiler derrière un œilleton un petit film de cinéma en boucle. Chaque visionneuse contenait une séquence différente mais on pouvait acquérir séparément d'autres bandes : il y avait une scène où des Indiens tournaient inlassablement autour d'une jeune fille blonde ligotée à un totem ; dans une autre boucle, un personnage se jetait d'un plongeoir dans l'eau d'une piscine où il nageait jusqu'à une échelle pour ressortir et recommencer sans cesse le même plongeon (à Highpoint, j'avais vu une fillette faire la même chose) ; une scène de dessin animé enchaînait une suite d'événements catastrophiques et les répétait dans un mouvement perpétuel. Je fis mes comptes, je pouvais tout acheter, en y laissant mon dernier *penny*: la paire de jumelles, la visionneuse et deux films supplémentaires. Je n'étais pas mécontent d'avoir pour Barbara plus de cadeaux que pour quiconque, et il me restait à décider celui que je lui remettrais officiellement, en même temps que les présents à tous les autres, et ceux qui seraient un souvenir plus intime et plus allusif, et que je lui donnerais quand nous serions seuls.

De retour dans ma chambre, j'ai étalé sur le lit les bouteilles d'armagnac pour M. Buss et pour Hoppy, les flacons de parfums Channel et Dior pour Mme Buss et pour ses filles, la boîte d'un stylo-plume « Waterman, Paris » pour Kingsley (à partir de cette époque, et définitivement, mon stylo a toujours été un *Parker 51*, *made in England*, dessiné par un Hongrois: Laszlo Moholy-Nagy) et puis, à côté de tout cela, les petits mouchoirs, la paire de jumelles dans son étui, la visionneuse dans sa boîte en carton et les films en plus. Et je fus brusquement déprimé, consterné, en prenant conscience que mes cadeaux à Barbara la ramenaient au même rang que les autres personnes à remercier, et que je n'avais pas trouvé l'objet unique et juste, puisque d'un côté les mouchoirs étaient aussi ce que j'offrais à ma grand-mère – *los pañuelitos*, comme je les avais aussitôt identifiés pour elle, avec le nom qu'elle allait leur donner –, tandis que les autres présents étaient des jouets pour enfants que j'aurais pu acheter pour moi-même. Tout cela me semblait banal et sans correspondance avec ce qu'était ma relation avec Barbara. Qui plus est, les cadeaux semblaient conclure cette *love affair* et la clore par une fin conventionnelle, naïve. Les tristes petits mouchoirs ne sembleraient-ils pas destinés à essuyer des larmes ? J'avais tout faux, en somme. Et je n'imaginais même pas les mots, les gestes, la situation, pour donner à Barbara les petits mouchoirs ou la paire de jumelles, ou la visionneuse et les films. Depuis que nous nous étions endormis l'un contre l'autre devant la télévision, avec ensuite la nuit passée chacun dans notre chambre et encore toute la matinée sans nous voir, j'avais le sentiment d'avoir négligé ma détermination et trahi mon serment de la veille de ne plus passer une seconde sans elle, de ne rien perdre de ces moments si courts, si longs, où nos corps pouvaient être près l'un de l'autre, l'un dans l'autre. Considérant mes cadeaux de petit garçon en culottes courtes, étalés sur le couvre-lit, je me demandai si je saurais faire encore avec Barbara, en cette journée si déprimante, ce que nous avions fait ensemble la veille, au cours d'une journée si exaltante. N'avais-je pas déjà accepté de tout oublier, de tout renier, de revenir à celui que j'étais auparavant pour me présenter tel qu'à mon départ, lorsque je serai de retour en France le lendemain ? Que s'était-il donc passé ? Comment avais-je pu laisser Barbara remonter dans sa chambre après le petit déjeuner, sans rien convenir avec elle, et même sans rien lui dire, sans autre signe que celui, à peine ébauché, de lui montrer la clé laissée par Auntie Chrissie ? L'idée d'aller à Highgate Village pour lui acheter des cadeaux était stupide – il eût mieux valu être avec elle n'importe où, à faire n'importe quoi – et ce que j'avais trouvé à lui offrir était ridicule : peut-être n'oserai-je même pas lui donner cela, comme un petit garçon fait timidement un présent à une petite fille avec qui il a joué aux châteaux de sable tout l'été sur la plage.

C'était un peu avant l'heure du lunch et j'entendais les éclats de voix de la famille anglaise qui habitait le poste de radio, tandis que Mme Buss, dans la salle commune, était occupée à quelques tâches ménagères. Sans la moindre précaution, je suis sorti et j'ai pris l'escalier, ne cherchant pas à m'y faire plus léger sur les marches, ne m'encombrant d'aucune question ou scrupule, et oubliant même de frapper à la porte avant de me précipiter dans la chambre de Barbara. Je la trouvai assise en tailleur sur son lit, classant des notes de cours dans des chemises. En faisant irruption, mon intention avait été de me jeter sur elle, dans quelque occupation ou tenue où elle me serait apparue, et de retrouver dans l'urgence et par instinct tous ces gestes et tous ces mouvements que je craignais d'avoir oubliés dans la sotte préoccupation de mes cadeaux. Elle fut surprise de mon arrivée mais elle restait sérieuse, et le déploiement sur le lit de ses documents de cours m'intimidait. D'ailleurs, elle ne fit pas un geste pour changer d'attitude et pour m'accueillir. Elle m'interrogeait du regard sur mes intentions et je restais debout, arrêté net dans mon élan, avec la conscience soudain pénible de mes culottes courtes, et comme si j'avais eu les bras chargés de mes offrandes dérisoires. Jamais jusque-là je n'avais éprouvé un tel obstacle, un tel sentiment d'impossibilité, et ce mot « impossible », commun au français et à l'anglais, moyennant une prononciation différente, j'en eus soudain comme une perception anticipée, le souvenir de quelque chose qui va avoir lieu (on appelle cela, je crois, un phénomène de fausse reconnaissance) : je projetais, je savais d'avance, j'entendais déjà ce qui allait se passer. Je me suis approché et je me suis assis au bord du lit, devant Barbara, penchant ma tête vers elle jusqu'à ce que nos fronts se touchent, et j'ai glissé ma main sur sa cuisse, vers son ventre. Alors, je l'ai entendu murmurer : « *It is impossible…* », et j'ai craint de lui retrouver un sourire vague ou des larmes dans les yeux, mais nos visages étaient si près l'un de l'autre que je ne pouvais rien discerner. Ma main était arrivée là où je voulais la conduire, mais je ne fis rien d'autre que la fixer là, à sa place. Nous ne bougions plus et j'attendais, comme une résolution magique, la disparition de l'obstacle, la lente remontée du possible contre l'impossible, un retour momentané de ce qui peut encore avoir lieu, malgré la certitude que tout est compromis, que toute suite débouche sur une impasse. Elle n'avait dit ni «*Stop it!*» ni «*Do it to me...*», mais «*It is impossible...*» et à nouveau ce *it* était aigu comme un poignard, béant comme un abîme. Qu'est-ce qui était impossible? Quel était ce *it*, ce *ça*? S'agissait-il du *ça* de ce que nous faisions d'habitude, ou du *ça* de ce que nous avions été? S'agissait-il de nos actes ou de nos états? De ce que nous faisions l'un avec l'autre ou de ce que nous étions l'un pour l'autre? Était-il impossible de recommencer *ça*, ou impossible de continuer *ça*? De continuer *comme ça*? J'avais entendu d'avance le mot *impossible*, dans une prononciation qui n'avait été ni française ni anglaise, mais comme absolue. Je me suis levé, je suis sorti, j'ai descendu l'escalier d'un pas guilleret, sautant les marches deux par deux et, regagnant ma chambre, je me suis jeté sur mon lit, le visage enfoui dans l'oreiller pour sangloter parmi mes cadeaux.

Quelques minutes plus tard, j'entendis Mme Buss venir frapper et me demander derrière la porte si je voulais manger quelque chose. Je répondis que j'arrivais, mais je ne sais pourquoi elle a poussé la porte quand même, et a passé la tête (sans doute son instinct de mère adoptive). Elle m'a découvert allongé en travers du lit, le visage dans l'oreiller, avec les paquets éparpillés autour de moi. Alors, sans s'avancer dans la chambre, elle a demandé: «*What's the matter with you?*»

(« Qu'est-ce qu'il t'arrive ? »). J'ai bredouillé, sans montrer mon visage, que j'étais triste à l'approche de mon départ et que je voulais rester encore. Alors Mme Buss s'est approchée, et elle m'a interrogé au sujet de tout ce qui était répandu sur le lit. J'ai répondu : « *Presents...* » (« Des cadeaux... »). Je me suis redressé, j'ai essuyé ma figure et je lui ai demandé de tout emporter, puisque c'était pour tous les membres de la maison. Mme Buss était touchée à la fois par mon chagrin et par les présents, devant lesquels elle a manifesté une joyeuse surprise. J'ai insisté pour qu'elle emporte tout. Pour ne pas aggraver ma gêne, elle m'a laissé seul, se retirant avec les deux bouteilles d'armagnac et me recommandant d'apporter le reste moi-même : elle m'attendait dans la salle commune. À peine fut-elle sortie que je me précipitai sur la paire de jumelles, la visionneuse et les films pour les cacher sous le lit : c'était décidé, les petits mouchoirs, semblables à celui avec lequel je l'avais essuyée d'une autre souillure que les larmes, et ailleurs que sur ses joues (des petits mouchoirs identiques aussi à ceux que je rapportais à ma grand-mère), seraient mon cadeau officiel à Barbara.

J'ai rejoint Mme Buss pour le lunch et j'ai déposé le reste des paquets sur la table avec les deux bouteilles d'armagnac. Elle avait préparé un repas froid et mis deux couverts : à côté d'elle, tout était possible à nouveau. À côté d'elle, tout était toujours possible. À côté d'elle, rien n'avait jamais cessé d'être possible. C'était une femme, en somme, et je comprenais toute la différence avec une fille. Nous avons parlé de tout mon séjour, elle m'a dit gentiment combien elle m'appréciait, et qu'elle aussi serait triste de mon départ. Elle fit valoir ce que serait mon bonheur, le lendemain, en retrouvant ma famille, et puis nous avons parlé de ma tante Lenke, qu'elle connaissait un peu, et des habitants de Highpoint qui l'intriguaient, l'intimidaient : elle espérait être un jour invitée parmi leur société, et je me fis fort d'arranger cela. Nous avons même esquissé le programme de mon futur séjour, en juillet de l'année prochaine, et Mme Buss m'a dit que si je revenais à Londres entre-temps, pour voir ma tante et mon oncle à Noël, ou pour mon anniversaire, ou pendant les vacances de Pâques, elle espérait bien que je lui fasse une visite, afin qu'on ne se perde pas de vue jusqu'à l'été suivant. Elle était prête à m'emmener avec elle pour les courses destinées au barbecue, et puis elle s'est souvenue de la clé que m'avait confiée Auntie Chrissie – un privilège dont nul autre que moi n'avait jamais bénéficié –, et elle a jugé préférable que je reste à la maison à jouer du piano. Elle m'a dit encore que, si je voulais faire une dernière visite dans le voisinage, il y avait l'intéressant cimetière de Highgate où étaient enterrés la famille de Charles Dickens, ainsi que quelques grands personnages (elle ne me cita pas la tombe de Karl Marx, objet d'un culte universel, visitée par des sympathisants venus des quatre coins de la planète, et que je ne devais découvrir que sept ans plus tard, en compagnie de ma tante Lenke et de mon oncle Bandi, qui ne la vénéraient que par dérision). Mme Buss me précisa que c'était facile à trouver, au cœur du *Village* et que Barbara, si elle avait un moment libre, accepterait peut-être de m'y emmener, puisque nous étions devenus si bons amis… « *Lucky boy, you are…* » Barbara n'était pas parue pour le lunch, et j'affectai de ne pas savoir si elle était dans la maison.

51

Un peu plus tard, je pénétrai chez Auntie Chrissie en même temps que Mme Buss traversait le vestibule pour sortir. J'ai longuement contemplé le décor de la chambre et le mobilier, conscient que je regardais peut-être tout cela pour la dernière fois, et que chaque geste, chaque mouvement, je ne les referais sans doute jamais : l'année prochaine me semblait tellement loin et, à supposer même que rien n'eût alors changé, qu'Auntie Chrissie fût toujours là dans les mêmes dispositions, et qu'il y eût encore l'espoir de voir Barbara paraître dans la pièce et s'asseoir sur la banquette à côté de moi, je craignais par-dessus tout que n'existât plus alors celui que j'étais en ce moment même, et que le retour ici de mon grand frère, plus âgé que moi d'une année, ne fût celui d'une autre personne. À quoi bon revenir, à quoi bon revivre, si c'est pour se retrouver dans la peau d'un être différent, avec une autre vision du monde, et face à un autre destin ? Je me suis assis au piano et je suis resté longtemps immobile devant le capot fermé. Et puis j'ai commencé à jouer : cela devait être quelque chose de mélancolique comme un Nocturne de Chopin ou une Sonate de Schubert. Je repensais aux précédentes apparitions de Barbara dans cette pièce où, de tous les hôtes de la maison, nous étions les seuls à avoir accès. Maintenant, Barbara ne paraissait pas, je trouvais bien dérisoire mon étiquette de *lucky boy*, et bien injuste celle de *naughty boy*. Je n'étais plus rien d'autre qu'un *french boy* qui termine son séjour linguistique dans une famille anglaise, et je récapitulais tous les *it* : celui de *Stop it*, celui de *Do it to me*, celui de *It is impossible*... Alors, j'ai brusquement repoussé la banquette, quitté la pièce, grimpé l'escalier, et je me suis à nouveau précipité dans la chambre sans frapper : je n'y trouvai personne et je vérifiai que Barbara n'était pas dans le cabinet de toilette. Elle avait disparu. J'étais convaincu que je ne la reverrais jamais, qu'elle avait choisi de s'éclipser jusqu'à ce que j'eusse quitté la maison le lendemain.

Je pouvais décider de rester là, couché sur le lit de Barbara, dans son odeur, en attendant qu'elle paraisse, car il faudrait bien qu'elle revienne à un moment ou à un autre. J'ai repris ma place, assis au bord du lit, et j'ai penché mon front jusqu'à la position où j'aurais dû rencontrer le sien. J'aurais pu aussi déboutonner mes culottes courtes et m'acharner sur ce drap jusqu'à le souiller, pour dire à celle qui l'occupait mon manque d'elle, mon désespoir de la perdre, et les saletés dont je serais capable sans elle, en son absence. Comme un félin en rut, j'aurais voulu me frotter à chaque meuble, à chaque objet imprégné d'elle, me fondre dans le décor de cette chambre, dans ses tissus, dans ses parfums, pour y être présent à jamais et qu'on ne puisse m'en déloger. J'ouvris deux ou trois tiroirs qui contenaient des vêtements, des sous-vêtements, semblables à celui que je gardais toujours dans ma poche. Je songeais que le moment était peut-être idéal pour déposer là les cadeaux, qu'elle trouverait à son retour, m'épargnant ainsi la gêne d'avoir à les donner : je mis aussitôt ce projet à exécution, dévalant l'escalier, puis remontant à toute vitesse, pour déposer sur le lit la paire de jumelles dans son étui, la visionneuse et les films. Et puis, je revins chez Auntie Chrissie et je me remis au piano. J'avais à peine recommencé à jouer que me vint la conscience d'avoir senti au bas de l'escalier et dans le vestibule l'odeur de Barbara : cette odeur était si naturellement dans ma tête que je ne l'avais pas aussitôt identifiée comme l'indice de sa présence ou de son passage. Je ressortis en hâte et, dans la salle commune, à nouveau l'odeur était présente : c'était bien l'odeur de Barbara, mais comme exagérée, celle d'une femelle animale, et j'étais comme un chien. Je passai dans la cuisine, où je trouvai un verre et une assiette dans l'évier ; je m'approchai de la fenêtre qui donnait sur le jardin : Barbara était là, assise dans l'herbe avec un livre.

Alors que je l'avais crue partie, disparue, elle avait dû se rendre dans la salle ou dans la cuisine pour grignoter quelque chose. Je me ruai dans le couloir et, débouchant dans le jardin, je me jetai dans l'herbe à ses côtés, repoussant son livre. Je l'embrassai goulûment sur la bouche, je glissai mes mains sous son pull-over et lui caressai les seins. Nous roulions dans le gazon. Entre les baisers, je guettais l'expression de ses lèvres : d'abord, seulement cette ouverture troublante qui laisse passer un souffle, puis un sourire, et enfin le rire. Dans nos roulades, j'ai buté sur un obstacle : je n'avais jamais vu d'aussi près ni sous cet angle un arceau métallique de croquet, et ce point de vue sur le monde me rappelait celui de la petite souris dans les dessins animés ! Nous nous étions essoufflés et, reprenant haleine, j'ai demandé à Barbara : « *Why is it impossible ?* » (« Pourquoi est-ce impossible ? »). Barbara m'a répondu qu'elle me l'expliquerait cette nuit, quand nous serions ensemble dans un lit, et elle voulut que je retourne jouer du piano. Je déclarai que je ne voulais plus la quitter une seconde. « Plus une seconde sans toi... » « *Not one second more without you...* » Et la pudeur du *you* me parut insupportable : je voulais crier « ... sans TOI ! », en inventant un degré supérieur du tutoiement, le *tu* extrême de celui qui peut dire cela à la fille qu'il a connue, en tutoyant tous les gouffres de son corps.

Barbara se leva, me tira par la main et me conduisit jusque chez Auntie Chrissie, m'asseyant sur la banquette et prenant place à côté de moi. Elle ne voulait pas jouer, elle préférait que je joue pour elle. J'allais donc lui montrer ce que j'avais en tête en jouant : sur le clavier, j'ai déroulé une mélodie simple, à la main droite seulement et, de la main gauche, je jouais à caresser ostensiblement le slip de coton blanc que j'avais tiré de ma poche. Barbara s'est exclamée que je ne pouvais pas garder *ça* – ici, ce fut *that* plutôt que *it* : « You cannot keep *that...* » – dans ma poche indéfiniment, et qu'elle m'en donnerait un autre, un propre. Évidemment, je ne voulais rien savoir d'un tel échange. Elle s'est étonnée de ce que pouvaient cacher les poches des culottes courtes d'un garçon, et elle soupçonnait bien des choses : je lui proposai d'aller y voir, et tandis que je continuais à jouer, maintenant à deux mains, elle avait glissé la sienne dans ma poche droite, et elle découvrait l'accès peu innocent que cet innocent vêtement offre à un petit garçon vers son propre corps. J'avais l'impression que sa main était passée sous ma peau, qu'elle était entrée dans mon ventre, et comme si, après que je l'eus avalée tout entière, elle continuait à bouger. Jamais aucune main étrangère ne s'était glissée dans une de mes poches, l'indiscrétion était extrême, je pouvais me représenter ce qu'était l'intrusion d'un corps étranger à l'intérieur d'un autre, et je pensais à ce que ressent une fille quand elle est pénétrée par un garçon. Je me disais que Barbara était en train de me faire ce que je lui faisais quand je m'introduisais en elle. C'était une façon de comprendre ce qu'est la sensation d'une fille lorsqu'elle reçoit une telle visite au bas de son corps. La poche des culottes courtes offre à la main la commodité d'aller flatter et réveiller ce dont elle n'est séparée que par un peu de tissu, mais il faut beaucoup d'habitude et un peu de contorsion pour que cela devienne une vraie caresse. Barbara, cependant, parvenait à me caresser, et ce fut bientôt insupportable. Je me suis levé, décidé à l'entraîner sans plus tarder sur mon lit, dans la pièce voisine. Et j'ai dit doucement, plutôt content de mon amalgame : « *Stop it ! I want to do it to you...* » Barbara a résisté et, à son expression devant mon impatience, j'ai compris qu'il s'agissait plutôt de supplication que d'intransigeance – « *Please...* » –, elle me priait de savoir attendre, d'être raisonnable, de nous réserver pour la nuit, avec le même mot, *Please*..., que je l'avais entendu prononcer, les lèvres libérées de moi pour articuler ces deux syllabes, lorsqu'elle m'avait prié de me laisser faire, de ne pas résister et de venir dans sa bouche, parmi l'obscurité de la cabane à usage de vestiaire du Highgate Lawn Tennis Club. *Please*... Alors, je me suis senti au plus près d'un secret, avec la promesse d'une confidence, et j'ai accepté la proposition, proclamant et jurant que je ne m'endormirais plus jamais devant la télévision, que je ne regarderais plus jamais la télévision, que je ne dormirais plus jamais. Dans la suite de mon existence, je peux considérer que j'ai tenu parole (demi-exagération d'un demi-Hongrois). Barbara fut rassurée et, comme nous étions débout, elle me demanda de me rasseoir et de lui jouer encore quelque chose, un morceau gai. Elle restait derrière moi avec ses mains sur mes épaules, et alors j'ai senti cette odeur d'elle, plus forte que d'habitude, et qui n'était plus celle de sa peau et de ses cheveux parfumés : l'odeur plus bouleversante d'un corps fiévreux qui aurait transpiré, ou qu'un quelconque désordre – chagrin, dépression ou malaise, maladie – aurait privé des soins de sa toilette et laissé à un inhabituel abandon : je ne savais comment identifier cela, mais il y avait comme l'indication d'un phénomène particulier, d'une douleur, j'avais envie de la consoler, de la guérir, et j'ai entamé une mazurka. La présence de Barbara derrière moi était douce, mais le désir de la regarder était plus fort que tout. Par un effet théâtral bien calculé, j'ai cessé de jouer brusquement et je me suis dressé d'un coup pour l'embrasser : elle marqua d'abord sa déception que j'interrompisse ainsi la musique, et je dus beaucoup m'appliquer pour faire oublier la mazurka par le baiser. Pour rire, mes doigts se livraient à des caresses qui imitaient leurs exercices sur le clavier, et qui laissaient planer la menace des chatouilles.

52

J'ai parlé de la possible – j'ai insisté : *possible…* – balade au cimetière de Highgate, que Barbara ne connaissait pas, et nous nous sommes lancés sans hésiter dans la perspective de trouver une petite prolongation à la journée de la veille. Nous laissions la maison vide, sans intention d'y revenir avant le retour de Mme Buss. Il nous manquait un petit carnet qu'aurait pu nous préparer Mme Chapman, et qui nous eût indiqué avec précision, dans le *Village*, les maisons construites par l'excentrique William Blake sur Grove Avenue – *grove* : le bosquet –, et la demeure de Cromwell, sur Highgate Hill. Nous sommes passés devant les boutiques où j'avais trouvé les cadeaux – Barbara n'a prêté aucune attention à la vitrine où étaient exposés les petits mouchoirs –, et je songeai soudain qu'elle n'avait pas encore découvert les boîtes que j'avais déposées sur son lit. Elle a proposé d'entrer chez le libraire marchand de journaux où j'achetais mes *Observer's Books*, pour nous renseigner sur l'accès au cimetière. Je fus paniqué en me souvenant que je n'avais plus un *penny* en poche, et que je serais démuni et dans l'embarras s'il fallait payer quelque chose : il est difficile de jouer au petit homme quand on est fauché, retournant les poches de ses culottes courtes de petit garçon et n'y trouvant qu'un linge de coton blanc à tripoter de la main gauche en accompagnant cela d'un mouvement de la langue contre le palais. Mais le marchand me reconnut et nous fit cadeau d'un fascicule sur Highgate Village en déclarant que j'étais un bon client – « *This young gentleman is a good customer…* » –, et il était évident que l'hommage s'adressait plutôt à Barbara, en compagnie de qui il me découvrait non sans surprise. Dans le petit guide, nous lûmes ce que nous eût appris le carnet de Mme Chapman et, par exemple, que les façades des boutiques du *Village* qui m'étaient si familières, aussi pimpantes que des pâtisseries couvertes de crème ou de sucre glace, étaient un décor typiquement géorgien (non pas de Géorgie mais de l'époque d'un certain roi George). Tout recommençait, tout était *possible* à nouveau. Possible ! Possible ! Possible ! Je me promenais avec Barbara comme si nous avions dû passer notre vie à de telles promenades. Un premier *churchyard* apparut au chevet d'une église, sans aucune délimitation, avec des stèles anciennes, penchées de travers, éparpillées sur un gazon qui se prolongeait sans bordure jusqu'au trottoir. Mais nous trouvâmes bientôt l'entrée du cimetière et le livret expliquait comment atteindre les tombes de la famille de Dante Gabriel Rossetti, le peintre et poète préraphaélite, celles des Dickens (Charles ayant été transféré à Westminster Abbey), du philosophe Herbert Spencer, de la romancière George Eliot, du physicien Michael Faraday, et surtout le tombeau de Karl Marx. De tout ce beau monde, seul Dickens faisait partie de mon panthéon, mais comme lui-même avait été inhumé ailleurs, le cimetière ne m'intéressait que pour son décor romantique, ses sépultures abandonnées, ses monuments en ruine, ses parties les moins entretenues ou ses décors les plus impressionnants, les plus mystérieux, sans oublier le tunnel qui reliait sa partie est, plus récente, à la partie ouest, où étaient enterrées les célébrités d'un autre temps. La mort autour de nous était présente mais lointaine. La mort n'était pas douloureuse, elle était comme le souvenir d'un malheur qui s'était produit dans les époques passées, ancien fléau depuis longtemps éradiqué, confiné dans ces lieux mêmes, et qui n'aurait plus sévi depuis l'époque de cette nécropole. Nous étions les seuls êtres vivants parmi cette mort antique, vénérable et étrangère et, regardant Barbara lorsqu'elle marchait devant moi dans une allée étroite, entre deux rangs de stèles en marbre, son corps parfait, la grâce de sa démarche, me semblaient la porter au-dessus du désastre des mortels, déesse à jamais à l'abri de la destruction et de l'anéantissement. Rien, aucun chemin, aucune suite de circonstances, aucun destin imaginable, ne pourrait jamais conduire cet être aérien, que je voyais évoluer devant moi, jusqu'au fond de la terre et sous les lourdes dalles de semblables tombeaux. Nous sommes passés par la *Cité des morts*, avec ses mausolées tout imprégnés d'égyptomanie – la victoire sur la mort et le néant par la puissance ésotérique des pyramides et par les secrets de la momification : une spécialité égyptienne… –, et nous sommes parvenus dans un secteur – *Terrace Catacombs* – qui ressemblait au décor d'un des films de vampires ou de revenants que nous avions vus avec frayeur un soir à la télévision. Le fascicule évoquait quelques ténébreuses légendes, comme celle d'Elizabeth Siddal, la fascinante muse de Dante Gabriel Rossetti, morte d'un excès de laudanum et enterrée là, avec un recueil de poèmes inédits de son époux. Ce dernier, sept ans plus tard, pressé par son éditeur, avait consenti à faire exhumer le corps pour récupérer le manuscrit abandonné dans un élégant geste de désespoir, et la beauté rousse, qui avait servi de modèle à quelques tableaux célèbres, apparut intacte, son abondante chevelure et ses ongles ayant envahi le cercueil – *coffin* – car ils n'avaient cessé de pousser malgré la mort. Le petit guide mettait en garde : des rumeurs entretenues par des membres de la *British Occult Society* prétendaient que certains endroits de la nécropole étaient hantés, et dénonçaient la présence, à certaines heures de la nuit, d'un monstre, d'un vampire, dont ne viendrait à bout qu'une messe noire… Le site était on ne peut plus romanesque, et Barbara y passait du statut de divinité abstraite à celui d'un être à la fois surnaturel et incarné dans une chair désirable. Je compris peut-être à ce moment-là le rapport que l'on peut avoir avec une jeune femme dont on convoite les faveurs lorsque, pour l'aborder et la séduire, on lui propose le rôle d'une héroïne de fiction, c'est-à-dire un passage secret, magique, vers l'immortalité. Entreprendre la conquête d'une femme par cette déclaration d'amour qu'est la projection sur elle d'un personnage qui la projette elle-même comme héroïne d'une œuvre de fiction, c'est prendre son désir intime au pied de la lettre, en somme. C'est sans doute dans cette partie du cimetière de Highgate, dont les décors semblaient conçus pour mettre en scène des sabbats et comme repaire de fantômes, mais avec une fille bien réelle et bien vivante auprès de moi, la plus belle fille du monde, que j'ai compris le pouvoir du cinéma contre la mort, et l'intérêt d'être cinéaste pour les choses de l'amour. Peut-être est-ce ce jour-là, dans ces décors improbables, que j'ai décidé d'acquérir au plus vite une caméra… Avant cette invention, j'aurais sans doute choisi d'être peintre pour obtenir les faveurs des demoiselles à qui j'aurais demandé de se mettre nues devant moi sous prétexte de les habiller de peinture, la meilleure tenue pour passer à la célébrité et à une gloire éternelle.

Le ciel s'était voilé et, dans une lumière plombée d'éclipse, l'ambiance était devenue étrange, inquiétante : nous ne savions plus où nous étions mais, paradoxalement, cela renforçait nos identités de protagonistes d'une histoire impossible. Le mot *impossible* me revenait. Moins que jamais, je ne ressentais mes culottes courtes comme un handicap : au contraire, dans ce lieu plein de spectres et sous un éclairage sépulcral, elles devenaient la tenue la plus juste d'un jeune héros, petit garçon qui devrait avoir peur et qui n'a peur de rien. Petit garçon qui n'est pas en âge d'aller avec une fille, et qui va avec elle cependant. Car, tout autour, la mort elle-même n'était qu'une fiction, décor d'une histoire où rien ne s'achève de ce qui a commencé, où tout recommence de ce qui semble achevé. Je m'étais assis sur un banc de pierre, aménagé comme halte pour le repos et la méditation du visiteur, dans le renfoncement d'un monument baroque, et j'ai attiré Barbara contre moi. Nous étions silencieux, à l'écoute d'un murmure d'outre-tombe ou du souffle d'un prisonnier de la mort qui nous eût interpellés. Elle est restée debout, et je suis allé fourrer mon nez au bas de son ventre, là où était l'énigme de son odeur : je la reniflais tendrement, comme un chiot inspecte sa mère, et cherche dans son corps un refuge. Il y avait là de la vie odorante et en ébullition, plus forte que la mort froide et sans odeur. Parmi la pâleur cadavérique des pierres, quelque chose évoquait le vermeil du sang, comme lorsqu'il perle sur une gorge d'albâtre après la morsure du comte Dracula (un « compatriote... », m'avait toujours dit ma tante, en exagérant à peine... et avant de passer au chapitre d'Erszebet Bathory, la comtesse sanglante, une vraie Hongroise, vraiment terrifiante).

Quittant les lieux à l'heure de la fermeture, presque surpris – déçus ? – de ne pas y être retenus de force par quelque maléfice, les rues que j'avais tant de fois arpentées devenaient celles d'un village inconnu et désert, quelque part dans les Carpates ou en Transylvanie, comme si nous étions repartis par une autre porte, donnant sur un autre monde, ou comme, à la sortie d'une salle de cinéma, on ne reconnaît pas les façades, le quartier, la ville, d'où le film nous a éloignés, nous conduisant ailleurs et nous débarquant à un autre passage du livre de la réalité, dont les pages ont continué de tourner en même temps que celles de la fiction pendant la durée de la séance. J'attribuais ce phénomène à la présence de Barbara : le monde physique avait deux faces, avec et sans elle. Sans elle, tout était possible, et dans cette immensité du possible, il y avait le pire. Avec elle, tout était impossible, et face à ce rempart de l'impossibilité, la mort elle-même était repoussée. C'était ainsi que je comprenais maintenant le *it* de son « *It is impossible...* ». Nous sommes rentrés au 15, Broadlands Road, pleins du désir de transmettre aux hôtes de la maison Buss le frisson que nous avaient inspiré les hôtes du cimetière de Highgate, et Mme Buss se montra troublée, très excitée par notre compte rendu : dans tous les détails qu'elle réclamait, qu'elle exigeait de moi, il y avait une autre attente que celle de vérifier mon acquisition du vocabulaire anglais dans le registre du funéraire, du macabre, du spectral, du spirite, et une curiosité d'un autre ordre, plus personnelle. Hoppy nous raconta quelques histoires de cimetières en Écosse, connus pour leur animation, les nuits de brouillard. Même Kingsley, qui s'était joint à nous, semblait impressionné, échafaudant sans succès des explications physiques et scientifiques aux phénomènes. Par son laconisme, M. Buss laissait entendre que lui-même était un autre, transféré ailleurs, « transsubstantié », quand on souriait de son sourire, et qu'on le croyait là, la paupière mi-close, assoupi au fond de son fauteuil en velours de Gênes. Suzann et Rosalind avaient accouru à leur tour et, en cette soirée où se fêtait mon départ, j'étais en effet le héros en culottes courtes, le petit innocent, témoin de tous les mystères. Elles me soumirent à un questionnaire et elles racontèrent comment, dans leur formation d'infirmières, on faisait allusion à des blessures ou à des morsures suspectes et inexplicables (ici, mon imagination vagabonda vers ces lieux intimes du corps désiré que j'aurais pu mordre jusqu'au sang, au bord de les dévorer). L'engouement fut tel autour de ces sujets qu'on en oublia la partie de croquet générale, et l'on passa directement de la chair corrompue et insipide des revenants et des morts-vivants à celle, dense et savoureuse, des saucisses grillées…

Dans un état d'esprit de mélange des genres et des espaces, on alluma un feu rassurant, à cette heure flottante, entre chien et loup, et l'haleine glacée de l'au-delà fut repoussée par d'alléchantes et chaudes fumées : nous nous retrouvâmes bientôt comme un groupe d'explorateurs qui bivouaquent dans une clairière au milieu d'une forêt, peuplée d'êtres indéfinis, comme ceux qui rôdent et cherchent à se rappeler au bon souvenir de leurs descendants dans une nuit des Walpurgis. Mme Buss s'était ingéniée à un petit jeu pour la distribution de mes cadeaux : elle les avait disséminés dans les massifs de fleurs et des étiquettes indiquaient leur destinataire. La petite tribu s'égailla comme pour une collecte de champignons dans les sous-bois, et chacun revenait près du brasero pour y découvrir son lot, avec une joie sincère. Je ne redoutais qu'une seule réaction : celle de Barbara face à ses petits mouchoirs. Je me tenais à l'écart, gêné par les remerciements, et elle s'est approchée : elle tira un mouchoir de la boîte et elle me chuchota : «*I love… it !*» Enfin un *it* qui me comblait : «Je l'aime… J'aime ça !» J'étais soudain rassuré et même fier de mon choix, avec mon allusion à un émouvant souvenir. Si j'avais pu, j'aurais grimpé en hâte dans la chambre pour y reprendre la paire de jumelles, la visionneuse et les films qui me semblaient tellement moins justes, et en trop : *less is more* (moins c'est plus).

La nuit semblait tomber plus tôt que d'habitude : signe d'un avancement dans l'été et des jours qui, déjà, raccourcissaient, ou confirmation des ténèbres qui s'étaient accumulées au-dessus de nos têtes et en elles, depuis notre visite au cimetière. De lourds nuages avaient envahi le ciel sur la prairie et partaient à l'assaut de

Highpoint. En quelques instants, un lourd rideau avait été tendu au-dessus de nous, et je me figurais qu'une immense bâche était déployée pour couvrir ce monde que j'allais quitter et l'enfermer sous une housse, jusqu'à mon retour, l'été suivant. Tout au long de ce mois de juillet, le temps – *weather* et non pas *time* – avait été typique de la saison en Angleterre, avec des journées radieuses, produisant sur les épidermes délicats des Anglaises des coups de soleil, ainsi que quelques vapeurs et évanouissements, et avec aussi, très appréciées par certains, des journées de grisaille humide et tempérée. Il y avait eu une fin d'après-midi pluvieuse avant le concert d'un samedi soir à Kenwood, et puis la brusque averse qui m'avait fait dévaler un trottoir de Hampstead, tête baissée, jusqu'au choc avec un poteau de métal et peut-être la mort frôlée : fin ou début du rêve d'une nuit d'été ? Cette soirée, veille de mon départ, devait être marquée par un spectaculaire orage, et quand la pluie commença à tomber, en gouttes grosses comme des pois – *peas* –, nous eûmes juste le temps de sauver les dernières saucisses puisque, comme je l'ai déjà dit, on faisait honneur à ma préférence pour les grillées (un peu païennes) contre les bouillies (plus puritaines). Il y eut un repli précipité et ce fut une façon joyeuse de conclure ; je laissai les uns et les autres regagner leurs chambres après qu'ils eurent contribué à la levée du camp et qu'ils m'eurent à nouveau remercié pour les cadeaux par des bises sur les deux joues : j'eus même droit à celles de Hoppy et de M. Buss, qui firent exception à leurs règles habituelles de pudeur et à leur méfiance à l'égard des mœurs latines ou slaves.

Je me suis retrouvé avec Mme Buss et Barbara, et j'attendais le moment de défendre la proposition d'une dernière baignade dans la piscine de Highpoint, contre l'objection d'incongruité que l'on pouvait faire au désir d'aller dans l'eau, sous l'eau. En fait, j'avais déjà expérimenté quelquefois cette sensation délicieuse d'être d'avance mouillé avant d'entrer dans la mer ou dans un lac, et de continuer à l'être en ressortant, de ne passer la tête hors de l'eau sur terre que pour recevoir sur le visage toute l'eau du ciel. La baignade sous l'averse est comme une réconciliation, une résolution des contraires, la délectation d'évoluer dans un milieu homogène et avec un corps non partagé, non disputé par des éléments antagonistes. Tout simplement, j'aimais le spectacle de la pluie criblant la surface de l'eau, de cet impact entre des matières identiques sous des formes différentes : mitraille d'une pulvérisation et d'un éparpillement cosmiques, de retour à une masse originelle, terrestre. Mme Buss opposa que c'était le meilleur moyen d'attraper un rhume, ou la mort elle-même, et d'avoir à me restituer en mauvais état à ma famille, mais je répondis que le déluge ne retarderait le moment de se sécher que du temps nécessaire à la traversée de la prairie. Mme Buss refusait en tout cas que je m'y rende seul, et Barbara, une fois de plus, semblait ma seule victime disponible. Elle résistait, déclarant qu'elle ne s'était jamais baignée sous la pluie et qu'elle n'en avait pas très envie, mais elle consentit à m'accompagner, sans autre engagement que de jouer les sauveteurs qui restent au bord. Le marché fut conclu et Mme Buss dut souscrire, afin de ne pas contrarier cet ultime désir avant mon départ, mais elle me prévint qu'elle m'attendrait à onze heures tapantes et que ne serait pas toléré le moindre éternuement – *no sneeze allowed*. Je courus me mettre en tenue et, quelques instants plus tard, je retrouvais Barbara qui, de son côté, n'en avait trouvé d'autre que le ciré de notre soirée à Kenwood : peu m'importait qu'elle n'eût pas pris son maillot de bain, je ne serais pas effarouché de la voir se baigner nue une fois encore, quels que fussent le charme et la puissance érotique-atomique du bikini.

Alors que nous traversions la prairie, la pluie était si drue que Highpoint disparaissait à l'horizon : le mur de surplomb était submergé par les flots, et la haute silhouette de l'immeuble ne se distinguait que par une ou deux lumières, château d'un navire pris dans une tempête et dont les hauteurs roulaient dans le ciel. Barbara restait à l'abri de sa capuche, tandis que je ruisselais, recevant avec délice cet appel de l'eau. Les pierres du mur à l'endroit de l'escalade étaient devenues glissantes : grimpant le premier, ma chaussure a ripé et je me suis écorché un genou. Parvenu en haut, j'ai aidé Barbara à me rejoindre et, à peine avait-elle pris pied, que je lui ordonnais, voulant manifester ainsi mon impatience et mon autorité, en dépit de l'accord conclu, que j'avais pris pour un stratagème pour rassurer Mme Buss et obtenir son autorisation : «*Get undressed!*» («Déshabille-toi !»). Elle m'a répondu alors, comme me rappelant à regret une histoire qu'elle m'aurait déjà racontée : «*It is impossible…*» D'un coup, l'impossibilité devenait plus cernable, plus pratique que théorique, plus physique que morale, car je venais de faire enfin le rapprochement avec l'inconvénient qui interdit aux filles et aux femmes de se baigner plusieurs jours de suite pendant les vacances d'été. C'était donc *ça*… C'était *ça* le *it*, c'était *ça* le *hic*… Dans mon esprit, cet empêchement qui frappait les filles de temps en temps – et selon moi seulement en été puisqu'elles n'allaient pas à la baignade en d'autres saisons –, lié à leur nature et à leur constitution, plus fragiles que celles des hommes, correspondait à une sorte d'allergie momentanée à l'eau, sans autre aspect du phénomène. Il me restait cependant à comprendre le rapport entre l'impossibilité de se baigner et ces objets dont les femmes faisaient usage intimement, de temps à autre, et qui ressemblaient, selon la perception que j'en avais, à des cigarettes courtes et épaisses. Je me montrais raisonnable et compréhensif, mais Barbara avait bien décelé que je ne comprenais pas grand-chose. Il pleuvait toujours avec la même fureur et avec un fracas qui rendait difficiles les longues conversations d'entraînement linguistique. Déjà trempé jusqu'aux os – une expression qui, comme une radiographie, fait apparaître au sein du corps vivant le futur macchabée, et je pensai à ceux du cimetière qui nageaient en pleine terre –, j'avais hâte de braver l'eau à armes égales : je courus sur le plongeoir et me jetai la tête la première, laissant Barbara sur le bord. Je nageai vivement pour habituer mon corps à la fraîcheur et, quand je m'arrêtai enfin pour chercher Barbara du regard, je découvris qu'elle m'observait à la jumelle. Je me sentais comme un matelot tombé à la mer en pleine tempête, et dont un compagnon guettait les efforts depuis le pont d'un navire. Tout l'art de la natation tient dans la respiration, dans la technique aussi naturelle que possible pour aspirer l'air à ras de la surface et pour souffler dans l'eau. Mais lorsqu'il pleut très fort, l'eau se mêle à l'air aspiré et cela ressemble à une conjuration des éléments contre le nageur. Je n'étais pas peu fier de cette exhibition admirée à la jumelle par une sirène condamnée à rester hors de l'eau, dans une inversion de la situation habituelle où c'est elle qui évolue avec aisance parmi les vagues jusqu'à y attirer le marin. Après un temps suffisant passé à démontrer ma capacité de survie en cas de naufrage, je me demandai ce que nous faisions là, puisque j'avais à l'origine imaginé ce dernier bain de nuit dans la piscine de Highpoint comme prétexte pour y retrouver encore une fois le corps de Barbara. Je sortis de l'eau par l'échelle métallique, avec la détermination de passer à un autre exercice, et j'entraînai la plus belle fille du monde vers les vestiaires : je la poussai du côté des filles et, après lui avoir pris les jumelles, j'allai du côté des garçons, laissant les portes ouvertes de telle façon que nous pouvions nous voir de part et d'autre du couloir. Je me suis assis sur le banc en ciment, j'ai braqué les jumelles vers Barbara qui, dans l'autre pièce, en vis-à-vis, ne comprenait pas où je voulais en venir, et je lui ai lancé : « Maintenant, montre-moi pourquoi c'est impossible… » (« *Now, show me why it is impossible…* »). Barbara riait et se refusait, mais je restais campé dans mon attitude d'observateur, à l'affût derrière la paire de jumelles. Il me semblait que j'avais mis en place le protocole d'un jeu qui était comme un téléphone visuel, permettant de montrer un secret intime à distance, sans la gêne d'un aveu de vive voix, et nez à nez. J'insistai : « *Show me why it is impossible…* », et à vrai dire j'ignorais si la raison de l'impossibilité était d'ordre visuel, c'est-à-dire si elle pouvait être montrée et constatée, observée à distance comme un phénomène astronomique, comme une configuration particulière du ciel. Barbara a fini par se retirer dans la partie du vestiaire qui échappait à mon regard, et quand elle est revenue dans mon champ de vision, elle avait dénudé le bas de son corps sous le ciré. Elle s'est assise en face de moi, et je restais les yeux rivés à mes jumelles, les coudes sur les genoux. Elle a étendu ses jambes devant elle, comme lorsque nous étions assis côte à côte, et puis elle a simplement relevé et replié une jambe, appuyant le talon sur le banc. La posture était impudique et provocante, et je n'y voyais aucune réponse à ma question, bien au contraire. Alors, Barbara a porté sa main au bas de son ventre – je suivais ce geste à la jumelle (*binoculars*) – et, du bout des doigts, elle a saisi une fine cordelette blanche, un fil qui sortait de son corps et comme laissé par une couture : je ne comprenais pas à quel mystère ce fil pouvait conduire, ni à quoi il était relié, mais j'étais terriblement troublé par la perception d'un objet introduit là pour une raison impérative, et qui faisait que « c'était impossible ». Je rapprochais *ça* des sortes de cartouches que j'avais vu dans l'armoire de pharmacie de ma mère, mais l'énigme restait entière et, contrairement à ce qui en était donné comme la conséquence, je trouvais très excitant que les filles eussent à faire *ça*: introduire là en elles quelque chose, de temps à autre, c'est-à-dire devoir accomplir sous la forme d'une obligation ce qui par ailleurs ressemblerait plutôt à un interdit: glisser là entre leurs cuisses toutes sortes d'objets susceptibles d'y prendre place, de s'y installer, d'imposer une intrusion envahissante et délicieuse. Je fis semblant d'apprécier mais je n'avais encore rien compris. Barbara disparut quelques instants, et lorsque je la retrouvai, le corps à nouveau caché sous son ciré, je ne pensais plus qu'à cette présence en elle, indécelable, mais que je me promettais de vérifier et de tirer de son secret, comme j'avais retiré de ce même lieu de son corps, après l'y avoir enfourné, le linge de coton blanc que je tenais désormais dans la poche gauche de mes culottes courtes.

La pluie ne cessait pas et le tonnerre grondait au loin. Une fois de plus – et, à vrai dire, j'y étais maintenant condamné –, j'ai sauté du mur d'un bond. En me réceptionnant au sol, mes genoux ont heurté la terre et, les essuyant, j'ai constaté que l'égratignure saignait: plus que jamais, j'étais un garçon en culottes courtes avec des bobos réclamant du mercurochrome. J'ai aidé Barbara dans la périlleuse descente mais, dès qu'elle a été en bas, contre moi, je ne tenais plus d'impatience, et j'ai glissé ma main par l'ouverture du ciré et sous la jupe: je voulais constater moi-même et, faute d'avoir vu quoi que ce soit, je voulais toucher. Barbara se laissait faire, sans doute pour ne pas retarder notre retour par une résistance à une curiosité que je manifestais d'une façon aussi intraitable. Je la poussai contre le mur qui ruisselait, et elle se résignait passivement à mon inspection. Ma main avait atteint son but et, du bout des doigts, j'allais un peu plus avant dans le mystère : du bout des doigts, je « voyais » un peu plus, je touchais effectivement quelque chose, un corps étranger, introduit dans le corps. Passé l'aveuglement égoïste de mon intérêt et de mon indiscrétion, j'éprouvais à nouveau de la tendresse et, comme si j'avais touché du doigt un projectile au fond d'une plaie, j'embrassai Barbara sur la bouche, avec autant de douceur que possible. Je devinais qu'elle pouvait avoir mal mais, plus fort que tout était mon désir de voir dans son état une secrète volupté. Lorsque je retirai ma main, elle s'en empara aussitôt et elle m'essuya les doigts : nouveau mystère. Je regardais mes doigts, j'y vis des traces rouges, et je pensais aussitôt à mon égratignure. J'examinai mon genou et j'essuyai le filet de sang mêlé de pluie. Nous sommes rentrés, poussés par les roulements du tonnerre. Nous séparant pour regagner chacun notre chambre, et pour que je me misse en état de me présenter au salon, j'ai demandé à Barbara de m'attendre chez moi pendant la partie de *chinese checkers*. Elle a prononcé mon prénom : « Alan… » en déposant dans ces deux syllabes toute l'expression d'incompréhension et de désespoir qu'elles pouvaient contenir à l'adresse de celui qu'elles désignaient. Cela ressemblait à une autre façon de dire que c'était impossible. J'ai coupé court à toute palabre en lui chuchotant, avec autant de fermeté que si j'avais hurlé : « *It is the last night…* » (« C'est la dernière nuit… »), et je l'ai laissée au pied de l'escalier.

53

En effet, je n'étais plus qu'à quelques heures de mon départ de cette maison au 15, Broadlands Road à Londres où le lendemain, en fin de matinée, ma tante

Lenke viendrait me chercher pour passer avec elle les derniers moments de mon séjour, avant de me mettre dans l'avion du retour vers Paris. Mais ces instants si brefs me semblaient encore infinis, et je percevais moins l'exiguïté du temps restant que l'immensité exaltante de ce qu'il pouvait encore contenir. À onze heures pile, je me présentai dans le salon, plus déterminé que jamais à être le plus fort. À mon arrivée, M. Buss venait d'ouvrir un œil, s'étonnant du remue-ménage qu'on entendait dans le ciel, auquel il s'adressa par ces mots, quittant son fauteuil : « D'accord ! D'accord ! Nous ne sommes pas sourds ! » (« *All right ! All right ! We are not deaf !* »). Mme Buss était encore sous le coup de ses méditations sur les puissances occultes et elle me dit, mi-sérieuse, que nous avions réveillé le courroux du ciel par quelque offense aux défunts du cimetière puis en bravant les éléments par la provocation de ma baignade sous le déluge. Elle vit mon genou écorché qui saignait, et cette blessure devenait pour elle la preuve que j'étais puni de quelque chose, mais elle partit à la recherche d'un pansement pour que je ne tache pas mes vêtements ni les draps. Lorsque nous pûmes enfin commencer la partie, son analyse de la situation était devenue plus sereine : ce n'était plus nous qui avions courroucé le ciel en nous montrant si peu raisonnables, c'était l'électricité présente dans l'air les jours d'orage qui rendait les êtres nerveux et les poussait à des actions déraisonnables. Ce fut cette même explication qu'elle donna à sa distraction et aux erreurs qu'elle accumulait, rendant fulgurantes mes victoires successives. Elle reconnut que je jouais définitivement mieux qu'elle et, dans sa déconfiture, elle se demandait si, l'année prochaine, je ne parviendrais pas à parler anglais mieux qu'elle aussi. Je revoyais la rencontre du premier soir dans ce même salon, et me suis dit que, à coup sûr, l'année prochaine je chausserais une pointure supérieure à la sienne. Les parties passaient trop vite et j'avais l'impression que Barbara n'avait pas encore pu gagner ma chambre en douce. Je proposai à Mme Buss de bien se concentrer malgré l'orage dont le tapage était de plus en plus fort, et de faire une dernière partie. À ce moment, il y eut une coupure de courant et le salon ne recevait plus d'autres lueurs que celles du ciel, illuminé au loin par des éclairs diffus. Mme Buss vit aussitôt un signe dans cette panne qui compromettait notre dernière partie. Mais, dans l'instant même, elle avait retrouvé son tempérament flegmatique et combatif, et nous convînmes de commencer malgré l'obscurité, comme s'il s'était agi d'une forme extrême de notre jeu, la plus raffinée, la plus exigeante, à l'aveugle, au toucher. Nous jouions comme au ralenti, car nous mettions plus de temps à évaluer la situation et à visualiser les coups, poussant les pions à tâtons. Je ne considérais pas que cette lenteur fût du temps perdu pour la nuit à passer avec Barbara mais, au contraire, et inexplicablement, du temps gagné, l'affirmation d'une souveraineté vis-à-vis du temps. J'espérais que la coupure d'électricité durât toute la nuit, et que l'orage arrivât enfin au-dessus de nos têtes, nous enveloppant dans ses éclats de tonnerre et de lumière. Mais la lumière revint bientôt, et cela provoqua chez Mme Buss un petit ricanement de satisfaction : notre courage était récompensé, nous avions traversé l'épreuve en l'ignorant. Alors, j'eus une idée : l'échange commencé dans l'obscurité étant indécis, et la victoire restant à la portée de chacun des deux camps, j'ai proposé que nous arrêtions le jeu, que nous laissions la partie en suspens, que nos pions restent en place et nous attendent jusqu'à l'année prochaine (je savais qu'il y avait au moins un ou deux autres plateaux de *chinese checkers* dans la maison, qui pourraient servir pour des parties avec d'autres partenaires, en mon absence, comme Kate, si elle revenait). Mme Buss fut ravie de cette proposition, et elle me considéra avec un sourire émerveillé : j'eus la sensation d'être devenu une apparition lumineuse – encore une histoire de courant qui revient –, une sorte d'ange. Avec le plus grand soin, Mme Buss emporta le petit échiquier rond, en fer-blanc percé de trous, et elle l'enferma dans un tiroir dont elle tourna la clé avant de la reléguer dans une poche de sa robe. Elle conclut : « *You have the yellow and the blue, I have the red and the green...* » (je ne sais comment expliquer que j'entendis alors un vouvoiement : « Vous avez les jaunes et les bleus, j'ai les rouges et les verts »). J'avais donc les jaunes et les bleus pour toujours et, face à cette éternité, il y avait Mme Buss avec les rouges et les verts. En m'embrassant sur les deux joues du bout des lèvres, qu'elle avançait pour former des baisers ronds et délicats comme des cercles de fumée, ou comme un chocolat pris dans une boîte de *Black Magic*, elle m'expédia vers ma chambre avec ces mots : « *Very nice game : two winners...* » (« Très jolie partie : deux vainqueurs... »). J'acceptai cette morale de la fin comme derniers mots de tout mon séjour, mais si Mme Buss reconnaissait ainsi que nous sortions tous deux gagnants de toutes ces soirées passées ensemble, elle ignorait quelle autre victoire j'avais trouvée au fond de certaines nuits.

V

LA DERNIÈRE FOIS

Je pénétrai dans la chambre avec l'angoisse que Barbara n'y fût point et, poussant la porte, je tournai aussitôt mon regard vers le lit, sans allumer : il était vide, et je ne pus réprimer la déception que révélaient les battements de mon cœur, plus violents que le tonnerre. J'étais désespéré comme si je venais d'entrer dans l'affreux royaume de la mort – tel était donc le sens de notre repérage au cimetière de Highgate, l'après-midi même : me familiariser avec les ténèbres et le froid –, une séparation sans fin venait de commencer, et j'eus envie de vomir : mon corps se refusait à lui-même, déjà dans le dégoût de son futur cadavre. Le destin du *lucky boy* avait donc été heureux mais bref, et je devais considérer que le bonheur ne se mesure pas à sa durée mais au seul fait de produire un point de vue sur le malheur, qui est le régime ordinaire des existences. Mais l'instant d'après, une simple odeur de chair vivante dissipait ces funestes pensées en ouvrant à un espoir fou, car elle était la trace que Barbara était passée par là : je crus que j'allais éclater en sanglots – le bonheur aussi peut tirer des larmes – quand je la retrouvai blottie au fond du fauteuil dont je n'avais fait aucun usage tout au long de mon séjour, et où je m'étais toujours représenté le professeur de latin-grec corrigeant des copies ou lisant un livre en fumant sa pipe éteinte. Parmi le décor de la chambre, le fauteuil avait toujours été de l'autre côté d'une frontière invisible, étranger à mes objets familiers : c'était un siège pour grandes personnes, là où un professeur de latin-grec note le travail de ses élèves. Un petit garçon en culottes courtes ne connaissait que la chaise – où l'on s'assoit pour se mettre à table ou au travail, et sa variante le tabouret ou la banquette, pour se mettre au piano – et le lit. Un enfant n'a rien à faire dans un fauteuil, cet intermédiaire entre la chaise et le lit. Barbara occupait donc dans la chambre une position de grande personne, enfoncée dans le fauteuil du professeur de latin-grec qui ne m'avait servi qu'à y déposer des objets de temps à autre et, passé le sentiment euphorique de ressurgir de mon propre tombeau en ayant échappé de justesse à la corruption de ma chair, je devinais que ce choix avait une signification particulière : Barbara était venue pour me juger, pour me corriger ou pour me faire ses dernières recommandations, celles des adieux.

Je lui ai demandé de venir dans le lit et j'ai commencé à déboutonner mes culottes courtes, affichant mes intentions. Barbara avait compris mon ignorance et elle s'était décidée à me donner, non pas une leçon de morale ou de philosophie de l'existence, mais un banal cours d'éducation sexuelle, ce que jusque-là j'avais toujours repoussé comme une insupportable volonté d'explication, de démystification et d'initiation de la part des adultes, avec pour porte-parole autorisé le médecin de famille. Barbara m'a fait entendre qu'elle allait m'expliquer quelque chose, et qu'il fallait que je l'écoute : je n'aimais pas cette entrée en matière – de fait, elle réclamait de moi une attention de petit garçon vis-à-vis d'un adulte –, et je négociai mon consentement contre le fait que cela pût se passer sur le lit, même si nous restions habillés. J'avais laissé la pièce dans le noir, mais les éclairs s'étaient rapprochés dans le ciel, illuminant la chambre par intervalles et retentissant dans le silence. Nous nous sommes allongés sur le lit – Barbara était en jupe et pull-over, et j'avais reboutonné mes culottes courtes –, nous nous tenions côte à côte, couchés sur le dos, et je me demandais ce qu'elle allait bien pouvoir me dire, rassuré cependant par la disposition qui me permettait de ne plus être dans l'attitude de celui qui va recevoir une leçon, et que l'on peut surveiller, en train d'écouter et d'apprendre. Nous ne nous regardions pas, et il m'eût été facile d'accueillir ses révélations comme des informations bien anodines, qui ne m'auraient rien appris de nouveau, rien dit que je n'eusse déjà connu. Alors, Barbara s'est tournée sur le flanc et s'est pressée contre moi de façon à loger son visage dans le creux de mon épaule pour me parler à l'oreille. Ses cheveux me chatouillaient la joue et le nez. Elle a chuchoté, comme une confidence, que les filles, une fois par mois, avaient ce qu'elle appelait des *periods* – en l'occurrence un faux ami, que j'interprétais aussitôt comme des « périodes », au sens de sautes d'humeur, ou de moments d'émotivité, ou lorsqu'on parle des fluctuations de caractère des lunatiques –, que cela provoquait des situations délicates, certains troubles physiques et même, parfois, des douleurs dans le ventre qui pouvaient être assez pénibles, avec dans tous les cas des pertes de sang qui rendaient les relations sexuelles impossibles. *Impossible :* voilà donc ce qui était impossible, mais de quelle impossibilité ? Je fis mine qu'elle ne m'apprenait rien, et je m'étonnai : pourquoi « impossibles » ? Barbara continua de me répondre doucement à l'oreille, parmi les fracas du tonnerre, et obligée par moments de s'interrompre et de reprendre : elle expliqua qu'un corps qui saigne n'est pas propre, que cela produit des taches, et que les filles doivent prendre des précautions pour éviter des situations embarrassantes, avec une gêne encore pire chez les vierges qui ne peuvent pas faire usage de ces tampons internes dont j'avais aperçu la cordelette, et qui d'ailleurs étaient réprouvés par ceux et par celles qui en trouvaient l'usage douteux, dégoûtant, voire immoral. Je me taisais car il m'était difficile de dissimuler mon inexpérience, Barbara ayant compris qu'elle me révélait des détails dont je n'avais pas la moindre idée l'instant d'avant. Je m'en suis tiré en concluant : « Et alors, pas d'autre raison ? » (« *So then, no other reason ?* »). Elle m'a répondu : « *No other reason...* » Je me suis vivement redressé, m'accroupissant au-dessus d'elle et précipitant mes mains sous sa jupe pour mettre son corps à nu, dans l'intention de vérifier ce qu'elle venait d'affirmer. Une fois de plus, j'ai pu tirer son slip le long de ses jambes jusqu'à ses pieds, mais elle gardait les genoux joints, les cuisses serrées : je l'ai forcée à s'ouvrir, j'ai aventuré mes mains au-devant de ce que je percevais comme de faux obstacles et, trouvant la cordelette blanche parmi les poils, je cherchai à lui faire livrer son secret. Barbara s'est refermée brusquement comme un coquillage, elle a quitté le lit et a récupéré sa petite culotte. Les découvertes que je venais de faire, loin de me dégoûter, étaient un motif supplémentaire d'excitation auquel s'ajoutait sans doute l'électricité présente dans l'air. J'ai voulu retenir Barbara qui se défendait : « *Not here... Not in this bed...* » (« Pas ici... Pas dans ce lit... »), et je répliquai : « *I don't care !* » (« Ça m'est égal ! »). Barbara eut le dernier mot et, m'entraînant vers la sortie, elle murmura en retrouvant le même ton d'incompréhension et de désespoir qu'elle avait déjà mis dans les deux syllabes de mon prénom : « *You are crazy... Let's go upstairs...* » (« Tu es fou... Montons... »).

Nous avons entrebâillé la porte pour vérifier que Mme Buss s'était retirée dans sa chambre, car nous ne nous souvenions pas de l'avoir entendue tourner le verrou à double tour dans le vestibule. Tout était sombre et la maison retentissait des détonations de la foudre comme une carcasse vide (j'ai dû penser à la fameuse « cage de Faraday », du nom du physicien dont la tombe était au cimetière de Highgate). Nous nous sommes précipités dans l'escalier et j'ai alors entendu avec effroi, venant de la salle commune que je voyais plongée dans le noir par la porte restée ouverte, la voix de Mme Buss qui s'écriait : « *Alan, is that you ?* » J'ai répondu que c'était bien moi et que je montais dans la salle de bains. Mme Buss m'a recommandé de faire attention puisqu'il n'y avait plus de lumière à nouveau : je compris que, n'ayant pas allumé ma chambre, une deuxième coupure de courant nous avait échappé. Barbara s'était dépêchée de gagner furtivement le deuxième étage tandis que je m'enfermais dans la salle de bains du premier. Quelques instants plus tard, Mme Buss frappait à la porte : « *Are you all right ?* » Je la rassurai et je fis couler l'eau du lavabo pour simuler une toilette. Lorsque Mme Buss fut rentrée chez elle, je sortis sur le palier et, me tenant tout droit dans l'obscurité, au garde-à-vous, j'ai compté jusqu'à soixante, avec le sentiment très solennel de prêter serment face à mon propre destin, et que cette minute serait le centre de toute mon existence. Après quoi, je me suis élancé vers la « dernière fois », comme si s'ouvrait devant moi un espace cosmique infini. Il ne manquait à la situation que le silence éternel car, tout au contraire, l'atmosphère alentour était pleine de grondements sourds et de violentes détonations : ce n'était pas la terre victime des fureurs du ciel, mais la terre en révolte contre le reste de l'univers, et manifestant avec fracas la vie encore présente contre la mort qui s'est installée après les très anciennes et très lointaines explosions, jusqu'aux confins les plus reculés. Quand j'ai pénétré pour la dernière fois dans la chambre des filles de Trinidad, au deuxième étage de la maison du 15, Broadlands Road à Londres, en cette nuit du mardi 30 juillet 1957, Barbara sortait du cabinet de toilette entièrement nue, et tenant une serviette éponge. Elle ne m'a rien dit, elle s'est allongée sur son lit étroit, elle gardait la serviette dans ses bras contre sa poitrine, et elle a ouvert les jambes. Je devinais que son corps était à nouveau libre de tout obstacle, mais avant tout je voulais examiner ce qu'elle m'avait décrit, et rattraper mon retard sans en avoir l'air. J'ai avancé mon visage entre ses cuisses pour observer d'aussi près que possible, je me souviens du contact de mes cils avec ses poils : il n'y avait rien à voir là où je m'étais attendu à une blessure sanguinolente. Je commençai à la lécher, à la goûter, à chercher la saveur de cette odeur particulière qui s'était dégagée d'elle et qui me bouleversait. Je me demandais si je trouverais là un goût différent de celui qu'elle avait d'habitude – et qui aurait correspondu à son odeur doucereuse pendant cette *period* –, et comme son corps refusait de me montrer le secret intime que j'avais appris de lui, j'insistai : les mouvements de mes lèvres et de ma langue s'accéléraient, j'alternais le léchage d'une plaie avec la morsure qui eût pu la provoquer, j'attendais que vienne, que coule, le sang promis. Mon excitation devenait extrême, et pourtant la violence de certains éclairs parvenait encore à me surprendre : l'un d'eux tomba si près que le suivant ne pouvait être que celui de ma punition finale, frappant la chambre de mes forfaits et le lieu précis de mon acharnement, là où ma tête était face à ce qui l'obsédait, là où ce que j'avais dans le crâne semblait en sortir pour que je pusse le contempler. Barbara avait fini par me tenir aux cheveux, et comme je l'entendais gémir, je croyais que ce qui s'écoulait d'elle sur ma bouche, mon nez, mon menton, était le signe du plaisir que je lui procurais. Je ne savais si, par les cheveux, elle voulait me tirer hors du lieu où je ne cessais de boire en elle, afin de me détromper, ou au contraire m'y retenir, à la fois pour mon édification et pour que l'expérience eût une fin heureuse, me concédant une forme de triomphe.

Il arriva un moment où ses cuisses se resserrèrent, emprisonnant mon visage dans leur étau, sans plus aucun besoin qu'elle me fixât là par les cheveux : j'eus l'impression qu'elle me bouchait ainsi les oreilles pour que je ne l'entendisse pas râler, et cette tension nerveuse de son corps à se refermer pour atteindre et emprisonner son propre plaisir était le contraire des moments où, en vue des mêmes fins, ses cuisses et son ventre atteignaient un degré maximal d'ouverture pour m'accueillir plus profondément en elle. Quand la prise se desserra – sans doute n'ai-je pu m'empêcher de penser à certaines situations dans les matches de catch, dont le spectacle à la télévision ravissait ma grand-mère… – dans ce mouvement de relâchement après la victoire du vaincu et la défaite du vainqueur, je relevai mon visage pour observer d'où je sortais, mais je ne voyais que les sombres luisances de la chair, de la peau, des poils couchés et collés comme les arbres d'une forêt, après quelque ouragan. Je sentis la serviette que Barbara me passait sur le visage, et je vis les traînées sombres que j'y laissais : une fois encore je n'avais rien compris et j'ai cru que, dans ma fureur, je m'étais mis à saigner du nez, comme cela m'arrivait souvent à cette époque, et pas seulement dans les bagarres entre garçons. Barbara est allée en hâte jusqu'au cabinet de toilette, j'ai entendu l'eau couler, j'étais assis sur le lit tout habillé, je découvrais des taches sur ma chemise et sur le drap. Elle est revenue avec un gant humide : elle m'a tendrement essuyé le visage, et parfois elle m'embrassait sur les lèvres ou me léchait les yeux. Je découvris qu'elle tenait serré entre les cuisses un morceau d'ouate, comme ceux que je gardais depuis la petite enfance à portée de ma main, au fond d'une poche. Je l'ai allongée à nouveau sur le lit : à nouveau je « voulais voir », car je n'avais toujours rien vu. Il fallait profiter de la lueur fugitive des éclairs. Je lui ouvris les cuisses avec précaution, elle maintenait le morceau de coton avec une main : je voulus l'inspecter, il y avait en effet une tache rose pâle. Alors, j'ai pensé à mon écorchure au genou : moi aussi j'avais saigné. J'ai enlevé le pansement que m'avait donné Mme Buss et la plaie apparut à vif, car de la peau avait été arrachée. J'ai avancé mon genou entre les cuisses de Barbara, peut-être avec cette idée de boy-scouts du mélange des sangs qui scelle la fraternité. Je frottai ma plaie contre la sienne, j'aurais voulu entrer tout entier par mon genou blessé dans son corps. Mais alors ce fut elle qui voulut rendre possible ce qu'elle avait longtemps décrété impossible – *It is impossible* –, ses mains se pressaient pour déboutonner mes culottes courtes et pour me mettre nu. Je me hâtais de quitter mes vêtements, les abandonnant à un désordre qui semblait s'être emparé de l'univers tout entier : la seule loi était celle de nos corps qui devaient impérativement s'unir. Une fois encore je voulus voir : voir était une obsession, une priorité absolue, c'était comme si j'avais voulu voir avant même d'être, et comme si « être » allait m'empêcher de voir, car « être » signifiait « être dans Barbara », et « être » ainsi, c'était me priver de voir ce dans quoi j'étais. C'était renoncer à m'introduire en tant que regard là où j'étais introduit comme être. Dans sa toilette, Barbara avait effacé les souillures que j'avais vues entre ses cuisses lorsque j'en avais retiré mon museau de petit animal fouineur : tout était soyeux, propre et sec à nouveau. Je voulais voir : j'ai donc ouvert avec les doigts, j'ai enfoncé les doigts pour voir, je les entendais faire rendre au corps de Barbara, là où ils atteignaient, les sons apaisants d'une éponge, et je les retirai pour constater enfin les traces de ce petit secret des filles, qui n'est qu'un trompe-l'œil cachant leur vrai mystère, inaccessible. Mais je savais que je pouvais maintenant m'enfoncer là en elle, pour être celui qui est en elle parmi son sang.

Le sang des filles fait de leur corps une plaie, et de l'homme qui s'introduit en elles dans ces moments, à la fois un meurtrier et le plus doux des héros, un frère, à la fois celui qui se plaît à faire couler le sang et celui que le sang impur d'une blessure honteuse ne dégoûte pas. Accueillant alors l'homme en elle, la fille mêle les preuves de son bonheur à celles de son infortune, elle mélange ce qui révèle son consentement à l'amour et ce qui signifie sa soumission à la nature, son corps croise les liqueurs incolores du désir coupable et le nectar rouge sombre de l'innocence. Bien plus tard, avec d'autres femmes, l'abondance de ce par quoi leur corps exprimait la complicité et la gratitude m'a laissé croire à l'arrivée de ce qu'en cette nuit de la dernière fois, la première fille m'avait fait découvrir. Je l'ai déjà dit : la vue du sang d'un blessé, d'un accidenté, peut me faire blêmir jusqu'à l'évanouissement. Je découvrais que le saignement des filles était au contraire un signe rassurant, émouvant, un appel de leur corps et, plutôt que la menace d'un drame, d'une interruption du cours normal d'une vie – comme peut l'être l'hémorragie d'une blessure mortelle –, la ponctuation régulière et apaisante du temps, dans le monde des êtres humains.

J'ai passé cette dernière nuit à braver la nature, à m'écouler dans Barbara parmi l'écoulement de son sang, et le spectacle à l'aube, alors que nous avions vaincu l'orage et que les grondements du ciel battaient en retraite, était celui d'un carnage : deux amants qui se seraient sauvagement entrelardés de coups de poignard dans ces draps où leurs corps n'en finissaient pas de se chercher et de s'unir. Nous avons dû nous assoupir, et quand je me suis réveillé, j'étais encore sur Barbara, l'étroitesse du lit ne permettant pas de nous y tenir côte à côte. Nous étions collés l'un à l'autre, poisseux, barbouillés de rouge et, un instant, j'ai cru que le drap était celui de mon lit, et qu'il n'y aurait aucun moyen d'en soustraire la découverte à Mme Buss : dans une demi-conscience, l'idée m'a traversé l'esprit de prétendre que mon genou s'était remis à saigner pendant la nuit. Barbara ne se réveillait pas, et je me demandais si, à force d'avoir perdu du sang, elle n'était pas dans un état de faiblesse extrême, peut-être morte. Je me suis souvenu du monstre du cimetière de Highgate et de notre lointain parent, selon ma tante, le comte Dracula, et je me demandai si je n'allais pas être considéré comme un assassin sadique, un Jack l'Éventreur, un vampire assoiffé de sang. J'ai doucement secoué Barbara, car il était l'heure de tout effacer, et je pouvais encore réintégrer ma chambre avant que la maison ne s'éveillât. Je me suis levé, je la regardais, je voulais voir encore : tout maculé, et abandonné sur un drap plein de souillures, le corps de Barbara ne perdait rien d'une sorte d'inaltérable pureté. Elle ouvrit les yeux, elle souriait. Je suis allé rapidement sous la douche, et j'ai vu couler de mon corps sur la faïence blanche l'eau teintée d'un sang qui était désormais aussi le mien. Quand je suis ressorti du cabinet de toilette pour me rhabiller rapidement, Barbara était toujours allongée, mais elle s'était emparée de la petite visionneuse et, actionnant le poussoir, elle semblait viser le ciel au-delà du plafond (le film en boucle était celui du plongeur dans la piscine). Elle riait et, un œil toujours dans le viseur tandis que j'enfilais mes culottes courtes, elle a dit : « *You are such a good swimmer...* » (« Tu es un si bon nageur... »). Je fus bientôt prêt à quitter la chambre, mais Barbara me retint – « *Wait for me...* » (« Attends-moi... ») –, elle sauta hors du lit, courut sous la douche d'où elle ressortit en s'épongeant. Elle enfila son pull-over et le bas de son corps restait nu. Elle a fouillé dans ses affaires pour prendre la boîte qui était apparue parmi le contenu déversé de son sac, lorsque j'avais réclamé les petits sandwiches dans Kensington Gardens. Nous en arrivions au dernier chapitre de la leçon, plutôt une séance de travaux pratiques : elle a sorti un tampon blanc qu'elle a défait de son emballage en cellophane, et elle me l'a montré : « *Now, you know what this is…* » (« Maintenant, tu sais ce que c'est… »). Je me suis approché d'elle pour prendre l'objet dont j'ignorais le nom, mais dont je connaissais maintenant la place et l'usage. J'ai dit : « *I'll do it…* » (« Je vais le faire… » ou « C'est moi qui vais le faire… » – encore un *it* que je pouvais traduire par un *ça* : « Je vais faire *ça*… C'est moi qui vais te mettre *ça là*… »). Comme j'aurais appliqué un pansement sur mon genou, j'ai introduit l'objet en elle, mais j'étais maladroit, j'ignorai le geste si particulier, si intime. Barbara ne pouvait pas me faire de cadeau plus troublant : après avoir été en elle toute la nuit, « être elle » enfin, à sa place, faisant à son corps ce qu'elle seule pouvait lui faire. Ces gestes au moins, je n'éprouvais aucune honte à ne pas en avoir l'habitude et j'étais fier au contraire d'y être initié. Il fallait que le petit cordon blanc dépassât et je m'appliquais à un travail bien fait, constatant le résultat du même œil que lorsqu'il s'agissait de polir une arête de balsa, au bord d'une aile, et de faire disparaître toute imperfection qui eût nui à l'aérodynamisme, à la pénétration dans l'air. Après quoi, Barbara a fini de s'habiller : je l'observais enfiler son slip puis sa jupe, et tirer la fermeture Éclair sur le côté avec des gestes dont la perfection me parut inimitable. Nous sommes descendus ensemble, et j'ai cru qu'elle voulait être la première au petit déjeuner, mais il était encore trop tôt : elle voulait seulement rester avec moi, revenir avec moi dans ma chambre.

Devant mon lit intact, pas même ouvert, je mesurais à quoi il avait échappé, et le problème insoluble auquel j'aurais été confronté si nous étions restés là, sans compter l'obligation de monter à l'étage pour prendre une douche. Barbara est retournée dans le fauteuil mais il m'apparaissait maintenant comme un meuble ami, un confident, le témoin d'un rituel dont j'avais réussi l'épreuve, le siège d'où pouvait m'être notifié mon succès à l'examen de passage. Du fond de ce fauteuil du professeur de latin-grec, Barbara ne s'apprêtait plus à me donner une leçon, elle n'était plus un juge, son corps blotti là était celui dont j'avais acquis une intime et complète connaissance. Le fauteuil était devenu un allié, un complice, il rejoignait les autres meubles familiers de ma chambre, une frontière se déplaçait. Je m'étais assis au pied du lit, les jambes tendues, face à Barbara qui déplia les siennes et les tendit pour que nos pieds se touchent. Dans ce mouvement, sa jupe était remontée jusqu'à mi-cuisses, à la même hauteur que mes culottes courtes. Nous faisions semblant de comparer nos jambes. Les siennes étaient immensément longues et fines, les miennes étaient celles d'un petit garçon, avec un bobo au genou et les premiers duvets, dernier état acceptable avant l'âge des pantalons. Nous jouions à joindre les semelles de nos chaussures, et là seulement, la confrontation était à mon avantage, du moins si l'on considère flatteur d'avoir de grands pieds, comme je l'avais cru un mois plus tôt en félicitant Mme Buss pour l'énormité des siens. Nous restions silencieux, nous ne croisions nos regards qu'à la dérobée, nous savions que c'étaient les derniers moments. Si nous avions été deux condamnés à mort, vivants ensemble les dernières minutes avant leur exécution, la douleur eût été moindre, par l'illusion de partir ensemble en voyage. Mais c'étaient les dernières minutes avant l'exécution de celui-là seul qui était condamné à quitter un paradis sur terre, et la souffrance était celle, pire que toutes, de la séparation.

Nous étions incapables d'imaginer le lendemain et les

autres jours quand nous serions loin l'un de l'autre, dans des villes, dans des pays différents, sans possibilité aucune de nous voir ni même de nous parler. J'ai quitté le lit, je suis allé m'asseoir par terre devant le fauteuil, entre les jambes de Barbara et, encore une fois, je suis allé chercher son ventre avec mon visage, sagement, frottant mon nez, ma joue, ma tempe, contre le petit triangle de tissu blanc. Barbara me caressait les cheveux, elle a dit que je lui avais donné tous ces cadeaux et qu'elle ne m'en avait offert aucun, et elle m'a demandé si quelque chose d'elle pourrait me faire plaisir, quelque chose d'autre que ce que je gardais dans la poche gauche de mes culottes courtes, et que j'avais refusé de lui rendre. Je n'avais envie que d'elle, un morceau de sa chair faute de pouvoir l'emporter tout entière. Il me vint l'idée, sans doute inspirée par quelque roman, d'une mèche de cheveux, et il est vrai que j'aurais pu reconnaître entre mille l'odeur de sa chevelure. Barbara a accepté tout de suite et m'a demandé des ciseaux : j'en avais une petite paire, aux lames courbes, pour les ongles, dans ma trousse de toilette. Barbara est partie devant la glace au-dessus du lavabo, derrière le paravent au tissu défraîchi. Je l'ai suivi. Pour la première fois peut-être, nous avons regardé nos visages côte à côte dans un miroir : y apparaissait notre différence d'âges et de tailles, mais hormis cela, je voyais entre nos physionomies une sorte d'entente : peut-être moins celle du couple que peuvent former une femme et un homme, que cette relation plus subtile entre une fille et un garçon, quand le garçon est encore un peu fille, dans ce moment d'hésitation ambiguë entre le désir d'être beau pour plaire aux filles et celui d'une beauté elle-même féminine. À treize ans, on ne sait encore quoi attendre, quoi redouter, quoi espérer de son propre visage, on ne sait comment se regarder, comment se voir quand on n'a eu sur soi que le regard de sa mère, de sa grand-mère, et que l'on va croiser d'autres regards, qu'on va montrer sur son visage tout ce qu'on est, tout ce qu'on désire. Ma coiffure par exemple, je ne l'avais pas choisie : chaque matin pendant longtemps, j'avais livré ma tête à ma grand-mère pour qu'elle y établît le partage de mes cheveux par une raie dont elle avait une fois pour toutes décidé l'emplacement. Et puis, chaque mois, elle m'emmenait chez le coiffeur. Depuis cette époque, je n'avais fait que reproduire ce qu'elle avait décidé et ce que je l'avais vue faire. Barbara m'a ébouriffé les cheveux, et elle m'a dit que je devrais les porter plus longs. Puis elle a laissé pendre les siens sur son visage et elle a entaillé la mèche sur le front, juste au-dessus du sourcil : le coup de ciseaux venait de mutiler sa coiffure et elle me tendit une longue et épaisse poignée de crins noirs. Elle ne chercha pas à cacher le ravage qu'elle venait de provoquer et qui ne manquerait pas de lui attirer des questions. Nous ne savions quoi nous dire. Alors, elle s'est dirigée vers la porte et m'a appris qu'elle partirait de bonne heure vers son université, afin d'y effectuer des démarches et inscriptions pour l'année suivante, et elle me proposa de faire quelques pas avec elle pour nous dire au revoir au coin de la rue. Elle quitta la chambre sans se retourner, me laissant avec ses cheveux dans la main dont déjà je respirais le parfum.

J'étais convaincu de tenir une pièce à conviction compromettante, si d'aucuns s'étaient avisés de faire le rapprochement entre le coup de ciseaux meurtrier qu'affichaient les cheveux de Barbara et la détention par moi de la mèche manquante. J'ai réparti les cheveux en deux enveloppes – de celles dans lesquelles j'avais posté chaque jour mes lettres à ma grand-mère –, j'ai provisoirement glissé celle que j'emporterais avec moi dans une édition des *Grandes Espérances* de Dickens en anglais – *Great Expectations* – reliée en pleine peau bleue sous un étui rigide, et je cherchai une cachette dans la chambre pour l'autre, là où je pourrais la retrouver ou la laisser à jamais comme trace d'un grand amour. Il y avait peu de lieux susceptibles d'échapper au ménage, à d'éventuels travaux de peinture, aucun meuble dont un recoin fût à l'abri d'une visite, aucun tiroir dont j'eusse seul connu le secret ou le double fond, aucune lame de parquet désolidarisée provisoirement des autres, aucun vide oublié dans une cloison. J'avisai le fauteuil que Barbara venait de rallier à notre histoire, à notre cause : c'était un siège robuste, volumineux, suffisamment patiné pour avoir passé les épreuves de longévité, et les couleurs délavées de son épais tissu indiquaient que le temps et la lumière qui avaient eu raison d'elles n'avaient en rien entamé le textile lui-même : ce fauteuil serait encore là, dans le même état, dans vingt ans, dans trente ans. J'ai glissé ma main dans l'angle que formaient le dossier et le siège, et je trouvai comme une poche étroite, invisible, où je m'enfonçai jusqu'à mi-bras. Ma planque était trouvée : j'y dissimulai la deuxième enveloppe avec les cheveux de Barbara. Je venais de confier à ce fauteuil un secret indéchiffrable pour celui qui le découvrirait – à moins qu'une telle découverte eût lieu très vite, et par ceux auprès de qui je venais de vivre pendant un mois –, mais il était plutôt le lieu d'un dépôt de longue durée, seulement destiné à moi-même, à la pensée que je pourrais avoir pour lui et pour ce qui y était caché quand je serais loin, et que la chambre serait occupée par quelqu'un d'autre. Ce fauteuil que j'avais ignoré tout au long de mon séjour, n'ayant eu aucune habitude d'un tel siège, était d'une robustesse suffisante pour survivre encore pendant de longues décennies, passant éventuellement entre d'autres mains, atterrissant dans une autre chambre, d'une autre maison, dans une autre ville, mais dépourvu de toute origine noble ou de tout intérêt de style qui eût pu justifier son envoi chez un tapissier en vue d'y être restauré et garni d'un tissu neuf. Je me plais donc à penser que ce fauteuil existe encore quelque part, tel que je l'ai connu, que l'enveloppe y est toujours, et que les cheveux de Barbara en exhaleraient encore le même parfum.

Quand je me suis présenté dans la salle commune, ce matin du mercredi 31 juillet 1957, les hôtes du petit déjeuner étaient assemblés comme le premier jour, il ne manquait que Kate. Tout était presque identique et tout était si radicalement différent : je ne venais pas dire « bonjour ! » – « *hello !* » – mais « au revoir ! » – « *good bye !* » –, et quand elle a levé les yeux sur moi, le sourire de Barbara n'était pas amusé et engageant, mais distant et mélancolique. Rien ne pouvait continuer et rien ne pouvait recommencer : en somme, j'étais confronté pour la première fois à l'horreur de la dernière fois, à l'impossibilité du bonheur et à cette condition tragique de l'existence qu'aucun cours de philosophie ultérieur ne me ferait éprouver avec autant de violence. On ne peut vivre que des moments heureux, des fragments de vie intense, sertis dans des périodes d'existence qu'il est impossible de percevoir en temps réel comme du bonheur continu, ne serait-ce que parce qu'à tout instant le malheur, petit ou grand, l'événement insignifiant ou décisif peuvent y faire effraction. On peut se dire heureux par modestie, par optimisme, par attitude philosophique – on peut toujours trouver plus malheureux que soi –, par naïveté, par vulgarité, par conviction religieuse, par fatalisme et par résignation à une obligatoire imperfection des destins humains. Mais le bonheur ne peut se goûter comme une jouissance vécue à chaque instant, dans toutes les situations de ce qui n'apparaît qu'après coup comme une période de bonheur, c'est-à-dire comme « le bonheur ». Il faut que cela cesse, pour que le bonheur se goûte toujours comme ce que l'on vient de perdre, y compris quand la perte du bonheur n'est pas due à l'arrivée d'un malheur imprévisible – revers de fortune, accident, maladie, séparation, décès d'un être bien-aimé, calamité collective ou désastre historique –, mais par le simple passage d'une période de bonheur à une autre, non identifiée comme telle à l'avance. En arrivant à Londres, le dimanche 30 juin 1957, je n'avais pu soupçonner le bonheur que ce séjour allait me faire découvrir et vivre : je ne l'évaluais qu'au moment où, cette période s'achevant, le mercredi 31 juillet, ce qui m'avait été donné sans que j'y eusse eu aucun droit automatique, m'était semblablement retiré sans que je pusse continuer à y prétendre, et c'était comme si toute cette expérience merveilleuse n'avait été telle que pour m'en faire ressentir la fin douloureusement, et comme si l'existence ne donnait aux êtres des moments bienheureux que pour leur faire cruellement évaluer l'inaccessibilité du bonheur lui-même. Ainsi, la séparation d'avec Barbara n'était pas un malheur imprévisible qui se serait brutalement abattu sur moi comme un fléau venu de loin, et étranger à mon destin jusque-là, mais la conséquence inévitable et comme la condition même d'existence du bonheur que m'avait procuré la rencontre et la *love affair* avec elle. *It is impossible*... Le *it*, c'était cela : le bonheur. Et le *it*, ce mot si bref, instantané, tranchant, composé de la voyelle la plus pointue que vient sectionner ou aiguiser encore pour la rendre plus meurtrière la consonne la plus dentale, enfermait en lui-même l'impossible durée dans l'exiguïté de l'instant, et la conjonction ponctuelle des êtres dans leur séparation sans fin. Tout le monde s'est quitté comme lors d'une journée ordinaire : les Anglais ont ce flegme, ce sang-froid, quels que soient la date, le moment et les circonstances. Pour les hôtes de la maison Buss, au 15, Broadlands Road à Londres, ce dernier jour de juillet était la veille des vacances d'été, et pour moi un jour unique entre la veille et le lendemain : derrière moi, ma vie de petit garçon qui m'avait conduit à la plus belle histoire de grandes personnes, devant moi ma vie de grand garçon qui ne pourra plus jamais être un amant en culottes courtes.

Quelques minutes plus tard, Barbara, prête à sortir, est venue frapper à ma porte et nous avons quitté la maison ensemble, discrètement, suivant de près les autres qui étaient partis vers leurs occupations quotidiennes, comme tous les autres jours. Nous avons remonté Broadlands Road jusqu'au coin où se dressait la haute boîte aux lettres rouge des Postes de Sa Majesté. Nous ne disions mot, nos corps ne se frôlaient même pas, ils s'entraînaient à leur séparation. Il était entendu que nous nous quitterions avant que Barbara traverse North Hill, pour s'engager de l'autre côté de l'avenue dans les petits passages qui descendent abruptement de la colline jusqu'à la station de métro. Barbara s'est arrêtée, elle ne se tournait pas vers moi, nous ne savions que faire, nous n'avions pas appris les gestes pour nous quitter, et cette improvisation-là nous trouvait sans imagination, dans le refus de rien inventer de tel et dans l'accablement d'avoir pourtant à collaborer à notre propre chagrin. J'ai triché encore un peu, prenant les devants, m'engageant sur la chaussée pour traverser North Hill et continuer un bout de chemin, jusqu'à trouver l'endroit où cacher un peu d'impudeur en plus, après tant d'indécence. Barbara m'a suivi et pendant quelques secondes c'était comme si nous repartions pour une grande promenade à travers Londres. De l'autre côté de North Hill, les voies qui descendent sont étroites et discrètes, certaines seulement piétonnes. Quand nous sommes arrivés par Parkhouse Passage sur Talbot Lane, j'ai senti que c'était le bon endroit et le bon moment : j'en étais réduit à de si misérables appréciations. J'ai pris Barbara par la main et je l'ai doucement conduite jusqu'à un mur en léger retrait. J'ai commencé à tripoter l'épi de cheveux qu'avait laissé sur son front la mèche coupée : il y avait là une trace de nous, de nos gestes, de nos jeux, de notre histoire. Alors j'ai revu à Barbara ce visage qu'elle avait voulu me cacher deux fois, quand les larmes envahissaient ses yeux et s'écoulaient sur ses joues jusqu'à la commissure des lèvres. Elle me donnait encore cela : j'aimais tout ce qui s'écoulait d'elle. Parfois les garçons disent des filles, en se moquant, qu'elles sont des pisseuses : cette moquerie est sotte et injuste, elle ignore le sublime de tout ce qui coule d'un corps de fille. J'ai embrassé Barbara sur ses joues, sur ses yeux, sur ses larmes, petit garçon qui n'aime pas voir pleurer celle qu'il aime. Je goûtais ses larmes salées comme l'eau de mer. Et puis j'ai posé un rapide baiser sur ses lèvres : à vrai dire, je ne sais si j'avais voulu ce baiser pudique et fugace – d'une maladresse et d'une timidité bien antérieures à la leçon du premier baiser un soir à Kenwood – ou si, dans mon champ de vision, s'était déjà présentée la contrainte d'une telle discrétion, car je venais de distinguer, remontant la rue en hâte, la silhouette de Hoppy qui revenait sur ses pas, ayant peut-être oublié quelque chose. Dans un premier mouvement, il m'a semblé que, nous ayant reconnus, il nous avait spontanément adressé un signe et un sourire. Mais, dans un deuxième temps, ayant probablement évalué l'étrangeté de nos attitudes et de la situation, il avait détourné son regard et nous avait dépassés en ignorant le renfoncement du mur contre lequel nous nous tenions. Je n'ai rien trouvé d'autre à dire que : « *It was Hoppy... He has seen us...* » (« C'était Hoppy... Il nous a vus... »). Cela a amusé Barbara d'imaginer la perplexité ou l'effarouchement du charmant vieux garçon écossais, et c'est ainsi que nous nous sommes quittés en riant. Elle a murmuré (*she whispered*) : « *See you... Bless you...* », et elle s'est éloignée en courant dans la descente sans se retourner – *and she went away, running down the slope without turning back.* Her's were the last words, pronounced for me, and which I still hear – *à elle les derniers mots qui s'adressaient à moi et qui m'accompagnent encore.* Mine was the last glance on her, until she disappeared, and which still follows her, beyond her disappearance – *à moi le dernier regard sur elle jusqu'à ce qu'elle disparaisse, et qui l'accompagne toujours, au-delà de sa disparition.*

VI

JUSTE APRÈS, LONGTEMPS AVANT

I

Pour éviter de croiser à nouveau Hoppy, je n'ai pas rebroussé chemin, redescendant simplement Broadlands Road jusqu'au 15, et j'ai décidé de passer par Highpoint. J'ai traversé le hall, descendu le jardin, j'ai fait une halte là où nous nous étions couchés dans l'herbe, une nuit, j'ai atteint la piscine, je suis monté sur le plongeoir, j'ai marqué un temps d'arrêt tout au bout, au-dessus de l'eau, puis j'ai contourné le bassin, j'ai caressé les rampes de l'escalier en métal, j'ai fait deux pas à l'intérieur du vestiaire, j'ai regardé à gauche, côté filles, puis à droite, côté garçons, il n'y avait personne nulle part, nous n'étions plus là, aucune trace, tout était en ordre, nous avions proprement disparu, nous serions désormais introuvables, j'ai sauté le mur d'un bond, et je suis tombé dans une flaque que l'orage avait laissée dans la prairie – d'un coup, mes chaussures furent pleines d'eau –, j'ai marché jusqu'au Highgate Lawn Tennis Club, là aussi tout était désert, nous n'y étions plus, pourtant tout était intact et déjà différent, c'était comme si ce monde que je parcourais seul dans une dernière récapitulation avant de tout quitter, n'était déjà plus le même, c'était comme si du temps avait passé, que l'époque avait changé, j'ai traversé la prairie détrempée, j'ai franchi la barrière en bois à l'arrière du jardin où le brasero semblait éteint et refroidi depuis une époque déjà lointaine, il n'y avait plus que l'odeur de la terre et du gazon mouillés, je suis entré dans la maison et, dans ma chambre, j'ai fait ma valise : tout y trouvait place, les *Observer's Books* et les *Matchbox Series*, et les cadeaux que je rapportais en France ayant remplacé ceux que j'avais apportés pour les distribuer à ma famille anglaise. Tout s'était inversé, et ce qui devait être un retour avait le goût d'un départ, le prix des retrouvailles avec les miens était un arrachement d'avec celle qui était devenue mienne, autant que je lui appartenais. Pour longtemps, je restais en elle, et j'aurais aimé être un de ces objets qu'elle glissait dans son corps pendant les *periods*, comme j'ai longtemps gardé dans ma poche ce qui avait été là, à cette même place sur son corps.

Il restait la maquette du Spitfire en balsa, à la fois trop encombrante et trop fragile pour que je pusse mettre cet avion dans l'avion, et pour que ce rêve d'aviateur en culottes courtes pût prendre sa place sur une ligne régulière. J'avais déjà songé en faire cadeau à Kingsley, mais il ne s'y était intéressé que pour m'aider et pour que je ne maltraite pas un avion historique de la Royal Air Force. Sans doute n'était-il pas un grand garçon du genre à perdre du temps à de telles rêveries : il eût assurément préféré se consacrer à apprendre le pilotage d'un véritable chasseur- bombardier, comme par exemple le *Gloster Javelin* à ailes delta, dernier-né de la RAF dont l'image et le descriptif me fascinaient dans l'*Observer's Book* intitulé *Aircrafts*. Je n'avais pas réparé l'hélice dont une pale était cassée, ni le museau qui avait percuté le sol, et d'ailleurs j'en avais abandonné le projet, ayant décidé de laisser avec ses blessures cet avion d'un vol unique, le premier et le dernier. *You can fly well...* avait déclaré Mme Buss... *but you must learn how to land...* avait-elle conclu. J'en étais au moment de mon atterrissage forcé : j'ai pris l'avion dans mes bras et j'ai couru dans l'escalier jusqu'au deuxième étage. La chambre était en ordre, mais sous le couvre-lit les draps étaient encore les nôtres, couverts de taches dont la violence et la couleur m'apparaissaient en pleine lumière. J'ai posé l'avion sur le drap et je l'ai recouvert du couvre-lit qui lui faisait une housse, comme un filet de camouflage dans un aérodrome secret. Je venais de ranger pour toujours mon dernier jouet de petit garçon, caché dans le lit de la dernière fois. Toutes les autres fois de ma vie, et tous les autres jouets ont été une façon de revenir là, à ça.

2

À onze heures précises, ce mercredi 31 juillet 1957, la sonnette a retenti au 15, Broadlands Road à Londres et ma tante Lenke était là : j'étais allé ouvrir et, pour la première fois depuis longtemps, j'ai entendu mon prénom prononcé en anglais d'une voix éclatante, avec un éclatant accent hongrois : *Alan !* L'articulation entre deux époques et entre deux mondes venait de se faire par l'articulation de deux syllabes et par la prononciation de mon prénom de petit garçon anglais par sa tante hongroise. Elle venait me chercher en Angleterre, dans la maison de ma famille anglaise, ma famille d'adoption, pour m'expédier *via* Paris, là où je n'avais jamais été : Budapest et la Hongrie, la ville et le pays de ma famille hongroise, ma famille perdue. Ma tante Lenke avait brièvement interrompu ses vacances en Espagne, où elle avait laissé mon oncle Bandi, pour me transférer d'un monde à l'autre, d'une époque à une autre, en venant me récupérer au 15, Broadlands Road, et me mettre dans l'avion pour Paris d'où, dès le lendemain, je devais partir pour la première fois vers la Hongrie, traversant en voiture l'Est de la France puis la Suisse et l'Autriche. Paris et la France, la ville et le pays de ma naissance, là où je vivais, là où j'étais allé à l'école et où maintenant j'étais lycéen, étaient mis entre parenthèses, jusqu'à la prochaine rentrée des classes. Ma tante Lenke se plaisait à considérer en moi un futur gentleman d'éducation britannique, vu par une Hongroise que l'Angleterre fascinait, pour peu qu'elle pût s'y faire comprendre en conservant son terrible accent hongrois. Après avoir constaté par quelques phrases échangées avec moi, et après s'être fait confirmer par Mme Buss mes progrès en tant que petit Anglais, elle m'entraînait jusqu'à l'heure de prendre l'avion dans le programme purement magyar qu'elle avait concocté pour moi. J'avais avec ma tante Lenke une relation singulière qu'elle avait su créer et marquer de son empreinte, bien différente de mes rapports avec ma mère ou avec ma grand-mère, car si ces dernières souhaitaient me garder aussi longtemps que possible en culottes courtes, elle, au contraire, attendait avec impatience le moment où je pourrais lui donner le bras, comme l'avait fait dans leur jeunesse à Budapest son frère favori, Sandor, avec qui elle me voyait une troublante ressemblance (difficile à vérifier, puisqu'il était mort et que je ne connaissais aucune photographie de lui).

Nous avons quitté le 15, Broadlands Road à pied, et les derniers mots échangés avec Mme Buss avaient été :

– *See you later…*

– *…alligator !*

– *In a while…*

– *…crocodile !*

Elle était restée longtemps sur le seuil de sa porte : chaque fois que je me retournais, elle faisait un petit signe de la main et je distinguais son fin sourire, mais je regardais aussi la fenêtre du deuxième étage. Je tenais la valise d'une main et, afin que je pusse lui donner l'autre bras, ma tante portait ma raquette de tennis car, disait-elle, j'étais maintenant assez grand pour être le jeune homme distingué qui se promène aux côtés d'une tante aussi élégante (j'avais dû, dans la poche gauche de mes culottes courtes, abandonner ma caresse à un linge de coton blanc). Nous avons laissé mes affaires au portier de Highpoint qui vouait à ma tante une vénération dont elle savait abuser. Elle était une de ces femmes qui traitaient le moindre événement de la vie courante avec une aisance et une insouciance qui peuvent faire croire à une félicité, à une justice, à un bien-être universels. Bien sûr, une certaine aisance matérielle facilitait ce genre de comportement, mais il s'agissait cependant de tout autre chose que de ces claquements de doigts insolents qui permettent aux riches – et tout particulièrement aux nouveaux riches – de pulvériser devant eux les obstacles ordinaires de la vie sous lesquels les moins favorisés se font écraser. La fortune de ma tante et de mon oncle, et leur train de vie n'avaient rien à voir avec ceux des milliardaires – *millionaires*, en anglais, car une livre, *one pound*, valait à l'époque entre mille et mille cinq cents anciens francs –, mais ils étaient juste ce qu'il leur fallait pour être des princes à leur façon, à leur échelle. La famille de ma tante (et donc celle de mon père) à Budapest, comme celle de mon oncle à Bratislava, appartenaient à la bourgeoisie juive, aisée et cultivée. D'un côté comme de l'autre, les biens avaient été spoliés d'autant plus facilement que les familles avaient été exterminées. Des rescapés comme mon père, ma tante et mon oncle avaient gardé de leur milieu, de leur éducation et de leur mode de vie en Europe centrale, des manières, une facilité, une largesse, une élégance et parfois un humour inimitables, et je me suis souvent demandé si de telles dispositions face à la vie leur venaient d'avoir tout perdu – les êtres et les biens – ou, au contraire, d'avoir conservé quelque chose, mais quoi, en dépit de la perte de tout ?

Parmi les habitudes héritées de son mode de vie avant guerre, et faute d'avoir jamais disposé d'une limousine avec un chauffeur, ma tante Lenke savait faire apparaître un taxi comme par un coup de baguette magique, n'importe où à n'importe quelle heure, comme dans un film où le chauffeur joué par un figurant attend le signe du metteur en scène pour entrer à l'image : tous les problèmes de transport urbain étaient résolus par ma tante Lenke de cette façon – la reine Elizabeth elle-même ne devait pas se déplacer plus commodément ni avec plus de majesté (ma tante savait aussi détourner les *policemen* en faction pour en faire des agents à son service, lui facilitant un accès ou un parcours) –, et on échappait avec elle à la fatigue et aux inconvénients des transports en commun, sauf quelques autobus dont elle affectionnait le trajet et qu'elle empruntait comme s'il se fut agi de son parc de véhicules privés, s'adressant aux contrôleurs avec l'aménité et les égards qu'elle eût manifestés à des personnes à son service depuis toujours. *Magic !* était son mot de passe, qui désignait en fait toutes les astuces, toutes les ruses, tous les clins d'œil, et jusqu'à tous les objets ou gadgets domestiques – depuis le parapluie miniature, qui tient dans le sac, jusqu'aux robots mixeurs à douze vitesses... – qui lui permettaient de transformer la vie quotidienne en tour de passe-passe permanent. Avec ma tante Lenke, rien n'était impossible. « Impossible *is not my cup of tea !* » disait-elle en parfaite Anglaise, mais avec son terrible accent hongrois (« *Impossible* n'est pas ma tasse de thé ! »). Je n'ai jamais vu ma tante Lenke en difficulté, je ne l'ai jamais trouvée abattue ou démoralisée, même face à des situations déprimantes : par exemple, lorsque leur appartement de Highpoint avait été ravagé par une inondation – plafonds, murs et sols à refaire, électricité à restaurer, vêtements et linge pourris et bons pour le chiffonnier –, ma tante et mon oncle avaient trouvé délicieux de passer deux mois à l'hôtel comme un couple d'amoureux. Au bras de ma tante Lenke dans Londres, c'était une tout autre aventure qu'aux côtés de Barbara, mais dans l'une et l'autre compagnie j'y devenais un jeune homme, avec d'un coup sept ou huit ans de plus que le petit garçon traîné derrière elle par Mme Chapman, ma grand-mère anglaise. Ma tante Lenke était assurément la femme idéale pour me conduire, ou pour me ramener, depuis les bras de Barbara jusqu'à ceux de ma mère et de ma grand-mère. Je sentais chez elle la fierté de m'exhiber à ses côtés, et ce sentiment fait partie de ceux qui accompagnent et vérifient la relation amoureuse : s'il n'y a pas chez un couple cette satisfaction de l'un à montrer l'autre en société, et réciproquement, c'est que l'amour, qui est le plus souvent un aveuglement, a cédé la place à une autre relation, bien souvent plus lucide, mais tellement moins belle.

Dans un restaurant hongrois, j'ai mangé un de mes plats favoris que ma tante avait commandé pour moi par téléphone : du foie de veau au paprika et aux oignons. Et puis, nous sommes passés acheter des gâteaux au rayon de pâtisserie viennoise chez Harrod's, avant de rentrer à Highpoint pour y prendre le thé en tête à tête. Depuis l'appartement 42, au quatrième étage, j'avais une vue sur le coin de Brodlands Road et de North Hill, avec la haute boîte aux lettres rouge des Postes de Sa Majesté et, de l'autre côté, à travers les branches d'un vieux cèdre, sur la partie du chemin que j'avais pris tant de fois pour me rendre à Highgate Village ou à l'arrêt du bus 210 qui me conduisait à Hampstead. Chez ma tante Lenke et mon oncle Bandi, une chambre m'était réservée à l'année – *Alan's bedroom* –, mais ma tante faisait valoir que je pourrais aussi disposer de l'appartement tout entier en leur absence, pendant les mois d'été, dès que mon apprentissage de la langue anglaise ne nécessiterait plus que je réside dans une famille dépositaire de la prononciation et de l'accent d'origine garantie : *By appointment to Her Majesty's Suppliers of English Language*... Une conjonction entre l'univers de ma tante Lenke et celui de la famille Buss me faisait entrevoir comme un éden, un mois de juillet dans l'appartement de Highpoint avec Barbara.

Alors que nous prenions le thé avec un strudel au pavot et une *Sacher Torte*, ma tante Lenke a voulu s'informer du voyage que son frère, mon père, avait décidé de faire en Hongrie, premier retour, avec la famille qu'il avait fondée en France, plus de vingt ans après avoir laissé là-bas à jamais – ils ne s'étaient jamais revus – ses parents, ses frères Bela et Sandor. Ma tante s'inquiétait de ce que je savais du passé et des événements de la guerre, et découvrant mon ignorance – puisque mon père ne nous avait jamais parlé de rien et que je n'avais jamais entendu prononcer les mots « déportation » ou « Auschwitz » –, elle décida de se taire, estimant sans doute qu'il n'était pas dans son rôle de m'apprendre ce dont on ne me parlait pas chez moi. Je n'avais aucune conscience de ne pas avoir de grand-mère ni de grand-père paternels, et le voyage en Hongrie se présentait à moi comme une de ces explorations touristiques dont mes parents avaient le goût pour les grandes vacances : c'est ainsi que nous avions parcouru le Pays basque espagnol, l'Andalousie, l'Italie du Sud ou la côte dalmate, à une époque où les routes de ces régions n'étaient que pistes poussiéreuses, et où l'arrivée d'une grosse voiture moderne provoquait un attroupement dans les villages. Ma tante me demanda ce que mon père comptait nous montrer à Budapest : j'avais principalement retenu son lycée à Ujpest – *gymnasium* –, centre de toutes les histoires qu'il racontait sur sa jeunesse insouciante. D'après les réponses que je lui faisais, ma tante Lenke avait dû comprendre le choix de mon père de ne parler que des belles années d'avant guerre, et comme si la seule raison de son éloignement de la Hongrie avait été le régime communiste qui avait placé le pays derrière le rideau de fer. Ma tante se retint de m'ouvrir les yeux mais ce jour-là, à la veille de mon départ vers la Hongrie, elle me promit de me parler quand je serais plus grand, par exemple à l'occasion de mes vingt ans, car alors je ne serais plus sous la seule autorité légitime de mes parents. Dérivant de notre sujet de conversation par un enchaînement d'idées qui me passa inaperçu, ma tante Lenke s'étonna de la grande amitié qui se nouait entre la France et l'Allemagne, selon elle au détriment des Anglais en qui les Français semblaient oublier leurs véritables amis et alliés. Elle s'étonnait aussi que j'eusse choisi l'allemand comme deuxième langue vivante au lycée, sous prétexte que je parlais déjà parfaitement l'espagnol, et je mis sur le compte de sa fantaisie la préférence personnelle qu'elle déclara pour l'italien, le russe ou le chinois, ou même pour le suédois, l'islandais, le portugais, l'estonien, le grec, le roumain, le turc, le serbe ou le hindi... Pour conclure, elle admit que ses souvenirs de la Hongrie ne pouvaient pas être les mêmes que ceux de mon père, ne serait-ce que parce que les filles y avaient une autre éducation que les garçons, les tempéraments de chacun des deux sexes étant opposés : exubérance et excès d'un côté, délicatesse et réserve de l'autre.

3

Le soir même, j'étais de retour à Paris, accueilli par ma mère et ma grand-mère à l'aéroport du Bourget, et conduit jusqu'à elles depuis la passerelle de l'avion – un quadrimoteur à hélices *Vickers Viscount* à grands hublots ovales – par une hôtesse de l'air aux critères esthétiques de l'aviation commerciale des années cinquante, autant dire un joli brin de fille, qui me tenait par le cou. Le lendemain matin, nous prenions la route vers Budapest, *via* Salzbourg où nous devions faire une étape. Nous étions enfin lancés dans ce premier voyage, longtemps reporté, vers le pays de mon père où il emmenait la famille qu'il avait fondée en France. De sa jeunesse à Budapest, mon père aimait évoquer, inlassablement, les mêmes épisodes d'une bohème dandy, et j'avais entendu cent fois les mêmes anecdotes : le bain turc au petit matin pour se montrer présentable au lycée après une nuit de saoulerie dans les tavernes des berges du Danube, les Tziganes embarqués à bord d'un fiacre pour aller jouer en pleine nuit sous les fenêtres d'une belle fille, la fausse tentative de suicide d'un de leurs camarades, neveu de l'archevêque-primat de Hongrie, qui s'était tiré une balle à travers un repli de peau pour manifester son désespoir et obtenir de son oncle quelques subsides, les matches de football sur le terrain durci par le gel en plein hiver et les tapis persans empruntés dans une famille bourgeoise pour que le gardien de but pût plonger sans se mettre en sang, le grand poète dont les mécènes étaient le charcutier, le cordonnier et le tailleur, à qui ses poèmes les plus célèbres étaient dédicacés en remerciement du gîte et du couvert, les bruits de canonnade qui signalaient aux Budapestois l'arrivée du printemps lorsque les glaces qui avaient saisi le Danube certains hivers se fissuraient un beau matin, le café Nyugat (Occident), du nom d'une revue littéraire, rendez-vous des intellectuels et des écrivains, qui avaient là leurs tables réservées à l'année et y vivaient la nuit, au point que l'un d'eux, convoqué comme témoin à un tribunal, et obligé de traverser la ville en plein jour, s'étonna de voir tant de monde dans les rues qu'il ne connaissait que désertes dans la lumière des becs de gaz… Tel était le monde romantique vers lequel mon père nous emmenait, plein de sensualité, de passions, d'ivresse, d'humour, d'insolence, de références artistiques et littéraires. Mon père prenait un grand risque en nous conduisant dans les lieux de ces jolies histoires, et s'il avait longtemps hésité, ce n'était pas, étrangement, parce qu'un désastre sans exemple avait anéanti ce monde, mais parce qu'il avait espéré pouvoir attendre la fin du communisme dont il ne croyait pas l'installation durable en Hongrie. L'année précédente, le soulèvement de 1956, écrasé dans le sang par les chars russes, avait infirmé ses analyses et, comprenant que l'attente d'un changement de régime risquait d'être longue, il s'était décidé. Pendant les premiers mois de 1957, Moshe Dayan avait gagné en six jours la guerre du Sinaï, et s'était emparé de centaines de chars et de camions fabriqués en Union soviétique et identiques à ceux qui avaient envahi la Hongrie l'année précédente. Golda Meir était sommée par l'ONU de retirer les troupes israéliennes de Gaza, et Nasser exigeait de revenir dans ce territoire traditionnellement occupé par l'Égypte, avant de décider le blocus du canal de Suez. À l'ONU, M. Pineau, ministre des Affaires étrangères, avait défendu la position française dans un débat sur l'Algérie, tandis que le FLN désignait un nouvel ambassadeur pour négocier l'indépendance par étapes, et que huit mille Kabyles manifestaient leur fidélité à la France. De sanglants affrontements s'étaient produits à la frontière entre le Yémen et le protectorat anglais d'Aden. À Vienne, Richard Nixon, vice-président de Eisenhower, était venu soutenir la détresse des réfugiés hongrois, et à Londres, Louis Armstrong, invité à donner un concert en faveur des mêmes, avait été accueilli par des milliers de fans. Mais en Hongrie, à ceux qui demandaient à Chou En-lai pourquoi la Chine avait d'abord soutenu Imre Nagy et le soulèvement national, puis le gouvernement

Kadar, le leader chinois avait répondu: «Le socialisme est un arbre à plusieurs branches.» Bref, la situation internationale ne laissait guère espérer une détente qui eût facilité les évolutions politiques en douceur, et mon père n'avait plus résisté au désir de retrouver en Hongrie ceux de ses amis qui avaient survécu mais qui ne pouvaient plus sortir: il s'agissait des non-Juifs qui n'avaient pas été menacés par les déportations massives du printemps 1944. Je devais en rencontrer certains: Jokai (petit neveu du célèbre poète), devenu vétérinaire en chef d'une région, Major, metteur en scène de théâtre, illustre pour ses Shakespeare et qui passait pour un Jean Vilar hongrois, Kosztolanyi (lui aussi neveu de l'écrivain dont il portait le nom), aimable dilettante, grand coureur de jupons et grand expert en alcools de prune, Hannig, professeur de piano au conservatoire Franz Liszt, qui forma plusieurs générations de virtuoses hongrois… Des absents, il n'était tout simplement jamais question: un voile pudique était jeté sur leurs destins. De certains autres, on savait qu'ils avaient émigré en Australie, au Brésil, aux États-Unis, au Canada.

Un matin, nous partîmes pour Ujpest, cet ancien faubourg de Budapest sur les bords du Danube (aujourd'hui devenu le vingtième arrondissement), et relié au centre-ville, depuis l'époque de mon père, par une ligne de tramway qui avait été aussi le lieu de quelques pittoresques aventures. L'univers décrit par mon père était dominé par les relations entre garçons: les filles étaient toujours absentes des histoires qu'il racontait, à peine les devinait-on, guettant la rue derrière un rideau, tirées du lit en pleine nuit par une intempestive sérénade. Les filles étaient l'avenir des garçons, c'est-à-dire leur entrée dans la maturité, dans la vie sérieuse, avec le renoncement à la liberté de mœurs, à l'insouciance, à la légèreté, à l'incurie, aux ivresses. C'était comme si les années de vie joyeuse étaient celles avant l'arrivée des femmes dans le destin des garçons, ou plutôt celles avant l'entrée des garçons sous l'autorité des femmes. Je ne cessais de penser à mes relations avec Barbara et, quel que fût le charme des histoires de mon père, j'y découvrais un monde où les jeunes gens abandonnaient bien vite leurs culottes courtes et s'habillaient en petits messieurs, non pour que leur élégance plût aux filles, mais pour se plaire à eux-mêmes, dans leurs personnages de noceurs sans noces. Et ma vision des belles années était tout autre…

En 1957, Ujpest était encore le quartier désert et abandonné qu'avaient laissé derrière elles la guerre et l'extermination de la communauté juive. Nous suivions mon père qui marchait le long des rues sans dire un mot. Nous respections son silence mais nous ne savions comment l'interpréter : ne reconnaissait-il rien, ou ne voulait-il rien dire ? L'émotion et la pudeur l'empêchaient-elles de parler ? Les maisons basses étaient visiblement inhabitées, les carreaux aux fenêtres étaient devenus opaques sous la crasse accumulée, les peintures jaunes et ocre des façades étaient les couleurs d'un autre temps. Les étroits trottoirs et la chaussée étaient soulevés et bosselés par les racines des arbres, dont plusieurs saisons de feuilles et de fleurs couvraient le sol. Tout était silence, d'une nature de silence que je n'avais jamais expérimentée, un silence qui se serait déposé par couches successives, et qu'on aurait laissé s'abattre, abandonnant les lieux à cette géologie du silence, seule capable de couvrir l'indécent fracas d'un silence de l'Histoire. Nous avions demandé à mon père de nous montrer la maison de sa famille lorsque nous passerions devant elle, et nous savions qu'elle était dans *Venezianer Utça* (la rue Venezianer, du nom d'un célèbre rabbin, mais je ne savais pas à l'époque ce qu'était un rabbin).

Ayant parcouru d'un bout à l'autre et dans les deux sens, cette petite rue calme et déserte, plantée de maigres acacias, mon père n'avait toujours rien dit, ni montré aucun signe, alors qu'il était évident que la maison de sa famille était là, parmi les autres façades mortes, silencieuses. Alors je l'ai interrogé et il a répondu vaguement qu'il ne savait plus, qu'il ne reconnaissait rien, que peut-être sa maison n'était plus là.

Nous sommes arrivés devant ce qui m'apparut comme une église abandonnée, dans un terrain envahi par les mauvaises herbes, derrière une grille rouillée. Pour la première fois sans doute, j'ai entendu prononcer le mot « synagogue ». Le lieu semblait fermé depuis longtemps, mais à la porte d'un petit bâtiment sur la droite, mon père est allé presser une sonnette dont je me suis demandé où, dans quel espace et dans quel temps, elle pourrait bien retentir. Pourtant, la porte s'est ouverte et un vieil homme barbu est apparu, qui portait sur le crâne une calotte noire. Mon père s'est entretenu assez longuement avec lui en hongrois, à voix basse. Ma mère, ma grand-mère, ma sœur et moi, nous nous sentions des étrangers, et je commençais à mesurer ce que pouvait ressentir mon père parmi nous, à Paris, dans cette famille où nous étions des étrangers pour lui, parlant d'autres langues que la sienne : l'espagnol et le français. Mon père a suivi à l'intérieur du bâtiment le vieil homme barbu, avec sa calotte noire sur le crâne, nous laissant dehors et, derrière la grille rouillée, parmi les mauvaises herbes, je les ai vus marcher l'un derrière l'autre vers un mur très haut, d'aspect sinistre. Cela a duré quelques minutes, et nous pensions que là où mon père était allé, nous ne pouvions être admis. Lorsqu'il est ressorti, nous avons compris qu'il prenait congé du vieil homme et j'ai vu que ce dernier tenait serrée dans sa main une épaisse liasse de billets de banque. Je ne comprenais rien aux échanges mystérieux entre mon père et cet homme. Alors ma mère s'est approchée d'eux, et elle a entrepris une négociation avec les quelques mots de hongrois qu'elle possédait. Elle avait décidé pour nous, qui étions les étrangers dans ce lieu, de passer outre à la réserve et à la discrétion de mon père, considérant que ce qu'il y avait là nous concernait. Après un moment, elle nous a fait signe d'approcher et, à notre tour, nous sommes partis derrière le vieil homme barbu, avec sa calotte noire sur le crâne, tandis que maintenant mon père restait dehors, sans avoir dit un mot. Nous sommes arrivés devant le mur sinistre que j'avais vu de loin, depuis la rue, à travers la grille rouillée et les mauvaises herbes. Il y avait, gravés dans une pierre grise, des centaines de noms, alignés par colonnes, avec deux dates : la première était variable et certaines remontaient au siècle précédent, la deuxième, à de rares exceptions près, était invariablement 1944, l'année de ma naissance. Le vieil homme barbu, avec sa calotte noire sur le crâne, qui tenait toujours serrée dans sa main une épaisse liasse de billets de banque, a levé l'autre, pointant du doigt : pour la première fois, je voyais mon nom gravé sur un monument, il y avait une dizaine de Fleischer avec divers prénoms hongrois, féminins et masculins. J'ai repéré Sandor, et j'ai calculé l'âge qu'il avait en 1944, l'année de ma naissance : vingt-sept ans. Par un étrange réflexe, j'ai compté que j'étais parvenu exactement à la moitié de ma vie, et qu'il me restait donc treize ans et demi à vivre. Je fus gagné par un pénible sentiment de culpabilité : ma famille anglaise et mon jeu avec mon identité de petit garçon anglais n'étaient que simulacre, supercherie et imposture. Pire encore : trahison. Je découvrais, encore fantomatique, la famille que je n'avais pas eue, dont j'avais été privé, et qui était la mienne pourtant. Peut-être est-ce dans ce quartier excentré de Budapest qu'il eût été normal pour moi, petit garçon en culottes courtes, de venir passer les mois de juillet, dans une famille et dans une maison qui eussent été véritablement les miennes, avec une vraie grand-mère et de vrais oncles – peut-être même avec un grand-père, des cousines et des cousins –, une famille où le bon accent à apprendre eût été l'accent hongrois, le bel accent d'avant guerre, si différent de celui que l'on entendait maintenant dans Budapest, si je le comparais à la langue parlée par ma tante et par mon père. Peut-être était-ce là, au 15, de Venezianer Utça, que j'aurais dû rencontrer une Barbara. Peut-être était-ce cette rue que j'aurais alors arpentée à la tombée de la nuit, en aller et retour, dans l'espoir de surprendre une ombre à une fenêtre, et parmi les lourdes senteurs d'une nuit d'été.

Une seule question se posait maintenant : quel chemin suivre à travers quels pays et quels temps, quelle histoire retrouver pour aller, parmi cette famille de fantômes, sans les trahir, jusqu'à Barbara bien vivante ? Plus que jamais, j'avais envie d'elle et besoin d'elle et, si j'étais coupable d'un tel amour, je voulais à cette culpabilité et à cet amour une violence égale à celle dont était mort Sandor, mon oncle, mon frère.

Table

DU MÊME AUTEUR

Là pour Ça
roman
Flammarion, 1986
rééd. Flammarion / Léo Scheer, 2003

Grands Hommes dans un parc
récits et photographies
Antigone, 1989

Pris au mot
nouvelles
Deyrolle, 1992

La Nuit sans Stella
récits
Actes Sud, 1995

Faire le noir
notes et études sur le cinéma
Marval, 1996

L'art d'Alain Resnais par Alain Fleischer
essai
Centre Georges Pompidou, 1998

La Femme qui avait deux bouches
et autres récits
Seuil, 1999

La Pornographie : une idée fixe de la photographie
essai
La Musardine, 2000

Quatre voyageurs
roman
Seuil, 2000
et « Points », n° P907

La Seconde main
nouvelle
Actes Sud, 2001

Les Trapézistes et le Rat

roman
Seuil, 2001
et « Points », n° P1151

Mummy, mummies

nouvelle
Verdier, 2002

La Vitesse d'évasion

Léo Scheer, 2003

Les Ambitions désavouées

roman
Seuil, 2003

Tour d'horizon : théâtre de la fin

Léo Scheer, 2003

Les Angles morts

roman
Seuil, 2003

La Femme couchée par écrit

essai, interface, nouvelle
Léo Scheer, 2004

La Traversée de l'Europe par les forêts

nouvelle
Virgile, 2004

La Hache et le Violon

Seuil, 2005
et « Points », n° P1382

Éros / Hercule

Pour une érotique du sport
La Musardine, 2005

L'accent : une langue fantôme

roman
Seuil, « Librairie du XXIe siècle », 2005

Immersion

roman

Gallimard, « L'Infini », 2005

Quelques Obscurcissements

récits

Seuil, 2007

COMPOSITION : PAO EDITIONS DU SEUIL

GROUPE CPI

Achevé d'imprimer en août 2007
par **BUSSIÈRE**
à Saint-Amand-Montrond (Cher)
N° d'édition : 96170. - N° d'impression : 71381.
Dépôt légal : septembre 2007.
Imprimé en France

Collection Points

DERNIERS TITRES PARUS

P1558. La Solitude heureuse du voyageur
précédé de Notes, *Raymond Depardon*
P1559. Hard Revolution, *George P. Pelecanos*
P1560. La Morsure du lézard, *Kirk Mitchell*
P1561. Winterkill, *C.J. Box*
P1562. La Morsure du dragon, *Jean-François Susbielle*
P1563. Rituels sanglants, *Craig Russell*
P1564. Les Écorchés, *Peter Moore Smith*
P1565. Le Crépuscule des géants. Les Enfants de l'Atlantide III
Bernard Simonay
P1566. Aara. Aradia I, *Tanith Lee*
P1567. Les Guerres de fer. Les Monarchies divines III
Paul Kearney
P1568. La Rose pourpre et le Lys, tome 1, *Michel Faber*
P1569. La Rose pourpre et le Lys, tome 2, *Michel Faber*
P1570. Sarnia, *G.B. Edwards*
P1571. Saint-Cyr/La Maison d'Esther, *Yves Dangerfield*
P1572. Renverse du souffle, *Paul Celan*
P1573. Pour un tombeau d'Anatole, *Stéphane Mallarmé*
P1574. 95 poèmes, *E.E. Cummings*
P1575. Le Dico des mots croisés.
8000 définitions pour devenir imbattable, *Michel Laclos*
P1576. Les deux font la paire.
Les couples célèbres dans la langue française
Patrice Louis
P1577. C'est la cata. Petit manuel du français maltraité
Pierre Bénard
P1578. L'Avortement, *Richard Brautigan*
P1579. Les Braban, *Patrick Besson*
P1580. Le Sac à main, *Marie Desplechin*
P1581. Nouvelles du monde entier, *Vincent Ravalec*
P1582. Le Sens de l'arnaque, *James Swain*
P1583. L'Automne à Cuba, *Leonardo Padura*

P1584. Le Glaive et la Flamme. La Saga du Roi Dragon III
Stephen Lawhead
P1585. La Belle Arcane. La Malerune III
Michel Robert et Pierre Grimbert
P1586. Femme en costume de bataille, *Antonio Benitez-Rojo*
P1587. Le Cavalier de l'Olympe. Le Châtiment des Dieux II
François Rachline
P1588. Le Pas de l'ourse, *Douglas Glover*

P1589. Lignes de fond, *Neil Jordan*
P1590. Monsieur Butterfly, *Howard Buten*
P1591. Parfois je ris tout seul, *Jean-Paul Dubois*
P1592. Sang impur, *Hugo Hamilton*
P1593. Le Musée de la sirène, *Cypora Petitjean-Cerf*
P1594. Histoire de la gauche caviar, *Laurent Joffrin*
P1595. Les Enfants de chœur (Little Children), *Tom Perrotta*
P1596. Les Femmes politiques, *Laure Adler*
P1597. La Preuve par le sang, *Jonathan Kellerman*
P1598. La Femme en vert, *Arnaldur Indridason*
P1599. Le Che s'est suicidé, *Petros Markaris*
P1600. Les Nouvelles Enquêtes du juge Ti, vol. 3
Le Palais des courtisanes, *Frédéric Lenormand*
P1601. Trahie, *Karin Alvtegen*
P1602. Les Requins de Trieste, *Veit Heinichen*
P1603. Pour adultes seulement, *Philip Le Roy*
P1604. Offre publique d'assassinat, *Stephen W. Frey*
P1605. L'Heure du châtiment, *Eileen Dreyer*
P1606. Aden, *Anne-Marie Garat*
P1607. Histoire secrète du Mossad, *Gordon Thomas*
P1608. La Guerre du paradis. Le Chant d'Albion I
Stephen Lawhead
P1609. La Terre des Morts. Les Enfants de l'Atlantide IV
Bernard Simonay
P1610. Thenser. Aradia II, *Tanith Lee*
P1611. Le Petit Livre des gros câlins, *Kathleen Keating*
P1612. Un soir de décembre, *Delphine de Vigan*
P1613. L'Amour foudre, *Henri Gougaud*
P1614. Chaque jour est un adieu
suivi de Un jeune homme est passé
Alain Rémond
P1615. Clair-obscur, *Jean Cocteau*
P1616. Chihuahua, zébu et Cie.
L'étonnante histoire des noms d'animaux
Henriette Walter et Pierre Avenas
P1617. Les Chaussettes de l'archiduchesse et autres défis
de la prononciation
Julos Beaucarne et Pierre Jaskarzec
P1618. My rendez-vous with a femme fatale.
Les mots français dans les langues étrangères
Franck Resplandy
P1619. Seulement l'amour, *Philippe Ségur*
P1620. La Jeune Fille et la Mère, *Leïla Marouane*
P1621. L'Increvable Monsieur Schneck, *Colombe Schneck*
P1622. Les Douze Abbés de Challant, *Laura Mancinelli*
P1623. Un monde vacillant, *Cynthia Ozick*
P1624. Les Jouets vivants, *Jean-Yves Cendrey*

P1625. Le Livre noir de la condition des femmes
Christine Ockrent (dir.)
P1626. Comme deux frères, *Jean-François Kahn et Axel Kahn*
P1627. Equador, *Miguel Sousa Tavares*
P1628. Du côté où se lève le soleil, *Anne-Sophie Jacouty*
P1629. L'Affaire Hamilton, *Michelle De Kretser*
P1630. Une passion indienne, *Javier Moro*
P1631. La Cité des amants perdus, *Nadeem Aslam*
P1632. Rumeurs de haine, *Taslima Nasreen*
P1633. Le Chromosome de Calcutta, *Amitav Ghosh*
P1634. Show business, *Shashi Tharoor*
P1635. La Fille de l'arnaqueur, *Ed Dee*
P1636. En plein vol, *Jan Burke*
P1637. Retour à la Grande Ombre, *Hakan Nesser*
P1638. Wren. Les Descendants de Merlin I, *Irene Radford*
P1639. Petit manuel de savoir-vivre à l'usage des enseignants
Boris Seguin, Frédéric Teillard
P1640. Les Voleurs d'écritures *suivi de* Les Tireurs d'étoiles
Azouz Begag
P1641. L'Empreinte des dieux. Le Cycle de Mithra I
Rachel Tanner
P1642. Enchantement, *Orson Scott Card*
P1643. Les Fantômes d'Ombria, *Patricia A. McKillip*
P1644. La Main d'argent. Le Chant d'Albion II
Stephen Lawhead
P1645. La Quête de Nifft-le-mince, *Michael Shea*
P1646. La Forêt d'Iscambe, *Christian Charrière*
P1647. La Mort du Nécromant, *Martha Wells*
P1648. Si la gauche savait, *Michel Rocard*
P1649. Misère de la Ve République, *Bastien François*
P1650. Photographies de personnalités politiques
Raymond Depardon
P1651. Poèmes païens de Alberto Caeiro et Ricardo Reis
Fernando Pessoa
P1652. La Rose de personne, *Paul Celan*
P1653. Caisse claire, poèmes 1990-1997, *Antoine Emaz*
P1654. La Bibliothèque du géographe, *Jon Fasman*
P1655. Parloir, *Christian Giudicelli*
P1656. Poils de Cairote, *Paul Fournel*
P1657. Palimpseste, *Gore Vidal*
P1658. L'Épouse hollandaise, *Eric McCormack*
P1659. Ménage à quatre, *Manuel Vázquez Montalbán*
P1660. Milenio, *Manuel Vázquez Montalbán*
P1661. Le Meilleur de nos fils, *Donna Leon*
P1662. Adios Hemingway, *Leonardo Padura*
P1663. L'avenir c'est du passé, *Lucas Fournier*
P1664. Le Dehors et le dedans, *Nicolas Bouvier*

P1665. Partition rouge
poèmes et chants des indiens d'Amérique du Nord
Jacques Roubaud, Florence Delay
P1666. Un désir fou de danser, *Elie Wiesel*
P1667. Lenz, *Georg Büchner*
P1668. Resmiranda. Les Descendants de Merlin II
Irene Radford
P1669. Le Glaive de Mithra. Le Cycle de Mithra II
Rachel Tanner
P1670. Phénix vert. Trilogie du Latium I, *Thomas B. Swann*
P1671. Essences et parfums, *Anny Duperey*
P1672. Naissances, *Collectif*
P1673. L'Évangile une parole invincible, *Guy Gilbert*
P1674. L'époux divin, *Francisco Goldman*
P1675. Petit dictionnaire des étymologies curieuses
Pierre Larousse
P1676. Facéties et Cocasseries du français, *Jean-Loup Chiflet*
P1677. Les carottes sont jetées.
Quand les expressions perdent la boule
Olivier Marchon
P1678. Le Retour du professeur de danse, *Henning Mankell*
P1679. Romanzo Criminale, *Giancarlo de Cataldo*
P1680. Ciel de sang, *Steve Hamilton*
P1681. Ultime Témoin, *Jilliane Hoffman*
P1682. Los Angeles, *Peter Moore Smith*
P1683. Encore une journée pourrie
ou 365 bonnes raisons de rester couché, *Pierre Enckell*
P1684. Chroniques de la haine ordinaire 2, *Pierre Desproges*
P1685. Desproges, portrait, *Marie-Ange Guillaume*
P1686. Les Amuse-Bush, *Collectif*
P1687. Mon valet et moi, *Hervé Guibert*
P1688. T'es pas mort !, *Antonio Skármeta*
P1689. En la forêt de Longue Attente.
Le roman de Charles d'Orléans, *Hella S. Haasse*
P1690. La Défense Lincoln, *Michael Connelly*
P1691. Flic à Bangkok, *Patrick Delachaux*
P1692. L'Empreinte du renard, *Moussa Konaté*
P1693. Les fleurs meurent aussi, *Lawrence Block*
P1694. L'Ultime Sacrilège, *Jérôme Bellay*
P1695. Engrenages, *Christopher Wakling*
P1696. La Sœur de Mozart, *Rita Charbonnier*
P1697. La Science du baiser, *Patrick Besson*
P1698. La Domination du monde, *Denis Robert*
P1699. Minnie, une affaire classée, *Hans Werner Kettenbach*
P1700. Dans l'ombre du Condor, *Jean-Paul Delfino*
P1701. Le Nœud sans fin. Le Chant d'Albion III
Stephen Lawhead

P1702. Le Feu primordial, *Martha Wells*
P1703. Le Très Corruptible Mandarin, *Qiu Xiaolong*
P1704. Dexter revient !, *Jeff Lindsay*
P1705. Vous plaisantez, monsieur Tanner, *Jean-Paul Dubois*
P1706. À Garonne, *Philippe Delerm*
P1707. Pieux mensonges, *Maile Meloy*
P1708. Chercher le vent, *Guillaume Vigneault*
P1709. Les Pierres du temps et autres poèmes, *Tahar Ben Jelloun*
P1710. René Char, *Éric Marty*
P1711. Les Dépossédés, *Robert McLiam Wilson et Donovan Wylie*
P1712. Bob Dylan à la croisée des chemins. Like a Rolling Stone *Greil Marcus*
P1713. Comme une chanson dans la nuit *suivi de* Je marche au bras du temps, *Alain Rémond*
P1714. Où les borgnes sont rois, *Jess Walter*
P1715. Un homme dans la poche, *Aurélie Filippetti*
P1716. Prenez soin du chien, *J.M. Erre*
P1717. La Photo, *Marie Desplechin*
P1718. À ta place, *Karine Reysset*
P1719. Je pense à toi tous les jours, *Hélèna Villovitch*
P1720. Si petites devant ta face, *Anne Brochet*
P1721. Ils s'en allaient faire des enfants ailleurs *Marie-Ange Guillaume*
P1722. Le Jugement de Léa, *Laurence Tardieu*
P1723. Tibet or not Tibet, *Péma Dordjé*
P1724. La Malédiction des ancêtres, *Kirk Mitchell*
P1725. Le Tableau de l'apothicaire, *Adrian Mathews*
P1726. Out, *Natsuo Kirino*
P1727. La Faille de Kaïber. Le Cycle des Ombres I *Mathieu Gaborit*
P1728. Griffin. Les Descendants de Merlin III, *Irene Radford*
P1729. Le Peuple de la mer. Le Cycle du Latium II *Thomas B. Swann*
P1730. Sexe, mensonges et Hollywood, *Peter Biskind*
P1731. Qu'avez-vous fait de la révolution sexuelle ? *Marcela Iacub*
P1732. Persée, prince de la lumière. Le Châtiment des dieux III *François Rachline*
P1733. Bleu de Sèvres, *Jean-Paul Desprat*
P1734. Julius et Isaac, *Patrick Besson*
P1735. Une petite légende dorée, *Adrien Goetz*
P1736. Le Silence de Loreleï, *Carolyn Parkhurst*
P1737. Déposition (extraits), *Leon Werth*
P1738. La Vie comme à Lausanne, *Erik Orsenna*
P1739. L'amour, toujours !, *Abbé Pierre*
P1740. Henri ou Henry, *Didier Decoin*
P1741. Mangez-moi, *Agnès Desarthe*

P1742. Mémoire de porc-épic, *Alain Mabanckou*
P1743. Charles, *Jean-Michel Béquié*
P1744. Air conditionné, *Marc Vilrouge*
P1745. L'Homme qui apprenait lentement, *Thomas Pynchon*
P1746. Extrêmement fort et incroyablement près
Jonathan Safran Foer
P1747. La Vie rêvée de Sukhanov, *Olga Grushin*
P1748. Le Retour du Hooligan, *Norman Manea*
P1749. L'Apartheid scolaire, *G. Fellouzis & Cie*
P1750. La Montagne de l'âme, *Gao Xingjian*
P1751. Les Grands mots du professeur Rollin
Panacée, ribouldingue et autres mots à sauver
Le Professeur Rollin
P1752. Dans les bras de Morphée
Histoire des expressions nées de la mythologie
Isabelle Korda
P1753. Parlez-vous la langue de bois ?
Petit traité de manipulation à l'usage des innocents
Martine Chosson
P1754. Je te retrouverai, *John Irving*
P1755. L'Amant en culottes courtes, *Alain Fleischer*
P1756. Billy the kid, *Michael Ondaatje*
P1757. Le Fou de Printzberg, *Stéphane Héaume*
P1758. La Paresseuse, *Patrick Besson*
P1759. Bleu blanc vert, *Maïssa Bey*
P1760. L'été du sureau, *Marie Chaix*
P1761. Chroniques du crime, *Michael Connelly*
P1762. Le croque-mort enfonce le clou, *Tom Cockey*
P1763. La Ligne de flottaison, *Jean Hatzfeld*
P1764. Le Mas des alouettes, Il était une fois en Arménie
Antonia Arslan
P1765. L'Oeuvre des mers, *Eugène Nicole*
P1766. Les Cendres de la colère. Le Cycle des Ombres II
Mathieu Gaborit
P1767. La Dame des abeilles. Le Cycle du latium III
Thomas B. Swann
P1768. L'ennemi intime, *Patrick Rotman*
P1769. Nos enfants nous haïront
Denis Jeambar & Jacqueline Remy
P1770. Ma guerre contre la guerre au terrorisme
Terry Jones
P1771. Quand Al-Quaïda parle, *Farhad Khosrokhavar*
P1772. Les Armes secrètes de la C. I. A., *Gordon Thomas*
P1773. Asphodèle suivi de Tableaux d'après Bruegel
William Carlos Williams
P1774. Poésie espagnole 1945-1990 (anthologie)
Claude de Frayssinet